国家社科基金重大项目
“苏联科学院《俄国文学史》翻译与研究”
成果之五

民族精神回溯与自我认识的史书

普鲁莰科夫主编的《俄国文学史》研究

汪介之　著

北京大学出版社
PEKING UNIVERSITY PRESS

图书在版编目 (CIP) 数据

民族精神回溯与自我认识的史书：普鲁茨科夫主编的《俄国文学史》研究 / 汪介之著 . —北京：北京大学出版社， 2024.7

ISBN 978-7-301-34994-6

Ⅰ . ①民… Ⅱ . ①汪… Ⅲ . ①俄罗斯文学—文学史研究 Ⅳ . ① I512.09

中国国家版本馆 CIP 数据核字 (2024) 第 082763 号

书　　名	民族精神回溯与自我认识的史书：普鲁茨科夫主编的《俄国文学史》研究 MINZU JINGSHEN HUISU YU ZIWO RENSHI DE SHISHU: PULUCIKEFU ZHUBIAN DE《EGUO WENXUE SHI》YANJIU
著作责任者	汪介之　著
责任编辑	严　悦
标准书号	ISBN 978-7-301-34994-6
出版发行	北京大学出版社
地　　址	北京市海淀区成府路 205 号　100871
网　　址	http://www.pup.cn　新浪微博：@ 北京大学出版社
电子邮箱	编辑部 pupwaiwen@pup.cn　总编室 zpup@pup.cn
电　　话	邮购部 010-62752015　发行部 010-62750672　编辑部 010-62754382
印 刷 者	大厂回族自治县彩虹印刷有限公司
经 销 者	新华书店
	650 毫米 ×980 毫米　16 开本　28.5 印张　390 千字
	2024 年 7 月第 1 版　2024 年 7 月第 1 次印刷
定　　价	138.00 元

目　录

附　录

前　言

在我们的北方近邻俄罗斯的那一片广袤无垠的土地上诞生和发展的文学，是这个民族思想文化的艺术载体，也是世界文学史上奇特的精神文化景观。早在12世纪，古代罗斯的长篇史诗《伊戈尔出征记》，就在欧洲中世纪文坛熠熠生辉，但在此之后，俄国文学却似乎沉寂了500余年。18世纪初彼得大帝厉行改革，大大推动了俄国经济文化的发展，文坛上开始出现一批有建树的诗人和作家，不过在整个这一世纪中，俄罗斯仍未能产生出足以和同时期西欧文学的突出成就相媲美的作品。直到19世纪初，情况才发生根本的变化：俄国文学仿佛从沉睡中一跃而起，以诗人普希金为先导，形成了一个名家辈出、群星灿烂的局面，迅速成为最具影响力的文学之一，且一发而不可收。值得注意的是，这种变化不是在西欧各国文学走向衰落的背景下，而恰恰是在整个欧洲文学的黄金时代出现的。

俄罗斯文学显示出鲜明的民族特色。杰出的思想家尼古拉·别尔嘉耶夫说过：“俄罗斯文学不是产生于令人愉悦的创造力的丰盈，而是产生于个人和人民的痛苦与多灾多难的命运，产生于对拯救全人类的探索。”[①] 家国不幸诗人幸，民族的苦难与摆脱这种苦难的追求，积淀为独特的民族历史文化传统，由其所孕育的俄罗斯文学便具有了深厚的人道主义内涵、“为人生”的主导意向和强烈的社会使命感。由于俄国传统哲学不发达，文学不得不承担在别的国度通常是由哲学或其他社会科学所担当的任务。对于俄罗斯人来说，“文学是唯一的讲坛，可以从这个讲坛上诉说自己愤怒的呐喊和良心的呼声”[②]。文学也就因此显示出与历史、伦理、哲学、宗教的不可分离性。作家们的使命意识和人文情怀，使俄国文学始终是一种“介入”的文学。文学所造成的“精神气候”，不仅对特定时期社会价值观的形成和演变产生了直接影响，而且往往作用于社会政治、经济和文化的运行。19—20世纪俄罗斯文学作为民族现代化进程的重要组成部分，面临着这一进程中始终不可绕开的一系列根本问题，如东西方之间的道路选择，政治变革与文化转型的轻重缓急，统一意志与个性自由的冲突和兼顾，知识阶层价值与作用的认定和发挥，以及同关于现代化的过程、方式和后果的反思相关的忧患意识与乡土情结的体认和疏泄等。俄国文学对这些问题的探索、呈现和表达显示出它在现代化进程中不可替代的作用，不仅成为现代化运动生动的艺术录影，而且为总结和反思这一行程的历史经验提供了最有价值的参照，并由此获得了它史诗般的厚重感、沉郁苍凉的底色和永恒的艺术魅力。

回望中外文学交往史，人们不难发现，俄国文学和中国文学的关系最为密切。这是一种“剪不断，理还乱”的关系，一种无论你怎样淡化它都客观存在的史实。这种关系的形成有其内在的必然性。中

---

① *Бердяев Н. А.* Истоки и смысл русского коммунизма. Москва: Издательство «Наука»,1990.C.63. (汪介之译)

② [俄] 赫尔岑：《赫尔岑论文学》，辛未艾译，上海：上海文艺出版社，1962 年，第 58 页。

俄两国地理上是近邻，国情彼此相近，两大民族的文化心理结构也有很多相似之处；进入20世纪，都有一批志士仁人在为民族的命运而思虑，都欲唤起民众意识的觉醒，推动本民族走向现代。我国五四运动时期新文化的开拓者们就敏锐地注意到俄国文学的特点。李大钊曾经指出："俄罗斯文学之特质有二，一为社会的色彩之浓厚，一为人道主义之发达。"[①] 现代文学史家郑振铎也曾写道："俄国文学所以有这种急骤的成功，决不是偶然的事。她的真挚的与人道的精神，使她恳发了许多永未经前人蹈到过的文学园地，这便是她博人同情的最大原因。"[②] 正因为如此，中国新文学在吸取外来文学的养分、建构自身之初，便像鲁迅先生所说的那样，认定"俄国文学是我们的导师和朋友"[③]，特别注重摄取俄罗斯文学。于是，中国新文学中便清晰地显示出俄国文学的渗透与滋养，呈现出与俄国文学相似或相近的精神、基调和特色。

俄国文学不仅直接影响了中国新文学的格局与进程，也极大地改变了中国读者的阅读习惯与审美情趣，培养了一代又一代优秀读者。20世纪中国的文学翻译史表明，在我国出版的全部外国文学翻译作品中，从国别的角度而言，俄罗斯—苏联文学作品在长时期内一直占有最大的比重。这些作品不仅滋养了我国几代文学工作者，而且曾经广泛影响了成千上万普通读者的精神生活和人生道路。有许多优秀的俄罗斯文学作品，和这个民族所提供的同样出色的戏剧、电影、绘画、音乐、芭蕾舞作品一样，在中国几乎成为家喻户晓的艺术经典。

然而，毋庸讳言，时至今日，中俄文学关系的蜜月期似乎已经过去。这或许是中国文学摆脱早年文艺思潮制约的一种表现，因为它难

① 李大钊：《俄国文学与革命》，载《人民文学》1979 年第 5 期。

② 郑振铎：《俄国文学史略》，《郑振铎全集》第 15 卷，石家庄：花山文艺出版社，1998 年，第 417—418 页。

③ 鲁迅：《鲁迅全集》第四卷，北京：人民文学出版社，1981 年，第 460 页。

以忘却“一边倒”所带来的负面后果。中国当代作家和读者都把目光投向了更广阔的世界，注意吸收各国作家的艺术经验。于是，从20世纪80年代中期起，俄罗斯—苏联文学对中国文学的影响开始呈现出衰落的趋势。在世纪晚期的苍茫暮色中，这种曾拥有强大艺术吸引力的文学仿佛渐渐淡出我国一般读者的视野。这也许并非一种令人遗憾的现象。遗憾之处却在于，对于“一边倒”接受的记忆与警惕，妨碍着我国当代学界以足够的耐心再度面对并重新审视同样是自80年代中期起，日益显示出原本面貌的俄罗斯文学。不知是一个接受俄国文学的最佳历史机遇已然过去，还是一个更合适的接受氛围尚未到来。但是我们有理由相信，只要中俄两国的文化交流不至于中断，只要俄国文学本身依然是一种具有价值和特色的、不可忽视的文化存在，它就必将继续得到中国广大读者的喜爱，继续以其丰富的内涵和独特的意蕴充实与滋润我国广大读者的心田。

文学研究的重要功能之一是引导读者舆论。在中国当代文学语境中，摆在我国俄罗斯文学研究者面前的一个不可回避的课题，就是重新认识、描述和评价俄罗斯文学的历史进程。延绵十个多世纪的俄国文学，究竟走过了什么样的道路？俄国文学在其发展的不同时期出现的不同板块、各个流派和各种潮流之间存在着什么样的相互关系？俄罗斯文化传统、民族心理和精神诉求等，究竟怎样制约着其文学的特质和演变趋势，又怎样表现于文学？俄国文学究竟为人类提供了哪些真正的经典，留下了哪些应当珍视的宝贵遗产？当代读者是否还可以从俄罗斯文学中继续获取精神给养与审美愉悦？中国读者显然有理由希望通过研究者、评论者们的言说得到对于这些问题的解答。但是，截至目前，国内学界尚未能满足读者的这一需求。我们至今甚至还没有一部完整的俄国文学史著作。在国别文学史著述领域，已先后问世的有柳鸣九主编的三卷本《法国文学史》（1979、1981、1991），李赋宁、王佐良等主编的五卷本《英国文学史》（1994—2005），刘海平、王守仁主编的四卷本《新编美国文学史》（2000—2002），范大灿主编的五卷本《德国文学史》（2006），叶渭渠、唐月梅合著的四卷6册《日本文学史》（2004）等。相比之下，我们还缺少由中国学者自己编写的多卷本《俄国文学史》，可以和“科学院版”《俄国文学史》相媲美。

“科学院版”这一概念，借用于俄罗斯—苏联学术界。在俄罗斯或苏联，代表某一学科领域在特定阶段的国家水平的大型权威性著作，往往都是由俄罗斯科学院或苏联科学院组织实施，由“俄罗斯科学院出版社”（Издательство РАН）、“苏联科学院出版社”（Издательство АН СССР）等下属出版社出版的。如十卷本《世界文学史》（1983—1994，已出版前8卷）、十卷本《俄国文学史》（1941—1956）、六卷本《苏联多民族文学史》（1970）等。“苏联科学院出版社”于20世纪60年代中期改名为“科学出版社”（Издательство «Наука»），但仍隶属于苏联科学院和后来的俄罗斯科学院，继续出版许多大型的权威性学术著作，“科学院版”的提法也沿用至今。

围绕编译多卷本“科学院版”《俄国文学史》的问题，国内学者自20世纪90年代起就展开过多次讨论。2015年年底首都师范大学北京斯拉夫研究中心举办的“俄国文学史的多语种书写”国际学术研讨会召开之后，编译宗旨与基本思路逐渐明朗，但时至2018年才开始正式启动。在这一背景下，为一种学术紧迫感所驱使，我们决定选择由苏联科学院俄罗斯文学研究所（普希金之家）所长、俄国文学史研究专家尼基塔·伊万诺维奇·普鲁茨科夫（Никита Иванович Пруцков，1910—1979）主编、苏联科学出版社出版的四卷本《俄国文学史》（История русской литературы. В четырёх томах）（1980—1983），将其完整地翻译为中文，并进行系统而细致的研究，以期全面呈现苏联时期一流学者所描述的从10世纪至十月革命前俄国文学的发展进程，展示这一千年间俄国文学的历史演变、艺术成就、思想价值、文化蕴涵和美学特色；在和国内外同类著作的比照中，深入揭示这套具有代表性的文学史著作所体现的文学史观念、主导思想和编撰原则，发现其结构方式、方法论特点和话语特征，探明文学史研究、文学理论建构和文学创作之间的互动关系，为我国学界和广大读者进一步全面认识俄国文学的成就、面貌和特色，为更新文学史观念、优化文学史研究方法和推动文学史编写水平的提升，为建构科学的、完善的文学史学、文艺理论与文学批评话语体系提供有价值的参照。

一　国内外俄国文学史结撰的宏观描述

在世界文学格局中独树一帜、影响深远的俄罗斯文学，历来受到各国学界和读者的广泛关注与由衷喜爱。与此相对应，长期以来，俄国文学史研究与编撰不仅是俄罗斯—苏联文学研究领域的一个重要板块，也同样为各国文学研究界所重视。对国内外学界的俄国文学史著述作一历史的回顾，勾画出俄苏、西方和我国学者俄国文学史研究与撰写的学术进程，检视其中最有影响的代表性著作并予以扼要评说，可以使我们在彼此之间的相互比照中，深刻认识俄罗斯学者的文学史观念、主导思想和编撰原则及其演变，发现出自俄罗斯本土研究者笔下的文学史著述的特点。这一描述与考察的过程，也将说明我们为什么在如此众多的同类著述中，单单选择了普鲁茨科夫领衔主编的四卷本《俄国文学史》作为翻译与研究的对象。①

---

① 这里的“俄国文学史”，是指从古代到1917年十月革命前的俄罗斯文学发展进程，因此本章的学术史梳理，不含论述1917年以后的俄罗斯—苏联文学的文学史著作。

1. 俄罗斯—苏联学界的俄国文学史建构历程

在俄罗斯学界，俄国文学史著述和研究开始于18世纪中期。作家**瓦·基·特列季阿科夫斯基**（1703—1769）的《论俄国古代、中古和新近的诗歌作品》（О древнем, среднем и новом стихотворении российском，1755），可以说是第一部俄国文学史研究方面的著作。特列季阿科夫斯基考察了俄国自古以来作诗法发展的主要因素，论证了"重音作诗法"适合于俄语的特点，并对英雄长诗、喜剧和颂诗等体裁样式的发展做出了历史的评论。他所运用的按年代顺序来把握文学现象的方法，以及他依据作诗法形式的变化而提出的俄国诗歌史分期法，呈露出"以时代为经、以体裁为纬"的文学史方法论的萌芽。

随后出现的**亚·安·沃尔科夫**（1736—1788）的《若干俄国作家的消息》（Известие о некоторых русских писателях，1768），按出现的年代顺序对费奥凡·普罗科波维奇、特列季阿科夫斯基、罗蒙诺索夫和编者本人等活动于18世纪的42位俄国作家和诗人进行了评介。这似乎表明，在编者沃尔科夫看来，俄国文学作品事实上是在这个世纪才开始出现的。在各类体裁的作品中，沃尔科夫最为注意的是戏剧，因此连那些仅仅写过或翻译过一部戏剧作品的作者或译者，也都被收入这部编著。

如果说《若干俄国作家的消息》带有作家词典的性质，那么俄国启蒙学者、作家和批评家**尼·伊·诺维科夫**（1744—1818）则确实编辑了一本词典：《俄国作家历史词典试编》（Опыт исторического словаря о российских писателях，1772）。这部词典中收录了从"斯拉夫人中第一个有名望的作家"、《俄罗斯编年序史》（《往年故事》）的编者涅斯托尔到18世纪70年代俄国一系列作家的宝贵资料，并含有编者对这些作家及其作品的言简意赅的评价。整部词典展示出早期俄国文学多方面的成就，勾勒出它的发展进程，因此便在一定程度上获得了类似于文学史著作的价值。别林斯基后来曾指出：诺维科夫编写的这部词典是“那个时代所特有的文学批评的完美实例”，它“在俄国批评的历史评述中是不能忽略的”①。

1771年，俄国诗人和剧作家**米·马·赫拉斯科夫**（1733—1807）发表了长诗《切什梅海战》；次年，该诗的法译文在法国出版时，诗人自己为它写了一篇序言《论俄罗斯诗歌创作》（Рассуждение о российском стихотворстве，1772）。这篇序文描绘出俄国早期诗歌史的动态画幅。作者以俄罗斯民间口头文学作品为起点，把俄国诗歌的发展进程划分为三个时期，即“鞑靼人入侵之前”“鞑靼人入侵至18世纪初”和以罗蒙诺索夫的颂诗《攻克霍丁颂》（1739）发表为标志的“真正的”俄国诗歌创作开始的阶段。② 这种分期法很快就被广泛接受，并在19世纪初期的文学史著作中得到更为详尽的论证。在这里，甚至可以发现后来别林斯基的“我们的文学始于1739年”③ 这一说法的源头。

出现于18世纪的上述文献表明，“俄罗斯民族文学”的观念已在那个时代的学者和作家们的头脑中开始形成，但他们的著述还只是限于简要介绍作家的生平与作品，或概括描述俄国诗歌的成就，尚未鲜明地体现出为本民族文学写史的意识。

进入19世纪，在文学迅速发展繁荣的背景下，民族文学史的自觉意识在俄罗斯学界开始萌生。1800年，古罗斯史诗《伊戈尔出征

---

① *Белинский В.Г.* Полное собрание сочинений: В 13 т. , Т.6. Москва: Издательство Академии наук СССР, 1955, с.321.（汪介之译）

② *Херасков М.М.* Рассуждение о российском стихотворстве. Литературное наследство. Том 9-10. Москва: Журнально - газетное объединение, 1933, с.287-294.（汪介之译）

③ 参见［俄］别林斯基：《别林斯基选集》第一卷，满涛译，上海：上海译文出版社，1979 年，第 69 页注①；第三卷，1980 年，第 658 页。

记》的整理与出版，导致文学研究领域“古代俄国文学”概念的形成。作家兼教育家**伊·马·鲍尔恩**（1778—1851）在斯拉夫语文学者亚·赫·沃斯托科夫（1781—1864）的参与下编写的《俄国语文学科简明教程》（Краткое руководство к российской словесности，1808），提供了一部包括俄语语法、文学理论和俄国文学史等内容的教科书。书中论述俄国文学史的部分，沿着时间顺序编排，认为俄国文学史可以分为以下三个时期：10世纪初至15世纪中期，15世纪后期至18世纪初，当前的俄国文学。这种分期法与赫拉斯科夫分期法有所不同，即主张第二个时期应当开始于罗斯从鞑靼人的统治下解放出来之后。另外，鲍尔恩一方面肯定俄国文学在遥远的古代就已很繁荣，另一方面又承认重要的文学文献流传下来的为数不多，表达了努力挖掘古代俄罗斯文学遗产的愿望。

这一时期的俄国文学史研究呈现出两个特点。其一，文学史分期问题受到诸多作家和学者的关注，如在瓦·尼·奥林（1790—1839）的《诗歌史一瞥》（Взгляд на историю поэзии，1818）、亚·亚·别斯图热夫—马尔林斯基（1797—1837）的《俄国旧文学和新文学一瞥》（Взгляд на старую и новую словесность в России，1823）等文章中，都可以看到作者就此发表的见解。这其实是和学者、作家们关于如何把握俄国文学史实际进程的思考密切相关的。其二，一些研究者开始把自己的注意力集中到某一时期的文学史研究上来，这方面的代表性论文有尼·费·格拉马京（1786—1827）的《论古代俄罗斯文学》（Рассуждение о древней русской словесности，1809）、阿·费·梅尔兹利亚科夫（1778—1830）的《论俄国文学的现状》（Рассуждение о российской словесности в нынешнем её состоянии，1812）、维·卡·丘赫尔别凯（1797—1846）的《关于我国诗歌，特别是近十年间抒情诗的趋向》（Направление нашей поэзии, особенно лирической, в последнее десятиле，1824）等。其中，格拉马京的这篇论文着重探讨古罗斯文学的形成与发展，标志着古代文学已被确立为俄国文学史研究的重要对象，而著者也成为第一位研究古代文学的专家。作为诗人兼批评家的梅尔兹利亚科夫的《论俄国文学的现状》，则是最早研究彼得一世以后俄国文学的文章。作者所关注的，主要是18世纪出现的对俄国文学的发展有影响的诗人和作家。他论及颂诗、抒情诗、叙事长诗、诗体悲剧和寓言诗等诗歌的各种样式和类型，第一次对那个世纪中俄国作家所创作的几乎全部作品做了历史的概括。梅尔兹利亚科夫还指出，民族精神、意愿、追求和生活方式等都影响着文学，已涉及俄国文学民族风格的独特性及其形成因素的问题。十二月党诗人丘赫尔别凯在他的论文中明确提出了“文学趋向”的概念，认为当时的俄国诗坛存在着“模仿”德国及英国诗歌和显示出俄罗斯民族独创性这两种不同的趋向，而文学作品呈现出什么样的趋向，乃是评价其价值的主要依据。在这里，丘赫尔别凯鲜明地表达了俄国文学发展的民族独特性思想。

及至**尼·伊·格列奇**（1787—1867）的相关著述出现，为本民族文学写史的意识已在俄罗斯学界逐渐明确。格列奇曾编有四卷本《俄国文学教科书》（Учеблая книга российской словесности，1819—1822），其中包含俄国文学作品和外国文学作品译文的选篇或片断、诗学原理、演说术规则和文学史等内容。编者在这里显然是根据他所理解的“俄国文学”（российская словесность）的内涵进行设计和编排的，文学史是其中的重要板块之一。紧随这套教科书之后出版的格列奇的《俄国文学简史试作》（Опыт краткой истории русской литературы，1822）具有更重要的意义。在本书问世之前，他已发表过包括俄国文学年度述评在内的多篇论文。在格列奇看来，文学是一种社会现象，它发展的主要源泉是民族生活，民族精神和历史必然反映在文学中，而文学的状况又能说明民族的特性、品质与缺陷。这些认识成为他结撰《俄国文学简史试作》的思想基础。他把俄国文学的发展分为四个阶段：基督教传入以前（10世纪），11—14世纪末，15—18世纪初，从彼得一世即位到19世纪第二个十年。该书侧重于俄国历史发展过程的描述，文学本身的发展淹没在这种描述之中；但它毕竟是第一部真正的俄国文学史著述，尽管还只是一部“简史”和“试作”。

19世纪30—40年代，俄罗斯民族意识的进一步觉醒有力地推动了文学史的编写和研究。批评家**别林斯基**（1811—1848）在他的长文《文学的幻想》（Литературное мечтание，1834）中，“对于从第一个天才罗蒙诺索夫起到末一个天才库柯尔尼克君为止的我们文学的进程加以匆遽的一瞥”[①]，依次评述了罗蒙诺索夫时期、卡拉姆津时期、普希金时期、散文—民族性时期和斯米尔津时期的俄国文学，提供了近百年间文学发展史的概要。别林斯基极为重视文学的民族性问题。他写道：“文学中的民族性是什么？那是民族特性的烙印，民族精神和民族生活的标记。”[②] 这篇长文是使俄国文学批评开始成为文学中的积极引导力量的嚆矢，对文学创作和文学史研究都产生了有力的影响。从1840年起到去世前的1847年，别林斯基连续发表了九篇俄国文学年度评论（《1840年的俄国文学》《1841年的俄国文学》……，《1847年的俄国文学》两篇），还为康捷米尔、杰尔查文、冯维辛、克雷洛夫、格里鲍耶陀夫、普希金、巴拉廷斯基、柯里佐夫、莱蒙托夫、果戈理、别斯图热夫—马尔林斯基、屠格涅夫等一系列诗人和作家写过专论，这些文章彼此衔接，勾勒出18世纪以来俄国文学的演进轨迹，因而被同时代的学者们认为在一个长期中实际上代替了俄国新文学史的教程。

1835年，俄国多所大学的语文学科开始设立和讲授俄国文学史

---

① [俄]别林斯基：《别林斯基选集》第一卷，满涛译，上海：上海译文出版社，1979年，第12页。

② 同上书，第107页。

课程，改变了以往一般只有修辞学教研室和作诗法教研室的状况。从那时起，一些较为系统的文学史著作也陆续出现。**尼·斯特列卡洛夫**的《18世纪俄国文学纲要》（Очерк русской словесности XVIII столетия，1837）集中研究18世纪文学，因为在著者看来，只有从这个世纪起，俄国文学中认识自我的民族精神才开始增强，文学才成为民族生活的独具一格的表现，并开始有了长足的进步。斯特列卡洛夫把文学视为民族理性生活和精神生活的语言表现，是民族的自我认识。这一思想是他这本书立论的基础，也为后来的许多研究者所接受。

19世纪30年代出现的一部《古代俄国文学史》（История древней русской словесности，1839）的编者，是毕业于莫斯科大学的乌克兰历史学家、语文学者和诗人**米·亚·马克西莫维奇**（1804—1873）。他在1834年间先后被任命为基辅大学俄国文学教授、基辅大学校长，对于英雄史诗《伊戈尔出征记》和基辅罗斯时期的历史与文学都有深入的研究，这都为他编写《古代俄国文学史》提供了扎实的基础。马克西莫维奇别具一格地把时代放置于俄国语文学的发展中予以考察，第一次廓清了蒙古—鞑靼人入侵之前那个时期的文学史与民间口头文学遗产的紧密联系，并使古代俄国文学成为专门的研究对象。

从19世纪30年代中期起主持莫斯科大学俄国文学教研室工作的文学批评家、文学史家**斯·彼·舍维廖夫**（1806—1864），在自己给学生讲授文学史课程的基础上，编撰和出版了两卷本《以古代文学为主的俄国文学史》（История русской словесности, преисущественно древней，1846）；至1860年，该书的续编和以上两卷的重版本一起出版。这套文学史被俄罗斯学界认为是第一部系统的古代文学史著作，系编者依据自己所掌握的大量第一手资料结撰的。舍维廖夫的俄国文学史教学与著述，一直贯穿着鲜明的历史意识，注重在同本民族社会生活的紧密联系中，研究有价值的文学作品，因此当时及后来一个长时期中，在学界和学生、读者中都具有更大影响力。舍维廖夫的另一著作《诗歌史》（История поэзии，1835），也同样运用了“历史叙述”的方法，诗人普希金曾于1836年撰文给该书以好评。[①]

文学批评家、彼得堡大学俄罗斯文学教授**亚·瓦·尼基坚科**（1804—1877）的《俄国文学史试作》（Опыт истории русской литературы，1845），是在他发表的一系列文学史研究论文、开设的一系列讲座的基础上编写而成的，如《论文学的起源与精神》（1834）、《谈谈从理论上或哲学上研究文学的必要性》（1834）、《谈谈我国文学的现代趋向》（1841）、《关于批评的讲话》（1842）等。这些文章和讲座所表达的文学史观念与方法，都体现于他的这部文学史著述中。尼基坚科提出把美学、哲学的方法和历史的方法结合起来研究文学史，尝试确立俄国文学史分期的原则和方法，致力于探讨文学发展的规律，强调彼得一世改革对于俄国历史和文学进程的重大意义，论证文学的民族内容和全人类内容之间的平等价值和互相提升的作用。他在这部未能全部完成的著作中注重考察形成本民族文学的各种内外因素，重提斯特列卡洛夫曾提及的观点，强调俄国文学史应成为俄罗斯民族“自我认识的圣书”。这一见解从民族文化精神建构的高度对待文学史的编纂，给后来的俄国文学史研究者（包括亚·尼·佩平等）以很大的影响。

19世纪50年代以后，随着文艺学领域中神话学派、历史文化学派、历史比较学派和心理学派的相关理论见解的相继出现，俄国文学史研究呈现出一些新的特点。首先是各学派的学者都十分注意文学史资料的发掘与整理。那一时期出现的这方面的主要文献，有亚·尼·阿丰纳西耶夫（1826—1871）的八卷本《俄国民间童话》（1855—1863），尼·萨·吉洪拉沃夫（1832—1893）的五卷本《俄国文学

① См.: *Пушкин А.С.* Полное собрание сочинений: В 16 т. Т.12. Москва - Ленинград: Издательство Академии Наук СССР, 1949, с.65.

与古代编年史集》（Летописи русской литературы и древности，1859—1863）、两卷本《1672—1725年的俄国戏剧作品》（1874），彼·亚·叶弗列莫夫（1830—1908）的《俄国文学史资料》（1867），列·尼·迈科夫（1839—1900）的两卷本《古代俄国文学资料与研究》（1890—1891），谢·阿·文格罗夫（1855—1920）的七卷本《18世纪俄国诗歌》（1893—1901）等。与此同时展开的从古至今的作家作品集的整理和出版，也取得了丰厚的成果。这些作品和资料的编辑出版，为更系统地研究文学史、编撰更完备的文学史著作提供了必要的准备。

其次，各学派的理论家、批评家们都相当重视文学史研究的方法论。列·尼·迈科夫的《文学史是科学，也是讲授的课题》（1864），历史文化学派的代表人物之一亚·尼·维谢洛夫斯基（1838—1906）的《论文学史作为科学的方法与任务》（1870），尼·萨·吉洪拉沃夫的《文学史的任务及其研究方法》（1876），尼·帕·达什凯维奇的（1852—1908）《文学史科学的演进和当前的任务》（1877），尼·伊·卡列耶夫（1850—1931）的《何谓文学史？（谈谈文学和文学史的任务）》（1883），文格罗夫的《俄国当代文学史的基本特征》（1899）等，构成这一领域的代表性成果。这些论文侧重探讨文学史研究和编撰的意义、任务和方法，视角与观点各有不同，却都给当时和以后的文学史著述以有益的启示。

在上述学术背景下，这一时期出现了一系列侧重于某一时代或某种体裁类型的文学史著作，主要有亚·尼·佩平（1833—1904）的《俄罗斯古代故事与童话文学史纲》（Очерк истории старинных повестей и сказок русских，1857），费·伊·布斯拉耶夫（1818—1897）的《俄国民间文学与艺术史纲》（Исторической очерки русской народной словесности и искусства，1861），阿·德·加拉霍夫（1807—1892）的两卷本《古代和现代俄国文学史》

（История русской словесности, древней и новой，1863—1875），文格罗夫的《俄国最新文学史：从别林斯基去世到当代》（История новейшей русской литературы. От смерти Белинского до наших дней，1885），亚・尼・维谢洛夫斯基的两卷本《长篇小说和中篇小说史》（Из истории романа и повести，1886—1888），列・尼・迈科夫的《17—18世纪俄国文学史概要》（Очерки из истории русской литературы XVII и XVIII столетия，1889），亚・伊・基尔皮奇尼科夫（1845—1903）的《俄国新文学史纲》（Очерки по истории новой русской литературы，1896）等。同一时期面世的弗・伊・梅若夫（1830—1894）的《俄国文学史与总体文学史》（История русской и всеобщей словесности，1872），具有历史比较学派把俄国文学放置于世界文学、总体文学的场域内予以观照的意识，但正如本书的副标题“1855—1870年的图书资料”所示，事实上它的主要价值只是汇集了这段不长的时间内国内外文学书籍出版和馆藏方面的信息，为文学史著述提供了参考材料。整个19世纪后期最有分量的文学史著述，是历史文化学派的重要代表人物、俄罗斯科学院院士**亚・尼・佩平**的四卷本《俄国文学史》（История русской литературы，1898—1899）。佩平认为：诗人永远是自己时代的忧虑和理想的表达者，任何文学都是“民族的”，文学作品是历史文化发展中某个时代的文献，文学领域的一切现象和任何变革，都是总的历史倾向与作用的合乎逻辑的结果。在他看来，一个民族的文学就是表现该民族精神的作品，可以通过文学来考察社会自我意识的增长，因此他的主要着力点便是在文学中寻找对历史事件和历史状况的反映。这样，他的这部两千余页的文学史著作事实上更是一部基于文学资料而写成的文化史教程，其中缺少的是对于文学作品的美学的、艺术的分析。佩平的文学史观念与方法，对后来的文学史著述产生了明显的影响。

20世纪初，对19世纪及此前的俄国文学发展进程进行总结、同时高度关注当代文学的意识，使得这一时期的文学史研究出现了繁荣局面。承接19世纪后期尼·萨·吉洪拉沃夫、亚·尼·维谢洛夫斯基等学者关于文学史研究方法论的思考，这一时期出现了瓦·米·伊斯特林（1865—1937）的《19世纪俄国文学史中的方法论引言初稿》（1907）、瓦·瓦·西波夫斯基（1872—1930）的《作为科学的文学史》（1911）等著作。文学史家、图书馆学家谢·阿·文格罗夫在前一个时期已出版文学史著作，这一时期在文学史研究和文学资料的整理与出版两个方面继续做出了较大的贡献。他的《俄国文学的英雄主义特征》（Героический характер русской литературы，1911）、《19世纪俄国文学的魅力何在？》（В чём очарование русской литературы XIX века? 1912）等专论，不限于一般文学进程的描述与评论，而是更为注意对俄国文学的特点和发展态势做出理论概括，把文学史研究提到人文学科的一个重要领域来认识，显示出俄罗斯学界文学史学科意识正在走向成熟。文格罗夫还主持整理和编辑了大量珍贵的文学史资料，编辑出版了诸多作家作品的文集。他编纂的六卷本《俄国作家和学者传记评介词典（从俄国文明开始至当代）》（Критико—биографический словарь русских писателей и учйных （от начала русской образованности до наших дней，1886—1904））、三卷本《20世纪俄国文学：1890—1910》（Русская литература XX века.1890—1910；1914—1918），对于当时及以后的文学史编写都具有重要意义。其中，后一种编著在文学史研究中第一次把1890年作为20世纪俄国文学的开端，这一颇有见识的创见为后来学界所广泛认同。奥·弗·梅济耶尔（1862—1935）主编的两卷本《从11世纪到19世纪末的俄国文学》（Русская словесность с XI по XIX включительно；1899，1902），同样为文学史的编撰提供了丰富的资料。

新世纪之初先后出现的影响较大的著作，有叶·安·索洛维约夫（1867—1905）的《19世纪俄国文学史纲要》（Очерки по истории русской литературы XIX века，1902），瓦·阿·克尔图亚拉（1867—1942）的两卷本《俄国文学史教程》（Курс истории русской литературы，1906—1911），德·尼·奥夫相尼科—库里科夫斯基（1853—1920）主编的五卷本《19世纪俄国文学史》（История русской литературы XIX века，1908—1910），彼·谢·柯岗（1872—1932）的三卷本《俄国当代文学史纲要》（Очерки по истории новейшей русской литературы，1908—1912），彼·德·博博雷金（1836—1921）的《19世纪欧洲的长篇小说》（Евраnейский роман в XIX столетии）的第一部《三分之二世纪中的西方长篇小说》（Роман на Западе за две трети века，1900）、第二部《60年代以前的俄国长篇小说》（Русский роман до эпохи 60-х гг.，1912），瓦·瓦·西波夫斯基的《俄国文学史》（История русской словесности，1917第8版）等。社会活动家彼·阿·克鲁泡特金（1842—1921）在伦敦出版的《俄国文学中的理想与现实》（Идеалы и действительность в русской литературе，1905）[①]，也是一本文学史著作。

这些文学史著作均各有特色。如叶·安·索洛维约夫把国家政权对个性的压制和个性解放的要求之间的冲突作为检视19世纪文学发展的主线，揭示出文学史与社会思想史的密切联系。克尔图亚拉的著作着重研究的是俄国民间创作和17世纪以前的古代文学。作为俄国文艺学领域中心理学派的代表人物之一，奥夫相尼科—库里科夫斯基注重从“社会心理典型”的出现和交替这一角度来考察文学的发展，在各代人精神心理和思想观念的变化中发现文学演变的原因。作家博博雷金则用实证主义的方法，联系西欧长篇小说的成就和特色来评价俄国

① 我国译者郭安仁（丽尼）曾把该书译成中文，译著即名为《俄国文学史》（重庆书店，1931）。

长篇小说。

值得注意的还有批评家**尤·伊·艾亨瓦尔德**（1872—1928）的批评论著《俄罗斯作家剪影》（Силуэты русских писателей，1906—1910）。全书按照年代顺序评论19世纪和20世纪初的俄国作家，共60余篇评论文字，分则各自独立成篇，绘制出几乎所有俄罗斯重要作家的个性肖像；合则连缀成“史”，在总体上勾画出19世纪以来俄国文学发展的基本轮廓。作者不留意于具体作品的深入分析，而是力图发现每一作家的心理本性，提供他们的精神传记，常常能够发前人所未发。不过，该书毕竟只是一部“俄国作家论”汇集，并非严格意义上的文学史著作。

作家**高尔基**的《俄国文学史》（История русской литературы，1909），高屋建瓴地缕述自18世纪后半期叶卡捷琳娜时代至19世纪末的俄国文学，对从茹科夫斯基到列夫·托尔斯泰等一系列大作家均设专章着重予以分析与评价，提出了一系列富有创见的观点。如在谈到俄国文学中知识分子形象的描写时，高尔基提供了看待文学史的一种独特角度：俄国文学大部分是俄国知识分子的“思想体系”，俄国文学史可以作为知识分子精神历程、心灵历程的形象描述来看待。基于此，他把知识分子的命运、知识分子与人民的关系看成文学史的主线。这是高尔基的一种创举。另外，这本书中关于俄国文学作为“问题文学”之特点的概括，关于浪漫主义不是一种世界观和文学创作理论而是“一种情绪”的论述，关于“多余的人”并不多余而是“留给我们以绝好的遗产”[①]的见解，关于车尔尼雪夫斯基《怎么办？》中的拉赫美托夫形象的分析等，都显示出著者眼光的敏锐和深刻。但这本著作只是一部讲稿，其中的某些内容未做展开，仅有提纲挈领式的提示，因此还不能视为成熟的文学史著述。

---

① [苏]高尔基：《俄国文学史》，缪灵珠译，上海：上海译文出版社，1979年，第306页。

20世纪20年代以后，俄国文学史研究在苏联时期变动着的社会文化语境中继续获得进展，也呈现出一些新的特点。早期苏联文坛已确立马克思主义文学批评的主导地位，文学史编撰的观念与方法也随之发生了相应的变化；但在20年代相对宽松的氛围中，与理论批评领域一度出现流派纷呈的多元格局相似，历史文化学派、心理学派、俄国形式主义理论等，在文学史研究中仍然发挥了一定程度的影响，并留下了各自的痕迹。然而，以庸俗社会学为理论基础的"无产阶级文化派""拉普"的极左文学观，却日益明显地侵入文学史研究中。及至20世纪30年代个人崇拜盛行，20世纪40年代后期日丹诺夫主义猖獗，更给文学史著述和研究设置了重重桎梏。

从20世纪20年代到20世纪50年代初期，在俄国文学史编撰领域，先后出现了各种断代文学史著作，主要有拉·瓦·伊万诺夫—拉祖姆尼克（1878—1946）的《20世纪俄国文学：1890—1915》（Русская литература XX века.1890—1915 гг.，1920）、《从70年代至当前的俄国文学》（Русская литература от семидесятых годов до наших дней，1923），米·涅·斯佩兰斯基（1863—1938）的《俄国古代文学史》（История древней русской литературы，1920—1921，第3版），瓦·米·伊斯特林（1865—1937）的《前莫斯科时期的俄国古代文学史概要（11—13世纪）》（Очерк истории древней русской литературы домосковского периода（11—13 вв.），1922），鲍·瓦·米哈依洛夫斯基（1899—1965）的《20世纪俄国文学：从19世纪90年代到1917年》（Русская литература XX века. С девяностых годов XIX века до 1917 г.，1939），格·亚·古科夫斯基（1902—1950）的《18世纪俄国文学》（Русская литература XVIII века，1939），亚·谢·奥尔洛夫（1871—1947）的《11—16世纪的俄国古代文学》（Древняя русская литература XI —XVI вв.，1937、1939、1945）等。另外，这一时期还出现了一些俄国诗歌史等文学体裁史研究著作，如古科夫斯

基的《18世纪俄国诗歌》（Русская поэзия XVIII века, 1927）等。值得注意的是，拉·瓦·伊万诺夫—拉祖姆尼克和鲍·瓦·米哈依洛夫斯基都认同文格罗夫的观点，把1890年作为20世纪俄国文学的起点。看来，这一文学史分期法曾一度被广泛接受。

拉·瓦·伊万诺夫—拉祖姆尼克在柏林出版的《从70年代至当前的俄国文学》，是作者早年的《俄国社会思想史——19世纪俄国文学和生活中的个性主义与市侩习气》（1906）一书的增补修订本。这是一部以文学创作与文学批评的发展为基本材料来考察俄国知识分子"思想体验"的历史的著作。著者认为，俄国知识分子的历史乃是"个性主义"和"市侩习气"两种哲学因素和道德因素斗争的历史。他从这一基本理解出发，描述并分析了从18世纪到当代的社会思想、文学和文学批评的演变过程，着重揭示以知识分子为载体的俄国社会思想的发展在文学中的反映。他的这部文学史著作在当时批评界引起了广泛的反响。

20世纪40—50年代陆续问世的十卷本《俄国文学史》（История русской литературы: В 10 т.，1941—1956），是迄今为止规模最大的俄国文学史著作。这套共有十卷19册的著作，作为苏联科学院俄罗斯文学研究所（普希金之家）的一项集体研究成果，由苏联科学院院士**米·帕·阿列克谢耶夫**（1896—1981）、通讯院士**尼·费·别里奇科夫**（1890—1979）担任主编，多位著名的俄国文学研究专家担任各卷主编和参与撰写，苏联科学院出版社在莫斯科和列宁格勒同时出版，成为第一套"科学院版"俄国文学通史著作。全书沿着俄国文学产生和演进的自然顺序，分卷论述11世纪至13世纪初、13世纪20年代至16世纪80年代、16世纪90年代至17世纪末、18世纪、19世纪上半叶、19世纪20至30年代、19世纪40年代、19世纪60年代、19世纪70至80年代、1890—1917年的俄国文学发展史，内容涵盖自俄国文学产生之初到十月革命前的整个文学进程，资料翔实，分析细致，论述充分，可视为对前此全部俄国文学史研究予以总结的一项重要成果。但是，或许是因为全书的结构过于庞大，该书在体例安排上存在着某些混乱，如第三至五卷的卷册设置与分配就显得头绪不清；第五卷论述19世纪上半叶的俄国文学，第六卷和第七卷又分论19世纪20—30年代文学、40年代文学，在内容上有交叉重复之处，并造成逻辑关系上的紊乱。由于受到成书年代日丹诺夫主义的影响，这套文学史著作中还存在着不少不完善的方面和需要进一步探讨或商榷的问题。同时，全书过长的篇幅，诸多非文学内容的纳入（特别是第一至四卷），使这套文学史著作的阅读、接受和使用范围实际上很为有限。

20世纪50年代中期至20世纪80年代，苏联的俄国文学史著述和研究逐渐摆脱日丹诺夫主义的制约，以阶级冲突的视角检视文学思潮的交嬗更替、衡量作家作品的价值，不再是唯一的研究方法。文学史编写开始呈现出努力返回文学自身的迹象。这一时期先后出版的主要文学史著作有：阿·安·沃尔科夫（1909—1981）的《19世纪末与20世纪俄国文学概论》（Очерки русской литературы конца XIX и начала XX веков, 1955第2版）、《20世纪俄国文学：十月革命前》（Русская литература XX века. Дооктябрьский период，1970第5版），德·德·勃拉戈伊（1893—1984）主编的三卷本《俄国文学史》（История русской литературы. В 3-х т.，1958—1964），勃拉戈伊的个人著作《18世纪俄国文学史》（История русской литературы XVIII века，1960年第4版），帕·纳·别尔科夫（1896—1969）的三卷本《18世纪俄国文学史研究导论》（Введение в изучение истории русской литературы XVIII века. В 3-х ч.）的第一卷《18世纪文学历史文献概述》（Очерк литературной историографии XVIII века.，1964），别尔科夫的《18世纪俄国喜剧史》（История русской комедии XVIII века，1977），尼·伊·克拉夫佐夫（1906—1980）的《19世纪后半期俄国文学史》（История русской литературы второй половины XIX века, 1966），尼·卡·古德济（1887—1965）的《古代俄国文学史》（История древней русской литературы，1966年第7版），弗·弗·库斯科夫（1920—1999）的《古代俄国文学史教程》（История древнерусской литературы. Курс лекций；1966，1977），伊·彼·叶廖明（1904—1963）的《古代俄国文学讲稿》（Лекции по древнерусской литературе，1968），鲍·阿·比亚利克（1911—1988）等主编的三卷本《19世纪末—20世纪初的俄国文学》（Русская литература конца XIX — начала XX века，1968—1972），亚·尼·索科洛夫（1895—1970）的《19世纪俄国文学史》（История русской литературы XIX века，1970），格·潘·马科戈年科（1912—1986）的《18世纪俄国文学》（Русская литература XVIII века, 1970），瓦·费·彼列维尔泽夫（1882—1968）的《古罗斯文学》（Литература Древней Руси, 1971），弗·亚·扎帕多夫（1930— ）的《18世纪俄国文学：1700—1775》（Русская литература XVIII века. 1700—1775，1979）、《18世纪最后25年的俄国文学》（Русская литература последней четверти XVIII века, 1985），德·谢·利哈乔夫（1906—1999）主编的《10—17世纪俄国文学史》（История русской литературы X—XVII вв.，1980），亚·谢·库里洛夫（1937— ）、康·尼·洛穆诺夫（1911—2005）和弗·罗·谢尔宾纳（1908—1989）等合著的《11—20世纪俄国文学史：简明纲要》（История русской литературы XI–XX веков : краткий очерк, 1983），列·康·多尔戈波洛夫（1928—1995）的《在世纪交界处：论19世纪末—20世纪初的俄国文学》（На рубеже веков: О русской литературе конца XIX — начала XX века，1984），阿·格·索科洛夫的《19世纪末—20世纪初俄国文学史》（История русской литературы конца XIX – начала XX века，1988）等。

上面提到的文学史著作中，有一部分属于著者旧作的修订补充本，也有的带有文学作品选讲的性质，但勃拉戈伊、别尔科夫等老学者的著述，则表明学者个人写史、一人多著的现象较为普遍。结构文艺学专家、塔尔图学派的代表人物尤·米·洛特曼（1922—1993）在60年代也推出了一系列文学史著作，如《俄国现实主义发展的基本阶段》（1960）、《1800—1810年间俄国散文发展的道路》（1961）、《18世纪俄国小说的发展》（1963）、《18世纪俄国文学史论稿》（1963）等。根·尼·波斯彼洛夫（1899—1992）早年曾写有《基于18—19世纪俄国文学史的研究》（Из истории русской литературы 18—19 вв.，1945），在这一时期又发表了《19世纪俄国文学史：1840—1860年》（История русской литературы XIX в. 1840—1860；1962，1972）等文学史著作。

德·德·勃拉戈伊主编的三卷本《俄国文学史》，是在苏联科学院出版社更名为“科学出版社”之后由该社出版的，也是“科学院版”俄国文学史著述之一。全书所含3卷，分别论述10世纪至18世纪文学、19世纪上半叶文学、19世纪下半叶至20世纪初期文学。这套书在体例安排上追求工整协调，论述也较为简洁明了，在某些方面避免了上述十卷本《俄国文学史》之弊，却既因篇幅所限而导致对一些重要文学现象的忽视或评价不足，也因文学观念方面的原因而造成对一些作家作品、特别是关于19世纪末—20世纪初期文学的论述有着明显的片面性。因此，这显然不是一部成熟的文学史著作。

正因为如此，新的、更为完善和更加实用的“科学院版”俄国文学史著作的编写和出版，才有了很大的必要性和可以进一步拓展的学术空间。**尼基塔·伊万诺维奇·普鲁茨科夫**主编的四卷本《俄国文学史》就是在这样的背景下应运而生的。这套文学史著作同样是“普希金之家”的一项集体研究成果，主编普鲁茨科夫是苏联时期的著名俄国文学史专家，直到逝世前一直担任苏联科学院俄罗斯文学研究所所长。编委会则由阿·谢·布什明、伊·尼·库普列亚诺娃、德·谢·

利哈乔夫、格·潘·马科戈年科、克·德·穆拉托娃等一流学者组成，其他作为各卷主编和撰稿人的，也都是俄国文学史研究领域的知名学者，如费·雅·普里马、格·米·弗里德连杰尔、格·阿·比亚雷、扎·格·敏茨、亚·瓦·拉夫罗夫、鲍·瓦·阿韦林等。编写工作完成后，这套著作由苏联科学院下属的科学出版社列宁格勒分社出版，因此也是“苏联科学院《俄国文学史》”之一。更重要的是，这套文学史著作的编写吸收了以往俄国文学史研究领域的丰富经验，成为对前此俄国文学史著述的一种总结，也是苏联时期俄国文学史建构和研究领域的代表性成果。从它的主导思想、论述线索、体例安排、基本观点和行文风格等方面来看，可以说这是一部较为成熟、优秀、高质量的俄国文学史著作。这是这套文学史著作多年来受到国内外俄国文学史研究者关注的主要原因，也是我们把它作为翻译与研究对象的依据之一。

20世纪最后十年中，苏联解体之后的现实使得俄罗斯学界把更多的注意力转向了对于20世纪俄罗斯文学史的重新建构。莫斯科大学语文系20世纪俄罗斯文学史教研室集体编写的《20世纪俄罗斯文学史课程大纲（1890—1990）》（Программа дисциплины «История русской литературы XX века»（1890-е — 1990-е），1993），在这方面可以说是开风气之先。接着便出现了由俄罗斯科学院通讯院士费·费·库兹涅佐夫教授审校，由柳·阿·斯米尔诺娃、安·米·图尔科夫、维·安·恰尔马耶夫等专家合作编写的两卷本《20世纪俄罗斯文学概观·作家肖像·简论》（Русская литература XX века. Очерки. Портреты. Эссе；1994），柳·阿·斯米尔诺娃等编著的《俄罗斯文学：20世纪》（Русская литература: XX век，1995），符·维·阿格诺索夫主编的《20世纪俄罗斯文学》（Русская литература XX века，1996）等。这类文学史著述，虽然以论述20世纪俄罗斯文学为主，但其前四分之一左右的内容，均用于论述1890—1920年之间的文学，从时段划分和内容上看仍属于以往“俄国文学史”的范畴。致力于呈现出白银时代（1890—1917）俄国文学的完整面貌，对这一时期涌现的俄国现代主义思潮及相关作家作品做出科学的评价，放弃过去长期使用的“颓废派”这一带有贬抑色彩的称号，也给同一时期活跃于文坛的其他各流派作家以重新评价，是这一类文学史著作的共同特点。

20世纪90年代出现的集中论述18—19世纪俄罗斯文学的文学史著作，则有瓦·伊·费奥多尔夫的《18世纪俄国文学史》（История русской литературы XVIII века，1990），帕·亚·奥尔洛夫的《18世纪俄国文学史》（История русской литературы XVIII века，1990），薇·尼·阿诺什金娜、谢·米·彼得罗夫主编的《19世纪俄国文学史：1800—1830年代》（История русской литературы в 19 веке. 1800—1830-е годы，1991），尼·尼·斯卡托夫的《19世纪下半叶俄国文学史》（История русской литературы XIX века. Вторая половина，1992），瓦·伊·库列绍夫的两卷本《19世纪俄国文学史》（История русской литературы XIX века，1997），以及自19世纪末期以来出版的多种文学史著作的重版本或修订补充本。

上述著作中的一部分，是作为俄罗斯高等院校专业教材出版的，其总体水平未能超越普鲁茨科夫主编的四卷本《俄国文学史》。只有**瓦·伊·库列绍夫**的《19世纪俄国文学史》具有某些新特色。该著以思潮和流派为线索展开论述，但划分过于琐细，一些新提法也值得推敲。书中论述的内容，如各章标题所示，分别为“浪漫主义的各种类型”“从浪漫主义到现实主义——作为艺术方法的现实主义——作为倾向的现实主义”“批判现实主义的各种类型”“‘纯艺术’诗歌”“现实主义——自然主义——新浪漫主义——前象征主义”“多样化的、混合的现实主义”；所论各位作家，则被分别列入各种“主义”之下。这样，事实上就把一部活生生的文学史变成了以各种经不起推敲的术语概念标出的文学思潮和流派的前后更替，无法清楚地说明每一具体作家在美学倾向、创作方法、表现手段和艺术风格等方面所具有的复杂性和变化，而在试图解决这一类“归属困难”时，则往往不得不削足适履，然而其结果却难免捉襟见肘。在“批判现实主义的各种类型”一章中，编著者还做了更细的划分，把屠格涅夫、奥斯特罗夫斯基等作家列在“生活形式中的现实主义”之下，说赫尔岑显示出一种“激愤的人道主义思想形式中的现实主义”，谢德林被列为“讽刺—荒诞和政论形式中的现实主义”，陀思妥耶夫斯基和托尔斯泰属于“哲学—宗教、心理学的现实主义”，而车尔尼雪夫斯基的小说则被称为“社会乌托邦型的”①现实主义。这些划分和论述，不仅令人感到著者对各种“现实主义”的解说颇为勉强，还会引出一系列疑问，如屠格涅夫、陀思妥耶夫斯基的作品中是否没有人道主义，果戈理是否没有运用过讽刺和荒诞手法，托尔斯泰的作品是否缺乏政论的激情等。显然，在库列绍夫的两卷本文学史著作中，一些重要的观点缺乏必要的稳妥性。

进入21世纪，俄罗斯学界对于俄国文学史的研究继续向前推进，先后问世的著述主要有伊·帕·谢布雷金的《11—19世纪俄国文学史》（История русской литературы XI–XIX вв，2000），奥·鲍·列别捷娃的《18世纪俄国文学史》（2000，2003），阿·格·索科洛夫的《19世纪末—20世纪初俄国文学史》（История русской литературы конца XIX – начала XX века，2000年新版），弗·亚·克尔德什主编的两卷本《世纪之交的俄罗斯文学（1890至1920年代初）》[Русская литература рубежа веков（1890-е – начало 1920—х годов）；2000，2001]，薇·尼·阿诺什金娜、莉·德·格罗莫娃主编的三卷本《19世纪俄国文学史》（История русской литературы XIX века. Кн. I. 1800–1830-е гг.; Кн. II. 1840 –1860-е гг.; Кн. III. 1870 –1890-е гг.，2001），

① *Кулешов В. И.* История русской литературы XIX века. Москва: Издательство московского университета, 1997, с.623.（汪介之译）

尤·弗·马恩的《19世纪俄国文学：浪漫主义时代》（Русская литература X1X века. Эпоха романтизма，2001），斯·鲍·拉萨金的《俄罗斯文学：从冯维辛到布罗茨基》（Русская литература: от Фонвизина до Бродского，2001），弗·伊·萨哈罗夫的《18—19世纪俄国散文：历史与诗学问题概论》（Русская проза XVIII–XIX веков: Проблемы истории и поэтики : очерки，2002），尤·伊·米涅拉罗夫主编的《19世纪俄国文学史：1800—1830》（История русской литературы XIX века. 1800— 1830，2007）、《19世纪俄国文学史：40—60年代》（История русской литературы XIX века, 40—60 годы，2003），薇·尼·阿诺什金娜、莉·德·格罗莫娃和弗·鲍·卡塔耶夫主编的《19世纪俄国文学史：70—90年代》（История русской литературы XIX века, 70—90 годы，2001），瓦·伊·柯罗文等主编的三卷本《19世纪俄国文学史》（История русской литературы XIX века, Часть 1—3，2005），弗·雅·林科夫的《19世纪下半叶俄国文学史》（История русской литературы. Вторая половина XIX века；2010），叶·伊·安年科娃等主编的三卷本《19世纪俄国文学史》（История русской литературы XIX века в трёх томах，2012），亚·谢·亚努什克维奇的《19世纪初叶俄国文学史》（История русской литературы первой трети XIX века，2013），维·瓦·佩捷林的两卷本《20世纪俄罗斯文学史》（История русской литературы XX века；2012，2013），符·维·阿格诺索夫主编的《20世纪俄罗斯文学史》（История русской литературы XX века，2015年修订补充本）等。在文学史分期问题上，瓦·伊·柯罗文等主编的三卷本著作把19世纪俄国文学分为如下三段：1795—19世纪30年代，19世纪40—60年代，19世纪70—90年代，与尤·伊·米涅拉罗夫、薇·尼·阿诺什金娜、莉·德·格罗莫娃、叶·伊·安年科娃等分别主编的文学史著作均有所不同，体现出编者的一种新眼光。

上述几种关于20世纪文学史的著作中，均含有19世纪末—20世纪初白银时代文学的论述。其中，**弗·亚·克尔德什**领衔主编的两卷本《世纪之交的俄罗斯文学（1890至20世纪20年代初）》，由俄罗斯科学院高尔基世界文学研究所的五位资深学者组成编委会，共有26位对于相关专题有深入研究的专家参与撰稿，完稿后由该科学院下设的遗产出版社（Наследие）出版。这套厚达1700余页的两卷本文学史著作，是该所计划编写的大型《20世纪俄罗斯文学史》的第一部，也是计划中的多卷本俄国文学通史的一部分。编者认为，书中所论19世纪末—20世纪初的俄国文学（也即白银时代文学），是20世纪俄国文学的开端期。这一时段划分和普鲁茨科夫主编的《俄国文学史》的划分有所不同，后者是把这一段绵延30年左右的文学视为俄国传统文学的延续，而有别于1917年十月革命后的文学。《世纪之交的俄罗斯文学》的内容分为五大板块，除"总论"外，分别论述这一时期的现实主义、自然主义、新现实主义、象征主义、后期象征主义、阿克梅派、未来主义、"新农民诗人"和各流派之外的作家，设专章论述的作家共24位。这与普鲁茨科夫《俄国文学史》（第四卷）的选择也有较大的区别，全书的篇幅也大大增加。遗憾的是，该书只是呈露出多卷本俄国文学通史的一角，暂时还未看到这套文学大型通史的全貌。

维·瓦·佩捷林的《20世纪俄罗斯文学史》是这位学者个人所写的学术专著，共有两卷，其中第一卷论述的是19世纪90年代至1953年的文学，即20世纪俄罗斯文学的前半段，也即我们国内学界习惯上所称的俄罗斯文学史的"现代"部分。国内学界通常把1954年爱伦堡的《解冻》发表视为"俄罗斯当代文学"的起点，而该书第二卷所论述的即为1953—1993年间的文学，与我国学界的习惯分期法相近。在第一卷的10个部分中，前6个部分的内容，大都属于普鲁茨科夫主编的《俄国文学史》第四卷所论的范畴，在文学史分期上和弗·亚·克尔德什主编的《世纪之交的俄罗斯文学》相一致；设专章论述的作家为25位，无论和《世纪之交的俄罗斯文学》相比，还是和普鲁茨科夫《俄国文学史》第四卷相对照，均有很大的区别。

由以上的梳理可以看出，从20世纪90年代苏联解体到进入21世纪以来，俄罗斯学界出现的多种文学史著作，尽管其中有一部分有不同程度的创新，但均为断代文学史著述，有的还存在一些值得商榷和探讨的问题，有的则属于高等院校专业教材，在覆盖面、系统性、体例安排、论述深度和观点的稳妥等方面，都有某些不足之处。弗·亚·克尔德什主编的两卷本《世纪之交的俄罗斯文学（1890至20世纪20年代初）》，虽然显示出明显的学术创新性，也是作为俄罗斯科学院版多卷本《俄国文学史》的一部分率先出版的，但是截至目前我们仍未能窥见这套大型文学书著作的完整面貌。在这一学术背景下，只有普鲁茨科夫主编的四卷本《俄国文学史》，才成为我们译介与研究的首选。毋庸赘言，它本身存在的为成书年代所难免的局限和不足，也将为今天与以后的研究提供不容忽视的借鉴。

2. 西方学界的俄国文学史著述概览

西方学界从19世纪后期起就开始关注俄国文学，并陆续写有一些研究俄国文学和文学史的著作，较早的著述有法国作家德·沃盖的《俄国小说》（*Le roman russe*，1886），西班牙女作家艾米莉娅·巴赞的《俄国的革命与小说》（*La Revolucion y la mover en Rusia*，1887），丹麦批评家格奥尔格·勃兰兑斯的《俄国印象记》（*Impressions of Russia*，1888），美国学者I.F. 哈普古德的《俄国文学综述》（*A Survey of Russian Literature*，1902），原籍波兰的柏林大学教授亚历山大·勃鲁克纳等著的《俄国文学史》（*A Literary History of Russia*，1908），英国学者莫瑞斯·巴林的《俄国文学的里程碑》（*Landmarks in Russian Literature*，1910）、《俄国文学概要》（*An*

Outline of Russian Literature，1915），美国学者威廉·菲尔普斯的《俄国小说家评传》（*Essays on Russian Novelists*，1911），A.L.格斯里的《俄国文学研究纲要》（*Russian Literature: A Study Outline*，1917）。20世纪中期起则陆续有美国斯拉夫学者欧纳斯特·J.西蒙斯等合著的《现代俄国文学概论（1880—1940）》（*An Outline of Modern Russian Literature :1880—1940*，1944），意大利都灵版《俄国文学史》（*Storia della Letteratura Russa*，1958），英国学者约翰·菲尼尔、安东尼斯·托克斯合著的《早期俄国文学》（*Early Russian Literature*，1974），伦敦大学博士理查德·弗里博恩的《俄国小说的兴起：从〈叶甫盖尼·奥涅金〉到〈战争与和平〉》（*The Rise of the Russian Novel: Studies in the Russian Novel from Eugene Onegin to War and Peace*，1973），弗里博恩与他人合著的《俄国文学观念：从普希金到索尔仁尼琴》（*Russian Literary Attitudes from Pushkin to Solzhenitsyn*，1976）等。

但长时期中在西方特别是英语世界具有更大影响的，则是一些俄裔外籍学者的文学史论著。如1920年流亡英国、1932年回到苏联的文学批评家**德·彼·斯维亚托波尔克—米尔斯基**（Д. П. Святополк—Мирский），在英国期间曾以英语写成并出版了《现代俄国文学》（*Modern Russian Literature*，1925）、《当代俄国文学：1881—1925》（*Contemporary Russian Literature: 1881—1925*；1926）、《从早期到陀思妥耶夫斯基逝世（1881）的俄国文学史》[*A History of Russian Literature from the Earliest Times to the Death of Dostoevsky*（*1881*），1927]三本文学史著作。这三本书曾多次再版，到20世纪60—70年代已被译为欧洲各主要国家（民族）的文字。后来，这后两本书又被合成一本著作《俄国文学史》（*A History of Russian Literature*，1949）在伦敦出版。米尔斯基在论述从古代至19世纪晚期的俄国文学时，把陀思妥耶夫斯基和屠格涅夫的先后去世（1881，

1883）和列夫·托尔斯泰世界观的转变视为俄罗斯古典文学的终结，他对全部俄罗斯文学史的划分原则即是在这一见解上形成的。他的《从早期到陀思妥耶夫斯基逝世（1881）的俄国文学史》，着重研究俄国古典文学，其内容覆盖几百年间的文学进程，论及俄罗斯民间文学、诗歌、小说、戏剧、回忆录和书信、哲学随笔、文学批评、政论等各种体裁的作品。作者的文化修养和哲学思维，使他尤其重视古典作家们所留下的哲学和艺术遗产，注意揭示这些遗产对人类社会和全世界的贡献。例如，著者深入地分析了丘特切夫的哲理抒情诗，考察了托尔斯泰和陀思妥耶夫斯基的长篇小说所体现的哲学思想。作者对于哲学、社会政治、宗教哲学方面的著作也给予特别的关注，对斯拉夫派的随笔、阿·斯·霍米亚科夫的神学著作、康·列昂季耶夫的哲学—政治论著等，都一一予以评说。米尔斯基认为，作品对于思想史的影响是评价作品的更为重要的尺度。这一观点决定了他的这部文学史著作的评价视角和侧重。

米尔斯基的《现代俄国文学》（1925）、《当代俄国文学：1881—1925》（1926）两部论著，着重论述的是从19世纪晚期到20世纪初期的俄国文学。在这里，依然可见著者高度重视文学中的哲学思想的一贯视角和思路。白银时代同时活跃于文学和宗教哲学两大领域的学者和作家们的建树，尤其得到米尔斯基的青睐。弗·索洛维约夫的哲学和神学著述，罗赞诺夫的文学哲学随笔，弗洛连斯基的宗教哲学专题论文，别尔嘉耶夫和舍斯托夫的宗教文化著作，梅列日科夫斯基的文学批评论著等，米尔斯基都一概予以认真考察与评论。著者认为，19世纪末20世纪初的俄国文学，是俄国社会特定阶层意识觉醒的鲜明表现，而各种哲学思潮和流派仍旧渗透到文学中，起着统领整个文学的作用。19世纪发生在俄国思想界的斯拉夫派和西欧派之间的论争，到20世纪仍然在继续，其冲突也依旧体现于文学领域。关于两个世纪之交的俄国文坛，米尔斯基的概括性描述准确恰当,显示出深刻的艺术洞察力：

> 在契诃夫去世之前人们似乎便意识到，其榜样开创了又一个现实主义的黄金时代，他仅为这一时代之先驱。1895—1905 年间，一批年轻作家（生于 1868—1878 年间）雨后春笋般涌现，风头十足，举世闻名，其作品销量远超屠格涅夫和陀思妥耶夫斯基。他们中最突出者为高尔基和安德列耶夫，这整个运动亦可称之为“高尔基—安德列耶夫流派”。将其称为流派并无牵强之嫌，因为该派所有作家均具有诸多一致特征，显然有别于更老的前契诃夫小说流派，后者之最后一位重要代表即柯罗连科；与此同时，他们亦有别于象征主义者，有别于或多或少受象征主义影响的当代散文潮流。
>
> ……
>
> 1900—1910 年间，俄国文学分化为两个泾渭分明的部分：一边是高尔基—安德列耶夫流派，一边是象征派及其追随者。两个阵营几乎老死不相往来。起初，高尔基—安德列耶夫阵营几乎完全遮蔽了象征派，但随着时间的推移情况逐渐发生变化，如今，本世纪前十年在我们看来已成为一个象征主义时代。①

在对于具体作家的评论中，米尔斯基也常常显示出独到的眼光。如著者关于高尔基自1913年的《童年》起的作品远胜过其早期短篇小说的见解，他对从《童年》到《日记片断·回忆录》（1924）这一阶段的系列作品的深广内涵的揭示，以及关于这一时期的创作所呈现的

---

① *Святополк-Мирский Д. П.* История русской литературы с древнейших времен по 1925 год. Новосибирск: Издательство «Свиньин и сыновья», 2007. С.571-573. 译文引自［俄］德·斯·米尔斯基：《俄国文学史》（下卷），刘文飞译，北京：人民出版社出版，2013 年，第 105—106 页。

作家艺术风格之变化的评说，关于俄国读者和外国读者对高尔基早期作品的接受为何大相径庭的议论等，都超越了大量的浮泛观点，体现了一位优秀文学史家的睿智。

米尔斯基还认为，十月革命后的俄国文学是革命前文学的当然继续，尽管它似乎走上了两条被彼此分开的轨道，但其实在这两条轨道上发展的文学，依然都是统一的俄罗斯文化进程的一部分。著者的这一看法，使他在关于域外俄罗斯作家和本土作家的评价中，得以避免另一些批评家所常常抱有的某些偏见。总体而言，德·斯·米尔斯基的几部俄国文学史著作，直至今天仍然保持着其特有的价值。

第二次世界大战爆发后迁居美国、并在那里继续进行俄罗斯文学研究和教学的**马克·里沃维奇·斯洛尼姆**（Марк Львович Слоним，1894—1976），是俄罗斯域外文学“第一浪潮”中颇有影响的批评家和文学史家。在美国期间，他先后写有《俄国文学史诗：从它的起源中经托尔斯泰的发展》（*The Epic of Russian Literature: From Its Origins Through Tolstoy*，1950）、《现代俄国文学：从契诃夫到当前（1880—1952）》（*Modern Russian Literature: From Chekhov to the Present. 1880—1952*；1955）、《俄国戏剧：从帝国时代到苏维埃时代》（*Russian Theater: From the Empire to the Soviets*，1961）和《苏维埃俄罗斯文学：作家与问题（1917—1977）》（*Soviet Russian Literature: Writers and Problems. 1917—1977*）等文学史著作。其中，最后一本著作初版于1964年，在1977年出版增补本时，已论及20世纪70年代的俄罗斯文学。因此，斯洛尼姆的这四本著作，事实上已构成一大部论述俄国文学从发端到20世纪后期的、具有通史性质的文学史论著。

《现代俄国文学：从契诃夫到当前》共分18章，第1至4章论述自19世纪80年代到契诃夫时代的俄国文学，第11至18章评说从十月革命到第二次世界大战结束后的苏联文学，中间的第5至10章则是关于白银时代文学的考察和评价。在一个相当长的时期内，苏联学者编写的文学史著作，19世纪俄罗斯文学一般只讲到契诃夫为止，紧接其后的便是十月革命以后的苏联文学。在这一学术背景下，斯洛尼姆的这部文学史著作就获得了填补空白的意义。著者描述了俄国现代主义文学运动的发生和发展、1905年俄国革命及其后的文化与文学状况，对弗·索洛维约夫、罗赞诺夫、梅列日科夫斯基、费奥多罗夫、别尔嘉耶夫、舍斯托夫等俄国宗教哲学家和普列汉诺夫、列宁等马克思主义者的著述、思想和文化活动一一予以评介，论及勃留索夫、巴尔蒙特、索洛古勃、济·吉皮乌斯等象征主义者，古米廖夫、曼德尔施塔姆、阿赫玛托娃、格·伊万诺夫、戈罗杰茨基等“阿克梅派”诗人，布宁、库普林、安德列耶夫、什梅廖夫、扎伊采夫、列米佐夫、阿·托尔斯泰等现实主义者和“新现实主义者”，伊戈尔·谢维里亚宁、赫列勃尼科夫未来派诗人，以及安年斯基、库兹明、阿尔志跋绥夫等诗人和作家。

在评述白银时代文学的全部6章中，斯洛尼姆设专章评述的作家只有“高尔基”和“勃洛克与象征派”（即勃洛克、别雷、维·伊万诺夫），足见著者心目中这几位作家和诗人在白银时代文学中的地位。关于高尔基，著者写道：“高尔基之完结，高尔基之死，高尔基之垮台——这些论调在1907至1909年间讲了又讲，数年前受人疯狂爱戴的这位作家如今备受非议，可是也就在备受攻击这几年与这几年之后，高尔基写出他的若干杰作，《忏悔》《夏天》《奥库罗夫镇》《马特维·科热米亚金的一生》《罗斯记游》与《童年》等，而且已经开始在写《在人间》《我的大学》与《阿尔塔莫洛夫家的事业》等。”斯洛尼姆还认为：“高尔基在《母亲》发表之后的写作新阶段里写出了他最成熟的作品，……他比以前更注重形式问题，抑制天生爱多说话与不嫌其烦地叙述细节的作风，他改用现实风格描述俄国旧日风光，他后来根据个人经历所写的小说乃其最优秀的作品。”[①] 这些见解均甚为精辟而中肯，有力排众议、恳切陈说之功。

在《现代俄国文学：从契诃夫到当前》一书中，斯洛尼姆还介绍了白银时代俄罗斯绘画、音乐、戏剧各艺术领域的成就和活动，不仅为着重评说这个时代的文学提供了必要的背景材料，而且呈现出同一时代整个思想文化运动的生动景观，表明著者具有一种“大文学史”观。斯洛尼姆的四部俄国文学史论著，都表明他不仅善于传达出特定时期的文化生活气氛，梳理出文学发展的基本脉络，而且往往能成功地将作家个人经历的描述、创作个性的发掘和具体作品特色的概括结合起来，材料取舍精当，文笔生动有力，避免了一般文学史著作所常有的那种枯燥和平板。

俄裔美国作家**弗·弗·纳博科夫**（Владимир Владимирович Набоков，1899—1977）在20世纪40—50年代，曾于马萨诸塞州韦尔斯利学院、纽约州康奈尔大学开设过俄罗斯文学讲座。他的讲稿后来被结为《俄罗斯文学讲稿》（*Lectures on Russian literature*，1981）一书出版。在这本书的六个部分中，纳博科夫分别对果戈理、屠格涅夫、陀思妥耶夫斯基、列夫·托尔斯泰、契诃夫和高尔基等六位作家及其作品进行了评说。每一部分大都首先提供一般传记材料，接着是对每位作家的创作予以总体评述，然后是具体的文本分析。纳博科夫声称：“在我的各次讲座中，我通常都是从自己唯一感兴趣的角度来看待文学的，也即把文学视为世界艺术中的现象和个人才华的表现。”[②] 从他关于诸位作家若干作品的分析与评价中，的确可以看到

---

① [美]马克·斯洛宁：《现代俄国文学史》，汤新楣译，北京：人民文学出版社，2001年，第136、147—148页。

② *Набоков В*. Лекции по русской литературе: Чехов, Достоевский, Гоголь, Горький, Толстой, Тургенев. Санкт-Петербург: Издательская Группа «АЗБУКА-КЛАССИКА», 2010. С.164.（汪介之译）

他的这种视角。著者关于果戈理的《外套》中的细节描写的考察，对屠格涅夫擅长描写自然风景的肯定，对于托尔斯泰《安娜·卡列宁娜》中的时间安排和男女主人公的几个噩梦的分析，关于契诃夫虽然“词汇贫乏”“遣词造句几近平庸无味”，却能经由运用平白朴实的语言而成为“完美的艺术家”[①]的赞赏（著者予以评说的是契诃夫的《带哈巴狗的女人》《在峡谷里》和《海鸥》等作品），都表明他看重的确实是作品的艺术性和个人才华。正是从这一视角，纳博科夫认为屠格涅夫的《父与子》是作家“最优秀的长篇小说”、也是“19世纪最出色的作品之一”；托尔斯泰是“无与伦比的俄罗斯散文家”，是站立在前驱普希金和莱蒙托夫身后的第一位伟大作家，而其后则依次是果戈理、契诃夫和屠格涅夫。

但是，当纳博科夫一再强调《死魂灵》并非“对那个时代生活的如实描写”，当他断言陀思妥耶夫斯基的《白痴》中的“宗教主题以其庸俗无味而令人作呕”，又让人感到他所瞩目的不仅仅是作品的艺术性和作家才华。因此，通过《罪与罚》《地下室手记》《白痴》和《恶魔》等小说，纳博科夫看到的陀思妥耶夫斯基只是一位“伟大的真理探索者，人类病态心灵的天才研究者，但却不是像伟大的艺术家托尔斯泰、普希金和契诃夫那个意义上的伟大艺术家”[②]。纳博科夫还说屠格涅夫“缺乏想象的天赋”，“他精心写出的长篇小说和中篇小说的结尾矫揉造作至极，作者不遗余力地迁就读者一以贯之地在一种非常勉强地可以称之为艺术的样式中追踪主人公命运的好奇心。”[③] 这类判断既不符合作品的文本实际，也缺乏真正的说服力。至于纳博科夫关于精致优雅的欧洲文化和俄罗斯这个以苦难和不幸而

① *Набоков В.* Лекции по русской литературе. С.355.（汪介之译）

② *Набоков В.* Лекции по русской литературе: Чехов, Достоевский, Гоголь, Горький, Толстой, Тургенев. 2010. С. 209.（汪介之译）

③ *Набоков В.* Лекции по русской литературе. С. 122, 125.（汪介之译）

闻名的国度之间存在的巨大缝隙的议论，关于高尔基的“文化的低层次性”或“半知识分子性”等抨击性言辞，更显示出一种西方贵族式的偏见与自负。尽管如此，他还是能够承认：高尔基“在他严峻的小说中突出地暴露了现代俄国生活中的悲惨现实。不过其作品的字里行间仍然充满着对人的不可动摇的信念。无论多么奇怪，这位描绘生活最丑陋的方面及其野兽般残酷性的艺术家，同时又是俄罗斯文学中的一位最伟大的乐观主义者”①。

从《俄罗斯文学讲稿》全书的论述风格上，可以看出著者观点鲜明，语言锐利，分析深入细致，虽常有一得之见，却时出偏激之论，且行文过于尖刻。读者能明显地感觉到纳博科夫在谈论作家的艺术长处时创见不多，但对他们的不足（就其个人理解而言）却指责再三，往往言过其实，大有“文人相轻”之嫌。显然，以这样的眼光和话语来建构文学史著作是不合适的，而事实上这本《俄罗斯文学讲稿》也只是一部形式新颖、风格独特的作家论专著。

美国学者**查尔斯·亚瑟·莫泽**（Charles Arthur Moser）主编的一卷本《剑桥俄国文学史》（*The Cambridge History of Russian Literature*, 1989，1992，2008），是在英美国家多次再版、影响较为广泛的一部文学史论著。该书分10章勾画出从998年到1980年俄国文学的发展脉络，其中前两章论述古代至18世纪（新古典主义与启蒙运动）的文学，中间5章分论19世纪文学（感伤主义与前浪漫主义——浪漫主义——自然派及其余波——现实主义——现实主义与现代主义之间），后3章论述20世纪文学（现代主义——社会主义现实主义——寻求新方法）。全书线索清楚，对一系列重要作家作品和重要的文学现象均有较深入的评说，但其中有一些观点值得商榷。例如，由伊夫林·布里斯托（Evelyn Bristol）执笔的第8章，尽管承认“从1895到

① *Набоков В.* Лекции по русской литературе. С.414.（汪介之译）

1925年这个时期的文学，大概是俄罗斯文学史上最大的文化特质复合体”，而“当现代主义以其多样的形式盛行的时候”，由马克西姆·高尔基领导的“知识派”依然“保持了对旧现实主义传统的忠诚”[①]，却仍以“世纪之交：现代主义”为这个文学时代命名。著者把俄国现代主义时期的下限定于1925年，同时认为在1880 —1895年间，也即被命名为“现实主义与现代主义之间”的那一阶段，俄国现代主义已经在萌芽之中。当今学界一般认为，1890—1917年间是俄罗斯文学的白银时代，这是一个现代主义崛起、传统的现实主义发生深刻变化，多种思潮和流派并存发展的文坛新格局得以形成的文学阶段。《剑桥俄国文学史》的观点与此显然有别。

著者显然十分看重1925年在俄罗斯文学史上的转折意义，指出无论对于苏联文学还是俄罗斯域外文学而言，这个年份在文学分期上都起着一个分割点的作用；正是在1925年，许多身处域外的俄罗斯作家意识到他们的流亡状态将是漫长的，从而开始认真地创造俄罗斯域外文学这个分支，这一行动的标志就是弗拉季斯拉夫·霍达谢维奇——俄罗斯域外文学的一位领先创造者从这一年起定居巴黎，并且使这座城市成为二战前俄罗斯域外文学的中心。无论是在俄罗斯域外文学“第一浪潮”研究，还是在诗人兼批评家霍达谢维奇研究方面，这都是一种创见。不过，总体而言，查尔斯·亚瑟·莫泽主编的《剑桥俄国文学史》还只是一部俄国文学简史。

前几年刚刚问世、由牛津大学出版社出版的一卷本《俄国文学史》（*A History of Russian Literature*，2018），是进入21世纪以后西方学界推出的又一部有新意的俄国文学史研究著作。这部新著由**安德鲁·卡恩**（Andrew Kahn）、马克·利波韦茨基（Mark Lipovetsky，

① Moser, Charles A. *The Cambridge History of Russian Literature*. Cambridge University Press, 1992. 此处译文引自 E. 布里斯托:《20 世纪俄罗斯文学的宏观描述》，於鲸、陈萍译，载《俄罗斯文艺》，2001 年第 3 期，第 43—44 页。

Марк Липовецкий）、伊琳娜·赖夫曼（Irina Reyfman，Ирина Рейфман）、斯蒂芬妮·桑德拉（Stephanie Sandler）等英美学者（含俄裔学者）合作完成，在研究视角、体例安排和论述侧重等方面，都显示出一些新特色。全书五大部分（五编）“中世纪时期”“17世纪”“18世纪”“19世纪”“20—21世纪”的设置，和俄国本土学者编著的《俄国文学史》完全不同。如普鲁茨科夫主编的四卷本《俄国文学史》以第一卷第一编论述“古代俄国文学”，即10—18世纪前25年的俄国文学，第二编“18世纪文学”集中论述1725年以后的俄国文学；第二至四卷分别论述19世纪上半叶（1800—1855）、19世纪下半叶（1856—1881）、19世纪末至20世纪初期（1881—1917）的俄国文学；由法国斯拉夫学者乔治·尼瓦等主编的六卷本《俄国文学史》，则又是另一种分期法（见下）。显而易见，在牛津《俄国文学史》编著者看来，俄国文学史中不存在相当于欧洲文学初始阶段的“古代文学”（即“古希腊罗马文学”）那一发展阶段，所以其起点只能是“中世纪时期”，这一时期和欧洲中世纪文学在时间上是大致同步的。17世纪文学在普鲁茨科夫《俄国文学史》中仍然被看成是古代俄国文学的组成部分，但牛津《俄国文学史》却将其视为一个独立阶段，即从中世纪文学向18世纪文学过渡的时期。在这里，编著者同样是在全欧文学发展的总体图景和线索中来考察俄国文学的。另外，牛津《俄国文学史》把19世纪文学看成一个完整的阶段，而不是像以往多种文学史著作那样，把它划分为两个或三个阶段；在编著者看来，20—21世纪（第二个十年末）的文学也是前后贯通的，因此没有对这一百多年间的文学做更细致的划分。这一切都体现了编著者独特眼光。

牛津《俄国文学史》在关于19世纪、20—21世纪文学的论述中，也打破了以往俄国和西方同类著作中以时间为经、以文学思潮和流派或体裁样式为纬的习惯模式，提炼出若干问题展开论述，或进行颇有创意的“类型”研究。如在评述19世纪文学的第四编中，除了第一章“体制”、第二章“文学领域：从业余社团到专业机构和文学联盟”属于背景描述之外，其余第三至八章“主观性”“散文的形式”“帝国时期的文学身份与社会结构”“类型：英雄和反英雄”“女主人公与解放”和“奠定国家的叙事”等，均表明著者在对19世纪俄国文学全面观照的基础上，归纳出这一时期文学的若干重要特点、突出问题和主要类型，再分别展开论述。如在第五章“帝国时期的文学身份与社会结构”中，该书陈述了在这一时期的“文化空间”中“受过教育的精英”、农民和商人、神职人员和官员和文学生活的关系，讨论了“平民知识分子向何处去？”，以及“各阶级在哪里交会”等问题；第六章“类型：英雄和反英雄”依次论及浪漫主义的弃儿——“多余的人”、天才、狂人、“小人物”和外省人等人物形象类型；第七章“女主人公与解放”则对“不可或缺的女性”、母亲、妻子和情妇、“堕落的女人与诱惑者”及女革命者进行类型学分析。这就使为人们所熟悉的19世纪俄国文学得以呈现出令人耳目一新的面貌，并触及以往同类著作未予以关注的诸多现象与问题。在评述20—21世纪文学时，牛津《俄国文学史》在第五编中以“主观的诗学”“语言学诗学”“散文与戏剧：与历史的磋商”“灾难叙事”和“知识分子叙事”为各章标题，综合研究自白银时代到21世纪初期的文学，不仅在体例上摈弃了以往文学史著作排列诗人和作家姓名的传统模式，而且灵活运用新历史主义、诗学、叙事学理论解读作家作品，角度新颖，形式活泼，同样显示出著者文学史观念的更新。

在牛津《俄国文学史》的章节设置中，看不到一般文学史著作中常有的作家专论，但在其中所设的“个案研究”（Case study）中，有一部分就相当于作家专论或作品专论。如中世纪的“阿法纳西·尼基京的《三海记游》：自我与他人”“《壮士歌》与罗斯的魔法王国”“国家认同、中世纪主义和《伊戈尔出征记》的发现”，17世纪的“大司祭阿瓦库姆的《自传》”，18世纪的“卡拉姆津的《一位俄国旅行者的书信》”、关于拉季舍夫的两篇“个案研究”，19世纪的“尼古拉·果戈理”“娜杰日达·杜罗娃”及《战争与和平》，20世纪的巴赫金、阿赫玛托娃、布罗茨基、叶琳娜·施瓦茨、叶琳娜·古罗、德米特里·普里戈夫的《米利察涅尔颂》、高尔基与安德列耶夫、纳博科夫、柳德米拉·彼得鲁舍夫斯卡娅、维涅狄克特·叶罗菲耶夫的《从莫斯科到佩图什基》、巴别尔、曼德尔施塔姆的《我在天堂迷了路……》等。这些“个案研究”，在一定程度上弥补了这部文学史著作缺少作家专节的不足，但在研究对象的选择上却不够公允，如对19世纪作家的“个案研究”偏少，甚至对普希金、屠格涅夫、陀思妥耶夫斯基、契诃夫等大作家都没有进行“个案研究”；而关于20世纪作家的“个案研究”，在对象选择上则更加显示出编著者的主观性乃至随意性，布宁、安德烈·别雷、勃洛克、茨维塔耶娃、米·布尔加科夫、帕斯捷尔纳克等最有成就和影响的作家和诗人，都令人费解地被排除在外，而有一些知名度很低、影响很小的作家作品却赫然在目。因此，人们很难认为编著者的选择是恰当的。

“个案研究”中的另一些对象，不属于作家作品，而是涉及文学的传承关系、文学进程中出现的重要现象或问题，如17世纪的“宗教诗歌”，18世纪的“新诗的创作”，19世纪的“决斗的作家们”“帝国审查制度”“大写的现实主义/小写的现实主义”“知识分子”“民族/人民”和“民族诗人”，20世纪的“形式主义”“严厉批判，即对作家的政治谴责”“莫斯科—塔尔图学派”，以及跨越时代的“现代传统中的圣愚”“从罗蒙诺索夫到布罗茨基的贺拉斯‘纪念碑’式诗”“作为日记作家的列夫·托尔斯泰与索菲亚·托尔斯塔娅”等。这类“个案研究”的设置及编著者所进行的论述，显示出这部著作较强的文学史意识和问题意识。

同这后一类“个案研究”相似，牛津《俄国文学史》各编之中，还出现了一些在形式与篇幅上相当于小节的“关键词”（Keyword）；当然，书中不是仅仅列出这些关键词，而是在其后有具体的阐释。全书从文学史各个不同阶段提取的“关键词”，有中世纪从教会斯拉夫语向近代俄语转变过程中“词语的编造”，17世纪的“巴洛克”艺术风格，18世纪的“俄国古典主义”，19世纪的“浪漫主义”“区域文学”“虚无主义”和“聚合性”，20世纪的“创造生命与自我建构”和“故事体小说”等。这些“关键词”，有的指向某一时期文学生活中的重要现象，有的概括了特定阶段文学和文化的特点，有的反映了某一流派或作家群的共同倾向，犹如文学史发展中的一些令人注目的亮点。“关键词”的设置，同样显示出这部文学史著作书写方式的灵活性。

由法国斯拉夫学者**乔治·尼瓦**（Georges Nivat）等主编、西方15国学者（含外籍俄罗斯人）合写的六卷本《俄国文学史》（*Histoire de la littérature russe*，t. 1—6，1987—2005），由法国法伊雅尔出版社从1987年起陆续出版（原计划出版七卷）。这是西方学界合作编撰的一部重要的俄国文学史著作。这套著作的第一卷论述从古代到18世纪文学，第二至三卷论述的则是19世纪文学，论述20世纪文学的共为三卷，即第四至六卷。由于现在我们这本著作对西方学者编著的文学史著作的评述，目的在于为研究普鲁茨科夫主编的四卷本《俄国文学史》提供参照，因此这里我们仅对乔治·尼瓦等主编的这套《俄国文学史》的前四卷做一番考察。

这套文学史著作在体例编排上甚为灵活，如在第一卷《启蒙运动的源头》中，著者设专章论述对于俄罗斯历史与文化具有重要意义的“莫斯科—第三罗马”这一概念的本质与前提，探讨“法国和美国革命对俄国的影响”，述及“古罗斯史学研究”、中世纪到18世纪的绘画与音乐；第三卷《19世纪：小说的时代》，也列专章讨论俄国的历史编纂学、音乐和绘画。这种灵活性在第四卷《20世纪：白银时代》中体现得更为鲜明。这一卷共12章，既有关于19世纪最后十年的文学、第一次世界大战时期文学的综论，也有对两世纪之交诗歌、散文、戏剧、文学批评的分别描述；既有对俄国象征主义、阿克梅主义、未来主义等文学流派，甚至围绕在《萨蒂里孔》杂志周围的作家群体（萨沙·乔尔内依、阿维尔琴科、苔菲等）的专门论述，也有对这个时期俄国知识界在宗教哲学、美术、音乐等领域的建树所作的介绍与评价；书中设单节着重论述的对象，既有诗人、作家、批评家，又有思想家、宗教哲学家、艺术家，如契诃夫、别雷、勃洛克、维·伊万诺夫、安年斯基、帕·弗洛连斯基、梅列日科夫斯基、舍斯托夫、别尔嘉耶夫、柯·楚科夫斯基、米·格尔申松、索洛古勃、罗赞诺夫、普里什文、布宁、安德列耶夫、斯坦尼斯拉夫斯基、尼·叶甫列伊诺夫、卡·马列维奇、古米廖夫、沃洛申、库兹明、赫列勃尼科夫、克鲁乔内赫、叶·古罗、伊·兹达涅维奇、萨沙·乔尔内依等。这一卷可以说是提供了一幅白银时代——俄国“文艺复兴”时代的文化图景，不是一部普通的文学史，而是一部“大文学史”甚至文化史。

显而易见，在选择予以重点论述的诗人和作家时，这套《俄国文学史》显示出编者有别于俄罗斯国内学者的学术眼光。事实上，在第二卷《19世纪：普希金和果戈理时代》中设专节重点论述的康斯坦丁·巴丘什科夫、丹尼斯·达维多夫、彼得·科兹洛夫斯基、亚历山大·维尔特曼、德米特里·韦涅维季诺夫、弗拉基米尔·别涅季克托夫、卡罗利娜·帕夫洛娃、奥西普·先科夫斯基、雅科夫·布特科夫、弗拉基米尔·达里，以及在“俄国超验文学”的专章中列单节分别论述的彼得·恰达耶夫、伊万·基列耶夫斯基、阿列克谢·霍米亚科夫、尤里·萨马林等，在俄罗斯本国学者的同类著述中，大部分只是一带而过的名字。在第三卷享有“专节”待遇的诗人列夫·梅伊、散文作家亚历山大·埃特尔、弗拉基米尔·吉利亚罗夫斯基等，在由俄罗斯学者自己编撰的多种文学史著作中的地位，也与此相类似。由此可见西方研究者看取俄国文学的另一种选择。

在上文举出的这套文学史著作第四卷设单节论述的诗人、作家、宗教哲学家和艺术家的名单中，人们没有看到作家高尔基的名字。这也不难理解，因为西方研究者对高尔基其人其作大部分是持保留态度的。不过，著者也没有全盘否定高尔基，例如在论及《底层》时也公正地指出："就戏剧结构而言，这是高尔基两部最优秀的剧作之一。"①

乔治·尼瓦等主编的这套《俄国文学史》的一大特点，是其所依据和引征的文学史料的丰富性。如第四卷引述的"神秘无政府主义"的信奉者格·伊·丘尔科夫（1879—1939）关于这一思潮的基本社会主张的议论，文学史家米·格尔申宗（1869—1925）对别林斯基和果戈理之间因后者发表《与友人书简选》而发生争论之实质的界定，他在对屠格涅夫的评价中提出的关于文学史家们所感兴趣的究竟是什么的观点，维·伊万诺夫在论述"聚合性"思想时关于神话之意义的见解，以及他关于"现实主义的象征主义"的解释，诗人勃洛克关于俄罗斯文化是一种"综合性文化"的说明②等，这些文字与言论在其他文学史著述中，包括俄罗斯本国学者编撰的同类著作中，都是很难看到的。

这套文学史著作原先还计划编写第七卷"问题研究"，拟论述俄国文学的独特民族特征、它的种类体裁、它与别国文学的联系、知识阶层在文学进程中的作用、文学与宗教的关系等问题，表明主编者在构思上有其独创性。遗憾的是，这一卷至今未见出版。

---

① *Нива Ж.* и т. д. История русской литературы: XX век: Серебряный век. Москва: Издательская группа «Прогресс» - «Литера», 1995. С.344.（汪介之译）

② *Нива Ж.* и т. д. История русской литературы: XX век: Серебряный век. С.191, 267, 269, 166,165, 452.（汪介之译）

在西方学界推出的众多俄国文学史著作中，乔治·尼瓦等主编的六卷本文学史著作无疑是有较高水平和较高质量的，不过由于著者身份而造成的种种隔膜，以及视角上的某些偏差，却使其难免存在这样那样的局限。上面提及的其他西方学者的著述，多为断代文学史或体裁史、作家专论集，更未能构成文学通史。只有查尔斯·亚瑟·莫泽主编的《剑桥俄国文学史》、安德鲁·卡恩等合著的牛津《俄国文学史》是贯通古今的，但是和普鲁茨科夫主编的四卷本《俄国文学史》相比，这两部文学史著作的篇幅，显然限制了其内容的丰富和论述的充分。

3. 中国学界的俄国文学史编写

中国学界历来把俄国文学视为自己的导师和朋友，因此在建构中国新文学体系之初，在大量引进俄国文学作品的同时，也十分关注俄国文学史的译介、编写与研究。从20世纪20年代起，我国学者就开始编撰俄国文学史著作，成果颇丰，为我国研究者和一般读者系统地了解俄罗斯文学的发展进程提供了不可或缺的资料。这一领域的编撰工作至今仍在继续进行中，更为宏大的研究计划也业已制订，并进入实施阶段。这就使我国成为世界上除俄罗斯本国之外俄国文学史著述出现最多的国度。回顾国内学界在这方面持续探索的历程，无论对于我们顺利完成普鲁茨科夫主编的四卷本《俄国文学史》的翻译与研究，还是对于推进我国学者承担的大型文学史的编写，都有着直接的意义。

郑振铎的《俄国文学史略》（1924）是我国学者自己编撰的第一部俄国文学史著作，全书共14章。著者在第一章“绪言”中简介了俄罗斯地理、人种和语言，第二章“启源”则从俄国民间传说与史诗开始，勾画出从古代到19世纪初年文学的发展脉络，述及罗蒙诺索夫、卡拉姆津、茹科夫斯基[①]和十二月党诗人。随后各章依次论述的主要作家为普希金与莱蒙托夫、果戈理、屠格涅夫与冈察洛夫、陀思妥耶夫斯基与托尔斯泰、涅克拉索夫、契诃夫与安德列耶夫、迦尔洵等。除此而外，在具有“综述”或“概述”性质的各章中，本书还扼要介绍了诸多作家，如第七章“涅克拉索夫与其同时代作家”中就有关于阿克萨科夫、达里、帕纳耶夫、赫沃辛斯卡娅、柯里佐夫、丘特切夫、费特（申辛）、迈科夫、阿·康·托尔斯泰等作家和诗人的简述；第八章“戏剧文学”论及格里鲍耶陀夫、亚·奥斯特罗夫斯基、苏霍沃—科贝林等剧作家；在第九章“民众小说家”中，著者对格里戈罗维奇、皮谢姆斯基、列维托夫、列舍特尼科夫、格·伊·乌斯宾斯基、高尔基等作家及其作品进行了评介。颇具特色的是第十章“政论作家和讽刺作家”和第十一章“文艺评论”，著者在这里论述的有赫尔岑、奥加辽夫、车尔尼雪夫斯基、萨尔蒂科夫—谢德林、别林斯基、杜勃罗留波夫、皮萨列夫诸人；而在第十三章简要评说迦尔洵时，又论及柯罗连科、梅列日科夫斯基、济·吉皮乌斯、巴尔蒙特、索洛古勃、勃留索夫、库普林、布宁、阿尔志跋绥夫、路卜洵、谢尔盖耶夫—岑斯基、契里科夫、列米佐夫、尤什凯维奇、古谢夫—奥伦堡斯基、扎伊采夫、阿·沃伦斯基、勃洛克、维·伊万诺夫、安德烈·别雷等19—20世纪之交的作家、诗人和批评家。最后一章“劳农俄国的新作家”只提到马雅可夫斯基、谢尔盖·谢苗诺夫等人及十月革命后出现的若干文学流派，不过这也很自然，因为这毕竟是一本主要论述革命前俄国文学的著作。全书内容虽然较为简略（共10万余字），但其中的评价却精炼有力，如著者认为陀思妥耶夫斯基的小说“结构虽然都很无秩序，事实的联系也不太自然，但他的文字里面却

① 为便于读者和研究者阅读与把握，本书在梳理郑振铎《俄国文学史略》等文献资料的内容时提到的俄罗斯作家的姓名，一律采用现今的通译法，而没有使用原书中的译法。下同。

深深地潜着一种真实的精神与隐在的感动力，足以把他的缺点遮盖着”[①]。关于别雷，郑振铎指出：“在大部分的近代俄国作家中，他的个性最重；他所写的，差不多没有人可以模仿。读者也往往不了解他的意义……而在实际上，则即最严苛的作家，也不能不承认他的活跃的天才与特别丰富的情绪。”[②] 作为《俄国文学史略》之“附录”的“俄国文学年表”和“关于俄国文学研究的重要书籍介绍”，也是很有价值的参考资料。

郑振铎在这本著作的“跋”中所推荐的**瞿秋白**的《俄罗斯文学》，即后者1921至1922年旅俄期间完成的《俄国文学史》，它也是国内学者编写的一部较早的俄国文学史著作。不过这部文学史稿当时未能很快出版，后来经蒋光慈删改，并被更名为《十月革命前的俄罗斯文学》，收入蒋著《俄罗斯文学》一书，作为该书下卷，于1927年由上海创造社出版部出版。蒋光慈本人所著《十月革命与俄罗斯文学》，则作为该书的上卷同时问世。瞿秋白的《俄国文学史》共分19章（6万余字），从俄国民间文学（文字产生前的口传文学）、古代文学与“俄国文学之中世纪”（10世纪末至16世纪）写起，进而写到俄国文学在与西欧文明的联系中逐渐形成（17—18世纪），终于在19世纪迎来了“俄国文学之黎明”（卡拉姆津、茹科夫斯基、克雷洛夫、格里鲍耶陀夫），也即从感伤主义到浪漫主义时代。随后著者设专章论述的诗人和作家，只有普希金、果戈理与莱蒙托夫、列夫·托尔斯泰和陀思妥耶夫斯基等文学大家，其余所有作家都分别置于“农奴解放与文学”（屠格涅夫、格里戈罗维奇、冈察洛夫）、“60年代”（车尔尼雪夫斯基、波米亚洛夫斯基、舍勒—米哈依洛夫、奥斯特罗夫斯基）、“70年代”（格·乌斯宾斯基、兹拉托夫特

① 郑振铎：《俄国文学史略》，《郑振铎全集》第15卷，石家庄：花山文艺出版社，1998年，第449页。

② 同上书，第518页。

斯基、萨尔蒂科夫—谢德林、迦尔洵、米哈依洛夫斯基）、“80—90年代”（博博雷金、柯罗连科、契诃夫、高尔基）、“社会运动与80—90年代的文学”（马明—西比利亚克）、“1905年十月革命与旧文学”（库普林、布宁、明斯基、安德列耶夫、勃留索夫、阿·尼·托尔斯泰、巴尔蒙特、索洛古勃、梅列日科夫斯基、济·吉皮乌斯、勃洛克、别雷、维·伊万诺夫、阿尔志跋绥夫、萨文科夫—路卜洵、魏列萨耶夫）等各章中予以简述。该书还另辟两章“俄国的诗”，论及涅克拉索夫、普列谢耶夫、纳德松、尼基丁、谢甫琴科、阿·康·托尔斯泰、迈科夫、波隆斯基、费特等诗人，在“文学评论”一章中则列举别林斯基、车尔尼雪夫斯基、杜勃罗留波夫、皮萨列夫直到伊万诺夫—拉祖姆尼克、文格罗夫等人的文学批评建树。不难看出，瞿秋白的这本书事实上构成了一部较为完整的俄国文学史纲。但著者在写作此书的时期曾受到把文学和文化的阶级性庸俗化、绝对化的苏联“无产阶级文化派”的影响，不仅把这一派别当成新文学和新文化的代表而加以推崇，而且常照搬其武断的观点和结论，如断言除少数几位作家外，“20世纪的文学差不多完全卷入象征主义的虚无缥缈之乡”[①]。对于那一整个时代的文学，瞿秋白所肯定和颂扬的，只有后来成为无产阶级文化派重要代表人物之一的柏塞勒夸（帕·卡·别萨利科，1887—1920）。

汪倜然的《俄国文学ABC》（1929）与上述两本书的体例大致相同。全书共17章，第一章“俄国与俄国人”首先简要描述了俄国的自然地理环境、历史命运、民族传统和文化上长期落后的状况，论及长期艰苦的生活给俄国人的性格和心理所造成的影响及其在文学中的反映。在第2章“传说与史记”中，著者介绍了包括基辅罗斯时期的英雄故事、民间传说、宗教典籍和史诗《伊戈尔出征记》等在内的俄

① 瞿秋白：《俄国文学史》，《瞿秋白文集》（文学编）第二卷，北京：人民文学出版社，1986 年，第 217 页。

国古代文学。但著者认为，只是在彼得一世改革之后，俄国文学才开始形成，因此第3章“俄国文学的开始”谈论的其实是18世纪俄国文学。不过著者还是指出：18世纪“可以说是外国文学的吸收时期。因为当时的作家都是学校教师和翻译家：他们底工作不是创作而是介绍和翻译”[①]。该书第四至十五章论述的是19世纪俄国文学。从普希金（含莱蒙托夫）、果戈理、“自然派”文学、阿克萨科夫、屠格涅夫、冈察洛夫及其同时代作家、陀思妥耶夫斯基、托尔斯泰，戏剧、诗人、批评家与政论家，直到“契诃夫及其他”这些专章的设置中，可以看出著者对19世纪俄国文学的总体把握评说的侧重。第16章名为“高尔基及其他”，所论内容其实涵盖整个白银时代文学，除高尔基外，安德列耶夫、索洛古勃、库普林、布宁、梅列日科夫斯基、济·吉皮乌斯、阿尔志跋绥夫、谢尔盖耶夫—岑斯基、罗赞诺夫、舍斯托夫、巴尔蒙特、勃留索夫、安年斯基、维·伊万诺夫、勃洛克、别雷、库兹明、古米廖夫、戈罗杰茨基、曼德尔施塔姆和阿赫玛托娃等那一时期的重要作家、诗人和批评家，都在这一章中得到了评介。全书最后一章，即第16章“新俄文学”简要介绍的是十月革命后的俄罗斯文学，述及“列夫派”、俄国形式主义、马雅可夫斯基、帕斯捷尔纳克、“无产阶级小说家”和皮里尼亚克等，文字均不长，但往往颇为精当，即便在今天看来也没有陈旧之感。值得注意的是，书中明确指出：“俄国小说底黄金时代至陀思妥耶夫斯基之死（1881）与屠格涅夫之死（1883）而告终。以后文坛气象稍衰，但不久就接着开始了俄国小说底白银时代。”[②] 这就清楚地表明，在20世纪20年代末，中国学者就已意识到“白银时代”作为一个文学时代的存在；那种认为“白银时代”这一概念是俄国流亡作家尼古拉·奥楚普在他的《俄罗斯诗歌的‘白银时代’》（1933）一文中首先提出来的观点，显然是

① 汪倜然：《俄国文学ABC》，上海：世界书局，1929年，第10页。

② 同上书，第79—80页。

不确切的。《俄国文学ABC》这本书，如其书名所示，只是一本作为俄国文学“入门”的小册子（4万余字）出现的，但却成为一部内容相当全面而实在的俄国文学简史。

20世纪50年代以后的较长一段时期，国内的俄苏文学研究界侧重于对十月革命后苏联文学的研究，为各层次读者提供俄国文学史方面的系统知识，则是苏联学者尼·列·布罗茨基（Н. Л. Бродский，1881—1951）主编的《俄国文学史》中译本。这部《俄国文学史》中译本分为三卷（蒋路、孙玮、刘辽逸译），由作家出版社于1954年、1957年、1962年先后出版。在相当长的一段时间内，它成为我国读者全面了解十月革命前俄国文学发展进程与创作成就的主要的和可靠的途径，在国内读者和研究界都产生了较大、较为持久的影响。

我国研究者自己编写的同类文学史著作，直到20世纪80年代中期才陆续出现。**易漱泉、雷成德、王远泽**主编的《俄国文学史》（1986），在我国历史新时期的俄国文学史编写方面开风气之先。该书的十位作者，多为50年代北京师范大学苏联文学进修班、苏联文学研究班的学员，当年为他们授课的苏联专家的文学史观点和治学方法，可以说都反映在这部集体编著中。如在对19世纪之前、19世纪初期、19世纪中期、19世纪晚期至20世纪初期四个阶段的俄国文学概况做出描述时，这本文学史著作一律以“社会历史概况”作为第一节，然后才是“文学发展概述”或“文学思想斗争”。全书注重从社会历史特别是政治现实的角度考察和评价文学的特点，由此可见一斑。该书认为，在19世纪晚期至20世纪的俄国文学中，“同时存在着批判现实主义文学、资产阶级现代派文学和新型的无产阶级文学三大主要流派”[①]。这种划分和界定，显然也是几乎全盘接受20世纪50年代中期以前苏联学界文学史观念的体现。书中设专章论述的，有从普希金到

① 易漱泉、雷成德、王远泽主编：《俄国文学史》，长沙：湖南文艺出版社，1986年，第526页。

高尔基等十五位作家、批评家，其中不乏精彩之笔，但总体而言，对作品的艺术分析偏弱；统观全书，也可以感到文学史意识较为淡薄。不过，此书毕竟开始了我国研究者联手编写俄国文学史的尝试，为后来的研究者提供了借鉴。

1989年，人民文学出版社出版了**曹靖华**主编的《俄国文学史》。1992年，这本书又作为《俄苏文学史》（1—3卷，1992—1993）的第一卷，由河南教育出版社出版。① 2007年，《俄国文学史》修订本由北京大学出版社重新推出，书名改为《俄国文学史》（上卷）。这是我国学者自己编写的一部水平较高的俄国文学史著作。

《俄国文学史》（上卷）论述的是从形成于11世纪基辅罗斯时期的俄国古代文学到19世纪90年代的文学，其时间跨度约900年。覆盖面宽阔而线索清晰，剪裁精当而布局明朗，是该书在结构上的鲜明特色。全书的“引言”以简洁的笔触勾勒出俄国文学自形成起到19世纪末的发展脉络，为其后各章节的论述确立了纲领和基调；“结束语”则扼要地概括了俄国文学的基本特点和独特价值，也是对全书内容的一种总结。主体部分凡20章，论及11至19世纪的文学，但在篇幅上并非平分秋色，而是取舍恰当，重点突出。如描述11至17世纪共700年间的俄罗斯古代文学和整个18世纪文学，均仅分别用一章的篇幅，其余18章都用以论述19世纪文学。这样的安排所依据的是俄国文学发展本身的独特性。由于诸多复杂的民族历史文化原因，俄国文学的起步较晚，直到进入19世纪才进入以诗人普希金为标志的黄金时代。《俄国文学史》（上卷）以占全书90%左右的篇幅论述19世纪文学，显然是基于这一文学史事实。

曹靖华主编的这本文学史著作采用了以时间为经、以作家为纬的体例。全书始终按照文学发展的自然顺序进行客观的描述，在对各

① 这套《俄苏文学史》的第 2、3 卷论述的是十月革命后的苏联文学，因此不在本书关注的范围内。

个不同时期的代表作家及其作品的评介中勾画出文学史的实际进程，避免了以文学思潮、流派、倾向为基本线索写史时常常遇到的窘迫，在有限的篇幅中全面展示出从古代到19世纪末的俄国文学遗产，既避免了给一个个作家贴上各种未必准确的标签，也便于学生及广大读者理解与接受。例如，关于19世纪文学，该书将其分为世纪初的25年、1825—1855年、1855年至60年代末、19世纪最后30年这四个时段分别予以考察，先概述了各个阶段文学的总体面貌，每一时段之下再设专章论述代表作家（共十四位），对他们的生平、思想和创作进行深入细致的考察与分析，从而不仅清晰地勾画出19世纪俄国文学的发展历程，而且呈露出这一文学的丰饶实绩。

从章节安排和论述侧重上看，《俄国文学史》（上卷）和上面提及的苏联学者布罗茨基主编的《俄国文学史》也有着某些区别。它摈弃了后者关于时代局势、政治斗争、教育状况的往往是冗长的叙述，也没有更多地眷顾各个时期的音乐、舞蹈、绘画等艺术成就，而有关“社会背景”的概述则主要是注目于和文学直接相关的思想文化背景（如斯拉夫派和西欧派之间的争论，各主要文学期刊的倾向与影响等）。这就使得这部文学史本身的“文学性”更为突出。特别值得注意的是：布罗斯基的文学史（初版于1952年）受成书之际时代条件的制约，几乎没有提到陀思妥耶夫斯基其人其作，这显然是一大缺陷；而曹靖华主编的《俄国文学史》（上卷）则设专章论述这位伟大作家的创作，将其摆在和列夫·托尔斯泰、契诃夫等作家相同的位置。这一编排，显示出编者尊重文学史实、坚持学术标准的科学态度。

作为一部优秀的文学史著作，《俄国文学史》（上卷）完全不是一系列“作家论”的简单堆砌，而是突出了“关于文学的历史”的演变线索，充分显示出编撰者具有鲜明的“史”的意识。在对于一个时期、一个阶段的文学进行宏观描述时，这部文学史总是要说明它们在全部文学进程中的意义和作用。如在总结18世纪文学时，书中这样写道："18世纪俄国文学在俄国文学史中有承上启下的作用，它继承和发扬了古代文学的优良传统，作出了新的贡献，为19世纪俄国文学的繁荣创造了条件。"[①] 又如，在论及19世纪初期文学时，编者更充分注意到这一时期文学的独特性及其在整个文学史演进过程中的意义："就在19世纪初25年浪漫主义盛行时，克雷洛夫的寓言、纳列日内的小说、格里鲍耶陀夫的喜剧已为现实主义开辟道路。1825年普希金发表了《叶甫盖尼·奥涅金》第一章和悲剧《鲍里斯·戈都诺夫》，标志俄国现实主义创作原则初步形成。"（第37页）在谈论每一具体作家及其作品时，《俄国文学史》（上卷）也往往力求揭示其在文学史上的地位和影响。如书中认定茹科夫斯基是俄国第一个浪漫主义作家，第一个真正的抒情诗人，明确指出正是他使俄国诗歌摆脱了古典主义的桎梏，在刻画人物内心世界、改进诗歌形式、丰富诗歌语言与格律方面都有重要贡献；然而，他的诗作却由于在内容上与时代脱节而逐步销声匿迹，因此，"1820年普希金的长诗《鲁斯兰与柳德米拉》问世以后，茹科夫斯基在当时俄国文学中的权威地位就被自己的学生取代了"（第43页）。关于莱蒙托夫，该书写道："莱蒙托夫一生短促，但他给俄国文学留下的遗产是极其丰富的，他的创作对俄国文学产生了深远的影响。……莱蒙托夫在继承普希金的现实主义传统时也有他自己的独创性，尤其是在揭示人物内心世界方面有很大的突破。他所擅长的深刻的心理分析，为后世的屠格涅夫尤其是列夫·托尔斯泰开辟了道路。"（第122页）关于果戈理，书中则有这样一段论述："果戈理被称为俄国文学的'散文之父'。普希金开创了俄国文学现实主义的道路，可是从果戈理开始，现实主义文学的主要体裁小说的重要地位才真正确立。"（第127页）这些文字，不仅准确地说明了特定作家在文学史上的贡献与地位，而且在全书所论各位作家之

---

① 曹靖华主编：《俄国文学史》（上卷），北京：北京大学出版社，2007年，第32页。本节以下凡引用此书，仅在引文后直接标明页码，不再加脚注。

间、每一作家和文学总体进程之间起到了必要的勾连作用。

相对于《俄国文学史》（上卷）中的其他章节，书中关于19世纪90年代文学的论述甚为简略。或许，这一时段以及20世纪初至十月革命前的文学，也即白银时代的文学，将在《俄国文学史》（下卷）中得到充分的描述与科学的评价。从一定意义上说，下卷的编写也是对我国俄罗斯文学史研究者文学史观念的一种检验。

20世纪80—90年代我国学者编写的俄国文学史著作，还有刘亚丁的《十九世纪俄国文学史纲》（1989），马家骏的《19世纪俄罗斯文学》（1992），苏玲、刘文飞的《俄罗斯－苏联文学简史》（上、下，1993），李兆林、徐玉琴的《简明俄国文学史》（1993）等；进入21世纪之后，则有任光宣主编的《俄罗斯文学简史》（2006）、郑体武的《俄罗斯文学简史》（2006）、智量的《19世纪俄国文学史讲稿》（2013）等先后问世。其中，智量的这本讲稿在“绪论”和第一部分中从俄罗斯民族和国家的形成、俄国文学的分期、俄国文学与西欧文学的联系与区别讲起，接着简要勾画出俄国古代文学和18世纪文学的发展进程，然后分阶段详细论述19世纪俄国文学。著者着重讲述、分析得最为透彻的是普希金、屠格涅夫和列夫·托尔斯泰等作家。这既是著者研究最深的三位作家，也是19世纪俄国文学史上三座最引人瞩目的丰碑。书中在论述普希金的作品时强调：“文学作品首先应该是美的，是艺术，否则就取消了作为文学艺术存在的前提……艺术性应该是文学艺术存在的首要条件。”① 这段话可以说集中体现了著者的文学观和文学史观，这种观念渗透于全书的篇页之中。

与《19世纪俄国文学史讲稿》互为补充的，是智量的另一本《论19世纪俄罗斯文学》（2009），两者共同体现出著者的文学史观念。书中既有关于19世纪俄罗斯文学的总论，也有关于19世纪俄罗斯经典

① 智量：《19世纪俄国文学史讲稿》，上海：华东师范大学出版社，2013年，第49—50页。

作家作品的评论。著者对普希金的诗体小说《叶甫盖尼·奥涅金》的形象体系和创作方法的探讨，对赫尔岑的《谁之罪？》作为“问题小说”之特色的考量，对屠格涅夫《贵族之家》的盎然诗意和《散文诗》的情感底蕴的揭示，对托尔斯泰《安娜·卡列宁娜》的心理描写艺术的分析，对陀思妥耶夫斯基小说《白痴》中的梅思金公爵这一形象所做的追踪式的、刨根问底的解读，都显示出对于文本内容的熟知和深刻的洞察力。书中对19世纪俄罗斯一系列著名作家个性的概括，如普希金的“清丽、简洁、流畅”，莱蒙托夫的“深邃而沉郁的悲愤和忧伤”，果戈理的“辛辣”和“透彻”，屠格涅夫的“淡淡的哀愁”，陀思妥耶夫斯基的“奇峰突起”和“变幻莫测”，同样表明著者建立于熟知作品文本基础之上的敏锐艺术感受力。此书的文学史观念，突出地显示于两个方面。其一，著者再次强调，文学既然是艺术的一个门类，对文学作品的研究，就应当重艺术分析，重美学评价。他注意到，在过去一个长时期中，“我们往往习惯于用经济生产、用阶级斗争去直接地解释一切文学现象，对文学只作社会政治的分析，不作艺术特征的分析；只要求作品有思想政治内容，不要求它有艺术上的价值”①。他认为，这实际上是取消了文学的功能特征；这种思维定式，使人们在评价19世纪俄罗斯文学时，往往着重寻找它反抗农奴制、反映社会历史进程的内容，而忽视了它的许多真正感人之处，忽略了文学是“人学”的特点，只把它当成是社会政治历史生活的一种仅供参考的解说和旁证。《叶甫盖尼·奥涅金》《安娜·卡列宁娜》等经典作品，至今仍拥有范围广大的读者群，并非因为它们反映了19世纪俄国某一时期的现实状况，而是由于作品对人性和人类情感的卓越艺术表现。其二，在著者看来，俄国文学实际上是一种现实主义与浪漫主义相结合的文学，优秀现实主义作家的作品往往都具有浓

---

① 智量：《论19世纪俄罗斯文学》，上海：复旦大学出版社，2009年，第33页。

郁的浪漫主义色彩。他令人信服地论证了俄国文学中的现实主义和浪漫主义并不总是彼此矛盾甚至截然对立的，更多的时候它们往往呈现出相互融合、彼此交汇的奇妙景观。著者打破了以往某些批评家、文学史家们所习惯遵从的“独尊现实主义”的旧有模式，使19世纪俄罗斯文学的鲜明特色进一步清晰地凸显出来。

这一时期还出现了若干种作为高等院校俄语专业教材的俄文版文学史著作，如周敏显编著的《俄罗斯文学史》（1990），任光宣、张建华、余一中的《俄罗斯文学史》（2003），郑体武的《俄罗斯文学史》（上、下）（2008），刘珊的《10—19世纪俄罗斯文学史》（2010）等。陆续问世的王爱民、任何合著的《俄国戏剧史概要》（1984）、冉国选的《俄国戏剧简史》（1992）、朱宪生的《俄罗斯抒情诗史》（1993）、徐稚芳的《俄罗斯诗歌史》（2002）、任子峰的《俄国小说史》（2010）等，则是专论某一体裁的“专体文学史”类型的著作。这些著述，特别是进入21世纪以来出现的几种著作，在不同程度上吸收了国内外学界的研究新成果，具有一定的创新性，但总体而言仍较为简要，其中有的则是作为高校教材编写的，均未达到多卷本权威性的“科学院版”俄国文学史的规模与高度。

2017年11月，即在本重大项目正式立项一年之后，由刘文飞领衔申报的另一国家社会科学基金重大项目“多卷本《俄国文学通史》”获批立项，研究工作随即于次年开始启动。按照项目研究计划，这套《俄国文学通史》拟分为六卷，即：10—18世纪俄国文学，19世纪上半期俄国文学，19世纪下半期俄国文学，20世纪上半期俄国文学，20世纪下半期俄国文学，20—21世纪之交俄国文学，全书计划为200万字以上。这套俄国文学史著作，将体现中国学者的立场和观点，体现中国人的审美趣味和文学观念，并以此参与国际学术界同行的交流与对话。研究项目的首席专家和课题组成员，均为改革开放之后步入高校的一代中国俄语文学研究者，大多著有或译有俄国文学史著作或俄国文学研究论著，这也就为这套大型文学史的最终完成奠定了扎实的基础。此书的撰写和出版，既是对当代中国的俄国文学研究队伍的一次学术检阅，也将成为这一代学人集体学术智慧的结晶。在这一充满探索精神的学术氛围中，普鲁茨科夫主编的四卷本《俄国文学史》的翻译与研究，其意义更清晰地显示出来：全部研究成果不仅将为中国学者自己编写的多卷本《俄国文学通史》提供可靠的资源，而且也将成为检视后者的水平与特色的重要参照。

二　普鲁茨科夫《俄国文学史》书写的学术背景

由尼基塔·伊万诺维奇·普鲁茨科夫主编的四卷本《俄国文学史》，是苏联科学院俄罗斯文学研究所——“普希金之家”的一项集体研究成果。这套著作由苏联科学院下属的科学出版社列宁格勒分社于1980— 1983年陆续出版，通常被称为“苏联科学院《俄国文学史》”。结撰这套俄国文学通史类著作的时代，正值苏联社会“停滞时代”的末期，也即社会改革正处于经长期酝酿而面临突破的前夕。文化与文学的变革之风此时已悄然而起，并对这套文学史著作的编写产生了直接或间接的影响。然而，毋庸讳言，旧有的文学观念和思维定式仍在发生着某种惯性作用。这一切决定了普鲁茨科夫主编的这四卷本《俄国文学史》的独特品位：它深受“解冻”以后、特别是20世纪70年代以后文学新思潮的浸润，也难免被打上了那个时代的某些陈旧印痕；它既成为集中体现那一代学者文学史观念与方法的一部总结性著述，又为苏联解体之后新一代学者重新建构俄国文学史做出了绝非可有可无的铺垫。

1. 文化语境与学术资源

从普鲁茨科夫主编的四卷本《俄国文学史》问世的时间上看，其酝酿构思与实际编写显然是在20世纪70年代。这个时代独特的社会文化语境和文学生活氛围，文学界在理论批评和文学史研究领域所进行的持续探索及其成果，为普鲁茨科夫、德·谢·利哈乔夫等一批学者决定在米·帕·阿列克谢耶夫、尼·费·别里奇科夫主编的十卷本《俄国文学史》问世若干年之后，再编撰一套新的《俄国文学史》，并较快地组织实施和最终完成，提供了必要的外部条件。

事实上，20世纪50年代初期苏联文坛所出现的变化，就开始引发文学史家们关于文学史研究的回顾与反思。20年之后，文学史研究者彼·索·维霍采夫在他主编的《俄罗斯苏联文学史》（История русской советской литературы，1974）中，曾对50—60年代文学创作的特点作出这样的概括：当时的作家们“对我们这一时期、我们这一时代，对我们经历中感受到的一切，都作过深沉的思考”[①]。这一说法同样适用于这一时期的文学史研究领域，诸多学者也在进行着自己的思考。例如，1956年，《共产党人》杂志第12期发表的梅特钦科、捷缅季耶夫和洛米泽合写的文章《要深入地研究苏联文学史》，就指出在过去一个长时期中，文艺学和文学史研究存在严重思想僵化和教条主义。这可以视为文学研究者们文学是观念开始更新的初步体现。

那一时期，苏联当代文学思潮在理论上的最初呼喊，就是19世纪俄罗斯文学现实主义、人道主义传统的回归。相继出现的一大批文学作品，恢复了俄罗斯文学的“写真实”传统，促使文学的题材、体

---

① 转引自[苏]彼·维霍采夫：《50—60年代的苏联文学》，魏荒弩等译，北京：北京大学出版社，1981年，第8页。

裁、艺术手法和风格向着多样化的方向发展，在长期沉闷的苏联文坛吹起了阵阵新风。不过，文学的发展一向都不是平静无波的。从1957年初开始，中央机关报发表一系列社论或署名文章，文艺界组织召开各种形式的会议，号召开展“反对修正主义”的斗争，对文艺领域的“不健康现象”进行反击。于是，发表具有“暴露倾向”作品的刊物被勒令停刊，一批推动“解冻”思潮奔涌的作家作品受到点名批判，更发生了轰动一时的“《日瓦戈医生》事件”。这一切都表明，以行政手段对文学进行干预的做法，并没有完全停止。从20世纪60年代后半期起，一些作家由于作品在苏联国内不能公开发表，便设法将作品寄往国外。苏联政府对他们也进行了严厉的惩处，从禁止发表作品、开除出作家协会、褫夺公民权，到公审判刑和驱逐出境。1965年，“持不同政见”的作家安德烈·西尼亚夫斯基（阿勃拉姆·捷尔茨）、尤里·达尼埃尔被捕，次年在莫斯科受到公开审判。1969年，索尔仁尼琴也因把作品手稿送到国外发表而被取消作家协会会籍；1974年，他被驱逐出境。这一切都表明，“解冻”之后的文坛又出现了“时而解冻，时而冰封”的现象。

然而，从总体上看，坚冰已被打破，新路正在开通，历史的前进不允许文学与文学研究以任何方式重新回到以往的轨道上去，而文学生活实际上也是逐渐朝着健康的方向发展的。勃洛克、叶赛宁、巴别尔、梅耶荷德、维肖雷等一批长期遭受批判与否定、其作品不准出版的诗人和作家，自20世纪50年代中期起先后恢复名誉。1961年，在日丹诺夫主义时期横遭批判的安娜·阿赫玛托娃及另一女诗人玛琳娜·茨维塔耶娃的诗集，在被尘封多年后重见天日。1963年，曾与阿赫玛托娃一起遭到中央书记日丹诺夫辱骂的已故作家左琴科的作品集重新出版。1965—1967年，九卷本《布宁文集》由莫斯科的文学出版社（原国立文学出版社）出版，使新一代读者首次了解到这位第一个获得诺贝尔文学奖的俄罗斯作家的创作成就和面貌。1966年11月号、

1967年1月号的《莫斯科》杂志，连续发表已故作家米·布尔加科夫在1940年即已完成的长篇小说《大师和玛格丽特》的删节本，而它的完整本则是在1973年才出版单行本，第一次与苏联读者见面。

文学与文学史研究领域的更大变化，显然是在进入20世纪70年代之后才出现的。1971年11月，长期被排除在“主流文学”之外的伟大作家陀思妥耶夫斯基诞辰150周年纪念大会在莫斯科举行，苏联科学院世界文学研究所所长鲍·苏奇科夫在大会报告中肯定：陀思妥耶夫斯基是“发展了俄罗斯文学的民主倾向，保护被侮辱、被损害者，维护人类尊严的人道主义作家”①；新编的30卷本《陀思妥耶夫斯基全集》也从1972年起开始出版。同样是在1971年，苏联科学院世界文学研究所主编的四卷本《苏联俄罗斯文学史》出齐，其中的第四卷增设了关于阿赫玛托娃等五位长期被排斥在权威文学史著作之外的诗人与作家的专论。这一年的《文学问题》第7期报道：在20世纪20—30年代两度遭到严厉批判、后来迁居国外的俄国形式主义流派代表人物鲍里斯·艾亨鲍姆等人的若干种文学史著作，已重新在苏联国内出版。1973年，连续性文学研究丛刊《文学遗产》第84卷，也推出两册厚达600—700页的布宁研究专集。1978年，由苏联科学院世界文学研究所等多家研究单位合作编写的大型文学史研究工具书、九卷本《简明文学百科全书》出齐，十月革命前的各流派作家、20世纪初期开始文学活动的阿赫玛托娃、帕斯捷尔纳克等，在这里开始得到较为客观的科学评价。值得注意的是，研究上述“复活的作家群”的论文，也陆续在《文学问题》《俄罗斯文学》等大型期刊上出现。

上述社会文化语境为普鲁茨科夫和他的同行们联手编写一套《俄国文学史》提供了合适的时代氛围，而20世纪70年代初期相继出版的一些重要的文学理论专著，则直接成为可供这一批文学史编者借

① 转引自中国社会科学院外国文学研究所苏联文学研究室编：《苏联文学纪事（1953—1976）》，北京：生活·读书·新知三联书店，1979年，第329页。

鉴的学术资源。这里我们首先要提到的是批评家瓦·伊·伊万诺夫的文学论著《苏联文学的思想与美学原则》（Идейно—эстетические пртнципы советской литературы，1971）。在这部论著中，可以看到著者对一些作家作品和文学现象的评价观点，与以往的评论相比，已有了很大变化。著者认为，十月革命后“侨居国外的一些作家在革命前为俄罗斯文学做出了巨大贡献”，“我们的文艺学从来也没有抹煞作为艺术家的布宁所创造的一切，而是以尊敬的态度对待他的优秀作品”。在以往的一些文学论著和文学史著作中，批评家亚历山大·沃隆斯基发起成立文学团体“山隘派”（1923—1932）曾被指控为“组织反革命托洛茨基集团”，现在，瓦·伊万诺夫撇清了沃隆斯基及“山隘派”其他成员和“托派”的关系。瓦·伊万诺夫还明确指出：1946年日丹诺夫在列宁格勒党的积极分子和作家会议上的长篇报告中“过分尖锐地批评了阿赫玛托娃”，“教条主义的批评界对阿赫玛托娃创作的评价太片面了”；而对左琴科在20世纪20—30年代写的很多作品，“应该给予肯定的评价”。著者还写道：“作为艺术家的皮里尼亚克的名字几乎不公正地被遗忘了”，而一批被批判、甚至被镇压的作家，如巴别尔、伊万·卡达耶夫、茨维塔耶娃、米·布尔加科夫和批评家沃隆斯基等人的作品如今重新出版，使得20世纪20年代“文学与艺术发展的图画变得愈来愈全面了”[①]。这些观点，不仅意味着对进入20世纪以来一系列重要作家的重新评价，而且显示出一种新的文学史观念，隐约表露出重新书写文学史的意识。

同样具有文学观念更新意向的是阿·伊·梅特钦科的文学论著《继往开来——论苏联文学发展中的若干问题》（Кровное, завоеванное: из истории советской литературы；1971，1975）。著者注意到，诸多在一个长时期中被排斥、被批判或“有所保留”的

① 转引自中国社会科学院外国文学研究所苏联文学研究室编：《苏联文学纪事（1953—1976）》，北京：生活·读书·新知三联书店，1979年，第328—329页。

文学批评遗产，如今重新受到重视，出现了研究普列汉诺夫、沃罗夫斯基和卢那察尔斯基等人的理论批评的著作和文章；这些早期马克思主义批评家，以及沃隆斯基、俄国形式主义者尤里·特尼亚诺夫、鲍里斯·艾亨鲍姆等人的著作得到重新整理与出版，其观点与见解也被运用到文学研究中来。这无疑是文学批评与文学研究朝着健康方向发展的表现，但是，梅特钦科同时也指出一些不能令人满意的现象，如“许多遭到批评的作家被打入冷宫（米·左琴科、安·阿赫玛托娃、尼·扎鲍洛茨基等人）。辩论在文学生活中开始起着极其微小的作用。在许多情况下，一些作品不是凭着艺术质量获得斯大林奖金，这使作家和评论界处于尴尬的境地。”[①] 在文学和文学史研究中，下列情况更引起梅特钦科的忧虑：

> 大部分专著，不是从具体事实中归纳出艺术方法的原则，而是恰恰相反，往往用苏联作家协会章程中规定的艺术方法的公式，来“套”所研究的现象。恩格斯说过：“……如果不把唯物主义方法当作研究历史的指南，而把它当作现成的公式，按照它来剪裁各种历史事实，那末它就会转变为自己的对立物。”[②] 这个警告已经被置诸脑后。不仅是理论受到这种“方法学”的毒害，凡是文学中不符合这个标准的东西，都被排除在创作方法界限之外。例如，被排除出苏联文学主流的就有马雅可夫斯基的剧本《臭虫》和《澡堂》，普拉东诺夫、扎鲍洛茨基等优秀作家的全部创作。[③]

① [苏]阿·梅特钦科：《继往开来——论苏联文学发展中的若干问题》，石田、白堤译，北京：中国社会科学出版社，1983 年，第 296 页。

② [德]马克思、[德]恩格斯：《马克思恩格斯全集》第 37 卷，北京：人民出版社，1971 年，第 410 页。

③ [苏]阿·梅特钦科：《继往开来——论苏联文学发展中的若干问题》，石田、白堤译，北京：中国社会科学出版社，1983 年，第 297—298 页。

这里涉及的正是文学史研究领域的教条主义的、僵化的方法及其所造成的不良后果，而科学的、郑重的、经得起推敲的文学史研究，显然应当摈弃这样的方法。梅特钦科本人在本书中论及一些具体作家时，也已显示出一种新的评价眼光。如他在谈到白银时代俄国象征主义者与现实主义文学的关系时，就以勃洛克、勃留索夫、维·伊万诺夫等人的言论为据，论证了现代主义作家们并没有一律简单粗暴地否定现实主义的艺术力量和生命力；他还引用梅列日科夫斯基关于高尔基其人其作的新鲜气息的评价，说明作家个人之间的龃龉并不总是妨碍彼此之间的理解甚至认同；在述及流亡女诗人玛琳娜·茨维塔耶娃的命运时，他令人信服地指出，对于祖国和人民的深厚情感，她在困境与矛盾中的苦心探索，决定了这位富有才华的诗人的一系列诗歌的基调。上述所有提法，都表明一种新的文学史观念与研究方法，正在20世纪70年代的文学研究界酝酿形成。

在当时的文学研究界产生了更大影响的，是文学史家、文学理论家米·鲍·赫拉普钦科的研究论著《作家的创作个性和文学的发展》（Творческая индивидуальность писателя и развитие литературы）。该书初版于1970年，随后多次再版。赫拉普钦科在他的这部专著中，特别强调对于作家的创作个性的研究。在他看来，作家的创作个性越是鲜明突出，他与世界的联系就越紧密，即“越是有个性的，就越具有普遍意义”，而在文学史研究中忽视创作个性，就不可能哪怕是稍微有些说服力地说明文学发展的进程。主张注重从作家创作个性的视角考察文学的历史发展，成为这部论著的一个核心论点。

这一观点的提出，显然是有感而发。以往苏联的批评家和文学史研究者，对作家创作个性的关注与研究远远不够，却对作家的“世界观”甚为注意，并往往把世界观“归结为”政治观点、政治立场。赫拉普钦科并不反对研究者注意作家的世界观，但是他又指出：把作家的世界观和政治观点混为一谈，恰恰是十分错误的，因为“作家的世界观不仅包括政治现象，而且涉及范围非常广泛的问题：哲学问题、社会问题、历史问题、道德问题和美学问题，它还涉及阶级的相互关系和对自然现象的理解，触及认识问题和个人在社会中的命运问题等等。但作家的政治观点同理解和揭示生活进程、社会关系和历史事件之间往往存在着尖锐的矛盾。”① 著者在这里所否定的，其实是以往研究者自觉或不自觉地遵循的一种思维定式。这里所提出的，显然是文学和文学史研究的一种新视角。

赫拉普钦科还注意到，在以往的文学史研究中，许多研究者热衷于“琐碎的历史考证和经验主义的评注”，这类大量存在的研究方法，也即“所谓对文学的纯粹的社会起源的研究”。他引用作家伊里亚·爱伦堡的一段话来表达对这种研究的怀疑：“难道亿万人阅读《红与黑》是为了要知道19世纪20年代末期的法国社会是个什么样子的吗？谁敢肯定说，《堂吉诃德》许多世纪来之所以激动人心，是因为它讽刺了曾经吸引过16世纪的西班牙人的骑士小说呢？”② 在此基础上，赫拉普钦科主张注意阐明以往各种文学现象的社会美学影响，揭示这些文学现象对于现代人的意义，即在更广阔的范围内考察文学现象的作用，探讨一系列优秀作品保持长久的艺术生命力的内在原因。

在论及文学史研究中的分类研究、“类型”划分问题时，赫拉普钦科所提出的一些观点尤其引人注目。他旗帜鲜明地指出：那种“认为现实主义和反现实主义是整个世界艺术史中两个基本流派”这一观点的持有者们，不能清楚地说明艺术发展各个阶段的相互关系以及艺术类型的相互关系等问题，而所谓“反现实主义”这一概念更是经不

① [苏]米·赫拉普钦科：《作家的创作个性和文学的发展》，上海人民出版社编译室译，上海：上海人民出版社，1977年，第42页。

② *Эренбург И.Г.* Собрание сочинений: В 9 т. , Т.6. Москва: Издательство «Художественная литература», 1965. С.136. (引者译)

住批评的。“不是现实主义就是反现实主义这一理论的辩护者们力图证明其见解是确凿有据的，他们对世界艺术史的重要过程采取不说是任意臆断、至少也是非常随便的解释。”[①] 众所周知，在以往的文学史研究中，“现实主义——反现实主义”成了研究者们几乎一致遵循的一个公式。在这一背景下，赫拉普钦科的观点在这一研究领域无疑具有振聋发聩的作用。

文学史研究中的分类研究的最大局限，按赫拉普钦科的说法，在于一些研究者所坚持的“思想共同性的原则”或“世界观共同性的原则”。遵循这种原则，在以往的文学史研究中，“政治立场”相同或相近的作家总是被归为一类。如有的文学史研究者认为，在19世纪俄国文学中曾存在过“革命民主主义的现实主义”这一支派，但是他们却不能清楚地说明为什么该支派内部的赫尔岑和谢德林之间相距甚远，而未被列入这一支派的波米亚洛夫斯基、列舍特尼科夫、尼古拉·乌斯宾斯基等人的创作，却接近于涅克拉索夫和车尔尼雪夫斯基。还有的文学史编写者把俄国文学中的现实主义分为几种形态，即贵族的现实主义、资产阶级的现实主义、革命民主主义的现实主义和无产阶级的现实主义，不过他们始终没有、也不可能说明这一或那一现实主义流派所具有的独特性。

赫拉普钦科发现，在根·尼·波斯彼洛夫的《19世纪俄国文学史》（1962）中，“思想共同性的原则”得到了极为广泛的运用。在描述19世纪40—60年代俄国文学的发展进程时，波斯彼洛夫认为在这一时期的文学中存在着以下流派，即：（1）贵族革命性的流派；（2）革命民主主义作家；（3）以其民主倾向的不彻底性和自发性见称的一些民主主义作家；（4）贵族自由主义流派；（5）资产阶级自由主义流派；（6）贵族的或民主主义的宗法制流派。赫拉普钦科指

---

① ［苏］米·赫拉普钦科：《作家的创作个性和文学的发展》，上海人民出版社编译室译，上海：上海人民出版社，1977年，第363—364页。

出：这样琐细的划分所遵循的标准，根本不能用来揭示分属各流派作家的创作特点，因此这种分类不可避免地引起激烈的反驳。他接着写道："在从世界观立场相似这一角度作出的文学现象的分类中，清楚地表现出了对文学特性的估计不足，毫无根据地把世界观和艺术作品混为一谈。除此之外，在研究文学思潮时这样或那样地被加以应用的世界观共同性原则，不能提供可能性，例如，对体裁的分类、文学发展的历史形式的分类进行研究。这反过来又表明了这种看法的不足之处。"① 当研究者们遵循世界观共同性原则来研究文学史，同时又把世界观简单地"归结为"政治立场时，就不可避免地走向总是从"政治"视角来检视作家作品。赫拉普钦科所提到的苏联学者们对陀思妥耶夫斯基艺术成就的贬低，对高尔基创作的完整面貌的遮蔽，对叶赛宁、阿赫玛托娃、帕斯捷尔纳克、茨维塔耶娃、谢尔盖耶夫—岑斯基、普里什文、魏列萨耶夫等一大批作家和诗人的评价严重不足，其源盖出于此。

赫拉普钦科以及瓦·伊万诺夫、阿·梅特钦科等研究者的上述论著在20世纪70年代初期的相继问世，是那一时期苏联学界文学史观念变化更新的表现，其中许多带有拨乱反正性质的观点，仿佛就是针对前此出版的多种文学史著作、包括米·帕·阿列克谢耶夫、尼·费·别里奇科夫主编的十卷本《俄国文学史》而发的。这就不仅为正在酝酿编写多卷本《俄国文学史》的普鲁茨科夫等学者提供了重要的学术资源，而且极大地鼓舞了他们高质量地完成这套文学史书写的信心。

---

① [苏]米·赫拉普钦科：《作家的创作个性和文学的发展》，上海人民出版社编译室译，上海：上海人民出版社，1977年，第310页。引者根据原文对引文稍作改动。

2. 重建《俄国文学史》的主体优势

普鲁茨科夫主编的四卷本《俄国文学史》作为下设于苏联科学院的俄罗斯文学研究所（ИРЛИ）的一部集体著述，依托这家研究机构在长时期中形成的厚实学术积累，凝聚着几代学者关于俄国文学发展进程的深入思考，呈现出编撰者们对本国文学的历史进行潜心探讨与科学评价的厚重成果，从而成为他们的学术素养和研究水平的一种群体展示。编撰者们的素养与水平，是这套文学史得以顺利完成，并在苏联解体之前的同类著述中独占鳌头的主体条件。

俄罗斯文学研究所是设在圣彼得堡（1914年后称彼得格勒，1924—1991年间称列宁格勒）的一家文学研究学术机构，于1905年作为普希金研究的文献史料中心和博物院而建立，因此初名为“普希金之家”（Пушкинский Дом）。从1918年起，“普希金之家”成为科学院的一个下属单位，而在20世纪20年代则一度被称为“新俄罗斯文学研究所”（Институт новой русской литературы），1930年改名为“俄罗斯文学研究所”，而“普希金之家”的称谓也沿用至今。俄罗斯文学研究所从事从古代到现代的俄罗斯文学研究，下设古俄罗斯文学、18世纪文学、新俄罗斯文学（指19世纪以来的初至1917年的文学）、苏联文学、民间诗歌创作、俄罗斯文学与外国文学的关系等若干研究室，并拥有丰富的藏书、多种成套的文学期刊和诸多文学家的档案室、手稿部，保留着大量珍贵的文学文献，甚至保留着著名文学史家谢·阿·文格罗夫等多位学者为展开研究工作而制作完整的卡片。建所之初，俄罗斯文学史上的著名批评家和作家，如卢那察尔斯基、阿·托尔斯泰、高尔基等，都曾参与俄罗斯文学研究所的工作。老一代俄罗斯文学研究领域的许多著名学者，如康·马·阿扎多夫斯基、米·帕·阿列克谢耶夫、谢·德·巴卢哈特、帕·纳·别尔科夫、格·亚·古科夫斯基、维·马·日尔蒙斯基、瓦·阿·杰斯尼茨基、亚·谢·奥尔洛夫、鲍·维·托马舍夫斯基、鲍·米·艾亨鲍姆等，他们的学术经历也都和俄罗斯文学研究所有着密切的联系。

俄罗斯文学研究所在所内学者们的共同努力下，推出了不少已形成系列的研究成果。除了关于俄国文学发展史中各个阶段的几乎所有主要诗人、作家和批评家的专题研究著作之外，研究所更特别注重俄国文学史资料、文学档案的发掘、整理和汇编，大型多卷本文学史和文学研究指南类书籍资料的编写，在20世纪30年代就编辑出版了六卷本《文学档案》（Литературный архив，1932—1936）。第二次世界大战结束后，这方面的研究呈密集型增长的态势，至60年代末，已完成并出版以下集体研究成果：

十卷本《俄国文学史》（История русской литературы，1941—1956）；

两卷本《俄国批评史》（История русской критики，1958）；

两卷本《俄国长篇小说史》（История русского романа，1964）；

《19世纪俄国文学史：图书索引》（*История русской литературы XIX в. Библиографический указатель*，1962）；

《19世纪末——20世纪初俄国文学史：图书索引》（История русской литературы конца XIX —— начала XX века. Библиографический указатель，1963）；

《18世纪俄国文学史：图书索引》（История русской литературы XVIII века. Библиографический указатель，1968）；

九卷本《苏联文学问题》（Вопросы советской литературы，1953—1961）。

此外，俄罗斯文学研究所还有以下连续出版物：

62 辑《古俄罗斯文学研究室著作集》（Труды отдела древнерусской литературы，1934—2014）；

20 辑《18 世纪（文学史论文集）》（XVIII век，1935—1996）；

19 辑《普希金：研究与资料》（Пушкин. Исследования и материалы，1956—2004）；

35 辑《俄国民间文学创作：资料与研究》（Русский фольклор. Материалы и исследования，1956—2016）。

1958年，该所创办了俄国文学史研究的专门期刊《俄罗斯文学》（Русская литература），开辟了学者们系统考察自古至今俄国文学发展各个阶段的成就、现象和问题，发表最新研究成果的阵地，有力地推进了文学史研究的拓展。

这样的学术积累和研究环境，使俄罗斯文学研究所的学者们在文学史研究领域拥有得天独厚的优势。上述各项集体研究成果、多种连续出版物和大量专题研究著作从构思、运作再到完成、问世的整个过程，培养了一大批学养深厚、视野开阔、勤于思考、勇于创新的研究者。参与所有这些著作编撰工作的人们，并没有在已经取得的研究成果面前故步自封，而是不断探索，力求把研究工作继续推向前进。正因为如此，他们才有可能在本研究所前辈学者主编的十卷本《俄国文学史》（1941—1956）问世20年后，决定重新编写一套《俄国文学史》，尽管他们当中有多人本身就是前一套文学史著作的参与者（如阿·谢·布什明、格·阿·比亚雷、莉·米·洛特曼、克·德·穆拉托娃、格·米·弗里德连杰尔等）。在新的时代条件下重建《俄国文学史》，既是对以往文学史研究和著述的改进、匡正和完善化，也是编撰者们对自身的一种超越。

四卷本《俄国文学史》的主编普鲁茨科夫是苏联时期的著名俄国文学史专家，直到逝世前一直担任苏联科学院俄罗斯文学研究所所长。他是一位科班出身的文学研究者，1931年毕业于沃罗涅什大学，1934进入沃罗涅什师范学院研究生班学习，后来担任该校俄国古典文学教研室主任，1938年在莫斯科文史哲学院（МИФЛИ[①]）通过了题为《瓦·彼·鲍特金与19世纪40—60年代的文学和社会斗争》（В. П. Боткин и литературно— общественная борьба 40—60-х годов XIX века）的副博士学位论文答辩；1948年成为苏联科学院世界文学研究所攻读博士学位的研究生，1951通过了由尼·列·布罗茨基教授指导的题为《格列勃·乌斯宾斯基的创作》的博士学位论文答辩。

普鲁茨科夫的导师尼·列·布罗茨基（Николай Леонтьевич Бродский，1881—1951）原为莫斯科大学教授，从1941年起担任苏联科学院世界文学研究所俄罗斯文学研究室主任。他也就是前文已提及的早就被（1954、1957、1962）译为中文的三卷本《俄国文学史》的主编。布罗茨基侧重研究19世纪俄罗斯文学，曾发表过关于普希金、莱蒙托夫、屠格涅夫、别林斯基、陀思妥耶夫斯基和赫尔岑等作家、批评家的研究论著，是屠格涅夫研究领域的专家。导师的研究思路和治学方法，即由若干经典作家先后切入，达至对某一时期文学进程的完整把握，对普鲁茨科夫产生了良好影响。

从1951年起，普鲁茨科夫成为科学院俄罗斯文学研究所的研究人员，1966年开始担任该所新俄罗斯文学研究室主任，后又接任研究所所长，直至1978年。他从1932年起就开始发表学术论文，其研究逐渐集中于19世纪下半叶到20世纪初的俄国文学史和文学批评史上来，涉及文学与社会思想的关系、如何看待古典文学遗产、文学研究方法论等问题，对19世纪作家作品和文学运动的研究尤其深入。普鲁茨科

① 全称为“莫斯科车尔尼雪夫斯基哲学、文学与历史学院”（Московский институт философии, литературы и истории имени Н. Г. Чернышевского），是一所具有综合性大学性质的人文科学高等院校，1931 年从莫斯科大学分离出来独立建校，1941 年重新并入莫斯科大学。

夫曾发表过一系列学术专著，主要有《格列勃·乌斯宾斯基的创作道路》（Творческий путь Глеба Успенского，1958），《文学批评分析的问题》（Вопросы литературно—критического анализа，1960），《思想家与艺术家：亚·伊·赫尔岑的长篇小说〈谁之罪？〉》（Мыслитель и художник: роман А.И. Герцена «Кто виноват?»，1962），《长篇小说家冈察洛夫的艺术技巧》（Мастерство Гончарова—романиста，1962），《格列勃·乌斯宾斯基在19世纪60年代》（Глеб Успенский в шестидесятые годы，1962），《俄罗斯古典文学与我们当代现实》（Русская классическая литсратура и наша современность，1965），《格列勃·乌斯宾斯基》（Глеба Успенского，1971），《文学作品的历史比较分析》（Историко-сравнительный анализ произведений художественной литературы，1974），《19世纪俄国文学与革命的俄罗斯》（Русская литература XIX века и революционная Россия，1979）等。除此以外，普鲁茨科夫还曾与叶·伊·波库萨耶夫、尼·列·斯捷潘诺夫合作，写有《19世纪俄国文学史》（История русской литературы XIX века，1971），并成为《俄国批评史》中的一章“‘美学的批评’（鲍特金、德鲁日宁、安年斯基）”（«Эстетическая» критика （Боткин, Дружинин, Анненков））、《俄国长篇小说史》中的七章等多种集体著述的部分内容的撰稿人。至于普鲁茨科夫在各类期刊上发表的论文，为多位19世纪作家作品或作品集写的序言，为数更多，难以一一列举。

上述学术经历和研究成果，为普鲁茨科夫出任四卷本《俄国文学史》的总主编提供了必要的主体条件。19世纪下半叶的俄国文学是他最熟悉、关注最多、研究也最深入的部分，这就使他主编这套文学史的第三卷“现实主义的繁荣”（1856—1880年的文学）成为一种必然。由普鲁茨科夫本人执笔的这一卷的“导论：19世纪60—70年代的文学与社会运动”，以及第一章“19世纪60年代的平民知识分子小说家”、第二十章“格·伊·乌斯宾斯基”，更是他驾轻就熟、得心应手的研究内容。当然，更为重要的是，普鲁茨科夫的学术思想、文学史观念和方法论原则，对整部《俄国文学史》的书写线索、体例安排和论述侧重，都有着直接的影响作用，并体现各卷的具体行文之中。对此，我们将在以下各章进一步展开评述。

《俄国文学史》的编写开始时，普鲁茨科夫邀请阿·谢·布什明、伊·尼·库普列亚诺娃、德·谢·利哈乔夫、格·潘·马科戈年科、克·德·穆拉托娃等一流学者，组成了一个实力雄厚的编委会。这些学者都是对俄罗斯文学发展史的各个不同阶段有长期的深入研究、成果卓著的专家。其中，德·谢·利哈乔夫（Дмитрий Сергеевич Лихачёв，1906—1999）是俄罗斯著名的语文学者、文学史家、文化学家和艺术理论家，古代俄罗斯文学与文化研究领域首屈一指的专家。他在俄罗斯文学史（特别是古代俄国文学史）、俄罗斯文化研究方面完成了一系列里程碑式的著作，共出版近40本学术专著，发表近500篇学术论文（不含政论、随笔等其他文章）。他的一些多次再版甚至被译成多种语言的专著，如《古代罗斯的民族自我意识：11—17世纪俄国文学概要》（Национальное самосознание Древней Руси. Очерки из области русской литературы 11—17 вв.，1945，1969），《俄罗斯民族国家形成时代的罗斯文化：14世纪末—16世纪初》（Культура Руси эпохи образования Русского национального государства. Конец XIV— начало XVI в.，1946，1967），《俄罗斯编年史及其文化—历史意义》（Русские летописи и их культурно-историческое значение，1947，1966），《俄国文学的产生》（Возникновение русской литературы，1952），《古俄罗斯文学的诗学》（Поэтика древнерусской литературы，1967），《古代罗斯文学中的人》（Человек в литературе Древней Руси，1970，1987），《古代罗斯的艺术遗产与现代生活》（Художественное наследие Древней Руси и современность, 1971),《10—17世纪俄国文学的发展：时代与风格》(Развитие русской литературы X—XVII вв.: Эпохи и стили, 1973),《伟大的遗产：古代罗斯的经典文学作品》(Великое наследие: Классические произведения литературы Древней Руси, 1975)等，显示出他在古代俄国文学研究方面日益深厚的积累。

事实上，早在20世纪40年代，当鲍·德·格列科夫(1882—1953)、米·伊·阿尔塔莫诺夫(1898—1972)主编两卷本《古代罗斯文化史》(1948)，聘请利哈乔夫撰写其中的“11—13世纪文学”一章时，就表明当时的学界已承认他在这一领域的学术地位。到1968年利哈乔夫发表长篇论文《作为体系的古代斯拉夫文学》(Древнеславянские литературы как система)，表明他已形成自己独特的古代俄国文学研究的系统观点。俄罗斯文学研究所的集体著作《俄国长篇小说史》，由利哈乔夫分担第一章“俄国文学中的长篇小说体裁产生的前提条件”(Предпосылки возникновения жанра романа в русской литературы)的写作，更是顺理成章的事情。普鲁茨科夫主编的四卷本《俄国文学史》问世前，利哈乔夫主编的《10—17世纪俄国文学史》(История русской литературы X—XVII вв., 1980)已经出版。

从利哈乔夫个人的研究道路上看，成为四卷本《俄国文学史》编委会的成员，负责主编第一卷“古俄罗斯文学与18世纪文学”，执笔撰写第一编的“导论：10—18世纪前25年俄国文学的独特历史道路”和“结语”，固然不是他的学术生涯中最辉煌的阶段，在这之后他还写有一系列厚实的著作，如《古代俄罗斯文学研究》(Исследования по древнерусской литературе, 1986),《伟大的道路：11—17世纪俄国文学的确立》(Великий путь: Становление русской литературы XI—XVII вв., 1987),《从古代到前卫的俄罗斯艺术》(Русское искусство от древности до авангарда, 1992),《伟大的罗斯：10—

17世纪的历史与艺术文化》（Великая Русь: История и художественная культура X—XVII века，1994）等；但是，毫无疑问，利哈乔夫的参与使这套《俄国文学史》古代部分的论述达到当时及以后在一个长时期内的最高水平。

《俄国文学史》第一卷的另一位主编格·潘·马科戈年科（Георгий Пантелеймонович Макогоненко，1912—1986），是研究18世纪俄国文学的专家。他毕业于列宁格勒大学，是格·亚·古科夫斯基（1902—1950）教授执教的班级中最出色的学生之一。古科夫斯基是18世纪俄国文学研究专家，著有流传至今的《18世纪俄国文学》（Русская литература XVIII века，1939）一书。这直接影响了马科戈年科在研究方向上的选择。1946年，马科戈年科顺利通过了副博士学位论文《尼古拉·诺维科夫在莫斯科时期的活动》（Московский период деятельности Николая Новикова）的答辩，随后便留在列宁格勒大学任教。1955年，他又通过了题为《拉季舍夫和他的时代》（Радищев и его время）的博士论文答辩，1959年进入科学院俄罗斯文学研究所工作，从1969年起成为18世纪俄国文学研究室的主持人。在长期的文学史研究工作中，马科戈年科也关注与思考俄国文学的民族独特性、现实主义的艺术表现空间等问题，写有论及普希金、莱蒙托夫、果戈理、康·尼·巴丘什科夫等19世纪诗人和作家的专著或论文，然而他的研究侧重却一直在18世纪俄国文学方面。他的著作《尼古拉·诺维科夫与18世纪俄国启蒙运动》（Николай Новиков и русское просвещение XVIII века，1952）、《尼·米·卡拉姆津》（Карамзин Н. М.，1953，1966）、《拉季舍夫和他的时代》（1956）、《杰尼斯·冯维辛：创作道路》（Денис Фонвизин. Творческий путь，1961）、《从冯维辛到普希金》（От Фонвизина до Пушкина. М., 1969），《普希金与杰尔查文》（Пушкин и Державин，1969）、《杰尔查文的阿那克瑞翁体诗歌和它在19世纪初诗歌中的地位》（Анакреонтика Державина и ее место в поэзии начала XIX века, 1986）等，表明了他对18世纪俄国文学真正是情有独钟。马科戈年科主编的《18世纪俄国散文》（Русская проза XVIII века，1950，1971）、《18世纪俄国诗歌》（Русская поэзия XVIII века, 1972）、两卷本《18世纪俄国诗人》（Поэты XVIII века. В 2-х тт.，1958，1972）、《18—19世纪俄国戏剧》（Русские драматурги XVIII—XIX вв., 1959），《18世纪俄国文学》（Русская литература XVIII века, 1970），以及他编辑的杰尔查文、卡拉姆津、诺维科夫、拉季舍夫和冯维辛的诗人和作家的作品集，不仅构成他本人全面梳理和系统研究18世纪俄国文学的成果，也为后来者考察这个时代的文学提供了基本资料。他在俄罗斯文学研究所主办的辑刊《18世纪（文学史论文集）》、期刊《俄罗斯文学》发表的论文，集中探讨的同样主要是18世纪俄国文学。

上述研究成果，使马科戈年科成为主持《俄国文学史》第一卷第二编"18世纪俄国文学"编写工作的最佳人选。他早年在古科夫斯基教授的影响下选择俄罗斯文学发展进程中的一个关键性时期、一个转折阶段进行深入研究的目标，经由他精心编著这套文学史第一卷的后半部分、亲自撰写其中的"导论：18世纪俄国文学道路的确立与文学民族独特性的形成"、第五章"杰尔查文"和"结语：18世纪文学传统与19世纪俄国文学"等章节，已得到完满的实现。

当马科戈年科在自己的俄国文学史研究中稍稍跳出18世纪的范畴，涉及19世纪文学时，他的合作者往往是伊·尼·库普列亚诺娃（Елизавета Николаевна Купреянова，1906— 1988）。两位学者曾联手写有《俄国与法国现实主义体系中典型性格的构成与演变：托尔斯泰的〈安娜·卡列宁娜〉与福楼拜的〈包法利夫人〉》（Структура и эволюция типического характера в системе русского и французского реализма. «Анна Каренина» Толстого и «Мадам Бовари» Флобера，

1976）、《俄国文学的民族独特性：描述与评价》（Национальное своеобразие русской литературы : очерки и характеристики, 1976）等长篇论文。库普列亚诺娃本人的学术道路是从研究列夫·托尔斯泰开始的，她曾出版《年轻的托尔斯泰》（Молодой Толстой, 1956）、《列夫·托尔斯泰的美学》（Эстетика Льва Толстого, 1966）等专著，为《俄国长篇小说史》撰写了“列夫·托尔斯泰的《战争与和平》和《安娜·卡列宁娜》”（1964）。她的学术论文大都发表在《俄罗斯文学》等期刊上，主要有《论古典主义》（К вопросу о классицизме，1959），《列夫·托尔斯泰的美学观点与道德探索在长篇小说〈安娜·卡列宁娜〉的表现》（Выражение эстетических воззрений и нравственных исканий Л. Толстого в романе «Анна Каренина»，1960），《列·尼·托尔斯泰作品中的民族史诗与古代文学主题》（Мотивы народного эпоса и древней литературы в произведениях Л. Н. Толстого，1963），《长篇小说〈包法利夫人〉与〈安娜·卡列宁娜〉中的道德哲学的社会意义：论俄国现实主义的民族类型学》（Социальный смысл нравственной философии романов «Мадам Бовари» и «Анна Каренина» : К вопросу о национальной типологии русского реализма，1976），《尼·瓦·果戈理的社会喜剧〈钦差大臣〉的作者思想与艺术结构》（Авторская идея и художественная структура общественной комедии Н. В. Гоголя «Ревизор»，1979）。在四卷本《俄国文学史》出版以后，库普列亚诺娃仍继续发表过《论列夫·托尔斯泰长篇小说〈战争与和平〉所涉问题和体裁特征》（О проблематике и жанровой природе романа Л. Толстого «Война и мир»，1985）、《喜剧作家果戈理》（Гоголь—комедиограф，1990）等文章。显而易见，库普列亚诺娃在研究19世纪俄罗斯文学方面投入了最大的精力。这样，出任《俄国文学史》第二卷“从感伤主义到浪漫主义和现实主义”（1800—1855年的文学）

主编的重担，就必然落在她的肩上。她的前期学术积累决定了她完全胜任这项工作。她撰写的第二卷的一些关键性章节，如“导论”，第一章“19世纪前25年俄罗斯文学和社会思想的基本趋向与潮流”，第十二章“亚·谢·普希金”，第十四章“1826—1855年间俄罗斯文学和社会思想的基本趋向与潮流”，第二十一章“尼·瓦·果戈理”等，表明她对19世纪俄国文学有着全面的把握与深刻的理解。

《俄国文学史》第三卷（1856—1880年的文学）的主编，是由总主编普鲁茨科夫兼任的，这自然使这一卷的质量有了可靠保证。为普鲁茨科夫分担重任的另一位研究19世纪俄国文学的专家莉吉雅·米哈伊洛夫娜·洛特曼（Лидия Михайловна Лотман，1917—2011），是著名文艺学家、文化学家和符号学家尤里·米哈伊洛维奇·洛特曼（Юрия Михайловича Лотмана，1922—1993）的姐姐。莉吉雅·洛特曼毕业于列宁格勒大学，是格·潘·马科戈年科的同班同学。她的副博士学位论文《亚·尼·奥斯特罗夫斯基与19世纪40年代的自然派》（А. Н. Островский и натуральная школа 1840—х годов，1946）、博士学位论文《19世纪60年代的俄罗斯艺术散文》（Русская художественная проза 1860—х гг.，1972），已清楚地标志出她的研究方向。她一生中的大部分时光，都是在“普希金之家”度过的，曾写有《亚·尼·奥斯特罗夫斯基及其时代的俄国戏剧》（А. Н. Островский и русская драматургия его времени，）、《19世纪60年代的俄国现实主义》（Реализм русской литературы 60-х годов XIX века，1974）等著作。她的另一本专著《阿法纳斯·费特》，曾由玛格丽特·魏特琳（Margaret Wettlin）译为英语，1976年在波士顿出版。莉吉雅·洛特曼虽然没有担任《俄国文学史》第30卷的主编，却为这一卷撰写了八个专章：第三至五章“伊·谢·屠格涅夫”“伊·亚·冈察洛夫”和“阿·费·皮谢姆斯基”，第十一至十五章“费·伊·丘特切夫”“阿·阿·费特”，“19世纪60—70年代的戏剧”“亚·尼·奥斯特罗夫斯基”和“亚·瓦·苏霍沃—科贝林”。另外，她还是《俄国文学史》第二卷“‘自然派’与19世纪50年代初期的散文”这一章的撰稿人。在这套《俄国文学史》各卷的所有撰稿人中，莉吉雅·洛特曼执笔的章节最多。她对19世纪俄国文学的长期研究，使她出色地完成了自己的任务。

1880—1917年的俄国文学，是《俄国文学史》第四卷的论述范围。这是俄罗斯历史发展进程中的一个天翻地覆的转型期，各种思想和社会矛盾最为集中，文学领域也相应地涌现出众多的思潮、流派和团体，令人眼花缭乱，目不暇接。对这一段文学史过程作出清晰的描述和公正的评价，自然是一个繁难的学术任务。承担这一卷主编的克·德·穆拉托娃（Муратова Ксения Дмитриевна，1904—1998），是列宁格勒大学终身教授谢·德·巴卢哈特（С. Д. Балухатый，1893—1945）的学生。巴卢哈特从1930年起兼任“普希金之家”20世纪俄国文学[①]研究室主任，集中研究契诃夫、高尔基等现实主义作家，同时主管该所图书馆。穆拉托娃于1930年进入研究所，在巴卢哈德的带领下做了大量的图书文献整理、资料汇编、索引编制和作家文集注释工作，为自己后来的学术研究奠定了扎实的基础。在成为初级研究员之后不久，她因卫国战争的爆发而一度离开研究所，直到1948年才重返“普希金之家”。不过，穆拉托娃的学术研究并未中断，而回归俄罗斯文学研究所之后，她更是如鱼得水，逐渐成为公认的资深研究员。她的一系列论著和编著，涉及的主要是高尔基、安德列耶夫、布宁、魏列萨耶夫、列斯科夫、扎伊采夫、卢那察尔斯基等作家和批评家，显示出她的关注侧重始终在19世纪末至20世纪初这一阶段的俄国文学。从《马克西姆·高尔基》（Максим Горький，1943）到《马·高尔基在卡普里：1911—1913》（М. Горький на Капри，

① “20世纪俄国文学”这一概念，在苏联解体之前，通常是指19世纪末至1917年的俄国文学。

1911—1913；1971）等专著的先后问世，使她成为苏联时期高尔基研究的权威学者之一；而《俄罗斯文学中社会主义现实主义的产生》（Возникновение социалистического реализма в русской литературе，1966）、《19世纪末—20世纪初的俄罗斯文学：90年代》[Русская литература конца XIX – начала XX в.（Девяностые годы），1968]、《19世纪末—20世纪初的俄罗斯文学：1901—1907年》[Русская литература конца XIX – начала XX в.（1901— 1907），1971]，以及集体性著作《20世纪初期俄国现实主义的命运》（Судьбы русского реализма XX века，1972）中她所执笔的部分，则表明她所注视的范围，早已从高尔基扩展到世纪之交的整个俄罗斯文学。这样的学术视野和研究成果，包括她在文献资料整理和研究方面所做的大量工作，决定了《俄国文学史》第四卷的主编非她莫属。她不仅为这一卷写出了关于高尔基、安德列耶夫和马雅可夫斯基的专章，而且成为总论性的“导论”“结语”和“19世纪80年代的散文”等章的当然撰稿人。

除了上文提及的各卷主编和撰稿人之外，其余各章的编写者，也都是俄国文学史研究领域的知名学者。其中，阿·谢·布什明是萨尔蒂科夫—谢德林研究专家，格·米·弗里德连杰尔是研究陀思妥耶夫斯基的权威学者，格·阿·比亚雷、扎·格·敏茨、亚·瓦·拉夫罗夫等则分别在安东·契诃夫、亚历山大·勃洛克、安德烈·别雷研究方面卓有建树。这些专家各自承担相应专章的编写，自然拥有显而易见的学术优势。

普鲁茨科夫主编的四卷本《俄国文学史》，就是在上述文化语境和文学氛围中，依靠所有参与者得天独厚的主体条件，得以走过从酝酿构思、框架设计、稳妥实施到出版问世的全过程。这套集体研究的成果，也就不仅镌刻下产生它的那个时代的印记，也体现出诸多编撰者各不相同的学术个性。

三　《俄国文学史》的篇章结构

着手编写一部贯通古今的多卷本《俄国文学史》，首先面临的一个重要问题，就是全书研究框架的设计，包括卷次的划分、体例的安排和章节的设置等。这些设计体现出编撰者所秉持的结构原则。这一原则决定了编撰者如何对实际上是绵延不断的文学的产生、发展、转折和演变的全过程作出"阶段性"的划分，怎样把握各阶段文学的总体格局、主要成就和基本特征，发现各个不同时期最有建树和影响的代表性作家作品，从中提炼出若干关键性问题并展开论述。认真考察普鲁茨科夫主编的四卷本《俄国文学史》的结构体例，不仅可以使我们对这部论著的整个框架设计一目了然，而且能够从中获得关于文学史编写的有益启示。

1. 关于俄国文学史进程的分期

任何一部文学史著作的结构原则，都同编撰者的文学史观念与方法论密切相关，而关于整个文学史进程的分期方法，则往往是结构原则最集中的体现。普鲁茨科夫主编的四卷本《俄国文学史》当然也不例外。要认清这套文学史论著的结构原则和体例安排，首先就应了解它的文学史分期（периодизация），即了解它是如何对漫长的俄国文学发展进程进行划分的。

普鲁茨科夫《俄国文学史》要描述与评说的，是俄国文学从其产生（10世纪）到1917年的历史。对于这一绵延近千年的文学进程，这套文学史著作所采用的分期法，与俄国文学史研究领域长期以来形成的传统分期法相比照，在大的时期划分上并无明显区别；但在各个时期之内的再划分中，却存在着某些不同，显示出观照文学史的某种新眼光。所谓“大的时期划分”，指的是全部俄国文学的发展史，通常被分为以下四个时期：古罗斯文学（древнерусская литература，也即“古俄罗斯文学”）、18世纪文学、19世纪文学和20世纪文学，其中后三个时期的文学往往也被统称为“新俄国文学”（новая русская литература）。普鲁茨科夫《俄国文学史》遵循这一传统的分期法，也把整个俄国文学史划分为四个时期。然而，在对这四个时期的文学本身的划分中，编撰者却没有完全沿用传统的方法，而是在潜心研究的基础上提出了自己的新见解。

古代俄国文学，在普鲁茨科夫《俄国文学史》的编撰者看来，应当包括从10世纪起至18世纪前25年的文学。这一从俄国文学的起源到18世纪前四分之一的漫长进程，又被划分为以下七个阶段：

基辅罗斯文学（10—12 世纪初期）；

12 世纪至 13 世纪前 25 年封建割据时期的文学；

蒙古—鞑靼人统治初期的文学（1237 年—13 世纪末）；

俄国前文艺复兴时代的文学（14—15 世纪中期）；

统一的俄罗斯国家形成时期的文学（15 世纪中期—16 世纪）；

“过渡时代”的文学（17 世纪）；

18 世纪前 25 年的文学。

在这七个阶段中，第四阶段14—15世纪中期“俄国前文艺复兴时代的文学”又被分为两个部分：14世纪库里科沃战役之前的文学，14世纪末至15世纪上半叶的文学；第五阶段“统一的俄罗斯国家形成时期的文学”则被分成15世纪中期至16世纪前25年的文学、16世纪（后四分之三）文学两部分；第六阶段“过渡时代”的文学也被分为17世纪上半叶的文学和17世纪下半叶的文学。

普鲁茨科夫《俄国文学史》关于古代俄国文学的划分，同以往多种文学史著作的分期法明显不同。如在最早出现的文学史研究著作《论俄国古代、中古和新近的诗歌作品》（1755）中，著者瓦·基·特列季阿科夫斯基所认为的“古代”是指10—16世纪，而他所说的“中古”，则是指从1663 年到1735年这一时期，1735年以后为“新”时期。1663 年是“莫斯科圣经”（Московская Библия）[①] 出版的年份，这本圣经中含有最早出现的俄语诗歌；1735年则是特列季阿科夫斯基本人发表《俄语诗简明新作法》的年份。[②] 不难看出，特列季阿科夫斯基所注意的只是俄语诗歌和作诗法的产生，他对此所进行的分期当然不能成为古代俄国文学的划分标准，只是开始显露出一种文学史分期意识。诗人和剧作家米·马·赫拉斯科夫的《论俄罗斯诗歌创作》（1772）一文，同样只是对俄国早期诗歌史作出了划分：鞑靼人入侵之前、鞑靼人入侵至18世纪初和以罗蒙诺索夫发表颂诗《攻克霍

---

① 1581 年在奥斯特罗格（今乌克兰城市）出版的“奥斯特罗格圣经”（Острожская Библия）是第一部用教会斯拉夫语翻译的圣经。“莫斯科圣经”是“奥斯特罗格圣经”的修订本。

② См.: *Тредиаковский В.К.* Избранные произведения. Москва — Ленинград: «Советский писатель».1963. С.428-429, 432, 435, 449.

丁颂》（1739）为起点的新阶段。但这一分期法却为后来的一些文学史研究者所认同。

19世纪初出现的、由作家兼教育家伊·马·鲍尔恩等编写的《俄国语文学科简明教程》（1808），沿着时间的自然顺序编排，把俄国文学史分为三个时期：10世纪初至15世纪中期，15世纪后期至18世纪初，当前的俄国文学。[①] 这种分期法与赫拉斯科夫分期法的不同之处，主要在于认为第二个时期开始于罗斯从鞑靼人统治下解放出来（1480）之后。随后又有尼·伊·格列奇的《俄国文学简史试作》（1822）问世。著者把俄国文学从起源到他那个时代的整个进程分为四个时期：基督教传入以前（10世纪），11—14世纪末，15—18世纪初，从彼得一世即位到19世纪第二个十年。[②] 这本书是第一部真正的俄国文学史著作，但它对古代俄国文学的分期仍较为粗略，而未顾及鞑靼人的入侵和统治给俄国文学造成的直接影响，则是其明显的欠缺。

20世纪中期陆续出版的、由米·帕·阿列克谢耶夫、尼·费·别里奇科夫主编的另一套苏联科学院版《俄国文学史》（1941—1956），共有十卷十九册，其中前两卷为古代俄国文学部分，分别论述11世纪至13世纪初（第一卷）、1220—16世纪80年代（第二卷上册）、1590—17世纪90年代（第二卷下册）的文学。这套文学史著作虽然卷帙浩繁，提供给古代俄国文学的篇幅却较为有限，对古代文学的分期也不够确切。虽然在第二卷上下两册中论述1220—16世纪80年代、1590—17世纪90年代的文学时，也分别划出了若干阶段，但只是大致按年代的自然顺序划分的，一般都是以几个“整十年”（如1220—1370、1380—1460、1460—1530、1530—16世纪80年代）为

① См.: *Николаев П.А. и др.*История русского литературоведения. Москва: «Высшая школа». 1980. С.46.

② Там же. С.49.

界，有时兼顾王权的更迭，给人以机械而学理依据不足之感。这是那个时代苏联学界古代俄国文学研究水平的反映，然而这也就为后来学者对古代俄国文学展开更深入的研究留下了开阔的空间。

普鲁茨科夫《俄国文学史》对于古代俄国文学所做的七个阶段的划分，正是当时苏联学界古代俄国文学研究走向深入、富有成果的体现。编撰者抓住以基辅为中心的古罗斯国的建立、弗拉基米尔大公选定基督教为国教、封建割据局面的形成、蒙古—鞑靼人的入侵和统治、俄国进入“前文艺复兴时代”、统一的俄罗斯国家形成、从“动乱时代”开始的危机与转折、彼得一世改革等若干关键性的历史节点，把这些对于俄国文化和文学具有显著影响的节点作为划分文学史进程的界碑。这就使得从10世纪起到18世纪之前俄国文学发展的阶段性清晰地呈现出来，全部古代俄国文学史中各个阶段的纷繁现象也因此能够得到阐明。

俄国文学史中的“18世纪文学”，从字面意义上看，也就是1700—1800年间的文学，这似乎不可能有什么歧义。米·帕·阿列克谢耶夫等主编的十卷本《俄国文学史》第三至四卷，论述的就是这一个世纪的文学。但是，普鲁茨科夫《俄国文学史》却没有把这100年视为一个完整的文学时期。编撰者在第一卷第一编的最后，已专设一章论述18世纪前25年（1700—1725）俄国文学生活中出现的新现象；而第二编的第一章则是从论述18世纪30年代的文学运动开始的。这也就意味着，普鲁茨科夫《俄国文学史》的编撰者并没有把1700年作为18世纪俄国文学的起点。毫无疑问，1700—1725年是彼得一世实行改革的重要历史时期，这一时期对整个俄国历史的发展道路产生了决定性的影响，也推动了俄国文学的根本性转折。不过，在这四分之一世纪期间内，俄国文学尚未发生根本的变化，没有突出的成就，它仍然只是17世纪文学的延续。明显的变化应当是发生在18世纪30年代，即以罗蒙诺索夫为代表的一批作家登上文坛、俄国古典主义兴起的时代。显然，在普鲁茨科夫《俄国文学史》的编撰者们看来，18世纪30年代才是18世纪俄国文学的真正开端。这一观点是对杰出的批评家别林斯基见解的间接认同——他曾说过，俄国文学是从1739年罗蒙诺索夫完成颂诗《攻克霍丁颂》开始的。[①]

对于18世纪30年代以后的俄国文学，普鲁茨科夫《俄国文学史》所做的分阶段考察与十卷本《俄国文学史》大致相同，但分期及论述的角度也有一些微小的差别。十卷本《俄国文学史》基本上沿着时间的自然顺序检视文学进程，把18世纪俄国文学分为四个阶段，依次论述彼得一世时代、罗蒙诺索夫及其同时代作家活跃时期、18世纪60—80年代和18世纪末期的文学。相比之下，普鲁茨科夫《俄国文学史》则把目光对准了彼得一世之后70年间的文学，虽然它也包括18世纪30—60年代、18世纪60年代末—80年代、18世纪80—90年代这三个阶段的文学，但编撰者的着眼点却是俄国古典主义、启蒙现实主义、感伤主义的兴起、发展和主要成就，阶段的划分及每一时期社会文化状况的简述，在这里只是提供了各种文学思潮和流派生成与演变的背景。更重要的是，在时间的长河中，这些陆续形成的文学思潮不是像若干并列的石块那样截然分开，而是彼此交叉、一度共存的。18世纪俄国文学生活的原本图景就是如此，普鲁茨科夫《俄国文学史》的编撰者们充分注意到了这一现象，并予以如实的描述。

值得注意的是，普鲁茨科夫《俄国文学史》在对18世纪俄国文学进行分期考察时，充分考虑到了文学发展的历史继承性和连续性。著者既充分肯定了18世纪文学是在继承古代俄国文学传统的基础上发展起来的，又特别强调18世纪文学在19世纪的延伸与影响。1800年无疑是一个时间上的分界线，但它却没有把俄国文学分成前后断然不同的

① 参见［俄］别林斯基：《别林斯基选集》第三卷，满涛译，上海：上海译文出版社，1980年，第658页。

两个阶段，因此著者指出："宣告1800年是文学史上的两个时期之间的断然分界线，将把18世纪文学和19世纪文学对立起来，导致本来是统一的文学进程的断裂，干扰对继承性的实际特征的理解。"① 文学史的实际进程本身也清楚地显示出，18世纪俄国文学中出现的一些重要的文学思潮和流派，对19世纪俄国文学产生了重大影响；曾活跃于18世纪文坛的许多俄国作家，其创作活动自然延续到19世纪初期。例如，18世纪诗名卓著的古典主义诗人杰尔查文的创作，在19世纪最初十年间达到了繁盛期，并开始突破古典主义的模式，为19世纪俄国诗歌中的现实主义开辟了道路。感伤主义作家卡拉姆津在19世纪初期以20多年的不懈努力写下了12卷本《俄罗斯国家史》，为后来作家们的历史题材创作提供了丰富的史料。拉季舍夫的《从彼得堡到莫斯科旅行记》《自由颂》等文学遗产，对19世纪初期的俄国作家们产生了重要影响，在把接力棒传递给新一代作家的过程中发挥了重要作用。克雷洛夫在18世纪最后20年中，在喜剧创作领域已经取得很大成就，在19世纪初转向寓言写作后，则明显地继承了18世纪的文学传统。19世纪俄国文学达到了前所未有的、无与伦比的成就高峰，但是，18世纪作家们的艺术发现和思想成果在一定程度上为这些成就提供了保障，由他们传递的那些丰富遗产,为这些成就准备了历史条件。

《俄国文学史》著者高屋建瓴地概括了18世纪俄国文学在思想上、艺术上的探索对19世纪文学造成的多方面的影响。正是在18世纪，俄国作家开始特别敏锐地感觉到自己是世界文学遗产的继承者，认清了俄国历史命运的过程，不能根据古代俄国文学的艺术原则予以表现。应当继承的不仅是民族传统，还有人类的艺术经验。俄国古典主义诸多诗歌体裁的形成，对人类美学经验的迅速掌握，一方面使18世纪俄国文学取得了重要成就，在欧洲现代文学的行列中占据了自己

---

① *Пруцков Н. И.* История русской литературы: В 4 т. Ленинград: Издательство «Наука». Ленинградское отделение. Т. 1. 1980. С.765.（汪介之译）

的位置，另一方面又为19世纪语言艺术的极大繁荣提供了准备。冯维辛为之奠基的“社会喜剧”传统，则在格里鲍耶陀夫和果戈理的创作中得到了卓越的承续。18世纪的俄国作家发现与确立了个性主题，这一主题在感伤主义和启蒙现实主义两种思潮中获得了充分表现。感伤主义为19世纪初期俄国浪漫主义的繁荣直接做好了准备，而启蒙现实主义则在克雷洛夫的寓言和格里鲍耶陀夫的喜剧《智慧的痛苦》中得到了继承与发展。俄国感伤主义的确立导致很多新体裁的发展和旧体裁的复兴。卡拉姆津等作家采用过书信体体裁、赞美诗和“肖像”题词等，使俄国诗歌的欧化过程在19世纪得以延续。他还创造了能够揭示个性心理状况的诗歌文体——具有私密性的抒情诗。瓦·安·茹科夫斯基、康·尼·巴丘什科夫和年轻的普希金等人，都受到了卡拉姆津的影响。卡拉姆津的中篇小说《苦命的丽莎》等，也直接影响了19世纪初期俄国浪漫主义小说创作。

《俄国文学史》在论及18世纪文学时写道：“诺维科夫、冯维辛、拉季舍夫、卡拉姆津和克雷洛夫的文学活动标志着18世纪俄国文学中重要的实质性转变——结束了诗歌垄断的状况，带动了‘散文的形成’。为历史所决定的诗歌的超前发展，到18世纪末骤然减速。不过，只有在新的条件下——在19世纪30年代，由于普希金与果戈理的努力——散文才将通过与诗歌的长期竞争而取得胜利，占据首要位置，并将永远地决定了文学的面貌。”[①] 虽然18世纪俄国作家的散文体裁与19世纪的同类体裁相比有某些区别，但是他们却为19世纪作家们努力建造俄国文学的宏伟大厦打下了基础。18世纪俄国作家率先提出了揭示“民族性奥秘”的课题，并进行了描写民族性格的尝试。诺维科夫、冯维辛和拉季舍夫等成为这一过程的先导，而格里鲍耶陀夫、普希金和果戈理及19世纪的其他伟大作家则继承并深化了这一传

① *Пруцков Н. И.* История русской литературы: В 4 т.Т. 1. 1980. С.776-777.（汪介之译）

统。作为俄国文学民族独特性的一个重要特征，即它和解放运动的联系，这一传统也是在18世纪文学，首先是在启蒙作家们的散文作品中形成的。这一特征在19世纪表现得更为明显。

毋庸赘言，普鲁茨科夫《俄国文学史》中的以上论述表明，只有把18世纪俄国文学同17世纪文学、19世纪文学视为一个不可分割的整体，在文学的历史统一性中考察文学的进程，才能充分认识文学发展的继承性，才能正确地理解每一时代的文学在整个文学发展中的地位与意义，也才能真正看清19世纪俄国文学巨大成就的取得所赖以支撑的那些宝贵传统。

19世纪是全部俄国文学史中成就辉煌、名家辈出的伟大时代，关于19世纪俄国文学的内容也理所当然地在普鲁茨科夫《俄国文学史》中占有最大的比重。这套文学史著作的第二至三卷的全部和第四卷的部分篇幅，都用于论述19世纪文学。对于这个世纪俄国文学的发展进程，著者是这样划分的：

> 19 世纪上半叶（1800—1855）的俄国文学；
> 19 世纪下半叶（1856—1881）的俄国文学；
> 19 世纪 80 年代的文学。

这种分期法，和米·帕·阿列克谢耶夫等主编的十卷本《俄国文学史》的分期法有所不同。十卷本《俄国文学史》第五至九卷都是论述19世纪俄国文学的，编撰者首先将其划分为19世纪上半叶、下半叶两大板块，再分论其中的不同阶段的文学，如19世纪20—30年代、40年代、60年代、70—80年代的文学，大致仍是以“整十年”分界，显得有些机械而生硬。普鲁茨科夫《俄国文学史》对于19世纪俄国文学史的上述划分，显然是既着眼于19世纪俄国各种文学思潮与流派产生、发展和演变，又兼顾到这一整个时代俄国社会生活的深刻变动及其对文学所造成的影响。

众所周知，19世纪是一个时代风云变幻、历史在曲折中前行的世纪，文学不可避免被地打上社会生活变化和文化心理转型的清晰印痕，又艺术地见证和反映了时代的变迁。19世纪上半叶的俄国文学，即1800—1855年间的文学进程，被普鲁茨科夫《俄国文学史》的编撰者以1825年为界，分为两个基本阶段。在著者看来，第一阶段（1800—1825）的文学，呈现出从感伤主义到浪漫主义的运动轨迹；第二阶段（1826—1855）的文学，则显示为从浪漫主义到现实主义的演进。俄国文学在这一时期的发展，深受同一时期社会历史进程的直接影响，因此关于文学的分期法也就十分自然地同历史分期法彼此相符。始于1789年的法国大革命，1812年拿破仑入侵俄国引发的卫国战争，1825年的十二月党人起义及其失败，无疑都是作用于这一时期俄国文学发展的重大历史事件，成为俄国文学由感伤主义的形成与发展、到感伤主义转变为浪漫主义、再到浪漫主义持续发展的社会动因。十二月党人起义失败之后，沙皇尼古拉一世强化了反动政策，文学又以其独特的方式对这一经受“高压”的沉重年代作出了自己的反应。随后便是尼古拉一世统治下的俄国遭到克里米亚战争（1853—1856）的失败，尼古拉一世本人也在1855年去世。由此开始，俄国社会出现民主意识的高涨，文学也进入了一个新阶段。

19世纪下半叶的俄国文学，普鲁茨科夫《俄国文学史》认为应从1856年开始算起。由此到1881年，是俄国文学中的现实主义极大繁荣的时代，散文创作特别是长篇小说取得了最突出的成就，诗歌和戏剧也获得了长足的发展。这一时期的文学进程，同样和俄国历史的变动密切相关。“克里米亚战争是随着农奴制衰落而开始出现的一系列重大事件的序幕”[①]。1861年的农奴制改革以及随后的一系列社会改革，虽然远远谈不上“彻底”，却使俄国农民在一定程度上获得了人身自由，平民知识分子也开始登上历史舞台。进一步前行的需求与愿望和根深蒂固的保守势力之间的矛盾，社会各阶层彼此之间的矛盾，滞后的经济状况和活跃的思想文化之间的矛盾，促进了前一时期已在“自然派”的创作中显示自身、初获成功的现实主义文学的发展，使其在这一时期走向成熟。现实主义长篇小说的繁盛，也带动了其他类型的散文创作和其他体裁样式的文学相伴发展。

在普鲁茨科夫《俄国文学史》著者的视域中，19世纪80年代的俄国文学，是19世纪文学史中的一个具有特殊性的阶段。之所以持这一观点，是因为在著者看来，这个时代俄国社会生活的再度变化造成了文学的独特景观。从19世纪70年代末开始，俄国出现了继农奴制改革时期的社会变革浪潮之后的又一次革命局势（1879—1881）。这一社会斗争的高涨时期过去后，沙皇政府一度加强专制统治，但变革的呼声与行动已不可平息。这既是民粹运动失败、社会萧条的年代，也是探寻社会改造的路径和方式的时代。这样的社会情势，决定了19世纪80年代的文学成为俄国文学发展史中的过渡时期。它既折射出社会情绪的衰弱或某种退化，也呈露出在下一个十年中取得丰富成果的文学新原则的萌芽。同样是在19世纪80年代，在知识界旧有理想和价值观部分丧失的背景下，俄国现代主义文学开始萌动。上述现象，以及这个时期陀思妥耶夫斯基、屠格涅夫等大作家的逝世（1881，1883），列夫·托尔斯泰世界观与创作的转变，契诃夫开始进入文学之林等，一起使19世纪80年代的文学成为19世纪俄国文学发展中的一个独特阶段。

普鲁茨科夫《俄国文学史》采用的这一划分方法，事实上是在

① [苏]尼·叶·诺索夫：《苏联简史》第一卷下册，北京：生活·读书·新知三联书店，1977年，第330页。

一定程度上认同了批评家德·斯·米尔斯基以英语写成的《俄国文学史》（1949）的分期法。米尔斯基的这部著作，是由以下这两本书合成的：《当代俄国文学：1881—1925》《从早期到陀思妥耶夫斯基逝世（1881）的俄国文学史》。米尔斯基把陀思妥耶夫斯基和屠格涅夫的先后去世和托尔斯泰创作的转变视为俄国古典文学的终结；在他的这些著作中，1881年成为全部俄国文学发展进程中的一个鲜明的分界线，也是现代俄国文学的起点。

不过，普鲁茨科夫《俄国文学史》并未明确地把1881年说成现代俄国文学的开始，编撰者也没有使用"现代俄国文学"这一概念，而是把1881—1917年的文学统称为"19世纪末至20世纪初期文学"。这是一个在俄国文学史研究和多种著述中被广泛使用的概念，但关于这一阶段文学的年限，普鲁茨科夫《俄国文学史》和其他文学史著作所持有的观点却有所不同。这就不仅关涉对19世纪俄国文学史如何进行分期，而且涉及关于20世纪俄国文学之开端的定位，因此有必要另行讨论。

当普鲁茨科夫《俄国文学史》在论述"19世纪末至20世纪初期文学"时，无疑是把19世纪80年代的文学看成19世纪末期文学的组成部分的；但是在此之后，该书却没有去单独评述"19世纪90年代的文学"，而是接着综合描述和评价"世纪之交与1905年革命时期的文学"。著者有言在先："不能教条式地看待文学现象的分期，不能严格地按照日历来编定各个时期的界限划分规则。例如，在19世纪90年代和新世纪开始最初几年之间划出分期的界线就甚为困难。……在不同时期的界限内，常常出现在下一阶段更清晰地呈现出来的现象，同时，先前十年内存在的现象也仍然在其中继续发展。"[①] 这是著者没

① *Пруцков Н. И.* История русской литературы: В 4 т.Т. 4. 1983.С.6.（汪介之译）

有把1890—1900年作为一个文学史发展阶段划分出来的原因所在。两个世纪之交俄国文学发展的实际状况，也没有显示1900年是前后两个阶段的分界线。因此，历来的各种论述20世纪俄国文学著作，很少有把1900年作为新世纪文学的起点的。

从普鲁茨科夫《俄国文学史》关于“世纪之交与1905年革命时期的文学”的具体评述中，可以看到著者专门讨论了“1890至1907年的现实主义文学”。这就表明，这里的“世纪之交”是一个界限模糊的提法，其上限显然就是1890年。这样的划分，当然不是普鲁茨科夫《俄国文学史》的首创，而是著者继承了前辈学者的观点。还是在20世纪初期，文学史家谢·阿·文格罗夫编撰的三卷本《20世纪俄国文学：1890—1910》（1914—1918），就第一次明确地将1890年视为20世纪俄国文学的起点。后来，拉·瓦·伊万诺夫—拉祖姆尼克的《20世纪俄国文学：1890—1915》（1920）、鲍·瓦·米哈依洛夫斯基的《20世纪俄国文学：从19世纪90年代到1917年》（1939）等文学史著作，都接受和采用了文格罗夫的分期法。米·帕·阿列克谢耶夫等主编的十卷本《俄国文学史》的第10卷（两册），也是专论1890—1917年间的俄国文学。但十卷本《俄国文学史》未对这一绵延近30年的文学予以再划分，而普鲁茨科夫《俄国文学史》则将其分为两个阶段：

> 世纪之交与 1905 年革命时期的文学
> （1890 至 1907 年的文学）；
> 十月革命前十年间的文学
> （1907 至 1917 年的文学）。

如前所述，普鲁茨科夫主编的四卷本《俄国文学史》，论述的是俄国文学从其产生（10世纪）到1917年的历史。书中对20世纪俄国文学的描述与评价，只包含以上两个阶段，即“世纪之交与1905年革命时期的文学”（1890—1907）、“十月革命前十年间的文学”（1907—1917）。这两个阶段的文学，即1890—1917年的俄国文学，正是学界普遍认定的“19世纪末至20世纪初期的俄国文学”，也就是“白银时代”（серебряный век）俄国文学。这是20世纪俄国文学的伟大开端期。

对普鲁茨科夫《俄国文学史》的文学史分期方法有了一个清楚的了解，就不难认清这套文学史论著的结构原则。

2. 全书的卷次划分与体例安排

如果说，关于整个文学史进程的分期，是文学史著作结构原则的关键与基础，那么，根据某种分期方法而进行的文学史编写框架的设计，包括卷次的划分、体例的安排和章节的设置等，则是结构原则的具体显现。这种书写结构的设计和安排，既是文学史编撰的一个技术性层面的问题（具体呈现为大纲的确立和目录的制定），更显示出编撰者检视文学史进程的学术眼光和文学史观。制约与影响文学发展的究竟有哪些内外因素，文学演变的动态过程是以哪些文学现象为标志的，川流不息的文学河床中留下了哪些最不能忘却的作家作品、最值得反复回味与深思的问题等，文学史编写者对所有这一切的看法，其实都体现在文学史著作的结构安排中。

普鲁茨科夫主编的《俄国文学史》，全书共有以下四卷：

第一卷　古代俄国文学；18 世纪文学

第二卷　从感伤主义到浪漫主义和现实主义（1800—1855）

第三卷　现实主义的繁荣（1856—1881）

第四卷　19 世纪末至 20 世纪初期文学（1881—1917）

在这四卷中，第一卷的内容涵括“古代俄国文学与18世纪文学”。本卷（由德·谢·利哈乔夫、格·潘·马科戈年科主编）分为两编。第一编论述古代俄国文学，即10—18世纪前25年的俄国文学，梳理了俄国文学的独特历史道路，分章论及从基辅罗斯时期到17世纪的文学，并展示出18世纪前25年中出现的文学新现象；第二编集中论述18世纪20年代以后的俄国文学，考察了俄国文学发展道路的确立与文学民族独特性的形成，依次论述了这个世纪中各个阶段的俄国文学与社会运动、古典主义和感伤主义的先后形成，以及罗蒙诺索夫、杰尔查文、冯维辛、拉季舍夫、卡拉姆津等重要作家，还简要说明了18世纪文学传统与19世纪文学的历史联系。

第一卷论述的内容，包含从起源到18世纪末期的俄国文学，即19世纪以前的全部俄国文学。这段文学史的实际进程在时间上前后跨越八个世纪，但它在整套普鲁茨科夫《俄国文学史》中所占的篇幅，仅为全书的四分之一。这样的比重乍看起来似乎不协调，或会被理解为编撰者奉行的是“厚今薄古”原则，其实不然。这是由这一时期俄国文学本身的成就和特点所决定的。由于民族生活和历史文化传统等各方面的原因，俄国文学起步较晚。10—17世纪，俄国文学处于从诸多民间故事、神话传说、宗教典籍、圣徒传记和历史文献等各类文化资源中逐渐萌发、形成和独立的时期，其间只出现过为数不多的一些严格意义上的文学作品，如12世纪出现的古代罗斯的长篇史诗《伊戈尔出征记》，就足以和同一时期欧洲中世纪文坛出现的英雄史诗，如法国的《罗兰之歌》、德国的《尼伯龙根之歌》、西班牙的《熙德之歌》等相媲美。但是，这样的文学作品在古代俄国毕竟是凤毛麟角。进入18世纪以后，由于彼得一世大力推行改革，俄国的经济文化得到发展，一批具有披荆斩棘的奠基之功的诗人和作家开始出现于文坛；但是，在这个世纪期间内，俄国文学中仍未能产生能够和同时期的英国、法国和德国等西欧国家文学相比的作家作品，此时的西欧文学已在经历文艺复兴之后向前推进了200—400年之久，取得了巨大的成就。描述10—18世纪俄国文学的发展历程，考察这一时期的文学现象，评述其间出现的主要作家作品，从而概括这一阶段文学的价值与特色，说明它在全部俄国文学史中的意义，都只能从已被发掘出来的文学史实出发。这些史实本身的规模与含量，决定了在文学史著作中对其进行评述，只能有相应的篇幅。另外，从普鲁茨科夫《俄国文学史》第一卷所含两编本身的篇幅上看，综合论述10—18世纪前25年俄国文学的第一编，和集中评述此后18世纪俄国文学的第二编，在该卷中所占比重不相上下，这也同样取决于两个阶段文学的实际成就。

进入19世纪，情况仿佛发生了似乎突然性的变化：在《伊戈尔出征记》之后相对沉寂数百年之久的俄国文学似乎从酣睡中醒来，爆发出在过去漫长岁月中积攒的巨大能量，迅速形成一个群星灿烂的文学新格局，且一路高歌，突飞猛进，成为欧洲乃至世界文学中最具影响力的文学之一。此时正值欧美文学的黄金时代，它不仅经由华兹华斯、拜伦、雪莱、雨果和海涅等天才诗人造成了浪漫主义文学的鼎盛，经由斯丹达尔、巴尔扎克、狄更斯、哈代、马克·吐温等伟大作家铸就了现实主义的辉煌，为人类文化贡献了一大批文学巨子，而且通过由这两大文学潮流分别孕育出来的福楼拜、波德莱尔、易卜生等人，预告了现代主义文学的诞生。面对这一现象，俄罗斯读者和俄国文学研究者可以充满自豪地说：在上述三个系列中，不可缺少的是普希金、莱蒙托夫、果戈理、屠格涅夫、列夫·托尔斯泰、陀思妥耶夫斯基和契诃夫等这些伟大俄国作家的名字；他们显然已当之无愧地进入上述欧美作家所构成的不朽行列中。

正是由于19世纪俄国文学取得了如此举世瞩目的、密集型高涨的成就，普鲁茨科夫《俄国文学史》才以第二、第三卷两个整卷的篇幅和第四卷的一部分来充分论述19世纪文学。其中，第二卷（主编为库普列亚诺娃）论述的是19世纪上半叶（1800—1855）的俄国文学，具体包括1800—1825年间的文学潮流与学派、这一时期的散文、诗歌与戏剧，以及茹科夫斯基、巴丘什科夫、克雷洛夫、格里鲍耶陀夫、普希金和普希金流派的创作；1826—1855年间文学的新发展、散文与诗歌创作的新成就，巴拉廷斯基、柯里佐夫、莱蒙托夫、果戈理及自然派的创作等。这一卷的标题为“从感伤主义到浪漫主义和现实主义”，它显示出编写者的研究方法和文学史观念，遵循的是把文学的发展进程视为各种文学思潮之间的交嬗演变的传统原则，勾画出这一时期俄国文学的历史脉络。

普鲁茨科夫《俄国文学史》第三卷（由费·雅·普里马、普鲁茨科夫主编）的内容紧接第二卷，主要用于论述1856—1881年间的文学，包括19世纪60年代的平民知识分子小说家、反虚无主义小说、民粹派作家的创作、车尔尼雪夫斯基、屠格涅夫、冈察洛夫、皮谢姆斯基、赫尔岑等作家的小说，涅克拉索夫、丘特切夫、费特的诗歌，奥斯特罗夫斯基的戏剧，以及格·乌斯宾斯基、萨尔蒂科夫—谢德林、陀思妥耶夫斯基、列斯科夫、列夫·托尔斯泰等重要作家及其作品。如本卷标题“现实主义的繁荣”所示，这一时期俄国文学的鲜明特点和显著成就在于现实主义小说、特别是长篇小说创作出现了空前繁荣的动人景观。19世纪俄国文学中最优秀的现实主义小说家，除了前一阶段（1800—1855）的果戈理和后一阶段（1881年之后）的契诃夫之外，大都活跃于这一时期。即便是在诗歌（涅克拉索夫等）与戏剧（奥斯特罗夫斯基等）领域，现实主义也同样占有重要地位。“纯艺术派”诗歌尽管是这一阶段俄国文学中的一种值得注意的现象，它本身也达到了很高的艺术水准，但是这并没有改变现实主义作为这一时期俄国文学主潮的格局。

关于19世纪俄国文学的论述一直延续到《俄国文学史》第四卷（主编为克·德·穆拉托娃）。这一卷的标题是“19世纪末至20世纪初期文学：1881—1917年”，内容涵盖19世纪80年代至十月革命前的文学，共分为三编。其中第一编论述的是19世纪80年代的文学，仍属于19世纪文学的范畴，包含19世纪80年代的散文、19世纪80—90年代的诗歌、民粹派文学以及迦尔洵、柯罗连科和契诃夫等作家。编撰者没有把这一段无疑属于19世纪范围内的文学放在第三卷，显然是由于意识到这一时期的俄国文学已开始越出“现实主义的繁荣”的框架，成为以现实主义为主导的文学阶段（1856—1881）和文坛多元格局形成时期（19—20世纪之交）之间的特殊过渡期。

普鲁茨科夫《俄国文学史》第四卷的后两编，分别论述“两个世纪之交与1905年革命时期的文学”（1890—1907）、十月革命前十年间的文学（1907—1917），包括这两个阶段的主要文学思潮、流派和作家作品。编撰者注意到俄国现实主义文学在19—20世纪之交所出现的新变化，描画出这种变化发展了的现实主义和新出现的象征主义、阿克梅派、未来主义以及新农民诗人等诸多流派并存发展的多元格局，着重论及晚年的托尔斯泰、高尔基、布宁、安德列耶夫、库普林等作家，以及勃留索夫、勃洛克、别雷、马雅可夫斯基等诗人的创作。这是俄国文学史上一个充满危机、冲突和变化的转折时期，既表明了转换本身的广度与深度，也预示了未来俄国文学的复杂构成与发展的艰辛。这一时期出现的文学现象是如此丰富多样、光怪陆离，令人眼花缭乱，以至《俄国文学史》用第四卷的大部分篇幅予以论述也未必全面和到位，这也就为后来的文学史研究者留下了再阐述的巨大空间。

整个第四卷的内容，以关于十月革命前俄国文学的意义与特色的简要概括而结束。普鲁茨科夫主编的四卷本《俄国文学史》，就这样完成了全书关于俄国文学从其产生的10世纪到1917年的历史评述。

从以上关于普鲁茨科夫《俄国文学史》卷次划分的描述中，可以看出，这套文学史著作只有第一卷和第四卷中存在“编”的划分。

事实上，在原书中，并没有相当于中文著作里“第几编”的标识，而仅仅是在正文和目录中出现了相当于各“编”标题的文字。如第一卷中就是以“10世纪至18世纪前25年文学”“18世纪俄国文学”作为“编”的标题统辖其下各章的；第四卷中则有“19世纪80年代的文学”“世纪之交与1905年革命时期的文学”“十月革命前十年间的文学”这三“编”。第二卷、第三卷都是关于19世纪俄国文学的论述，而且这两卷本身的划分，已明确地表明了19世纪文学的阶段性，因而无须再划成几“编”。

“章”（глава）是普鲁茨科夫《俄国文学史》的基本构成单位。如第一卷第一编关于古代俄国文学的论述，除了这一编的“导论”和“结语”之外，共有七章，分别论述从10—12世纪初基辅罗斯时期到18世纪前25年的文学。在这七章中，如本书前一节所提及的那样，第四章“俄国前文艺复兴时代的文学”（14—15世纪中期）又被分为两大部分：第一部分（Раздел 1）“14世纪库里科沃战役之前的文学”，第二部分（Раздел 2）“14世纪末至15世纪上半叶的文学”；第五章在论述“统一的俄罗斯国家形成时期的文学”（15世纪中期—16世纪）时，则又分出“15世纪中期至16世纪前25年的文学”“16世纪文学”（这一部分评述的主要是1525—1600年间的文学）两大部分；第六章“‘过渡时代’的文学”也被分为两个部分，即“17世纪上半叶文学”和“17世纪下半叶文学”。在整个四卷本《俄国文学史》中，只有第一卷第一编的第四至六章中存在着这一介于“章”和“节”之间的“部分”（раздел）的划分。

第一卷第二编论述的是18世纪俄国文学，分为九章。这九章的序号并不同第一编七章的序号相衔接，而是重新编号的；而且，本编也同样有自己的“导论”和“结语”。这样的设置，事实上是表明了第二编的“独立性”，尽管它和第一编共同处于《俄国文学史》第一卷之中。

这套《俄国文学史》的第二、三卷，论述的都是19世纪俄国文学。这两卷中既不分“编”，也不分“部分”，只是列出章次。其中，第二卷是关于1800—1855年间俄国文学的评述，共有二十二章，第一章之前还有本卷“编者的话”和一篇“导论”；第三卷的内容集中于1856—1881年间的俄国文学，它以本卷的一篇“绪言”和“导论”为先导，接着列出二十四章展开论述。第二至三卷所含各章分别编号，显示出这两卷所论内容具有相对的独立性；而两卷结束时都没有“结语”，则又表明这两卷的评述对象19世纪俄国文学还没有结束。

普鲁茨科夫《俄国文学史》的第四卷论述1881—1917年的俄国文学，共分为三编。其中第一编“19世纪80年代的文学”，下设六章；第二编论述的是1890—1907年间的文学，分为十章；第三编则是关于1907—1917年间俄国文学的评述，含有七章。整个这一卷共为二十三章，连续编号（不同于第一卷中两编的章次分别编号），以本卷“导论”为起始，用一篇“结语”收束全卷，从而构成这套《俄国文学史》中的一个在体例安排上具有鲜明特色的独特板块。这样的安排，说明在编撰者心目中，“19世纪末至20世纪初期文学”在全部俄国文学史中是一个具有特殊性的发展阶段。

从以上关于普鲁茨科夫《俄国文学史》中“编”和“部分”的划分、“章”的设置与编序方式的描述中，已可见这套著作在体例安排上所显示的严谨、合理之中的灵活性。这种灵活性同时也体现在编撰者关于各章之下的“节”的不同处理上。具体处理方式有三种形态。

第一种为带有小标题（节名）的“节”，如第一卷第一编所有各章之下的“节”，第二编中的大部分“章”所含的“节”，均带有小标题。例如，第一编第三章共包括七节，其小标题依次为“概述”“编年史编纂”“《囚徒丹尼尔的求告书》”“《罗斯国土沦丧记》”“使徒行传”“弗拉基米尔主教谢拉皮翁”和“拔都攻占梁赞的故事”。又如，第一编第六章分为两个部分，第一部分共有五节，小标题分别为“概述”“‘混乱时代’的宣传鼓动文献：‘性格的发现’”“‘个人’的发现”“书面诗歌创作的最初尝试”“西伯利亚和顿河地区的文学派别”；第二部分包含九节：“概述”“历史与虚构：阿佐夫的‘童话’故事、莫斯科起源纪事和特维尔少年修道院的故事”“长篇小说的最初试作”“骑士传奇与原创性冒险故事”“平民讽刺作品；‘古代罗斯的笑’”“翻译的和原创的短篇故事及弗罗尔·斯科别耶娃的故事”“《倒霉鬼—苦命人的故事》”“大司祭阿瓦库姆”“俄国的巴洛克风格”。

与《俄国文学史》第一卷第一编所含各章之下的“节”都带有小标题的情况不同，第二编的九章中只有第一、四、七、九章的各节有小标题，如第一章四节的标题分别为“引言”“康捷米尔”“特列季阿科夫斯基”和“俄国古典主义的独特性”；第四章“引言”之后依次有“1769—1772年的讽刺杂志（尼·伊·诺维科夫）”“18世纪60年代的平民散文”“米·马·赫拉斯科夫小组的诗人们（迈科夫、波格丹诺维奇、赫拉斯科夫）”等节；第七章所含各节的标题则是“引言”“俄国喜歌剧”“对历史的兴趣与戏剧艺术中的新潮流（克尼亚日宁）”“克雷洛夫（18世纪90年代）”。统而观之，可见普鲁茨科夫《俄国文学史》中共有十一章之下的“节”带小标题，它们全部存在于第一卷中。

另一种关于“节”的处理方式是：“章”下分“节”，但每一“节”都没有小标题，仅以序号标出。《俄国文学史》第一卷第二编第五章“杰尔查文”，第二卷中的十七章，第三卷中的十八章，第四卷中的二十一章——共为五十七章，都是这样安排章节的，在全书八十五章中所占比例近70%。这是普鲁茨科夫《俄国文学史》章节体例设置的基本形式。

《俄国文学史》中还有一些“章”之下是不分节的，整个一章就是一篇文字，一贯到底。如第一卷第二编第二章“罗蒙诺索夫”、

第三章“苏马罗科夫”、第六章“冯维辛”和第八章“拉季舍夫”，第二卷第七章“康·尼·巴丘什科夫”、第十三章“普希金流派的诗歌”、第十五章“19世纪30年代的诗歌”、第十六章“叶·阿·巴拉廷斯基”和第十七章“阿·瓦·柯里佐夫”，第三卷第八章“19世纪50—60年代的诗歌”、第十章“涅克拉索夫流派的诗人”、第十一章“费·伊·丘特切夫”、第十二章“阿·阿·费特”、第十五章“亚·瓦·苏霍沃—科贝林”和第十六章“19世纪70年代的文学”，第四卷第二十章“新农民诗人”和第二十三章“弗拉基米尔·马雅可夫斯基”等，都是不分节的。这类处理方式在四卷本《俄国文学史》中共有十七章。

上述章节体例的安排，显示出普鲁茨科夫《俄国文学史》编撰者的灵活性。著者显然没有刻意追求这套著作结构形式上的整齐划一，即没有严格地按照编——章——节的三层结构方式来设置全书各卷的体例，而是在保持整体框架清楚完整、不失严谨的同时，不强求编、章、节安排自始至终的完全统一和绝对匀称。但是，体例安排的灵活性，即这种形式上的效果本身，并非编撰者的追求目标；结构体例方面所有不拘一格的处理方式，都是由这套著作各个部分所要论述的内容决定的，同时又服务于各部分内容。正是经由普鲁茨科夫《俄国文学史》如此这般的体例安排，读者才能够清晰地看到绵延一千余年的俄国文学的发展脉络和阶段性特征，领略到各个时期文学的不同成就、意义和特色，感受著者对其进行评述的思路与眼光。

3. 关于社会文化语境的描述

遵循马克思主义关于“从美学观点和历史观点”① 来考察文学现

① [德] 马克思、[德] 恩格斯《论文学与艺术》（一），北京：人民文学出版社，1982 年，第 182 页。

象的思想，普鲁茨科夫主编的《俄国文学史》在检视与评述文学发展进程时，既注重对文学思潮、流派和运动及作家作品进行美学考察与艺术分析，也从不忽略廓清一切文学现象赖以产生和发展的社会历史条件与思想文化背景。但编撰者的这种关注，并非只是为了在形式上坚持马克思主义美学思想，而是源于对文学艺术本质的深刻认识，其中重要的一点就是清醒地意识到任何形态的文学都不可能脱离一定的社会历史条件，都和特定时代的思想文化有着内在的关联。这样的观念决定了普鲁茨科夫《俄国文学史》在全书的结构安排上，必然列出一些章节描述不同时期的思想文化背景，力求呈现出各阶段文学的历史语境。

在四卷本《俄国文学史》中，处于各卷（编）第一章之前的“导论”，其内容往往都是对不同历史时期思想文化状况的概括说明。如第一卷第一编的“导论：10—18世纪前25年俄国文学的独特历史道路”，第一卷第二编的“导论：18世纪俄国文学道路的确立与文学民族独特性的形成”，第二卷的“导论”（关于19世纪上半叶文学的历史文化背景），第三卷的“导论：19世纪60—70年代的文学与社会运动”，第四卷的“导论”（关于19世纪末至20世纪初期文学的思想文化背景）。

这些“导论”不仅以简洁的文字复现出俄国文学发展进程中的某一历史时期的文化语境，而且对作为这一时期思想文化运动的组成部分之一的文学生活作出了高屋建瓴的概括，成为统领其后具体描述与评价文学现象的各章内容的提纲挈领式的文字。其中，第一卷第一编的“导论：10—18世纪前25年俄国文学的独特历史道路”，是由古代俄国文学与文化研究领域首屈一指的著名专家德·谢·利哈乔夫亲自撰写的。利哈乔夫熟知古代俄国的历史与文化，透彻了解10—17世纪俄国的民族生活和文化语境，但是他在这篇“导论”中既没有详细描述这一时期的俄国历史进程，也没有完整地提供这几个世纪的文学产生和发展的一般文化背景，而只是在对这一漫长年代中俄国历史演进脉络的简要勾画中，宏观地概括出各阶段文学的基本特征。著者密切联系这一时期俄国民族生活和文化的特点，揭示出古代俄国文学的属性、品格、内涵和存在方式，从而呈现出早期俄国文学历史道路的独特性。

利哈乔夫认为，古代俄国文化和艺术具有一种“中世纪历史主义”（средневековый историзм）倾向，而古代俄国文学也属于“中世纪文学”的范畴。他指出，在古代俄国，书面作品和民间口头创作是共同存在的，更有流传于两者之间的文学；完整的文本匮乏，还有不少是佚名作者的作品。这些作品往往长期被口头传诵、记载抄录，经变化之后被“移入”或“借用”到后来其他作家的作品中，并由此而获得了自己的生命力。古代文学作品不维系于文学独特性的概念，同其他历史文化和宗教文献之间没有彼此区分的严格界限。大部分作品不追求以其新颖性、独特性来刺激读者，而是努力迎合读者的习惯，以此来安抚和吸引他们；作者的写作仿佛是参加某种典礼，完成某种宗教仪式，尽管作品中也因含有颂扬或谴责的内容而具备了某种道德色彩。所以利哈乔夫在论及古代俄国文学作品的特点时写道：“文学是一种仪式。它给这种仪式穿上了适合于它的文学服装。这也就使文学不仅接近于民间口头创作，而且也像在民间口头创作中那样，导致古代俄国文学作品成为特殊的即兴创作，导致它的集体性和对传统的遵循。”①

依据古代俄国文化生活的实际状况，利哈乔夫还指出：古代文学作品存在方式上的“流动性”，其年代范围上的模糊性，决定了对它的观察与研究较为困难，甚至整个11—17世纪的俄国文学进程都是较难把握与界定的。这一进程中文学创作的“中世纪历史倾向”，使

① *Пруцков Н. И.* История русской литературы: В 4 т. Ленинград: Издательство «Наука». Ленинградское отделение. Т. 1. 1980.С.11-12.

其大都维系于具体的历史事件和人物，作品的叙事内容集中于战争胜负、王室活动、宗教和教会活动，而艺术虚构则遭到排斥；文学总是追踪着历史，古代文学中疏离历史的作品少有优秀之作。因此，对于古代俄国文学研究而言，编年史的编纂、编年史集的构成就获得了无可替代的意义，而古代俄国的历史进程本身也就在很大程度上决定了古代文学的分期。普鲁茨科夫《俄国文学史》第一卷第一编中关于古代俄国文学史的分期，基本上吻合古代俄国历史的分期，这正是利哈乔夫上述观点的体现。

在利哈乔夫的视野中，古代俄国文学的第一阶段（10—12世纪初期）是一个相对统一的时期，它在南方中心基辅和北方中心诺夫戈罗德获得了发展，文学风格以宏大壮阔为特点。这是统一的古代罗斯的基辅—诺夫戈罗德国家（древнерусское Киево— Новгородское государство）存在的时代。第二阶段为12世纪初至13世纪前25年，也即俄国历史上的封建割据时期。这一时代有许多新的文学现象和文学中心（苏兹达尔、罗斯托夫和斯摩棱斯克等）出现，文学的地方色彩明显，体裁日趋多样化，更具有当代性和政论性。

蒙古—鞑靼人的入侵（1237）把古代俄国文学带入第三阶段，文学题材也集中于这一历史性灾难，显示出前所未有的紧张感和悲壮色彩，洋溢着爱国主义精神。第四阶段（14世纪末—15世纪上半叶）与1380年库里科沃战役前后罗斯国土的经济—文化复兴相联系，俄国进入“前文艺复兴时代”（Предвозрождение）。这一时期，编年史、历史叙事作品和颂扬性传记等体裁全面复兴，文学中盛行富有表现力的、热情充沛的风格，爱国主义感情高涨，文学、绘画、雕塑、民间文艺和政治思想体系的建构，都开始呈现出民族独立性。

随后的15世纪下半叶至16世纪，是古代俄国历史、也是俄国文学的第五阶段。这一时期社会思想和政论著作迅猛发展，两者都以对于复兴的信念及其表达为特征，但是真正的文艺复兴却未能出现。统一的俄罗斯国家形成过程中连绵不断的战乱和国家政权本身耗费了民众的精神文化力量，造成复兴的延宕，文学的正常发展遭到破坏。作家们对国内政治和社会改革的关注导致政论作品的繁荣，同时官方气息注入文学领域，“宏大风格”再度出现，文学中的个性因素受到压制，通俗读物流行。

到了17世纪，古代俄国文学才随着俄国历史而进入第六阶段，这既是古代俄国历史、也是俄国文学中的“过渡时代”——从古代向18世纪新时代的过渡。在这个时代，文学中的个性因素在作家作品、个性趣味、个人风格、作家的职业化和个人思想情感的表达等各方面得到全面的发展；个性因素同时促进了音节诗和正规戏剧等新的文学品种的出现。与这个时代相毗连的彼得一世改革，既是“过渡时代”的继续，又在一定程度上实现了“过渡”——历史的和文学的“过渡”。

在利哈乔夫执笔的这篇“导论”中，他还谈到古代俄国文学研究中的几个重要概念范畴。他指出，在11—13世纪，整个东斯拉夫民族还是一个尽管松散、却没有分化的统一体，因此这个时代东斯拉夫各部族（русские，“罗斯人”）所创造的文学，可以被称为“古代俄国文学”（或“古代罗斯文学”，древнерусская литература）。从16世纪起，大俄罗斯、乌克兰和白俄罗斯这三个未来的东斯拉夫民族的民族独特性逐渐开始形成，它们各自的文学传统也开始形成，因而可以把这三个民族在16世纪以后的文学分别称为“古代大俄罗斯文学”（древневеликорусская литература）、“古代乌克兰文学”（древнеукраинская литература）和“古代白俄罗斯文学”（древнебелорусская литература）。到了17世纪，这三大个民族的民族独特性最后形成。这样，17世纪的“古代俄国文学”，事实上只是专指“古代大俄罗斯文学”，而不再包括古代乌克兰文学和古代白俄罗斯文学；但后来的文学史研究文献著作一般仍沿用“古代俄国文学”的提法，这一概念虽有遮蔽古代东斯拉夫民族文学复杂构成的不足，却由于比“古代大俄罗斯文学”的概念更符合语言表述习惯而被广泛认同与采纳。毋庸赘言，18世纪及其后的俄国文学，已不再属于古代文学的范畴。

第一卷第一编的“导论”关于古代俄国历史、思想文化及其与同一时期文学关系的描述，为本编关于古代俄国文学进程的梳理和评论提供了清晰的总体框架，为其后各章关于古代文学的分阶段研究奠定了基础。“导论”中涉及当时苏联学界在古代俄国文学研究领域的某些不足（包括古代文学遗产和历史文献的发掘、整理、出版和研读等方面存在的问题）的说法，也无疑具有促进和推动这一研究向纵深发展的意义。

普鲁茨科夫《俄国文学史》第四卷的“导论”，集中描述的是19世纪末至20世纪初期俄国文学的思想文化背景。这是一个社会运动与文学运动之间的联系不仅同样紧密，而且更为复杂并充满矛盾的时代。从19世纪80年代初期起直到1917年十月革命爆发，俄国历史风云变幻，社会生活剧烈震荡，思想文化领域空前活跃，给这一整个时期的文学产生了深刻影响；这一变动中的时代背景本身，也以多样化的形式反映在文学中，因而文学又成为这个大时代的艺术见证。

著者在这篇“导论”中指出：19世纪80年代不仅是民粹运动失败、社会萧条的年代，也是寻找社会改造、民族振兴新道路的时代。俄国沙皇专制政权的严酷统治给整个19世纪80年代的精神生活打上了特有的印记，引起了思想的危机、绝望和悲观主义的浪潮，然而与此同时，进步社会思潮也在先进知识分子中广泛传播。在这一背景下，19世纪80年代的文学，便成为俄国现实主义演变史上的一个过渡时期。文学不仅镌刻下进步社会情绪的衰落及其向“小事论”的退化，而且显示出某种新原则，这种原则在随后的十年中获得了富有成果的发展。也就是在这些年里，在对旧有理想感到失望的潮流中，俄国文学中产生了与之相应的、具有颓废倾向的文学现象。在关于19世纪80年代思想文化氛围的简要描述中，著者事实上也同时说明了这一时代的文学为何成为19世纪末至20世纪初期俄国文学的起点。

第四卷的“导论”在关于19—20世纪之交俄国社会历史情状的描述中，抓住1905年俄国革命这一重要历史事件，再现那个时代的思想文化氛围，并扼要说明了它对文学产生的影响。这一时期的俄国社会正面临着新的、复杂的转型和剧烈的动荡，社会各阶层民众的情绪发生着决定性的转折。居民中落后阶层本来处于沉睡状态的公民意识也开始觉醒，社会空气中可以感受到对于积极行动、社会复兴和道德复兴的渴望。同时，社会意识也经历着深刻的危机与分化，一部分民粹主义者向自由主义者转化。唯心主义哲学与美学十分明显地成为令人迷恋的对象。19世纪80年代经历过对自己当时怀抱的理想感到失望的知识分子，此时开始产生对于非理性主义、宗教复兴和宗教探寻的本能向往。第一次俄国革命把必须改变国家社会—政治结构的问题，提到了所有善于独立思考的人们面前。文学既经受过对这场革命的期待，也经历了它随后的爆发，革命事件无疑作为一种强大的作用力制约着文学的存在与发展。世纪之交的文学多方面表现出不同的社会群体对周围世界认识上的尖锐矛盾，又似乎显示出这是一个通常在某一重大历史事件之前出现的充满浪漫主义期待的时期。于是，抒情因素的强化，开诚布公的政论性便成为世纪之交文学的特色之一，这一特色在第一次俄国革命前夜和革命年代曾发展到炽热的程度。同时，俄国文学中的多种思潮和流派也在上述背景下产生，形成了一种充满竞争的多元化格局。“导论”中特别提到：19世纪取得重大成就和进展的俄国现实主义在这一时期经历了深刻的变动。传统现实主义作家高度关注“人与环境”的矛盾，在这个时代的文学中获得了另一些形式的艺术呈现。新的现实主义文学反映了19世纪90年代开始的先前受压迫的个性崛起的过程，既通过民众意识的觉醒，又经由对旧世界秩序的自发性抗议等方式，多方面地表现了这些个性。

这篇“导论”还充分注意到1905年俄国革命失败后的社会文化氛围对文学的有力影响。著者写道：

> 革命之后，时代的“混乱”进一步加剧。弥漫开来的反动氛围引起了失望和悲观的思潮，人们不再相信民众的力量，不再相信俄罗斯的命运即将发生变化的可能性。对唯心主义哲学的迷恋以更强劲的力量再度勃兴，宗教探寻重新活跃。还可以看到部分地渗入象征主义圈子内的新民粹主义思想以及新斯拉夫主义的流行。①

急剧的分化同样发生在文学领域。一些文学和社会性杂志逐渐失去了表达时代先进思想、促进文学发展的积极作用，而另一些文学丛刊却在这时成为多种文学团体联合与分化的中心。围绕着如何看待刚刚过去的革命、是否期待着民众掀起新一轮更积极的行动以及怎样认识俄罗斯民族性格等问题，一些文学团体和派别之间进行着长期的争论。批评家和读者都感到文学在20世纪的第二个十年历尽艰难地走过了一个相对停滞的时期。许多作家都在革命失败后的颓唐空气中经历了创作危机，包括原先“知识派”同仁的衰退，这时他们所注意的往往是伴随着革命过程而出现的一些负面现象；对待俄国文学原有传统的虚无主义态度也一度抬头；热衷于诽谤革命、千方百计地贬损人的作品也持续出现。象征主义出现了内部分化，它与现实主义之间的复杂关系成为那个年代最有意义的、在一定程度上决定语言艺术发展的现象。阿克梅派、未来主义等新的文学流派和团体也在这个时代产

① *Пруцков Н. И.* История русской литературы: В 4 т. Т. 4. 1983.С.15.（汪介之译）

生。但是，这个时代的俄国文学却没有失去自己的社会激情，它同时还带上了某些哲理色彩，如越来越经常地关注人的生命与宇宙存在的相互关系；多侧面地展示“活跃的生命”，也即从各不相同的角度呈现生活的意向得到了强化；对人的本性中的内在潜力的关心变得更为专注。

在这篇“导论”的著者看来，整个19世纪末、20世纪初的俄国文学显示，这个时代作家们的艺术思维本身也发生了重要变化。文学所关注的问题更新与改变了，对生活社会化过程和基本主人公发生变换的关注度明显提高。文学话语也发生了明显变化，形成了新的概括类型和形象类型。文学和戏剧、绘画和音乐等其他艺术领域的创作互相呼应的现象，成为那个时代文化生活的一个显著特点。活跃于那个时期几乎所有的大作家都曾作为批评家表达自己的见解。著者所描述的所有这些现象，可以说都在一定意义上预示了未来俄国文学的发展，或曰为它以后的历史行程提供了必不可少的铺垫。

普鲁茨科夫《俄国文学史》除了以放置于各卷（编）之首的“导论”简要描述不同历史时期的社会文化状况，概括说明由不同文化语境中产生的文学所呈现的基本特点之外，还列出一些专章，集中考察和梳理某一较小历史阶段的思想文化背景，在社会历史事件、文化思潮和文学生活的密切联系中，揭示各个时期文学的发展趋向。如第一卷第一编中的第七章“18世纪前25年文学生活中思想与艺术的新现象”，第二编第一章“18世纪30—60年代初的文学与社会运动和古典主义的形成”，第四章“18世纪60年代末—80年代的文学与社会运动”，第七章“18世纪80—90年代的文学与社会运动”；第二卷中的第一章“19世纪前25年俄国文学和社会思想的基本趋向与潮流”，第十四章“1825—1855年间俄国文学和社会思想的基本趋向与潮流”等，都属于这样的专章。

18世纪是俄国历史发展进程中的一个重要阶段，也是俄国文化和文学转型的一个关键性时代。因此，普鲁茨科夫《俄国文学史》除了以第一卷第二编的“导论：18世纪俄国文学道路的确立与文学民族独特性的形成”为该编集中论述18世纪文学提供总纲式的概括评述之外，还用第一卷第一编的第七章和第二编的第一、四、七章总共四个专章的篇幅，分别论述这一个世纪中的四个不同阶段的社会运动，力求理清不同时期的思想文化与文学潮流之间的关系，以便使其后关于具体文学现象与作家作品的各章专论得以顺利展开。

“18世纪前25年文学生活中思想与艺术的新现象”这一章之所以被放在论述俄国古代文学的第一卷第一编，想必是因为在编撰者看来，这一时期虽然在纪年上已进入一个新世纪，但从文化和文学的角度看，还仍然处于“过渡时代”的末期，即将跨进新文学时代的前夕。著者以翔实的史料为依据，透彻地说明了18世纪初期开始实行的彼得一世改革，固然是俄国历史上的一个至关重要的转折点，然而，这一处于民族传统与“欧化”意向双重制约的文化转折却完全不是一种突变型的转向和变异，而是一个新旧交替、充满矛盾的复杂过程，好似一条不断变化、活跃异常的宽阔河流。17世纪的最后年代，俄国与欧洲文化的接触其实相当有限。1685年在莫斯科揭幕的斯拉夫—希腊—拉丁学院是全俄唯一的高等学校，而莫斯科印书馆则是当时俄国唯一的书籍印刷单位。东正教牧首对官方文化实行严密的控制，希腊语文学者在官方文化中占有牢固的地位。1700年，俄国开始启用新历法，即以耶稣诞生之年为元年的纪年法。但王族和宫廷内部围绕最高统治权而展开的斗争异常尖锐激烈，位高权重的大贵族在一场场斗争中往往起着致命的破坏作用。俄国对瑞典人的“北方战争”（1700—1721）严重消耗着国力，使得改革、特别是文化领域的变革步履艰难。

上述社会历史语境在很大程度上决定了18世纪初期俄国文化和文

学的存在状况与基本特点。普鲁茨科夫《俄国文学史》指出：巴洛克风格曾成为那个时代俄国官方文化的风格特征，而演说术则一度在文学中占据统治地位：布道、宣传和说教文字，不仅是当时的主要体裁类型，而且成为主导性的美学原则。戏剧和诗歌均以华丽矫饰的语言突出地表现等级观念。一些带有早期启蒙文学性质的作品同样兼具说教性与巴洛克风格，但又在其中点缀着古希腊神话的内容。因此，这个阶段似乎又是一个拥有广博知识的“饱学之士”的时代，是对人文学科中来源不同的多种知识进行检阅的时代。这种状况不符合彼得一世改革的目的和要求，因此他在进行国家机构、经济和军事方面重大改革的同时，也在文化领域采取一系列断然措施，如否定主要来自乌克兰和波兰的巴洛克风格，断绝与“拉丁化的”文化交流，进而开始推行注重国家实际利益的文化改革和文化引进策略。1702年，俄国第一份公开发行的报纸《消息报》（Ведомости）出版，成为彼得一世的喉舌，在科学文化宣传、规范道德秩序和语言运用等多方面，都发挥了重要作用，以至18世纪40年代罗蒙诺索夫编写《俄语语法》时，还十分注意研究《消息报》的语言。

俄国从17世纪后半叶起就开始注意引进古希腊罗马的古典著作。18世纪初，阿姆斯特丹出版了包括希腊神话、伊索寓言等在内的古典作品俄译本；随后，众多的政治与政论著作、教科书、文学作品和历史著作等纷纷出版；从德国、波兰等国转译过来的古希腊罗马著作集也陆续与俄国读者见面。到了18世纪20年代，更是出现了许多从拉丁文翻译过来的古希腊罗马作品和古代历史著作，如《阿波罗多罗斯》（Аполлодор）、《丛书，或诸神论》（Библиотека, или О богах）、《特洛伊城被毁的故事》（История, в ней же пишет о разорении града Трои）等。希腊神话中的诸多形象，也在18世纪初期开始出现于莫斯科街头的雕塑中。俄国的第一家剧场也于那个时代建立。剧场设于外交事务衙门，第一批演员则是从波兰城市但泽招募而来的。所上演的剧目，均为古希腊罗马历史题材，然而风格却颇为复杂，可以说文艺复兴、古典主义和巴洛克风格特征兼而有之。保存下来的《国家外事衙门所列喜剧一览表》完整地记载了当时演出的节目。后来这家剧场因不符合彼得一世的要求（他希望演出要配合国家事务，如歌颂“北方战争”的胜利等）而被关闭，后来又建立了附设于斯拉夫—希腊—拉丁学院的“教学剧院”。教学剧院上演的剧目具有政论与颂诗的基调，既显示出彼得一世所倡导的“为祖国服务”的倾向，又带有欧洲启蒙理性主义的特点。十分注意引进西方科学与文化，是彼得一世的功绩之一。但彼得一世时代的文化并不标志着俄国传统文化的中断。他指示编纂《牧首公署藏书一览表》（1718），正是他重视保存和发扬本民族文化传统的例证之一。《俄国文学史》第一卷第一编第七章中的这一段评价，无疑是很中肯的：

> 彼得一世的活动之所以能够如此富有成效和具有历史前瞻性，是因为他正确地理解了俄国社会政治与文化发展的趋向，并把自己全部巨大的能量、智慧和君主专制权力集中到让这些趋向变为现实化的行动上来；作为一国之君，他意识到实现这些趋向正是国家的目标。这对于18世纪俄国文化的命运具有重大意义。[①]

著者认为，在彼得一世时代的思想文化氛围中，交汇着文艺复兴与早期启蒙运动的理念。对中世纪教会思想体系的拒绝、朴素唯理主义和带有实用主义色彩的启蒙主义，这些可以用来说明彼得一世时代俄国社会—政治世界观的特点，决定了那个时代文学与文化发展的非同寻常的复杂性。18世纪初期俄国诗歌的语言，显示出翻译作品的语言在那一时期俄国文学语言形成中的重要作用；诗歌中出现的隐

---

① *Пруцков Н. И.* История русской литературы: В 4 т. Т. 1. 1980.С.421.（汪介之译）

喻、形象与象征，则表明西欧文艺复兴时代文学的影响；许多爱情诗具有感伤主义的音调，其中“爱的用语”大都来自经波兰传入的翻译文学作品。情节丰富的叙事文学作品的新类型，也在这一时期的文学中产生，其主人公的性格与命运特征，大都是彼得时代社会生活的鲜明反映。爱情题材的叙事作品也获得了新的发展，其中的世俗因素加强，明显有别于中世纪的禁欲主义；个人价值得到肯定，这显然是欧洲文艺复兴文学的特征。这类作品受到从欧洲中世纪骑士叙事诗（传奇）到薄伽丘小说的影响。所有叙事文学作品的基本风格特征，同样显示出经波兰传入的意大利、法国翻译文学作品的影响，以及《消息报》，翻译过来的教科书和人文科学著作的影响。

《俄国文学史》这一章中述及的作家、教会活动家和启蒙思想家费奥凡·普罗科波维奇（1681—1736）的活动与著述，对于彼得时代而言是很有代表性的，其影响也相当广泛。他曾研究过古代俄国的宗教训诫作品，这些作品的许多内容都在他创作的雄辩剧中得到了反映。他在《赞辞，或打败瑞典军队的光辉胜利颂辞》《凯歌：歌唱打败瑞典军队的光辉胜利之曲》等作品中所创造的彼得一世形象，对19世纪普希金笔下彼得一世形象的创造产生了直接影响；他的颂诗体裁则影响了他身后不久的罗蒙诺索夫、苏马罗科夫、赫拉斯科夫、杰尔查文的创作。他的悲喜剧《弗拉基米尔》，成为苏马罗科夫、罗蒙诺索夫和克尼亚日宁等人的悲剧创作的先声。他以俄语、波兰语和新拉丁语写的抒情诗，具有显而易见的民歌风格；其《世俗歌谣》成为彼得一世时代爱情抒情诗的一种典范。他的著作《诗学》，继承亚里士多德、贺拉斯和奥维德的诗学思想，是俄国诗歌理论领域的第一部有重要价值的著作，对俄国古典主义形成具有积极的作用；他的另一著作《雄辩术》，则显示出对中世纪繁琐哲学的弃绝，承接古罗马西塞罗的思想与风格，又接近17世纪法国哲学家笛卡尔。

普鲁茨科夫《俄国文学史》第一卷第一编第七章关于18世纪前

25年社会文化语境的描述，没有忘却它与同一时期经济基础的联系。著者注意到：17世纪70年代刚刚开始显露的经济动向，即各地方市场逐渐集中为一个全俄市场的趋势，在18世纪初期得到了落实，这一时期俄国与欧洲国家的接触也更为紧密，这一切都体现于那个时代新文学的形成过程中。从作者佚名的手抄本到费奥凡·普罗科波维奇的创作，都显示出那个时代文学的特点——世俗因素开始占据主导地位，对个人功绩的颂扬，对理性胜利的信念等。形成于这四分之一世纪中的文学，既不同于古代俄国文学，又与它有着深刻的内在继承关系，这特别表现在注重民族历史题材和作家作品的公民倾向。因此，著者断言：18世纪初期的文学，明显地结合着文艺复兴与巴洛克的因素、唯理主义与早期启蒙理想，它为随后俄国古典主义的繁荣及其民族独特性的确立准备了条件。

18世纪30年代之后的社会政治生活和文化语境变动十分频繁，以致普鲁茨科夫《俄国文学史》不得不在第一卷第二编的三章中分别论述其不同阶段的文学与社会运动。其中，第一章“18世纪30—60年代初的文学与社会运动和古典主义的形成”在论述康捷米尔、特列季阿科夫斯基和俄国古典主义的独特性之前，首先在“导言”中勾画出这一时期俄国社会文化生活的基本轮廓。1725年彼得一世去世以后，15年中先后有五位君主成为俄国的最高统治者，而真正掌管或控制国家政权的却是一些最有实力的大贵族。伊丽莎白女皇开始执政后，感到不能无视现有的社会政治状况，于是决定采取一系列措施巩固君主专制政体。俄国文化和文学在这一变动背景下获得了发展。1725年，彼得一世生前已为其奠定基础的彼得堡科学院揭幕，成为18世纪俄国科学与文化生活的中心。来自德国、法国的外籍学者和俄国学者一起成为第一批院士。起初以德语和拉丁语出版的科学院月刊，到1755年开始转用俄语出版。莫斯科大学也于同年创立。附属于彼得堡科学院的古典中学和莫斯科大学，在俄国文化发展史上具有重大意义，培养了第一批俄国知识分子的代表。与此同时，其他教学中心也相继出现。1756年，俄国第一家国立剧院在彼得堡落成；1757年，艺术研究院也在这里揭幕。遵照彼得一世的遗愿打造的彼得堡涅瓦河沿岸街，成为俄国文化生活的中心。瞄准欧洲文化并向它学习，这是为历史和现实所决定的必然选择。这种文化氛围为俄国文学的发展提供了有利条件。18世纪30年代的俄国文学已逼近欧洲文学的水平。18世纪初期文学的折衷主义探寻，以及对中世纪欧洲文学、巴洛克风格的模仿，已为对欧洲古典主义的学习借鉴所替代。但当俄国文学向法国古典主义学习时，古典主义代表作家高乃依、拉辛的时代已成过去，法国已处于孟德斯鸠、伏尔泰等人的启蒙文学时代。于是，平行地接受古典主义和启蒙文学，便成为俄国古典主义的独特性。对人的个性的尊重，开始摆脱教权主义的制约，被放置于履行国家义务的天平上去衡量。法国启蒙思想家关于“开明君主制”的理想，为俄国知识界所认同，因此他们在为专制国家服务的前提下接受了从伏尔泰到“百科全书派”的一整套思想。苏马罗科夫的《两封信》（1748）成为俄国古典主义的宣言。在康捷米尔、特列季阿科夫斯基等人的创作中，18世纪俄国文学第一次显示出自己独特的民族面貌。

第二编第四章论述了“18世纪60年代末—80年代的文学与社会运动”。这已是女皇叶卡捷琳娜二世当政的年代。女皇执政之初，曾有意识地探寻新的治国之方，包括考虑过把农民从农奴制度下解放出来，邀请以狄德罗为代表的“百科全书派”成员访问俄国，与伏尔泰长期保持通信联系，指示成立“新法典编纂委员会”，试图进行某些改革。她同时深知文学与文化的巨大作用，曾于1767年组织翻译在法国遭禁的长篇小说——让-弗·马蒙泰尔的《韦利扎里》，甚至本人也参与了翻译，还编译了孟德斯鸠的《论法的精神》，设想为制定新法典找到理论基础。根据叶卡捷琳娜二世的建议创办的周刊《万象》

（Всякая всячина）曾在18世纪70年代发挥过作用，促进了这一时期俄国讽刺杂志的短暂繁荣。不过。对于叶卡捷琳娜二世而言，文学只是以另一种方式延续的政治。她曾与作家尼·伊·诺维科夫、冯维辛等在杂志上展开过争论，但当她发现这些人的思想可能危及国家统治权时，随即下令关闭了诺维科夫的《雄蜂》（1769—1770），《画家》（1772—1773）等讽刺杂志。然而，法国启蒙思想却在俄国的土壤里深深扎下了根子。启蒙思想对诺维科夫、冯维辛、拉季舍夫以及卡拉姆津都产生了影响。俄国启蒙作家在法国启蒙思想家那里发现了彼得一世的"开明君主制"的理论依据。他们虽然大都出身于贵族，却能以批判的态度看待现存社会制度。启蒙学说还培养了一批为范围广大的平民读者服务的具有民主主义倾向的作家群。这一切正是启蒙思想影响下的那一时期俄国文学的特点。

在《俄国文学史》第一卷第二编第七章中，著者论述了"18世纪80—90年代的文学与社会运动"。18世纪晚期，俄国与世界其他国家一样，社会矛盾日益尖锐化。在法国大革命、美国独立战争爆发之际，俄国也爆发了普加乔夫起义（1773—1775），这正是农奴制危机的表现。对这些矛盾进行深入思索，一时成为俄国思想界的主要课题。对法国大革命的不同态度，导致思想界的明显分化。文学意识的民主化进程开始从各个方面显示出来，冯维辛、拉季舍夫的创作特别体现了文学开始贴近民众生活。对法国古典主义者提出的"文学等级制"的重新考量，导致曾被看成"小体裁"的喜剧出现了繁荣，冯维辛的《纨绔少年》等是其出色的代表。杰尔查文的颂诗不再限于歌颂帝王，而是转向讴歌民族生活方式。伊·费·波格丹诺维奇的《宝贝儿》，卡拉姆津的《伊利亚·穆罗梅茨》，尼·亚·利沃夫的《多勃雷尼亚（壮士歌）》等长诗，都与俄国民间创作有着显著联系。这一时期思想界、文学界围绕俄罗斯民族性格特征展开的论战，作家们对民族历史的重视，既是18世纪一系列重大事件激起的回响，又昭示着对于民族未来命运的预测。克尼亚日宁的悲剧显示出对文学“国家性”的重新阐释：他所强调的既不是以贵族阶层为主体的国家，也不是君主的国家，而是“俄罗斯公民”的国家。未来将令19世纪俄国诗人和作家们激动的那些问题，在18世纪晚期文学中已得到广泛关注。《俄国文学史》第一卷第二编关于18世纪三个不同阶段文学与社会运动之关系的以上描述，就这样为随后对各种具体文学现象的阐释廓清了背景，揭示出文学发展的社会文化动因。

19世纪是俄国文学的辉煌时代，文学形成与发展的思想文化语境也处于不断变化中，异彩纷呈，内容丰富。因此，普鲁茨科夫主编的四卷本《俄国文学史》，先后以两篇“导论”、两个专章的篇幅分别勾画1800—1881年间的历史文化图景，然后再引出关于这一整个阶段文学的巨大繁荣和显著成就的论述。其中，第二卷的“导论”简要地描述了1789—1794年法国大革命给欧洲大陆经济、社会政治和文化发展造成的巨大影响，指出在19世纪出现的席卷全欧的两大文学潮流——浪漫主义和现实主义，正是在思考大革命的客观结果的过程中产生的；而到了19世纪20—30年代之交，社会矛盾的暴露和文化氛围的改变，又导致浪漫主义的自我否定和向着现实主义的自行过渡。著者强调，俄国浪漫主义和现实主义既是欧洲文学整体的组成部分，又具有自身的民族特点，与同时期的西欧浪漫主义和现实主义并不完全一致。在第三卷的“导论：19世纪60—70年代的文学与社会运动”中，著者沿着从克里米亚战争（1853—1856）、1861年农奴制改革、19世纪70年代民粹派运动的兴起到各阶层、各种形式的社会斗争浪潮的奔涌这一历史线索，梳理了同一时期俄国社会思想文化领域的探索、冲突和建树，特别是不同文学批评流派和诸多大型期刊之间的论战，从而呈现出1855—1881年的社会文化语境，为第三卷各章解读这一阶段的俄国文学提供了必要准备。

由于1800—1855年间的俄国文学因这一时期的历史变动而显示为两大阶段，所以《俄国文学史》第二卷中以两个专章分别予以论述，这就是第一章和第十四章。在第一章“19世纪前25年俄国文学和社会思想的基本趋向与潮流”中，著者颇具说服力地说明法国大革命是直接影响当时俄国社会生活和思想文化的重大历史事件，勾画出贵族统治者陷入恐慌、发生分化、民怨沸腾、民变四起的社会图景，特别指出卡拉姆津、拉季舍夫等作家在这一背景下仍以积极的态度看待启蒙运动及其思想文化成果，推动了19世纪初期俄国文学的发展。以卡拉姆津为代表的感伤主义文学思潮成为19世纪最初十几年间影响最大的文学思潮。发生在卡拉姆津与亚·谢·希什科夫（1754—1841）之间的关于“语体”（слог）的争论，标志着俄国文学试图在欧洲文学的整体框架中寻求民族自我表达独特方式的愿望，但开始创造“新语体”的则是茹科夫斯基等新一代诗人。卡拉姆津倚重法语的语言改革主张的主要缺陷，即“双重语言体系”（двуязычие）的构想，是由后来克雷洛夫的寓言和格里鲍耶陀夫的喜剧《智慧的痛苦》、特别是由普希金的创作予以克服的。随后，著者接着指出：1812年的卫国战争唤起俄罗斯民族意识的高涨，这种高涨与亚历山大一世政府的反动政策之间形成了尖锐的矛盾，在接受启蒙学说的俄国青年贵族中引发了革命情绪，这也就成为俄国浪漫主义潮流的思想根源。英国诗人拜伦的思想与创作，对以茹科夫斯基和巴拉廷斯基等为代表的俄国第一代浪漫主义诗人、普希金一代诗人和19世纪第二个十年至20年代之交进入诗坛的十二月党诗人都产生了影响。著者肯定：正是普希金在他的创作中把程度不同地显示于俄国古典主义、感伤主义和浪漫主义文学的公民激情与对于个性心理的表现成功地结合起来，从而达到了俄国浪漫主义的顶峰；他同时又从这一顶峰开辟了现实主义地思索与表达生活的前景，与同一时期西欧文学的发展形成彼此呼应之势。

紧随其后的“1825—1855年间俄国文学和社会思想的基本趋向

与潮流”，在《俄国文学史》第二卷第十四章得到描述。这一历史阶段的起点是1825年的十二月党人起义及其失败，终点为1855年沙皇尼古拉一世去世随后克里米亚战争的失败。著者认为，这些重要历史事件不可避免地激起民主意识的高涨，于是俄国思想界出现了空前活跃的景象。这个时期出现的社会团体“爱智协会”在1826年的一篇纲领性文章中，表达了团体成员从遵奉法国启蒙学说到信仰德国古典哲学的转变，其目标则是以后者为理论基础，创立具有俄罗斯民族特色的世界观与价值体系。这一思想变化是从思考十二月党人起义失败的原因开始的。寻找社会矛盾的症结所在，探讨历史发展的规律，预测民族命运的前景，必然使知识界把目光集中到认清俄罗斯民族性格的基本特征上来。但知识界所探讨的“民族性”与国民教育部长乌瓦罗夫提出的“专制制度、东正教和民族性”公式中的“民族性”是完全不同的两个概念，“官方民族性”之说的本质是维护专制统治。这一分歧为19世纪40年代斯拉夫派和西欧派的争论打下基础。思想界的活跃更体现在30年代莫斯科大学的斯坦凯维奇小组、赫尔岑小组和40年代彼特拉舍夫斯基小组的活动中。这些小组成为凝聚知识分子和作家的思想中心，对当时和以后俄国文学的发展产生了巨大影响。和上述小组同时存在的多种报刊，如《莫斯科电讯》（1825—1834）、《莫斯科导报》（1827—1830）、《望远镜》（1831—1836）、《文学报》（1830—1831）、《现代人》（1836—1866）、《祖国纪事》（1820—1884）等，曾发表许多有影响的优秀作品、理论批评文章及政论，不仅显示出文学事业的繁荣，更进一步促进了具有民族独特性的文学的形成与发展。著者勾画出在上述思想文化背景下这一时期俄国文学的演变轨迹，指出在知识界的论争中逐渐明朗化并成为思想主流的反农奴制倾向，使文坛彻底排斥了一度体现于历史小说中的“宏大浪漫主义”，形成了以“现实的诗”为口号的“自然派”作家群，开辟了俄国文学史中的“果戈理时期”。“自然派”以果戈理的创作为典范，以别林斯基的理论批评为指导，囊括当时几乎所有的优秀作家，以描写“多余的人”和社会底层人物的命运为主要题材，从而赋予俄国现实主义以同时期西欧现实主义文学所不曾具有的历史广度和艺术视野的前瞻性，同时也启示了后来车尔尼雪夫斯基在他的小说中所表现的“合理的利己主义”，以及托尔斯泰与成熟期的陀思妥耶夫斯基的创作。

普鲁茨科夫主编的四卷本《俄国文学史》中所设置的描述不同时期历史情状和思想文化语境的专章，同前述具有类似功能的各篇“导论”一样，为其后具体论述各个阶段文学思潮和流派、解读作家作品提供了必要的背景。值得注意的是，这些专章和“导论”都没有陷入对相关背景的过度描摹中，没有脱离对文学本身的关注，而是始终围绕美学观念、文学思潮和文学创作的发展演变来考察和展示思想文化语境。这样的编排，无疑是后来的研究者书写文学史应当参照的范例。

4. 关于文学运动、流派和作家群的观照

在普鲁茨科夫主编的四卷本《俄国文学史》中，除了设有描述不同历史时期的社会文化语境、评论某位作家的思想与创作的专章之外，还有相当一部分章节用于对特定阶段的文学运动概况、思潮流派和作家群进行整体观照与综合论述。文学史著作中这一方面的论述，一般被称为“概述”；但是，和本章第三节所讨论的关于某一时期社会文化语境的“概述”不同，这里所展开的是关于文学本身的“概述”。这些“概述”的内容十分丰富，在这套文学史著作中占有45%左右的篇幅；全部俄国文学发展进程中各个阶段的主要文学现象，几乎所有未设专章予以论述的作家及其作品，都在这些综述性章节中得到了观照与评价。

这套《俄国文学史》中关于某一特定历史阶段文学的综述，在各卷中因作家作品数量的多寡和文学成就的高低而采用了不同的形式。如关于古代俄国文学的第一卷第一编，由于从10世纪到17世纪的文学成就有限，作家作品出现的密度偏低，所以其中各章的论述都只能在较大的时间跨度内展开，往往包括一至三个世纪文学的内容。如第一章“基辅罗斯文学（10—12世纪初期）”，对俄国文学起源时期的概况进行描述，论及11—12世纪的翻译文学、古代的编年史编纂和《往年纪事》、伊拉里翁的《论律法和神恩》、古代罗斯的“传记”（《山洞修道院院长费奥多西传》《鲍里斯和格列布传》）、基辅大公弗拉基米尔·莫诺马赫的著作等，时间上横跨三个世纪；第二章论述的是“12世纪至13世纪前25年封建割据时期的文学”，内容包括这一时期文学的总体评述、12—13世纪初期的编年史编纂、12世纪的庆典演说术（斯摩棱斯克的克利门特、图罗夫主教基里尔）、《伊戈尔出征记》和基辅山洞修道院修士列传等，时间跨度也有一个多世纪。第一卷中关于古代俄国文学的其他各章，都是这样的关于一个较长时段文学的概括性评述。

18世纪以后，随着俄国文学的发展与繁荣，作家作品出现的密度越来越高，《俄国文学史》中关于特定时期文学的综述，其时间跨度也越来越小。在论述18世纪文学时，著者依此对18世纪前25年文学、18世纪30年代至60年代初期文学、18世纪60年代后期至80年代文学、18世纪80—90年代的文学进行总体观照，已明显地“收缩”时间，因为这一历史时期的各种文学现象、特别是作家作品已越来越多，无法在一个章节中概括地评述某一长时期内的文学。进入19世纪，俄国文学更是大踏步发展，所以《俄国文学史》对某一时段文学的概述，只能相应地控制时间跨度，于是便出现了“19世纪30年代的诗歌”“19世纪70年代的文学”等这样的综述性章节。值得注意的是，这样的关于特定时期文学的概述，还往往和某种体裁的创作、某种倾向或类型的文学、某一流派成就的宏观评论结合起来，如“19世纪前二十年的诗歌”“19世纪60—70年代的反虚无主义小说”“1890至1907年的现实主义文学”“20世纪第二个十年的现实主义散文”等。

在第二卷第十一章中可以看到，著者关于19世纪初期俄国戏剧的概述，是从简要说明这一时期的戏剧艺术和剧院演出状况开始的。官方对演剧事业的严密控制，使当时的剧院不可能成为社会的论坛，而只能是处于政权警觉的监视之下的俱乐部。著者认为，19世纪前25年的俄国戏剧，以1812年的卫国战争为界，划分为前后两个阶段。在前一阶段，占主导地位的是正剧，但它远没有达到像狄德罗、席勒那样的西欧正剧的高度——具有表现“第三等级”走上历史舞台的意义；在俄国，“第三等级”在社会生活中的影响还很小，戏剧领域更谈不上任何改革。这个时期只有瓦·米·费奥多罗夫、尼·伊·伊利因的以乡村居民为主人公的感伤主义戏剧，在一定程度上反映了当时的社会情绪，但他们的剧作在艺术上是粗糙的，概念化也很明显。对感伤主义戏剧进行讽刺性模拟的伊·安·克雷洛夫的喜剧，则显示出一种民主精神，在美学上已显示出反感伤主义的倾向。另一剧作家弗·亚·奥泽罗夫（1769—1816）创作了一系列悲剧，他试图打破古典主义的界限，反映当代人的社会情绪，却仍未脱出感伤主义的藩篱。随后的帕·亚·卡捷宁（1792—1853）致力于在自己的戏剧创作中复现古希腊英雄的形象，但时而曲解了古代神话的象征意义；其剧作显示出从古典主义向浪漫主义的过渡。1812年卫国战争之后，喜剧在俄国获得迅速发展，反映了被战争唤起的社会情绪的高涨。亚·亚·沙霍夫斯科伊（1777—1846）的喜剧可以说代表了那一时期俄国喜剧的特点，包括对众所关心的迫切问题的暗示、对游离于社会之外的“个性”的责难，以及对爱国主义的宣扬等。1815年，格里鲍耶陀夫的喜剧开始在彼得堡戏剧舞台上演出，其剧作逐渐摆脱沙龙式喜剧或轻喜剧的风格，越往后就越加大表现社会问题的力度，终于在

1822—1824年间完成了《智慧的痛苦》一剧，为俄国现实主义戏剧奠定了基础。事实上，从19世纪20年代起，格里鲍耶陀夫就十分注意在俄罗斯民族性格的探讨中思考民族的命运，民族的过去、现在和未来。《俄国文学史》著者指出：格里鲍耶陀夫在这一方面的艺术探讨，无疑对俄国文学后来的发展产生了巨大的影响。

《俄国文学史》第三卷第七章“19世纪60—70年代的反虚无主义小说”同样属于概述性的章节。在评说这一时期出现的“反虚无主义小说”之前，著者首先指出：“虚无主义”这一概念其实具有不同的内涵；通常把伊·谢·屠格涅夫的长篇小说《父与子》说成是“反虚无主义小说”的奠基作，这其实是不确切的；不是别人，正是屠格涅夫本人很好地区分了巴扎罗夫式的虚无主义同庸俗、虚伪、卑劣和变节的虚无主义（西特尼科夫、古巴廖夫、戈卢什金等典型）。阿·费·皮谢姆斯基的《浑浊的海》，尼·谢·列斯科夫的《走投无路》和《结仇》，维·彼·克柳什尼科夫的《海市蜃楼》，瓦·彼·阿韦纳里乌斯的《游移的力量》，博·米·马尔凯维奇的《来自红角的玛琳娜》，瓦·格·阿夫谢延科的《切齿痛恨》，弗·弗·克列斯托夫斯基的《血红的烟团》，这些“反虚无主义小说”都具有和车尔尼雪夫斯基的长篇小说《怎么办？》进行辩论的性质，《怎么办？》中的主人公拉赫美托夫、罗普霍夫和薇拉·巴甫洛夫娜等“新人”形象，被这些作家看成“虚无主义者”。著者认为，“反虚无主义小说”实际上是一类具有明显保守倾向的小说，而且还带有大国沙文主义和反犹太主义色彩。给予“反虚无主义小说”的形象体系以决定性影响的，并不是屠格涅夫的《父与子》，而是另一作家德·瓦·格里戈罗维奇的《好客的学校》（1855）。“反虚无主义小说”中的主人公形象，与屠格涅夫笔下的巴扎罗夫绝对没有相同的意义，而只是对后者的曲解。不过，著者经由对这些“反虚无主义小说”的主人公形象的深入分析，既论证了他们同屠格涅夫作品主人公的区别，也说明了屠格涅夫传统在“反虚无主义小说”的情节结构和形象构成方面的比重一度有所增大的文学史实。

1890年至1907年的现实主义文学，是俄国现实主义文学发展史中的一个重要而独特的阶段。《俄国文学史》第四卷第七章即用于概括评述这一时期的文学。著者认为，这一阶段现实主义文学的总体特点，是紧密联系社会历史现实中民众普遍关注的问题，广泛反映了俄国社会、精神道德和日常生活基础方面出现的震荡，表现了社会变革愿望的增强，作品题材相对集中于乡村现实、劳资矛盾、日常生活，以及人们在世界观和新生活道路方面的探寻。著者指出，19世纪90年代俄国的大饥荒加剧了民众的灾难，社会中富有生命力的道德力量，包括列夫·托尔斯泰、柯罗连科、契诃夫、尼·格·加林—米哈伊洛夫斯基、魏列萨耶夫等在内的许多作家，在普遍贫困的岁月中以其各具特色的创作在精神上抚慰和疗救着饥饿的、物质上几近毁灭的俄罗斯，同时也清醒地意识到任何慈善行为也不能阻止灾变的发生。19世纪90年代的文学，创造了一大部艺术性的“人民破产的编年史”，进入这部编年史的，有布宁、柯罗连科、列斯科夫、波塔片科、托尔斯泰、叶·尼·契里科夫和埃特尔等作家书写的小说、随笔和文章，其中占有重要地位的是一些关于移民生活的作品。随后，著者对这一时期文学基本题材和相关作家的创作贡献一一进行评述，指出在资本主义渗入俄国农村的背景下，格列勃·乌斯宾斯基的作品首先富有表现力地描写了农民从宗法制状态被带进步步逼近的资本主义文明严酷统治的现实；加林—米哈伊洛夫斯基的两组特写叙述了自传主人公在民粹派思想影响下展开经营活动的历史，揭示了造成现代俄国农村凄惨状况的原因，以及它向着美好未来转变的可能性和内在基础；而契诃夫不仅以他的短篇小说《农民》《在峡谷里》绘制出关于俄国农村阴暗生活的画面，而且通过对农民精神状态的真实再现破除了将其理想化的观念。

著者在对1890至1907年俄国现实主义文学的概述中，还谈到文学怎样表现民粹派关于俄国发展独特道路幻想的破灭，宣扬“小事论”的渐进主义思想淡出，魏列萨耶夫成为一位注重描写具有民主主义思想的知识分子世界观演变的作家；契里科夫的作品着重描写医生、律师、报馆人员和教师等地位低下的知识者群体，他们中的一部分人在看待社会现实和前景时具有很大的盲目性；亚·瓦·阿姆菲捷阿特罗夫致力于在他的作品中绘制出世纪之交俄国社会的“编年史”，勾画出这一时期社会心理、情绪和意识的变化，但却带有明显的自然主义色彩；马明—西比里亚克的小说多方面地描写了俄国资本主义这一庞然大物崛起的时代景象，也反映了人们的感受、精神生活、行为和命运的“资本主义化”作为一种历史必然性的过程；彼·德·博博雷金则试图客观地再现作为一种社会现象的俄国资本主义形象，显示出作家把俄罗斯放置于世界文化与文明的轨道予以观照的意向。著者注意到：追随在契诃夫之后，布宁、安德列耶夫、库普林、古谢夫—奥伦堡斯基和象征主义者索洛古勃等作家，都揭示了人们停滞呆板的日常生活中的悲剧性与荒谬性；聚集于以高尔基为核心的“知识派”群体的作家们，包括艾兹曼、安德列耶夫、布宁、魏列萨耶夫、斯基塔列茨、绥拉菲莫维奇、捷列绍夫、尤什凯维奇等，将目光集中于现实社会中存在的人，以批判的眼光看待现实，同时也卓越地表现了时代的民众心理。还有一批作家的创作兼有现实主义和现代主义因素，但他们同样关注变动时代的俄国现实，写出了一些引人注目的作品，如阿尔志跋绥夫、谢尔盖耶夫—岑斯基、鲍·扎伊采夫、列米佐夫等，他们的作品都揭示出革命年代的个人身上存在的过去未为人发现、也没有作家描写过的新特点。在《俄国文学史》的编写者看来，19—20世纪之交的俄国现实主义文学，不仅大大扩展了题材范围，更重要的是塑造人物的原则发生了变化，民主主义成为诸多作家在思想上趋于一致的共同基础，而20世纪第一个十年的现实主义，特别是“知识派”

作家的艺术心理学、哲学、道德观念和社会学，更与当代的社会政治问题紧密联系在一起。

普鲁茨科夫《俄国文学史》中关于不同历史时期文学思潮与流派的论述，在全书综述性章节中也占有重要地位，具有提纲挈领的意义。如著者在第一卷第二编“导论：18世纪俄国文学道路的确立与文学民族独特性的形成”、第一章“18世纪30—60年代初的文学与社会运动和古典主义的形成”、第九章“感伤主义与卡拉姆津”中，分别论及古典主义、启蒙文学和感伤主义文学在俄国的形成、各种思潮的基本成就和民族特征；在第二卷第一章“19世纪前25年俄国文学和社会思想的基本趋向与潮流”、第十四章“1825—1855年间俄国文学和社会思想的基本趋向与潮流”中，则分别描述了俄国文学从感伤主义走向浪漫主义、再从浪漫主义发展到现实主义、迎来现实主义大繁荣的历史行程。随后，《俄国文学史》又在第二卷第二十二章中专门论述了19世纪俄国文学中的“自然派”，在第四卷中以三个整章的篇幅分别述及19世纪末、20世纪初先后出现于俄国文坛的象征主义、阿克梅派和未来主义。这些论述文学思潮与流派的章节，彼此连缀，可以说约略地构成了一部“俄国文学思潮史”。

第二卷第二十二章所论述的“自然派”，其实是19世纪40—50年代俄国现实主义文学流派的别称，正是这一派作家创造了那个时代俄国散文（包括长篇小说、中短篇小说、特写、随笔和故事等）创作的繁荣。依据文学史的实际进程，《俄国文学史》的著者在这一章中首先介绍了批评家别林斯基的论文《文学的幻想》（1834）关于本民族文学的基本评价，以及他本人的文学观；批评家的另一篇长文《论俄国中篇小说和果戈理先生的中篇小说》（1835），则在俄国小说发展史的背景上考察果戈理的小说创作，揭示出其作品的创新性特征及其对于俄国文学发展的意义，指出正是果戈理使散文取代诗歌成为俄国文学的主要体裁样式。著者由此而说明了由别林斯基的一系列论文所引发的文学论战，对于19世纪40年代俄国文学现实主义发展方向的确立具有重大意义。随后，著者在这一章中强调了果戈理的作品之所以获得巨大成功，主要是由于作家真实地描写了俄国外省与世隔绝的日常生活，这种生活状况显示宗法制—农奴制的本质特征。1844—1845年，由涅克拉索夫主编的两卷本《彼得堡风俗随笔》的出版，与果戈理的创作形成彼此呼应之势。于是，19世纪40年代中期，由于别林斯基的阐发和引导，包括涅克拉索夫、屠格涅夫、赫尔岑、冈察洛夫、陀思妥耶夫斯基、格里戈罗维奇、萨尔蒂科夫等在内的作家，在“果戈理倾向”的旗帜下结合起来，成为代表当时俄国文学主流的流派。别林斯基在他的那篇被收入文集的关于《彼得堡风俗随笔》的专论中，总结了彼得堡和莫斯科两个都城的不同特点和历史命运，对于认清分别聚集于这两座城市的作家们的不同思想诉求和奉行的美学原则具有追根溯源的意义。两卷《彼得堡风俗随笔》所收录的作品，表明具有“果戈理倾向”的作家们在其“风习特写”中往往高度关注社会底层人物的命运。

《俄国文学史》在论述“自然派”的这一章中，较为详细地分析了作家雅·彼·布特科夫的两卷本随笔集《彼得堡的顶楼》（1845—1846）。这里所说的“高层”，其实是指一般楼房顶层的狭小空间或阁楼，那里往往是穷困的小公务员、大学生和毫无生活保障的从事脑力劳动的无产者栖居的地方。作家描写了这些人物每天所遭遇的日常生活中的冲突，这些冲突和矛盾既没有深刻的悲剧性，也较少紧张感，却有力地表明彼得堡这座城市从整体上看来不是真正的人性所能存在的处所。别林斯基联系当时俄国文学的总体状况阐释布特科夫的创作，甚为准确地把握到这位作家的个性特征，以及其作品在19世纪40年代“自然派”散文创作体系中的地位。布特科夫的《彼得堡的顶楼》和随后出现的涅克拉索夫发表的《彼得堡文集》（1846），不仅证明了“果戈理倾向”的创作成就和文学力量的进一步联合，而且反映了作家们对于别林斯基在其多篇论文中谈到的俄国文学的任务抱有浓厚的兴趣。

著者指出，《彼得堡文集》的意义，在于它多方面地反映了19世纪40年代俄国现实主义文学中热衷于社会生活描写和社会分析的特写体裁的发展趋向；诸多作家在这种体裁的创作方面一显身手，而另一些运用其他体裁写作的作家也显示出同样的社会性倾向。“自然派”这一概念本来是对具有这种倾向的作家持否定态度的批评家布尔加林率先使用的，别林斯基接过这一称谓，论证“自然派”正是俄国所需要的文学；这一派别认为艺术的任务不是创造假想的美，而在于表现生活的真实，促进社会的完善。别林斯基曾使用过“俄国文学的果戈理时期”这一提法，认为从19世纪30年代后期起，果戈理就逐渐成为最具有影响力的作家，引领了一个时期的文学；到了19世纪40年代中期，具有“果戈理倾向”的作家们已确实形成一个文学流派，这也就是俄国的“自然派”。陀思妥耶夫斯基的《穷人》（1846）和《双重人格》（1846），格里戈罗维奇的《乡村》（1846）和《安东·戈列梅卡》（1847），赫尔岑的《偷东西的喜鹊》（1846）和《谁之罪？》（1846），冈察洛夫的《平凡的故事》（1846）等小说，都是在这一时期发表的。别林斯基给予陀思妥耶夫斯基的《穷人》以高度评价，这部中篇小说对“小人物”命运的描写和作品的人道主义精神，是“自然派”作家创作的共同特征之一。

在论述“自然派”这一章的最后，著者描述了19世纪50年代初期长篇小说开始出现繁荣的景象。格里戈罗维奇的长篇小说《渔夫》（1853）和《移民》（1855—1856）对农奴隶制度下农民生活的关注，成为其后诸多作家在创作题材上的共同选择；奥斯特罗夫斯基的作品所触及的俄国资本主义的发展问题，同样激励着格里戈罗维奇、皮谢姆斯基、冈察洛夫、萨尔蒂科夫和赫尔岑等作家；屠格涅夫的

《猎人笔记》推动了特写这种体裁的发展，更以对农奴制度下农民生活的真实描写而震动了社会；冈察洛夫和赫尔岑的小说也在这一时期获得更大的进展。车尔尼雪夫斯基的批评论著《俄国文学的果戈理时期概观》（1855—1856），不仅成为对19世纪40年代的文学进行历史评述的第一部文献，而且显示出对于一个文学新时代正在到来的自我意识。著者断言，此后的19世纪60年代现实主义文学的繁荣，具有社会政治内容的特写体裁创作的新浪潮，史诗形式的小说创作的大量涌现，都不可能离开19世纪40—50年代的文学成就。

俄国现实主义文学的巨大成就和持续发展，使得《俄国文学史》第二、三两卷关于文学思潮与流派的论述侧重于现实主义，这是为文学史事实所决定的。到19世纪末、20世纪初，多种文学新思潮、新流派在俄国文坛出现，《俄国文学史》第四卷才有可能设立专章一一予以论述。在第四卷第十三章中，著者勾画出象征主义在俄国产生、发展与流变的脉络，论及这一文学流派的几乎所有重要的代表作家。俄国象征主义是19世纪末、20世纪初俄国文坛最先出现的一个文学新流派，也是一个内在构成复杂、历史性地发展变化着的文学潮流。以明斯基、梅列日科夫斯基和济·吉皮乌斯等人为代表的一批诗人，组成在19世纪90年代出现的第一个俄国象征主义群体；他们把艺术和宗教探寻的理念、和“宗教的社会性”观念结合起来，提出了背离俄国文学传统的新艺术原则。第二个俄国象征主义群体于19世纪90年代后半期形成，以勃留索夫和巴尔蒙特为主导，把象征主义作为语言艺术持续发展过程中符合规律性的纯粹文学现象。这一群体被批评界称为“老一代”象征主义者，以区别于在20世纪初进入文坛的“年轻一代”象征主义者。“年轻一代”象征主义者包括勃洛克、别雷、维·伊万诺夫、谢·索洛维约夫和艾利斯（即列夫·里沃维奇·柯贝林斯基）等人，他们是作为弗·索洛维约夫晚期哲学的信徒、从宗教哲学视角理解世界的诗人群体出现的。不过。著者特别指出：俄国象征主义的这三个群体之间并没有严格的界限，他们有一些共同关注和研究的问题，创造了许多彼此相近的艺术形象，而且都不接受现实主义艺术。但是，在象征主义流派内部，相互之间也曾发生过论战。

第四卷第十三章的著者充分注意到俄国象征主义文学运动中出现的一系列重要现象，如明斯基《在良心的光照下：关于人生目的的思考与幻想》（1890）、梅列日科夫斯基的文章《论现代俄罗斯文学衰落的原因与若干新流派》（1893）、沃伦斯基的《俄国批评家》（1896）等具有这一流派宣言性质的著作出版，勃留索夫主编的诗集《俄国象征主义者》（1894—1895）的问世，彼得堡“宗教哲学聚会”（1901—1904）的按期举行，勃留索夫主持的“天蝎”出版社和《天秤》期刊的活动，两代象征主义者之间的争论，“神秘无政府主义”思潮（格·伊·丘尔科夫、维·伊万诺夫）的出现，象征主义阵营的危机、分化与重组；述及俄国象征主义所受法国象征主义诗人的影响，俄国象征派诗人对尼采哲学—美学思想的理解与接受，20世纪初年，一代象征主义者所共同感受到的启示录般的对即将到来的历史灾变的预感，1905年革命在俄国象征主义圈子中所激起的反应，部分象征主义诗人向俄国经典文学传统的回归，象征主义群体在诗歌格律、节奏和语言方面的革新等。除了这些概观性的描述之外，这一章中还分别论及明斯基、梅列日科夫斯基、沃伦斯基（阿·里·弗列克谢尔）、济·吉皮乌斯、费·索洛古勃、亚·米·杜勃罗留波夫、巴尔蒙特、安年斯基、尤·卡·巴尔特鲁沙伊蒂斯、马·亚·基里延科—沃洛申等象征派代表诗人和作家。这样，除勃留索夫、勃洛克和别雷等另设专章论述的诗人之外，俄国象征主义文学思潮的代表人物，几乎都得到了一定程度的评价。

在世纪之交出现的文学新流派中，阿克梅派和俄国未来主义的出现比象征主义稍晚。《俄国文学史》第四卷第二十一、二十二章分别为这两个文学流派的专论。在第二十一章中，著者从1911年彼得堡

"诗人行会"的建立、"诗歌与批评月刊"《北方》（1912—1913）的出版、诗人米·阿·库兹明的文章《论美的明确性》（1910）在《阿波罗》杂志上的发表等现象谈起，把"阿克梅派"作为一种新的诗歌流派出现之初的标志性文学景象呈现于读者面前。紧接着，著者又通过分析尼·古米廖夫的《象征主义的遗产与阿克梅主义》、谢·戈罗杰茨基的《当代俄国诗歌中的几种潮流》这两篇文章，评述了阿克梅派的诗学主张和艺术原则，介绍了"阿克梅主义"——"阿克梅派"名称的来源，并通过考察谢·戈罗杰茨基、曼德尔施塔姆的诗作，在同象征主义诗歌的比照中，概括出这一流派诗歌创作的特点，说明了阿克梅派对俄罗斯诗歌语言文化的贡献。在这一章中被作为阿克梅派的代表人物而得到分别论述的，有诗人谢·戈罗杰茨基、尼·古米廖夫、安娜·阿赫玛托娃、曼德尔施塔姆等。著者沿着各位诗人创作发展的自然顺序，经由对其各个阶段有代表性的诗作的分析，揭示出这些属于同一流派的诗人们各具个性的特点。对各位诗人的相关诗歌文本的频频引用，不仅使读者直接看到他们诗作的原貌，而且具体而微地呈现出他们的独特意向和诗歌风格，如古米廖夫诗歌中的"阿非利加情结"和显而易见的异域情调，阿赫玛托娃"擅长以细致入微的心理描写传达由强烈的、充满整个身心的情感所激起的紧张精神感受"①，曼德尔施塔姆对世界文化、特别是古希腊罗马文化的眷恋等。

《俄国文学史》第四卷第二十二章关于俄国未来主义的论述，首先勾画出这一流派出现的历史文化背景和基本倾向。在著者看来，俄国未来主义是在与象征主义的论争中形成的，同时又和1905年革命失败后笼罩俄国知识界的思想危机相联系。诗人伊戈尔·谢维里亚宁所标榜的"自我未来主义者"和自称为"未来的人"或"希列亚群落"

---

① *Пруцков Н. И.* История русской литературы: В 4 т. Т. 4. 1983.С.700.（汪介之译）

的“立体未来主义者”，是俄国未来主义的两大支脉。从这两个分支的宣言和创作来看，俄国未来主义热衷于形式试验，反对在艺术中表现各种社会倾向，显然是现代主义艺术的形态之一，但它和较早出现的意大利未来主义却有一些根本的不同，即没有后者的军国主义色彩以及对技术进步的盲目崇拜。但俄国未来主义也提出了一些极端的反美学主张，号召摆脱语法规则，大胆创造新词，力图在诗歌创作实践中实现“玄妙语言”的构想。与同时期的先锋派艺术家们结成盟友，彼此倾心和互相吸引，以团体活动的形式在俄罗斯各地组织和举行巡回表演，都是俄国未来主义独特性的具体体现。俄国未来主义者还吸引了一些与其接近的诗人，他们构成了另外的诗人团体“诗歌顶层楼”和“离心机”。著者指出，1915—1916年间，作为一种文学潮流的未来主义已走向瓦解，其虚无主义纲领也走向终结，而原属这一流派的诗人们当中，有一部分后来已更多地参与他们自己早期曾断然予以拒绝的社会问题研究。在此之后，这一章着重分析的是伊戈尔·谢维里亚宁、赫列勃尼科夫的诗歌创作。著者认为，谢维里亚宁曾倾心于一种奇特的、“无节制”的风格，他的“大都市主义”意识，他对上流社会及“半上流社会”生活的嘲笑，都使他的诗作带有装腔作势的特点和庸俗性；尽管存在这些局限性，他的诗歌还是产生了革新性的影响，而且他还是具有音乐天赋的诗人，其诗音调铿锵，往往有着独特的抒情韵致。赫列勃尼科夫既是常常破坏习惯的逻辑和语言文字之联系的“玄妙”诗人，又是一位热衷于对人类和世界的命运进行深刻思考的思想家诗人。在神话学的宽广视域中，诗人常常把目光转向遥远的过去——多神教时代和古代罗斯，表现了人类文化相统一的意识。20世纪第二个十年，他则属于那些重新拣起时间的哲理主题的作家之列，其诗歌艺术技巧也随着创作的进展而更为成熟。这一章的最后还论及参加“离心机”诗人小组的帕斯捷尔纳克的早期抒情诗，认为那是一种关注个性体验的深处、贯穿着个性与周围世界不可分离的感觉的高度浪漫主义的情绪激昂的抒情诗；诗人注意到了现实中人感情的激荡，预示其未来有可能从个性的视角更深刻地思考历史的客观进程。显然，这里已显示出《俄国文学史》的编写者在20世纪80年代初对帕斯捷尔纳克的重新理解。

在普鲁茨科夫主编的《俄国文学史》中，还有一些章节是关于"作家—诗人群"的论述。这些"作家—诗人群"不同于拥有实际存在的团体组织的文学流派，也未必有共同宣言或纲领，但是他们的创作却显示出某种共同的倾向，有着某些相近的风格特色。19世纪上半叶俄国文学中存在的十二月党诗人和作家、诗歌中的"普希金流派"，19世纪下半叶文学中先后出现的平民知识分子小说家、"涅克拉索夫流派"的诗人、民粹派作家和诗人，20世纪初形成的"新农民诗人"群体等，都属于这样的"作家—诗人群"。第二卷第十三章在论述"普希金流派"的诗歌时，著者指出：1817—1819年间，普希金、叶·阿·巴拉廷斯基、安·安·杰尔维格、维·卡·丘赫尔别凯等诗人意识到，他们已由于文学修养、师承关系和友谊交往的纽带等方面的共同性形成某种统一的群体。与其他自然形成的团体不同，这种共同性并不意味着这些诗人们的观点和立场完全一致，而是指他们在一定的交往中通过论辩的冲突形成了一种统一的文学阵线。尽管他们的诗学观念与诗歌创作各具特色，却都拥有一种群体存在感。这一诗歌群体成员之间的大量赠答诗，成为他们彼此联系的重要方式和佐证。这批诗人继承了瓦·安·茹科夫斯基、康·尼·巴丘什科夫的抒情传统，但又在多方面实现了对前辈诗人的突破与超越。在西方文学资源中，对"普希金流派"颇有影响的是古罗马诗人提布鲁斯、普罗佩提乌斯、贺拉斯等人的哀歌（элегия），这一群体中的很多诗人都写有哀歌，但在抒情主人公形象情感表现的内涵及诗歌形式等方面，都对古罗马哀歌进行了革新改造，如诗人杰·瓦·达维多夫的哀歌创作。当然，“普希金流派”没有局限于哀歌体裁的创作，而是大大拓宽了体裁样式和题材范围，自觉地增强了公民情怀与民族意识，在普希金的示范和引导之下，把俄国诗歌艺术带入一个更加广阔、更为丰富多彩的境地。除了前面已提到的诗人之外，著者还论及亚·亚·别斯图热夫、彼·安·维亚泽姆斯基、彼·亚·普列特尼约夫、尼·米·亚济科夫的诗歌创作。以雷列耶夫和别斯图热夫为中心、聚集在《北极星》（1823—1825）丛刊周围的十二月党诗人，是一个并非与“普希金流派”相对立，而是与其形成竞争态势的诗歌群体；十二月党人起义失败后，这批诗人的活动随即停止。于是，杰尔维格及其周围的诗人出版的《北方之花》丛刊便成为当时唯一一份年刊，它处于十二月党人文学活动的外围，但十二月党诗人和散文家的作品也有不少在该刊上发表。杰尔维格本人后来则侧重于“俄罗斯田园诗”的创作，借鉴古希腊田园诗（牧歌）的体裁样式和格调，写出了体现民族风情的诗歌。

《俄国文学史》第三卷第一章概述的是19世纪60年代的俄国平民知识分子小说家，包括尼·格·波米亚洛夫斯基（1835—1863）、瓦·阿·斯列普佐夫（1836—1878）、格·伊·乌斯宾斯基（1843—1902）、尼·瓦·乌斯宾斯基（1837—1889）、费·米·列舍特尼科夫（1841—1871）、亚·伊·列维托夫（1835—1877）、米·亚·沃罗诺夫（1840—1873）等。这一作家群的兴起，不仅是俄国现实主义文学繁荣的表现之一，而且宣告了平民作家登上文学舞台的新时代已然开始。进入20世纪以后，平民生活和思想情绪的艺术表达者更多地出现于平民阶层本身，“新农民诗人”群体就是其中之一。《俄国文学史》第三卷第二十章集中论述了这批带有浓郁乡土气息的诗人们的创作，他们是来自奥涅加河畔的农民尼·阿·克留耶夫（1884—1937），生于特维尔地区农民家庭的谢·安·克雷奇科夫（1889—1937），来自梁赞农村的谢·亚·叶赛宁（1895—1925），以及来自伏尔加河下游沿岸地区的亚·瓦·舍里亚耶维茨（阿勃拉莫夫，1887—1924）和彼·瓦·奥列申（1887—1938）等。“新农民诗人”是20世纪初期俄国文学中各种文学思潮和流派争妍斗艳、并存发展的多元格局中不可忽略的板块之一，其诗歌创作成就和风格都对以后的俄罗斯诗坛产生了长远的影响。

普鲁茨科夫主编的四卷本《俄国文学史》中关于特定时期的文学概况、思潮流派和作家群的综述，不仅论及未设专章论述的几乎所有重要作家、诗人、剧作家以及批评家，呈现出俄国文学在其发展演变的不同时期生动活跃的景观，而且以在时间上彼此连缀的描述把各个阶段的文学联结起来，从而勾画出文学进程的整体动态图景，显示出纵览古今的开阔视野和贯穿始终的“史”的意识。

5. 关于重要作家的个人专论

在普鲁茨科夫主编的四卷本《俄国文学史》中，与关于特定阶段的文学运动、思潮流派和作家群进行综述的章节配合有致的是一些关于重要作家的个人专论。之所以要设置这些专门描绘俄国文学史中的著名活动家创作肖像的章节，是因为在编者看来，“若要重现这一或那一历史时代文学发展过程的总体轮廓，而不对这一过程的个别参与者留下的遗产进行深入的分析，那是难以想象的。因此，对于载入特定文学时代共同图景中的作家个性的评述，在这套著作中占有非常重要的地位，这种评述提供了在其不可重复的质的个性化表现中理解文学史的可能性”①。

俄国文学史的漫长进程中出现过许多灿若群星的伟大名字，而文学史著作的篇幅却是有限的，因此只能选择一部分最重要的作家设置专章进行论述。普鲁茨科夫《俄国文学史》的选择标准，也即全书所

① *Пруцков Н. И.* История русской литературы: В 4 т. Т. 1. 1980.С.6-7.（汪介之译）

关注的主要对象，如编者所说明的，首先是“其文学遗产具有全民族乃至全世界意义的作家”，其次是“最鲜明而充分地表现出某一文学思潮、团体和流派的一定特征”的作家、诗人和剧作家，再次是“那些对于文学发展的某一时期具有奠基或总结意义”的作家作品，最后还有这样的作家——“其创作预示出或预见了随后的文学不断前进发展的征兆”。[①] 遵照以上标准进行选择，这套《俄国文学史》最终选定40位作家予以专门论述，包括18世纪的罗蒙诺索夫，19世纪的克雷洛夫、格里鲍耶陀夫、普希金、莱蒙托夫、果戈理、车尔尼雪夫斯基、屠格涅夫、冈察洛夫、赫尔岑、奥斯特罗夫斯基、萨尔蒂科夫—谢德林、陀思妥耶夫斯基、列夫·托尔斯泰，19世纪末到20世纪初的契诃夫、高尔基、布宁、安德列耶夫、库普林、勃洛克、马雅可夫斯基等具有突出成就和巨大影响的诗人与作家。俄国文学的丰饶实绩、鲜明特色和世界声誉，主要就是以这些作家的名字为标志的。

如果说，对于我国广大读者而言，上述诗人和作家们的名字是耳熟能详的，那么，另一些诗人和作家则相对陌生，如18世纪的杰尔查文、冯维辛、拉季舍夫和卡拉姆津，19世纪的茹科夫斯基、巴丘什科夫、巴拉廷斯基、柯里佐夫、皮谢姆斯基、涅克拉索夫、丘特切夫、费特、亚·瓦·苏霍沃—科贝林、格·伊·乌斯宾斯基、列斯科夫，19— 20世纪之交的迦尔洵、柯罗连科、勃留索夫、别雷等。其实，这些诗人和作家的成就与影响同样是巨大的。他们在我国读者中的知名度相对较小，和我国的文学接受在一个长时期内重小说而轻诗歌、重现实主义而轻其他流派的偏向密切相关。因此，从这个意义上看，普鲁茨科夫《俄国文学史》中的作家个人专论章节的设置和论述的展开，就获得了有助于复现俄国文学完整图景和原本面貌的价值。

从这套《俄国文学史》的整个结构安排和章节设置来看，编者

---

① *Пруцков Н. И.* История русской литературы: В 4 т. Т. 1. 1980.С.6-7.（汪介之译）

显然是采用了“点”“面”“线”结合的体例。这里的“点”，就是关于作家个人的专章；“面”是指关于一定阶段文学运动、思潮流派和作家群体的概述，而“线”则是关于更大时段乃至整个文学发展演变进程的呈现。更值得注意的是，“点”“面”“线”三者并不是彼此独立、互不相干的，恰恰相反，三者紧密联系，配合有致，构成互补格局。具体而言，“线”是文学史的发展脉络，演进次序，主导线索，其意义在于描述文学发展的阶段性成就与特征。“面”是文学发展过程中某一时期、某一方面的基本图像，它的任务是显示一个个文学板块的总体布局和风貌，使那些在“线”中只是被概括提及的文学现象得到展开论述，也使人看到“线”其实是由许多“面”连缀而成的。同样，“面”也是由无数个“点”组成的，其中最重要的“点”无疑就是作家作品，因为任何一个时期的文学运动和思潮流派，都是由作家们的文学活动所掀起和推动的，作家群体更是众多作家的结合。文学史著作当然无法详细论述每一“面”中所有的“点”，而只能选择最能代表、最能显示“面”的内涵、意义和特征的“点”进行深入细致的评述，这样的“点”也就是作家个人专论的章节。“点”是“面”中的主要之点，“面”是“线”中的主要板块；自然，“点”也是“线”中的最亮点。从“点”“面”“线”三者之间的关系上，不难看出作家个人专论的章节在全部文学史著作中的重要地位。

这种“点”“面”“线”结合的体例，使这套《俄国文学史》始终体现出鲜明的“史”的意识。其中，“线”的勾勒，即文学史进程的勾画自不待言；“面”的概览，即某一时段、某一板块文学图景的呈现，必须说明它在文学发展中的意义，强化文学史意识也属题中应有之义。但是，在“点”的开掘中，即在关于单个作家的详细论述中体现“史”的意识，却是难能可贵的。我们所读到的某些文学史著作在专论某一作家时，往往陷入就事论事，忽略作家在整个文学史演进过程中的作用和地位。这样，文学史就往往被写成一系列“作家论”的堆砌或叠加。再者，仅仅依靠一篇过于单薄的“概述”，当然无法把“史”交代清楚。当读者和学生通读“概述”之后的作家专论各章，读到最后一位作家时，事实上已完全忘却了这位作家在“面”和“线”中的位置。这样的文学史著作在读者和学生眼中难免变成一大批作家和作品名称的并置杂陈。普鲁茨科夫《俄国文学史》的突出特点之一，就是在专门论述某位诗人和作家时，始终不忘他在文学史进程中的位置，他与前辈作家、同时代作家和后来作家之间的文学关联。这就为在文学史著作中怎样专门评述单个作家，提供了可资借鉴的范例。

这套《俄国文学史》中关于作家个人的专章，在写法上还有一个明显特点，就是其中不设置用于描述作家生平的专节。作家生平经历中的事实，只有在以下场合才被纳入叙述之中：当这些事实具有社会的或思想的意义，并因此而与作家的创作紧密相联的时候；或当这些事实说明了作家世界观的特定方面、思想与精神的探索、生活态度和艺术个性，从而决定了他在文学运动中的作用和地位的时候。这也就意味着，作家生平中那些和他的思想探索与艺术活动无关的事实，都被排除在作家专论的书写范围之外。

《俄国文学史》中设专章予以论述的诗人和作家共有40位，编者分配给他们的篇幅远不是一样的。在19世纪诗人和作家中，享有较多篇页的是普希金、莱蒙托夫、果戈理、陀思妥耶夫斯基、托尔斯泰和契诃夫，其中占有最大篇幅的是普希金和托尔斯泰；而在19世纪末、20世纪初的诗人和作家中，则是高尔基、勃留索夫最受青睐。这既是由他们在俄国文学史中的地位决定的，也反映了《俄国文学史》编者对他们的高度重视。从这套著作关于普希金、托尔斯泰、高尔基和勃留索夫的专章论述中，可以看出著者不相同的关注侧重和书写方式。

诗人普希金被称为“俄罗斯诗歌的太阳”。高尔基后来这样写道：“普希金的创作，是一条诗歌与散文的辽阔的光辉夺目的洪流。普希金像在寒冷而又阴沉的国度的上空，燃起了一轮新的太阳；这轮太阳的光辉，立即使得这个国家变得肥沃富饶起来。可以这样说，在普希金以前，在俄国还未曾有过引起欧洲注意、并且就深度和多样性而言能和欧洲创作的惊人成就相等的文学。”[①] 因此，对于文学史家而言，还没有一个题目比普希金研究更为引人入胜。普鲁茨科夫《俄国文学史》第二卷第十二章关于普希金的评述，就真正达到了引人入胜的程度。这一章共有十四节，第一节具有“总论”性质，其余各节大致沿着诗人创作进程的自然顺序、兼顾体裁样式的交替变化，分别对他的主要作品一一进行评述。在第一节一开始，著者就写道：“普希金是第一位具有世界声誉和世界意义的俄国诗人，而他作为彼得改革之后的新时代最伟大的民族诗人在人类艺术发展中的地位，也是由此决定的。”[②] 著者认为，普希金的创作实现了18世纪和19世纪初的俄国文学一直在寻求、到他那个时代才被掌握的西欧文化经验和自古以来本国文化的民族传统的综合；在这种综合的基础上，也即在俄国历史文化经验和西欧各国经验的经常性比照中，普希金阐明了他的时代所提出的所有迫切需要解决的问题，当然诗人主要是以艺术的、诗的方式阐明的。他不仅是一位天才语言艺术家，而且是一位富有激情、拥有广阔哲学视野、清醒政治意识和具体历史思维的社会活动家。在浪漫主义思潮席卷欧洲文化和艺术各个领域的大背景下，普希金对文化历史现象的浪漫主义的理解和接受，是从其民族独特性视角进行的；其中结合着他对作为世界文化整体组成部分的各民族文化风格特色异常敏锐的感觉。这种意识使诗人总是能够在吸纳各民族文化

---

① 高尔基：《论文学》（续集），冰夷、满涛、孟昌、缪灵珠、戈宝权、曹葆华译，北京：人民文学出版社，1979年，第212页。

② *Пруцков Н. И.* История русской литературы: В 4 т. Т. 2. 1981.C.236.（汪介之译）

的过程中，始终不忘努力创造本民族的独特文化。普希金作为新的俄罗斯文学语言奠基人的意义在于，他创造了崭新的文体，使之能够表现出处于现代欧洲文化水平上具有民族独特性的俄罗斯思维。如著者所说："普希金创造了具有全民族意义的俄罗斯文学语言，即创造了同样适合于在话语中表现民族日常生活的一切方面和民族自我意识的全部色调的语言。"[①]

上述基本评价，是以对普希金的丰富创作深入解读为依据的。《俄国文学史》第二卷第十二章的主要篇幅，都用于对诗人作品的评述。著者追溯包括《皇村中的回忆》（1815）在内的普希金皇村学校时期（1811—1817）的最初诗作，揭示了诗人彼得堡时期（1817—1820）的《自由颂》（1817）、《致恰达耶夫》（1818）、《乡村》（1819）等诗作反专制、争自由的主题，以及诗人对农奴制度下农民的深切同情，还有他的第一部长诗《鲁斯兰和柳德米拉》（1817—1820）的民族因素、英雄主义格调和讽刺—喜剧特色的奇妙结合。普希金在流放南俄期间（1820—1824）创作的被统称为"南方诗篇"的一组浪漫主义叙事诗，包括《高加索的俘虏》《强盗兄弟》《巴赫奇萨拉伊的泪泉》和《茨冈》等，受到著者的高度重视；著者把这组诗作与英国诗人拜伦的早期代表作、长篇叙事诗《恰尔德·哈罗尔德游记》（1809—1811，1816—1817）作了比较研究，论证了普希金的诗作和欧洲浪漫主义诗歌之间的联系，以及前者所显示的民族独特性。在著者看来，《茨冈》的主人公阿列科既和哈罗尔德等西欧浪漫主义作品中的同类主人公一样折射出一种"世纪病"，又成为《叶甫盖尼·奥涅金》的同名主人公的先驱。长篇诗体小说《叶甫盖尼·奥涅金》是普希金最伟大的创作成就。著者对这部作品的独特体裁样式、抒情主人公的形象、奥涅金的形象、连斯基的形象和女主人公塔季亚

---

① *Пруцков Н. И.* История русской литературы: В 4 т. Т. 2. 1981. С.242.（汪介之译）

娜的形象，都做了精辟的分析，论证了这部诗体小说何以被别林斯基称为“俄罗斯生活的百科全书”。著者既看重作品在诗歌形式和语言运用上的鲜明特色，更强调它标志着诗人关于俄国民族“自立”理念在艺术维度和社会历史维度上的具体化，认为这种具体化决定了普希金以后全部创作的主导方向。

随后著者论及的普希金的一系列作品，都表明诗人关于民族历史的深入思考，这种思考因十二月党人运动的失败而不断得到强化。著者发现，从普希金的历史剧《鲍利斯·戈都诺夫》（1825）中，既可以见到受莎士比亚历史剧创作的影响，也不难看出诗人对卡拉姆津《俄罗斯国家史》的历史叙事的接受；《俄罗斯国家史》中再现的鲍利斯·戈都诺夫和伪季米特里的形象及民众暴动的画面，完全符合普希金的艺术构思。继《鲍利斯·戈都诺夫》之后，普希金先后完成的叙事长诗《努林伯爵》（1825）、《波尔塔瓦》（1829）和《青铜骑士》（1833）、小说《杜布罗夫斯基》（1833）和《上尉的女儿》（1837）等作品，未完成的小说《彼得大帝的黑奴》（1826—1827）、《戈留辛诺村的历史》（1830）以及《普加乔夫史》（1833）等，都是诗人思索俄罗斯民族、历史、人民和个人命运及其相互关系的优秀成果。包括《射击》《暴风雪》《棺材匠》《驿站长》和《村姑小姐》等5篇小说在内的《别尔金小说集》（1831），是他在散文创作领域完成的出色作品，其中关于“小人物”命运悲剧的描写，体现了作者深厚的人道主义感情，并对后来俄国现实主义文学产生了深远的影响。普希金在“波尔金诺的秋天”所完成的四个小悲剧——《石客》《吝啬的骑士》《莫扎特和萨列里》和《瘟疫流行日的宴会》，以及描写彼得堡上流社会赌徒生活、在人物心理刻画上独树一帜的短篇小说《黑桃皇后》（1834），同样脍炙人口，并具有深广的内涵。著者认为，普希金的文学活动，说明他的贡献不在于对民族历史和现实做出富有哲理的概括，诗人所感兴趣的是俄国与欧洲其他国家具体的历史生活本身，他致力于在其中寻求解决他那个时代俄罗斯生活中最重要的问题的具体答案，那个时代正经历着农奴制危机、十二月党人运动失败和随之而来的社会政治反动。时代造就了这位伟大的诗人，诗人也无愧于自己的时代。

《俄国文学史》第二卷第12章关于普希金的专论，是以概括评述诗人的抒情诗作为结束的。著者指出：普希金的抒情诗往往不是“抒情诗”这一概念通常意义上的那种短小的诗歌，正如他的叙事长诗（以及诗体小说）总是渗透着抒情因素那样，他的抒情诗也常常具有一种叙事功能。到19世纪30年代，他的抒情诗的这种“叙事性构思”的特点越发明显，这个时期无论是他的诗歌作品还是散文作品，都可以说既是艺术的，又是历史的。《英雄》（1830）、《不寐章》（1830）、《“天啊，别让我发了疯……”》（1833）、《旅人》（1835）等诗，都显示出抒情与叙事相结合的特点。除此而外，普希金的抒情诗中还往往有着深刻的心理分析，这些诗作甚至对果戈理的《狂人日记》、陀思妥耶夫斯基的《白痴》和托尔斯泰的《忏悔录》与《疯人笔记》等，都产生了不同程度的影响。著者写道：“在普希金的全部诗作中，其实抒情诗是最具有哲理性。”① 应当说，这是很符合诗人创作实际的见解，把握到了普希金抒情诗的精髓。整个说来，《俄国文学史》富有特色地呈现出普希金这位为了自由、为了精神独立性而呐喊的诗人形象，展示出诗人怎样以自己的天才创作在俄国文学史上永远地留下了“刚直不阿的声音”和“俄罗斯人民的回声”②。

普鲁茨科夫《俄国文学史》中关于列夫·托尔斯泰的评述，在这部文学史著作的作家专论中是一个特殊现象：编著者以第三卷第24

① *Пруцков Н. И.* История русской литературы: В 4 т. Т. 2. 1981.С.319.（汪介之译）

② *Пушкин А.С.* Пол. собр.соч. Т.2, кн.1. М.-Л., 1947. С.65.

章、第四卷第8章两个整章的篇幅专门论述这一位作家的思想探索与艺术创作，这在全套文学史著作中是绝无仅有的。托尔斯泰度过了漫长的一生，其创作活动延续近六十年之久，进入19世纪80年代之后，作家的世界观和文学活动发生了深刻的变化——这一切也在客观上决定了文学史的书写者必然要采用特别的叙述方式。

在第三卷第24章中，著者分六节论述托尔斯泰早期和中期的思想与创作。著者首先指出：托尔斯泰在果戈理去世的那一年以中篇小说《童年》（1852）进入文坛，很快就被同时代人承认是果戈理之后那一代作家中最伟大的语言艺术家。《童年》是托尔斯泰1850年构思的长篇小说《发展的四个阶段》的第一部，随后两部是《少年》（1854）和《青春》（1857），而第四部《青年》则未曾问世，但《台球房记分员笔记》（1853）、《一个地主的早晨》（1856）、《卢塞恩》（1857）和《哥萨克》（1852—1863）等作品所反映的，无疑就是《青年》在构思中准备描写的内容。这一自传系列作品的创作目的，就是要展示一个人的个性在与生活现实的直接的、多方面的联系中确立的过程，在他渴望得到社会承认和他所遇到的种种障碍之间的矛盾中研究其性格，通过主人公的精神发展揭示阻碍这一发展的种种观念和社会生活的狭隘性，发现个性的精神自我创造的源泉。托尔斯泰在人物心理描写方面运用的“心灵辩证法”，在很大程度上决定了作家早期作品的艺术体系，并且几乎立即就被与作家同时代的人广泛认可，人们纷纷把它视为作家天才的最重要的特点。

在随后的评述中，著者又指出：托尔斯泰在其一生中对于历史运动都异常敏感。在高加索从军和参加塞瓦斯托波尔保卫战的经历，为他创作一组战争题材的作品提供了素材。这个系列的第一篇作品《袭击》（1852），由《五月的塞瓦斯托波尔》《一八五五年八月的塞瓦斯托波尔》和《十二月的塞瓦斯托波尔》等三篇故事构成的《塞瓦斯托波尔故事》（1855），颠覆了历来战争书写的传统，在俄国文学中第一次呈现出战争的真实场面。作者所注目的，不再是高级指挥官，而是普通士兵的群体英雄形象。作家把善与恶的衡量作为评价现存一切的基本尺度。在此之后问世的《一个地主的早晨》（1856）、《哥萨克》（1852—1863）和《波利库什卡》（1863）等作品，反映了托尔斯泰关于农奴制改革和贵族阶级出路的探索，表达了作家认为来自普通民众中的个人和所谓“有教养的”老爷在内心世界是平等的思想。这种平等意识在以对西欧资本主义的严正抗议而著名的短篇小说《卢塞恩》（1857）中得到了更集中的表现。这个短篇在很多方面可以说是托尔斯泰的一篇纲领性发言，是他的道德与哲学、社会与美学探索的一种总结，也在很大程度上揭示出作家不久后即倾心于教育问题的原因。著者认为，托尔斯泰19世纪50—60年代初期在人性、艺术和当代社会问题方面的探讨经验，为他转向俄国历史、转向更宏大的文学体裁提供了铺垫。

托尔斯泰的《战争与和平》（1863—1869）便是作家转向宏大体裁的文学硕果。《俄国文学史》的著者既注意到这部长篇小说的构思与19世纪60年代农奴制改革，以及随后而来的整个国家的变化之间的历史联系，也发现了他与陀思妥耶夫斯基的《白痴》（1868）、冈察洛夫的《悬崖》（1869）、萨尔蒂科夫—谢德林的《一个城市的历史》（1870）等作品之间的彼此呼应。托尔斯泰致力于在人的理智、良知与意识的联系中，在个性与历史的相互作用中，在对于历史生活中出现的一系列奇特现象的反复考辨中，探讨人类历史发展的规律性，把历史视为“民族自我认识的科学”。1865年，作家把《战争与和平》的独特体裁样式确定为“建立于历史事件之上的风俗画”。作品以1812年俄法战争为中心，把几次关键性的战役和俄罗斯城市与乡村的日常生活、拿破仑和库图佐夫等最高统帅及普通俄国民众的形象、四大贵族之家的生活与命运、安德烈公爵和彼尔等主人公，都放置于历史的进程中去考察，不仅以宏阔的规模展现了1805—1820年间的俄国生活，而且突出了人民群众在历史进程中的作用，提出了诸多哲学、历史、道德、心理和宗教文化领域内的重要问题。托尔斯泰通过安德烈公爵和彼尔这两个自传性形象表现了自己心灵的不同方面和不同时期，并由此而引出他下一部作品中的另一重要的自传主人公——康斯坦丁·列文。

一般读者较少想到托尔斯泰的《安娜·卡列宁娜》（1873—1877）和《战争与和平》两部长篇小说之间的内在联系，因为前者是描写当代生活的作品，而后者则是一部历史小说。但《俄国文学史》的著者却敏锐地注意到这两部作品在作家的思想与艺术探索进程中是前后相连的：列文和安德烈、彼尔一样，都反映了作家本人思想发展的特定阶段；两部小说其实是作家从历史和现实两个方面探索俄国社会出路的精神成果。关注个性道德完善的可能性，经由揭示人的道德和心理冲突来分析社会历史的矛盾，使托尔斯泰与陀思妥耶夫斯基之间出现了某种接近。19世纪70年代托尔斯泰连续写下的一些宗教哲学方面的论著手稿，如《超越时空的未来的生命》（1875）、《论灵魂及其生命》（1875）、《论基督教的意义》（1875—1876）、《宗教信仰的定义》（1875—1876）、《基督教问答手册》（1877）和《交谈者》（1877—1878）等，都反映了作家那一时期正处于紧张的思考和探讨之中。他的《忏悔录》（1879—1880）和《疯人笔记》（1884—1886）等，也是作家清理与反思自己的思想历程、进行精神探索的继续。《安娜·卡列宁娜》的两位主人公——列文和安娜从各自不同的角度探讨生命的意义，把这部作品看似不相关的两个板块结合为一个艺术整体。这部长篇小说成为托尔斯泰最重要的社会—哲理探索的美学体现，预示了他在哲学论文中进行同类探索的逻辑框架。

《俄国文学史》的著者在论述托尔斯泰的世界观于19世纪80年代发生转变时，颇具洞察力地指出这种转变并不让人感到突兀，因为自《童年》起作家就显示出一种平民意识。对这一转变具有重要意义的是作家对俄国官办教会的态度。托尔斯泰把对于俄国官办教会的批判和关于《福音书》的研究结合起来，陆续完成了《教条神学的研究》（1879—1884）、《〈四福音书〉的汇编与翻译》（1880—1881）和《〈福音书〉简述》（1881—1883）等著述；而坚持把宗教看成一种使人走向完善的道德学说，又促使他写下《我的信仰是什么？》（1882—1884）、《天国在你们心中》（1890—1893）和《基督教学说》（1894—1896）。与此同时，作家还以其善恶观和公民意识关注当代现实，先后发表了《关于莫斯科调查》（1882）、《那么我们应该怎么办？》（1882—1886）、《论饥荒》（1891）、《可怕的问题》（1891）、《论救济灾民的办法》（1891）、《羞耻》（1895）、《爱国主义与政府》（1900）和《当代的奴隶制度》（1899—1900）等大量政论。托尔斯泰在这一时期写下的《论生命》（1886—1887）和《什么是艺术？》（1898）等专题论文，虽然既不是政论，也不属于宗教研究，却同样表现了作家当时的思维热点。作家写于同一时期的艺术作品，包括剧本《黑暗的势力》（1886）、中篇小说《伊万·伊里奇之死》（1886）、《克莱采奏鸣曲》（1891）和《谢尔盖神父》（1898）等，其主题也都紧密联系着他这个时期否定官办教会、贵族阶层中部分人物的忏悔、同情农民的苦难等思想。托尔斯泰最后一部长篇小说《复活》（1899）正是上述所有思想最集中的艺术表达，它不仅是俄国长篇小说创作在19世纪90年代出现某种危机时出现的唯一一部大型作品，而且以其对那个时代俄国复杂社会问题的深刻反映和巨大的批判力量而呼应了历史的潮流。

关于列夫·托尔斯泰的晚期创作，《俄国文学史》以第四卷第八章“晚年的托尔斯泰”予以论述。著者注意到：19世纪末、20世纪初俄国现实生活中的新现象，要求文学以新的方式解决个人与环境的相互关系问题，文学发展的实际进程也把一些实质性的变化带入传统现实主义的框架体系之中。托尔斯泰以其持续不断、稳健执着的思想和艺术探索，和年轻一代现实主义作家一起推动了这一变化，继《谢尔盖神父》之后，又陆续创作了中篇小说《费奥多尔·库兹明长老的遗书》（1905）、《破罐子阿辽沙》（1905）、《哈吉穆拉特》（1896—1904）、《假息票》（1904）和剧本《活尸》（1911）等一系列作品。其中，《活尸》不仅令人联想到果戈理的长篇小说《死魂灵》的批判力度和艺术深刻性，而且揭示了善恶观念被扭曲的严重现象；《哈吉穆拉特》则从新的视角处理了个性与无人性的世界秩序之间的矛盾，在对于勇敢刚毅、具有英雄主义精神的主人公性格刻画中，展示出人物的复杂命运和复杂内心意识，对欧罗巴式的、亚细亚式的专制政权进行了痛切的批判。20世纪第一个十年中，托尔斯泰连续发表了多篇政论，如《出路何在？》（1900）、《致工人》（1902）、《致政治活动家》（1903）、《弗·格·切尔特科夫的文章〈论革命〉序言》（1904），其基本主题是揭示统治者与被奴役者之间的矛盾，探讨解决这种矛盾的路径。1905俄国革命爆发后，托尔斯泰又接连发表《时代的终结》（1905）、《论俄国的社会运动》（1905）、《论俄国革命的意义》（1906）、《我不能沉默》（1908）和《暴力法则和爱的法则》（1909）等文章，一方面论证革命运动爆发的必然性，另一方面又呼吁"勿以暴力抗恶"。作家在社会—道德观方面的矛盾在他的短篇小说《谁是凶手？帕维尔·库德利亚什》（1908—1909）、《霍登场事件》（1910）中，得到了鲜明的表现。托尔斯泰生命最后阶段完成的作品，如短篇小说《乡村三日》（1910）和随笔《沃土》（1910）、《与过路人的谈话》（1909）及《乡村之歌》（1909）等作品表明，当代俄国生活的现实对作家民众生活题材的作品产生的巨大影响，改变了这类作品的叙事风格。

统观《俄国文学史》第三卷第24章、第四卷第8章关于托尔斯泰的全部论述，可以看出著者始终是从他作为"思想的艺术家"这一视角来梳理与评说作家的文学活动的。托尔斯泰形式多样、内容广博丰富的大量作品，既是作家进行思想探求的有效方式，又是这一探求的生动记录。不过著者并未限于勾勒托尔斯泰思想诉求的线索，概括其作品的思想价值，而是往往言简意赅地揭示出作家的艺术贡献，从而有力地论证了他在俄国文学发展进程中的崇高地位。

普鲁茨科夫《俄国文学史》第四卷第9章关于高尔基的论述，是由这一卷的主编、高尔基研究专家克·德·穆拉托娃执笔的。著者在这里显示出她对高尔基创作的深入研究和敏锐洞察力。高尔基写于19世纪90年代、后来结为三卷本《特写与短篇小说集》出版的那些作品，在穆拉托娃看来，无疑是俄国文学界的重要现象。那一时期社会不满情绪的增长和对社会转型的期待激发了文学中浪漫主义倾向的加强，而高尔基这位直接来自民间的作家正是这种情绪、期待和倾向的出色表现者。当时的批评界说高尔基是一位“自由意志的”歌手，“这种自由意志表现在那些不驯服的、爱好自由的人物形象身上，表现在伴随着叙述而出现的作者关于他所遇见的那些人物的沉思中，表现在和以往文学中的风景相抵牾的异常鲜明、具有乐观情调的自然画面中”①。作家在其早期作品中描写的众多流浪汉形象，就是动荡的产物，是民众中逐渐成熟的自发性抗议情绪的表露。但是作家并未一味美化这些流浪汉，他笔下的一些“真理探索者”在社会见识方面还是盲目的，这其实也反映了当时民众的思想刚开始觉醒的现实。不过，在高尔基的早期作品中还是可以发现民粹派学说影响的痕迹，例如关于丹柯的传说所表达的“自我牺牲”的主题。著者认为，到创作《福马·高尔杰耶夫》时，作家已放弃这一类迷恋，因此这部长篇小说便成为一部大型的反民粹主义作品，同时它又是19世纪描写孤独的浪漫主义英雄的最后一部长篇小说。同时代的批评界捕捉到高尔基作

① *Пруцков Н. И.* История русской литературы: В 4 т. Т. 4. 1983.С.287.（汪介之译）

为心理学家的突出特点，又认为作家具有一种特殊的精神结构，其中结合着对现实的清醒认识和对未来的坚定不移的目的性。

穆拉托娃甚为重视高尔基的戏剧创作。她认为，作为戏剧家的高尔基在其诗学方面与契诃夫的诗学相接近，但是最能体现其戏剧特点的却是其作品所表现的另一类问题，另一些主人公，对生活的另一种理解。高尔基是作为俄国戏剧创作艺术中新型社会剧的创立者出现的，他的剧作涉及现代生活中的许多尖锐问题。他的社会哲理剧《底层》（1902）可以说是对把人们变成社会渣滓的社会制度而做出的一份罪行判决书。剧作家高尔基掌握社会各阶层的语言，这就使他能够为自己笔下的不同角色创造出非凡的鲜明生动、富有个性特色的语言。俄国知识分子的命运，也是高尔基最关注的问题之一，他所创作的一系列关于知识分子的剧本，主要都是表现这一阶层的相当一部分与人民生活的脱离，讲述这一部分知识分子和缺少文化的人民群众之间形成的深深鸿沟。这些剧作和高尔基的早期作品一起表明，处于作家创作中心的最深刻的“永恒主题”之一，是人的日常生活的意义，而与此相联系的则是人在面对自己和世界时的责任问题。

长篇小说《母亲》是高尔基的一部有影响的作品，当然也受到穆拉托娃的重视，但是她的论述视角却颇为独特。著者是从与俄国小说艺术传统的联系、兼顾当时批评界的反应来考察这部小说的。穆拉托娃注意到：俄国文学曾热烈地呼吁过要同情“小人物”，这一问题到19世纪末、20世纪初仍旧得到作家们的关注。在两个世纪之交，劳动者不仅是作为现代社会的牺牲品，而且是作为接近社会裂变的潜在力量、作为处于自己精神觉醒前夕的人开始被理解的。在高尔基那里，这一题材成为他关注的主要方面。作家创造了一部民众之书，即专门讲述劳动者、面向劳动者的书。在他笔下，劳动者的斗争是在和传送社会主义思想的知识分子活动的结合中得到展示的。这一题材令人想起19世纪作家车尔尼雪夫斯基的长篇小说《怎么办？》，这部作品的主人公拉赫美托夫是革命职责和勇敢精神的化身。但高尔基在谈到这部小说时却措辞严厉，说拉赫美托夫这一形象缺乏生活的说服力。在似乎进入与车尔尼雪夫斯基的独特创作竞争之后，高尔基给自己提出的任务，正是以最新的方式回答俄罗斯生活和俄国文学的根本问题——“怎么办”。在长篇小说《母亲》中，高尔基一方面作为俄国思想小说传统的继承者出现，另一方面，他又是一位从社会和艺术的角度表达自己对世界的认识而探寻新方法的革新者。同时代的批评家们对《母亲》的评价是截然不同的，同为象征主义作家，有人认为它只是一种“事务型的”“实用型的”文学，有人则断言高尔基既是一位作家，同时又是全体民众情绪的体现者，是他的时代的预言家。穆拉托娃本人充分肯定了《母亲》的意义，却并不讳言其局限性，并指出高尔基自己也不认为它是自己最优秀的作品，承认其中存在着多愁善感的瑕疵，主人公言论的修辞性过强等。

穆拉托娃敏锐地注意到1905年革命失败后高尔基创作的转向，也即“小市民的、县城的俄罗斯”，连同它的保守主义、精神贫乏和消极无为，成为作家艺术描写的主要对象。中篇小说《奥库罗夫镇》（1909）展示出小市民的保守性和理智上的贫乏怎样演变为与世隔绝和政治反动，而在《马特维·科热米亚金的一生》（1909—1911）中，很久以来令高尔基忧虑不安的俄国社会停滞迂腐的消极性，得到了新的艺术表现。这两部作品事实上已进入了早已有之的关于俄国发展道路的争论中；在这一历史性的争论中，高尔基是以为克服俄国生活中的陈旧落后而斗争的“西方派”出现的。穆拉托娃特别指出：高尔基把后一部作品的创作看成本民族一项不可缺少的工作、作为自己公民义务的体现来理解，它可以说是预告了作家的最后一部长篇小说《克里姆·萨姆金的一生》；作者在其中仍然是一位社会学作家，但是他的艺术风格已然变化。这两部作品和同一时期文学界关于俄罗斯民族性格、俄罗斯历史命运的共同关注紧密相关。高尔基在系列作品《罗斯记游》中揭示了民族心理特征，展示出沉重而严峻的俄罗斯历史扭曲了民族性格，使其中不少负面特征得以发展，同时也描写了创造新现实的人们及其所预示的前景；可以看出这一系列短篇中诗意地融合着严峻的生活真实和对其中的创造性潜能的浪漫主义理解。在同样于十月革命前完成的自传三部曲的前两部《童年》和《在人间》中，高尔基继续深入揭示自己所理解的俄罗斯性格，于是就和《马特维·科热米亚金的一生》及系列作品《罗斯记游》等相接近。作家以这两部自传体中篇小说又一次证明了自己是塑造性格的艺术大师，同时也表明他这一整个阶段的创作具有一种艺术连贯性。

总体而言，穆拉托娃关于高尔基创作的评价是中肯的，远高于以往多种文学史著作中的浮泛评论，但她的评述中也存在着一些可以称为时代局限性的见解。如她认为高尔基因为写了《忏悔》（1908）等作品而出现过思想和艺术上的失误，也有过对于同时代文学的偏激评价，还发表过《两种灵魂》（1915）等不清晰的、有时是错误的政论。这是一些可以再商榷的结论，但这也就同时为对高尔基思想与创作的进一步研究留下了再开掘的余地。

《俄国文学史》第四卷中设专章论述的象征主义诗人有瓦·勃留索夫、亚·勃洛克和安德烈·别雷三位，其中关于勃留索夫的一章篇幅最长。这一章的执笔者埃·谢·利特温按勃留索夫创作发展的顺序展开论述，首先描述未来诗人在中学时代就表现出对于创作的倾心，指出后来他作为成熟的诗人所特有的若干倾向，如整个世界的悲剧性毁灭的题材，对古希腊罗马文化的兴趣，对较为罕见的、精致考究的诗歌形式的热爱等，在其学习阶段即已初具轮廓。在勃留索夫19世纪90年代初的习作中，即出现以“象征主义”为统一标题的诗作和草稿。年轻诗人决意成为“新诗派”的领袖，这一诗派刚刚在俄罗斯形成，但已推出摆脱为社会服务、主张个性艺术的美学原则。由勃留索夫自己的诗作与译诗构成的三卷本诗集《俄国象征主义者》（1894—1895），就是在实现上述纲领的旗帜下完成的。他的早期诗作表现出一颗激烈排斥病态的、平庸的城市生活的孤独而闭锁的心灵的那种敏感、矛盾和主观的情绪体验，渗透着现实与理念、实际与幻想之间的矛盾。在勃留索夫初期的几本诗集中，已经响起了对他而言很典型的对于技术进步、对于具有其悲剧般壮丽命运的劳动与科学献身者的颂扬之声。诗人还表达了对于有钻研精神的、不倦地致力于破解大自然之谜的人类思想力量的赞叹。著者提醒人们注意：在勃留索夫看来，“新诗派”和在它的土壤上成长起来的象征主义一样，是一种新的文学趋向和文学流派，而不是一种新的哲学世界观；这种认识事实上已把勃留索夫和鼓吹宗教的“老一代”象征派区分开来，也把他们和“年轻一代”象征主义者区别开来，后者将诗歌视为一种认识别样的、超感觉世界的方式，而把象征视为谜一样的符号和模糊神秘的启示。

在著者看来，在20世纪初，勃留索夫的创作已进入诗学上的成熟期。1899年建立的“天蝎”出版社，成为俄国象征主义的组织中心，勃留索夫在其中发挥了指导作用。1904年，象征主义者的专门出版物《天秤》杂志问世，勃留索夫不仅是杂志的编辑，也是它的主要撰稿人。他参与了象征主义美学的宣传，捍卫由个性自由而决定的艺术创作的充分自由，并显示出超常的博学多识和广泛的文学与学术兴趣。陆续问世的《第三守备队》（1900）、《致城市与世界》（1903）、《花环》（1906）和《百调集》（1909）等诗集，成为诗人创作道路上一座座新的里程碑。爱情主题、关于诗歌使命的主题，在他笔下得到形式独特的表现。诗人迷恋于历史名人和历史事件，以自己独特的方式探寻历史的规律。他同时又作为一名都会主义诗人出现，一方面继承涅克拉索夫的传统，描绘城市日常生活中的景象；另一方面又把都会主义的主题动机与急速的节奏，和在象征主义者的创作中广泛流传的启示录般的预言，以鲜明的反差结合起来。在诗人关于故乡和祖国的主题的诗作中，则可以看出吸引他的是民间诗歌的韵律和语言的艺术独创性，以及其中的英雄主义因素。

埃·谢·利特温指出：在第一次俄国革命的岁月里，勃留索夫的政治抒情诗开始出现。这些诗作不仅表现了对于不公正的社会制度的憎恨，而且直接发出了摧毁这种体制的号召。他的诗作开始表现民众斗争的主题，1905年的事件有时直接在他的诗歌中得到反映。诗人欢迎现存社会制度的解体，预感到革命将可能导致整个旧世界的覆灭，同时也惋惜旧文化将要和注定灭亡的社会制度一起不可避免地毁灭。在他的政治抒情诗中，清楚地显示出新的风格取向，一方面是对19世纪俄国公民诗歌的继承，另一方面是对比利时诗人维尔哈伦创作的借鉴。但勃留索夫并没有放弃关于艺术高于政治、艺术的使命首先是揭示人的心灵奥秘的观念。在涉及美学问题时，他还是继续守护艺术避免为社会服务的立场，因此他曾以《言论自由》一文与列宁的文章《党的组织与党的出版物》进行论战。不过，勃留索夫创作中的人道主义传统仍得到了深化，其中对现实生活的一些新发现，表明他诗歌创作成熟期的到来。他诗歌中的叙事因素得以加强，诗人乐于以故事讲述者的角色出现，倾向于鲜明呈现情节，在其中常常可以看到现实生活的真实图景。在诗歌形式上，勃留索夫坚持不懈地试图恢复在古典主义时代即已崭露头角、而在19世纪诗歌中却发生剧烈波动的固有的抒情诗体裁，写过哀歌、抒情叙事诗、赠诗、希腊古风诗乃至颂诗。寓意、历史与神话讽喻和对现实的高度概括等崇高风格，有助于诗人传达出人的激情和历史的庄严步伐。

著者还注意到，谢·阿·文格罗夫吸收勃留索夫参与被纳入“伟大作家文库”的新版普希金文集的筹备工作，这在造就他成为普希金学者方面起到了很大作用。为了这项出版事业，勃留索夫写下了一系列关于普希金的论著。作为研究者的考察促使诗人直接关注普希金的题材、形象和修辞艺术。普希金抒情诗的明朗清新、人文内涵和公民精神，对诗人在新世纪的整个创作产生了良好影响。丘特切夫则是始终如一地吸引着既作为学者、又作为艺术家的勃留索夫的另一位俄罗斯诗人。对决定命运的历史时刻的敏锐感觉，在广阔的历史哲学范围内思考这些时刻的意向，使这两位诗人彼此类似。勃留索夫关于俄罗斯的命运、关于她的未来的沉思，更直接与丘特切夫的爱国主义抒情诗互相呼应。作为当代文学运动的积极参与者，勃留索夫从自己创作道路的开端起，就显示出一位批评家的作用。在20世纪第一个十年，他多半是对自己文友的著作和文章做出反应。勃留索夫的评论，短小精悍，妙趣横生，形式优雅，往往含有诗歌艺术技巧方面的敏锐洞察。随着短篇小说集《地轴》（1907）和长篇小说《燃烧的天使》（1908）的发表，勃留索夫作为一位散文家出现了。贯穿于他的第一本短篇小说集的统一主题，是日常生活的灾难性、现代文明及它所滋生的个性的自我中心主义必遭灭亡的主题。被纳入《燃烧的天使》中的，既有作家个人的体验，也有20世纪初历史事件的印迹，还有关于16世纪德国的历史文献资料。勃留索夫选择16世纪的德国，是为了描写他深有兴趣的世界历史中的一个转折时代。经由自己笔下的主人公——死于宗教裁判所烈火中的莱娜塔和永远离开祖国的流亡者鲁卜列希特的命运，作家揭示了那个时代的悲剧性本质。艺术性的虚构，直到把自传中的场景带入作品情节，以及学者—历史学家的文献意识，构成了勃留索夫历史散文的个性特色。

沿着勃留索夫创作发展的进程，埃·谢·利特温考察了诗人在俄国象征主义逐渐衰落后的文学活动。象征主义的瓦解导致了《天秤》杂志编辑同仁之间严重的意见分歧。1909年，勃留索夫退出该刊编辑部，杂志很快就停止出版。1910—1912年间，他主持《俄罗斯思想》杂志的文学批评专栏。这时勃留索夫认为象征主义的文学影响已完全结束并与之疏离，而面向更为广阔的读者群体则是可能的，这都要求他更新自己的艺术方法。在第一次俄国革命失败的社会氛围中，勃留索夫抒情诗中的现代生活气息有所减弱。诗人时而回到自己以往的道路，深化早期诗歌的主题与形象；更致力于克服死亡与毁灭的阴暗幽灵，肯定生活的合理性存在于它的不断更新之中。随着新的社会情绪的高涨，勃留索夫的诗歌中越来越多地响起肯定生活的音调。他的第二部长篇历史小说《胜利女神祭坛》（1911—1912），描写的是4世纪的罗马生活。作品情节取材于爱德华·吉本的经典著作《罗马帝国衰亡史》。真实的历史事件、历史活动家和虚构的主人公的命运在作品中被巧妙地编织在一起，叙事则是从主人公的角度进行。没有把早期基督教理想化，这是勃留索夫这部长篇小说的巨大成就和他拥有清醒认识的佐证。这部长篇小说的续篇、未完成的《被推翻的朱庇特》，中篇小说《瑞娅·西尔维亚》（1914），一起构成了勃留索夫“罗马长篇小说”系列。在《胜利女神祭坛》《瑞娅·西尔维亚》和勃留索夫唯一一部描写俄罗斯生活的小说《达莎的订婚礼》（1914）中，作家已然接近现实主义。1915年，根据高尔基的建议，勃留索夫为俄罗斯读者编选了一本亚美尼亚诗歌选集。高超的翻译艺术水平，前言和注解中实际材料的丰富性，作者与作品选择的全面与系统性，使得这部《亚美尼亚诗集》（1916）至今仍保持着它的学术与文学意义。

勃留索夫1917—1924年的创作，即十月革命后到他去世前这一期间的创作，已越出《俄国文学史》的论述范围。但著者还是描述了他在这一最后阶段中的文学活动，以保持这一幅“诗人肖像”的完整性。著者指出：勃留索夫十月革命后的政治抒情诗和关于1905年革命的诗歌彼此接近，同样具有传达出重大事件的英雄主义精神的意向，热情洋溢的色彩，庄重高昂的音调和历史的比照。在一系列诗歌中，诗人表现了自己和祖国人民、和民族的过去、和俄罗斯大自然、和俄罗斯文化的血肉联系。著者承认，勃留索夫和旧世界的彻底决裂以及他成为苏维埃诗人的整个过程是复杂而艰难的。他关于爱的新诗作常常带有注定灭亡、极度疲倦的悲剧音调。往昔的重负压迫着诗人，本真的心灵在他眼前呈现出“幽灵之屋”，在角落里哭诉着孤独“家神”的“过去、往日、昔时风景和陈年旧事”。但诗人勇敢地克服了这些往事的遗痕，同时确信生活的胜利和创造新世界的激情，肯定人类创造活动的永垂不朽。晚年的勃留索夫积极调整自己的诗学体系，在探寻新的形象与韵律的过程中，他贪婪地吸纳着年轻一代诗人的经验。诗人自己认为，他以那些从童年时代起就铭刻在内心深处的对世界的看法，穿越了象征主义。事实上，勃留索夫首先是作为20世纪初的一位大诗人存在，无论是年轻一代象征主义者还是阿克梅派诗人，都处于他的影响之下。

普鲁茨科夫主编的四卷本《俄国文学史》中关于普希金、托尔斯泰、高尔基和勃留索夫的评述，是全书设置的四十位诗人和作家个人专章中最有代表性的四章。这四章文字不仅显示出苏联解体之前俄罗斯学界俄国文学史研究、作家研究的水平，深化了人们对于这些经典作家和诗人的创作成就、价值和特色的认识，而且和书中其他关于作家个人专论的各个“点”一起，提供了在一幅幅个性肖像中理解文学史的路径。这些“点”还和描述关于文学发展演变进程的“线”，和概述某一阶段文学运动、思潮流派和作家群体的“面”配合有致，相得益彰，呈现出俄国文学史的完整图景和原本面貌。从四个专章的论述中，也可以看到编著者的文学史观念、书写方式和话语特色。这几个方面的内容，将在本书后面的相关章节中展开论述。

四 《俄国文学史》的思想史价值

20世纪初期，在谈到俄国文学的独特性时，高尔基曾经写道："在欧洲文学的发展史上，年轻的俄国文学是一种惊人的现象。""我们的文学是我们引以自豪的，是我们全民族所创造的奇珍。它包含着我们的全部哲学，它铭刻着意气风发的伟大精神……我们的文坛比别国的文坛更经常也更有力地宣示了具有全人类意义的主题。""往日的俄国文学能够自由地反映出整个俄国民主派的心曲、感情和思想"；"在俄国，每个作家都的确是独树一帜的，可是有一种倔强的志向把他们团结起来——那就是认识、体会、猜测祖国的前途、人民的命运，以及祖国在世界上的使命。"① 高尔基以饱含诗意的语言所概括的，实际上是俄国文学的丰富思想蕴涵。普鲁茨科夫主编的四卷本《俄国文学史》在对文学发展进程的描述中，同样特别注意文学的思想内涵与底蕴，不仅揭示出俄国文学作为知识分子思想体

---

① [苏]高尔基：《论文学》（续集），冰夷、满涛、孟昌、缪灵珠、戈宝权、曹葆华译，北京：人民文学出版社，1979年，第100—103页。

系的特征，更呈现出文学史作为民族精神生活史的意义，从而使这部文学史著述自身也具有了重要的思想史价值。

1. “俄国知识分子的思想体系”

较早把俄国文学视为俄国知识分子思想体系的学者，是著名文艺学家、批评家、历史文化学派兼心理学派的代表人物之一德·尼·奥夫相尼科—库里科夫斯基（1853—1920）。在他主编的五卷本《19世纪俄国文学史》（1908—1910）中，就可以发现他试图根据文学中所描写的社会心理典型来研究俄国知识分子的历史。在《俄国知识分子史》（История русской интеллигенции，1906—1911）一书中，著者通过对恰茨基、奥涅金、毕巧林和罗亭等著名社会心理典型的分析，把文学看成特定时期社会理想和社会情绪的直接表达。他也是第一个尝试根据文学资料建立俄国知识分子历史的学者。

奥夫相尼科—库里科夫斯基的这一思想为作家高尔基所继承和发展。关于俄国文学与俄国知识分子思想体系的关系，高尔基在他的《俄国文学史》（1909）讲稿中，曾表达过颇有见地的意见：

> 俄国文学大部分是俄国知识分子的思想体系；在这里，在俄国文学里，知识分子追求较好生活地位的历史，他们对人民的态度的历史，乃至他们的心灵、他们的内心生活的全部历史，是特别详尽、深刻而且忠实地被描画出来。[①]

在这里，作为文学史研究者的高尔基不仅揭示出俄国文学的一个重要特点，也提供了看待和把握俄国文学史的一种独特视角。在他

---

① [苏]高尔基：《俄国文学史》，缪灵珠译，上海译文出版社，1979年，第108—109页。

看来，俄国文学实际上是俄国知识分子精神历程、心灵历程的形象描述；作为作家—知识分子心灵创造物的作品，可以视为创造者心灵运动的形象记录。因此，把出现于不同年代的大量作品连缀起来看，就不难发现，俄国文学事实上是一部包括各个时期的作家在内的知识分子思想历程的形象化历史，构成了俄国知识分子的思想体系。高尔基本人编写的《俄国文学史》，正是以俄国知识分子与人民的关系为论述主线。从作家对自18世纪后半期叶卡捷琳娜二世时代至19世纪末文学的全面而系统的评价中，可以看到他始终特别注意的是知识分子在思想上、感情上接近人民的程度，以及作家对了解人民的了解与同情的程度；同时他还通过一系列实例说明一些作家怎样由于疏远人民、不了解人民而导致创作上的失败。

普鲁茨科夫主编的《俄国文学史》认同高尔基检视文学史的这一视角，把"知识分子与人民的关系"作为贯穿全书的一条内在线索，呈现出俄国文学作为知识分子思想体系的独特价值。综观这套四卷本《俄国文学史》，可以看出，编著者依据俄国文学与文化的丰富史料与实际发展进程，回溯了俄国作家作为知识分子的主体，怎样参与和推进民族文化与民族精神的建构，说明一代代知识分子的思想诉求对社会生活和历史发展的作用与影响。同时，著者还经由研究作家们描写知识分子题材的作品，分析他们在其中所塑造的知识分子系列形象，揭示俄国文学何以因此成为知识分子精神生活的艺术编年史。这样，俄国文学与俄国知识分子思想体系的联系，就得以从不同侧面呈现出来。

在描述俄国文学发展的各个不同阶段的历史背景和文化语境时，普鲁茨科夫《俄国文学史》把知识分子—作家在其中的地位和作用视为一项重要内容予以关注，尤其重视知识分子的著述活动及其实际影响。著者在论述俄国古代文学、展现俄国文学的独特历史道路时，就明确地指出：早在11世纪，负有关注和研究现实、追踪与评价现实的俄国作家们，就已经把自己的活动作为“为祖国的服务”来理解。俄国文学从一开始就以其郑重严肃的特点和别国文学区别开来，它试图回答生活的基本问题，号召对生活进行改造，拥有尽管多种多样、但却都是崇高的理想。由于对现实的批判态度，俄国作家常常是行进在习以为常的苦难圣徒遭遇的道路上。如11世纪的编年史编纂者、基辅山洞修道院修士尼康（Никон Печерский，？—1088），就不得不为了躲避当权者伊贾斯拉夫·雅罗斯拉维奇公的压迫而远走他乡。文学活动对于他而言，俨然是一种伟大英勇、建功立业的行为。对于《往年纪事》等著作的作者、基辅山洞修道院修士涅斯托尔（Нестор Печерский，约1056—1114）来说，著述活动的意义同样如此。基辅大公弗拉基米尔·莫诺马赫（Владимир Мономах，1053—1125）不仅在自己直接的国务活动中，而且在他书写的《训诫书》和《致切尔尼戈夫公奥列格的信》中训导各位王公。他还一直维护着编年史编纂和使徒行传的书写。12世纪初的一位教士瓦西里，曾写有揭露王公们弄瞎捷列博夫利公瓦西里科（1066—1124，Василько Теребовльский）双眼的故事，文学创作对他而言显然是一项重要的公共事业。在整个12—13世纪，流传着一系列或暴露王公贵族之间的内讧，或号召王公们奋起保卫俄罗斯国土，或为战事失败而忧伤、谴责王公们罪行的作品。上述这些俄国古代作品的存在俄国文学从其诞生起就渗透着鲜明的公民意识。贯穿于整个文学史的崇高爱国主义精神，在古代俄国文学中不仅体现为对古罗斯土地的自豪感，也表现于因遭受溃败和种种社会弊端而产生的悲伤，表现于劝导王公贵族的意向，或尝试对他们进行谴责，以激起读者对其败行劣迹的愤怒。

《俄国文学史》还根据历史的真实充分展示出公民精神在11—17世纪文学中留下的深刻印痕，可以作为佐证的，有伊·谢·佩列斯韦托夫（И. С. Пересветов，16世纪后期）、叶尔莫莱—叶拉兹姆（Ермолай—Еразм，1500—16世纪中期）等人的号召对整个俄国生活体制进行改革的作品，马克西姆·格列克（1470—1556，Максим Грек）的开导性、训诫性著作等。这一漫长时期内出现的多种编年史著作、历史叙事著作，则号召人们行动起来保卫罗斯的土地，抵御外敌入侵。诺夫戈罗德和莫斯科的异教徒，沙皇本人及其对手库尔布斯基（А.М. Курбский，1528—1583）公爵等，也都从事写作。在17世纪，大司祭阿瓦库姆·彼得罗夫（Аввакум Петров，1620—1682）和索洛维茨修道院修士叶皮凡尼（Епифаний，？—1682）的文学活动，更直接具有苦难圣徒的性质。

这套《俄国文学史》第一卷第一编的“导论”，是由俄罗斯著名文学史家、文化史家德·谢·利哈乔夫执笔的。他写道：

> 所有俄国作家，每一位都以自己的方式，高尚地承担着自己作为作家的责任。每一位作家在某种程度上都是预言家和揭发者，有些作家还兼为启蒙学者，知识传播者，现实阐释者，国家公民生活积极的、具有崇高爱国精神的参与者。
>
> 作家们这种崇高的使命感一直保留到新时代。文学是由它的创造者们的崇高社会责任感向前推进的。文学中渗透着对祖国真正的爱。这是俄国文学在其存在的整个期间永久不变的特征。①

利哈乔夫所说的俄国文学这种永久性的特征，在18世纪初彼得一世改革和改革之后的历史时期表现得更为明显。本书在第三章第三节中已提到，在彼得一世时代，启蒙思想家、教会活动家和作家费奥凡·普罗科波维奇的著述，对那时的思想文化和社会生活产生了积极影响。他的著作《诗学》（1705），是在继承古希腊罗马诗学思想基础上完成的俄国诗学领域的第一部重要著作，直接影响了俄国古典主

① *Пруцков Н. И.* История русской литературы: В 4 т. Т. 1. 1980.С.14.（汪介之译）

义的形成；另一著作《雄辩术》（1706—1707）承续古罗马哲学家、雄辩家西塞罗的思想，融合17世纪法国笛卡尔的唯理主义，挣脱了中世纪繁琐哲学对俄国思想领域的束缚。普罗科波维奇所创作的一系列歌颂彼得一世战功的作品，以及关于彼得一世生平事迹的纪事，既推动了改革时期局势的良性发展，又为后来俄国作家以文学的方式参与社会政治生活提供了范例。他的颂诗体裁直接影响了18世纪罗蒙诺索夫等诗人的同类创作。

《俄国文学史》在论述18世纪俄国文学道路的确立与文学民族独特性的形成时，编著者注意到，伊丽莎白·彼得罗夫娜即位之后，民众希望女皇把由其父启动的改革继续下去的意识十分强烈，罗蒙诺索夫在1740—1750年间创作的关于彼得一世和伊丽莎白女皇的多篇颂诗，可以说是在女皇面前展开了一份俄国文化发展和思想体系的纲要，其中心主题是呼吁以彼得一世为榜样大力实行改革。这对伊丽莎白女皇产生的作用是显而易见的。那一时期在俄国思想、文化和教育方面实行的改革，其规模与效应不亚于彼得一世的社会政治改革。1755年，罗蒙诺索夫为之奠基的莫斯科大学正式创立。作为18世纪俄国科学与文化生活中心的彼得堡科学院的月刊，也于同一年改为直接用俄语出版。1756—1757年，俄国第一家国立剧院和艺术研究院先后在彼得堡揭幕。俄国第一批近代意义上的知识分子代表人物，正是在那一时代各层次教育事业蓬勃发展的背景下诞生的。18世纪上半叶俄国文学主要代表诗人和作家，如康捷米尔、罗蒙诺索夫、特列季阿科夫斯基等人的文学活动，都与彼得堡科学院联系在一起。时至18世纪50年代末，依靠相继出现的诸多教学中心之一——彼得堡贵族陆军武备中学（Сухопутный шляхетный кадетский корпус，1732年创立）的教师和毕业生的力量，俄国最早的文学期刊之一《有效使用的节日时间》（Праздное время в пользу употребленное，1759—1760）得以出版。18世纪的多位作家和文化活动家，包括苏马罗科夫、米·马·赫拉斯科夫等，都是这所学校的毕业生。俄国知识分子和作家、诗人们在社会生活中的作用越来越重要。

《俄国文学史》著者着重指出，进入18世纪以后，俄国知识分子越来越明确地意识到自己对于国家和民族的责任。摄取西方思想文化中的有益成分来补充、匡正和推进本民族文化，成为那个时代俄国知识分子的共识。欧洲文艺复兴时代的人文主义所倡导的对人的个性的尊重，破除神权中心论、摆脱教权主义制约的意向；法国古典主义提倡唯理主义，把一切都放到履行国家义务的天平上去衡量的主张；法国启蒙思想家们的学说，包括“开明君主制”的理想等，都为俄国知识界所认同。俄国知识分子一度在为专制国家服务的前提下接受了从伏尔泰到“百科全书派”的一整套思想，罗蒙诺索夫、杰尔查文等人的颂诗，集中表达了知识界对“开明君主制”的期望。但是，启蒙学说也培养了具有民主主义倾向的作家，他们逐渐拥有了对现存社会制度批判的眼光和态度。18世纪晚期，国际政局的深刻变化，俄国国内的巨大动荡，农奴制危机的出现，不可避免地引起俄国知识分子关于民族命运和国家前途的深入思考。作家们的民主意识得到强化，并在其创作中日益明显地体现出来。原先以自己的颂诗歌颂帝王、把希望寄托在“开明君主”身上的诗人杰尔查文，这时的诗歌创作开始转向讴歌俄罗斯民族的生活方式。雅·鲍·克尼亚日宁（Я. Б.Княжнин，1740—1791）在他的悲剧创作中重新阐释文学的“国家性”，他心目中的文学应服务的国家，已不是君主的国家，也不是以贵族为主体的国家，而是公民的国家。作家尼·伊·诺维科夫、冯维辛等直接和女皇叶卡捷琳娜二世在期刊上进行论战，导致诺维科夫主编的讽刺杂志被关闭，但是启蒙思想却在俄国传播开来。冯维辛的喜剧《纨绔少年》、拉季舍夫的《从彼得堡到莫斯科旅行记》《自由颂》等作品，特别显示出文学作品已成为公民意识和民众思想情绪的表达渠道。诸多作家参与到关于俄罗斯民族性格特征展开的论战，作家们对民族历史和文化、对民间创作的重视，更预示了俄国文学必将对民族文化和社会历史进程产生更大的影响，俄国文学作为俄国知识分子的思想体系进一步走向成熟。

19世纪是俄国历史进程中的伟大时代，一系列直接影响历史发展方向的重大事件，都是在这个世纪发生的。法国大革命的激荡，1812年由拿破仑入侵俄国所引起的卫国战争，1825年的十二月党人起义，1856年的克里米亚战争失败，1861年的农奴制改革，19世纪70年代开始的民粹派运动，19世纪90年代马克思主义的传入和俄国工人运动的兴起等，所有这些重要的历史现象，都在俄国知识分子和作家中激起了强烈的反响。这一时期俄国知识分子的思想空前活跃，其理论探讨、学术论争和著述活动，或作为重大社会活动的舆论准备，或构成历次思想文化运动的主要组成部分，或从急剧变化、令人眼花缭乱的社会历史现象中凝练出富有民族特色的思想成果，均显示出知识分子和作家们在思想文化领域内不可替代的特有担当。普鲁茨科夫主编的《俄国文学史》描述的十二月党诗人和作家的文学与社会活动，充分显示出那一代俄国知识分子在思想文化和社会生活中的积极影响。以雷列耶夫、别斯图热夫、丘赫尔别凯、亚·伊·奥陀耶夫斯基、费·尼·格林卡、弗·费拉耶夫斯基等为代表的十二月党人起义的参加者，原先都是一些秘密社团的成员，同时也是诗人和作家。十二月党人的团体“幸福同盟”（1818—1821，后称“北社”）的文学活动中心是由格林卡领导的“俄罗斯文学爱好者自由协会”；另一文学团体“绿灯会”同样处于十二月党人思想的有力影响之下。他们曾出版《俄罗斯文学爱好者自由协会的著作》（1818—1825）、《北极星》（1823—1825）、《谟涅摩叙涅》（Мнемозина，1824）和《俄罗斯古风》（1825）等丛书和丛刊，通过这类出版物达成了和文学界的联系。经由这些出版物，俄罗斯思想界的民族意识逐渐成熟，崇高的公民精神得到广泛宣传。十二月党人的创作继承了俄国贵族的启蒙传统，又把它和当时的浪漫主义潮流融合起来。在启蒙学派的古典主义和浪漫主义的结合中，十二月党人的美学原则得以形成，这就使19世纪20年代的俄国文学趋向“公民浪漫主义”。十二月党人的诗歌创作既是那一代俄国解放运动的参加者思想感情的艺术表达，又是19世纪初期俄国知识分子思想体系的组成部分。

普鲁茨科夫《俄国文学史》对19世纪中后期俄国知识分子的社会活动和思想文化建构的活跃景象，同样做了生动的描述。19世纪30年代，知识分子以莫斯科大学为中心，建立了许多研究哲学和社会问题的小组，探讨俄国未来的发展道路问题。其中，以尼·弗·斯坦凯维奇（1813—1840）为核心的小组（参加者有康·谢·阿克萨科夫、别林斯基和巴枯宁等人），集中研究德国古典哲学，接受其关于把宇宙看成一个遵循一定规律而发展的整体的观点，追求精神自由和人的个体独立性，表达了对尼古拉一世政府宣扬的“官方民族性”（“专制制度、东正教、民族性”的公式）理论的否定与抵制。比斯坦凯维奇小组稍晚建立的赫尔岑小组（参加者有奥加辽夫、尼·赫·凯切尔等人），侧重探讨社会政治问题，研究圣西门等法国空想社会主义者的学说，形成鲜明而坚定的反对农奴制的思想。赫尔岑小组成员的思想对俄国现实主义批判倾向的确立具有明显的影响。19世纪40年代中叶，彼得堡也出现一个以米·瓦·彼特拉舍夫斯基为中心，探讨文学与社会政治问题的小组（1845—1849），参与小组活动的成员多为贵族知识分子，也有一部分平民知识分子，最多时接近300人。萨尔蒂科夫—谢德林、陀思妥耶夫斯基等人都是该小组的积极成员。曾参与彼特拉舍夫斯基小组活动的作家们，在傅立叶的空想社会主义学说、费尔巴哈的唯物主义哲学的影响下，形成了“自然派”的现实主义美学观。这一时期先后出现的一系列文学与社会政治杂志，不仅成为知识分子探讨问题、表达观点的重要阵地，引领文学健康地发展，更在俄国知识分子思想体系的建构中发挥了巨大作用。其中，与普希金、别林斯基、车尔尼雪夫斯基、涅克拉索夫等人的名字紧密相联的《现代人》和《祖国纪事》，结合起包括果戈理、赫尔岑、奥加辽夫、萨尔蒂科夫—谢德林、陀思妥耶夫斯基、屠格涅夫、格里戈罗维奇等在内的一大批优秀作家和诗人，推动了俄国文学的发展与繁荣。

俄国知识分子的思想探索、文学与文化创造活动，在克里米亚战争失败、农奴制改革之后进入了一个新阶段。从19世纪60年代起，平民知识分子和作家发挥越来越重要的作用。同时，这一时期的文学论争也颇为尖锐。车尔尼雪夫斯基、杜勃罗留波夫在《现代人》杂志上刊发的论文，和德鲁日宁在他主持的《读者文库》上发表的文章，以及鲍特金、安年科夫的文章，卡特科夫的《俄国导报》等，围绕如何评价普希金、果戈理的创作以及俄国现实主义文学的成就等问题，展开了激烈论战。论战随后延及列夫·托尔斯泰的早期作品。自由主义批评家试图影响奥斯特罗夫斯基、冈察洛夫、皮谢姆斯基等人的创作，涅克拉索夫、萨尔蒂科夫—谢德林主持的《祖国纪事》则在帮助这些作家摆脱这种影响方面发挥了积极作用。批评家皮萨列夫等作为主要撰稿人的《俄国言论》（1859—1866）同样显示出鲜明的民主主义倾向。陀思妥耶夫斯基兄弟创办的《时报》（1861—1863）和《时代》（1864—1865），成为作家宣扬自己在流放西伯利亚期间逐渐形成的“根基派”理论的阵地。19世纪70年代，民粹主义思潮兴起，开展“到民间去”的活动，其思想主张和社会学说集中体现在彼·拉·拉甫罗夫、巴枯宁等人的著作中。民粹派批评家尼·康·米哈伊洛夫斯基在《周报》（1866—1901）上发表多篇文章，宣传“小事论”，显示出与主张革命行动的彼·尼·特卡乔夫等人不同的意向。普鲁茨科夫《俄国文学史》系统地描述了上述思想文化现象，同时指出19世纪70—80年代最有思想价值的文学史文献，应当是萨尔蒂科夫—谢德林的小说、涅克拉索夫的诗歌和《祖国纪事》的经常撰稿人尼·瓦·舍尔古诺夫的政论。

普鲁茨科夫《俄国文学史》关于19世纪末、20世纪初的文学进程与知识分子思想探求之间关系的描述，始终紧密联系这一时期俄国历史的发展，呈现出知识分子和作家在时代剧烈震荡的条件下，怎样以各自不同的方式从理论上或创作上回应生活本身提出的种种问题，在这一历史和文化转型的特殊岁月里实现了俄国知识分子思想体系的建构。著者注意到，19世纪80年代民粹主义思潮的衰退，并未导致知识分子思想探索的放弃与停滞。知识界寻求新理论的意向和实践，导致马克思主义传入俄国。格·瓦·普列汉诺夫在这一方面具有披荆斩棘之功。19世纪90年代初，俄国早期马克思主义者在和民粹主义思潮的论争中，开始探讨本国的独特发展道路问题。在知识界一方面产生对旧有理想的失望、社会情绪低落，另一方面又开始积极探索的背景下，俄国现代主义文学潮流开始涌动，现实主义文学也开始显示出新特色。新旧两个世纪之交，历史本身把俄罗斯的发展道路和未来命运的问题，无可回避地提到知识界面前。文学领域的活动家们和哲学、社会学、伦理学以及其他艺术领域的人们一样，都经历了对旧有价值的重估和新思想的激荡。文学、戏剧、绘画和音乐等领域的代表人物在艺术探索中，常常出现互相呼应的现象。在西方非理性主义哲学的影响下，与现代主义文学艺术相关的部分知识分子热衷于宗教哲学探寻，形成了独特的宗教哲学体系。卢那察尔斯基的《艺术家总论与艺术家专论》一文，从早期马克思主义批评家的立场论及艺术的任务。勃留索夫等象征主义作家也发表了认为“文学与社会生活无关”的宣言式文章。文学界开始出现鲜明地表达各自社会立场的意向。一代年轻的现实主义作家在其作品中表现了公民意识的觉醒和人们对于社会复兴的渴望。无产阶级诗歌和“新农民诗人”相继出现。1905年革命时期，聚集在高尔基周围的“知识派”作家，书写旧有世界观的破灭，以其作品反映人的抗争及其社会积极性的增长，表现生活各个领域中矛盾冲突的尖锐化，从而成为那个时代的见证者和艺术编年史家。高尔基主持的《知识》丛刊，象征派的丛刊《北国之花》，安德列耶夫参与编辑的文艺丛刊《野蔷薇》，阿尔志跋绥夫领导的丛刊《大地》等，都在文学生活中发挥了很大作用。革命年代还出现了大量的、带有“配画政论”的讽刺杂志。早在19世纪就发生过的关于“纯艺术”和“有倾向的艺术”、关于自由的或有偏向的艺术家个人立场的争论，也在革命年代再度展开。革命失败后，对唯心主义哲学的迷恋再度勃兴，宗教探寻重新活跃。还可以看到新民粹主义思想以及新斯拉夫主义的流行。现实主义者和象征主义者之间，以及这些流派内部的各分支派别之间的斗争加剧。论战是多种多样的，但任何一个文学团体都不能回避如何对待俄国革命的问题。20世纪第二个十年初，悲观颓唐的风气开始得到克服。魏列萨耶夫和布宁参与主持的《言论》丛刊，成为这个时期引人注目的文学现象。阿克梅派、未来主义等新流派也在这个时期出现。俄国文学既没有失去自己的社会激情，又获得多方面的哲理色彩。一些象征主义者的创作开始和现实主义美学接近起来，而现实主义作家对当前的、现代生活的理解已和更为普遍的、永恒的问题结合在一起。《俄国文学史》的著者还特别指出：在20世纪初，几乎所有大作家都曾作为批评家发言，而且他们的言说往往比职业批评家的言论更重要。柯罗连科、高尔基、勃洛克、勃留索夫等人的批评言论便是如此。所有这一切都充分表明，19世纪末、20世纪初的俄国文学怎样在演变之中以其丰富复杂的内涵，构成了那一整个时代俄国知识分子的思想体系。

普鲁茨科夫主编的四卷本《俄国文学史》，还在关于一代代作家描写知识分子的大量作品的论述中，通过考察这些作品中的知识分子系列形象，呈现出俄国文学怎样构成一部贯通古今的知识分子精神生活的艺术编年史，从另一侧面有力地论证了俄国文学作为俄国知识分子思想体系的独特品格。

知识分子本来就是人民的一部分，但是由于历史上俄国曾长期处于经济文化相对落后的状态，知识分子在整个人口中所占的比例一直较小；在知识分子群体中，贵族知识分子又在长时期内占有绝对优势，直到19世纪中期，非贵族出身的平民知识分子才开始登上历史舞台。这就在客观上决定了“知识分子与人民的关系”问题，成为俄国知识分子不能回避、不得不关注的重要问题，也就成了俄国文学长期以来注重开掘与表现的基本主题之一，甚至具有某种“母题”的性质。然而，从文学史实来看，作家们开始涉及这一主题却为时较晚。正如普鲁茨科夫《俄国文学史》中所指出的那样，只是到了17世纪，俄国文学中的个性因素在作家作品、个性趣味、个人风格、作家的职业化和个人思想情感的表达等各方面才得到全面的发展，但从那时起到整个18世纪，文学中还没有出现作为中心主人公被刻画的知识分子形象。进入19世纪后，随着俄国文学的全面繁荣，随着知识分子社会作用和思想影响力的逐渐扩大，知识分子形象的创造才开始成为引人瞩目的文学现象，这种绵延不断的创造本身也成为俄国文学繁荣的表现之一，并赋予俄国文学特有的民族特色，文学作为知识分子思想体系的品性也清晰地呈现出来。

沿着文学发展的实际进程，普鲁茨科夫《俄国文学史》依次考察了出自不同作家笔下的知识分子形象，揭示出这些形象的精神心理蕴涵和思想史意义。诗人普希金在长篇诗体小说《叶甫盖尼·奥涅金》（1823—1830）中创造的同名主人公形象，是俄国文学中第一个被称为“多余的人”的贵族知识分子。诗人经由这一形象颇有戏剧性的际遇，通过与之相关的人物、环境和事件的描写，艺术地概括了19世纪初期俄国社会中那些厌恶了贵族生活圈子、但又找不到出路的青年知识分子的精神特点和悲剧命运。站在奥涅金这一先行者形象之后的，是莱蒙托夫的小说《当代英雄》（1837—1839）中的主人公毕巧林。《俄国文学史》在分析这一形象时，引用批评家别林斯基在《〈彼得堡风俗随笔〉序》（1845）中的一段话，以说明这两部作品的联系与区别。别林斯基写道："在《奥涅金》中，您可以研究俄国社会在其发展过程中的一个瞬间；在《当代英雄》里，您看到的也是同一个社会，但它已经是新的模样了。"① 两部作品的主人公形象同样是同中有异。毕巧林在这个充满奴性和卑鄙野心的世界里处处感到不满，却又注定要生活在其中，于是只能以恶作剧的方式来发泄自己的情绪。他善于反省，玩世不恭，蔑视自己，比其他"多余的人"兄弟更加孤独与高傲，却也表现了遭受追逐、侮辱和损害的一代青年知识分子的灵魂。赫尔岑的长篇小说《谁之罪？》（1845—1847）中的别尔托夫，也是一个"多余的人"形象。在这部充满对话因素的作品中，作家通过主人公和正直、善良的青年教师克鲁齐费尔斯基、女青年柳邦卡都陷于"灾祸和不幸"的命运，揭示出封建农奴制是扼杀青年一代的罪魁祸首。小说的自传因素很为明显，克鲁波夫医生和别尔托夫一样，时而也以"作者—故事讲述者"的角色出现，表达作家本人作为政论家、哲学家对现实的看法。《俄国文学史》著者指出：克鲁波夫关于时代典型病症的议论，几乎就是直接引自赫尔岑的日记："不能在现实中生活，却重视未来，醉心于未来——这是在现时代最为流行的一种精神传染病。"② 赫尔岑在国外完成的长篇回忆录《往事与随想》，把表达作家个人感受、书写一代知识分子的思想追求和精神悲剧、反映从19世纪初到60年代俄国和欧洲社会生活有机地结合起来，更直接成为"俄国知识分子思想体系"的组成部分。在评论冈察洛夫的长篇小说《奥勃洛摩夫》（1859）时，《俄国文学史》著者强调的不是同名主人公形象所体现的贵族知识分子先进性的终结，而是作品表达的作家本人的思想。著者写道：

① ［俄］别林斯基：《别林斯基选集》，第五卷，辛未艾译，上海译文出版社，2005年，第679页。

② *Пруцков Н. И.* История русской литературы: В 4 т. Т.3. 1982.С.250.（汪介之译）

> 《奥勃洛摩夫》的作者站在社会和理性的进步、积极活动、启蒙教育、科学和工业文明这一边。但是，他没有把实现进步的现代形式理想化。他注意到，在那些推动进步的人们的生活中，还缺少关于进步的精神道德意义的充分认识，因此也就还保留着产生奥勃洛摩夫性格的土壤。[①]

显而易见，在《俄国文学史》著者看来，冈察洛夫的这部长篇小说所表现的，正是1861年农奴制改革前夕一代知识分子关于那个时代的俄国社会“进步”与“落后”的一种共同看法。他的另外两部长篇小说《平凡的故事》（1847）和《悬崖》（1869），同样凝聚着作家关于知识分子的命运及俄国发展道路的思索。

当然，普鲁茨科夫《俄国文学史》丝毫没有忽略俄国平民知识分子取代贵族知识分子，进而走上社会舞台这一重要的历史现象。在文学作品中，平民知识分子是以“新人”形象出现的。车尔尼雪夫斯基在长篇小说《怎么办？》（1863）中，描写了薇拉·帕夫洛夫娜、罗普霍夫、吉尔沙诺夫等一系列“新人”形象，通过他们建立“村社”、奉行“合理的利己主义”、妥善处理三角爱情关系等情节，表现了带有理想化的平民知识分子的品格，也显示出作家对空想社会主义思潮和费尔巴哈人本主义哲学的理解与接受。

关于屠格涅夫的创作成就与特色，普鲁茨科夫《俄国文学史》是在第三卷第3章中进行评述的。这一章更集中地体现了从知识分子与人民的关系、知识分子的社会作用和精神生活演变的角度检视文学进程的特点。本章的执笔者莉吉雅·洛特曼发现，俄国知识分子的追求、使命和命运，在屠格涅夫的长篇小说中得到了循序渐进的展现。《罗亭》（1855）和《贵族之家》（1859）描写的同样是贵族知识分子中

---

① Там же. С.195.（汪介之译）

“多余的人”形象，但《罗亭》中的同名主人公系以真实的历史人物巴枯宁为原型，性格上接近奥涅金、毕巧林和别尔托夫等同类艺术形象，而《贵族之家》的主人公拉夫列茨基则是一个更有人情味的、谦虚谨慎的人物，也是一位思想者，更具有平民意识。两者性格的差异表明了知识分子思想的变动。更大的变化体现在屠格涅夫率先描写“新人”的小说《前夜》（1860）和《父与子》（1862）中。莉·洛特曼显然赞同当年批评家杜勃罗留波夫关于《前夜》的女主人公叶琳娜形象的阐释，即认为她是国内年轻一代新生力量的代表，既具有对现实的自发性反抗意识，也在寻找“导师”；《父与子》则通过大学生巴扎罗夫和贵族基尔沙诺夫兄弟的纠葛，揭示出新旧两代知识分子之间的冲突。1861年农奴制改革后，由于对俄国现实的失望，相当一部分知识分子进入思想低潮期，长篇小说《烟》（1867）的主人公李特维诺夫就因一系列的失意而感到浮生若梦，一切都是过眼云烟。19世纪70年代俄国民粹派“到民间去”的活动及其失败，则在屠格涅夫的最后一部长篇小说《处女地》（1876）中得到了卓越的艺术表现。以俄国知识分子为主要形象，表明屠格涅夫事实上是沿着19世纪40—70年代俄国知识分子精神生活的实际演变过程展开描写的，作家始终关注的是知识分子的思想动向、精神心理及个体命运。关于这六部长篇小说，屠格涅夫晚年曾写道：

> 1855写出《罗亭》的作者和1876年完成《处女地》的作者是同一个人。在这一段时间，我尽自己的力量和才能所及，致力于真诚而冷静地把莎士比亚称为 the body and pressure of time[①] 的那些内容和俄国文明阶层人士迅速变化的面貌描绘出来，并表现

① 原文为英语，意为“形象本身与时代的压力”。

于适当的典型中，这个阶层一向是我观察的主要对象。[①]

莉·洛特曼在评述中引用屠格涅夫本人的这一段话，意在说明作家一直自觉地关注俄国知识分子的思想变动与性格命运。这当然不只是屠格涅夫的特点。知识分子题材的作品，在契诃夫的小说和戏剧中，也占有很大比重。普鲁茨科夫《俄国文学史》第四卷第6章在评述契诃夫的作品时，注意到作家描写了一系列各具个性特色的知识分子形象，如《没意思的故事》（1889）中的教授尼古拉·斯捷潘诺维奇，《带阁楼的房子》（1889）中的艺术家，《第六病室》（1892）中的医生拉京，《文学教师》（1894）中的教师尼基京，《姚尼奇》（1898）中的医生德米特里·姚尼奇·斯塔尔采夫，《樱桃园》（1903）中的年轻知识分子特罗菲莫夫等。这些形象从不同侧面反映了19世纪末、20世纪初俄国知识分子精神心理和生活命运，其中有的作为民族文化中落后面的载体而出现，但《樱桃园》中的特罗菲莫夫形象，却表达出20世纪初知识分子对于社会生活变动的预感和对未来的祝愿。

《俄国文学史》第四卷第9章关于高尔基的评述，由本卷主编克·德·穆拉托娃亲自执笔。她发现，虽然高尔基的早期小说中就有不少知识分子的形象，但他较早集中描写知识分子的作品，却是《避暑客》（1904）和《太阳的孩子们》（1905）等剧本。这些剧本所揭示的，主要是相当一部分知识分子与人民生活脱离，展现了知识分子在文明社会中和始终缺少文化的人民群众之间形成一道深深的鸿沟。穆拉托娃引用高尔基后来所说的一段话："如果说，愿望与理性的割裂对于个人生活来说是一部沉重的正剧，那么，人民生活中的这种割

① Цит. по: *Пруцков Н. И.* История русской литературы: В 4 т. Т.3. 1982.С.133.（汪介之译）

裂就是一场悲剧。”[①] 显而易见，高尔基曾忧虑地注意到，一些知识分子往往缺乏社会热情，忘却使命感，在平庸的生活中打发光阴。但在小说《马特维·科热米亚金的一生》（1909—1911）中，已出现了曼苏罗娃、马克等知识分子形象，他们的那些关于改造生活的事业有其必要性的言论，已在生活于闭塞停滞环境里的年轻人心灵中激起反响，呼唤他们起来克服自己生活观念上的局限性。在这类知识分子形象身上，寄托了作家唤起民众意识觉醒、提高民族文化心理素质的愿望。

普鲁茨科夫主编的《俄国文学史》从“知识分子与人民的关系”这一视角论述文学史进程，生动有力地呈现出这个民族的文学记载了俄国知识分子的诞生、成长和精神发展历程，见证了知识分子以自己特有的方式参与社会活动、服务于民族和人民的历史贡献，也勾画出知识分子群体和个人的命运轨迹。在全部俄国文学中，尽管社会各阶层的形象可以说是应有尽有，但塑造得最成功的无疑是各类知识分子形象。这不仅是由于作家作为知识分子的一部分，更为熟知一般知识分子的境遇和命运，更为了解他们的思想感情；更重要的是因为，作家本人和他们笔下的知识分子主人公在精神上往往都有一种天然的血统联系。许多作家描写知识分子的作品都是自传性的，或具有一定的自传因素，或在知识分子形象身上凝铸了自己的思考与探索、热情与痛苦、困惑与忧虑。每一位作家笔下的知识分子形象，当然都不只是作家自我生活和心灵的艺术写照，也不只是作家个人思想的载体，而是对特定时代知识分子的性格、精神心理和必然命运的艺术概括。经由这些知识分子形象，一代代俄国作家们探讨了知识分子同人民的关系，知识分子在社会生活中的位置，表现了知识分子的思想追求和意志愿望，知识分子的历史作用与人生价值，知识分子的命运归宿等问

---

① *Горький М.* Полное собрание сочинений. // Художественные произведения в 25 томах. Т. 16. Москва: Издательство «Наука», 1973, с.156.（汪介之译）

题，从而显示出俄国文学作为知识分子思想体系的鲜明特质。

2. 民族精神生活史的艺术呈现

俄罗斯学界在俄国文学史编撰中，很早就形成了文学是民族精神生活的艺术呈现的观念。19世纪初期，莫斯科大学教授、批评家和诗人阿·费·梅尔兹里雅科夫（1778—1830）在他的《论俄国文学的现状》（1811）一文中就曾指出："民族的精神、风习、愉悦和丰盈，对它的一切事业都有影响，因而对文学也有影响。"[①] 随后不久，作家、批评家兼出版家尼·伊·格列奇（1787—1867）又在《祖国之子》杂志上发表的文章《1814年俄国文学述评》（1815）中强调：民族精神、民族特点和民族历史必然反映在文学里，文学发展的主要源泉是民族的历史生活，而文学状况又能说明一个民族的特性、美德和缺陷。[②] 十二月党诗人亚·别斯图热夫—马尔林斯基在《俄国新旧文学一瞥》（1823）一文中谈到《顿河南岸之战》（Задонщина）时，也说在那里可以"发现俄罗斯民族的特征"[③]。

进入19世纪30年代以后，随着俄国文学史研究的逐步深入，文学批评家、文学史家们关于文学与民族精神生活之关系的认识更为明确。别林斯基在《文学的幻想》（1834）中写道："文学必然是一个民族内在生活的表现—象征。"[④] 他还认为，俄国文学发展的主要动力就在于它力图成为独具一格的"民族文学"；在批评实践中，他也

① *Мерзляков А.Ф.* Рассуждение о российской словесности в нынешнем её состоянии// Труды Общество любителей российской словесности, 1812, ч.1.С.80.（汪介之译）

② См.: *Николаев П.А. и др.* История русского литературоведения. Москва: «Высшая школа». 1980. С.48,49.（汪介之译）

③ *Бестужев -Марлинский А.А.* Сочинение. М., 1958, Т.2. С.523.（汪介之译）

④ [俄]别林斯基：《别林斯基选集》第一卷，满涛译，上海译文出版社，1979年，第18页。译文根据俄文原文略有改动。

始终坚持从文学与民族性接近的程度来评价文学。所以后来车尔尼雪夫斯基曾指出：在俄国，别林斯基第一个把文学提高到“民族事业”的规格。别林斯基关于文学应当、也必然表现民族精神生活的思想，给同时代及以后的文学史研究者深刻而长远的影响。在别林斯基之后，尼·斯特列卡洛夫在《18世纪俄国文学纲要》（1837）中把文学定义为“用外部工具——语言来表现民族的理性生活和精神生活”，是“民族的自我认识”[①]。这一观点，随即为彼·安·维亚泽姆斯基、伊·瓦·基列耶夫斯基、斯·彼·舍维廖夫和费·伊·布斯拉耶夫等诸多研究者所认可。

文学批评家、彼得堡大学俄罗斯文学教授亚·瓦·尼基坚科编撰《俄国文学史试作》（1845）时，更注重于形成民族文学的各种内、外因素，如民族性、社会精神等，强调文学史应成为俄罗斯民族“自我认识的圣书”[②]。俄罗斯科学院院士、历史文化学派的代表人物亚·尼·佩平在他的四卷本《俄国文学史》（1898—1899）这套19世纪后期最有分量的文学史著述中，同样把文学视为民族的社会生活与心理的反映，认为“一个民族的文学是民族精神的作品”，它的价值“是以它在何等程度上表现这种精神来衡量的”[③]。历史文化学派的另一重要代表亚·尼·维谢洛夫斯基也说过：“诗歌是民族生活的精华，是无限而完整地表现民族性格、民族意向和心灵追求、民族独特个性的中立性场域”[④]；“任何文学，如果它是富有生命力的，首先就要表现民族的内容”[⑤]。由此可见，文学是民族精神的艺术表现，文学史即构成民族精神生活史的观念，在19世纪便已成为诸多俄国文

① См.: *Николаев П.А. и др*. История русского литературоведения. С.97.（汪介之译）
② Там же. С.104.（汪介之译）
③ *Пыпин А.Н.* История русской литературы. Спб., 1902.Т.4. С.265.（汪介之译）
④ *Веселовский А.Н.* Историческая поэтика. Ленинград, 1940. С. 388.（汪介之译）
⑤ *Веселовский А.Н.* Собрание сочинений. Спб., 1908.Т.3. С.124.（汪介之译）

学史编写者、研究者们的共识。

历史文化学派的文学史观念，在很大程度上为普鲁茨科夫主编的四卷本《俄国文学史》所继承。编撰者对俄国文学发展历程的描述和评论，突出了不同历史时期的文学作品对于民族性格、民族精神的卓越表现，从而勾画出全部文学史作为民族精神史的演进脉络；更就文学对于民族精神生活中的一系列重要现象和重要问题的艺术反映予以着重评述，由这些重要节点呈现出民族精神发展进程中所经历的深刻变化。

普鲁茨科夫《俄国文学史》表明，在古代俄国文学中，虽然不少作品在描写古代罗斯（Русь）的生活、呈现它的独特历史道路时，已同时表现出民族性格的某些重要特征（如《伊戈尔出征记》《顿河南岸之战》等），但从总体上着眼，古代俄国文学还缺少自觉关注民族性格、着力表现民族精神生活特点的意识。直到18世纪晚期，在国际局势震荡（法国大革命、美国独立战争）、国内社会矛盾尖锐化（普加乔夫起义）的背景下，俄国思想界、文学界才围绕俄罗斯民族性格特征展开论战[①]。这一时期出现的亚·尼·拉季舍夫（1749—1802）的作品《从彼得堡到莫斯科旅行记》（1790），是俄国文学切实关注民族性格、民族精神的最初体现。普鲁茨科夫《俄国文学史》在第一卷中评述这部作品时指出：在《从彼得堡到莫斯科旅行记》中，

> 民众第一次在俄国文学中成为作品的真正主人公。拉季舍夫关于俄罗斯历史命运的沉思，是和他理解俄罗斯民族性格、民族精神的意向不可分割地联系在一起的。从这部作品刚开始的篇页起，这一主题就成为主导性的。[②]

① См.: *Пруцков Н. И.* История русской литературы: В 4 т. Т. 1. 1980.С.676.（汪介之译）

② *Пруцков Н. И.* История русской литературы: В 4 т. Т. 1. 1980.С.718.（汪介之译）

《俄国文学史》中关于这部作品具体内容的转述，清楚地显示出这一主题确是贯穿全书的。在这本《旅行记》的“索菲亚”一篇中，拉季舍夫写道：他在倾听马车夫歌唱时感觉到，“歌声照例是凄凉而忧郁的。凡是熟悉俄罗斯民歌的人都会承认，在这些歌曲里包含着一种心灵的悲伤。几乎所有的民歌都有一种柔和的基调。……在民歌中你会发现我们民族的精神结构。”[①] 拉季舍夫的这一结论，不是靠着自己的瞬间印象，而是依据对于民族生活的深入了解而得出的。马车夫的歌声证实了作家很久以来的观察，为他提供了概括俄罗斯民族性格特点的契机。所以赫尔岑后来才会说，拉季舍夫在俄罗斯民间创作中找到了“打开民族秘密的锁钥”。透过这类民歌或寓言、谚语和俗语等，的确可以走进俄罗斯人的精神世界。当然，忧郁、悲伤和柔和，并不是俄罗斯民族性格的全部特征。在“扎伊佐沃”一篇中，旅行者（作家）通过他的一位具有优良品质的旧友、担任地方刑事法庭庭长的克列斯季扬金先生之口说道：“我根据许多事例发现，俄罗斯民族是很能忍耐的，能忍耐到最大限度；但是，当人们的忍耐达到极限时，则什么也不能阻挡他们进行剧烈地反抗。”（第68—69页）在旅行的沿途，旅行者每到一个地方和农民相见时，都能发现俄罗斯民族性格中某一新的、他过去所不理解的方面。处于农奴制压迫下的农民在和旅行者交谈时，常常显示出他们的通情达理、思维敏捷和对人真诚善良（“柳班”）。拉季舍夫在《旅行记》中展示出：尽管俄国农民整个身处压迫之下、屈辱之中，他们却依然保持着自己人性的美和崇高的道德理想。在和“叶德罗沃”中的农村姑娘安纽塔的对话中，在“戈罗德尼亚”中写到的那位宁愿去受兵役之苦、也不愿再过“不问青红皂白就挨鞭笞的日子”的农奴身上，在“克林”中的那位

① [俄]拉季舍夫：《从彼得堡到莫斯科旅行记》，汤毓强、吴育群、张均欧译，北京：外国文学出版社，1982年，第6页。译文根据俄文原文略有改动。以下凡引用此译本，仅在引文后注明页码。

谢绝过于丰厚的馈赠的盲歌手形象中，作家感受到隐藏在俄国农民身上的巨大精神力量；这种力量在他心中唤起的不是怜悯，而是同情与尊重。

不过，《俄国文学史》著者注意到，拉季舍夫始终没有把长期生活于农奴制度下、保留着宗法制古风的俄国农民理想化，而是在《旅行记》中提出另一重要问题，即俄罗斯民族应当掌握世界文化和文明的问题。在清醒地意识到俄罗斯民族精神必须进行改造与提高，拉季舍夫可以说是一名开风气之先者。他在《旅行记》中同时创造了民众的辩护者、思考民族命运的人、为民众利益而奋斗者的形象，那是后来在19世纪俄国文学中获得进一步发展的系列形象。拉季舍夫相信，俄罗斯民族中必将会从民众中产生“富贵不能淫，威武不能屈”的大丈夫（第40页），产生“挺起身来反对暴虐和专制的英勇作家”（第228页）。不难看出，作家在多方面揭示民族性格特征的同时，也表达了以人类进步文化为参照系提升民族精神的良好愿望。《俄国文学史》著者断言：“启蒙作家们率先提出了揭示‘民族性奥秘’的课题，并进行描写民族性格的尝试。”[1] 拉季舍夫的《从彼得堡到莫斯科旅行记》就是这一结论的一个有力佐证。

就“文学”一词的严格意义而言，卡拉姆津（1766—1826）所著的《俄罗斯国家史》（1803—1826）当然算不上文学作品。但普鲁茨科夫《俄国文学史》却在第二卷中单设一章，专门论述“尼·米·卡拉姆津《俄罗斯国家史》的艺术叙事原则”。如果注意到这套文学史著作的第一卷中已设有“感伤主义与卡拉姆津”一章，那么编著者的意图就更为一目了然了——不能忽视这位作家以20多年时间书写的这部十二卷本史学巨著对于民族精神回溯与自我认识的意义，尽管作

① *Пруцков Н. И.* История русской литературы: В 4 т. Т. 1. 1980.С.779.（汪介之译）

者的整个历史观未必都能得到广泛赞同。普鲁茨科夫《俄国文学史》的著者认为，在卡拉姆津《俄罗斯国家史》所采用的多重叙述视角中，应当注意作者关于俄罗斯民族性格问题独特的揭示。俄语中的“人民”（народ）一词，本来就是多义的；在卡拉姆津的著述中，这个词往往被作为和“民族”（нация）一词相同的概念使用。在写于1802的一篇文章《论祖国之爱与民族自尊》（«О любви к отечестве и народной гордости»）中，卡拉姆津论述了自己对“人民”—“民族”关系的理解。他写道：“光荣是俄罗斯民族的摇篮，而胜利则是民族生活的信使”[①]，强调了俄罗斯民族性格的独特性；他认为，这种独特性往往体现在俄国历史上的一些著名人物身上和重大事件之中。卡拉姆津并没有进行“社会阶层”的区分，在他看来，俄罗斯民族是以民族精神的统一性出现的，而公正的“执政者”则是民族性格中最优秀特征的体现者，历史上的雅罗斯拉夫大公、德米特里·顿斯科伊、彼得大帝等就是这样的执政者。过去时代的政治制度对民族生活的影响不言而喻，历史经验正是民族前进的向导。

普鲁茨科夫主编的《俄国文学史》指出：“人民—民族”主题在卡拉姆津《俄罗斯国家史》的叙述结构中占有重要位置。作者在《论祖国之爱与民族自尊》一文中阐述的一些观点，在这部巨著中依据确凿可信的历史资料获得详尽的展开。十二月党人思想家尼·米·穆拉维约夫（1796—1843）在卡拉姆津所描写的古代斯拉夫民族生活中，就感受到这种民族性格的最初显现，看见了一种伟大的、积极进取的精神，其中包括对崇高事物的令人惊奇的向往。卡拉姆津在叙述蒙古—鞑靼人统治时期的生活时，突出了俄罗斯人深刻的爱国主义、对自由的热烈追求、勇敢精神和民间智慧。在关于16世纪俄国历史上的“混乱时代”图景的描写中，卡拉姆津多次谈到民众身上蕴藏的暴

---

① *Карамзин Н. М.* Избранные сочинения в 2-х т. Т.2. М-Л., 1964. С.283.（汪介之译）

风雨般的力量。《俄罗斯国家史》就这样在展示罗斯国土的命运、为了罗斯的统一而斗争的过程中民族性格的形成。作者也注意到俄罗斯民族性格中"温顺"的特点，但他认为这一特点在政治上是有害无益的。在阐释一系列重要的历史问题时，卡拉姆津既肯定了民族因素对于爱国主义和公民精神的作用，也强调了社会因素对于民族自我意识的影响。由于这一切，诗人普希金曾感到自己在这部《俄罗斯国家史》中看到"它的一个最重要的新颖之处——对作为现代民族生活前史的民族往昔的注意，这部前史中富含着对她而言具有借鉴意义的经验教训"[①]。

普鲁茨科夫《俄国文学史》注意到，1825年十二月党人起义失败后，俄国知识界在追索社会矛盾的症结、探讨历史发展的规律、预测民族命运的过程中，开始自觉地关注，并力求认清俄罗斯民族性格的基本特征。如剧作家亚·谢·格里鲍耶陀夫从19世纪20年代起，就有意识地在自己的作品中探讨俄罗斯民族性格，联系历史现象思考民族的命运。在艺术地表现俄罗斯民族精神、民族性格方面，屠格涅夫的作品也历来为人们所称道。普鲁茨科夫主编的《俄国文学史》在由莉吉雅·洛特曼执笔的第三卷第3章中，对此展开了详尽的论述。莉吉雅·洛特曼指出：屠格涅夫作品中的当代生活现实画面，充溢着深刻的人道主义、对本国人民的创造性和精神力量的信念。他的成名作《猎人笔记》（1847—1852）就通过俄国乡村日常生活画面和众多农民形象的描写，显示出被奴役的农民才是民族的根基和活的灵魂。这部作品中的第一篇《霍尔与卡里内奇》，就表明屠格涅夫决意完成他给自己设定的通过这一组"笔记"为俄国农民提供"风俗随笔"的任务。《霍尔与卡里内奇》的主人公被作为他们所属的阶层——农奴制

① *Пруцков Н. И.* История русской литературы: В 4 т. Т. 2. 1981.С.86.（汪介之译）

度下农民的代表得到刻画。作家详细描写了他们的生活条件和现实状况，但是，他们却不是作为这一阶层的一般特征那种没有个性者出现的，而是具有鲜明的个性，能够以其特有的性格作为整个民族的代表者存在。尤其重要的是，他们仍然和一般农民一样属于“小人物”，与所有生存于农奴制度下的农民共命运。随笔的开篇中关于奥廖尔省和卡卢加省农民不同生活习惯的叙述，显然不是为了进行一种地方风俗方面的比较，而是要由此勾画出俄国农民的两种典型。《俄国文学史》这一章的执笔者多次引用屠格涅夫关于这两位农民的对照性描写，如“霍尔是积极的、实际的人，有办事的头脑，是一个纯理性的人；卡里内奇同他相反，是属于理想家、浪漫主义者、狂热而好幻想的人物之类的”；“卡里内奇接近于自然；霍尔则接近于人类和社会”[①]。在这篇随笔最初发表于《现代人》杂志1847年第1期的文本中，甚至有“霍尔更像歌德，而卡里内奇更像席勒”[②]这样的表述。作家还说，霍尔的“相貌很像苏格拉底”。屠格涅夫把俄国农民和世界文明史上这些保持着理想人类天性的高尚人物相比，意在说明俄罗斯民族性格的本质特点就是高尚。作家承认，他和霍尔谈话，才第一次听到俄国农民纯朴而聪明的语言，发现这位农民的知识（就其身份而论）是多么广博。与农民交谈引起屠格涅夫关于民族性格和民族历史严肃而郑重的思考，他不禁感叹道：“从我们的谈话中，我得到了一个信念，这恐怕是读者怎么也预料不到的，这信念就是：彼得大帝本质上是俄罗斯人，正是在他的改革中看得出他是俄罗斯人。俄罗斯人那么确信他自己的力量和坚毅，连折磨自己都情愿：他很少留恋过

① [俄]屠格涅夫：《猎人笔记》，丰子恺译，北京：人民文学出版社，1979年，第10页。

② См.: *Пруцков Н. И.* История русской литературы: В 4 т. Т. 3. 1982.С.124.（汪介之译）

去，而勇敢地向前面看。”①

莉吉雅·洛特曼还注意到，屠格涅夫在《猎人笔记》中描写那些长期被农奴制束缚在贫瘠土地上的俄国农民形象时，也表现出他们心中已产生摆脱这种束缚、寻求另一种生活的愿望。这种愿望以及由某些被赋予独特性格的农民代表者而实行的“迁移”，都是处于“秘密”的、隐蔽的状态，在当时既不为人所知、也不为人所理解。但是屠格涅夫却敏锐地发现了农民生活中出现的这种新现象，通过描写一系列流浪者、漂泊者和探寻者的形象（如卡里内奇、《莓泉》中的斯乔普什卡、《美人梅奇河的卡西央》中的卡西央等），表达了民族性格中的一个重要特点，即对美好生活的向往。俄罗斯人对漫游生活的喜爱，他们作为生命存在的神秘性、思维的丰富性和行动的出乎意料性等，也都在屠格涅夫看似不经意的讲述中生动地呈现出来。

《俄国文学史》第三卷第3章关于《猎人笔记》的评价表明，屠格涅夫笔下的俄国农民群像，主要不是作为一定时期的社会现状（农奴制统治）的体现者而出现，他们往往带有超越具体环境的某些高尚的精神品质。作家在这些农民形象的全部丰富性中展示他们的性格特征，说明他们其实就是整个俄罗斯民族、它的历史存在和它谜一般的未来命运的代表。农民对农奴制的非人性本质和其注定灭亡前景的判定，也胜过任何言辞激烈的政论文字。苦难的生活不能遮蔽和扼杀农民的美好心灵和天赋才能。透过《歌手》里的雅科夫的歌唱，屠格涅夫感觉到，

> 其中有真挚而深切的热情，有青春，有力量，有甘美的情味，有一种销魂而广漠的哀愁。俄罗斯的真实而热烈的灵魂在这里面

① [俄]屠格涅夫：《猎人笔记》，丰子恺译，北京：人民文学出版社，1979年，第12页。

流露着，它紧紧地抓住了你的心，简直抓住了其中俄罗斯的心弦。[①]

在这位外号“土耳其人”的歌手动人心弦的歌声中，在《白净草原》中的那些围坐在篝火旁的纯洁的农家孩子身上，在一篇篇描写农民日常生活的随笔中，屠格涅夫揭示出普通俄罗斯人的内在精神世界，把农民理解为决定民族生活中的许多问题的主要力量，表达了自己关于民众是民族生活的灵魂、是国家历史运动的秘密根源的观念。也许正因为如此，莉吉雅·洛特曼才意味深长地写道：“《猎人笔记》这部关于人民及其巨大可能性的作品，同时也讲述了某些没有实现的希望，某些潜在的力量。”[②]

《俄国文学史》第三卷第9章在评述19世纪诗人尼·阿·涅克拉索夫的创作时，也揭示了他的诗歌在表现俄罗斯民族精神方面的成就与特色。这一章的执笔者认为：作为一位人道主义、现实主义诗人，涅克拉索夫在自己的诗歌中所表达的，不仅仅是对俄国民众的同情，而是把自己就看成是普通民众中的一员，看成“农业的罗斯”的一员，诗人以普通民众的名义、普通民众的语言讲述他们的命运，倾吐他们的心声，成为广大民众正在觉醒的自我意识的表现者。关于俄国民众现实处境的沉思，作为一种世界观的人道主义的信念，欧洲启蒙运动提出的“自由、平等、博爱”口号，都对涅克拉索夫的诗歌构思、创作倾向和形象刻画产生了直接影响。《在旅途中》（1845）、《故园》（1846）、《三套马车》（1846）和《被遗忘的乡村》（1855）等诗，呈现出农奴制度下俄国农民遭逢的不幸，也表现出诗人对农民未来命运的深深担忧。诗人的目光不限于俄国农民群体，也

---

① [俄]屠格涅夫：《猎人笔记》，丰子恺译，北京：人民文学出版社，1979年，第257页

② *Пруцков Н. И.* История русской литературы: В 4 т. Т. 3. 1982.С.128.（汪介之译）

关注着城市贫民的境况，表达了他们的心理和情绪。他没有回避民众精神心理上的弱点，特别是在长期农奴制土壤上形成的驯服、忍耐、妥协和消极无为等特征，但是他更相信民众身上潜藏的力量和他们的必然觉醒，感觉到俄国生活中发生重大变化的时日正在临近。作为一位名副其实的俄罗斯民族诗人，涅克拉索夫一直关注并着意表现的不是任何个人心理，而是民众群体的心理，首先是俄国农民的心理。在农奴制改革前后的1860—1861年，诗人以《伏尔加河上》《沉思》《农民的孩子们》《出殡》和《自由》等构成的“农民组诗”，以及长诗《货郎》，直接反映了那一时期俄国农村的现实状况。在这些诗作中，他不是作为民众苦难的悲伤忧郁的诗人，而是作为一位透彻了解俄国乡村的痛苦与欢乐的公民诗人而出现的。诗人有力地呈现出民众精神世界的光明因素，当之无愧地成为吟唱俄罗斯民族性格的歌手。在另一部长诗《严寒，通红的鼻子》（1863）中，诗人在女主人公达丽亚形象身上，凝练了俄罗斯乡村女性高尚、诗意的心灵和农民群体中蕴藏的巨大精神力量；而“严寒老人”这一产生于古代民间意识中的形象，则反映了自古以来逐渐形成的关于大自然神秘力量的观念；同时融入长诗中的各种民间文艺和文化因素，还赋予这部长诗以鲜明的民族色调和民族风格。

《俄国文学史》第三卷第9章的执笔者在论及涅克拉索夫的《铁路》（1864）一诗时，引用其中的诗句：“他们还要忍受一切——并用自己的胸膛/ 给自己开辟一条宽广、光明的道路”[①]。执笔者指出：诗人其实是以这首诗，参与当时俄国社会关于民众在创造物质价值和精神价值方面发挥的作用，并以事实肯定了民众的作用。在执笔者看来，涅克拉索夫写于19世纪60年代的所有农民题材的诗作，都可以说是他的长篇史诗《谁在俄罗斯能过好日子》（1863—1877）的前奏。

---

① [俄]涅克拉索夫：《涅克拉索夫诗选》，魏荒弩译，上海译文出版社，1980年，第253页。

这部长诗是诗人长久以来思索俄国农民处境和命运的总结之作。诗人经由七位农民在俄罗斯大地上的漫游和寻找，表明农奴制改革并没有改变农民的悲剧性命运。改革之后俄国农民的精神心理，成为诗人关注的重点。长诗致力于表现俄罗斯广大民众意识的逐渐觉醒，最后一章出现的格里沙·杜勃罗斯克洛诺夫的形象，应视为俄罗斯未来复兴的象征。执笔者在这一章的最后总结道：涅克拉索夫的“复仇与忧伤的缪斯”的独创性，在于和俄罗斯民族生活的紧密联系，和民众的亲近，善于以民众的名义进行表达，以前所未有的积极性潜入民众生活，并把这种生活再现于自己的诗作中。丰富广博、包罗万象的素材在涅克拉索夫的诗歌创作中实现了多色调的融合，使他锻造出从某种意义上说是唯一一部俄罗斯诗歌的百科全书，诗人也因此成为俄罗斯在其发展进程中最为艰难的一个时代民族意识的卓越表达者。

普鲁茨科夫主编的《俄国文学史》在第三卷第24章评述列夫·托尔斯泰的思想与作品时，认为在艺术地表现俄罗斯民族精神生活方面，长篇小说《战争与和平》的成就最为突出，作家本人在创作这部巨著的过程中，对本民族进行“自我认识”的主体意识也最为明确。据这一章的执笔者加·雅·加拉甘（Галина Яковлевна Галаган）考证，托尔斯泰是从那部描写经历十二月党人运动和流放生涯的一代人的小说《十二月党人》（1863），扩充自己的构思，酝酿一部新小说的，他试图在这部新作中表现1812年战争年代的俄罗斯性格和整个民族所显示出来的强大生命力；继而又希望进一步发掘俄国历史上的那一特殊时期内个人及民族抵抗邪恶并取得胜利的内在源泉，于是又将作品情节的起点提至1805年，而结束时则已是1820年。这样，作家最后完成的长篇小说，便成为一部以1812年俄法战争为中心，以四大贵族之家的生活与命运为主线，在战时生活与和平生活的交替中，展现19世纪初期俄国民族生活的长篇史诗性作品。

加·雅·加拉甘注意到，在《战争与和平》的手稿中，托尔斯泰曾考察过世界历史上的一系列在道义上最反常的现象或事件，如十字军东征、卡尔九世[①]时代的种种变故、圣巴托洛缪之夜[②]，直到法国大革命等。在托尔斯泰看来，所有这些历史现象都没有依据他所知道的任何一种历史哲学观念获得合理的解释，于是他就给自己提出了探寻人类历史发展新规律的任务，而历史则被他确定为“民族自我认识的科学”[③]。后来正式出版的《战争与和平》的实际内容表明，托尔斯泰确实致力于在人的理智、良知与意识的联系中，在个性与历史的相互作用中，在自由与必然性的辩证关系中，在对于历史生活中出现的一系列奇特现象的反复考辨中，来探讨人类历史发展的规律，果真把自己的这部历史小说写成了俄罗斯“民族自我认识”的鸿篇巨制。这就呼应了尼·斯特列卡洛夫、亚·瓦·尼基坚科等文学史家关于文学史应当成为民族“自我认识的圣书”的思想。

正如加·雅·加拉甘在评述《战争与和平》时所指出的那样，这部以历史生活为基本素材的长篇小说，与一般的历史题材作品相比，具有多方面的独创性特色。这些特色之一就在于，托尔斯泰最为关注的是特定历史进程中体现于无数个人生活中的民族风情和民族精神。1865年，托尔斯泰明确地把《战争与和平》的独特体裁确定为“建立于历史事件上的风俗画”[④]。整部作品所叙述的情节，囊括了19世纪

---

① 卡尔九世（Karl IX，1550—1611），瑞典瓦萨王朝国王，1604—1611 年在位。卡尔九世在位时间很短，一直处于和俄罗斯、丹麦的战争之中，他在瑞典历史上的主要功绩是维持瑞典的基督教（新教）地位。他的哥哥西吉斯蒙德继承王位后曾力图将他父亲建立的新教国家恢复到以罗马天主教为国教的状态，卡尔九世即位后又恢复新教的地位，为他儿子古斯塔夫二世以后的宏伟事业奠定了基础。

② 圣巴托罗缪之夜：1572 年 8 月 24 日，即圣巴托罗缪节的前夜，巴黎的天主教徒对新教徒（胡格诺派）施行了大屠杀。这一事件被称为“圣巴托洛缪之夜大屠杀”或“圣巴托洛缪惨案”。

③ *Толстой Л.Н.* Полное собрание сочинений. Т.15. М-Л., 1955. С.237.（汪介之译）

④ *Пруцков Н. И.* История русской литературы: В 4 т. Т. 3. 1982.С.815.（汪介之译）

头十五年的生活，进入读者视野中的有社会各阶层的人物，从沙皇、俄军元帅到庄稼汉和普通士兵，几乎无所不包。作家强调要对每一人物进行时间的“检验”。这里的“时间”既可能是无限小的一瞬间，也可能所有这些瞬间的总和，即一段完整的历史过程。托尔斯泰把每一人物既作为个人、也作为民族共同生活群体之一来理解，他们存在的意义，都在这些“检验”中显示出来。托尔斯泰认为，这种以历史事件为基础的风俗画面的描绘，往往能使作品更具有艺术吸引力。不过，作家最关心的仍然是再现俄罗斯民族生活、特别是民族精神生活本身。

《战争与和平》中所描写的战争，即因拿破仑入侵而引发的战争，在托尔斯泰看来，实际上是俄罗斯民族对入侵者的抵抗。评述者加·雅·加拉廿认为，作家在俄罗斯民族抵抗拿破仑入侵的描述中，有机地灌注了多方面的民众因素和深刻的民族性内容。与普通人民乃至整个民族的一致性相对立的，则是托尔斯泰以否定的笔触勾画的那个养尊处优、享有特权的彼得堡上层贵族阶层，这个阶层的成员在战争年代的所作所为，是作家所“不可理解”的。与此同时，普通民众面对拿破仑的进攻所体现出来的爱国主义，在托尔斯泰看来，则体现了那一时代以真诚的团结为前提的民族素质的最高水平，这种素质对于以后的俄罗斯，以至整个欧洲的命运都具有历史性的重要意义。作家通过展示和分析战争局势的变化，颇有说服力地说明了所谓“士气”，或军队的精神状况，不是别的，就是作为民族灵魂总和的生命力。拿破仑的军队从莫斯科的溃退和最后的覆灭，对于托尔斯泰而言，乃是它遭遇在民族精神上更为强大的抵抗者的合乎逻辑的必然结果。俄罗斯民族的命运就维系在民众身上，1812年只是他们的自我意识的一次集中展露。

普鲁茨科夫《俄国文学史》中托尔斯泰创作的评述者加·雅·加拉廿还强调指出：《战争与和平》中的民众，就是俄罗斯民族活着的灵魂。作品中出现的俄国农民、普通士兵和游击队员，在入侵者逼近时放火烧掉自己财产的商人，请求母亲把迁移家产的大车让出来给俄军伤病员搭乘的娜塔莎·罗斯托娃，自行组织起民团的贵族等，都是遭受外敌入侵时民族精神的体现者。托尔斯泰多方面描写了民众意识觉醒的同一性和各自的个性特征。民族的共同利益——卫国战争的胜利，作家是把它作为无数人的共同意志和心愿最终实现的必然结果予以描写的，支撑这种意志和心愿的则是那种统一的隐秘而亲切的热爱祖国的感情。在托尔斯泰笔下，每一人物从个体生命走向为了民族共同利益而生活的路径都是不同的，但都分别经历了精神复兴、“心灵的生命”得以诞生、成为“内在的人”的过程，无论是安德烈·博尔孔斯基、皮埃尔·别祖霍夫，还是俄军统帅库图佐夫、农民普拉东·卡拉塔耶夫，都是如此。托尔斯泰把每个人的精神复兴视为整个民族乃至人类精神复兴的源泉与基础。《战争与和平》中的这些描写，都显示出作家力图发现并弘扬俄罗斯民族精神、维护民族文化基石的意向，而作品在艺术上也呈现出鲜明的民族风格。因此，无论是对于俄罗斯人的民族自我认识，还是对于别国读者认识俄罗斯人的民族独特性，托尔斯泰的这部史诗性长篇小说，都是不可或缺的经典读本。

如果说，许多俄国作家都在他们的作品中展现出民族精神、民族性格中的肯定性因素，那么，米·叶·萨尔蒂科夫—谢德林的作品，则在揭示民族心理负面特征方面显示出自己的关注侧重和艺术独特性。普鲁茨科夫主编的《俄国文学史》在第三卷第21章中对萨尔蒂科夫—谢德林的创作进行评述时，突出了作家在这一方面的文学成就。从这一章的论述中可以看出，在著者看来，谢德林的作品在题材选择和主题意蕴上与俄罗斯民族精神特征的关联性而言，他的讽刺杰作《一个城市的历史》（1869—1870）显然占有最重要的位置。这部作品采用编年史的叙事方式，描写了1731—1826年间被俄国政府先后派往格鲁波夫城（即“愚人城”）任职的历届市长的形象，讲述了这一时期该城市发生的种种事件，从而再现了它的历史。但是，作家的任务显然不是经由这些市长的形象对已经消逝的往事进行讽刺性描绘，而是在历史题材作品的框架中谈论那些仍为当代人所关心的问题。书中一方面通过一幅幅民众日常生活画面的展示，利用某些历史人物的真实材料，在对一系列市长形象的讽刺性勾画中暴露出统治者的专横、残暴、自私、伪善和荒唐；另一方面又侧重表现民众的愚昧落后。谢德林对于生活在贫困状况中的民众充满真挚的人道主义同情，但是他却没有在自己的作品中把俄国民众理想化，而是严峻地写出最痛苦的真实，特别是民众对统治者的“顺从”这种奴隶式的习惯。因此，《俄国文学史》第三卷第21章的执笔者指出：在《一个城市的历史》这部作品中，事实上存在两种讽刺，一是对君主专制的讽刺，二是对民众的消极性的讽刺。作品表明，这种消极性，是在几个世纪以来的专制统治和农奴制度下形成的奴性心理。作家不仅多角度地揭示出民众的消极性，而且展现出它的有害后果。作品中也表现出民众在一定范围内的自发性抗议情绪，写到他们的反抗行为，但这些抗议都远远不能表明民众意识上的觉醒。大部分民众仍然把希望寄托在出现一位“好沙皇”和善良的官员、市长上面。谢德林这样着重揭示民族性格中的负面特征的意义，正如《俄国文学史》编著者所指出的那样，在于努力启迪民众，帮助他们摆脱那种由长期的受压迫和无权地位而形成的奴性心理，唤醒他们的公民意识。在谢德林所创造的艺术画面和形象中，可以说镌刻下俄罗斯民族生活的一个时代，所以编著者才引用高尔基的言论来说明谢德林的创作对于认识俄罗斯民族性格、民族精神生活史的意义。高尔基曾这样写道：“无论是就其正确性而言，还是就其对俄国社会从19世纪60年代直至今日所应当走过和已经走过的道路几乎有先见之明的预感而言，他的讽刺作品的意义都是重大的。……必须了解格鲁波夫城的历史——这就是我们俄国的历史；不借助于谢德林之力，要理解19世纪下半期的俄国历史，一般说来是不可能的，因为谢德林是我们的精神贫乏和意志薄弱的最正确的见证人，我们认为，这些弱点主要起源于我国历史的青春时代。”[①] 遗憾的是，长期以来，评论界对于谢德林的作品在揭示俄罗斯“民族心理结构”的性质这一方面的价值，并未充分关注和深入研究。

19—20世纪之交，在俄国历史发生巨大而深刻的变动之际，对于民族精神、民族性格的表现，成为众多作家关注的一个重心。普鲁茨科夫主编的《俄国文学史》第四卷在评述这一时期的文学时，注意到契诃夫、高尔基、布宁等一系列优秀作家都在他们的作品中，对俄罗斯民族文化心理进行了以往文学中较少出现的批判性考察，为人们认识那个时代俄罗斯民族精神生活的发展演变，提供了珍贵的资料。在概述世纪之交俄国散文艺术的成就和契诃夫个人的小说创作时，编著者都揭示了契诃夫作品在这方面开风气之先的意义。契诃夫的短篇小说《农民》（Мужики，1897）展现出作为“日常生活现象”的俄国农民精神世界的半野蛮状况，作家也因此成为首先破除人们关于俄国农村的“幻觉”的作家。他的另一短篇小说《在峡谷里》（В овраге，1901），则同加林—米哈伊洛夫斯基的作品一起，率先描写了俄国宗法制农村秩序的崩溃和资本主义的渗透，揭示出民粹派理论的乌托邦式的虚幻性。契诃夫的这两部作品是俄国文学对待农村和农民的态度已经开始发生变化的表现，是以新的目光审视民族性格、民族心理的先声。

关于俄罗斯民族性格基本特征的认识与理解，吸引了20世纪初的多位现实主义作家，但是他们的见解远不一致。民族性格的主导方面是积极的还是消极的，是温顺的还是反抗的，是自由的还是专横的？

① ［苏］高尔基：《俄国文学史》，缪灵珠译，上海译文出版社，1979年，第466—467页。译文根据俄文原文略有改动。

作家们通过各自的言论，更多是经由各自的创作，表达出自己的看法，参与到这一延续多年的论争中。正如普鲁茨科夫《俄国文学史》第四卷的编著者所指出的那样：

> 关于由千百万劳动者组成的俄罗斯的描写，在20世纪第二个十年的现实主义散文创作中占有主导地位。对最广泛的民众行为和自我意识的不断增长的兴趣，把高尔基、布宁、什梅廖夫、恰佩金、希什科夫等这些各具特色的作家联合起来。那些年间的优秀作品，贯穿着关于人民和俄国的命运、关于俄罗斯性格独特性的思考，也贯穿着关于大自然、历史和日常生活影响人民的心理和思维的思考，还贯穿着唤起每个人对过去的生活和国内正在发生的事件的充满责任感的意愿。[①]

不过，《俄国文学史》编著者发现，布宁对俄罗斯民族性格的关注显然开始得更早。从童年时代起在故乡奥廖尔省的乡村生活中，他对俄罗斯大自然、俄国乡村、俄国最底层世代相传的本源生活就有了丰富的了解，就接触到俄国农民普普通通的日常生活、俄罗斯风俗和性格中复杂社会心理的内容。20世纪第一个十年，布宁开始以一种新的方式走近人民大众，看待民族性格。在《松树》《梅利通》《新路》《梦》和《金窖》等短篇小说中，他没有把俄国农民的宗法意识和长久忍耐的性格理想化，而是在梅利通和米特罗方（《松树》）这类人物身上，发现了他们身上某种令人费解、神秘莫测的东西。

编著者进一步指出：布宁发表于1910年的中篇小说《乡村》在探讨和表现俄罗斯民族性格、民族命运方面具有更大的意义。关于人民要为俄国的全部生活方式负责的思想，关于人民的准备不足、智力发

---

① *Пруцков Н. И.* История русской литературы: В 4 т. Т. 4. 1983.С.661.（汪介之译）

育不足以及在俄国长期存在着压迫、奴役和专制主义的沉痛思虑，贯穿着布宁的这部中篇小说。作品通过巴拉什金和库兹马的争论，引导读者进入一场严肃的思考，思考复杂的俄国历史、俄罗斯风俗、俄罗斯性格和人民的思维。最吸引艺术家的是普通人对自己的生活和周围环境的看法：是什么在支配着他们的行为？他们想的是什么，追求的是什么？巴拉什金的话语和受“集市上的自由思想者”影响的库兹马的社会道德与哲理探索，可以说是小说中民众自我意识发展的最高层次。在巴拉什金和库兹马的争论、随后的无数议论、库兹马的内心独白和一些对白中，都提出了这部作品的主要问题——俄罗斯性格、人民和每一个人对自己的命运和生活水平应负的罪责问题。小说中几乎所有的事件和人物都在证明俄国民众非常落后，智力不发达，同时也表明了他们身上的潜力、善良、顽强的生命力、坚忍精神和日渐增长的不满情绪，民众对变革的期待，以及以某种方式改变自己命运的愿望。俄罗斯民族正面临着深刻的危机，危机的实质是根本性的变革势在必行，而民众对公民主动地、理性地安排自己的命运还没有做好准备。布宁冷静而严峻地证明，俄国人民迫切需要克服无数障碍，不仅是经济、社会和政治方面的障碍，还有千百万人道德和心理方面——思维方式和情感方式上的障碍，风尚、信仰、习惯和行为动机方面的障碍。

紧随《乡村》之后，布宁创作的另一中篇小说《苏霍多尔》（1911），在探讨俄罗斯民族精神方面同样具有重要意义。这部作品描写的是俄罗斯的过去，但《俄国文学史》编著者认为，作家在审视历史时，致力于弄清楚小领地贵族这个阶层如此快速消失、破产和退化的原因，在经济政治变动之外探寻着更深层次的根源——民族心理和“俄罗斯心灵”的决定性作用。作为俄国日常生活之象征的苏霍多尔和由苏霍多尔式的诗意和粗野所孕育的女仆娜塔莉娅——是作品的两个核心形象，共同表现出布宁关于俄国和俄罗斯性格的复杂观念。

苏霍多尔的生活充满恐怖和粗野。但同时它又存在着另一面——充满诗意，美妙无比，无忧无虑，古风犹存，还有辽阔的草原及其气息、色彩和声音的魅力。作家在理解既成事实的合理性的同时，仍然研究家族的过去，似乎是希望后代人能够吸取祖辈们的惨痛教训，克服那些长期存在、一直拖累着俄罗斯的进步、阻碍着真正的自由、人性和文化取得胜利的根深蒂固的缺陷。俄罗斯性格、人们的心灵和行为的基础——布宁在《苏霍多尔》中研究的就是这些难解的民族心理的秘密。这部中篇小说正因为从总体上深入思考民族性格的起源与基础而具有很大的吸引力。

《俄国文学史》第四卷的编著者指出：20世纪第二个十年，布宁还陆续发表了近30篇短篇小说，贯穿其中的依然是关于俄罗斯、关于人民、关于俄罗斯性格的思想。作家力求让人们看到，俄国农民简单朴素的生活是一种至为重要的生存方式，其中隐藏着民族历史的奥秘；农民被视为民族的根基，国家的命运取决于他们的生活水平和行为。他全神贯注地凝视着俄国农民的悲剧与不幸，试图不仅从社会生活条件中，从民族性格的基础中，从俄国人的思维和情感结构中发现这种悲剧的根源。编著者最后概括说：在布宁的作品中，俄罗斯民族性格和俄罗斯民族群体，就像是一片富饶但却未经开垦的土壤。作家十分欣赏俄国农民和一般俄国人身上丰富的天性、才华、与众不同的精湛技艺、灵动的想象力、天真和直率，与此同时，他也警觉他们的意识不发达，缺乏崇高精神、因固定不变的文化传统而不能沉着冷静——总之，性格未经受培养训练，个性未得到开发。得益于布宁对上述话题一以贯之的潜心关注和杰出艺术表现，他的作品成为20世纪初俄国文学在呈现民族精神生活领域最重要的成就之一。

高尔基的作品对俄罗斯民族性格的潜心关注，对民族精神生活的艺术呈现，按《俄国文学史》第四卷主编、同时也是该卷中专论高尔基的第九章的执笔者克·德·穆拉托娃的评述意见，应当是集中体现在1905年革命失败后作家的一系列作品中。与这场革命的失败相联系的一个极其尖锐的问题被提出来：是什么样的力量促使革命运动的溃灭？关于这一问题的思索，决定了小市民的、县城式的俄罗斯，连同它的保守主义、精神贫乏和消极无为，开始成为高尔基艺术描写的对象。在中篇小说《奥库罗夫镇》（1909）中，俄罗斯民族日常生活风习是作为一种社会范畴出现的。为数众多的奥库罗夫式的城镇，是旧世界的根基之一。革命风潮传来时，奥库罗夫镇对它的反应证明，这阴暗的王国也开始承受震荡，不过这种反应却采取了荒谬的形式。展示出小市民的保守性和理智上的贫乏怎样演变为与世隔绝和政治反动，使《奥库罗夫镇》成为一个意义重大的文学现象。“奥库罗夫习气”作为陈腐闭塞和对一切新事物心怀仇恨的体现，迅速成为一个普通概念。作为“奥库罗夫三部曲”的第二部，小说《马特维·科热米亚金的一生》（1909—1911）在俄国农奴制改革后历史的巨大画幅上，集中描写了超出小市民圈子的俄国县城生活，致力于在居民消极生活态度的各种体现（消极的无政府主义、宿命论等）中揭示其历史根源，发现县城社会各阶层生活观念的作用范围。作品描述了作为民众历史性缺陷的、应当顽强地与之斗争的消极性，作家把该作品的创作看成本民族一项不可缺少的工作、作为自己公民义务的体现来理解。在《马特维·科热米亚金的一生》中，读者既能看到试图在生活的“混乱不堪”中寻找生活意义的惴惴不安的俄罗斯人，也会看到相信黑暗王国永恒秩序的宿命论和神秘主义的恶意宣传者（马尔库沙的形象）；既能发现失去意志的旁观者，也会遇见想象理智的、精神丰富的另一种生活的“外来的”人们。高尔基在集中描绘奥库罗夫日常生活的可怕图景和被它所扭曲的人们的灵魂时，并未忘却展示为时代所触动的人以及时代本身的运动。在《马特维·科热米亚金的一生》中，已有很多现象表明奥库罗夫镇正在发生变化，如马克·瓦西里耶夫关于改造生活的事业有其必要性的言论，就在年轻人的心灵中激起反响。

克·德·穆拉托娃指出：高尔基创作的由29篇短篇小说构成的系列作品《罗斯记游》（По Руси，1912—1917），同样揭示了俄罗斯民族的文化心理特征。在整部作品记述的作家本人的漂泊中，故事讲述者碰到了俄国社会各阶层的许多各不相同的代表，包括商人、小市民、季节性临时工和农民等，但作家给予特别关注的则是农民。书中对俄罗斯性格和心理的评说意见，是在描写居民们“五光十色的”思想和感情的过程中形成的。在作家看来，俄罗斯民众拥有伟大的天赋，但是它没有在生活中充分表现出来，因此往往变为反常的形式。叙述者抒情性的沉思和对自然景色的出色描绘，被纳入关于人的不合理命运的小说中，突出了“被玷污的”大地的主题。正如作家所写的那样：“可怜的人们并不遂心……无疑，也有不少好人，然而，就连他们也应当修整，或者，最好是重新改造。”① 在作家笔下，俄罗斯人的心理是复杂而矛盾的，其中有不少是长期以来被认定为愚昧落后的特征，但并非永远如此。高尔基同时注意到预示俄罗斯人的健全心理形成的那些特征（如《一个人的诞生》《流冰》等）。在自传三部曲的前两部《童年》和《在人间》中②，高尔基也展示出他所理解的俄罗斯性格特征，从而和《奥库罗夫镇》《马特维·科热米亚金的一生》及《罗斯记游》一样显示出作家在表现民族精神方面的艺术追求。在这两部自传体小说中，和主人公的思想情感的发展紧密地“捆绑”在一起的，是俄罗斯社会日常生活的生动图景，其所占篇幅远远多于其他作者的自传体作品。犹如长长的画卷缓缓展开的生活表明：普通的俄罗斯人怎样打发光阴，在怎样经受折磨和恣意妄为，同时也

① [苏]高尔基：《高尔基文集》第6卷，北京：人民文学出版社，1983年，第3页。

② 高尔基自传三部曲的第三部《我的大学》写于20世纪20年代，因此不在普鲁茨科夫主编的四卷本《俄国文学史》的论述范围之内。

获得生活的信心，奥库罗夫习气不可能完全扼杀健康而活跃的心灵。作家承认消极无为是俄罗斯民族的历史性病症，但他希望通过个人生活的例证，来说明怎样克服流传颇广的关于忍耐的说教，怎样锤炼反抗邪恶与暴力世界的意志和愿望。

克·德·穆拉托娃回溯说：20世纪初期俄国作家关注民族性格、民族精神生活的发展，他们的作品注意描写俄罗斯生活中的消极因素和积极因素的种种表现，实际上进入了早已有之的关于俄国发展道路的争论中，它是与由彼得一世迅猛开始、而后减缓的欧化过程相联系的。这一争论——贯穿于整个19世纪，又延伸到20世纪——给高尔基关于现代俄国命运的见解，给他在思考这一问题时所使用的术语系统，都打上了深刻印痕。在这一历史性的争论中，高尔基是作为为克服俄罗斯生活的各个方面所存在的陈旧落后而斗争的“西方派”出现的。高尔基常常把“西方”和“东方”这两个概念和两种思想体系、两种生命活动的方式联系在一起：“西方”标志着高度的欧洲文明，发达的社会主义思想，与“为了扩大人权和公民权利”而进行的有计划的斗争、与生活的各个领域中有组织能力和建设性作用相联系的民主主义[①]；“东方”则让人联想到对陈旧的生活方式、落后的文化、消极无为和无所事事地沉湎于幻想的倾心。1861年农奴制改革并未导致密集性地克服国内普遍的文化和经济落后状态，但高尔基相信俄罗斯人民“**历史性的**年轻”，这将促进对落后的克服。在他看来：1905年革命“是俄罗斯向西方的一次合理的转变，它给予民族精神的影响应当说是最为令人振奋的”，现今仍在参与进一步发展的生活民主化进程。

克·德·穆拉托娃还强调：1905年革命失败后，俄罗斯民族性格的问题再度引起文学界的关注，然而作家们并非直接谈论革命，他们

① *Горький М.* Статьи 1905-1916 гг. Второе издание. Петроград: Издательство «Парус», 1918.С.94.（汪介之译）

所描述的事件往往属于更早的时代。高尔基也是如此，但他做出的回答和其他作家远不一致。许多作家认为谦卑恭顺是俄罗斯人的一种本性，其意愿的表达往往变成任意妄为的举动；民众所能做的只是一些自发性行动，很容易被“煽动叛乱”。高尔基则认为，沉重的民族历史不可能扼杀俄罗斯人心理的自由因素，也不能根除他们对自由的热爱和关于人类幸福的幻想，但是它却扭曲了民族性格，使其中的不少负面特征得以发展，如消极被动、提倡“无为”和无政府主义等。民族意识中离奇古怪地缠绕在一起的彼此矛盾的特征（包括消极性和积极性），都使俄罗斯民族性格成为世界上最为复杂的一种民族性格。其他作者认为属于俄罗斯民族性格中固有本性的那些特征，高尔基往往把它们归为应当予以克服的历史积淀。显然，在克·德·穆拉托娃看来，这正是高尔基在他的作品中揭示俄罗斯民族性格、表现民族精神的鲜明个性特色。

由此可见，普鲁茨科夫主编的四卷本《俄国文学史》在描述文学发展进程时，经由评说不同历史时期的代表性作家及其作品在表现俄罗斯民族性格、民族精神方面的突出成就，从总体上勾勒出了俄国文学史作为民族精神史的基本轨迹。这样，绵延一千余年的俄国文学史作为民族精神生活史的艺术呈现，作为民族精神回溯与民族自我认识史书的意义、价值和独特品性，得以清晰地展示出来。

五　《俄国文学史》方法论探源

编撰一部既具有总结性、又具有开拓意义的优秀文学史著作，关键在于遵循什么样的方法论原则。这里所说的方法论原则，不是指具体的书写方式，而是指文学史编撰的基本原则。它涉及文学的本质和作用、文学批评的标准和尺度、文学史的目的和任务等根本问题。从普鲁茨科夫主编的四卷本《俄国文学史》的实际内容出发，探讨全书所遵循的方法论原则形成的理论与学术资源，可以看到它有着对于欧洲文学史研究与批评遗产的成功借鉴，对俄国本土文学史研究与批评传统的卓越继承，又深受马克思主义经典作家文艺观的浸润。贯彻在上述基础上形成的文学史方法论原则，使得编写者们出色地实现了当初给自己设定的研究目标，最终完成了一部内容丰富、评说精当、新见迭出的文学史著作。本章所论及的只是这套文学史著作所遵循的方法论原则，关于它的具体书写方式，本书将在下一章展开论述。

1. 欧洲文学史研究与批评遗产的借鉴

普鲁茨科夫主编的四卷本《俄国文学史》所遵循的方法论原则，首先可以在欧洲学界的文学史研究和文学批评遗产中发现其渊源。在这一份丰富无比的文学遗产中，普鲁茨科夫《俄国文学史》侧重借鉴欧洲文学史研究和文学批评遗产中“历史文化学派”的方法论原则。这种借鉴又是由普鲁茨科夫、德·谢·利哈乔夫、阿·谢·布什明、伊·尼·库普列亚诺娃、格·潘·马科戈年科和克·德·穆拉托娃等学者组成的《俄国文学史》编委会和全体参编者继承俄国本土文学史研究中“历史文化学派”的直接结果。以亚·尼·佩平（1833—1904）、尼·萨·吉洪拉沃夫（1832—1893）等为代表的俄国文艺学领域的历史文化学派，是在借鉴欧洲历史文化学派的学说、思想和方法的基础上形成的，并很快成为19世纪后半期俄国本土文学史研究中最有影响力、成果最为丰厚的学派。普鲁茨科夫《俄国文学史》经由本国历史文化学派而接受与借鉴欧洲历史文化学派的研究方法，是俄国文学史研究中学术继承性的鲜明体现。

欧洲文学研究中，历史文化学派的奠基人是法国文学史家、艺术史家和批评家伊波利特·丹纳（1828—1893）。在丹纳之前，德国艺术史家温克尔曼和批评家赫尔德等人的某些见解，都对文学的历史文化研究方法的形成起了重要的推动作用。温克尔曼（1717—1768）在《关于在绘画和雕刻中模仿希腊作品的一些意见》（1755）一文中写道：“艺术史的目的在于描述艺术的起源、发展、变化和衰颓，以及各民族、各时代和各艺术家的不同风格，并且尽量地根据流传下来的古代作品来作说明。”他还对自己研究希腊艺术的结果这样总结说：“希腊艺术达到卓越成就的原因，一部分在于天气的影响，一部分在于希腊人的政治体制和机构以及产生的思想情况……”① 温克尔曼在这里所谈论的从民族、地理环境、政治体制和思想状况的角度来研究艺术史的观点，已含有历史文化研究方法的萌芽。赫尔德（1744—1803）则认为，“文学”的概念不包括以某一民族的语言写成的全部艺术作品，而只包括那些反映了该民族的性格和民族发展的作品。② 赫尔德还强调自然环境和社会条件对文学的影响，并同样主张从文学和民族、地理、历史之间的关系来研究文学史，预示了丹纳关于历史文化研究方法的阐述。

历史文化学派的一个根本原则，就是把文学理解为民族的历史生活与发展的反映。丹纳在他的著作《艺术哲学》（1865—1869）开篇中就写道：“我的方法的出发点是在于认定一件艺术品不是孤立的，在于找出艺术品所从属的、并且能够解释艺术品的总体。”在丹纳看来，这个“总体”不仅是指一个艺术家的全部创作，还指“他所隶属的同时同地的艺术宗派或艺术家家族”，乃至在这个艺术家庭周围而趣味和它一致的社会。因此他认为：“要了解一件艺术品，一个艺术家，一群艺术家，必须正确地设想他们所属的时代精神和风俗概况。这是艺术品最后的解释，也是决定一切的基本原因。”③ 在论及时代精神和风俗习惯对艺术的作用时，丹纳提出了“精神气候”的概念。他写道：“自然界有它的气候，气候的变化决定这种那种植物的出现；精神方面也有它的气候，它的变化决定这种那种艺术的出现。……精神文明的产物和动植物界的产物一样，只能用各自的环境来解释。”④ 丹纳的《艺术哲学》一书，就是用上述方法研究意大利文艺

① 转引自朱光潜：《西方美学史》（上册），北京：人民文学出版社，1982 年，第 303 页。

② См.: *Николаев П.А. и др.*История русского литературоведения. Москва: «Высшая школа». 1980. С.124.

③ [法] 丹纳：《艺术哲学》，傅雷译，北京：人民文学出版社，1983 年，第 4—7 页。

④ 同上书，第 9 页。

复兴时期的绘画、尼德兰绘画和希腊雕塑的成功范例。

在为自己的著作《英国文学史》（1864—1869）所写的序言中，丹纳阐述了他的“三要素”说，说明文学和它的发展决定于“种族、环境、时代”三种力量。丹纳认为，种族是“内部主源”，它指的是为一个种族所固有的先天的、生理的、遗传的因素，即一个种族血统上、智力上的共同特点。这种特点是印刻在这个种族身上的“原始模型的巨大标记”。种族性、民族性是一个民族永久的本能。环境则是“外部压力”，主要指自然环境，包括地理条件、气候条件，这些条件的不同会造成人们不同的性格、气质、情趣和追求，并在文学艺术和文化创造上鲜明地体现出相应的不同特点来。时代为“后天动量”（momentum），主要指文化因素，包含精神意识、心理状态、社会制度、政治文化等，可统称为“精神气候”。它造成一种时代精神、时代的趋向，一种社会风气、风俗习惯，制约着艺术和艺术家的发展道路。丹纳在这篇序言里写道：

> 如果一部文学作品内容丰富，并且人们知道如何去解释它，那么我们在这部作品中所找到的，会是一种人的心理，时常也就是一个时代的心理，有时更是一个种族的心理。从这方面看来，一首伟大的诗，一部优美的小说，一个高尚人物的忏悔录，要比许多历史家和他们的历史著作对我们更有教益。……一部书越是表达感情，它就越是一部文学作品；因为文学的真正使命就是使感情成为可见的东西。一部书越能表达重要的感情，它在文学上的地位就越高；因为一个作家只有表达整个民族和整个时代的生存方式，才能在自己的周围招致整个时代和整个民族的共同感情。[①]

① 转引自伍蠡甫主编：《西方文论选》（下卷），上海译文出版社，1979年，第241页。

丹纳所倡导和阐述的历史文化研究方法在欧洲各国的文学批评和文学史研究领域都产生了巨大影响。在他的众多追随者中，就有丹麦批评家勃兰兑斯（1842—1927）的身影。勃兰兑斯的六卷本文学批评和文学史研究巨著《十九世纪文学主流》（1871—1888），正是丹纳学术思想影响的重要成果，从中可以看到著者对历史文化研究方法的出色运用。

从勃兰兑斯的《十九世纪文学主流》中，可以看出它始终贯彻着整体性原则。全书的目的，正如著者所言，是"通过对欧洲文学中某些主要作家集团和运动的探索，勾画出十九世纪上半叶的心理轮廓"[①]。著者把西欧文学看成一个整体，从各国文学思潮中清理出它纵横交错的来龙去脉，使读者形成一个整体印象，从而更深刻地认识构成全局的各个部分。他没有把某一国家的文学视为孤立的、为这个国家所仅有的现象，而认为它们不过是特定历史阶段的时代精神体现于彼此影响的各国文学中的不同表现形态。这种整体性原则也体现在勃兰兑斯关于个别作品与文学整体之间关系的看法上。在著者看来，"一本书，如果单纯从美学的观点看，只看做是一件艺术品，那么它就是一个独自存在的完备的整体，和周围的世界没有任何联系。但是如果从历史的观点看，尽管一本书是一件完美、完整的艺术品，它却只是从无边无际的一张网上剪下来的一小块。从美学上考虑，它的内容，它创作的主导思想，本身就足以说明问题，无需把作者和创作环境当作一个组成部分来加以考察，而从历史的角度考虑，这本书却透露了作者的思想特点，就像'果'反映了'因'一样，这种特点在他所有作品中都会表现出来，自然也会体现在这一本书里，不对它有所了解，就不可能理解这一本书。而要了解作者的思想特点，又必须对

① [丹麦]勃兰兑斯:《十九世纪文学主流·第一分册: 流亡文学》，张道真译，北京: 人民文学出版社，1997年，第1页。

影响他发展的知识界和他周围的气氛有所了解。”[①] 勃兰兑斯在这里说明了他所坚持的整体性原则的第二个含义，即主张应当注意个别作品与文学整体的关系；而在他关于应了解影响作家发展的“知识界和他周围的气氛”的论述中，更可见他对丹纳所倡导的历史文化研究方法的认同。无论是对于文学本质的认识，还是关于研究文学和文学史方法问题，勃兰兑斯的见解都和丹纳的观点甚为接近。前者写道：

> 文学史，就其最深刻的意义来说，是一种心理学，研究人的灵魂，是灵魂的历史。一个国家的文学作品，不管是小说、戏剧还是历史作品，都是许多人物的描绘，表现了种种感情和思想。感情越是高尚，思想越是崇高、清晰、广阔，人物越是杰出而又富有代表性，这个书的历史价值就越大，它也就越清楚地向我们揭示出某一特定国家在某一特定时期人们内心的真实情况。[②]

勃兰兑斯声称自己处处把文学归结为生活，“努力按照心理学观点来处理文学史，尽可能深入下去，以图把握那些最幽远、最深邃地准备并促成各种文学现象的感情活动”[③]。他也像丹纳那样，把文学视为“人的文学”，心理学的文学，认为文学是民族感情、民族灵魂的艺术表达，特定时代的社会生活、思想文化、精神心理和文学运动之间相互作用，并构成特定民族、特定时代文化的整体。因此在《19世纪文学主流》中，常常可以看到著者不厌其烦地描述社会历史背景，这些描述有时似乎离题太远，其实是在说明社会政治生活的变化

① 勃兰兑斯：《十九世纪文学主流·第一分册：流亡文学》，张道真译，北京：人民文学出版社，1997年，第2页。

② 同上。

③ 勃兰兑斯：《十九世纪文学主流·第二分册：德国的浪漫派》，刘半九译，北京：人民文学出版社，1997年，第1页。

所带来的思想文化、精神心理、时代风尚等方面的变化，探寻文学生活和文学风气变化的原因。唯有如此，著者才能对19世纪西欧文学做出系统而清晰的阐述。如果说，丹纳为欧洲文学研究中的历史文化研究方法奠定了理论基础，也在文学史、艺术史研究中率先成功地运用了这一方法，那么，勃兰兑斯的六卷本《19世纪文学主流》则可以说是历史文化学派的一部代表性著述，它对后来多国学者的文学批评和文学史研究产生了更直接的影响。

欧洲学界文学史研究和文学批评领域的历史文化学派被俄国学者广泛接受，主要有俄国历史文化传统和俄国学者的文学史观念两个方面的原因。从俄国历史文化传统角度而言，在一个长时期内，俄国的思辨哲学均不发达，哲学的职责便转移到较为发达的文学上来。文学因此而不得不承担在别的国度通常是由哲学或其他社会科学所承担的任务：传播先进思想文化，影响以至改变人们的思维方式与整个世界观，启迪民众，唤醒人心。加上沙皇专制制度统治下的俄国是一个禁锢思想、却又“恩准”文学稍带某种自由色彩的国度，文学便成为思想界唯一的论坛。正如俄国文艺学家们所指出的那样：“在俄国的条件下，文学在几乎整个19世纪期间内，都是表达社会思想的唯一手段，因此历史文化学派的理论在这里找到了特别适宜的土壤，在整个19世纪下半期都占据优势地位。”①

另一方面，在许多俄国学者的心目中，文学史著作具有特殊的功能和作用，它往往被视为“民族自我认识的圣书”。自进入19世纪以后，随着俄国文学的发展繁荣，为本民族文学写史的自觉意识开始在学界逐渐生成。从阿·费·梅尔兹里雅科夫的《论俄国文学的现状》（1811）、尼·伊·格列奇的《俄国文学简史试作》（1822）到尼·

① *Николаев П.А. и др.*История русского литературоведения. Москва: «Высшая школа».1980. С.129-130.（汪介之译）

斯特列卡洛夫的《18世纪俄国文学纲要》（1837），再到亚·瓦·尼基坚科的《俄国文学史试作》（1845）、斯·彼·舍维廖夫的《以古代文学为主的俄国文学史》（1846，1860）等文学史著作所体现的文学史观念来看，从民族自我认识、民族文化精神建构的高度看待文学史，已逐步成为俄国文学史编撰者、研究者们的共识。这也就决定了欧洲学界丹纳等学者所倡导的历史文化研究方法在俄国迅速被接纳，俄国历史文化学派的形成势在必行。对此，后来的俄国研究者们也已做过说明："在俄国文艺学中，历史文化研究的原则是由从俄国历史的角度进行自我认识的需求而被引起注意的。在这样的条件下，丹纳的经验在俄国很快就广为人知，并有力地影响了俄国历史文化学派的形成。"① 在俄国文学史编撰与研究领域，历史文化学派遂成为最有成就、最有影响的学派。

俄国历史文化学派的一些代表人物，不仅阐述了历史文化研究方法的意义和运用这种研究方法的必要性，而且在自己的文学史著作中实际运用这种研究方法。其中，俄罗斯科学院院士亚·尼·佩平是历史文化学派研究原则的系统阐述者。佩平指出：任何文学本身都必然带有种族和社会的特征，一定的时代和"时代的情绪"必然会推举出文学家来表达自己。他确认文学总是某一民族的社会生活和心理的反映，因此也就认为充分认清"影响作家和整个文学风气的社会状况"② 是文学史研究的重要任务之一。佩平本人最感兴趣、最为关注的，是民族生活和社会生活对文学发展过程的历史制约性，是文学现象的历史意义，因此他主张深入细致地研究文学的现实内容、文学的源泉以及它与社会生活的关系。佩平强调文学发展的连续性和继承性，否认文学进程中有所谓"急遽的转变"，认为18世纪俄国的改革和文学的推进，事实上早就开始酝酿，以往的历史过程已为这种改革

① *Николаев П.А. и др.*История русского литературоведения. 1980. С.123. (汪介之译)

② *Пыпин А.Н.* История русской литературы. Спб., 1902.Т.1. С.3. (汪介之译)

和推进积攒了内在的力量，做好了必要的准备。佩平还认为，俄国文学在其发展的特定阶段对其他民族文学的模仿是历史地不可避免的，因为“整个人类文明史，连同其中的文学史，就是不断地借用和相互影响的历史”[①]；到了19世纪，俄国文学形成了自己鲜明的民族特色之后，又开始向西方传播。

显而易见，佩平的文学史观念与方法，同欧洲历史文化学派的理论原则十分接近，他本人也曾对丹纳理论体系的洞察力、精确性和科学性给予高度评价。丹纳强调从“种族、环境、时代”的角度研究文学艺术的“三要素”，渗透在佩平的上述见解中。从佩平关于文学发展的连续性和继承性的论述，从他关于各民族文学之间相互模仿、借鉴和影响的观点中，又可以清楚地看到对于勃兰兑斯的文学整体性原则的发挥。佩平的一系列文学史著作，特别是他主编的四卷本《俄国文学史》（1898—1899）——俄国学者在整个19世纪后期推出的最有分量的文学史著述，都显示出他对欧洲学者提出与倡导的文学历史文化研究方法的认同。

作为俄国历史文化学派的另一代表人物，尼·萨·吉洪拉沃夫同样接受了欧洲文学史研究中历史文化学派的方法论原则。在他看来，丹纳属于第一流的学术权威之列。文学对于特定历史时代、环境、民族生活和社会生活条件的反映，是吉洪拉沃夫最主要的学术兴趣所在。他认为，在他本人开始文学研究之际，俄国的文学史研究已经“把阐明文学的历史进程，理清文学所表现的社会智力和道德状况，捕捉语言艺术作品中没有跳跃与中断的民族意识的发展作为自己的使命”[②]。民族的文化自觉、精神生活和文学生活，是吉洪拉沃夫学术探索的基本课题。他认真研究了15世纪以来西方文化向俄国生活渗透

① *Пыпин А.Н.* История русской литературы. Спб., 1902.Т.1. С.30.（汪介之译）

② Цит. по: *Николаев П.А. и др.*История русского литературоведения. 1980. С.145.（汪介之译）

的过程，指出俄国文学的新时期不是开始于彼得一世的改革，而是始于西方影响最初的微光，没有这种影响就不能理解彼得时期的文学及整个18世纪文学。吉洪拉沃夫在他的论文《文学史的任务及其研究方法》（1876）中阐述了历史文化学派的研究方法，他本人的文学史研究著作也出色地运用了历史文化研究方法。

然而，欧洲历史文化学派的研究方法也存在着它的不足。作为一种文学研究方法，它在强调文学对社会生活、民族文化和时代精神表现的同时，却丢弃了“审美”方法的原则，忽略了对文学现象做出审美的价值判断。再者，历史文化学派侧重研究社会集团的、民族的心理状态和特定时代整个社会的文学，却不注重研究作家个人的创作，因此他们的著作往往都具有宏观的、综合研究的性质，却没有为揭示创作个性而必须进行的艺术形式的分析。丹纳的著作《英国文学史》就显示出上述特点。好在俄国文学和文学史研究中的历史文化学派一方面借鉴了欧洲历史文化学派的研究方法，另一方面也看到了它的不足，并对其片面性进行了批评。更重要的是，俄国历史文化学派受到把研究文学的历史原则和审美原则结合起来的别林斯基的影响，这种影响有助于他们批判地看待以丹纳为代表的欧洲历史文化学派的体系与方法，注意克服其局限性。

尽管历史文化学派有着这样那样的不足，但它毕竟率先进行了探索文学发展规律性的尝试，提出了文学发展的动力和因果关系等问题，也率先提出了文学研究的方法论问题。如果说，以往有关文学现象的所有见解，都不过是表达“鉴赏者的印象”，那么，正是由于历史文化学派的出现，这些见解才开始获得科学的性质。任何严肃认真的文学研究都不能完全回避文学与社会生活的关系这个根本问题，因此19世纪以来俄国文艺学各学派的一些重要代表人物，如费·伊·布斯拉耶夫、亚历山大·维谢洛夫斯基、阿列克谢·维谢洛夫斯基、米·伊·苏霍姆林诺夫、德·尼·奥夫相尼科—库里科夫斯基、帕·尼·萨库林等，在文学观念和研究方法上，都与历史文化学派有着紧密的关联。

普鲁茨科夫主编的四卷本《俄国文学史》显示出对欧洲历史文化学派研究方法的成功借鉴。在这套文学史著作卷首“编者的话”中，有这样开宗明义的声明：“参与编写的作者们给自己规定的任务，是研究俄国文学的独特品格、发展进程的规律性和运行动力，以及它与社会史和精神史的密不可分的、多方面的联系中所呈现的基本特征和趋势。”[1] 编著者在这里给全书预设的文学史编写任务，体现了欧洲历史文化学派的理论体系中关于文学史的目的和任务的基本见解。细读这四卷本《俄国文学史》，梳理各卷的论述思路，可以发现这套文学史著作致力于描述、呈现与探讨的，正是欧洲历史文化学派的丹纳、勃兰兑斯等学者所倡导、强调和关注的那些层面与侧重。普鲁茨科夫《俄国文学史》的编著者们始终把俄国文学理解为俄罗斯民族的历史生活与发展的反映，坚持认为俄国文学既是欧洲文学整体的一部分，是在同欧洲各国文学广泛交流、学习模仿、接受影响的基础上形成与发展起来的，又始终保持自己的民族独立性。在考察俄国文学各个阶段的发展过程时，著者总是高度注意不同时期本民族的生活状况、“精神气候”、文化心理和时代潮流，力求理清决定俄国文学进程和面貌的各种基本“要素”，探索与揭示文学发展的动力和规律性。普鲁茨科夫《俄国文学史》关于俄国文学发展历程的描述和评论，还依据俄国文学与文化的丰富史料与实际状况，突出了不同历史时期的文学作品对于民族精神、民族心理和民族灵魂的艺术表现，呈现出整部俄国文学史作为俄罗斯民族精神生活发展史的独特品格。

为了完成上述研究任务，普鲁茨科夫《俄国文学史》理所当然地借

---

① *Пруцков Н. И.* История русской литературы: В 4 т. Т. 1. 1980.С.5.（汪介之译）

鉴了欧洲历史文化学派的方法论原则。正如编著者自己说明的那样：

> 著者遵循具体的、历史的社会学方法论研究原则，致力于检视各类文学事实，文学发展中各种不同的思想和艺术倾向，以及在广泛的社会思想和政治语境中彼此共存和互相冲突的各种思潮与流派。[①]

遵循这一方法论原则，《俄国文学史》无论是勾画文学发展的宏观进程，还是评述各个阶段出现的文学运动、思潮和流派，都特别注意和充分尊重文学事实，着力梳理清楚一定历史阶段的社会思想潮流和处于某一文化语境中各种文学现象之间的关系，揭示出这些文学思潮和流派与社会运动、时代趋势之间的关系，以及它们在俄国文学整体格局中的地位，也即如丹纳所说，始终关注处于这些文学现象周围而“趣味和它一致的社会”。在关于具体作家作品的评价中，普鲁茨科夫《俄国文学史》也十分注意其对某一特定时期人们内心的真实情况的反映，考察这些作家作品怎样表现整个时代和整个民族的共同感情。打开《俄国文学史》第四卷，首先映入眼帘的就是由本卷主编克·德·穆拉托娃执笔的“导论”开头的一段话：“研究文学的进程离不开时代的语境。无论是对当代生活的深层现象做出直接反应的作家，还是竭力强调自己与当代生活隔绝的作家，无论是前者还是后者，都不可能处于它的影响之外。亚·勃洛克曾写道：‘我相信，我们不仅有权利，而且有责任认为，诗人是和他的时代联系在一起的。’”[②]这段话仿佛仅仅是针对第四卷的作家个人评论专章而言的，而实际上四卷本《俄国文学史》中所有关于作家个人的评价，都突出了他们与自己时代语境的联系。

---

① *Пруцков Н. И.* История русской литературы: В 4 т. Т. 1. С.12. (汪介之译)

② *Пруцков Н. И.* История русской литературы: В 4 т. Т. 4. 1983. С.5. (汪介之译)

欧洲文学研究和批评领域历史文化学派的代表人物之一勃兰兑斯关于重视个别作家作品与文学整体之间关系的观点，关于必须认清影响作家发展的“知识界和他周围的气氛”的见解，同样被普鲁茨科夫《俄国文学史》所吸纳与接受。其中，勃兰兑斯提出的这后一主张，由于俄国文学作为知识分子思想体系的特征而受到特别的重视。作为俄国知识分子重要组成部分的俄国作家和俄国民众的关系，成为这套《俄国文学史》把握俄国文学史进程的一种独特视角。著者从这一视角展开研究，呈现出俄国文学其实乃是俄国知识分子精神历程、心灵历程的形象描述，俄国文学史乃是俄国知识分子思想历程的形象化历史。

普鲁茨科夫主编的四卷本《俄国文学史》成功地借鉴和运用了欧洲历史文化学派的方法论原则，但并不拘泥于这一研究方法，而是弥补了它的缺陷。欧洲历史文化学派侧重于对文学进行整体的、宏观的研究，而不十分重视研究作家个人的创作，《俄国文学史》却把关于作家作品的研究放置于全书的重要地位，书中设立专章予以论述的就有四十位作家。这是编著者对欧洲历史文化学派方法论原则的突破。从总体上看，欧洲历史文化学派的研究方法中还存在着忽略对文学现象做出审美价值判断的不足，对此，普鲁茨科夫《俄国文学史》同样有明显的超越，克服了这一严重缺陷。但是，这方面的超越与克服，是在编著者积极继承俄国文学史研究与批评传统、特别是深受马克思主义经典作家文艺观浸润的前提下完成的。这方面的具体情况，本书将在以下两节中深入考察。

2. 俄国文学史研究与批评传统的继承

作为苏联时期俄国文学史研究和编写的一部代表性著作，普鲁茨科夫主编的四卷本《俄国文学史》所遵循的方法论原则，更多地继承了19世纪以来逐渐形成的俄国本土的文学史研究与批评传统。本书第一章在梳理俄罗斯—苏联学界的俄国文学史建构的学术历程时，曾述及俄国学界为本民族文学写史的意识明朗化、严格意义上的俄国文学史著述出现之后，历代学者为俄国文学史所做出的贡献。这一过程显示，俄国文学史研究的学术传统，是在尼·伊·格列奇、斯·彼·舍维廖夫、亚·瓦·尼基坚科、亚·尼·佩平、费·伊·布斯拉耶夫、阿·德·加拉霍夫、尼·萨·吉洪拉沃夫、亚·尼·维谢洛夫斯基、德·尼·奥夫相尼科—库里科夫斯基、谢·阿·文格罗夫、叶·安·索洛维约夫、瓦·瓦·西波夫斯基等人的文学史著作中渐渐形成的。19世纪后半期，在欧洲文学研究中的历史文化学派的影响下，俄国本土的历史文化学派迅速形成，并在此后的一个长时期内占据优势地位。因此，普鲁茨科夫主编的《俄国文学史》对本土文学史研究传统的继承，主要体现在对俄国文学研究领域历史文化学派研究方法的承续和发扬上。

在俄国文学批评传统方面，普鲁茨科夫《俄国文学史》所着重继承的，是19世纪批评家别林斯基等人的文学批评成果。别林斯基曾以长篇论文《文学的幻想》（1834）系统地评述了从18世纪罗蒙诺索夫时期到19世纪前30年间的俄国文学，相当于提供了一部俄国文学断代史论纲。他从1840年起到1847年去世前逐年发表的七篇俄国文学年度评论，则构成这部文学史论纲的续篇。他为普希金、莱蒙托夫、果戈理和屠格涅夫等一系列诗人和作家写的专论，事实上也已成为这部论纲的补充与展开。别林斯基的所有这些著述，不仅曾被同时代学者公认为在一个长时期中代替了俄国新文学史教程，而且给予当时和以后的文学史研究与文学批评以诸多启示。

然而，长期以来，在西方和我国学术界却有一种错觉，或者叫作以讹传讹，把别林斯基说成所谓“社会历史批评”的代表者。这种错觉，再加上对“社会历史批评”的简单化解释，便导致把别林斯基视为一位仅仅关注作品的社会历史内容、仅仅重视作品思想价值的批评家。其实这完全是一种误解。毫无疑问，别林斯基是高度重视作品的社会历史内容的。他曾说过："每一部艺术作品一定要在对时代、对历史的现代性的关系中，在艺术家对社会的关系中得到考察；对他的生活、性格以及其他等的考察，也常常可以用来解释他的作品。"但是，在这句话之后，别林斯基紧接着又指出：

> 另一方面，也不可能忽略掉艺术的美学需要本身。我们要再申说几句：确定一部作品的美学优点的程度，应该是批评的第一要务。当一部作品经受不住美学的评论时，它就已经不值得加以历史的批评了。因为如果一部作品缺乏非常重要的历史内容，如果在它里面，艺术本身就是目的，那么，它毕竟还可能具有哪怕是片面的、相对的优点；可是，如果它虽然具有生动的现代兴趣，却并不标志着创作和自由灵感的痕迹，那么，它无论在哪一方面都不可能具有任何价值，它即使具有迫切的兴趣，但当这种兴趣强制地在跟它格格不入的形式里表现出来时，也将是毫无意思的，荒谬绝伦的。由此可以直接得出结论：用不着把批评分门别类，最好是只承认一种批评，把表现在艺术中的那个现实所赖以形成的一切因素和一切方面都交给它去处理。不涉及美学的历史的批评，以及反之，不涉及历史的美学的批评，都将是片面的，因而也是错误的。批评应该只有一个，它的多方面的看法应该渊源于同一个源泉，同一个体系，同一个对艺术的观照。[①]

显然，在别林斯基看来，对于一部作品而言，美学的、艺术的特征是一种基本的东西，是艺术作品之所以被称为艺术作品的起码的、

① [俄]别林斯基：《别林斯基选集》第三卷，满涛译，上海译文出版社，1980年，第595页。

先决的条件。他甚至这样说："在艺术中，形式占第一位，因此，一切都包含在形式中；它不应该是表达观念的外部手段，却必须是感性显现中的观念本身。"[①] 别林斯基从未轻视作品的艺术形式，仅仅关注作品的社会历史内容。他认为，不必把批评分门别类，一切批评都既要涉及美学，也要涉及历史，且应以"美学的批评"为第一要务。遗憾的是，别林斯基的这一鲜明见解，一直未能引起人们充分的注意。后来不少评论者所记住的，仅仅是他对作品的"历史内容"的重视。

在文学批评实践中，别林斯基更是以其敏锐细致的美学鉴赏力、而并非以某种社会历史的判断来确立自己在俄国批评史上的地位的。他的同时代作家屠格涅夫说过："无可争辩，别林斯基是具有一个伟大批评家的主要优点的……他的美学鉴别力几乎毫无差错，他的见解深刻入微，而且从来也不含糊。"在批评方面，首倡权总是属于他的，"每逢新的天才、新的小说和诗歌出现的时候，任何人也没有比别林斯基更早、更好地发表过正确的评论，真正的、决定性的意见。"[②] 正是别林斯基以其纤敏的美学眼光准确地揭示出普希金、果戈理、冈察洛夫、赫尔岑等作家的艺术独创性，以文学史家的远见为俄国文学首先发现了莱蒙托夫、格里戈罗维奇、陀思妥耶夫斯基等诸多作家，预言了他们的创作方向和发展前景。他在同时代和后代文学界享有崇高威信，绝非偶然。

别林斯基的文学批评实绩，同他所倡导和坚持的方法论原则密不可分。他曾写道："我觉得，要给予任何一个杰出的作者以应得的评价，就必须确定他的创作特点，以及他在文学中应占的位置。前者只

---

① [俄]别林斯基：《别林斯基选集》第三卷，满涛译，上海：上海译文出版社，1980年，第201页。

② [俄]屠格涅夫：《回忆录》，蒋路译，北京：人民文学出版社，1983年，第29—30页。

能用艺术理论来说明（当然是和判断者的理解相适应的）；后者必须把作者跟写作同一类东西的别的作者作一比较。”[①] 在他看来，批评的任务就是要确定、指明作家作品的特点和“位置”。所谓指出作家作品“在文学中应占的位置”，就是要确定某一作家或某一作品在文学史上的地位；所谓发现特点，就是要揭示作家的创作个性。在《亚历山大·普希金的作品》这篇长文中，别林斯基对什么是“创作个性”，以及“捕捉”这种“创作个性”的重要性做出了精辟的阐述：

> 一个诗人的全部作品，不管它们的内容和形式如何多种多样，都有着一种共同的面貌，这些作品只打上他的个性的独特印记……因而，着手研究一个诗人，首先应当在他的作品的无穷多样性中捕捉其个性的秘密，也就是他的灵魂的独特性，这种独特性仅仅属于他一个人。
>
> 捕捉并确定了这种独特性的实质，就意味着找到了发现诗人的个性与诗的秘密的锁钥。
>
> 任何个性都是唯一的，……而由于个性是创作活动的活的和直接的源泉，那么诗人的全部创作就应当打上统一的精神印记，充满统一的激情。正是这种在诗人创作活动的整体中呈现出来的激情，是理解他的个性与诗的钥匙。批评家的第一件事，首要任务，就是要看透他着手阐释与评论的诗人的作品的激情。[②]

别林斯基作为文学批评家的方法论原则，集中体现在他的以上论述中。这一原则的要点，一是主张“美学的批评”和“历史的批评”

① [俄]别林斯基：《别林斯基选集》第一卷，满涛译，上海：上海译文出版社，1979年，第175页。

② [俄]别林斯基：《别林斯基选集》第四卷，满涛、辛未艾译，上海：上海译文出版社，1991年，第327—328、333、337页。此处引文根据俄文原文略有改动。

相结合，以“美学的批评”为第一要务；二是认为批评的任务就是要揭示作家的创作个性，确定作家作品在文学史上的地位。这些论述事实上以简洁的形式回答了关于批评的目的任务、方法途径等根本问题，指明了批评所应力求解开的“纽结”之所在。从这里，也可以发现别林斯基本人在文学批评领域取得巨大成就的关键所在。

别林斯基的文学批评观和方法论原则，对后来俄罗斯学界的俄国文学史编写与研究、包括普鲁茨科夫主编的《俄国文学史》的编撰，产生了深刻影响。这种影响又是通过俄国历史文化学派对别林斯基学说的传承而发生的，并经由俄国科学院院士、文学史家亚·尼·维谢洛夫斯基（1838—1906）的著述《论文学史作为科学的方法与任务》（О метаде и задачах истории литературы как науки，1870）、《历史诗学》（Историческая поэтика，1940）[①] 等得到强化。当代俄罗斯学者认为：“创立科学的文学史，是维谢洛夫斯基一切努力的目的。”[②] 围绕文学史研究这一核心话题，维谢洛夫斯基的确进行了大量的研究工作，就研究文学史的角度、内容、方法和侧重等，都发表了一系列重要的见解。他认为，应当从内容和形式两个方面来研究文学史。“首先必须从文学内容的角度来研究文学史，正如历史文化学派所做过的那样，从这一观点来看，文学不是别的，就是‘文化史’，它本身就包括‘社会思想’的全部财富。另一方面是形式，在形式中恰好伸展着那样‘一条只有文学史才能达到的界线，在它后边就是别人的领地了。这些领地便是政治史、哲学史、宗教史和各门

① 亚·尼·维谢洛夫斯基的《历史诗学》一书未能全部完成。直到著者去世多年后的 1940 年，该书已完成的部分经维·马·日尔蒙斯基整理，才连同著者的一些文学史论文、讲稿、笔记等，以《历史诗学》的书名在列宁格勒出版。

② *Николаев П.А. и др.*История русского литературоведения. Москва: «Высшая школа». 1980. С.172.（汪介之译）

精密科学的历史。这样，一些具有审美价值的作品就将成为文学史的组成部分，文学史也就将成为美学学科、审美的语言作品史和历史美学'。"[①] 在关于文学史研究的内容与形式的见解中，维谢洛夫斯基引申出方法论方面的两个重要论点。其一，在研究个别诗人的创作时，必须理清他的世界观同他所处的社会环境的依存关系，把他对世界的认识和与之接近的人们的思想观念加以对照，发现他的思想先驱，并在其个人的观念和审美趣味中揭示他对广阔的文学潮流的反映。其二，注意个别作品的形式研究，运用比较的方法，考察与分析其中重复的情节、形象和修辞方式等各种因素，这些因素往往显示出作家对传统的继承和自身的独创性。维谢洛夫斯基本人在研究个人创作时，常常把诗人和作家归结为一定的社会心理典型，因此他首先注意的不是诗人和作家们的个性特点，而是其创作中的某些类型学倾向，认清这些倾向有助于理解文学史发展的规律性。对于他来说，阐明个人创作不是研究的出发点，而是研究的最终目的。从维谢洛夫斯基关于欧洲各国文学和俄国文学的大量研究成果中，可以发现他对艺术形式、文学的种类与体裁、诗歌风格类型的广泛而持久的重视。

亚·尼·维谢洛夫斯基的文学史思想和文学批评观念，可以说是对别林斯基批评观念和方法的承续与推进。这种推进主要体现于维谢洛夫斯基因学术研究范围的扩展（他研究过古希腊文学、拜占庭文学、文艺复兴时期的意大利文学、斯拉夫文学、民间文学等）而自然形成的对于"历史比较法"的认同与运用；同时，作为文学史家和批评家，维谢洛夫斯基的学院派特点更为鲜明，因此他被公认为俄国文艺学领域学院派的主要代表。

普鲁茨科夫主编的四卷本《俄国文学史》对俄国文学史研究和批评传统的继承，主要是对从别林斯基到维谢洛夫斯基等前辈学者的文

---

① *Веселовский А.Н.* Историческая поэтика. Москва: «Высшая школа». 1989. С.17.（汪介之译）

学史思想、批评观念和方法论原则的承续。这套文学史著作的第一卷中关于18世纪俄国诗人杰尔查文的评价，就是编撰者继承这种传统的一个明显例证。著者指出：在18世纪末，杰尔查文放弃了进一步使用庆功式的颂诗体裁。虽然在18世纪80年代他还曾恢复使用过颂诗，但颂诗毕竟束缚了诗人表现新的主题。被否定的“规范诗学”准则还常常给诗人以影响，造成其“不坚定性”——引发辞藻的华丽和形象的虚幻。18世纪90年代至19世纪第一个十年，杰尔查文转向阿那克瑞翁体（анакреонтика），创新性地改变了旧有体裁（取代颂诗，他开始创作“阿那克瑞翁体组诗”）。著者认为，杰尔查文根据自己的理解对阿那克瑞翁创作经验的开掘，使他创作出了俄国诗歌中具有古希腊诗风的第一批典范之作；他的艺术发现和诗歌成就，也是俄国文学在解决文艺复兴最重要的问题之一——如何对待古希腊罗马文化的具体体现。《俄国文学史》著者给杰尔查文的诗体小说以高度评价，并肯定了诗人在文学史中的地位。著者写道：

> 《兹芳卡的生活》[①]（1807）不仅保持了诗人不依附于宫廷、沙皇统治和达官贵人的独立性，这还是杰尔查文创作诗体小说的最初尝试，并给普希金以很大的影响。在这里，一位普通人的日常生活成为诗歌的表现对象。他的兴趣、思想和得到逐日描写的从清晨到夜晚的事务，成了读者感兴趣的诗章。准确而绘声绘色的日常生活描写并未降低诗的格调。杰尔查文告诫道：无论诗歌题材、描写对象还是诗歌用语，都没有高低之分，有的只是人与世界；人是世界的主人，他对幸福、劳作和享乐的追求都是自然而然的，因此尘世中的一切都应当为人服务。《兹芳卡的生活》是成熟期的杰尔查文的巅峰之作，是他创作的总结，也是诗人的

① 此诗全名为《致叶甫盖尼：兹芳卡的生活》（Евгению. Жизнь Званская）。

遗嘱。

杰尔查文为俄国诗人艺术地描写现实开辟了新的空间，有助于在**平常的事物**中发现诗意，教会人们怎样描写现实的人，揭示出每个人都有不可重复的个性。掌握杰尔查文的经验有助于艺术的**独创**：取之不尽的丰富活跃的生活和拥有自己的个性特征与精神世界的人，成为诗歌的描写对象。新世纪的年轻诗人——丹·瓦·达维多夫、巴丘什科夫及皇村中学学生普希金等掌握了杰尔查文的艺术发现与诗歌成就，于是在新世纪诗坛上便形成了并未建立组织、却很活跃的杰尔查文流派。正是在这时，杰尔查文的作用变得很为明显，在他的创作中，如同在一个聚焦点上，集中了18世纪诗歌发展的结果；他在19世纪前二十年文学运动中的地位，则由别林斯基简洁而准确地予以界定——“俄国诗人之父”。[①]

不难发现，在关于诗人杰尔查文的上述评价中，别林斯基所倡导的把“美学的观点”和“历史的观点”结合起来、并以“美学的批评”为第一要务的批评视角与方法得到了出色的运用；而且，在这里，“美学的观点”和“历史的观点”并不是在不同场合、涉及不同问题时分别采用的两种视角，而是珠联璧合般地彼此结合在一起。杰尔查文的创作个性以及他在俄国诗歌史、文学史上的地位，也经由这套文学史著作编撰者的阐释而得以清晰呈现出来。

在普鲁茨科夫《俄国文学史》第四卷第16章关于安德烈·别雷的专论中，也可以清楚地看到著者对俄国文学史研究和批评传统的继承，对从别林斯基到维谢洛夫斯基等前辈批评家、文学史家的方法论

① *Пруцков Н. И.* История русской литературы: В 4 т. Т. 1. 1980. С.776.（汪介之译）

原则的运用。这一章的执笔者亚·瓦·拉夫罗夫是俄罗斯科学院院士、俄国现代主义文学研究和别雷研究专家。拉夫罗夫根据自己对于别雷及其作品的透彻了解和深入研究，沿着别雷的文学活动线索，对其在十月革命以前的创作做出了系统评述。著者像维谢洛夫斯基所倡导的那样，从一开始就注意理清别雷的世界观同他所处的时代氛围的关系，把他对世界的认识和同样属于俄国象征主义圈子的其他诗人的思想观念进行比较，发现他的思想先驱，在他的个人观念和审美趣味中揭示他的艺术独创性。拉夫罗夫写道：

> 熟悉弗·索洛维约夫的宗教哲学和诗作以及尼采的哲学—诗歌创作，对别雷的世界观的形成具有最重要的意义。对于他来说，他们的名字既是在同实证主义和唯理主义思维进行斗争中的旗帜，也是确立自己信仰的支撑。以作为探寻精神理想之先声的索洛维约夫和尼采的自觉见解为导向，别雷试图用他们使用的话语来表达自己对“朝霞”的向往，表达对世界的神秘变动、对日益迫近而神秘莫测的未来的预感和预见。世纪之交，别雷在精神上的成熟为他日后的创作提供了强有力的推进因素，而新世纪的开端则被他理解为现存的一切都将发生全球性变动的新纪元的预演。别雷的神秘启示录意识在基督教的思想和形象中找到了依据，这些思想和形象不是在其教条的意义上、首先是作为象征的语言显示出来，运用这种语言他能够宣示对“朝霞音乐”的体验，把具体的生活事件解释为神圣的预兆。新的世界观要求与已知的文学形式有原则区别的全新艺术表达方式，因为旧有的文学形式已不能传达“时代的启示录节奏”。[①]

① *Пруцков Н. И.* История русской литературы: В 4 т. Т. 4. 1983. С.550.（汪介之译）

在拉夫罗夫看来，别雷的思想先驱不是别人，就是弗·索洛维约夫、叔本华和尼采。但是，著者知道，弗·索洛维约夫、叔本华和尼采是俄国象征主义的共同思想先驱，别雷的独特性又显示在哪里呢？拉夫罗夫通过对别雷和勃洛克的对照来回答这个问题。他指出：别雷和勃洛克是同龄人和文学上的同行者，他们的创作命运基本上是如影随形、彼此平行的。同样作为年轻一代象征主义的代表，他们是以这样的新纲领投身于象征主义运动的：用浪漫主义的、模糊不清的神秘主义倾向和期望取代“颓废派”的情绪，用服务于崇高本原的创作理想取代独立自在的唯美主义，用认识世界的精神整一性的意向取代多元论的宗旨。别雷的特殊功绩在于，他对上述意旨进行了系统的理论阐述，并以独一无二的音乐—文学作品《交响曲》对其加以体现。拉夫罗夫认为，别雷的早期作品是一些童话—寓言式的即兴之作，印象主义式的风景与日常生活的素描。作家在其中表达的，是对现实的疏离、同时又具有内在积极性的态度，而且在表现这些冥思时，音乐所发挥的作用不下于文字创作。从童年起就在别雷的内心世界占有重要地位的“音乐”元素，在叔本华的美学中获得了权威性的支持：别雷在理论上论证了在艺术中占有首要位置的音乐，与现实的外在的、偶然的形式联系最少，而与它的隐藏着的深层本质联系最为紧密。他从受到音乐启示的抒情片断转向更为复杂的多题材的组合；《交响曲》的体裁就是这样诞生的。在《交响曲》中，别雷找到了表现自己的末世论世界观的适当方法，而且看到了最重要的全新混合型创作形式的范例，这种形式适合于神秘主义地改造生活的任务。拉夫罗夫就通过这样的阐释，揭示出别雷作为年轻一代象征主义者的一位杰出代表对这一文学潮流的呼应以及这种呼应的个性特点。

随后，拉夫罗夫纵向梳理了别雷的思想和艺术追求的演变。他注意到，当诗集《碧空之金》（1904）问世时，别雷已进入一个持续的精神危机时期，这种危机是由神秘主义的希望破灭、对于在现实中实现这些希望的可能性感到“失望”的征兆日益明显而引起的。这些体验决定了他的生活信念的破灭和创作立场的转变。别雷将自己的视线投向现实生活中的矛盾以及1905年革命前夕充斥于整个俄罗斯的社会冲突。对于他而言，巫术的幻想和“朝霞”的礼拜仪式已在与革命事件的联系中不容置疑地丧失了意义。他发出了重估昔日导师遗训的呼吁。在一篇以示威性标题冠名的文章《反对音乐》中，别雷颠覆了自己先前对于音乐的崇拜；原先对陀思妥耶夫斯基的崇拜也变成了为其脱冕。在两本几乎同时问世的新诗集中，前一部《灰烬》（1909）中充满广泛社会意义的关于俄罗斯的诗歌，即已定下了全书的基调，后一本《骨灰盒》（1909）则提供了直接是个人的室内抒情性情节。两部诗集的特点是痛苦和悲观的情绪占据主导地位，其中有着统一的痛苦的主题动机和痛苦诗人的形象，但这些主题动机是在不同的、有时甚至是形成鲜明反差的诗歌音域中得以实现的。在《碧空之金》的自由体诗和音调变换的多样化形式之后，《骨灰盒》所显示的，首先是作者在严格的、符合标准的、古典的四音步抑扬格占优势的诗作中表达自己的意向。与《碧空之金》中过多的、显著的鲜艳色调相比，《骨灰盒》的特点是饱满的内容和诗歌调色板上有意为之的晦暗色调。《灰烬》的突出特点则是对民间口头创作、而且是现代仍在活跃流传的民间口头创作的倾心，如顺口溜、舞蹈乐曲等。诗集在语言上的总体特征是民众化，传达“底层”生活之声的尝试在许多方面预演了勃洛克在《十二个》中的实验。

拉夫罗夫还注意到别雷作为诗人向着小说家的身份转换。这种变化同别雷的世界观的转变是同步的。从1909年起，他由悲观主义和“自焚”转向探寻新的理想，探寻通向“第二次朝霞”时代的新的“生活道路”。他努力在俄罗斯历史命运和某些宗教—哲学普遍现象的背景上理解现代俄罗斯的悲剧形象。在别雷的观念中，祖国的形象具有复杂的两位一体的特征，不能单一地归结为西方派的或斯拉夫派的解释，他在这两种解释中同时看到了两方面的正确和错谬。东方和西方——在这两个力的作用场域、两个悲剧性的反题之间，别雷为俄罗斯寻求自己独特的救赎之路。在这个问题上形成自己的明确信仰之前，他尝试艺术地呈现出本民族在履行其崇高使命的道路上威胁着俄罗斯的危险。于是就出现了作为革命前别雷创作最高成就的两部长篇小说——《银鸽》（1909）和《彼得堡》（1911—1913），它们是计划中的“东方或西方”三部曲的前两部。《银鸽》要体现的是东方的毁灭性因素，而《彼得堡》则要表现西方虚妄的魔力。三部曲的第三部《看不见的城堡》的基本主题是心灵自我认识的个性问题。在这本书中，别雷希望说明，在《银鸽》和《彼得堡》中，他为什么对现代文明作出断然的否定。这一构思后来转而呈现为以《我的一生》为总标题的大型自传性系列作品，而革命前写完的只有长篇小说《柯季克·列塔耶夫》（1916）。作品的题材是婴儿在意识刚刚生成时对世界的最初感知，表现儿童意识中现实概念的最初变化，试图复原在成年人身上正在消亡的印象。就其表现孩童半幻想的内心世界的艺术技巧的水准而言，这部作品当属别雷最完美的创作之列。

亚·瓦·拉夫罗夫在《俄国文学史》第四卷第16章中就这样系统地考察了安德烈·别雷的创作道路。这一考察中紧密结合着别雷作品的内容和形式，准确地把握了他的创作个性。这就使读者有理由确信，著者关于别雷创作的总体特征以及他在文学史上的地位的评价是恰如其分的：在俄国象征主义一系列杰出代表人物之中，别雷以其创作中多层面的自我表现而独树一帜。作为20世纪初期最受欢迎的诗人之一，别雷也是特殊散文体裁和长篇小说的创造者。作为象征主义的主要思想家之一，别雷对象征主义哲学和美学思想展开多方面的论证，因此又是这一流派的主要批评家。他的著作包括哲学理论研究、政论随笔、戏剧试作、诗歌和诗学著作、文学回忆录以及细致入微的自传性作品。别雷的创作遗产异彩纷呈，丰富多样，而且具有罕见的内在完整性。从拉夫罗夫关于安德烈·别雷的精彩评述中，可以明显感觉到普鲁茨科夫《俄国文学史》编著者对前辈学者文学史研究和批评传统的继承。

除了方法论原则的承续之外，普鲁茨科夫主编的四卷本《俄国文学史》对俄国文学批评史上一系列大批评家的具体评价观点的认同和沿用，就更为经常和普遍了。其中如别林斯基关于果戈理作品的艺术风格“含泪的笑”的揭示，车尔尼雪夫斯基关于列夫·托尔斯泰心理描写的基本特点“心灵的辩证法”的发现，杜勃罗留波夫关于“多余的人”形象系列的概括与描述，赫尔岑关于屠格涅夫的《父与子》“本来想抽打父辈，结果鞭子却落到了子辈身上”的评价，以及他们关于普希金、莱蒙托夫、果戈理、奥斯特罗夫斯基、陀思妥耶夫斯基等一系列伟大作家和诗人的评论等，都由这套文学史著作在论述这些作家作品时直接予以引用。正如俄国文学发展史始终显示出延续性和继承性那样，《俄国文学史》的书写也同样体现了编著者自觉地继承了本民族的学术研究与批评传统。

3. 马克思主义经典作家文艺观的浸润

普鲁茨科夫主编的四卷本《俄国文学史》所遵循的方法论原则，还来源于马克思主义经典作家的文艺观。马克思、恩格斯虽然没有留下专门的文艺理论和批评著作，但是在他们的卷帙浩繁的全部著述中，却有许多直接或间接地论述美学和文学艺术的文字；他们还写有一系列论及文学艺术问题的书信。这些论述，有的涉及文艺的本质、文艺创作和文艺批评领域的基本问题，有的则是关于德国和欧洲文学史上的具体作家作品的评价，其实已构成世界文艺理论与批评发展史上不可或缺的篇章，并对19世纪末期以来的俄罗斯—苏联文学理论与批评及文学史研究产生了广泛而深远的影响。从普鲁茨科夫主编的

《俄国文学史》的内容上看，全书所贯彻的方法论原则，就深受马克思主义经典作家文艺观浸润。这是马克思主义文艺思想在文学史研究领域持续发生影响的一个生动例证。

值得注意的是，在苏联时期的文学研究和文学史编撰中，马克思主义文艺观曾遭受严重的曲解。20世纪20年代出现的“庸俗社会学”（вульгарный социологизм），就是歪曲马克思主义文艺思想最得力、破坏性最大的思潮之一。“庸俗社会学”是一种“起源于片面解释马克思主义关于意识形态的阶级制约性原理，从而导致历史—文学进程简单化、庸俗化的观点体系”[①]。这一观点体系的基本特点是：把文学创作和经济基础、作家的阶级属性之间的关系庸俗化，把文学看成社会学的“形象化的插图”。庸俗社会学的主要代表人物弗里契，曾就艺术与经济的关系提出过一个著名的公式：经济——阶级——阶级心理——艺术。这一公式成为曲解马克思主义经典作家关于文学艺术与经济基础、阶级范畴之关系的典型表述。但庸俗社会学的信奉者们（包括“无产阶级文化派”“拉普”和日丹诺夫主义的信徒）却总是以马克思主义文艺理论家的身份自居，而且在他们的著作中，也的确充满了马克思主义词句。这也就使他们的观点带有很大的欺骗性，并导致一些人对马克思主义文艺思想本身的怀疑。

实际上，马克思、恩格斯的基本文艺观，包括他们关于艺术感觉的历史发展的看法，关于物质生产的发展同艺术生产的不平衡关系的阐述，关于“人也按照美的规律来建造”[②]的观点，关于审美感受与审美对象的同一性和差异性的见解，关于“从美学观点和历史观点”来衡量作品的思想，关于“作者的见解愈隐蔽，对艺术作品来说就愈

① *Сурков А.А.*（глав.ред.）Краткая литературная энциклопедия, Т.1. Москва: Издательство «Советская энциклопедия», 1962,с.1062.（汪介之译）

② [德]马克思、[德]恩格斯：《论文学与艺术》（一），陆梅林辑注，北京：人民文学出版社，1982年，第123页。

好”，“倾向应当从场面和情节中自然而然地流露出来”[①]，作家不必要把他所描写的社会冲突的解决办法硬塞给读者的论述，以及他们关于但丁、莎士比亚、歌德、巴尔扎克等伟大作家的精彩评说，都表明他们是具有深厚的艺术修养、敏锐的艺术感受力并深谙艺术规律的思想家。所有这一切，连同他们的那些卓越的思想，都是庸俗社会学的信奉者们所不可能具备、也不可能掌握和拥有的。我们既不能把这两者混为一谈，更不能在泼脏水的时候把澡盆里的孩子也一起泼掉，不能在彻底否定庸俗社会学的同时也把马克思主义文艺思想忘得一干二净。

普鲁茨科夫《俄国文学史》的编撰，既坚持贯彻马克思主义经典作家的文艺观，又断然摈弃了庸俗社会学的教条，为文学史的编写究竟应遵循什么样的方法论原则，提供了一种出色的典范。全书以马克思主义文学观和文学史观为主导思想和理论基础，体现了对于文学的本质、意义和文学史著述的特有价值的理解，认为文学是特定时代的生活和思想感情的艺术表达，文学史的结撰过程应当成为民族精神回溯和自我认识的过程，其结果也应成为这种回溯和认识的文字结晶。著者始终坚持“从美学观点和历史观点”来考察文学发展进程中的一切现象和问题文学现象，但并非采用单一的社会历史批评视角，而是达到了历史观点和美学观点的统一。

关于“从美学观点和历史观点”来衡量和评价文学现象的思想，是恩格斯在两个不同场合分别提出来的。在《诗歌和散文中的德国社会主义》（1846—1847）一文中，恩格斯在批判卡尔·格里恩[②]的文章《从人的观点论歌德》时，对歌德的思想与创作的双重性做出了精

① [德]马克思、[德]恩格斯：《论文学与艺术》（一），陆梅林辑注，北京：人民文学出版社，1982年，第186、189页。

② 卡尔·格里恩（1817—1887）：19世纪40年代形成于德国的社会思潮——“真正的社会主义”在文学方面的代表人物。

辟的分析，并且强调："我们决不是从道德的、党派的观点来责备歌德，而只是从美学和历史的观点来责备他；我们并不是用道德的、政治的、或'人的'尺度来衡量他。"[①] 在1859年5月18日致拉萨尔的信中，恩格斯又写道："您看，我是从美学观点和历史观点，以非常高的、即**最高的**标准来衡量您的作品的。"[②] 恩格斯在彼此间隔十多年的时间内两次以相同的表述所强调的，实际上是衡量文学作品的基本标准。文学作为语言艺术，既然是对世界的一种审美把握方式，显示出创作者一定的艺术个性，这就内在地规定了对它的阐释不能离开美学的观点；文学生产又总是在一定的社会历史条件下进行的，往往从某种角度、在某一层面上关联着特定的思想文化内容，文学生产者和接受者都不可能脱离一定的社会历史语境，这也就决定了对它的讨论不能抛开历史的观点。普鲁茨科夫主编的四卷本《俄国文学史》，无论是确定俄国文学史的分期、评述文学的发展进程，还是评价具体的文学现象和作家作品，都始终依据这一基本标准。

在谈到古代俄国文学史的分期问题时，普鲁茨科夫《俄国文学史》第一卷的主编之一德·谢·利哈乔夫指出："文学是生活的见证。这就是为什么历史本身在相当大的程度上决定了文学分期的缘故，而记载史实的主要文献——编年史，就是研究者们确定古代文献编撰日期的主要依据。编年史中的日期是文学史中最重要的里程碑。"[③] 历史的变动，文化语境的改观直接制约和影响着文学的发展，这是人所共见的事实。按照这一见解，这套《俄国文学史》对于古代俄国文学发展阶段的划分，就是把古代历史中的重要事件作为文学分期的主要根据。如以基辅为中心的古罗斯国的建立，弗拉基米尔

---

① [德]马克思、[德]恩格斯：《论文学与艺术》(一)，陆梅林辑注，北京：人民文学出版社，1982年，第495页。

② 同上书，第182页。

③ *Пруцков Н. И.* История русской литературы: В 4 т. Т. 1. 1980. С.12. (汪介之译)

大公把基督教定为国教，蒙古—鞑靼人对罗斯的入侵与统治，“动乱时代”的开始和延续，彼得大帝厉行改革等，这样一些关键性的、对俄国文化和文学的发展具有重大影响的历史事件或历史现象，都成为古代俄国文学史分期的基本界碑。在普鲁茨科夫《俄国文学史》关于18世纪文学、19世纪文学和19世纪末—20世纪初文学的划分中，也依然可以看到重大的历史事件和历史现象，是编撰者进行文学史分期的主要依据。

然而，“历史的观点”却不是普鲁茨科夫主编的《俄国文学史》划分文学发展进程的唯一视角，重大历史事件或历史现象并非文学史分期的唯一依据。例如在对18世纪俄国文学进行分期研究和考察时，编撰者就没有把彼得一世改革作为划分文学史的当然界线。众所周知，从17世纪末到1725年彼得大帝去世，他所实行的改革无疑是俄国历史上的重大事件和重大现象，改革不仅对俄国历史进程产生了巨大影响，也推动了俄国文学的根本转折。但是，在彼得改革时期和彼得去世后的最初几年间，俄国文学还没有发生决定性的变化，总体而言依然是沿着17世纪文学的轨迹前行。只是到了18世纪30年代，当俄国古典主义兴起之际，俄国文学才开始了自己的新时代。从那时起到18世纪末期，俄国文学也经历了一系列变化，呈现出明显的阶段性特征。普鲁茨科夫《俄国文学史》把这一时期俄国文学的发展进程依次划分为18世纪30—60年代、18世纪60年代末—80年代、18世纪80—90年代这三个阶段，认为它历经古典主义、启蒙现实主义、感伤主义的兴衰。显而易见，这一划分的着眼点主要不是重大的历史事件，而是诸种文学思潮和流派的生成与演变。在这里，“美学的观点”在编撰者进行分期时发挥了主导作用。

普鲁茨科夫《俄国文学史》在对19世纪俄国文学史进行分期时，也是既注意到这一整个时代历史的深刻变动，又着眼于文学思潮和流派的形成与演变。在19世纪这样一个风云变幻的大时代，法国大革命在俄国激起的社会震荡和民族意识的觉醒，1812年的卫国战争，1825年的十二月党人起义，1853—1856年的克里米亚战争，1861年的农奴制改革，70年代的民粹派运动及其失败，90年代俄国工人运动的兴起等，这一系列重大的历史事件和历史现象，都对19世纪俄国文学的发展进程产生了直接影响，因此对这一世纪文学史的划分，就不可能不注意历史的进程本身。不过，普鲁茨科夫《俄国文学史》并没有简单机械地根据历史事件发生的时间进行文学分期，而是主要着眼于文学思潮和流派本身的发展演变，以重大历史事件为重要参照来划分文学史。如著者以1855年为界，把19世纪俄国文学划分为前后两大阶段，显然是注意到了俄国在克里米亚战争中遭遇失败、沙皇尼古拉一世1855年去世等事件对文学发展的影响作用；编撰者又以1825年为界，把1800—1855年间的文学进程分为1800—1825年间的文学、1826—1855间的文学两个阶段，也是因为确认1825年的十二月党人起义及其失败对文学的实际影响。但是，编撰者做出这样的划分，更主要的是从历史的变动经由一系列中介因素（文化氛围、社会心理、审美需求等）影响文学的实际结果出发的。1800—1825年间的俄国文学，实现了从感伤主义到浪漫主义的转变和浪漫主义的持续发展；1826—1855年间的文学，则呈现为从浪漫主义到现实主义的过渡和现实主义的有力推进。可见，编撰者在进行文学史分期时始终没有忘却“美学的观点”。同样，普鲁茨科夫《俄国文学史》在考察与评述从1856年开始的19世纪下半叶俄国文学时，既充分注意到了1861年农奴制改革等重大历史事件的影响，更从大量的文学史实出发论证了俄国文学中现实主义的极大繁荣；在给这一时期长篇小说取得的突出成就以高度评价的同时，也描述了其他类型的散文及诗歌和戏剧创作获得长足发展的状况。这一切都表明，普鲁茨科夫《俄国文学史》在划分俄国文学史进程时，遵循的是“美学和历史”相统一的观点。

同样的原则也体现在普鲁茨科夫《俄国文学史》对各种文学思潮、流派和运动本身的评述之中。如在论及18世纪俄国文学中的"启蒙现实主义"（просветительский реализм）时，著者首先勾画出这一文学潮流形成的历史文化背景，指出18世纪下半叶俄国农奴制压迫的加剧、君主专制制度对农奴制的支持，以及由此而导致的以普加乔夫起义为高潮的多次农民起义，使得农奴制问题成为那一时期俄国整个社会生活的中心问题。于是，在西方启蒙运动和启蒙思想的影响下，18世纪60—70年代，俄国启蒙运动最终形成了范围广阔、内容丰富的思想运动。期刊创办人和作家尼古拉·诺维科夫，戏剧家和散文家杰尼斯·冯维辛，哲学家雅科夫·科泽尔斯基等纷纷登上社会舞台；启蒙思想的宣传者尼·库尔加诺夫教授编写的《尺牍》（Письмовник）成为那个时代最流行的读物之一。18世纪80年代，诺维科夫以莫斯科大学印刷所为基础，创立了最大的启蒙活动中心。18世纪80年代末，年轻作家克雷洛夫出现于文坛。拉季舍夫的文学活动则成为18世纪俄国文化和俄国启蒙运动的最高成就。

随后，《俄国文学史》笔锋一转，集中论述"启蒙现实主义"在俄国文学中生成的具体情况。原来，在1720—1760年间，西欧就发生了歌德所说的"艺术中的革命"[①]。当时，新艺术的需要激起了同古典主义之间的激烈斗争，现实主义和感伤主义两种新思潮在这一斗争过程中形成。这场"艺术中的革命"在18世纪的最后三分之一时段蔓延到俄国。曾在俄国文坛占据主导地位达40年之久的古典主义已不能回答现实生活提出的问题，于是俄国启蒙现实主义和感伤主义也开始形成。俄国启蒙现实主义能够理解与表达在反封建斗争进程中形成的人的理念，在人的民族和社会制约性中发现人本身，它是一种信赖现实和现实中的人，不是把生活理想化，而是能说明生活的艺术。《俄

① *Гёте И.-В.* Статьи и мысли об искусстве. Л.-М. 1936. С. 78.（汪介之译）

国文学史》著者还全面阐发了启蒙现实主义的基本特点，认为它形成了人作为自由的个性，其优劣不取决于其阶层归属，而是取决于其才智和个人天赋；展示出每一民族的艺术保持各自特色的可能性，也展示出个人的历史生活以民族个性的面貌存在的可能性；以人的社会环境来解读人，在艺术地揭示“民族性秘密”方面迈出了最初步伐；描写现实生活时着重揭示社会矛盾，暴露农奴制给全民族造成的严重后果，在民众身上看到能够颠覆暴力制度的力量；具有政论性和道德教诲性，一般不采用心理分析的方法，但在形象建构中却体现了唯理主义特点。这样，著者就“从美学观点和历史观点”的结合中，把俄国启蒙现实主义文学的主要特色一一展示出来。

普鲁茨科夫《俄国文学史》中关于俄国浪漫主义的论述，同样显示出美学观点和历史观点相统一的视角。著者认为，俄国文学中浪漫主义的产生，应当不早于1815年。此时俄国出现的社会政治局面，与同一时期欧陆其他国家的情况是相似的。“神圣同盟”所操控的国际性的反动潮流，不能不引起包括俄国在内的欧洲各国内部的政治反动。在俄国，书刊审查制度的强化，禁止在报刊上议论农奴制问题，对大学中学术活动的挤压，撕掉自由主义面纱的官方神秘主义的泛滥，亚历山大一世的反民族性的国际政策，都是这种反动的标志。然而，1812年的卫国战争毕竟唤起了俄罗斯民族意识的高涨，处于“神圣同盟”瓦解后欧洲各国独立解放潮流之外的俄国农民的状况，更加不能容忍。这种高涨的社会情绪和政府的政策之间形成的尖锐矛盾，引发了反政府的贵族自由主义思想和社会团体的产生，但与此同时也出现了由于对政府的“让步”完全失望而导致的悲观主义。这就是俄国浪漫主义形成的社会历史与社会心理条件。

编著者进一步指出：在西欧文学中，英国诗人拜伦对那一时期欧洲社会的悲剧性状况和思想情绪做出了深刻而完整的艺术表达，他也因此成为俄国第一代浪漫主义诗人的精神领袖。但是，十二月党诗人和普希金的浪漫主义，却又联系着俄国古典主义“崇高风格”的公民爱国主义传统，其诗作的抒情主人公继承了拜伦式的英雄酷爱自由的精神和叛逆性格，却没有后者的那种悲剧性的失望情绪和哲学上的怀疑主义，而且他们并不孤独，精神上往往具有某种稳定性。与拜伦相似，具有悲剧性失望情绪和哲学怀疑主义的，是以瓦·安·茹科夫斯基为代表的俄国浪漫主义的另一流脉。茹科夫斯基的社会政治理想，同卡拉姆津一样，是主张“开明君主制”。但是，这并不影响茹科夫斯基对俄国浪漫主义诗歌艺术的贡献：他创造了浪漫主义个性自我表现的诗学风格，其诗歌具有纤细入微而感情充沛的色调，善于以前所未有的韵律、节奏和形式表现人的内心世界和心理真实。茹科夫斯基以及康·尼·巴丘什科夫、叶·阿·巴拉廷斯基等诗人，都不接受当时的社会现实，也无力与社会罪恶进行斗争，但在精神上却不依附于这种现实，而是拥有独立的追求真善美的理想。这一切就决定了茹科夫斯基这一派诗人在俄国诗歌史上的地位。《俄国文学史》的编著者在结束关于俄国浪漫主义的论述时还强调：不能简单地把这一时期的俄国文学归结为浪漫主义与古典主义的斗争，实际上，十二月党诗人就在一定程度上与古典主义结成同盟，可以说他们既是浪漫主义者，又是古典主义者；俄国浪漫主义的两大流脉，可以分别称为心理浪漫主义和公民浪漫主义；这两种倾向在普希金那里实现综合，因此他的创作便成为俄国浪漫主义的顶峰。所有这些论述，显然都结合着美学和历史的观点。

普鲁茨科夫主编的四卷本《俄国文学史》在对具体的作家作品进行评价时，也始终贯彻马克思主义经典作家关于“从美学观点和历史观点”考察文学现象的原则，在充分关注作品的思想价值和社会意义的同时，也十分注意揭示作品的美学品格与艺术独创性。诚如编著者在开篇话语中谈及书中作家个人专论的各章时所说明的那样：“这类专章的具体内容也具有新特点。其中，文学作品的道德的和美学的意义，它们的社会教育功能，得到了更多的关注；当然，不是把作品的思想与社会构成的分析推到次要位置。相反，社会学与意识形态理念打开了深入理解作家的思想以及那种经久不衰的、有时甚至是永恒的伦理—哲学问题的通道；真正的艺术作品，不涉及这方面的问题是不可思议的。”[①] 在这里，编著者实际上是清楚地说明了这套文学史著作评述作家作品的方法论原则。纵观全书，读者不难看出，无论是评价哪一个时代的作家，从18世纪的罗蒙诺索夫、杰尔查文、拉季舍夫和卡拉姆津，到19世纪的普希金、果戈理、屠格涅夫、陀思妥耶夫斯基、托尔斯泰等，编著者都做到了美学观点和历史观点的统一。

普鲁茨科夫《俄国文学史》在第三卷、第四卷的两个专章中评述列夫·托尔斯泰的创作时，主要是从他作为“思想的艺术家”这一视角来进行的。但是著者没有局限于梳理作家思想探索的发展脉络，揭示其作品的丰富思想内涵，而是甚为准确地概括出这位伟大作家在自己的作品中表达思想诉求的艺术独创性。如在评价托尔斯泰的早期作品“自传三部曲”时，著者通过考察作家关于主人公尼古林卡·伊尔倩耶夫的心理分析艺术，论证了作家所采用的、如车尔尼雪夫斯基所概括的“心灵的辩证法”，为自我个性的发现开辟了新路径。著者还注意到，托尔斯泰的“塞瓦斯托波尔故事”中出现的“城市保卫者群像”，在这一系列作品的情节推进和叙事视角方面都具有重要意义，认为这些群体形象既有效地促进了主人公—观察者内心意识的转变，又作为独特的动态背景存在，组织与安排作品情节的进展。在评价《战争与和平》时，《俄国文学史》的著者对于这部长篇小说的严整布局和庞大复杂而有条不紊的结构，对于作品丰富多彩、性格迥异的人物群像的刻画，特别是作家关于若干中心主人公个人意识中的社会

① *Пруцков Н. И.* История русской литературы: В 4 т. Т. 1. 1980. С.7.

历史因素和道德心理因素之间冲突的分析，对于这部巨著的鲜明民族风格的揭示等，都有深入的研究和精彩的评说。在关于托尔斯泰的另一长篇小说《安娜·卡列宁娜》的解读中，著者不仅详细地考察了作品独特的艺术结构，即存在着两条看似相对独立而又彼此联系的情节线索，怎样天衣无缝地结合在一起；也充分论证了作家在细致地表现安娜的心理变化流程时，怎样使“心灵的辩证法”的运用达到了炉火纯青的高度。对于包括《复活》在内的托尔斯泰晚期创作的评述中，著者还指出他怎样和19世纪末进入文坛的年轻作家一起，给当时俄国文学的发展进程以强有力的影响，推动了传统现实主义体系的实质性变化。

当然，《俄国文学史》的著者从美学视角对托尔斯泰创作的评价，并没有冲淡对于作家在哲学、宗教、道德和社会政治等方面的长期探索的系统梳理，也没有减弱对其作品思想价值的关注。著者注意到，19世纪80—90年代，托尔斯泰曾发表一系列文章，把宗教解释为一种能使人走向完善的道德学说，并主张以宗教信仰来取代社会变革。《俄国文学史》著者在评价这些文章所表达的思想时，指出列宁曾撰文揭示了作家以其“最清醒的现实主义”进行社会批判时所阐述的纲领具有乌托邦性。列宁认为，托尔斯泰学说中的矛盾，是第一次俄国革命准备时期农民的自发性抗议在政治上不成熟的反映。托尔斯泰所提议的社会改造方式，不仅和他所认识的基督教这一“全人类的”真理联系在一起，还由于“他不理解产生俄国所面临的危机的原因和摆脱这个危机的方法”[①]。列宁还写道：“托尔斯泰观点中的矛盾，不应该从现代工人运动和现代社会主义的角度去评价（这样评价当然是必要的，然而是不够的），而应该从那种对正在兴起的资本主义的抗议、对群众破产和丧失土地的抗议（俄国有宗法式的农村，就

① ［苏］列宁：《列宁全集》第20卷，北京：人民出版社，1989年，第23页。

一定会有这种抗议）的角度去评价。”①《俄国文学史》引用列宁的上述两段文字，一方面表明对于列宁这些观点的认同，另一方面也显示出在编撰者看来，在评价托尔斯泰这样的作家时，认清其思想特点仍然是至关重要的。

19世纪末至20世纪初期，俄国社会正经历着深刻的历史文化转型和巨大的时代变迁，研究这一剧烈变动时代出现的形形色色的作家作品，当然更不可能脱离当代现实，不可能回避作家对于迫切社会问题的态度。基于此，第四卷的编撰者在考察与评价这一时期的作家作品时，必然地把作家的思想倾向、作品与时代的联系放在特别重要的地位，因为非如此就不能真正揭示任何一位作家及其创作的全部价值。但是，即便是在对这一整个时期的作家作品做出评说时，编撰者也没有忘却或淡化对其进行美学的审视。《俄国文学史》第四卷中关于高尔基、布宁、安德列耶夫、别雷、勃留索夫、勃洛克等人的评价，表明编著者在考察这一时期最有成就和影响的作家作品时，同样贯彻了“美学的观点和历史的观点”相统一的原则。

在《俄国文学史》第四卷第19章关于伊万·布宁的专论中，执笔者柳·弗·克鲁季科娃首先指出：布宁的命运和创作，“独特地体现了革命给世界带来巨大动荡时期急剧断裂的俄国生活。布宁用最高标准来衡量生活，他是一个热情的人，又往往有失公允，对革命充满敌意。他同历史、时代和同时代人进行论争。他不接受革命改造生活的观点，拒绝一切暴力，但是艺术家同时又因我们这个世纪的种种灾难和悲剧而备受煎熬。在可怕的两次世界大战中，布宁受尽苦难，充满忧伤地感受到了被奴役者、尤其是数世纪以来遭受困苦的俄国人民的悲剧。于是艺术家便独自锲而不舍、真诚至极地探索民族历史之谜，

---

① ［苏］列宁：《列宁全集》第17卷，北京：人民出版社，1988年，第185页。

紧张地思考世界和人类复兴的必要性，从而注定使自己在对传说中的大西洲的探寻中‘走上了全新的道路，经历全新的漂泊’”[①]。这一段被置于这一章开端的综合评价，概括了布宁及其创作的思想特点。在此之后，著者便沿着作家的创作历程，逐步考察了他在十月革命前各个阶段的主要作品，在论及这些作品的思想价值和社会历史意义的同时，致力于揭示其艺术独特性。

柳·弗·克鲁季科娃认为，布宁的早期创作即已表明，作家强烈地意识到，每一个瞬间都具有独一无二的美，虽然稍纵即逝，但不会了无痕迹地消失，而仅仅是改变了形式，在人的心灵和自然本身中留下自己的印记。布宁拥有捕捉和表达这一完整存在的惊人能力，哪怕是描写瞬间出现的、短暂易逝的、倏忽变幻的事物。他善于捕捉瞬间的“美好和永恒”，捕捉那种“让世界飞速向前”之美。20世纪第一个十年，布宁从客观叙事的书写风格转向抒情性的自我表现。作者—叙事者的形象走向前台。作家对世界的感知，他的体验和思索把这一时期创作的所有短篇小说联系起来，并赋予它们哲理和诗意的整一性。其中一些作品单看起来，好似印象主义素描和传达瞬间情绪的零散画面。然而一旦予以整体审视，这些短篇小说就以另一种面貌呈现出来——如同一页页日记记录下了人们多姿多彩的形象显现和各种各样的相互关系。布宁情思专注地凝视俄罗斯历史形成的基础，探寻这种基础土崩瓦解的原因，试图把握历史进程，并弄清楚俄罗斯新的、城市的、“资产阶级的”文明给人民和个人带来了什么。

对于布宁在革命前完成的最优秀作品《乡村》（1910），克鲁季科娃同样从历史和美学两个维度予以评说。她认为，这是布宁最引人注目、社会性最尖锐的作品之一，是作家之前全部经验的总结。这些经验不仅源自作家对俄国乡村的深刻认识，对俄国历史的深入思考，

---

① *Пруцков Н. И.* История русской литературы: В 4 т. Т. 4. 1983. С.635.（汪介之译）

还源于作家的“全人类”视野。这部中篇小说的宏大规模和重要意义，在很大程度上正是取决于布宁独特的历史主义，以及它所传达的如火如荼的时代氛围。从艺术上着眼，《乡村》中生活材料的精心选择和布局，个别场景、事件、人物和情节的连接等，都具有十分重要的意义。“谴责和辩护”的双重阐释原则是刻画作品中众多人物的基础，然而布宁的人物刻画方式并不能归结为评价性的鉴定。对于他来说，分析性的描写比评价性的结论更为重要。作家并不是想让读者参与对主人公的谴责或辩护，而是试图让读者自己去认识民众生活和性格中交织着光明与黑暗的成分。在紧随《乡村》之后创作的另一中篇小说《苏霍多尔》（1911）中，作家通过叙事的语气、丰富的语调和人称的转换，来调整对苏霍多尔人生活多层次的把握。作品的多个主题从容自如地被掌控和展开，而对这些主题的认识深度在很大程度上取决于读者们的思考和参与，因为许多令人困惑的修辞性问句，得到展开的抒情插笔，一系列繁复的想象、主旋律式的细节、概括性的形象都是针对读者而设计的。整部作品十章中的每一章都有自己的情节、主要和次要的主题动机，都有自己的音调、节奏、形象体系甚至词汇。

克鲁季科娃注意到，当布宁重新回到短篇小说创作时，他已紧随在契诃夫之后，更新了短篇小说的结构。他善于通过大量的细节、出乎意料的场景和人物对比、多样的节奏和语调、画面设计和规模的变化，使自己的短篇小说具备这样的思想容量，即通过短短的一天或几件小事就不仅呈现出主人公的命运，而且勾画出俄罗斯本身、世界的状态和各种各样的生活。布宁笔下的任何一个细节，任何一幅画面，包括日常生活、大自然和心理的画面，都不会孤立地存在，它们时时刻刻都处在一个巨大的世界之中。在他的诗歌和小说里，起主导作用的不是单个细节，而是由各种各样的细节组合成的一个整体，它们能够再现丰富多彩的变动世界，描绘每一个与整体紧密联系同时又意义非凡的现象。克鲁季科娃认为，布宁艺术世界的隐秘本质往往很难领悟，因为作者很少直截了当地表达自己的立场。这种立场通常出现在叙述的语调中，在其作品的布局结构中，在宽泛的联想、主导的旋律、比较和对照的原则及一连串嵌入的故事中。作家重现的世界五彩缤纷，永远变幻莫测，不仅充满了悲剧意蕴，也充满了光明，其诗学上的丰沛排除了走投无路的困境，否定了对生活片面化的阐释。

在结束关于十月革命前布宁创作的评价时，柳·弗·克鲁季科娃写道："布宁离开俄国时已经是一个定型的艺术家，他积累了大量的生活印象，对世界有自己的看法，有整整一系列尚未挖掘完的题材。因此他的天才并没有枯竭。不过他不再研究人民生活的社会历史进程，转而去描写个人的内心世界，人的心灵之美和复杂性。爱情小说（如《米佳的爱情》《中暑》、小说集《幽暗的林荫小径》）、哲理小说以及体裁独特的《阿尔谢尼耶夫的一生》，和布宁20世纪第二个十年完成的作品一起，共同丰富了20世纪俄罗斯艺术和世界艺术。"①至此，伊万·布宁的思想特点和美学追求，其作品的社会历史意义和艺术独创性，便由于《俄国文学史》编撰者"从美学观点和历史观点"进行阐释而得以清晰的呈现。

马克思主义经典作家关于欧洲文学发展史和各国文学的具体评价，也受到普鲁茨科夫《俄国文学史》编撰者的高度重视。例如，关于古代俄国文学中出现的长篇史诗《伊戈尔出征记》，马克思曾做过这样的评价："这部史诗的要点是号召俄罗斯王公们在一大帮真正的蒙古军的进犯面前团结起来。……全诗具有英雄主义和基督教的性质，虽然多神教的因素还表现得非常明显。"②《俄国文学史》第一卷在论及《伊戈尔出征记》所表达的爱国主义精神时，就引用了马克

① *Пруцков Н. И.* История русской литературы: В 4 т. Т. 4. 1983. С.666.（汪介之译）

② ［德］马克思、［德］恩格斯：《马克思恩格斯全集》第29卷，北京：人民出版社，1972年，第23页。

思这一观点。这无疑有助于把握这部史诗的思想特征。

恩格斯在《〈自然辩证法〉导言》中，曾就欧洲文艺复兴时期的艺术繁荣写下这样一段精彩的文字：

> 现代自然科学，和整个近代史一样，是从这样一个伟大的时代算起，这个时代，我们德国人由于当时我们所遭遇的民族不幸而称之为宗教改革，法国人称之为文艺复兴，而意大利人则称之为五百年代，但这些名称没有一个能把这个时代充分地表达出来。这是从十五世纪下半叶开始的时代。……拜占庭灭亡时抢救出来的手抄本，罗马废墟中发掘出来的古代雕像，在惊讶的西方面前展示了一个新世界——希腊的古代；在它的光辉的形象面前，中世纪的幽灵消逝了；意大利出现了前所未见的艺术繁荣，这种艺术繁荣好象是古典古代的反照，以后就再也不曾达到了。在意大利、法国、德国都产生了新的文学，即最初的现代文学；英国和西班牙跟着很快达到了自己的古典文学时代。[①]

普鲁茨科夫《俄国文学史》第一卷第二编“导论”在根据德·谢·利哈乔夫的观点讨论俄国文学史和文化史上是否存在“文艺复兴时代”的问题时，完整地引用了以上这一段论述。这不仅是由于这段文字对欧洲文艺复兴在文化史上的里程碑意义和这个时代的艺术繁荣做出了精辟的概括和出色的描述，以致后来学界在谈到文艺复兴时代时，往往都予以引用，而且因为它本身就是在论及一切文艺现象时总是“从美学观点和历史观点”进行检视的卓越范例。普鲁茨科夫《俄国文学史》的编撰者深受马克思主义经典作家的文艺观的浸润，在此也同样可见一斑。

① ［德］马克思、［德］恩格斯：《马克思恩格斯全集》第20卷，北京：人民出版社，1971年，第360—361页。

六 《俄国文学史》的书写方式

普鲁茨科夫主编的四卷本《俄国文学史》遵循前一章所述的方法论原则编撰这套著作，在具体书写方式上也呈现出一些显著的特色，这主要就是：紧密联系世界文学的整体格局，特别是在深刻把握欧洲文学的成就与经验的基础上，考察俄国民族文学的发展与成就；全书贯穿着鲜明的“史”的意识与问题意识，体现出史论结合的特点；始终注意文学的种类、体裁、形式和风格的演变，致力于勾画俄国文学作为语言艺术的发展脉络。这样的书写方式，使得这套文学史著作视界开阔，内涵丰富，文学性强，显示出著者探索作为艺术的文学的进化过程、努力写出一部文学艺术史的意向。

1. 在世界文学史视域中考量民族文学史

普鲁茨科夫主编的四卷本《俄国文学史》在书写方式上的一个重要特色，是在世界文学的视域中考量俄罗斯民族文学，特别是在全面认识欧洲文学史的发展进程及其所显示的规律性的基础上，考察本民族文学的形成与演变、成就与独创性。书写方式上的这一特色同文学史研究者们的两点基本认识直接相关。其一，确认俄罗斯民族属于欧洲民族，俄国文化与文学也属于欧洲文化与文学整体的一部分。如文学史家亚·尼·佩平早就指出：从族系和全部历史基础来看，俄罗斯民族都“属于欧洲各民族，而不是亚洲各民族的大家庭”[①]。到20世纪末，文学史家、文化学家德·谢·利哈乔夫在《关于俄罗斯的沉思》（1999）一书中，从民族起源、国家制度、民主传统、宗教信仰、经济贸易联系和艺术成就等方面，论证了俄罗斯及其文化的欧洲根源与欧洲属性，再次强调俄罗斯文化在其类型上属于欧洲文化，并具有与基督教文化相关的若干特点。其二，确认世界各民族文学是在相互联系和彼此影响中发展起来的，而以古希腊文学为共同源头的欧洲各民族文学则是一个整体，各民族文学作为这个整体的组成部分，又保持着自身的民族独特性。普鲁茨科夫《俄国文学史》的编著者显然认同上述见解，因此才在第一卷开篇“编者的话”中这样写道：“著者是在世界文学的视域中考量俄国文学史的，因此考虑到世界范围内的社会生活、一般文化、特别是文学—美学发展的特定阶段与问题。”[②] 这套文学史著作所书写的内容，充分体现了编著者当初的设想。

作为世界文学的主体部分之一、又与俄国文学密切相连的欧洲文学，最初起源于古希腊文学，紧随其后的罗马文学则是古希腊与欧洲后世文学之间的中介和桥梁。古希腊、罗马文学一起构成欧洲古代文学。西罗马帝国灭亡（476）之后，欧洲社会进入中世纪，文学也相应地开始了中古（中世纪）阶段。14—16世纪发生的文艺复兴运动是一场伟大的思想文化运动，成为欧洲历史由中古向近代转变的枢纽。这

---

① *Пыпин А.Н.* История русской литературы . Спб., 1902.Т.3. С.436.（汪介之译）

② *Пруцков Н. И.* История русской литературы: В 4 т. Т. 1. 1980. С.6.（汪介之译）

一时代产生的人文主义文学，是欧洲近代文学的开端。17世纪首先在法国形成的古典主义成为这一世纪欧洲文学的主要潮流，统治欧洲文坛将近两个世纪；这一时期出现的巴洛克艺术风格也对文学产生了明显的影响。在18世纪启蒙运动中产生的启蒙文学，是这个时代的主要文学现象；但在同一时期，古典主义的余波远未平息，又先后兴起了德国的“狂飙突进运动”、英国的感伤主义、哥特式小说和前浪漫主义思潮，从而造成这一世纪欧洲文学的丰富景观。19世纪初期，浪漫主义成为席卷欧洲各国的一种声势浩大的文学潮流和运动，而疏离这一潮流、偏重写实的文学也同时存在。到19世纪中期，现实主义迅速成为这一时期欧洲文学的主要潮流，形成古希腊文学、文艺复兴文学之后的又一高峰。19世纪后期，自然主义、象征主义、唯美主义文学陆续出现，同发展变化了的现实主义一起构成欧洲文学的多元格局。这种多元格局随着19世纪、20世纪初现代主义各流派的先后兴起，成为自那时起欧洲文学的生动图景，延续至今。

纵观普鲁茨科夫主编的四卷本《俄国文学史》，可以看出编著者是以欧洲文学的发展进程为基本参照系，在这一文学史的视域中检视、描述和评价俄国文学的。这既体现在全书关于俄国文学总体发展阶段的考察是以欧洲文学史的主导线索为参照的，又显示于这套文学史著作对某一时期、某种文学思潮和流派的研究，总是紧密联系欧洲文学史中相应的思潮和流派；还表现在编著者在评述一系列具体作家作品时，也往往将其与欧洲文学中的某些重要作家作品进行比较分析，从而既呈现出俄国文学与欧洲各民族文学之间的交流和影响，又揭示出俄国作家的民族风格与艺术独特性。粗略地看去，普鲁茨科夫《俄国文学史》所描述的俄国文学发展进程，只包括古代俄国文学、18世纪文学、19世纪文学和20世纪初期文学这几个大阶段，其中，18世纪俄国文学之前的古代俄国文学的发展，并不符合欧洲文学史的演进线索：古代文学——中世纪文学——文艺复兴时期文学——17世纪文学。对此，《俄国文学史》的编著者没有“为了形式的需要而篡改内容”，强行地以欧洲文学史分期模式切割俄国文学史进程，而是依据历史与文学的实际，把从10世纪俄国文学的起源到18世纪前25年的文学纳入“古代俄国文学”的范畴，并将这一漫长的文学进程划分为七个阶段（详见本书第三章第一节）。但在对古代俄国文学这七个阶段的具体考察中，编著者依然以欧洲文学史的发展线索为参照。

如在《俄国文学史》第一卷第一编的“导论：10—18世纪前25年俄国文学的独特历史道路”中，执笔者德·谢·利哈乔夫认为，古代俄国文学的绝大部分不同于古希腊、罗马文学，而是在很多方面具有和欧洲中世纪文学相近的特点。在利哈乔夫看来，11—17世纪的俄国文学，显示出一种“中世纪历史主义”（средневековый историзм）倾向。这种“中世纪历史主义”体现为：在古代罗斯（Древняя Русь），艺术概括在大多数情况下总是以某一历史事实为基础而达成的。古代罗斯新出现的文学作品，总是依附于具体的历史事件和具体的历史人物，这些作品包括关于战争的胜利与失败、关于鞑靼入侵者的罪行、关于前往巴勒斯坦和君士坦丁堡等圣地的朝拜、关于圣徒和王公统帅等人物的故事，另外还有一些关于圣像和教堂建造、关于人们相信的奇迹、关于仿佛已发生的显灵故事。这些新出现的作品很少是以虚构的情节为基础的，因为从中世纪的角度来看，虚构和任何形式的杜撰都是不允许的。某些虚构的情节（如寓言中的情节）在古代俄国的语境中也具备历史的意味，有着依附于历史人物和历史事件的倾向，甚至大部分布道者也回避寓意和神话。文学就这样如同经久不息的流水与历史形影不离，总是追随在历史身后。与历史事件相分离的作品难能伟大。作家们因担心虚饰，往往以历史文献为基础进行创作，并把先前所有的书面材料都看成历史文献。[①] 具有上述特点的

① См.: *Пруцков Н. И.* История русской литературы: В 4 т. Т. 1. 1980. С.12.

古代俄国文学，尽管不完全类同于西方中世纪文学，却拥有不少与后者相近或相似的特征，这就使普鲁茨科夫《俄国文学史》的编著者们有理由认为，在11—17世纪俄国文学中，渗透着“中世纪历史主义”精神。

在欧洲文学发展史中，中世纪文学之后便是文艺复兴时代文学。普鲁茨科夫《俄国文学史》编著者联系欧洲文学整体进程检视本国文学，认为在14—15世纪中期，也形成了俄国“前文艺复兴”（Предвозраждение / Предренессанс）时代的文学。在该书第一卷第一编第4章中，著者指出：14世纪中期，处于鞑靼人统治下的罗斯，随着手工业生产的恢复和贸易的扩大，建筑艺术开始繁荣，诺夫戈罗德、普斯科夫、特维尔和莫斯科等地的大教堂等石结构建筑，包括莫斯科的克里姆林宫及其白色石墙等，成为这种繁荣的标志。这个时期建成的一系列具有纪念碑意义的建筑，显示出力求恢复罗斯独立时代建筑艺术传统的意向。随着建筑艺术的繁荣，以教堂壁画和圣像画为主的绘画艺术也获得了发展。遭受鞑靼人破坏的教育事业和著述活动，在14世纪也出现了逐渐恢复和增长的趋势。一系列得到重建的旧有城市和新出现的城市、旧有的和新出现的修道院成为图书中心。在14世纪初期，罗斯人对异国的兴致和描绘异邦名胜古迹的兴趣再度被激起，朝圣者们纷纷朝拜君士坦丁堡、耶路撒冷等圣地，并书写自己的旅行观感。诺夫哥罗德大主教瓦西里·卡利卡的《圣地、圣城君士坦丁堡的故事》（Сказание о святых местах, о Костянтине граде）、斯特凡的《出自云游派教徒诺夫哥罗德人斯特凡诺夫》（От странника Стефанова Новгородца）等，都写于这一时期。这都意味着古代罗斯的“游历”（хождение）体裁再度流行。同一时期，还出现了反对鞑靼人统治的作品，如《舍夫卡尔的故事》（Повесть о Шевкале）、《谢尔坎·杜坚季耶维奇之歌》（Песни о Щелкане Дудентьевиче）等。

普鲁茨科夫《俄国文学史》编著者进一步指出：14世纪末至15世纪前半期俄国文学中的一个重要现象是“人的发现”，其具体体现是不再根据人所隶属的社会集团、社会阶层来对他进行评价，而是根据人的内心生活、人的内在优点和历史价值来评价。在西方，“人的发现”是随着商品流通和货币交换的发展而引起的。在俄国，经济增长，商品贸易和手工业的发展，“城市公社”的出现，都为个性解放创造了条件。更为重要的是，长期的战争恐惧和严峻的道德考验使得人们越来越重视人的内在品质，包括人的坚定性，他对民族和祖国的忠诚程度，精神对抗能力和应变能力，战时组织能力和行政管理能力等。这一点在库里科沃战役（1380—1382）之后表现得特别明显。这一时期的编年史类作品，对于在战时出现的显示出高尚内在品质的个人，不管他属于哪一阶层，都有着如实的记载和描写。此时的文学作品，特别是圣徒传类的作品，也越来越关注人的感情领域，着重表现人的心理、内心状态和内在的激动不安。这也就导致了作品中艺术描写的生动性，以及更具有表现力的风格。不过，《俄国文学史》编著者认为，上述现象还不能与欧洲的文艺复兴等量齐观，因为在古代俄国，宗教精神文化一直到17世纪仍占据主导地位。14—15世纪，生活和文化的世俗化还很遥远，个性解放还只能在宗教范围内实现。因此，这个时期只是“将在适合的条件下发展、向着文艺复兴过渡的那一过程的起步时期，也即前文艺复兴时代。”[①]

“前文艺复兴时代”的俄国文学，在《俄国文学史》编著者看来，对人的内心生活的关注，对正在发生并处于流变中的现实的展示，是与历史意识的觉醒相联系的。库里科沃战役之后出现了民族自我意识的高涨。对罗斯独立的历史时期进行想象的时代来临了。这一时期的社会思想转向独立，艺术上转向鞑靼人入侵之前的作品，建

① *Пруцков Н. И.* История русской литературы: В 4 т. Т. 1. 1980. С.148.（汪介之译）

筑艺术转向独立时代的建筑物，文学上则转向11—13世纪的作品，如《往年纪事》、伊拉里翁的《论律法和神恩》《伊戈尔出征记》《罗斯国土沦丧记》《亚历山大·涅夫斯基传记》《拔都攻占梁赞的故事》等。就这样，对于俄罗斯“前文艺复兴时代”而言，独立时代的罗斯、鞑靼人入侵之前的罗斯，成为它的“古希腊罗马时代”。但是这一时期的文学作品仍然具有一般中世纪文学的特点，即抽象化和普泛化，着重发掘每一现象的宗教意义，在人物心理描写上的有类型化特点，缺乏真正的个性揭示。对于这后一特征，利哈乔夫曾将其定义为“抽象的心理主义”（абстрактгый психологизм）。这样的文学当然也未达到文艺复兴时代文学的高度。尽管如此，“前文艺复兴现象”在古代俄国的文化生活中仍具有重要意义。文化趋于繁荣，对民族历史的兴趣极大增长，复兴民族文化传统的意向鲜明地体现出来，与其他国家的文化交流更为频繁，都是这个时代的特点。14世纪前半期开始复兴的石结构建筑艺术到世纪末获得更大规模的发展。14世纪末至15世纪前半期，鲜明表现出前文艺复兴时代理想的造型艺术达到繁荣。艺术家费奥凡·格列克（Феофан Грек）、安德烈·鲁布廖夫（Андрей Рублёв）的教堂壁画和圣像画代表了这一时期绘画艺术的最高成就。其中，鲁布廖夫的艺术创作尤其以深厚的人道主义和人性表现为其特色。这样，“前文艺复兴时代”的俄国文化和文学就为后来文化和文学的发展提供了铺垫。

那么，在“前文艺复兴时代”之后，俄国文化和文学是否迎来了自己发展史上的文艺复兴时代呢？对此，普鲁茨科夫《俄国文学史》中有着详细的论述。在该书第一卷第一编第5章中，著者指出：15世纪中期到16世纪的俄国，逐渐克服了封建割据的局面，开始形成统一的中央集权式国家，就像同一时期处在文艺复兴中的欧洲国家所发生的那样。在俄国思想文化领域，由于拜占庭文化的传入与影响，神学中心某种程度的弱化，带有人文主义色彩的异教活动及宗教改革运动，古希腊学术著作（德谟克利特、亚里士多德等）的流传，乃至异教的、反基督教著述的出现，使人们感到一股新的潮流正在涌动。在15世纪后半期的俄国文学中，也像中世纪晚期和文艺复兴时期的西欧文学那样，世俗文学、民间创作颇为流行。这类作品如《所罗门和基托弗拉斯的传说》（Сказание о Соломоне и Китоврасе）、《斯捷法尼特和伊赫尼拉特的故事》（Повесть о Стефаните и Ихнилате），《一位向皇家女儿求婚的老头儿的故事》（Повесть о старце, просившем руки царской дочери）、《德拉库拉的故事》（Повесть о Дракуле）、《巴萨尔加的故事》（Повесть о Басарге）等的俄文译本，陆续在俄国出现。一些重要的俄国文学和文化文献，如尼基京·阿法纳西的《三海记游》（Хожение за три моря），因诺肯森的《博罗夫修道院帕夫努季最后的日子记事》（Записка о последних днях Пафнутия Боровского）等，也显示出作者看待周围世界的个人观点，以及偏离所属阶层的个人立场。一些作品的主人公和翻译作品的主人公相似，往往突破了中世纪的传统道德规范，不再恪守宗教观念；模仿古希腊罗马作品、表现“诱惑力”主题的作品也开始出现。但是，普鲁茨科夫《俄国文学史》编著者认为，这一切并不意味着“俄罗斯的文艺复兴”，而只是具有文艺复兴的某些因素。

《俄国文学史》编著者进而指明：在16世纪，俄国仍然缺少“俄罗斯文艺复兴”形成的适宜土壤。占统治地位的封建—宗教思想的严酷压力和政治统治，使得俄罗斯的文艺复兴没有获得充分的发展。虽然俄国的经济生产、商品贸易和城市文化获得了进一步发展，但是异教运动及与其相关的文学和文化却遭遇严厉的打击。在这个世纪中，文艺复兴思潮不可能真正地进入俄罗斯。俄国与西欧国家经济政治发展道路上的差距决定了两者文化发展上的差距。但这并不意味着俄国文化和文学发展的停滞。宗教改革和人文主义运动的规模虽然缩小了，却仍旧在发生。曾前往意大利的学者型修士马克西姆·格列克，是把15世纪末地理大发现告知俄国的第一人，他的活动对于俄国接受欧洲文艺复兴的思想文化具有间接的意义。外交家、政论作家费奥多尔·卡尔波夫是荷马、亚里士多德著作的忠实读者，还在自己的著述中援引古罗马诗人奥维德的诗句。16世纪中期由马卡里都主教主持编纂的《日读经文月书总集》（Великие Минеи Четьи），也收录了一些世俗性著作，如弗拉维王朝的约瑟夫·本·马塔菲耶写的关于耶路撒冷的故事，航海去印度的商人科斯马斯的《天文地理》（Космография），以及《瓦尔拉姆和阿瑟夫的故事》（Повесть о Варлааме и Иоасафе）等。编年史、传记、圣徒传和世俗性政论等体裁在这一时期获得了发展，叶尔莫莱—叶拉兹姆、伊·谢·佩列斯韦托夫等人写的故事和政论，表明对于被作者称为“公共财富”的西方思想家、对于个人价值的重视。甚至还有作为严酷统治者的伊凡雷帝本人下令保存马尔金·别利斯基编纂的《世界编年史》（Всемирная хроника）这样的历史事实。然而，从总体上看，16世纪的俄国毕竟处于脱离西欧文艺复兴文化潮流的“隐修”状态，宗教改革—人文主义运动一直遭到碾压，作为文艺复兴的主要根基与支柱的人的个性更是受尽压制，世俗社会思想的发展受到严重阻碍。

因此，普鲁茨科夫《俄国文学史》编著者认为，16世纪是俄国文化和文学发展史上的一个最为复杂和矛盾的时期，虽然在这一时期，特别是在这一世纪上半期，出现了追求文艺复兴、向其发展的诸多征兆，但是俄国的文艺复兴运动却没有形成；这一时期在西欧发生的这一深刻的文化转折的历史前提，即对于人的价值的发现，在俄国还不存在。著者写道：“在俄国没有像在西方那样出现过文艺复兴时代，但是却呈现出绵延于整个16世纪、17世纪和18世纪的文艺复兴现象——这是一种‘延宕的文艺复兴’。”①

① *Пруцков Н. И.* История русской литературы: В 4 т. Т. 1. 1980. С.290.（汪介之译）

在普鲁茨科夫主编的四卷本《俄国文学史》中，编著者关于俄国文学发展进程中不同阶段的各种思潮和流派的研究，也是密切联系欧洲文学史中相应的思潮和流派展开的。在欧洲文学发展进程中，文艺复兴之后的17世纪产生了古典主义思潮，在18世纪又随着启蒙运动的发生而形成启蒙文学，18世纪后期还兴起感伤主义流派。在俄国文学史中，古典主义、启蒙文学和感伤主义都先后存在，但是它们的出现却并不与欧洲文学史同步；除了和欧洲文学史中相应的思潮具有共性特征之外，它们还呈现出俄国文学的民族独特性。普鲁茨科夫《俄国文学史》在欧洲文学史的视域中考察这些思潮和流派，一一揭示出它们的内涵与特点。

在关于俄国古典主义的评述中，《俄国文学史》著者首先指出：在欧洲文学史中，古典主义作为一个特定的文学流派最早在17世纪的法国形成，并被视为对古希腊罗马文化的一种继承。俄国古典主义虽然晚一个世纪、直到18世纪才出现于历史舞台，却是作为整个欧洲文学之一部分的俄国文学发展中的一个必然阶段。古典主义创造了多种体裁的艺术，但它只是以诗歌语言确认自身的存在。18世纪的俄国诗歌就是在古典主义的范畴内出现的。罗蒙诺索夫、苏马罗科夫等古典主义诗人确立了悲剧体裁，为俄国剧院的组建和富有成效的活动准备了条件。古典主义从创造民族文学开始，促进了公民理想的培养，形成了英雄人物的观念，提高了诗歌文化的水平，把古希腊罗马和欧洲艺术的经验纳入民族文学中，为俄国文学的发展做出贡献。《俄国文学史》著者接着又说明俄国古典主义的独特性，指出古典主义从其在法国形成之时起，就从理论上否定了艺术家和作家身上的个性，他们的意识必须服从于严格的规则。欧洲文艺复兴时代暴风雨般的事件和人文主义滋养了文学中的个性因素，造就了诗人们的理想，而古典主义法则却不允许在作品中表现作者的个性。俄国古典主义就这样带着显而易见的矛盾开始了自己的历史。这种矛盾反映了俄国古典主义作为全欧洲共同风格的民族变体的特殊性。俄国古典主义诗人在其创作实践中显示出对古典主义美学标准法典的偏离，其杰出代表罗蒙诺索夫的颂诗创作就是这种偏离的突出典范。诗人依据人类的艺术经验，写出具有深刻民族性、独创性的颂诗，艺术地总结了本民族在其已达到的世界历史生活的水平上的种种经验，表达出处于上升时期的民族精神，促进了俄国人自我意识的发展。罗蒙诺索夫的诗歌成就，显然是俄国古典主义独特性的鲜明体现。

普鲁茨科夫《俄国文学史》关于18世纪俄国启蒙文学的论述，同样是在作为一个整体的欧洲文学史的视野中展开的，但是特别强调了俄国启蒙文学的独特性。著者指出：18世纪在欧洲兴起的启蒙运动是一场规模巨大的思想文化运动，在这场运动中形成的启蒙思想是一种彻底的反封建思想。启蒙思想的发展在每个国家中都取决于农民和贵族之间矛盾激化的程度，取决于民众同他们的压迫者之间的斗争；在俄国，这种斗争是从18世纪60年代末期起以一种特殊的力量展开的。不过，著者却认为在18世纪上半叶登上社会舞台的俄国诗人康捷米尔、特列季阿科夫斯基和罗蒙诺索夫等，都是俄国早期启蒙思想家。但只是到了18世纪60年代，俄国启蒙运动才最终形成范围广阔、内容丰富的思想运动，其主要参加者有期刊创办人和作家尼古拉·诺维科夫，戏剧家和散文家杰尼斯·冯维辛，哲学家雅科夫·科泽尔斯基，以及启蒙学者谢·杰斯尼茨基、德·阿尼奇科夫，启蒙思想的宣传者和普及者尼·库尔加诺夫教授等人。18世纪80年代末，克雷洛夫、拉季舍夫等作家出现于文坛。俄国启蒙运动给整个社会精神生活、尤其是文学与艺术的发展以巨大影响。甚至连一些不承认启蒙思想家的社会纲领的贵族作家，也接受了启蒙学说中关于人的价值与阶层无关的观念和开明君主制的构想。《俄国文学史》著者接着指出：对于这个时代提出的俄罗斯国家社会和政治生活中越来越多需要讨论的问题，古典主义诗歌已不能作出回答。在新的历史条件下，需要的是一种信赖现实和现实中的人，不是把生活理想化，而是要说明生活的艺术。作为回应时代主导诉求的启蒙现实主义就是这样的艺术。

《俄国文学史》著者认为，启蒙现实主义是俄国现实主义的早期阶段，它在确认人的自我价值、从人所处的社会环境来理解人，在艺术地揭示“民族性秘密”等方面已迈出了最初的步伐。诺维科夫、冯维辛、拉季舍夫等作家在其作品中揭示了社会矛盾，对现实持讽刺和尖锐抨击的态度，暴露出农奴制度下令人震惊的真实，在民众身上看到能够颠覆暴力制度的力量，看到农奴的无权地位，深信社会自由与正义的正确性。与西欧启蒙文学一样，俄国启蒙现实主义文学也具有政论性，这种政论性是启蒙现实主义艺术性的独特形式，它是因作家们关心众人、而不是单个人的幸福这一意向而产生的。在启蒙现实主义作家看来，文学最重要的任务就是形成新的道德规范，启迪蜕化的意识，直接表现以正面主人公为其承载者的理想。通过这些论述，在欧洲启蒙运动和启蒙文学的总体背景下出现的俄国启蒙现实主义的特色，就得以清晰地呈现出来。

这种宏观的研究视野也体现在普鲁茨科夫《俄国文学史》关于俄国感伤主义的评述中。著者承认，俄国感伤主义与欧洲感伤主义紧密相连。俄国作家曾翻译过英国、法国和德国感伤主义作家的作品，并由此了解到这一流派作品的特点。俄国作家对各国感伤主义作家作品的主题、情节、体裁及风格均有所借鉴。18世纪70—90年代，俄国文学中形成了感伤主义文学思潮。一些感伤主义的通俗读物曾一度流行，如模仿歌德的“维特”题材的尼·埃明的长篇小说，帕·利沃夫模仿理查逊的长篇小说《帕美拉》写成的《俄罗斯的帕美拉，或品德高尚的农妇玛丽娅的故事》等。但是这些通俗读物并不能代表俄国感伤主义的成就，只有作家卡拉姆津才是俄国感伤主义作为一种新的、具有民族独特性的艺术体系的创建者。《俄国文学史》著者认为：

> 卡拉姆津的感伤主义，合乎规律地联系着全欧洲的文学思潮，但在很多方面又完全是一种新现象。…… 西欧的感伤主义是在启蒙运动高涨并达到最繁盛的时期形成的，启蒙哲学培育了文学新思潮的美学理想。卡拉姆津的感伤主义同样是以启蒙思想为前提的，最终在启蒙思想家的理论受到法国革命实践决定性检验的年代中形成一种艺术体系。启蒙理想中的许多内容未能经受这一检验。启蒙运动的危机是一出伟大的思想悲剧，它震撼了欧洲思想界。这种危机也成了卡拉姆津个人的悲剧。这个时代暴露出新的历史时期人的日常生活中发生的灾变。这一切也决定了卡拉姆津的感伤主义具有独特的、就其民族特点而言是不可重复的面貌。[①]

著者还指出：卡拉姆津反对用暴力的方式消灭现存制度，希望革命能实现启蒙运动所宣扬的公平正义和“兄弟情谊”的伟大理想，但是革命辜负了人类的期望，也没有确立它所承诺的理性王国。革命同时也使他懂得，只能在历史中探索真理，于是他尝试在历史中探寻现代生活中的一些令人忧虑的问题的答案。这不是作家经历中偶然的和个别的事实，而是俄罗斯思想和俄国文学发展的共同规律的具体体现。纵观卡拉姆津从中篇小说《可怜的丽莎》（1791）到多卷本《俄罗斯国家史》（1803—1826）的创作过程，可以领会《俄国文学史》著者上述评价的正确性。

俄国文学发展到19世纪，已随着自身的不断丰富与壮大而完全汇入欧洲文学的巨大潮流中，呈现出与欧洲各国各民族文学同步发展的态势。因此，考察和研究在19世纪初期兴起的俄国浪漫主义思潮、19世纪中期空前繁荣的现实主义文学，以及在19世纪晚期随着现代主义潮流的产生而形成的多元文学格局，密切联系各个不同时期欧洲文学

---

① *Пруцков Н. И.* История русской литературы: В 4 т. Т. 1. 1980. С.485.（汪介之译）

的整体进程，已成为理所当然、顺理成章的事情。这时，普鲁茨科夫《俄国文学史》的编著者们已不再像他们检视古代俄国文学和18世纪文学那样，需要以一种探赜索隐的细致和耐心去发掘本民族文学与欧洲文学的某些相似、接近或类同之处，因为19世纪以后的俄国文学已显而易见、毫无疑问地成为欧洲文学整体的组成部分，尽管俄国文学依然保持着并继续显示出自身的民族特色。于是，关于19世纪以来欧洲文学中某种思潮的评价，很自然地就被用于对俄国文学中同一流派的观照。如在论述俄国浪漫主义的特点时，著者就直接引用法国作家维克多·雨果在为自己的剧本《欧纳尼》所写的序言中关于浪漫主义的定义：浪漫主义不过是“文学上的自由主义”而已；“文学自由是政治自由的女儿”，“艺术的自由和社会的自由，是所有始终不渝、合乎逻辑地思考着的头脑所致力追求的双重目标”[①]。

普鲁茨科夫主编的四卷本《俄国文学史》在欧洲文学史的宏观视域中评述俄国文学史，不仅显示于它对俄国文学发展阶段的考察，对不同时期文学思潮和流派的研究，还体现在一系列关于具体作家作品的跨越国别文学界线的比较分析。正如编著者在谈到这套著作的书写方式时所说的那样：“对各位不同作家的创作进行比较类型学的分析，在本书的相关章节中起着显而易见的作用，它使得著者能够廓清各种内在的文学联系，这些联系是文学史进程规律的一种表现形式。”[②] 如在论及拉季舍夫的作品《从彼得堡到莫斯科旅行记》（1790）时，著者认同20世纪70年代苏联研究者的观点，认为这部旅行记和18世纪法国启蒙作家狄德罗的对话体小说《拉摩的侄儿》（1762）等作品之间存在着可比性。在评说普希金的一组浪漫主义叙事诗——“南方诗篇”之一《高加索的俘虏》（1822）时，著者将它和英国浪漫主义诗人拜伦的长篇叙事诗《恰尔德·哈罗尔德游

---

① *Гюго В.* Драмы. Москва, 1958. С. 197, 198.（汪介之译）

② *Пруцков Н. И.* История русской литературы: В 4 т. Т. 1. 1980. С.6.（汪介之译）

记》（1809—1811，1816—1817）进行了比较；在关于普希金的历史剧《鲍里斯·戈都诺夫》（1825）的考察中，则联系到莎士比亚的《理查三世》（1592）和《亨利四世》（1597—1598）等历史剧。如果说，《俄国文学史》中的上述比较考察基本上都属于一种“平行研究”，那么在谈到19世纪法国作家乔治·桑与俄国文学中的“自然派”——“果戈理倾向”的关系时，则显示出编著者所采用的是“影响研究”的方法。在《俄国文学史》第二卷第14章“1826—1855年间俄罗斯文学和社会思想的基本趋向与潮流”中，执笔者伊·尼·库普列亚诺娃这样写道：

> 乔治·桑的创作曾给予“果戈理倾向”的社会民主主义理念和现实主义原则的形成以非常重要而良好的影响。从 19 世纪 30 年代末开始，在大约 10 年时间内，她的长篇小说一部接一部地发表在俄国期刊上，最常见于《祖国纪事》上，并且获得了极大的成功。渗透于乔治·桑创作中的圣西门关于个性解放的思想，首先是关于最无权利、因社会而陷于贫困的女性解放的思想，在别林斯基、赫尔岑和他们的文学圈子里得到最为广泛而热烈的响应。然而，对于俄国文学而言，这远不是对这位法国女作家表示赞同的唯一的、也非主要的形式——这位作家是面向民众和平民群体、面向同时代人的“悲痛与苦难”的，这些人已在精神上奋起反抗以阶级上的不平等和压迫为基础的恶浊的“文明”，但没有力量消除它的惨无人道。
>
> 在《瑟南古的长篇小说〈奥贝曼〉序言》[①]里，乔治·桑向各国作家发出呼吁，希望他们成为在资产阶级社会中遭受屈辱的人类“深藏着的不幸与痛苦的喉舌”，并以此而促进他们的解放。

① 瑟南古（1770—1846）：法国作家，《奥贝曼》（1804）是他创作的一部书信体小说。

由1843年6月号《祖国纪事》转载的这篇序言，成为当时正在形成的“自然派”的宣言。[①]

这种文学上的“事实联系”，使伊·尼·库普列亚诺娃完全有理由确认乔治·桑的思想和创作对俄国“自然派”作家的影响。与此相似，由柳·亚·叶祖伊托娃执笔的《俄国文学史》第四卷第7章“1890至1907年的现实主义文学”在论及19—20世纪之交描写工人生活的作品时，也提到法国作家左拉、德国作家霍普特曼等人对俄国作家的影响。叶祖伊托娃注意到：

> 在两个世纪之交，国外的取材于工人生活、具有革命倾向的长篇小说、中篇小说和戏剧受到特别强烈的关注，因为本国文学还没有创造出这一类作品，而翻译作品则填补了这一空白。左拉的长篇小说《萌芽》、霍普特曼的剧作《织工》和奥·米尔博[②]的剧作《可恶的牧羊人》曾被广泛地用于革命宣传，并被列入社会民主主义工人小组的课程大纲。…… 在1905年革命前夜和革命期间，俄国文学中出现了把工人的革命性作为客观的历史规律来理解的动向，而在19世纪90年代，许多作家却特别注意其他方面。[③]

经由这些论述，普鲁茨科夫《俄国文学史》呈现出俄国文学在欧洲文学整体格局中、在欧洲各国文学之间彼此交流和相互影响下持续

① *Пруцков Н. И.* История русской литературы: В 4 т. Т. 2. 1981. С.353-354.（汪介之译）

② 奥克塔夫·米尔博（1848—1917）：法国小说家、剧作家，写有《骷髅地》（1887）、《一个侍女的日记》（1900）等多部小说，以及《可恶的牧羊人》（1897）、《生意就是生意》（1903）等九部剧本。

③ *Пруцков Н. И.* История русской литературы: В 4 т. Т. 4. 1983. С.247.（汪介之译）

发展的历史。这样，这套文学史著作不仅给读者留下它在世界文学史的视域中考量本民族文学进程的印象，而且有力地表明俄国文学本身就是全部欧洲文学和世界文学总体的组成部分。

2. 史论结合：问题意识的贯穿

俄国文学发展史的评述中贯穿的问题意识是普鲁茨科夫主编的四卷本《俄国文学史》书写方式上的又一重要特色。编著者没有局限于对文学总体进程及各个发展阶段的描述，也没有拘泥于对各种文学现象和作家作品进行评价，而是能够通过对文学史的审视和研究，提出一系列重要问题，并就这些问题展开讨论，凝练出一些有价值的观点。这种问题意识在这套《俄国文学史》书写中的贯穿，使全书具有史论结合的特点和较大的思想含量。

普鲁茨科夫《俄国文学史》论及的重要问题之一，是古代俄国文学和从18世纪开始的“新时代俄国文学”之间的连续性问题。这个问题的提出，所针对的是在苏联学界曾长期流行的“彼得时代与前彼得时代的俄国之间存在着决定性断裂的反历史主义观念”。《俄国文学史》编著者认为：彼得一世改革时期，即“18世纪初期的欧化不可能成为历史发展的统一进程中断的根据。俄罗斯早已走在全欧洲的道路上。彼得改革很有说服力地体现了共同的规律性”[①]。编著者所持的这一观点，最初是由学者格·亚·古科夫斯基在他的《18世纪俄国诗歌》（1927）一书中提出的。《俄国文学史》在论及这一问题时，参照古科夫斯基的见解，更采用古代俄国文化史、文学史专家德·谢·利哈乔夫（也是这套文学史著作的编委会成员兼第一卷主编）的观点。利哈乔夫通过他的一系列著作清楚地揭示出，“欧化”的进程、对西方文化与美学珍品的把握，以及为俄罗斯历史道路的独特性所决

---

① *Пруцков Н. И.* История русской литературы: В 4 т. Т. 1. 1980. С.465.（汪介之译）

定的富有特色的文学的形成，是如何在几个世纪内有机地运行和延伸的；对于18世纪而言，俄国文学中的若干重要而稳固的传统，具有重要的意义与作用。18世纪从形成于几个世纪内的遗产中首先获得的是关于文学的强大社会作用的观念。文学在摆脱纯粹事务性的和教会方面的任务之后，获得独立自主性，并由于提出一些重要问题，在社会精神生活中占据牢固的地位；由于同当代现实的联系，文学促进俄罗斯人爱国主义精神的培养和民族自我意识的形成。①

普鲁茨科夫《俄国文学史》编著者就上述问题进一步展开论述，强调传统不仅需要守护与继承，还需要以时代带来的新东西发展与丰富。过去的一些重要发现往往被丢弃和遗忘，18世纪新文学断然摆脱教会的影响，这也进一步巩固了文学的社会地位。由西欧传入俄国的启蒙思想体系，赋予具有传统特点的俄国文学以近代的形式。正如利哈乔夫所指出的：在俄国中央集权国家加速建设的时代，国家与社会的主题开始在文学中占据主要地位，政论作品获得蓬勃发展；政论性也渗入文学的其他体裁中，从而决定新文学具有特殊的、明显的教诲性，这种教诲性遂成为俄国文学的一个重要特征。不过，在《俄国文学史》编著者看来，新文学最重要、最根本的特点，还在于它是作者个人勉力创造的文学。社会上出现了新型的作家，其文学活动取决于各自的个性。这种现象，自然是俄国及其文化与文学发展特定的、具体的历史规律性的反映，而文学中发生的本质上的变化，已在它之前的整个时期、包括在17世纪准备就绪。17世纪及以往的俄国文学所特有的一般特征，是传统占据优势地位，这种传统是民族文学形成的必要历史条件。但随着时间的推移，文学逐渐复杂化，与传统疏离。《俄国文学史》中这样写道：

① См.: *Лихачёв Д.С.* Своеобразие исторического пути русской литературы X-XIIV веков.// «Русская литература», 1972. № 2. С.34.

> 从 14 世纪末即已产生的对一般个性、对作品主人公的内心世界、特别是对作者本身个人命运的兴趣，促进了这种变化。读者希望了解作家的生平经历，但只是他素有的观点，他对世界的看法，以及他个人的叙述风格。作者作为各具特色的个性开始在文学中占有越来越重要的地位。在 17 世纪文学中已经显示出培养造就人性观念的意向。在这种情况下，作者的作用、他的生平经历和他的性格都在作品中得到了强化。①

可见，18世纪以及后来的俄国文学对作家的个性和作品主人公内心世界的关注，是在14—17世纪文学发展的过程中逐渐形成与强化的，而且，为俄国新文学所具有的那些主要特征，在以往的文学中已经不同程度地有所显现，或已具有某些因素和萌芽。因此，普鲁茨科夫《俄国文学史》编著者认为，必须辩证地看待18世纪俄国文学与以往文学传统之间的继承性和连续性，也必须辩证地看待彼得时代与以往俄国历史之间的联系问题，那种断言“彼得时代与前彼得时期的俄国之间存在着决定性断裂”的观点，显然是站不住脚的。《俄国文学史》就这一问题所进行的论述，不仅有说服力地回答了苏联学界在俄国历史和文学史研究中存在的一个悬而未决的话题，同时也显示出这套著作鲜明的问题意识。

普鲁茨科夫主编的《俄国文学史》论及的又一重要问题，是关于俄国文学发展过程中存在的“延宕的文艺复兴”（замедленное Возрождение）问题。这个问题是由德·谢·利哈乔夫在该书第一卷第一编“导论：10—18世纪前25年俄国文学的独特历史道路”中提出的。利哈乔夫写道：

---

① *Пруцков Н. И.* История русской литературы: В 4 т. Т. 1. 1980. С.468.（汪介之译）

> 在16—17世纪以及18世纪的一部分时间内，俄罗斯常常显示出某些文艺复兴现象：创作中个人因素的发展，个性从中世纪行会的控制下逐渐解放出来，但是在俄罗斯却没有出现过统一的文艺复兴时代。出现的是“延宕的文艺复兴”，因为没有文艺复兴现象就不可能实现从中世纪向新时代的过渡。由于文艺复兴的延宕性和迟缓性，所有文艺复兴现象在古罗斯都获得了特别的现实意义。人的个性成为文学进程的核心。①

本书上一节已经提到，《俄国文学史》编著者认为，在14—15世纪中期，俄罗斯曾出现“前文艺复兴”时代；15世纪后期到16世纪，俄国文化与文学中也存在着文艺复兴的某些因素，然而在俄国却没有像在西方那样出现过一个文艺复兴时代。在该书第一卷第二编“导论：18世纪俄国文学道路的确立与文学民族独特性的形成”中，执笔者格·潘·马科戈年科更深入地论述了这一问题。他的论述是以一系列设问的形式开始的：“俄国是否也被吸引到这一席卷全欧的文化运动中去了？具有本民族历史全部独特性的俄罗斯是否也经历过类似的转换与改革？俄国近代史也是从这一全欧洲的分界线上开始的吗？俄国是否也如同欧洲其他国家那样，在人类历史上的这一伟大转变时代，创造出了‘新的、最初的现代文学’（恩格斯语——引者注）？”②

随后，马科戈年科根据利哈乔夫等学者的长期研究，对作为一种特殊文化史和文学史现象的俄国“延宕的文艺复兴”问题做出了深刻阐述，回答了上述一系列设问，系统地表达了普鲁茨科夫《俄国文学史》的编著者们关于这一重要问题的学术见解。马科戈年科认同利哈乔夫的观点，认为俄国由于自身一定程度上的落后和文化上的某种隔

① *Пруцков Н. И.* История русской литературы: В 4 т. Т. 1. С.16.（汪介之译）

② Там же. С.469.

离，没有和欧洲其他国家一起同时经历文艺复兴阶段；虽然俄国在14世纪末和15世纪，经历了自己的“前文艺复兴时代”，但是由于一系列历史原因，俄国的前文艺复兴却未能转换为文艺复兴。18世纪初期的彼得一世改革，表明俄国决心以自己的方式开始实行那些在西方业已完成的措施，但18世纪俄国的历史文化和物质条件，由于其自身的水平与性质，未能成为在俄国发育成文艺复兴文化发展阶段的基础，因此俄国的前文艺复兴时代，在18世纪仍未能过渡到文艺复兴时代。接着，马科戈年科明确地指出：

> 然而，这个时代的这些物质条件与历史情状，却不仅为密集性地掌握欧洲文艺复兴的丰富经验和人文主义文化的成就，而且也为**独立地解决一般文艺复兴的问题**创造了合适的土壤。这种解决方式的切近现实的必然性，决定于这一历史规律：不同的民族都行进在同样的道路上，但却是各自独立前行。这种解决不是在为时短暂的、一次性的活动中，而是在开始于17世纪末、延续到19世纪前三分之一的**过程**中实现的。……
>
> 这样便可以肯定，在俄国，文艺复兴不是一个特殊的、具体的历史时代，但是，既然在一个多世纪的时间内，包括艺术与文学在内的整个俄国文化积极解决了一般文艺复兴的诸多问题，创立了人文主义思想体系的基础，那么，这个时期就可以称为（尽管是相对的）俄罗斯的文艺复兴时代。[①]

由此可知，在普鲁茨科夫《俄国文学史》的编撰者看来，从17世纪末到19世纪前三分之一，是俄国文化和文学发展进程中的一个连续阶段，这个阶段就是俄罗斯的文艺复兴时代，即利哈乔夫所说的“延

---

① *Пруцков Н. И.* История русской литературы: В 4 т. Т. 1. 1980. С.470-471.（汪介之译）

宕的文艺复兴”。那么，与欧洲的文艺复兴时代相比，在这个显然出现迟缓、延续时间更久的时代，俄国文化和文学究竟发生了什么样的变化，解决了哪些问题，才当之无愧地可以被称为文艺复兴时代呢?

《俄国文学史》第一卷第二编“导论”的执笔者马科戈年科认为，在俄罗斯“延宕的文艺复兴”时代，首先解决的是如何对待古希腊罗马文化并掌握其美学经验的问题。在欧洲文艺复兴时代，复兴的古希腊罗马文化成为创造新的人文主义文化的基石。在那个时代产生的对于希腊和罗马艺术、哲学与文学的兴趣，后来成为欧洲各民族文化与文学发展的深厚源泉。因古希腊罗马大师们的宝贵经验而丰富起来的新时代的艺术，建造了共同的形象和共同的艺术语言的武库；古希腊罗马哲学提供了新时代唯物主义与唯心主义发展的推动力；古代的历史学家们对当时和以后的学者与作家们描述事件与人物的方式产生了巨大的影响。在俄国，虽然本民族的历史上并没有经受过作为文化发展的一个特定阶段的古希腊罗马文化，当然也无须对这种文化进行再发掘，但是古希腊罗马文化及其思想遗产，却在俄国被用于建构自己的思想体系，包括人文主义思想以及别具一格的艺术。从18世纪伊始，俄国学者和作家就特别关注古希腊罗马文化，对古希腊罗马的文学、哲学和历史的兴趣在俄国逐年增长。古希腊和罗马诗人作品的译本开始成系列地在俄国出版，并对18世纪的俄国诗歌产生重大影响。俄国诗人杰尔查文对古希腊诗人阿那克瑞翁创作经验的开掘，使他创作出俄国诗歌中具有古希腊诗风的第一批典范之作。他的艺术发现和诗歌成就，也是俄国文学在解决如何对待古希腊罗马文化时富有成效的具体体现。

个性问题是文艺复兴的第二个问题，在马科戈年科看来，这一问题18世纪初在俄国得到了解决。欧洲的文艺复兴运动，发现了人在精神方面具有不可重复的特点和精神丰富的个性，强调人是世界的最高价值所在，也是衡量一切现象与物质的尺度。人文主义作为捍卫个性及其权利、自由、幸福、尊严和独立的具有战斗精神的思想体系，是对人的全新理解的哲学概括。在18世纪的俄国，个性问题的解决可以从两个不同层面来看待。从国家层面进行考察，可以发现在彼得一世时代，文化与教育的发展已转向致力于培养人的主动精神、觉悟意识和爱国主义，以及在为国效力的舞台上一显身手的愿望。先前以强迫为主的传统政策，到那时已补充了说服的政策，命令和驱使人去执行国家意志的现象得以减少，这也就意味着对个人的一种新态度，表明对个人实际需求的直接关注。从文学层面来看，改革也造成一种新的精神气候，这种气候为俄国文学的发展创造了适宜的条件，文学在促使民族意识觉醒的同时，揭示并形成了关于人及其与等级无关的价值的崇高观念。关于人的新理解不仅是文学所宣扬的，而且哺育了文学自身的发展。个性的观念就这样在正忙于改革的俄国，在一个农奴制的国家内得以确立。这样，俄国就比西方稍晚形成了作为个性的人的观念。不但如此，这种观念还是西欧文艺复兴最伟大的成就——人文主义在资本主义迅猛发展的影响下开始发生变异的时代形成的。可见，俄国是在一个延续较长的时间内独立自主地解决文艺复兴中最根本的个性问题的，而且是以另一种方式解决的。普鲁茨科夫主编的《俄国文学史》，就是这样经由马科戈年科的阐述，赞同利哈乔夫的观点，确认在俄国文化和文学发展史中存在着一个“延宕的文艺复兴”时代。

不过，普鲁茨科夫《俄国文学史》编著者同时承认，截至这套文学史著作成书之际，关于俄罗斯文艺复兴的问题，在俄罗斯—苏联学界尚未得到充分研究。格·亚·古科夫斯基的著作《18世纪俄国文学》（1939）、叶·伊·约费的论文《俄罗斯的文艺复兴》（1949）等研究成果，都表明这一问题还存在进一步探讨的学术空间。利哈乔夫、普鲁茨科夫和马科戈年科等编著者想必也都知道，20世纪前期杰出的思想家尼古拉·别尔嘉耶夫在流亡状态中曾写有两部重要论著，即《俄罗斯思想：19世纪至20世纪初俄罗斯思想的基本问题》（1946）和《自我认识：哲学自传试作》（1949），认为在20世纪初的俄国曾出现过“俄罗斯的文艺复兴”（Русский ренессанс）、“文化复兴”（культурный ренессанс）或“精神文化复兴”（духовно—культурный ренессанс）。其中，在《俄罗斯思想》一书的最后一章，别尔嘉耶夫回顾了那个时代的精神气候和思想界、文化界的状况，说明在当时相继出现了一系列值得注意的现象，如知识分子的意识发生了变动；在叔本华和托尔斯泰哲学思想的影响下，知识界开始对哲学产生兴趣，并逐渐形成了一种文化哲学氛围；美学意识也发生了转换，艺术开始被赋予更大的意义。《哲学与心理学问题》《北方导报》《艺术世界》《天秤座》《新路》和《生活问题》等诸多期刊的出现和大量论文的发表，正是上述变化的标志。思想文化领域发生的这些变动，和向着19世纪精神文化创造高峰的复归联系在一起，同时又和西方文化思潮的影响密切相关：在哲学方面，主要有康德、黑格尔、费希特、谢林、叔本华和尼采的影响；在文学领域，易卜生、波德莱尔等发挥了巨大作用。别尔嘉耶夫这样写道：

> 我将世纪初我们那里出现过的那种创作高涨称为俄罗斯的文艺复兴。然而，在其性质上，它却不同于大规模的欧洲文艺复兴。在它背后的不是中世纪，而是知识界所经历的启蒙时代。与同样发生于启蒙时代之后的 19 世纪初的德国浪漫主义运动相比，俄罗斯文艺复兴更有必然性。但在那时候俄罗斯的运动中，却有着和俄罗斯 19 世纪相联系的独特的俄罗斯特点。这首先是宗教上的不安和探寻，而在哲学上则往往越过哲学认识的界限，在诗歌方面往往越过艺术的界限，在策略上往往越过导向末世论前景的策略界限。一切都是在神秘主义的氛围中进行的。俄罗斯文艺复兴不是古典主义的，而是浪漫主义的，如果使用这一有限定的术语的

> 话。不过，这种浪漫主义是不同于西方的，其中有对于宗教上的现实主义的追求，尽管没有达到这种现实主义。……只是在文艺复兴时代，我们才开始真正亲近陀思妥耶夫斯基，才爱上了丘特切夫的诗歌，并认清弗·索洛维约夫的价值。与此同时，对19世纪虚无主义的否定也被克服了。[①]

在紧随《俄罗斯思想》之后所写的著者去世后出版的《自我认识：哲学自传试作》一书中，别尔嘉耶夫也对20世纪初发生在俄国的那场思想文化运动做了生动的描述："世纪之初俄罗斯的文化复兴是俄国文化史上最敏感的时代之一。这是诗歌和哲学在一段衰落时期之后出现创作高涨的时代。这同时又是新精神、新感受出现的时代。对于各种类型的神秘思潮，不论是肯定的，还是否定的，心灵都敞开了大门。各种诱惑与混乱在我们这里还从来没有如此强烈过。同时，对于即将来临的灾变的预感控制了俄罗斯的灵魂。诗人们看到的不仅是未来的曙光，还有日益逼近俄罗斯和世界的某种可怕的东西（亚·勃洛克、安·别雷）。"[②]

从别尔嘉耶夫的以上论述中可以看出，他并不是在借代或隐喻的意义上把20世纪初这场大规模的思想文化运动命名为"俄罗斯的文艺复兴"，这一名称切实指向有着具体时间、活动领域、人物事件、思想内涵和显著特征的精神文化运动与潮流。但是这样一来，普鲁茨科夫《俄国文学史》编著者所说的开始于17世纪末、延续到19世纪前三分之一的俄罗斯"延宕的文艺复兴"，和别尔嘉耶夫所称的20世纪初"俄罗斯的文艺复兴"，分别指向俄国文化与文学发展史上的两个不

---

① *Бердяев Н. А.* Русская идея: Основные проблемы русской мысли XIX века и начала XX века. Москва: ООО «Издательство АСТ», 2000. С.238.（汪介之译）

② *Бердяев Н. А.* Самопознание: Опыт философской автобиографии. Москва: Издательство «Книга».1991. С.164.（汪介之译）

同时代。普鲁茨科夫《俄国文学史》在对“延宕的文艺复兴”进行阐述时，始终没有提及别尔嘉耶夫；目前也没有任何文献资料表明利哈乔夫、普鲁茨科夫和马科戈年科等学者抱有和别尔嘉耶夫进行学术争论的意向。然而，毫无疑问，在这一问题上，两种完全不同的观点是客观存在的。普鲁茨科夫《俄国文学史》的编著者们未必是要进行争辩，同样无疑的是，他们关于文学发展的不同阶段的描述与评论中，始终贯穿着问题意识。

关于19世纪末、20世纪初俄国文学的评述中，普鲁茨科夫主编的《俄国文学史》还提出并论及拥有巨大成就和深厚传统的现实主义在这一时期是否经历了危机与衰落的问题。在苏联学界的文学史研究领域，长期以来，曾有一种观点颇为流行，甚至占据主导地位，即断言在俄国文学史中，传统的现实主义发展到19世纪末期已经出现危机并开始衰落，不能够适应新的时代要求，因此不可避免地走向衰亡，最终必然要退出文学舞台。上述观点曾被苏联文学史研究者普遍接受，一度成为他们认识和描述19世纪末、20世纪初俄国文学史的基本模式。苏联学者列·伊·季莫菲耶夫初编于20世纪40年代、后多次再版的《苏联文学史》，曾较为系统地表达了这一观点。季莫菲耶夫认为，19世纪末、20世纪初俄国的批判现实主义，是一种“有限的现实主义，它在表面上近似于19世纪的批判现实主义，而在实质上已与其相脱离，因为在新的历史条件下重复这种现实主义，只能使其贫乏无力，遭到贬低”。在季莫菲耶夫看来，“批判现实主义作家们的创作，不能达到充分的发展，其创作的徘徊与错误，是同其世界观的个人主义和反动性，同他们和20世纪初俄罗斯生活的主要方面——人民革命运动的脱离不可分割地联系在一起的。”[①] 在季莫菲耶夫主编的这本《苏联文学史》教科书问世前后出现的其他多种文学史著作，都基本认同上述观点。

20世纪50年代中期以后，随着文学界“解冻”思潮的兴起，苏联学界文学史研究领域的一些重要观点开始发生变化。列·伊·季莫菲耶夫等人关于19世纪末、20世纪初俄国现实主义文学的上述判定，也开始受到质疑与否定。普鲁茨科夫主编的《俄国文学史》，正是在这种学术背景下，才有可能重新审视俄国现实主义的历史命运。这套文学史著作第四卷的主编克·德·穆拉托娃在本卷“导论”中指出：

> 在文艺学中曾长期占据主导地位的一种观点，是认为俄国现实主义在19世纪末经历了深刻的危机和衰落的时期，新世纪初期现实主义文学是在这种征候中发展的，直到产生一种新的创作方法——社会主义现实主义。然而文学本身的状况却是和这种观点相矛盾的。不能把世纪末世界范围内轮廓分明地显露出来的资产阶级文化的危机，机械地同艺术与文学的发展等量齐观。俄罗斯文化在这个时代有其消极的方面，但这种消极并不是全方位的。处于自身高峰状态的俄罗斯文学，总是和进步的社会思想联系在一起，在以社会抗议情绪高涨而著称的19世纪90年代至20世纪第一个十年，这种情况并未改变。[②]

《俄国文学史》第四卷第7章关于“1890至1907年的现实主义文学”、第18章关于“20世纪第二个十年的现实主义散文”的评述，以

---

① *Тимофеев Л.И.* Русская советская литература. Москва: Государственное учебно-педагогическое издательство министерства просвещения РСФСР, 1954. С.121,123.（汪介之译）

② *Пруцков Н. И.* История русской литературы: В 4 т. Т. 4. 1980. С.9.（汪介之译）

丰富的文学史实为上述见解提供了有力支撑。第四卷第7章的执笔者柳·亚·叶祖伊托娃指出，19世纪90年代至20世纪最初十年中，俄国现实主义文学的题材范围得到很大扩展，描写人物的原则也发生了变化，作品题材则主要集中于俄罗斯日常生活、乡村现实和劳资矛盾，表现人们在精神领域和生活道路上的探索。列夫·托尔斯泰、柯罗连科、列斯科夫、布宁和契里科夫等作家描写饥荒年代民众艰难困苦的作品，可以说共同构成了一部反映那个时代民众破产的艺术编年史。在这个时期的作品中，格·乌斯宾斯基第一个卓越地描写了俄国农民从宗法制状态被卷入资本主义文明严酷统治的现实；加林—米哈伊洛夫斯基的特写体裁作品通过讲述主人公展开经营活动的历史，揭示了造成现代俄国农村凄惨状况的原因，也展示出向着光明前景转变的内在基础；马明—西比里亚克的小说多角度地描绘出俄国资本主义崛起的历史图景，同时反映了人们的精神感受和生活方式资本主义化的实际过程。叶祖伊托娃认为，关注俄罗斯人的精神心理特点，是19世纪末、20世纪初俄国现实主义文学的一个重要特点。如契诃夫的《农民》《在峡谷里》等短篇小说，不仅清晰地揭示出俄国农村生活和农民心理的阴暗面，而且经由真实呈现农民的精神现状而发掘了民族性格基本特征的重要主题。布宁、安德列耶夫、库普林、古谢夫—奥伦堡斯基等作家追随契诃夫，在自己的作品中展露出俄罗斯人日常生活的保守停滞及所包含的悲剧性。以高尔基为核心的“知识派”作家聚焦于现实社会中存在的人，严峻审视现存制度和社会秩序，同时也全方位地表现了那个时代俄罗斯民众的心理。19世纪90年代至20世纪第一个十年中的俄国现实主义文学，一个重要特点是密切注意社会现实中民众普遍关心的问题，多侧面地反映社会思想、精神道德和日常生活基础方面的震荡，表现出民众变革现实的普遍愿望。叶祖伊托娃的以上概括性评述颇有说服力地表明，那种认为俄国现实主义在19世纪末即开始经历危机、走向衰落的观点，是完全缺乏根据的。

在《俄国文学史》第四卷第18章中，由奥·弗·斯利维茨卡娅执笔的关于“20世纪第二个十年的现实主义散文”的评述，进一步论证了20世纪第二个十年俄国现实主义的成就与进展。1905—1907年俄国革命失败后，整个社会情绪低落，知识界也不可避免地一度陷入某种迷惘中。但是，斯利维茨卡娅认为，文学很快就捕捉到俄罗斯正在走出危机的历史动向，1911年8月安德列耶夫致高尔基的一封信[①] 就是明证。文学界意识到自己所面临的任务是对刚刚过去的历史事件做艺术上的反思与总结，于是“俄罗斯与革命”成为许多作家共同关注的主题。这一时期的现实主义作家们在个人才能、作品题材选择和创作探索上显示出多样性，却具有美学上的某种一致性。他们继续注重研究现实，但其作品显而易见的政论性却消逝了，艺术形式与创作技巧则走向成熟。20世纪第二个十年初期，俄国批评界就开始谈论现实主义的复兴。综观20世纪第二个十年的现实主义文学，可以发现它拥有艺术上的独特性和宽阔的题材领域。关于俄罗斯和它的历史独特性、它的未来命运，成为这个时期诸多作品的中心主题，高尔基、布宁、谢尔盖耶夫—岑斯基等作家笔下的主人公都在以不同的话语谈论着俄罗斯。不少作家开始关注俄罗斯边区的状况，推出了一批描写俄国外省生活的作品（柯罗连科、普里什文、恰佩金、希什科夫、格·德·格列宾希科夫等）。维·瓦·穆伊热利的《年》（1911）、扎米亚京的《县城》（1915）以及伊万·沃尔诺夫、谢苗·波德亚切夫等作家的作品，把目光对准俄国县城和乡村民众，既表明现实主义文学关注边缘群体的意向，又具有考察民族性格和心理的主导动机。

斯利维茨卡娅还依据20世纪第二个十年现实主义作家丰富的创作实绩，指出这个时期的文学有意识地面向俄罗斯最普通的民众，描写过去很少作为关注对象的社会阶层，如什梅廖夫、绥拉菲莫维奇的

---

① См.: Литературное наследство. Том 72. Горький и Леонид Андреев: Неизданная переписка. Москва: Издательство «Наука», 1965. С.314.

作品。阿·托尔斯泰、普里什文等作家重新审视曾作为俄国社会“上层”人物的生活，在其命运变化中透露出历史变动的信息；恰佩金展现出人们的宗法制生活方式和宗教生活，伊·德·苏古尔乔夫注意到人们宗教信仰的失却，表现了时代风云变幻之际人们普遍的精神危机；谢尔盖耶夫—岑斯基的作品则独辟蹊径描写了专制政权的鹰犬和走卒的形象。由此可见，这一时期俄国现实主义作家对社会生活题材的重视和选材范围的宽广。与此同时，还有很多作家在其作品中思考和表现人与宇宙、人与世界复杂的多重联系，以及人的生理的、社会的和历史的制约性。这类作品显示出“人类中心论”（антропоцентризм）在文学中弱化的迹象，强有力的个性在文学中的核心作用在这些作品中出现了“移位”。普里什文的作品开始转向“人与自然”的主题，后来逐渐成为在这一领域极有建树的作家。生命主题（魏列萨耶夫、伊万诺夫—拉祖姆尼克）、“永恒主题”（扎伊采夫）、哲理主题（谢尔盖耶夫—岑斯基）受到诸多作家的关注与发掘，但这并不意味着这些作家对当代现实的逃避，而是表明他们进入了对社会现实形而上的思索。当时的批评界已出现了用新现实主义（неореализм）的概念来界定那些在题材选择、主题呈现、表现手法和艺术风格等方面发生新变化的作家，包括一些被认为是介于现实主义与现代主义之间的作家。

上述纷繁的文学现象，使奥·弗·斯利维茨卡娅有理由得出这样的结论：20世纪第二个十年的俄国现实主义文学，比以往更突出地显示出作家们敏锐的艺术视觉。现实主义并未出现危机和衰落，文学从不同的角度表达了那个时代的俄罗斯人对即将到来的历史巨变的预感、希望和怀疑；关于俄罗斯人的性格，关于个性的主导特征的争论一刻也未停止（高尔基、布宁、什梅廖夫、希什科夫、扎伊采夫等）；这一时期的文学关于俄罗斯发展道路的沉思，不是体现在史诗式的平静叙述中，而是只表现于抒情式的思索和富有表现力的呼唤中

（伊万・沃尔诺夫、希什科夫等）。弗・亚・克尔德什概括的别具一格的“20世纪第二个十年现实主义的综合性”①，从这个时期俄国现实主义作家各具特色的艺术探索成果中呈现出来。

普鲁茨科夫主编的四卷本《俄国文学史》在评述文学发展进程中提出并论及的诸多问题，如19世纪末—20世纪初的俄国现实主义是否经历了危机与衰落，18世纪开始的“新时代俄国文学”与以往的古代俄国文学之间是否存在着断裂，以及作为一种特殊文化史和文学史现象的俄国“延宕的文艺复兴”问题等，均为苏联学界先前推出的其他不同版本的俄国文学史著作或文学史研究论著中曾有所涉及、但未有定论的问题。普鲁茨科夫《俄国文学史》就这些问题展开的论述，显示出这套著作编写年代苏联学界对这些问题认识上的深化；尝试对这一类尚存争议的问题做出自己的回答，也成为编撰这套文学史著作的动因之一。

3. 探索作为语言艺术的文学进程

普鲁茨科夫主编的四卷本《俄国文学史》由于其所遵循的历史文化学派的方法论原则，始终注意从历史文化的视角考察与评论文学的发展进程，同时也始终没有忘却文学作为语言艺术本质的特点，以及文学史应致力于探索作为语言艺术的文学进程这一基本目标。正如编著者所强调的那样，“四卷本《俄国文学史》甚为注意在思想与形式的不断发展中阐明继承性规律的作用，甚为注意文学种类、体裁和风格的演变，甚为注意各种文学倾向、思潮和流派的形成、相互关系和彼此之间的斗争”②。可见，关注文学进程中艺术形式的发展和演

① *Келдыш В.А.* Литературно-эстетические концепции в России конца XIX -- начала XX вв. Москва: Издательство «Наука», 1975. С.115.（汪介之译）

② *Пруцков Н. И.* История русской литературы: В 4 т. Т. 1. 1980. С.6.（汪介之译）

变，同样是这套文学史著作书写方式上的一大特色。

普希金说过："我们的文学是在18世纪突然出现的。"[①] 普鲁茨科夫《俄国文学史》在第一卷中引用诗人的这句话，表明编著者所认可的作为语言艺术的严格意义上的文学在俄国形成的历史节点。编著者清晰地勾画出这种语言艺术在俄国产生与发展的进程，指出正是在18世纪，俄国古典主义诗人罗蒙诺索夫确定了文学语言形成的道路，他的语言革新为俄国文学——无论是诗歌还是散文——迅速而富有成效的发展打开了广阔的天地。跟随在罗蒙诺索夫之后，一批诗人的创作丰富了俄国文学的体裁。颂诗与寓言，讽刺诗与歌谣，书信体作品与牧歌，长诗与圣诗改编，都获得承认，具有权威性。苏马罗科夫、赫拉斯科夫和克尼亚日宁以其悲剧，冯维辛和克尼亚日宁以其喜剧为俄国戏剧艺术的发展做了大量工作，为民族戏剧的确立准备了条件。但是，编著者又指出：在文学的进一步发展中，体裁的命运却是复杂的。由于新的历史状况、新的任务和对于文学新的需求，悲剧体裁的发展曾一度滞缓，直到普希金创造出新的戏剧形式出现；喜剧的命运要幸运一些，克尼亚日宁的诗体讽刺喜剧、冯维辛的社会喜剧，都得到较好的继承与发展。寓言这种体裁曾在18世纪俄国诗歌中被广泛使用，但它往往是变化不定的，在苏马罗科夫、赫拉斯科夫和德米特里耶夫的创作中起到各种不同的作用。在寓言这种体裁形成与确立的过程中，诗歌成就乃是它取得新繁荣的牢靠基础，这种繁荣出现在属于现实主义范畴的克雷洛夫的创作中。

《俄国文学史》甚为重视哀歌这一体裁在本国文学进程中的意义，描画它的发展线索，概括它的民族独特性。著者指出：俄国诗歌中的哀歌最初出现于1735年，那是由特列季阿科夫斯基创作的，诗人把这种体裁定义为"哭诉与忧伤之诗"。1747年，苏马罗科夫在

---

① Цит по: *Пруцков Н. И.* История русской литературы: В 4 т. Т. 1. 1980. С.772.（汪介之译）

《论诗歌创作》的书简中描述了哀歌的特征，简要说明了它的书写规则，主张“亲情之爱应以哭诉的音调”来歌唱。1759年，他创作了一组哀歌，追随他出现的有米·马·赫拉斯科夫、阿·安·勒热夫斯基、阿·瓦·纳雷什金和雅·科泽尔斯基等一批诗人。但这类“哭诉之诗”的繁荣没有延续很长时间，18世纪60年代末即已显出这一体裁衰落的迹象。18世纪最后30年中，各流派中有才华的诗人已不再写哀歌。哀歌淡出了诗歌领域。爱情方面的忧伤情感，先是在歌谣中，而后又在阿那克瑞翁体颂诗中得到了表现。著者认为，18世纪俄国哀歌的生命如此短促的原因，应当在古典主义自身的哲学和美学体系中去寻找。法国古典主义的立法者布瓦洛在《诗的艺术》中，依据古罗马哀歌诗人奥维德等人的经验，确定了这种体裁的特征和界线：主题动机的范围包括对逝者的悲悼、爱情的痛苦与欢乐；要真诚地描写激情，要使用“爱的生动语言”。这些要求概括了古罗马哀歌的性质，但却和古典主义的美学法则相矛盾，这种法则不允许抒情体裁作品成为诗人心灵的镜子，表现他的个性。因此，实行布瓦洛的主张实际上是不可能的。这样，法国古典主义者也就没有创作出哀歌的典范之作。苏马罗科夫试图克服这种矛盾，限定了哀歌的选题，把它归结为仅仅是歌唱“爱恋中的悲伤”，于是哀歌实际上成为某些被指定的情感的表达模式。他的哀歌所表现的不是隐秘的个性体验，而是“感觉的学问”。由此便造成主人公的冷漠和辞藻的华丽，情境及各种感受的单调性；诗格则被规定为亚历山大诗体[①]。18世纪60年代的大部分哀歌都是按苏马罗科夫的样例写成的。虽然一些有才华的诗人创作的哀歌显示出对这种样例的某些背离，却并未改变这种体裁的性质。俄国诗歌领域中哀歌的复兴，只是在19世纪初期的另一种基础——浪漫主义的基础上，在茹科夫斯基的创作中才出现的。后来，正是哀歌为

---

① 亚历山大诗体（александрийский стих）：俄文诗体之一，为六音步抑扬格，每隔三音步有一停顿。

许多诗人打开了表现个性精神丰富性的巨大空间，使巴丘什科夫、普希金、巴拉廷斯基和莱蒙托夫等创作出俄国抒情诗永不凋谢的杰作。

对于俄国诗歌发展中颂诗这一体裁所经受的深刻变化，普鲁茨科夫《俄国文学史》中也有简洁的描述。18世纪的颂诗起初是以充满赞词的形式出现的，在其成为机械模仿者的私有物之后，就缺乏任何一种价值了。罗蒙诺索夫和杰尔查文创造的具有公民精神的爱国主义颂诗，使这种体裁获得了新的生命。拉季舍夫在写出了《自由颂》之后，从根本上改变了传统颂诗体裁的内容、主题、风格和结构。他所创造与确定的表现崇高的自由理想和人的感情、人对自由的追求的术语系统，他所践行的词汇选择，都源于他对民族现状和命运所做的思考。追随拉季舍夫的，则有尼·伊·格涅季奇、普希金、阿·安·勒热夫斯基、雷列耶夫和其他诗人。《俄国文学史》中关于哀歌、颂诗等体裁演化的以上评述，可以说构成了俄国诗歌史中不可缺少的篇章，从中不难看出著者对文学种类、体裁和风格演变的真正关注。

普鲁茨科夫主编的《俄国文学史》充分注意到“散文”（проза）这种体裁在俄国文学中的发展。俄语中的“散文”包括长篇小说（роман）、中篇小说（повесть）、短篇小说（рассказ）和特写（очерк，也译“随笔”）等基本样式，但是18世纪的俄国散文却不是后来的读者所习惯的这些样式，而是“旅行记”“书信体作品”“传记”“东方式的”故事或哲理—政治故事等。西欧文学中的长篇小说艺术发展到18世纪，已不是先前的冒险小说，而是家庭小说、爱情小说或忏悔小说等。俄国作家熟悉18世纪西欧作家的小说创作，包括笛福、理查逊、菲尔丁、斯特恩、卢梭和歌德等作家作品的基础上，走出了自己的道路。18世纪西欧文学中的各类小说，揭示了资本主义社会中人的悲剧，刻画了渴望自由、独立和幸福的个性的精神世界。但是在俄国，资产阶级尚未占据统治地位，它的思想体系也未能给社会生活以重大影响。被奴役的农民和地主之间的矛盾是俄国这个专制农奴制国家的主要矛盾。俄国启蒙学者和启蒙作家谴责农奴制，揭露了贵族地主的罪恶，但却没有在现实中发现未被利己主义感染、否定寄生生活的民族的健康力量。鼓舞他们的是在民族历史中形成的关于人的理想。对诸多俄国历史人物生活的总结，使得18世纪启蒙作家形成了评价人物的尺度，这一尺度为19世纪现实主义作家所继承。俄国启蒙作家意识到：在专制农奴制国家的条件下，以公民应有的、社会性的、爱国主义的精神服务于祖国，同社会上的恶及政治上的不自由进行斗争，也即超越利己主义的道路，是个性自我实现的唯一路径。这也决定了启蒙作家对于新情节、新体裁的探寻，以及他们对旧有模式进行改造的意向。启蒙作家开创了描写人民的传统，在无权的农奴身上揭示出精神丰富的个性。拉季舍夫就把人民作为《从彼得堡到莫斯科旅行记》一书的主人公。他描写了被农奴制贬抑到“自己祖国的囚犯”地步的俄国农民，把他们英雄主义化，在庄稼汉身上看到还在沉睡的力量、魅力和精神之美，看到他们身上潜在的自由人的命运。拉季舍夫之所以这样描写俄国人民，是因为他相信并懂得，正是要由人民来决定国家的命运，实现祖国的复兴。拉季舍夫的《旅行记》作为一部独特的有教育意义的长篇叙事作品，一个重要特点就是塑造了正义的主人公——旅行者的形象，刻画出先进贵族的性格，这类贵族切断了与自己出身的阶级的思想联系，转入启蒙知识分子的行列中，获得了改造俄罗斯的信念。拉季舍夫的艺术开拓，为19世纪现实主义作家们继承和发扬。

《俄国文学史》编著者指出：18世纪俄国启蒙作家对文学体裁的探寻和传统体裁结构的改造，也在19世纪作家那里得以承续。“旅行记”变化为通过生活本身对人进行教育的独特的教育小说；对此，普希金和果戈理都以各自的方式给予肯定性评价并加以接受。《叶甫盖尼·奥涅金》中的“奥涅金的旅行”一章，与拉季舍夫的《旅行记》之间的联系是明显的。《死魂灵》的情节是在掌握“旅行记”体裁经验基础上的一种发展。“长诗”《死魂灵》的独创性显而易见，但是它和《从彼得堡到莫斯科旅行记》之间有着历史继承性的关系。拉季舍夫的探寻启示了果戈理，后者以全部以往的文学经验为支撑，写出了这部天才的作品。在《死魂灵》中，不仅是乞乞科夫在旅行，而且还有不为所见的、却为读者所感觉和体会到的作家本人在罗斯大地上的漫游。这一漫游过程让果戈理遇见了俄国社会各阶层的人物，使他更全面地认识了生活，因此他才能为读者展示出“贵族的俄罗斯”和“人民的俄罗斯”。《俄国文学史》编著者在这里所关注的显然是文学的体裁类型、艺术形式的前后继承和连续性关系。

注意各种文学倾向、思潮和流派的形成及相互关系，是普鲁茨科夫主编的《俄国文学史》致力于探索文学进程中艺术形式的发展和演变的又一体现。众所周知，19世纪、20世纪初是俄国文学史中多种文学思潮和流派相继兴起、文学的艺术形式发展变化较大的时期。在对于这个时代俄国文学的评述中，《俄国文学史》著者细致地梳理了各文学思潮和流派之间的关系，并着重对各流派作家与诗人的创作所显示的艺术形式特点进行了考察和概括，从而展示出作为语言艺术的文学发展进程。“阿克梅派”（акмеизм）就是在这一时期涌现出的新诗歌流派之一。《俄国文学史》第四卷第21章关于阿克梅派的评述，由阿·利·格里戈里耶夫执笔。著者考察了阿克梅派和俄国象征主义流派的联系，指出1911年在彼得堡出现的文学团体“诗人行会”，就是由一批接近象征主义、但又探寻新文学道路的年轻作者组成的。在此之前，诗人米·阿·库兹明发表于期刊《阿波罗》上的文章《论美的明确性》，已率先表达了这一文学新流派的创作立场，而这家刊物先前与象征主义者也有密切的联系。库兹明强调：文学的任务是追求“美的明确性”或“清晰性”（кларизм）。1913年同样刊载在《阿波罗》杂志上的文章——古米廖夫的《象征主义的遗产与阿克梅主义》

和戈罗杰茨基的《当代俄国诗歌中的几种潮流》，标志着这一新文学流派的纲领得以形成。古米廖夫提议把这一取代象征主义的新流派称为“阿克梅主义”（源自古希腊的词акмэ，意为“兴旺的力量”“最高阶段”“繁荣昌盛”）或“亚当主义”——指的是“看待生活的一种勇敢坚定的、鲜明的观点”。与象征主义者一样，阿克梅派也希望重新发现人的存在价值；但是，在象征主义者的观念中，实物构成的现象世界只是最高存在的反映，而阿克梅派则把现象世界作为真正现实来接受。格里戈里耶夫引用戈罗杰茨基文章中的一段话，说明阿克梅派主张的“充分地接受现实世界”的具体所指，即“为此岸世界，为这个发出声响、色彩鲜明、有着形式、重量和时间的世界，为我们的地球这一星球而斗争”[①]。

格里戈里耶夫从阿克梅派诗人的作品出发，概括他们诗歌创作的基本特点。他注意到，阿克梅派虽然否定了象征主义的美学观及其中的宗教神秘主义倾向，却没有广泛地感知自己周围的世界，并未触及时代的真情实感、真正特征和矛盾冲突。这一新诗派奋起反对“象征的森林”的模糊含混，其诗作倾向于描绘三维世界，再现它的具体直观性。对阿克梅派诗歌具有吸引力的往往是外在的、多半被美化了的生活，抑或是日常现实中着意显现出来的平凡单调。对细节的欣赏和美化，妨碍阿克梅派诗人看见世界上更丰富多样的感情和真实生活。只有当诗人们转向关注过去时代的建筑与雕塑遗迹，或创造出匆匆绘制的生活图景时，直观性才显示出它的意义。在诸多阿克梅派诗人笔下，都可以发现诗化原始初民的本真激情和自发性力量的呼吁，如米·津克维奇的《野生的红海藻》（1912）等诗作反映的对于人的自然属性——生物学因素的高度重视。格里戈里耶夫特别指出：“阿克梅派以象征主义者的诗歌创作经验为支撑，也常转而创作带间歇停顿

① *Городецкий С. М.* Некоторые течение в современной русской поэзии// «Аполлон», 1913. № 1. С.48.（汪介之译）

的诗、自由体诗和三音节诗歌的变体。阿克梅派和象征派的诗歌创作实践之间的区别，与其说是表现在节律体系上，不如说是体现于对词的不同态度上。”[1] 著者认为，在阿克梅派诗人笔下，诗更接近于口语结构，并从属于其基本意义。这派诗人的诗歌中有一些高昂庄严、热情洋溢的音调，但也时常流露出日常语言中的低调表现法。这种转换在阿赫玛托娃的诗歌中特别常见且形式多样，而富含生动语言节律的阿赫玛托娃的诗歌，正是阿克梅派对俄罗斯诗歌语言文化的最重要的贡献。

在概述了阿克梅派诗人创作的总体艺术特征之后，格里戈里耶夫对这一诗派的代表诗人古米廖夫、阿赫玛托娃、曼德尔施塔姆等，一一进行评说。著者指出：在古米廖夫的早期诗作中，起主导作用的是对人的意志的颂扬，是经尼采阐释的被浪漫主义化的“强有力个性”的观念；诗人笔下的主人公通常是一些残酷而威严的占领者、征服者或新土地的发现者，他们往往处于一个景色如画的异域世界，处于遥远的往昔热带国家的某个地方。古米廖夫经常采用20世纪初俄国读者还很不熟悉的非洲题材，这赋予他的诗歌以一种独创性，其中笼罩着浪漫主义色彩，充满引人入胜的力量。在作为阿克梅派的领袖人物发言时，古米廖夫曾要求他的诗友们掌握高度的形式技巧。他本人诗歌的特点，则是诗句铿锵有力，结构严整，词汇组合清晰精确，以及对视觉形象的倾心。诗人热衷于叙述，惯用的体裁样式是节律刚健有力的抒情叙事诗，但这样他的诗作也就失去了严肃的生活内容。格里戈里耶夫引用俄国形式主义批评家维·日尔蒙斯基关于古米廖夫的评价：“他的诗歌贫于激情充沛的音乐般的内容；他很少言说内心深处的、个性化的体验……为了表达自己的情绪，他创造了由强硬而鲜明的视觉形象所构成的客观世界，他把叙事因素引入自己的诗作，赋

① *Пруцков Н. И.* История русской литературы: В 4 т. Т. 4. 1983. С.692. (汪介之译)

予其半史诗的性质——‘抒情叙事诗’的形式。”[①] 格里戈里耶夫显然赞同日尔蒙斯基的见解。不过，格里戈里耶夫又补充说：古米廖夫所创造的充满异域情调的绘声绘色的世界，极度远离真正的现实，以动人心弦、精神昂扬为特色，但与此同时，他的诗歌又冷漠而过于雕琢。在古米廖夫的后期诗歌中，则越来越经常地显现出一种孤独感，越来越传出一种悲观的音调。这些评述，可以说抓住了古米廖夫诗歌艺术的特色。

在《俄国文学史》第四卷第21章关于阿赫玛托娃诗歌的评述中，格里戈里耶夫侧重评论的同样是诗人的艺术独特性。执笔者认为，阿赫玛托娃的早期诗作以抒发爱情为主，诗人擅长以细致入微的心理描写传达强烈的、充满整个身心的情感所激起的紧张精神感受，并以此而令人折服。她创造的充满活力而忐忑不安的女性形象，与象征派诗歌中假定性的女性形象（美妇人、陌生女郎、莉莉丝[②]或美娜德[③]）是彼此对立的，后者往往暗示某种更高层次的“异在”（инобытие）。阿赫玛托娃拒绝对爱的浪漫主义崇拜，在她所创造的20世纪初女性形象身上凝练了日常生活的平凡质朴，这些女性尽管有各种各样的区别，仍然以其不可遏制的强烈感情、始终不渝和决不驯服而相互接近，其内心的情感矛盾、精神痛苦和愉悦也往往结合在一起。她的抒情诗对内在心理冲突的表现，吻合于她的创作中个人特有的修辞方式——矛盾修饰法（оксюморон），以及彼此对立的定义的结合。诗人常常镌刻下某一个人生活中意味深长的瞬间，表现与爱情

---

① *Жирмунский В.М.* Преодолевшие символизм// «Русская мысль», 1916. № 12, отд. 2. С.50. (汪介之译)

② 莉莉丝（Лилит；Lilith）：最早出现于苏美尔神话，在犹太教的拉比文学中，她被指是《旧约》中的人类祖先亚当的第一个妻子，由上帝用泥土所造，后因不满上帝而离开伊甸园。

③ 美娜德（Мэнада；Maenads）：古希腊神话中的女祭司，又译为“迈纳德斯”。俄国象征主义诗人维·伊万诺夫曾写有《美娜德》一诗。

相关的精神紧张的高潮，这就使她的诗作中具有某些叙事因素。格里戈里耶夫就此写道：

> 阿赫玛托娃抒情诗的“叙事性”，符合于活生生的对话性语言本身所固有的声响，这种言语是主人公针对别人或自己出声地或在想象中说出来的。
>
> 这是往往被感叹和疑问打断的断断续续的言语。从句法上看，它被分成若干简短的小段，在诗行开头满是阿赫玛托娃惯用的、逻辑上出人意料、但在感情表达上却是适宜的连接词 а 或 и，如在《慌乱》（1913）一诗中便是如此：
>
> Не любишь, не хочешь смотреть?
> О, как ты красив, проклятый!
> И я не могу взлететь,
> А с детства была крылатой.
> 你不爱，也不想望一望？
> 呵，可恶的，你是多么漂亮！
> 而我也不能飞起，
> 尽管我从小就有翅膀。[①]

格里戈里耶夫指出：阿赫玛托娃诗歌中的新词，具有符合阿克梅主义纲领的取得精巧效果的直观性；诗人借助于“平常的”词汇复现了种种精神体验，这就赋予她的诗歌以一种独特的音调。她的诗歌具有对话式音调的诗歌的显著特点，是将人们不熟悉的诗句从这一行移到下一行（enjambment[②]）；由于这样的转移在这些诗作中占主导地位，并非对于象征派而言是典型的笼统句子的旋律，而是单独挑出来

① *Пруцков Н. И.* История русской литературы: В 4 т. Т. 4. 1983. С.702.（汪介之译）
② 英语：跨行接续。

的有分量的词语。同样成为其明显特点的是在两个诗节之间出现的思维的脱节，但在这种想象背后，却蕴藏着模糊的联想关系。阿赫玛托娃所用的比喻是她的诗歌风格引人注目的特征之一（“高悬在天空的云絮灰蒙蒙，/宛如铺开了一张灰鼠皮”，或“闷热的暑气，仿佛熔化的锡，/从空中流向干涸的土地”）。在她的诗作中，细节的作用也是罕见的。在这方面，她也行进在新旧世纪之交散文作家们探寻的道路上，即赋予细节更多意义上和功能上的负载。为了追求艺术上的简洁，阿赫玛托娃往往采用便于读者记忆的、警句式的两行诗段，如：“一种愿望似过少，/一首歌曲显太多”；“而我是在用稀有的商品作交易——/将要售出你的爱情与温柔”等。

格里戈里耶夫还注意到，在阿赫玛托娃的抒情诗中，常见的停顿和三音节诗格变体的节律，有助于加大诗歌中词汇的分量。她发展了象征派诗人在这一领域的探索，使得三音节诗格的变体达到更高程度的完善。她的诗歌中的切分音节律，与伊戈尔·斯特拉文斯基的音乐旋律有着某种共同的东西，后者为20世纪第二个十年在巴黎演出的芭蕾舞《火鸟》和《彼特鲁什卡》所谱乐曲曾给她留下深刻的印象。阿赫玛托娃的大部分诗作以三至四个重音为支撑，这些重音都打在节律上突出的、富含特别意义的词语上。她的诗集《黄昏》中最优秀的诗篇之一——献给普希金的《在皇村中》（1911）的节律就是如此。她所使用的新颖节律，适合于其诗作的切分音结构：倾心于紧凑的完整的句子，其中常常不仅省略了句子的次要成分，而且省略了句子的主要成分（《二十一日。夜。星期一……》）。后来，接踵而至的战争与革命，至少部分地改变了她的诗歌的艺术形式。诗集《白色的群鸟》（1917）就以其新颖而高昂的音调不同于阿赫玛托娃以往的几本诗集。她的诗歌节律变了，精湛的五音步抑扬格替代先前的三音节诗格变体，占据了首要地位。诗人表达的基本情感也发生了变化，一些诗作开始发出严峻而悲伤的声音。毫无疑问，没有反复阅读阿赫玛托娃的诗歌文本，就不能对她的诗歌形式和艺术风格做出如此精辟的评价。

诗人曼德尔施塔姆与阿赫玛托娃一起被称为阿克梅派的双璧。《俄国文学史》第四卷第21章在论及曼德尔施塔姆时，执笔者格里戈里耶夫首先指出：诗人的第一部诗集《岩石》（1913；1916）就表明，他的主要注意力集中于人类的文化珍品，把这些珍品视为一定历史时代人类精神力量的表现。诗集的标题显示，吸引诗人的是建筑艺术和建筑风格，他在其中看到了人类精神潜力的诉诸视觉的表现。对于诗人而言，岩石——这是物化的思想具有长久生命力的佐证，也是艺术家—创造者手中驯服的材料，而词就是这样的岩石。曼德尔施塔姆为哥特式建筑所吸引，曾写有《圣索菲亚大教堂①》《Notre Dame②》和《海军部大厦》等一系列诗歌献给这类建筑。

沿着诗人的诗歌艺术探索道路，格里戈里耶夫接着评论道：曼德尔施塔姆通过自己的诗学思考与创作实践发现，只有艺术才能使看似没有联系的物件与现象服从于其自身的和谐协调。重物与岩石，芦苇、秸秆、小鸟和燕子等，都属于诗人的主要意象。建筑艺术引导着他去思考创造活动的本质，思考充满高尚精神的艺术构思对于无生命的物质材料的胜利。古希腊罗马文化在曼德尔施塔姆的诗歌世界占有特殊的位置，成为他的无数诗意联想、类比和变奏的源泉。古代神话对于他而言，不仅是最高存在或某些非理性的精神体验的象征，而且是崇高人性的体现。在阿克梅派致力于追求对能见度、“物质性”的描写方面，曼德尔施塔姆达到高度的艺术水平。诗人的思索与体验和对于物质世界的具体再现有机地融合于他的诗歌中。

① 圣索菲亚大教堂（Собор Святой Софии：Айя-София）：位于伊斯坦布尔的东正教教堂，世界上最大的教堂之一，不仅是伊斯坦布尔的最主要的名胜古迹和标志性建筑，也是拜占庭文化最伟大的标志之一。

② 拉丁语：圣母。此处指圣母院，即巴黎圣母院。

格里戈里耶夫认为，曼德尔施塔姆的诗集《Tristia[①]》（1922），标志着诗人创作发展的新阶段。对中世纪和哥特式建筑的迷恋，这时已为对于希腊罗马文化更积极的关注、和为古典文化相联系的概念术语的大量使用所替代。同时，在另一些题材的诗作中生成了更为复杂化的诗学风格：悠远的联想得到强化，倾心于缅怀往昔，诗中常常出现“神秘莫测”、表达隐晦的含义。在以这种隐约其辞的风格写成的诗篇《麦秸》（1916）中，在它的悲剧性音调和诸多意象似乎不合逻辑的流动中，表现出只有诗歌的力量才能淡化的失恋的痛苦。但是后来，曼德尔施塔姆又重新回到对于清晰与明朗的探寻。

《俄国文学史》第四卷第21章关于古米廖夫、阿赫玛托娃、曼德尔施塔姆等阿克梅派诗人主要代表的评论，不仅呈现出这一诗派的共同诗学特征，也揭示出每位诗人的艺术独特性，更显示出19世纪、20世纪初俄国诗歌发展多样化的生动景观。

俄国未来主义诗歌流派与阿克梅派一样，也出现于20世纪初期的俄国诗坛。这一派诗人的共同特点之一，是热衷于形式试验、新词创造与使用。克鲁乔内赫、赫列勃尼科夫和谢维里亚宁等未来主义诗人，在这方面都显示出自己突破语言规范的反叛精神。《俄国文学史》第四卷第22章的执笔者克·德·穆拉托娃、阿·利·格里戈里耶夫在评述这些诗人时，侧重对他们的形式试验和新词创造进行研究。著者指出：克鲁乔内赫把他从赫列勃尼科夫那里抓取的“玄妙语言”（заумный язык）的观念庸俗化，把它解释为失去确定意义和公认含义的纯粹个人的词汇创造。他试图在自己的诗歌创作实践中实现“玄妙语言”的构想，使用的词在语音和字形上都莫名其妙。他的诗作《香脂》中的诗行可谓臭名昭著，其中的词汇没有任何确定的意义：

① 拉丁语：悲痛；又译“哀怨”——古罗马诗人奥维德曾写有诗集《哀怨集》（Tristia）。

Дыр бул щыл
убеш щур
скум
вы со бу
р л эз

然而，同为未来主义诗人的赫列勃尼科夫的《笑的咒语》（1910）一诗，诗人却因创造与使用新词获得了独特的艺术效果。这首诗是由诗人以“笑”（смех）为词根而创造的词汇构成的，虽然这些新词语实际上是虚构的，这首诗还是因其富有表现力而令人惊讶：

О, рассмейтесь, смехачи!
О, засмейтесь, смехачи!
Что смеются смехами, что смеянствуют смеяльно.
О, засмейтесь, усмеяльно!
啊，放声大笑吧，爱笑的人们！
啊，开口笑起来，爱笑的人们！
无论是发出笑声，还是低声窃笑。
啊，您就嘲弄地一笑吧！①

未来主义诗人谢维里亚宁也曾以丰富的新词语使自己的读者和听众惊讶，虽然这些新词语怪诞费解，却未破坏俄语的一般规范。在他的诗歌中，这类词却非常之多，如грезофрас, плутоглазка,

① *Хлебников В. В.* Собрание произведений в 5-ти т. Т 2. Ленинград: Изд-во писателей в Ленинграде. 1930. С.35.（汪介之译）

златополдень, ленноструйный[1]。他喜爱使用带有前缀без和о的词——безгрезье（没有梦想），безнадежье（无望），безвопросен（没问题），оэкранить（屏蔽），отуфлить（穿鞋），осенокость（割草），осоловьить（夜莺般歌唱）；由名词构成的动词——крылить（长翅膀），грозоветь（刮风暴），ветрить（起风），июнить（进入6月）；名词化了的动词——жужжалка（作嗡嗡声），промельк（闪现）。《俄国文学史》编著者认为，谢维里亚宁的新词运用无疑是成功的。象征主义诗人勃留索夫喜欢他的新词олунить（月光照耀），未来主义诗友马雅可夫斯基接受了他所创造的бездарь（无才者），语文学家勃兰特也曾指出谢维里亚宁创造的угрюмец（忧郁者）是成功的。同时，谢维里亚宁还喜爱赋予自己的诗作以一种异国情调。富含外来词，赋予他的诗歌以特别的色调，这在诗人的朗诵风格中也同样显示出来。马雅可夫斯基能够背诵谢维里亚宁的许多诗作，并曾对他的这种风格进行讽刺性模拟。

在《俄国文学史》第四卷第22章中，执笔者格里戈里耶夫还对帕斯捷尔纳克的早期诗作进行评价。帕斯捷尔纳克于1914年参加了接近未来主义的青年诗人联盟“离心机”（Центрифуга，1914—1922）。格里戈里耶夫认为，帕斯捷尔纳克的早期抒情诗，是爱与大自然的诗歌。诗人意欲复现种种感受的紧张感，这种紧张感在他诗歌那独具一格的、复杂的隐喻之流中获得表达。在帕斯捷尔纳克的理解中，未来主义是从永恒的角度看待日常生活现象的一种新方法。诗人曾在他的纲领性文章《黑色的高脚杯》（Чёрный бокал，1916）中这样叙述自己关于诗歌的观点：“就让印象主义在未来主义的核心隐喻中成为表现永恒的印象主义吧。借助于规定限额的瞬间，把暂时的东西改造为

---

① 这四个合成词，是谢维里亚宁个人分别用грёза-фрас、плут-глазок、злато-полдень、ленно-струйный等八个词合成的，其含义依次为：“幻想讽刺喜剧”“狡猾的小眼睛”“黄金中午时间”“滞缓水流般的”。

永恒的东西，这就是未来主义所使用的缩略词的真正含义。”[①]

因此，在格里戈里耶夫看来，帕斯捷尔纳克诗歌的未来主义倾向，表现在诗人倾心于对世界作童稚式的原初理解，为艺术形式的难度所吸引，强调利用词语的声音。在他的诗歌中，可以听到生动活泼、毫不拘谨，有时是不相连贯、激动不安、言词高亢的音调。诗人早期诗作的独特节律，其创造与其说是偏离了各种传统的诗格，不如说是依靠句法和词的配置，语流中密集的词界（словораздел）——在某些诗行和诗句内部的短促的或被打断的句子，如《七月的雷雨》（Июльская гроза）等诗便是如此。在他的诗作中，经常出现准确的一年四季的标记；他富有洞察力地讲述着七月的雷雨、夏季的倾盆大雨或冬天的暴风雪。同时，对大自然的纤敏的理解，甚至也和对于带有许多清晰呈现出来的平凡现象的自然本身的赞美结合在一起。

在深入分析诗人早期诗歌创作中具有代表性的一系列诗作后，格里戈里耶夫写道：

> 帕斯捷尔纳克早期抒情诗的特点，在于诗人对灵魂深处的追索，在于他善于如此传达出生命的每一瞬间，以至它们好像都和永恒性、和宇宙、和事物的深层本质融为一体。这种印象由于帕斯捷尔纳克诗歌中物质世界形象的活灵活现，由于他经常列举有时是非常遥远的、彼此之间似乎没有任何联系的，但是却被他纳入统一的诗学构思中的事实与事件而得到了强化。他的某些早期诗歌整个就是在展开的隐喻上建构的。[②]

执笔者在这里始终关注的是帕斯捷尔纳克诗歌的形式特点、语言运

① *Пастернак Б.Л.* Полное собрание сочинений: В 11 томах.Т.V. Москва: Издательство «Слово», 2004. С.14.（汪介之译）

② *Пруцков Н. И.* История русской литературы: В 4 т. Т. 4. 1983. С.735.（汪介之译）

用和艺术风格，在评论这位别具一格的诗人时，所使用的也是诗一般的语言。这样的书写方式，已显示出建构“艺术的文学史”的趋向。

普鲁茨科夫主编的四卷本《俄国文学史》中关于各位诗人和作家的艺术追求及其作品的形式特色的揭示与评说，同前述关于各种文学倾向、思潮和流派的形成及相互关系的梳理，关于不同时期文学的种类、体裁和风格演变的描述，在总体上显示出这套文学史致力于探索作为语言艺术的文学进程的意向与思路。这种把文学史写成语言艺术发展史的内在意识和实际努力，标志着时至20世纪七八十年代之交，苏联学界的文学史书写方式，已开始随着文学史观念和方法论原则的更新而悄然发生变化。

七　《俄国文学史》的学术局限

普鲁茨科夫主编的四卷本《俄国文学史》的成书年代，正值苏联社会改革和文化—文学的变革经长期酝酿而面临突破的历史时期。20世纪50年代中期以来苏联社会政治生活氛围、文化语境和学术空气逐步发生变化，文学领域从思想观念、理论批评到创作实践等方面渐渐实现更新，都给这套文学史著作的编撰带来显而易见的影响。本书前面几章谈到这套著作的结构布局、方法论原则和书写方式上的特点，以及全书所呈现的思想史价值，可以说都是这种影响的积极结果。但是，旧有的文学观念、思维方式和话语表述，却仍在无形中发挥着某些作用，也就使这套著作难免存在着这样或那样的局限和不足。认清这些局限，探讨造成这些不足的根源，无疑有利于今后俄国文学史编写与研究。

1. 二元对立模式的印痕

普鲁茨科夫主编的《俄国文学史》在写作期间，苏联学者米·鲍·赫拉普钦科的《作家的创作个性和文学的发展》（1970）一书的初版已经问世。但遗憾的是，这部论著指出的以往文学史研究中一直存在的一些局限，却仍然在这套文学史著作中留下深深的印痕。赫拉普钦科所说的文学史研究中长期被广泛认同的一种观点，就是认为现实主义和反现实主义是整个文学史发展进程中的两个基本流派；他认为这一观点无法清楚地说明文学史各个阶段的相互联系，也不能廓清诸多文学思潮和流派彼此之间的关系。然而，普鲁茨科夫《俄国文学史》在描述文学的发展进程、特别是19世纪以来的文学进程时，所根据的依旧是这种“现实主义主流论”和“现实主义——反现实主义”的模式。

《俄国文学史》第二卷以“从感伤主义到浪漫主义和现实主义”为题，描述19世纪上半叶、具体为1800—1855年间的文学进程。这一描述作为对这一阶段俄国文学总体进程的概括，应当说是符合文学史事实的，即它大致勾勒出这一时期文学发展变化的基本轨迹。但是，如果深入考察各种文学体裁的具体演进脉络，却可以发现一些矛盾之处，特别是在关于诗歌发展的考察和论述中。在对19世纪最初20年间俄国诗歌的描述中，著者认为这个时期是以伊·伊·德米特里耶夫、尼·米·卡拉姆津等诗人为主要代表的感伤主义时代，但古典主义诗人杰尔查文的创作仍在继续，影响依然存在，而瓦·安·茹科夫斯基、康·尼·巴丘什科夫等新一代诗人的作品已显示出浪漫主义倾向，预示着俄国诗歌的进一步发展。这样的描述勾画出那一时期俄国诗歌的总体图景和演变线索，即印证了“从感伤主义到浪漫主义”这一概括。不过，在随后关于19世纪20—40年代诗歌的分别论述中，《俄国文学史》第二卷却未能清楚而令人信服地揭示出俄国诗歌由浪漫主义到现实主义的发展。著者肯定，19世纪20年代是俄国诗歌史中的"普希金时代"，19世纪30年代则属于"莱蒙托夫时代"，这两个阶段一起构成19世纪40年代之前俄国诗歌史中的浪漫主义时期。[①] 第二卷第13章关于"普希金流派的诗歌"的评述，论及1817—1819年间围绕普希金形成的诗歌群体（包括叶·阿·巴拉廷斯基、安·安·杰尔维格、杰·瓦·达维多夫、维·卡·丘赫尔别凯等），这批诗人继承了茹科夫斯基、巴丘什科夫的抒情传统，又在很多方面超越了前辈诗人；以康·费·雷列耶夫和亚·亚·别斯图热夫为中心的十二月党诗人，则构成与之并列的另一诗歌群体。从19世纪第二个十年末期起到整个19世纪20年代，构成俄国诗歌的普希金时代，这也是没有疑问的。但是，19世纪30年代可以说就是俄国诗歌的莱蒙托夫时代吗？这是一个需要商榷的问题。

我们看到，第二卷第15章关于19世纪30年代俄国诗歌的评述，论及的诗人主要是"爱智协会"（Любомудр）成员（德·弗·韦涅维季诺夫、斯·彼·舍维廖夫、阿·斯·霍米亚科夫等），以及亚·伊·波列扎耶夫、弗·格·别涅季克托夫等。"爱智协会"的成员多为第一代斯拉夫主义者，这个时期俄国诗坛出现了心理抒情诗、哲理抒情诗的新类型，个性的自我认识过程成为这类抒情诗的表现对象，这多半和这批诗人的名字联系在一起。别涅季克托夫的"庸俗浪漫主义"诗歌，受到别林斯基的严厉抨击。只有波列扎耶夫继承了普希金和十二月党诗人的公民诗歌传统，在诗歌创作中联系个人经历表达对压迫的强烈抗议。所有这些诗人的创作，显然不能构成俄国诗歌的"莱蒙托夫时代"，并显示出其基本特点。在论述农民诗人阿·瓦·柯里佐夫的第17章中，著者认为，他是"19世纪30年代产生的作家队伍民主化中最鲜明的表现之一"，他创造出"民主主义诗歌独特的、

---

① См.: *Пруцков Н. И.* История русской литературы: В 4 т. Т. 2. 1981. С.362, 474-475.

具有深刻民族性的典范之作”[①]。在关于莱蒙托夫的专章第18章中，著者肯定诗人的剧作《假面舞会》（1835）是第一次客观提出“当代英雄”问题的深思熟虑的尝试，中篇小说《利戈夫斯卡娅公爵夫人》（1836）继续探讨前者涉及的社会心理问题，渗透着浪漫主义的文学联想，同时又包含另一诗学体系——未来的“自然派”的种子；诗篇《鲍罗金诺》（1837）则显示出诗人思想立场的人民性，对俄国诗歌民主主义潮流的发展产生了重要影响；《预言者》（1841）一诗表明诗人从现实主义立场看待其中的主要冲突；长篇小说《当代英雄》（1840）更是在社会历史环境中描写每一个人的命运，从而奠定了“心理现实主义”艺术方法的基础。著者由此得出的结论是：“莱蒙托夫从看待各种现象和社会心理关系的批判性思维高度，预先完成了19世纪下半叶现实主义文学的许多艺术发现。”[②]

姑且不论著者关于莱蒙托夫作品的上述评论是否确切，即便这些评说都很到位，恐怕也难以证明19世纪30年代已成为俄国诗歌的“莱蒙托夫时代”。众所周知，普希金逝世于1837年，1830—1837年诗人完成的优秀作品造就了他创作成熟期的辉煌，其影响日益扩大，难道可以说这个时期俄国诗歌的“普希金时代”已经过去？再者，莱蒙托夫因普希金不幸去世而写的《诗人之死》（1837）一诗是他的成名作，由此开始到他本人谢世的四年（1837—1841）才构成他创作的成熟期，难道可以说早在19世纪30年开始，他就已经以自己的作品建构了俄国诗歌史中取代“普希金时代”的一个新的“莱蒙托夫时代”？对于这类问题，普鲁茨科夫《俄国文学史》的编著者想必也一清二楚。既然如此，著者为什么还要强调19世纪30年代是俄国诗歌的“莱蒙托夫时代”呢？联系这套著作第二卷中关于19世纪上半叶俄国诗歌

① *Пруцков Н. И.* История русской литературы: В 4 т. Т. 2. 1981. С.393, 409.（汪介之译）

② Там же. С. 472.（汪介之译）

的全部评述，可以发现著者力求论证的是这一时期俄国诗歌的发展，与同一时期俄国文学的演进一样，呈现出“从浪漫主义到现实主义”的趋势。然而，从这一整个阶段俄国文学史进程的实际来看，只能说散文的发展基本上符合这一概括性表述，而诗歌的成就与进展并没有显示出同一趋势。

同样的思路也体现在《俄国文学史》第二卷第19章关于19世纪40年代诗歌的评述中。著者承认，这一时期一些俄国诗人仍保持着对于前一时期“爱智协会”诗学追求的兴趣，而斯坦凯维奇小组成员的“内省诗”（рефлектифная поэзия）则成为诗歌创作中的一种新现象。伊·彼·克柳什尼科夫、瓦·伊·克拉索夫的诗歌，可以说是沉湎于自我分析的主人公的抒情性自我发现；而爱·伊·古别尔、尼·普·奥加辽夫、阿·尼·普列谢耶夫、阿·亚·格里戈里耶夫、伊·谢·阿克萨科夫的诗作同样有着明显的内省因素。彼特拉舍夫斯基小组的诗人阿·尼·普列谢耶夫、谢·费·杜罗夫、亚·伊·帕尔姆等，也在其诗作中表现了作为19世纪40年代个性特征的痛苦的内省意识，同时又具有对于空想社会主义学说的浓厚兴趣。同一时期，阿·尼·迈科夫、尼·费·谢尔宾纳、阿·阿·费特等人的诗歌显示出对于古希腊抒情诗传统的复归，而另一些诗人伊·谢·屠格涅夫、亚·伊·帕尔姆、伊·彼·克列舍夫、米·拉·米哈伊洛夫、雅·彼·波隆斯基等，也在这一方向上尝试自己的抒情力量。费特把人的精神生活领域、他的感情与印象作为自己的诗歌素材，开始呈现出独特的艺术风格。本章著者还指出：19世纪40年代的诗歌虽然还保持着与浪漫主义传统的紧密联系，但同时也像同一时期的散文创作那样在克服浪漫主义主观因素的道路上发展，转向对客观叙事的追求，如阿·亚·格里戈里耶夫的诗歌创作；屠格涅夫的诗歌是把内省主人公客观化的最初尝试，成为作家后来在自己的散文作品中关注“多余的人”、对其进行深入的历史和社会心理研究的开端；雅·彼·

波隆斯基这一时期的诗歌，显示与“自然派”散文某种程度上的接近；诗体短篇小说（рассказ в стихах）、长诗——诗体中篇小说（стихотворная повесть）的大量出现，成为诗歌“散文化”的体现，费特、屠格涅夫、迈科夫、奥加辽夫、阿·亚·格里戈里耶夫、帕尔姆等人，在19世纪40年代都写有长诗。著者特别强调：19世纪40年代后半期开始出现的涅克拉索夫抒情诗，同样行进在与“自然派”作家散文创作经验密切联系的道路上；后来，“涅克拉索夫诗派”便成为19世纪50—70年代俄国现实主义抒情诗达到最高成就的形象标志。列·亚·梅伊、阿·康·托尔斯泰、弗·弗·克列斯托夫斯基等诗人显示出对俄罗斯古风、民族风情和民间创作的兴趣；而奥加辽夫、古别尔、克拉索夫、尤·瓦·扎多夫斯基、帕尔姆这一时期的诗歌，已表现出人民性及反农奴制主题。

总体而言，《俄国文学史》第二卷第19章的以上评述，勾画出19世纪40年代俄国诗歌的基本轮廓，然而这些描述却未能展示出这个时期诗歌创作中的浪漫主义特色和现实主义倾向，怎样呈现为历时性的演进趋势，因为实际上诗歌中的浪漫主义与现实主义只是共时性的存在。另外，把诗歌的人民性、反农奴制主题以及它与民间创作的关系，把诗人对特定时代民族性格和社会心理的研究统统归于现实主义的旗帜之下，也是不恰当的，因为俄国浪漫主义诗歌并不排斥这些因素。这种带有强制性的论述，其观念上的基础，归根结底还是“现实主义主流论”。《俄国文学史》第二卷所遵循的把“人民性”“公民精神”“民主主义”和浪漫主义割裂开来，把这些概念都归为现实主义因素的思路，在第三卷关于19世纪下半叶文学的论述中，还将有更明显的体现。

普鲁茨科夫《俄国文学史》第三卷在“现实主义的繁荣”这一标题之下，集中评述1856—1881年之间的文学。这一时期的俄国散文

（包括各类小说、随笔和特写等，下同）及戏剧领域的巨大创作成就，的确显示出现实主义的繁荣，但是诗歌方面却没有出现同样的繁荣。毋庸赘言，这并不意味着这一时期俄国诗歌创作成就平平，而是指诗歌繁荣不仅仅存在于现实主义框架内。白银时代的俄国诗人巴尔蒙特说过：19世纪俄国诗歌熟知的七个伟大名字：普希金、莱蒙托夫、柯里佐夫、巴拉廷斯基、涅克拉索夫、费特和丘特切夫。《俄国文学史》第三卷第8章在论述19世纪50—60年代的诗歌时引用了巴尔蒙特的这句话，表明编著者也认同这一观点，即认为19世纪下半叶的俄国诗歌成就，是以涅克拉索夫、费特和丘特切夫三位诗人的名字为标志的。但是在这三位诗人中，费特和丘特切夫显然都不是现实主义诗人。

尼·阿·涅克拉索夫是一位优秀的诗人，诗歌创作成就辉煌，影响深远，然而他一人却无法造成俄国现实主义诗歌的繁荣。《俄国文学史》的编著者当然深知这一点，因此在第三卷第10章对“涅克拉索夫流派的诗人”进行了全面论述。著者认为，涅克拉索夫诗派既不是从诗人涅克拉索夫本人开始出现的，也不是在他那里结束的；在他之前，尼·普·奥加辽夫、米·拉·米哈伊洛夫、伊·萨·尼基京等诗人的创作，就已开始显示与涅克拉索夫诗歌相近的某些特点。在著者看来，涅克拉索夫诗派是作为一种“艺术原则体系”而存在的，属于这一派的诗人曾聚集于《现代人》《俄罗斯言论》和《星火》等“民主主义出版物”周围，也被著者称为“民主主义诗人”或“星火派”。著者列举出的诗人，包括阿·米·热姆丘日尼科夫、阿·尼·普列谢耶夫、伊·伊·戈尔茨—米勒、德·德·米纳耶夫、斯·德·德罗任等，但又肯定在尼基京和戈尔茨—米勒之间、米纳耶夫和德罗任之间，很少有共同之处。著者还指出：米哈伊洛夫虽然模仿涅克拉索夫，注意诗歌内容的具体性和情节性，但是他的诗作没有达到涅克拉索夫的社会分析和心理分析的水平；列·尼·特列福列夫的诗歌则存在着重复、“加工”涅克拉索夫诗作的痕迹；只有伊·萨·尼基京写出了一系列具有独创性的诗作，不过这位诗人是在普希金、莱蒙托夫和柯里佐夫等前辈诗人的影响下进入俄国诗坛的，其诗作与涅克拉索夫有某些共同之处，但个性特色更为明显，“涅克拉索夫是人民的讴歌者，尼基京则首先是、也主要是表达人民悲痛的歌手。”[①] 著者发现涅克拉索夫流派的诗人对革命的态度也是有明显区别的，如批评家杜勃罗留波夫在其诗歌中发出了革命的号召，被认为是“诗歌中的政治家”和“政治家中的诗人”，而在米哈伊洛夫的诗作中却因回顾十二月党人的命运，形成了悲剧般的、忧虑不安的主题动机；在戈尔茨—米勒笔下，则进一步出现了由于革命未能实现而产生的悲剧性的怀疑因素。由此可见，涅克拉索夫流派诗人们的创作，并没有显示出多少现实主义的共同性，《俄国文学史》编著者对于涅克拉索夫诗派作为一种“艺术原则体系”，也未能展开具体而有说服力的论述。

如果说《俄国文学史》第三卷在评述19世纪50—60年代的诗歌和涅克拉索夫诗派时，论证诗歌领域“现实主义的繁荣”已很为勉强，那么，在描述19世纪70年代的诗坛景象时，就更难做到这一点了。《俄国文学史》第三卷第18章的执笔者承认，从1863年起，在散文创作迅速发展的同时，诗歌的浪潮明显地呈衰落的趋势，俄国诗歌的“黄昏”来临了。进入19世纪70年代，涅克拉索夫流派的诗人才试图复兴诗歌创作，但其公民诗人的立场中已明显渗透着悲剧意识。这种变化的原因之一是，在社会实践中，19世纪60年代的民主派、“合理的利己主义者”已被具有强烈道德意识或热衷于革命理想的人们所接替，在新的历史条件下，个人的内在完整性由于更为严格的禁欲主义而得以形成。公民性与艺术性统一的理念，使包括涅克拉索夫本人在内的诗人，更注重继承以往俄国诗歌文化的优良传统。幽默讽刺诗、

① *Пруцков Н. И.* История русской литературы: В 4 т. Т. 3. 1982. С.392.（汪介之译）

铭辞类诗歌较多出现；对法国民主主义诗人贝朗瑞的倾心被对波德莱尔的迷恋所替代；“星火派”诗歌开始表现出重新理解艺术中的公民倾向出现危机的征兆，其诗歌艺术则不得不以其独特的贵族化倾向来保持立场的纯洁与忠诚。这就表明，在19世纪70年代，涅克拉索夫诗派也未能造就俄国诗歌现实主义的繁荣。

第18章中还论及19世纪70年代出现的民粹派诗歌，第19章则是关于“革命民粹派运动诗歌”的专论。尽管民粹派诗歌也有多种体裁和样式，但却有一个共同的文学之外的目标：宣传鼓动。于是，这些诗作就难免变成诗歌政论，其中充满毫不掩饰的政治讽喻；也有些民粹派诗人试图复现后期十二月党人的“宗教联想”。一些民粹派诗人对民间创作的讽刺性模拟，具有直接从政治上促使民众觉醒的目的，但他们往往过高估计了农民的革命本能，或把农民理想化。1878年1月薇拉·查苏利奇行刺彼得堡市政长官费·特列波夫的事件发生后，民粹派诗歌表现出一些人信仰的缺失、怀疑和绝望的情绪，有的则鼓吹恐怖活动。至于第十八章中谈到的同样在19世纪70年代大批出现的自学诗人的诗作，则既综合了涅克拉索夫、柯里佐夫的传统，又不回避在费特和迈科夫的道路上完成的那些诗学发现。自学诗人的代表伊·扎·苏里科夫的诗歌关于俄国乡村贫穷状态的描写，表明他是柯里佐夫传统的直接继承者，但从他的诗作中又可见出涅克拉索夫、费特和迈科夫影响的印迹。显而易见，无论是这些自学诗人的作品，还是民粹派诗歌，都远不能标志着诗歌领域现实主义的繁荣。

当然，问题的根源并不在于普鲁茨科夫《俄国文学史》第三卷的编著者们论述不力，而是在于“现实主义主流论”不是依据文学发展进程的历史实际做出的概括，即它不能准确地反映文学史的原本图景；“现实主义——反现实主义”的公式也不能勾画出文学史的演变线索，不能清楚地说明各个不同时期各种文学思潮和流派之间的关系。《俄国文学史》第二卷、第三卷根据这种“先入为主”的理念，试图论证整个俄国文学在19世纪上半叶都朝着现实主义的方向发展，到19世纪下半叶终于达到现实主义的繁荣，必然困难重重，捉襟见肘，难以自圆其说。

《俄国文学史》部分章节在运用“现实主义——反现实主义”的公式时，还有意无意地把它政治化了。现实主义似乎变成社会政治领域的民主、先进、革命在文学中的专属思潮、流派和艺术方法，而“反现实主义”则与政治上的保守、落后、反动相联系，至少也是同自由主义撇不清关系。如在第三卷第8章关于19世纪50—60年代俄国诗歌的评述中，执笔者认为普希金之后的俄国诗歌已不再能以任何一位诗人的名字来覆盖，这一时期有两个诗歌流派呈两极化地显示出来并向前发展，即民主主义流派和“纯艺术”流派，这两个流派也被称为“两个诗歌阵营”。执笔者承认每一诗歌阵营的内部关系、两个阵营之间的相互关系都具有一定的复杂性，“纯艺术”派诗人曾从自由主义的角度（雅·彼·波隆斯基）或反动—保守的立场（阿·尼·迈科夫）写过公民诗歌，而民主主义诗人也受到“纯艺术”派诗人的影响，如伊·萨·尼基京关于大自然的抒情诗就受到“纯艺术”派艺术的影响；尼·费·谢尔宾纳、阿·康·托尔斯泰等诗人还从“纯艺术”的角度创作了不少讽刺诗。但是，执笔者强调，整体看来，两个流派、“两场诗歌运动”之间毕竟存在着足够明显的分歧。两个诗歌流派之间的矛盾对立往往由于社会斗争的激化而加剧，其两极分别是以涅克拉索夫和阿·阿·费特的名字为标志。这两位诗人从不同层面继承了普希金传统：“人民性”是涅克拉索夫诗歌的主导动机，他也因此而成为人民的歌手；费特诗歌的永恒主题则是“大自然与爱”。

不过，《俄国文学史》第三卷第8章的执笔者还是看到：费特和“纯艺术”派的其他诗人是脱离社会斗争的，但其诗作所面对的大自然与爱，却也联系着那个时代俄罗斯人的心理和精神世界。分属于两个流派的诗人们，其诗歌创作的特点和倾向，也往往不是那么界限分明，而是彼此交叉，如雅·彼·波隆斯基就曾声明自己站在涅克拉索夫和费特之间，他的一些诗作也采用民主派诗人习惯采用的民间歌谣的形式；民主派诗人德·米纳耶夫、伊·戈尔茨—米勒诗歌的人民性，未必能达到与民族和人民、特别是农民的根基紧密联系的高度；阿·康·托尔斯泰的诗歌也是以大自然与爱为主题，却比费特的同主题诗歌更具有概括性；阿·康·托尔斯泰以及列·亚·梅伊的诗歌都具有民间叙事因素，但又区别于涅克拉索夫诗派对当代现实和民众生活的关注，而是倾心于民族历史生活或个人感情的表现。第三卷第8章中还提到：19世纪50年代末期，甚至连费·伊·丘特切夫的诗歌也出现了向涅克拉索夫的道路转变的动向；19世纪60年代初期，费特的抒情诗也显示出与涅克拉索夫的某些接近之处。这些现象表明，俄国诗歌中的民主派和“纯艺术”派之间，实际上并不是那么泾渭分明。

第三卷第18章在论及19世纪70年代的俄国诗歌时，指出这一时期涅克拉索夫的公民诗歌流派和费特的“纯艺术”诗歌流派之间的论战仍在进行，甚至达到了极点，同时每一派都显示出内在的矛盾。费特仍然坚守着自己“超凡脱俗”的诗人立场，其诗作更为精致化，同时也逐渐产生出一种悲剧倾向。阿·尼·迈科夫开始侧重表现宗教情绪、禁欲主义和自我克制崇拜，他对于古代神话学的兴趣也明显加强。阿·康·托尔斯泰的抒情诗同这一时期“纯艺术”派其他诗人的创作一样，也显示出内在的悲剧意识。在思想观念上逐渐达到自我确立的条件下，不少诗人徘徊于“两个阵营”之间，雅·彼·波隆斯基的命运就是如此，这位诗人曾通过自己的诗集谦恭地寻求与民主派之间的联盟。因此，如果联系19世纪70年代涅克拉索夫诗派的动向，就不难看出，俄国诗歌中的两个流派，尽管在这一时期并未停止争论，但在创作实践上却并不是日益走向尖锐对立，而是在很多方面彼此靠近，这特别体现在两派诗人悲剧意识的增长、讽刺诗创作的强化，以及对民间诗歌艺术的开掘与掌握。

从分别以涅克拉索夫和费特为代表的民主派和“纯艺术”派诗歌的创作实际着眼，可以发现这两个诗歌流派尽管各有特点，也存在着一些分歧，但并非像第三卷第18章的执笔者所说的那样，形成了“两个彼此敌对的阵营”[①]，其诗学理念和创作倾向上的差别，未必就是社会政治方面针锋相对的观点在文学上的直接体现，文学史研究者未必需要对这两个诗歌流派做政治上的画线。与此相类似，《俄国文学史》第三卷在评述19世纪下半叶的散文创作时，把这一时期的现实主义作家分为三类：车尔尼雪夫斯基、萨尔蒂科夫—谢德林被称为“革命民主主义者”；属于车尔尼雪夫斯基流派的19世纪60—70年代的文学新人，如瓦·阿·斯列普佐夫、尼·费·巴任、尼·亚·布拉戈维先斯基、德·康·吉尔斯、因·瓦·奥穆列夫斯基、伊·阿·库谢夫斯基、康·米·斯塔纽科维奇、安·奥西波维奇（安·奥·诺沃德沃尔斯基）等，则被称为“民主主义作家”；而屠格涅夫、冈察洛夫、陀思妥耶夫斯基、列夫·托尔斯泰等作家，甚至连赫尔岑，都不属于民主主义作家行列，更不用说皮谢姆斯基、波米亚洛夫斯基、列舍特尼科夫、尼古拉·乌斯宾斯基、列斯科夫等作家了。苏联文学理论家、批评家米·鲍·赫拉普钦科在《作家的创作个性和文学的发展》（1970）一书中，曾批评一些文学史研究者按照所谓“思想共同性的原则”或“世界观共同性的原则”对作家进行分类研究，把世界观和艺术作品混为一谈、同时又把世界观简单“归结为”政治立场；他指出：根·尼·波斯彼洛夫的《19世纪俄国文学史》（1962），就是依照这一原则进行作家划分的典型例证[②]。然而，普鲁茨科夫《俄国文学史》第三卷所遵循的，事实上仍旧是赫拉普钦科予以批评和否定的

① *Пруцков Н. И.* История русской литературы: В 4 т. Т. 3. 1982. С.591.（汪介之译）

② 参见［苏］米·赫拉普钦科：《作家的创作个性和文学的发展》，上海人民出版社编译室译，上海人民出版社，1977年，第306、307页。

这种原则。

令人遗憾的是，普鲁茨科夫《俄国文学史》第四卷继续以“世界观共同性的原则”划分19世纪末至20世纪初的俄国作家。编著者认定，这一时期俄国文坛存在着“民主主义文学和反民主主义文学”，而且彼此之间激烈地进行着斗争，这种斗争在1905年革命失败后的“反动年代”里更为加剧。从这一卷关于各个阶段、各种流派和各位作家作品的论述中，可以看到，编著者所说的“民主主义文学”，主要是指现实主义文学。在编著者看来，这一时期的现实主义文学，从19世纪90年代到1905年革命前，以列夫·托尔斯泰、契诃夫和柯罗连科等为代表的老一代现实主义作家仍在进行创作，民主主义成为诸多作家在思想上趋于一致的共同基础。聚集于以高尔基为核心的“知识派”群体的作家们，包括艾兹曼、安德列耶夫、布宁、魏列萨耶夫、库普林、斯基塔列茨、绥拉菲莫维奇、捷列绍夫、尤什凯维奇等，他们将目光集中于现实社会中存在的人，以批判的眼光看待现实，同时也卓越地表现了时代的民众心理。上述作家大概都属于“民主主义文学”的范畴。编著者还指出：有一些作家的作品兼具现实主义和现代主义因素，他们同样关注变动时代的现实，写出了一些引人注目的作品，如阿尔志跋绥夫、谢尔盖耶夫—岑斯基、鲍·扎伊采夫、列米佐夫等，其作品大都表现革命年代个人身上存在的过去未为人所发现的新特点。编著者没有明确地指出后一类作家的作品究竟是属于“民主主义文学”还是“反民主主义文学”的范围，似乎认为他们介于两者之间。

但是，到了1905年革命失败后的“反动年代”，情况发生了很大的变化。《俄国文学史》第四卷第17章“反动年代的文学”的执笔者认为，因丧失信念而引起无所适从和普遍绝望，以及已经开始的对社会和道德价值的反民主主义重估，决定了那个年代的社会氛围。忧郁的情绪笼罩在人们的心头，也成为反动时期文学的特点。但先进的民主主义文学仍然奋起与社会黑暗进行斗争，具有民主主义信仰的小说家，如安德列耶夫、绥拉菲莫维奇、艾兹曼、维·穆伊热利、伊·米利岑娜和捷列绍夫等，以其作品同心协力地支持托尔斯泰、柯罗连科等老一代作家发出的抗议。不少作家把目光转向作为民族之根的俄国农村和农民，几乎同时发表的高尔基的《夏天》（1909）和伊·尼·罗季奥诺夫的《我们的罪行》（1910）这两部中篇小说，成为那一时期文学看待农村的两极。罗季奥诺夫把不久前的革命事件描写成农村“兽性勃发”的直接结果，高尔基相信农民身上的潜在力量，讲述着农村的复兴，而其他一系列作家的作品则处于这两极之间。执笔者指出：在反动年代，民主主义文学并未抛弃早先培育它的传统，但整个说来却明显地走向低落；背离俄国文学优良传统的反民主主义文学喧嚣一时，成为引人注目的现象，并排挤和压制着民主主义文学。反民主主义思想和倾向的影响也伤及民主主义阵营的一些作家。在反民主主义文学中，把陀思妥耶夫斯基庸俗化，偏重展露人性中卑琐低劣的一面，广泛体现在阿尔志跋绥夫、列米佐夫、索洛古勃、吉皮乌斯等不少作家的作品中。在社会萧条和文化停滞氛围中出现的一些小说，具有道德价值重估、表现革命者声望的缺失、歌颂“性的支配力”等共同的典型主题。路卜洵（萨文科夫）的《灰色马》（1909）和《不曾有过的事》（1912）、阿尔志跋绥夫的《工人舍维廖夫》（1909）等作品，或展现先前革命者的蜕化过程，或描写反对革命的“新人”形象。索洛古勃的《创造的传说》三部曲（1908—1909）和《卑劣的小鬼》等作品表明，这一时期，在反对“民主主义文学”的共同基础上，自然主义和象征主义代表作家实现了某种联合。阿尔志跋绥夫的长篇小说《萨宁》（1907）鼓吹人的生活目的首先是满足自己的“自然欲望”，其同名主人公把人的全部心愿归结为性欲，因此曾被批评界认为是对贯彻于革命过程中的理想和原则进行重估的传声筒。与此相似，谢・冯维辛的《灰暗的日子》（1911）、吉皮乌斯的《鬼东西》（1911）、阿・卡缅斯基的《人们》（1908）等作品，则在宣扬仇视人类、自我中心主义的同时表现出对革命运动的攻击态度。与上述作品相联系，这一时期的俄国文学一度出现了色情文学的泛滥，如库兹明的《翅膀》（1907）、阿・维尔比茨卡娅的《幸福的钥匙》（1909）、奥・米尔托夫的《涌浪》（1911）、弗・连斯基的《婚姻的悲剧》（1911，1915）等。社会悲观主义和恐怖压抑的氛围，催生了自杀主题作品的流行，这方面的作品有阿尔志跋绥夫的《绝境》（1911）、索洛古勃的《因通报导致的死亡》（1908）和《忧伤的新娘》（1909）等。《俄国文学史》第四卷第17章执笔者最后指出："反动年代"的小说作为文学的一个分支，属于多层次呈现的现代主义范畴，它既偏离以往俄国文学的进步传统，也未给新时代文学带来任何有价值的新东西。现代主义文学的基本意向，首先是它对疏离社会生活和重要道德问题的人物予以肯定的倾心，使它很快就被俄国文学所拒绝。于是，这一时期一度消散的"民主主义现实主义文学"的力量得以加强，并加固一度松弛或扯断的传统链条，从20世纪第二个十年初期起重新宣示自己的存在。

在《俄国文学史》第四卷第18章中，执笔者指出：20世纪第二个十年的民主主义文学，虽然作家们各具才能，题材范围宽广，创作探索方向不一，在美学观念上却趋于一致。在"反动年代"曾被压制的联系社会条件研究现实的兴趣重新被激起，作家们努力更深入地揭示生活的社会基础，其社会激情在新的艺术形式中得到了表现。民主主义作家的队伍扩充了，直接来自民间的作者的声音越来越嘹亮地响起；农民、手艺人和工人不仅加强诗歌创作，也开始进入散文写作领域；关注俄国边区状况、外省生活、县城和乡村民众的作品普遍增多，如格・德・格列宾希科夫、伊万・沃尔诺夫、谢苗・波德亚切夫等人的作品。在这一章的执笔者看来，20世纪第二个十年俄国文学的民主主义，体现在它进一步熟悉了解“民众的俄罗斯”的意向，体现在它对那些过去没有作为描写对象的社会阶层的关注，这方面有代表性的是什梅廖夫、绥拉菲莫维奇等作家的作品。执笔者进而认为，“社会主义现实主义特征已在20世纪第二个十年作家的艺术方法上清楚地显示出来”[①]。书中举出的主要例证之一是绥拉菲莫维奇的长篇小说《草原上的城市》（1902）。执笔者还指出，高尔基、绥拉菲莫维奇、伊万·沃尔诺夫等人的作品都显示出一种历史乐观主义，其他民主主义作家的乐观主义没有如此明显，1905—1907年的革命事件也很少在他们的作品中得到直接反映，但大部分作家都不能不思考不久前发生的事变。经由以上评述，执笔者肯定俄国民主主义文学在20世纪第二个十年获得了进一步发展。

普鲁茨科夫《俄国文学史》第四卷编著者所说的“反民主主义文学”，除了明显指向1905年革命失败后“反动年代”的那些作品之外，还包括19世纪末至20世纪初出现的俄国现代主义文学，特别是其中的象征主义文学——颓废派文学。在论及俄国象征主义时，著者指出，它产生于民粹派运动失败、悲观情绪弥漫于社会的时代，这种情绪导致资产阶级自由主义知识分子产生了解放运动前途无望的思想。著者写道：

> 在这一危机时代产生的象征主义，是一种回避真正现实的矛盾、走向寻求“普遍的”“永恒的”理念和“真理”领域的美学试验。这就决定了象征主义者脱离俄罗斯思想的民主主义传统，也脱离俄国古典文学的公民传统，在美学上走向哲学唯心主义的反动，和革命民主主义美学形成对立。[②]

---

① *Пруцков Н. И.* История русской литературы: В 4 т. Т. 4. 1983. С.615.（汪介之译）

② Там же. С.419.（汪介之译）

这一表述中，编著者已直接把象征主义与思想上、美学上的“反动”联系在一起。关于俄国颓废派文学（русское декадентство），编著者认为，它是在19世纪90年代，对旧有理想感到失望的潮流中产生的一种特殊的文学现象。但编著者并没有把全部象征主义文学统统说成颓废派文学，而是明确指出：“作为文学现象的颓废派文学，乃是俄国象征主义内部的几个流派之一。”[①] 关于阿克梅派和未来主义文学，《俄国文学史》第四卷编著者把它们看成20世纪第二个十年出现的新的现代主义者的创作团体，但没有认定这两个流派都属于颓废派文学，只是在谈到阿克梅派“诗人行会”（Цех поэтов）的文学专刊《北方》（1912—1913）时，引用了编辑部关于该刊任务的说明：延续“在尽人皆知的名为颓废派或现代主义的时代已取得的所有基本的胜利”[②]；在论及阿克梅派诗人曼德尔施塔姆时，也提到他的早期创作经受了颓废派诗人的明显影响。在关于俄国未来主义的论述中，编著者指出诗人伊戈尔·谢维里亚宁的创作，往往具有“颓废派的唯美主义风格”；此外还特别强调：“某些未来主义者的创作实践并不与其理论宣言相吻合，事实上在一定程度上违背他们自己的纲领性声明，具有民主主义性质。”[③]

从以上表述中可以看出，在《俄国文学史》第四卷编著者的语汇中，“现代主义”和“颓废派”不是相同的、可以互相代替的概念；俄国现代主义文学至少包括象征主义、阿克梅派和未来主义文学，其中只有象征主义内部的一个分支流派属于颓废派。编著者说到象征主义思想上、美学上的“反动”，以及它和民主主义传统的脱离，和革命民主主义美学的对立。但是，现代主义文学、象征主义文学、颓废

① Там же. С.421.（汪介之译）

② Гиперборей, 1912. № 1. С.3.（汪介之译）

③ *Пруцков Н. И.* История русской литературы: В 4 т. Т. 4. 1983. С.716-717.（汪介之译）

派文学，是否都属于“反民主主义文学”的范畴？或者只有颓废派文学属于“反民主主义文学”，而阿克梅派、未来主义以及象征主义内部除颓废派之外的其他几个分支流派则属于“民主主义文学”的范畴？《俄国文学史》编著者没有、也不可能完全说清。

同样很难说清的是19世纪末、20世纪初俄国现实主义文学是否就是“民主主义文学”的问题。《俄国文学史》第四卷编著者明确认定属于“民主主义文学”范畴的，似乎只有1905年革命前的“知识派”作家。1905年革命失败后，“知识派”作家群发生分化，其中一部分作家的思想和创作倾向出现了明显变化，是否仍然可以被列入“民主主义文学”？另外一些本来就不属于“知识派”的作家，他们的作品所注意的主要是在革命过程中出现的一些负面现象，也难以被视为“民主主义文学”。至于那些自然主义或倾向于自然主义的作家，介于现实主义与现代主义之间的作家，以及在“反动年代”出现的宣扬仇视人类和自我中心主义、攻击革命运动的“大量资产阶级小说”，当然更不属于“民主主义文学”的范畴。

在《俄国文学史》第四卷中可以看到，由编著者明确认定属于“民主主义文学”和“反民主主义文学”范畴的作家作品，都是为数有限的，书中对其余大部分作家的划分和界定，始终是含混不清的。这不是因为编著者不想说清，而是无法说清。其根本原因在于，“民主主义”和“反民主主义”是政治概念，而现实主义、现代主义（象征主义、阿克梅派、未来主义）和自然主义等，则属于文学术语，以政治概念来划分文学思潮、流派和作家作品，不可能做到完全符合文学与史实的一一对应。普鲁茨科夫《俄国文学史》第四卷的编著者既要遵循“现实主义主流论”和“现实主义——反现实主义”的模式，又要把“政治正确”与否作为评价作家作品的标准，就很容易导致在考察19世纪末、20世纪初的俄国文学时把现实主义文学看成“民主主义文学”，把“反现实主义”视为“反民主主义文学”。然而，民主主义和“反民主主义”是两种不同的政治取向，现实主义和“反现实主义”（姑且使用一下这个不科学的概念）则表示不同的艺术方法，政治取向既不能决定、也不能等同于艺术方法，反之亦然。事实上，在这一时期俄国文学发展的实际进程中，现实主义作家未必都是民主主义者，“反现实主义”作家也未必都是“反民主主义”者。《俄国文学史》第四卷的编著者坚持按照“世界观共同性的原则”对作家进行分类，把世界观和艺术创作混为一谈，又把世界观归结为政治立场，既没有抛弃“现实主义——反现实主义”的公式，又把这一公式政治化了，因此就难免造成评述和论证上的困难。如前所说，在这套文学史著作的第二、第三卷中，同样留有这种二元对立模式的印痕。

2. 作家评价中的可商榷之处

同一般文学史著作一样，在普鲁茨科夫主编的四卷本《俄国文学史》中，关于作家作品的评价占有重要位置。在全书所设关于重要作家个人评述的40个专章中，可以看到许多深入的分析、精辟的概括和令人信服的结论，这些评论共同显示出苏联时期的最后阶段俄国文学史研究的学术水平，并对后来的作家专题研究产生了积极的影响。但是，未必可以说这套文学史著作中的所有作家专论都已达到相对完美的境地，其中可商榷之处实际上是客观存在的。基于重要程度和本书篇幅的考虑，这里仅就第四卷中关于高尔基的评价提出几点看法，以表达我国学界对这位在中国具有巨大影响的作家的新认识，并就此向俄罗斯学者请教。

本书第二章中已经提到，普鲁茨科夫四卷本《俄国文学史》第四卷的主编克·德·穆拉托娃，曾长期从事19世纪末至20世纪初的俄国文学研究，从20世纪40年代起就写有关高尔基、有关这一时期俄国现实主义文学的一系列论文和专著。她也是苏联学界“高尔基学”

（горьковедение）的著名专家。《俄国文学史》第四卷中专门论述高尔基的第9章，正是由穆拉托娃执笔的。在这一章中，著者以自己多年来关于高尔基的深入、扎实的研究为依托，同时吸收苏联学界高尔基学的丰富成果，系统评说1892—1917年间高尔基的创作，呈现出作家这一整个阶段的文学实绩，揭示出他的艺术独创性，论证作家在19世纪末—20世纪初俄国文学发展进程中不可替代的地位。这些都是应当予以肯定的。然而，随着苏联解体后大量文学档案的披露和国内外学界对高尔基研究的不断深入，在今天看来，穆拉托娃关于高尔基的评论仍存在着一些可以再讨论的问题。

首先是关于高尔基早期作品的评价问题。在《俄国文学史》第四卷第9章中，穆拉托娃突出强调了作家的早期作品在呼唤俄国革命方面的创作意图和社会作用，并从这一视角评价这一时期他的所有文学活动。著者指出，早在1896年，高尔基就已意识到，对于自己来说，文学创作同反对现存制度的斗争是分不开的。从那时起，他就日益紧密地把自己的生活和无产者的革命斗争联系起来。著者认为，高尔基的第一部长篇小说《福马·高尔杰耶夫》（1899）表明，作者已开始掌握马克思主义关于社会发展的知识，但这部作品还只是“19世纪描写孤独的浪漫主义英雄的最后一部长篇小说，这样的主人公不符合新时代的要求”①；小说中所描写的工人们，尚未走上革命斗争的道路。关于高尔基的中篇小说《三人》（1900），穆拉托娃特意指出的是：三位主人公中的一位，在选择不抵抗主义之后遭到了毁灭；另一位同伴试图不改变私有者的世界，而只是稍微减弱一些它的丑陋，也同样毁灭了；只有第三位，工人格拉乔夫找到了接近革命小组的正确道路。似乎格拉乔夫成了作家着重描写、也刻画得最成功的形象。穆拉托娃对于高尔基的散文诗《海燕之歌》（1901）评价甚高，认为从

① *Пруцков Н. И.* История русской литературы: В 4 т. Т. 4. 1983. С.292.（汪介之译）

中不仅可以听到革命的呼唤，而且可以感觉到对于革命必将胜利的信心；这篇散文诗使“高尔基开始被认为是一位革命的歌手，一位号召进行积极革命性抗争的作家。充满革命浪漫主义精神的《海燕之歌》表达了新的理想和新的历史前景”[①]。这样，在20世纪初年，高尔基通过他的作品发出的对于革命行动、对于全面反抗旧有社会体制的号召，就同托尔斯泰的“勿以暴力抵抗邪恶”的学说发生了冲突。

对于高尔基的早期戏剧创作，穆拉托娃同样是从上述角度做出评价的。论者认为，在高尔基看来，剧院是一个讲坛，从那里可以高声地发出同一切使人沦为奴隶的现象进行斗争的呼唤；在他的剧作中回响的是控诉、召唤和抗议。穆拉托娃指出，在高尔基的剧本《小市民》（1901）中，情节基础不是尼尔——塔季雅娜——波丽雅之间相互关系发展这条线索，而是两种世界观的冲突，无产者和私有者世界的对立；这部剧作把“家庭的”主题和远离别斯谢苗诺夫、布雷乔夫家庭的重大社会政治问题结合起来。虽然戏剧检查机关对剧本中尼尔的言辞做了大幅度删节，但是在他的言论中，仍然可以听到对革命行动的召唤。对于在当时和之后的一个长时期中都影响较大的社会哲理剧《底层》（1902），穆拉托娃认为它是对把人们变成社会渣滓的社会制度做出的一份罪行判决书，剧本中的重要角色之一、游方僧鲁卡这一说教者，他对人们的“安慰”实际上是力图压制民众中正在增长的反抗情绪。

穆拉托娃进一步指出：剧本《敌人》（1906）和长篇小说《母亲》（1907）这两部作品，是高尔基以其艺术探索为支撑的社会主义美学宣言书，此时作家已成为与民众斗争、与革命相联系的艺术的代表。对于他来说，重要的是促使读者参与俄罗斯正在进行的事业，并指明究竟是什么导致了不久前爆发的革命，因此，这个时期他给自己

---

① Там же. С.293-294.（汪介之译）

提出的具体任务是：思索不久前无产阶级斗争的经验，同时以最新的方式回答俄罗斯生活和俄国文学的根本问题——“怎么办”？为了什么以及应当怎样进行斗争？在小说《母亲》中，作家深入研究了当前、过去与未来之间的内在联系，甚至全部生活本身也被作为走向社会主义革命的过程来认识。

关于高尔基早期创作的上述评价，需要认真商榷。只要深入作家早期作品的阅读，就可以发现，高尔基是作为“人”的礼赞者、作为人的自由的歌手开始出现在俄国文坛的。在处女作《马卡尔·楚德拉》（1892）中，作家就以浓烈的浪漫主义色彩和热情奔放的语言描绘了左巴尔和拉达这两个酷爱自由的形象，突出了“不自由，勿宁死”的主题。这一主题在作家随后陆续发表的《少女与死神》（1892）、《鹰之歌》（1894）和散文诗《人》（1904）等作品中一再得到鲜明的表现。为作家带来极大声誉的流浪汉题材作品，同样是以着重描写主人公热爱自由的天性而独步一时。因此，1898年，当高尔基的两卷本《特写与短篇小说集》问世后，俄国批评界就开始说他是一位“自由意志的”歌手。在一系列流浪汉小说中，高尔基不仅真实地再现了处于社会底层的流浪者的生活，更令人信服地揭示出：无论社会环境多么污浊，处境多么窘困，那些地位低下、生活在屈辱与不幸中的人们，仍然保持着许多美好的人类天性。这方面的作品有《叶美良·皮里雅依》（1893）、《阿库莉娜奶奶》（1895）、《谢马加被捕记》（1895）和《沦落的人们》（1897）等。在《科诺瓦洛夫》（1897）、《奥尔洛夫夫妇》（1897）等作品中，作家把对于不完善的生活的责任归于人自身，竭力鼓舞人们对于生活的积极态度，使自由的理想得以实现。《底层》一剧作为高尔基观察流浪汉生活20年的总结，其重要意义在于对人生哲学的探讨：是顺从上帝的安排，忍受现存的一切，还是相信人和人的力量，确认每个人都有争得自身自由幸福的权利与可能性。这也是该剧之所以被公认为社会哲理剧的原因所在。

毫无疑义，高尔基的早期作品充满社会批判的激情。正是这种激情和作家对人的崇拜，在特定的时代背景下，合乎逻辑地孕育出长篇小说《母亲》的主人公巴维尔这一叛逆形象。巴维尔和《福马·高尔杰耶夫》的同名主人公一样，都是勇敢地追求自由、力求实现自由理想的人物，两人的区别只是在于一个是工人，一个是资产者的后代。福马作为其夫的百万家产的法定继承人，却要追求一种摆脱金钱桎梏的、自由的生活，这一形象在当时的俄国社会很有代表性，高尔基通过这一形象真实地反映了资产者内部的精神心理变动，因为福马不是无产阶级的成员，就断言这一形象“不符合新时代的要求”，这是很有些武断的。高尔基的小说《三人》经由描写三个年轻人的不同人生道路和命运归宿，促使人们思考怎样才能寻得真正公正自由的生活。作品的主人公卢尼奥夫把追求财富视为实现“理想”生活的途径，铤而走险，导致毁灭，是一个刻画得很成功的艺术形象；而那位“接近革命小组的”工人格拉乔夫的形象，则明显苍白得多。如果研究者首先认定高尔基就是社会革命的鼓动者，总是从呼唤社会革命、是否有利于推动革命运动的角度来评价他的所有作品，就难免形成一些牵强附会的结论。

穆拉托娃在论及高尔基的剧本《敌人》和小说《母亲》时，还提到这两部作品在当时曾引起资产阶级批评界，包括象征主义批评界含有敌意的反应，并举出安德烈·别雷、济·吉皮乌斯等人的批评意见，作为“资产阶级批评界”敌意反应的例证。但是，同时被征引的却还有尼·明斯基的肯定性意见：“高尔基既是一位作家，同时又是全体民众情绪的体现者，是他的时代的预言家”，他不仅属于俄罗斯文学，而且也属于俄罗斯历史。[①] 众所周知，明斯基其实也是一位象

① *Муратова К.Д.* Возникновение социалистического реализма в русской литературе. Л., 1971. С.190. (汪介之译)

征主义者，也同样属于“资产阶级批评界”。文学史研究者有必要把批评家、评论者划分成几个阶级，指出他们的“阶级属性”吗？全部欧美文学发展进程中，至少是从文艺复兴以来，一系列有创见的文学批评家，是否都属于资产阶级吗？研究者难道有必要根据批评家们的阶级属性来说明其观点正确与否吗？

普鲁茨科夫《俄国文学史》第四卷第9章关于高尔基的评价中有一个需要商榷的内容，即《母亲》发表之后作家的思维热点和创作倾向问题。这一章的执笔者穆拉托娃正确地看到，在完成长篇小说《母亲》和中篇小说《夏天》之后，“小市民的、县城的俄罗斯，连同它的保守主义、精神贫乏和消极无为，成为高尔基艺术描写的对象。在反动年代，许多作家都转向描写拒不接受革命召唤的县城的俄罗斯，但高尔基则有自己独特的宗旨。”[①]然而，穆拉托娃对这种“转向”的内涵和实质的阐释，却大有可商榷之处。

穆拉托娃认为，高尔基在《母亲》和《敌人》中描写了工人的斗争、歌颂过俄国革命，在《夏天》中又表现了革命思想在乡村中的渗透后，给自己提出的新任务是要引起人们注意妨碍革命胜利的因素。中篇小说《奥库罗夫镇》（1909）描写了革命风潮传来时这个小镇以荒谬的形式对它的反应，展示出小市民的保守性和理智上的贫乏怎样演变为与世隔绝和政治反动，“奥库罗夫习气”作为陈腐闭塞和对一切新事物心怀仇恨的体现，迅速成为一个普通概念。紧随这部中篇之后的小说《马特维·科热米亚金的一生》（1909—1911）则在俄国农奴制改革后历史的巨大画幅上，描写了超出小市民圈子的俄国县城生活，致力于在居民消极生活态度的各种表现（消极的无政府主义、宿命论等）中揭示其历史根源，发现县城社会各阶层生活观念的作用范

---

① *Пруцков Н. И.* История русской литературы: В 4 т. Т. 4. 1983. С.313.（汪介之译）

围。在穆拉托娃看来，作家所描写的这个“县城的罗斯”，是已失势的、通往“革命的俄罗斯”道路上的障碍之一。

穆拉托娃指出，高尔基的短篇系列作品《罗斯记游》（1912—1917）是作家关注俄罗斯民族性格的创作成果，揭示了民族心理特征。这一概括显然是没有疑义的，但是她又强调，吸引作家注意的首先是预示新人心理形成的那些特征，从而显示出人民很快就将成为自己历史的创造者。穆拉托娃发现，高尔基的自传体中篇小说《童年》（1913）和《在人间》（1916）等是完成于十月革命前的作品，作家的描写以对于俄罗斯现实的真正了解为依据；在这两部作品中，社会日常生活画面比其他作者的自传体作品占有更多的篇幅。这也同样符合作品内容实际。她还注意到，《童年》和《在人间》因为揭示了作家所理解的俄罗斯性格，这样就和《马特维·科热米亚金的一生》及系列作品《罗斯记游》接近。不过，穆拉托娃的以下观点就值得商榷了——她认为，《童年》和《在人间》描写了“未来的革命者”性格形成的初期；在主人公阿辽沙对周围世界的不满和反叛行为中，已潜藏着“新型世界观”的根底；作品表明，在旧世界的深处，其未来的否定者已经开始成长；高尔基作为无产者世界观的表达者，在这两部自传体中篇小说中，呈现出1905年革命准备时期的俄罗斯以及它“走向社会主义革命的运动”。

从穆拉托娃的以上论述中可以看出，她的基本思路是：高尔基的早期创作，从最初的作品到小说《母亲》和《夏天》，一直是呼唤革命、歌颂革命，而在1905年革命失败后，他则转向集中揭示社会生活、特别是小市民群体中存在的阻碍革命的因素，但同时又着意发现人民群众身上潜藏着“反抗邪恶与暴力世界”的革命因素，表现了这种因素正在发展和增长，并且必将汇聚为社会革命运动。这是穆拉托娃坚持从作家的创作与革命的关系这一特定视角考察其作品形成的基本观点，她未能注意到1905年革命失败后作家思维热点的转移和创作转向的深刻内涵与实质。

1905年革命高举的无疑是正义和进步的旗帜，革命所提出的反对封建专制、实现民主自由的历史任务终究是要完成的——高尔基对此深信不疑。然而，对于革命失败的经验教训的沉痛反思，却使作家深感研究民族性格的必要性。他开始注意到俄罗斯人的文化心理特点和历史进程之间不可分割的联系，逐渐意识到提高民族精神文化素质是推动历史前行的关键所在，而知识分子则是连接进步文化和人民群众的纽带和桥梁。作家思维热点的转移，清晰地显示在他完成于两次革命之间的一系列作品中。在中篇小说《没用人的一生》（1907—1908）中，作家透过主人公克林科夫这一"卑顺者"逐渐走向堕落的生活史，触及民族劣根性成为历史前进的羁绊这一重要主题。《夏天》（1909）并未提供一幅廉价的乐观主义图画，而是以严峻的笔锋触及革命后农村阴暗的现实，包括农民身上存在的"束缚自身的枷锁"；作品中的农村无产者希皮古谢夫所说的"庄稼人把法国的大革命给吃掉了"[①]，更是一种意味深长的暗示，其中涵纳着作家关于第一次俄国革命失败原因的思索。《奥库罗夫镇》以1905年革命为背景，勾画出参加"闹事"和反对"闹事"的人所共有的昏聩、愚昧和凶残，提供了俄国小市民生活和精神心理特点的一个横剖面。《马特维·科热米亚金的一生》则通过对主人公忧郁、无为一生的描述，透过奥库罗夫人的生活平静无波的表层，展露出它的巨大腐蚀性和毒害性，由此揭示了俄国外省生活秩序和传统怎样经由一代代人而繁衍、延续，表明千百个类似的城镇如何卧伏在俄罗斯土地上，成为决定其基本面貌与存在方式的沉重砝码。《童年》和《在人间》以阿辽沙的坎坷经历为线索，展开一幅幅彼此连缀、充斥着愚昧和污秽的旧时代俄国外省日常生活的动态图景，严峻地剖析了民族性格中层层叠叠的

① [苏]高尔基：《夏天》，陆风译，见《高尔基文集》第11卷，北京：人民文学出版社，1985年，第426页。

积垢，表明改造国民性、重铸民族灵魂的鲜明意向。《罗斯记游》中的29个短篇，描写了流浪汉、手工业者、小铺老板、教堂执事、退役军官、破产商人、外省知识分子、破落贵族、菜园主等俄国社会各阶层的人物形象，从各个不同侧面揭示出俄罗斯人的精神文化特征。1912年9月，作家本人在致俄国文艺学家德·尼·奥夫相尼科—库里科夫斯基的一封信中，曾谈及《罗斯记游》的总体构思："我打算写一系列随笔，如同已寄给您的那些一样——我想用它们勾画出我所理解的俄罗斯心理的若干特征和俄罗斯人的某些最典型的情绪。"[①] 高尔基在这里所说的，其实也是以上作品的共同主题。

显而易见，上述所有作品都表明，高尔基在1905年革命失败后所集中研究并予以艺术表现的，是俄罗斯民族性格的基本特征。作家意识到，在这样的民族文化心理条件下，进行社会革命的条件还远远不够成熟，因此摆在全民族面前的首要任务，就是要致力于提高民族精神文化素质。穆拉托娃所说的高尔基发表的"错误的政论"——《两种灵魂》（Две души，1915），以及"在社会主义革命的最初几年，高尔基确实发表过不少关于农民的尖锐而不公正的言论"[②]——这句话所指的《论俄国农民》（О русском крестьянстве，1924）这本在柏林出版的小册子，还有1917— 1918年连续发表于《新生活报》上的系列随笔《不合时宜的思想：关于革命与文化的札记》（Несвоевременные мысли. Заметки о революции и культуре），自传体三部曲的最后一部《我的大学》（Мои университеты，1923），被称为"俄罗斯人剪影"的系列作品《日记片断·回忆录》（Заметки из дневника.Воспоминания，1924）等，其实都是作家以《奥库罗夫镇》为先声的思想探索和艺术追求的逻辑延伸。这些作品的内容各有

① *Горький М.* Полное собрание сочинений // Письма в 24 т. Том 10. Москва: Издательство «Наука», 2003. С.113.（汪介之译）

② *Пруцков Н. И.* История русской литературы: В 4 т. Т. 4. 1983. С.320.（汪介之译）

侧重，都具有独立性，却并不截然分开，而是彼此呼应，互为补充，在总体上共同构成一部表现俄罗斯民情风俗、世态人心的百科全书式的巨著，具有不可低估的思想史、文化史价值，其中的虚构性作品也在艺术上达到炉火纯青的高度。穆拉托娃一直从是否有利于革命这一角度评判高尔基这一时期的作品，因此不能充分揭示其意义和价值所在，对它们的评价反而都远不如《母亲》。不过她也公正地提到："系列作品《罗斯记游》问世后，报刊开始谈论高尔基出色的创作艺术。除了19世纪90年代外，这是在对这位作家才华的评论中为数不多的几乎完全一致的时机之一。"[①] 事实正是如此。遗憾的是，穆拉托娃本人却未能论证作家出色的创作艺术怎样体现在这一阶段的作品中。她对自己提及的《罗斯记游》中《公墓》《尼卢什卡》这两篇无论就其主题的深刻性还是艺术的独特性而言都是卓越的作品，同样没有展开任何论述，其原因仍然在于，这两个短篇都与革命无关。

由穆拉托娃执笔的《俄国文学史》第四卷第9章的标题是："马克西姆·高尔基；社会主义现实主义"。这样的题目样式在这套文学史著作各章的标题中显得很特殊。从这一章的具体内容来看，执笔者的意图显然是要论证高尔基在十月革命前25年的创作中，在总体上显示出向着"社会主义现实主义"演进的趋势，为这种创作方法奠定了基础。穆拉托娃认为，高尔基的《母亲》和《敌人》是社会主义美学的宣言书。她写道：

> 在俄国文学史中，《敌人》和《母亲》标志着一种新的、后来被称为社会主义现实主义的文学流派的产生。社会主义现实主义以 19 世纪现实主义的成就为支撑，给文学带来了新的马克思主

---

① Там же. С.326.（汪介之译）

> 义的世界观，关于“人与历史”问题的新处理，对人的心理的新理解，社会的乐观主义，以及使那些应当成长发展的事物能够最鲜明地凸显出来的特别的明暗配置。这是一种为对于社会主义未来的追求所鼓舞的现实主义。[①]

穆拉托娃在第9章中并未对剧本《敌人》进行分析，以论证这部剧作怎样呈现出“社会主义现实主义”特色，而只是就长篇小说《母亲》展开论述，说明它和以往的现实主义作品相比有何不同之处。论者所强调的这部作品的新特色主要有：

首先，出现了新的主人公。论者指出：《母亲》是一部关于“新人”的长篇小说，但有别于古典文学，这些“新人”不是在平民知识分子中，而是在工人群体中。在这部作品中，劳动者被提到首位。这样，工人革命者就在文学中第一次成为长篇小说的主人公，而且他们的斗争在和革命知识分子斗争的紧密结合中得到展示，这些知识分子正在往工人群众和觉醒中的乡村传送着社会主义思想。

其次，看待现实和历史的新眼光。论者认为，在小说《母亲》中，生活不是被看成普通的日常生活，而是被视为“奔向未来的事业和斗争”。19世纪俄国文学曾通过展示一系列个人命运再现本国历史的进程，高尔基则经由描写各阶级的命运、阶级之间的矛盾来呈现这一历史。在这部作品中，当前与过去、与它的未来趋向之间的深刻联系得到了仔细研究，被理解为走向社会主义革命的运动过程。小说的创新之处还体现在作家描绘出革命的前景。

最后，表现了无产阶级的世界观和人生态度。论者特别强调，在《母亲》中，高尔基一方面作为俄国思想小说传统的继承者出现，另一方面，他又是一位从社会和艺术角度表达自己对世界的认识而探寻

---

① *Пруцков Н. И.* История русской литературы: В 4 т. Т. 4. 1983. С.309-310.

新方法的革新者。这部作品多层次地揭示出主人公精神上和政治上的洞察力，而读者也因此能够和主人公一起认识到革命的目的。论者把高尔基在社会与艺术方面的独特发现，归结为他再现出无产者的人生态度，并认为这种态度结合着对现实的清醒估计和社会乐观主义，以及对于即将到来的胜利的信念。

从穆拉托娃的以上论述中，很难看到“社会主义现实主义”作为一种新的艺术原则、文学流派或创作方法的美学特质。在19世纪欧洲文学中，盖斯凯尔夫人的《玛丽·巴顿》（1848）、狄更斯的《艰难时世》（1854）和左拉的《萌芽》（1885）等长篇小说，都已出现过从工人群众中产生的主人公形象，他们也是为包括自己在内的工人阶级的利益而斗争的人物，其思想意识、世界观和人生态度，在作品中也都有明确的表现。关于对现实和历史的洞察力，巴尔扎克就因在其一系列作品中所显示出的敏锐而一再得到马克思、恩格斯的称赞。马克思曾说巴尔扎克“以对现实关系具有深刻理解而著名”；恩格斯则认为，在巴尔扎克的作品中，“有一八一五年到一八四八年的法国历史”，“在他的富有诗意的裁判中有多么了不起的革命辩证法！”①据马克思的女婿保尔·拉法格回忆：“马克思认为巴尔扎克不仅是当代的社会生活的历史家，而且是一个创造者，他预先创造了许多在路易—菲力浦王朝时还不过处于萌芽状态、而直到拿破仑第三时代即巴尔扎克死了以后才发展成熟的典型人物。”②由此可见，穆拉托娃所说的那些作为“社会主义现实主义”艺术原则的特点，于19世纪欧洲文学中即已存在。

事实上，只要认真研读高尔基的作品，就会清楚地看到，在作

① [德]马克思、[德]恩格斯：《论文学与艺术》（二），陆梅林辑注，北京：人民文学出版社，1983年，第129、130页。

② [德]马克思、[德]恩格斯：《论艺术》（第四卷），米·里夫希茨编，程代熙重编，北京：中国社会科学出版社，1985年，第371—372页。

家全部漫长的创作历程中，《母亲》属于他早期创作阶段的最后一部作品。这部长篇小说现实主义和浪漫主义相结合的特色十分明显，它的题材取材于20世纪初俄国外省工人的罢工斗争。作品所显示的工人的反抗情绪、变革现存社会的意向和唤起普通民众觉醒的创作动因，都使它在问世时获得一种特殊的社会意义，并因此被列宁称为“一部非常及时的书”。不过，高尔基本人并不十分看重这部小说，从未对它做过多么高的评价；相反，在《〈母亲〉法译本序》和回忆录《列宁》中,他都曾提到这部作品的不足。但是,《母亲》的内容、主题和艺术方法上的某些特点，却成了日丹诺夫等人论证“社会主义现实主义”极好的材料。在日丹诺夫主义的强制性影响下，经过20世纪30年代以后多位苏联理论家、批评家的阐发,《母亲》渐渐被模式化、典范化了，成了“社会主义现实主义”的奠基之作、经典之作。遗憾的是，普鲁茨科夫四卷本《俄国文学史》第四卷第9章的执笔者穆拉托娃，在20世纪70—80年代之交，仍旧延续着这种阐发。

这里还应当做两点补充说明。其一，在完成《母亲》之后，高尔基还进行了30年的创作活动，写下了大量作品，但所有这些作品没有一部符合“社会主义现实主义”的标准。从艺术方法上看，高尔基1908—1924年间的作品（中期创作），基本上是严格采用现实主义手法；1925—1936年间的作品（晚期创作），则是以现实主义为主，同时融入现代主义手法。显然不能够说，高尔基通过《母亲》创立了“社会主义现实主义”，但是紧接着，他又放弃了这一方法，重新返回到传统的现实主义，后来还广泛吸收了现代主义艺术经验。

其二，“社会主义现实主义”这一概念，最初是1932年初斯大林在和苏联作家协会组织委员会主席伊·米·格隆斯基的一次谈话中提出来的，1934年5月被写进《苏联作家协会章程草案》。在1934年8月17日至9月1日召开的第一次苏联作家代表大会上，联共（布）中央书记日丹诺夫在大会上以文学主管的身份对“社会主义现实主义”

进行了阐释，“社会主义现实主义”定义正式载入《苏联作家协会章程》，并被确定为苏联文学创作和文学批评的“基本方法”。高尔基是这次大会的主持人，并在此次大会上当选为苏联作家协会第一任主席，这一切似乎为“高尔基是社会主义现实主义的奠基人”提供了某种证据。但是,高尔基在大会上的四次讲话中，总共只有两次使用过“社会主义现实主义”概念，完全没有就这个概念、定义以及这种创作方法的特点展开论述。这种情况绝非偶然。假如高尔基果真是“社会主义现实主义”的奠基人、创始人，假如他确实从1906年创作《母亲》起就创立了这一方法，那么，28年以后，当这一方法终于被苏联作家代表大会正式确立为整个苏联文学的“基本方法”时，他本人却对此避而不谈，没有表现出任何“历尽千难万险,终于取得成功”的喜悦，好像这是一种和自己的漫长创作生涯毫无关系的“创作方法”，那就是不可思议的事情了。

尤其值得注意的是，1935年2月19日，第一次作家代表大会开过后刚刚半年，高尔基就在致苏联作家协会的实际领导人、作协理事会书记亚·谢·谢尔巴科夫的信中，对大会通过的《苏联作家协会章程》中“社会主义现实主义”的提法表示怀疑。高尔基写道：

> 关于社会主义现实主义，过去和现在都写过不少东西，但是还没有一致的和明确的意见，这说明了一个可悲的事实：在作家代表大会上，批评没有显示自身的存在。
>
> …… 我怀疑，在社会主义现实主义——作为一种方法——以完全必要的明确性显示自己之前，我们已经有权来谈论它的“胜利”，并且是“辉煌的胜利”。[①]

---

① *Горький М.* Собрание сочинений в 30 томах. Т. 30. Москва: Государственное издательство художественной литературы, 1956. С. 381, 383. (汪介之译)

从这封信中，不难品味出高尔基对于把“社会主义现实主义”作为一种“基本方法”而确定下来的真正态度。然而所有这些文学史实，都长时期地被遮蔽在苏联个人崇拜和极左路线所营造的浓厚烟云中，在那个特殊年代形成的关于高尔基与“社会主义现实主义”之间关系的描述和阐发，也就一直被广泛接受，以至到20世纪70—80年代之交，相关观点仍在被继续沿用。毋庸赘言，这一切都不是同时作为《俄国文学史》第四卷主编、该卷第9章执笔者克·德·穆拉托娃个人认识上的不足所致，而是时代的局限。

3. 被忽略或被遗忘的

普鲁茨科夫主编的四卷本《俄国文学史》第四卷关于19世纪末—20世纪初文学的评述，具有相当宽广的覆盖面，论及19世纪90年代至1917年间活跃于俄国文坛的诸多诗人、作家和批评家，从而描绘出这一绵延近30年的文学发展阶段、即后来文学史家们称之为“白银时代”的俄国文学的宏伟图景。然而遗憾的是，仍有不少曾活跃于那个时代文学生活的名字，被这套文学史的编著者们有意无意地忽略或遗忘了。这就使得这一批大约从20世纪20年代起就渐渐淡出苏联国内读者视野的诗人、作家和批评家，直到20世纪80年代初期，依然未被广大读者所知晓。只有到了苏联解体前后，在文学“回归”的浪潮中，许多陌生的作家、诗人连同他们的作品才纷纷破土而出，以其思想力量和美学风范在读者面前打开了一个新世界。人们记忆与印象中的旧有文学史图像也是从那时才开始被刷新的。

普鲁茨科夫《俄国文学史》第四卷忽略与遗忘的诗人和作家，主要有霍达谢维奇、茨维塔耶娃、格·伊万诺夫、叶·古罗、阿维尔琴科、苔菲、萨沙—乔尔内等。其中格·伊万诺夫、叶·古罗在白银时代曾分别参与“阿克梅派”、未来主义团体的活动，阿维尔琴科、苔菲、萨沙—乔尔内等曾结合于《萨蒂里孔》期刊及同名文学团体之内，而霍达谢维奇、茨维塔耶娃则始终游离于各文学流派之外，成为那个时代富有成就和个性特色的两位诗人。

弗·费·霍达谢维奇（1886—1939）被称为白银时代“新古典主义”的代表诗人。他的第一本诗集《青春》（1908）中的大部分诗歌，是献给他的第一个妻子玛琳娜·伦金娜的。诗人认为，这本诗集不是在文学意义上，而是在传记意义上使他甚感亲切。这部诗集表现了年轻人的“严肃”、对“忧伤”的欣赏以及对世界的“悲剧性的”看法，显示出一种轻灵的诗风，从中可感觉到安年斯基、索洛古勃和勃留索夫等同时代诗人的影响。但透过《富于敏感》（1907）等诗，已可看出霍达谢维奇的天赋，看到一个独立的艺术世界正在形成。当第二本诗集《幸福的小屋》（1914）出版时，他已经被读者看成一位成熟诗人了。集子中包括《沉湎于喧哗》《先灵》《棕榈树上方的星》三组诗歌。仿佛是要同《青春》中的“悲剧成分”相对立，诗人在他的诗歌中歌唱“先灵”和家室的舒适，赞美平静、素朴的日常生活。在组诗《沉湎于喧哗》对“什么是生活？”的追问和对“冥间世界”的想象中，则可以听出一种怀疑主义的音响。在《俄耳甫斯返乡》（1910）一诗中，还出现了探测未来命运的诗行，似乎表现了诗人对某种不幸的预感。

十月革命后，霍达谢维奇在国内仍有《借助于种子》（1920）、《沉重的竖琴》（1922）两部诗集出版。1922年出国后，他曾与高尔基、别雷等一起在柏林创办和编辑《交谈》一刊，力图沟通俄罗斯文学与欧洲文学之间的联系；同时不间断自己的诗歌创作，不久后就完成了拟收进诗集《欧罗巴之夜》的全部诗歌，但这本诗集在诗人生前未能单独出版，后来被并入他的另一本《诗歌集》（1927）中得以面世。这时诗人的诗歌语言，经过长期锤炼，已形成一种与丘特切夫相接近的高雅、静穆、清晰的风格，可见普希金、巴拉廷斯基、丘特切夫诗风的影响，显示出新古典主义的特色。霍达谢维奇在20世纪20—30年代写下的一系列关于“基督教欧洲”历史文化随笔中，先后完成了《普希金的诗学事业》（1924）、《论普希金》（1937）等研究著作。作者去世前夕才得以出版的文学回忆录《名人陵墓》（1939），忆及勃留索夫、格尔申宗、叶赛宁、索洛古勃、高尔基、安德烈·别雷、古米廖夫与勃洛克等同时代诗人和作家，呈现出他们的风采、个性与思想追求轨迹，构成白银时代的一座文化纪念碑。霍达谢维奇也成为俄罗斯域外文学“第一浪潮”中最有成就的诗人和批评家之一。普鲁茨科夫《俄国文学史》不应忽略这位在1917年之前就显示出自己特色的诗人。

更不应当忽视的是与阿赫玛托娃齐名的优秀女诗人**玛琳娜·茨维塔耶娃**（1892— 1941）。她同样起步于白银时代的俄国诗坛，自费出版第一本诗集《黄昏纪念册》（1910），得到沃洛申、古米廖夫和勃留索夫等诗人的赏识。这本诗集由“童年”“爱”和“仅有阴影”三个部分构成，其中虽有羞怯与幼稚心态的显露，却率真而恳切地表现出她以后创作的基本主题：生存与死亡，爱情与友谊，文学与祖国。诗人的个性也已透过纯真的诗句初步显示出大致轮廓。不久后，她把第二本诗集《神奇的灯》（1912）献给了新婚丈夫——一位民粹派运动参加者的后代、父母双亡的孤儿谢尔盖·埃弗隆。在组诗《奥卡河》（1911— 1912）中，诗人仿佛预言式地、宿命般地表达了自己在未来从异邦的土地上回望安静而幽蓝的奥卡河、回望那永远印在记忆中的河湾草地时的深切感受。茨维塔耶娃这个时期的诗作中，已有不少沉思死亡的内容。她对死神发出情绪激昂的咒语，表达了对生活的依恋，对信仰的要求，对爱的希望。诗人还以自己的诗歌和那些她感到亲切的、已逝的先人对话，如同和活人谈话一样，似乎是想经由他们了解彼岸世界。

茨维塔耶娃对于同时代著名诗人的感情，其炽热程度丝毫也不逊于对待亲人。1916年，她曾将一组诗歌献给曼德尔施塔姆。她对他的诗歌评价颇高，将其看作一种“魔法”和“醇酒”。茨维塔耶娃的这些诗作，后来都收入组诗《莫斯科诗抄》（1916）中。对于诗人而言，莫斯科就是“自由的梦，教堂的钟声，瓦甘科沃清晨的朝霞”①。组诗《致阿赫玛托娃》（1916）以茨维塔耶娃所特有的那种不可遏止的力量和强烈的情感表现，淋漓尽致地抒发了由于对诗歌艺术的倾心而导致的对“俄罗斯诗歌的月亮”的由衷钦佩和真诚赞美。她在后来给阿赫玛托娃的一系列书信中，也吐露了类似的感情。

这一时期，茨维塔耶娃显示出对于民间创作和历史题材的浓厚兴趣。她似乎有意避开了“当前的现实”，在历史和神话传说中寻找题材，写出了以18世纪历史为背景的剧本《弗尔图娜（命运女神）》《冒险记》和《不死鸟》，取材于16世纪德国民间传说的剧本《石头天使》，以及从古希腊神话中忒修斯的故事改编过来的悲剧《阿里阿德涅》和《费得尔》等。在浪漫主义热情的迸发中揭示人物性格，着力渲染约会和离别时的戏剧性场景气氛，充满激动人心的对话，是茨维塔耶娃剧作的共同特点。

茨维塔耶娃于1917年完成、1921年出版的诗集《里程标》，更是一部极富感染力的抒情诗集。诗人似乎吹起了一股来自茨冈人漫游道路上的清新自由的风。她喜爱民间的那些有关爱情的誓言与咒语，对人民的纯朴表达热忱的赞美。1922年5月，茨维塔耶娃告别了俄罗斯，到达柏林，与埃弗隆重逢。她的创作也出现了高涨，《离别》（1922）、《致勃洛克诗抄》（1922）、《普叙赫：浪漫作品》（1923）、《手艺》（1923）等诗集相继在柏林出版。随后，在布拉格和巴黎，她又有长诗《捕鼠者》（即《穿杂色衣服的吹笛人》，1925）、《阶梯》（1926）、《山岳之歌》（1926）、《终

---

① *Цветаева М. И.* Избранные сочинения в двух томах. Т. 1. Москва: Издательство «Литература», 1998. С.84.（汪介之译）

结之歌》（1926）和诗集《离别俄罗斯之后：1922—1925》（1928）陆续出版。20世纪30年代是茨维塔耶娃散文创作的高峰期。她连续推出了《我的普希金》（1937）等一组自传性散文，还有《活人谈活人》（1933）、《被征服的灵魂》（1934）、《并非此地的夜晚》（1936）等回忆性随笔，以生动而充满感情的笔触勾勒出作者同时代的诗人别雷、沃洛申、库兹明的鲜明形象。《诗人与时代》（1932）、《良心光照下的艺术》（1932）则是作者思考俄罗斯诗歌发展道路和一般诗学问题的一系列文章的继续。1939年6月，茨维塔耶娃回到了阔别17年的祖国，1941年8月疏散至卡马河畔的叶拉布加之后，在那里自杀身亡。她的作品在长时期内曾被禁止出版。直到20世纪50年代中期以后，新一代俄罗斯读者才读到她的诗作，逐渐认识这位命途多舛的诗人为艺术地表达同时代人的感情做了多少事情。令人费解的是，20世纪70—80年代之交成书的普鲁茨科夫《俄国文学史》，仍然对这位优秀诗人视而不见。

被普鲁茨科夫《俄国文学史》忽视的还有诗人**格·弗·伊万诺夫**（1894—1958）。他自1910年起开始发表诗作，1912年加入“自我未来主义”团体。他的第一本诗集《向西特拉岛进发》（1912）出版后，批评界对它的语言水平表示肯定，却认为它在内容上有生搬硬套之嫌，并显露出某种“纨绔美少年”的气派。但古米廖夫却对这本诗集评价较高，随即邀请格·伊万诺夫加入“诗人行会”。1913年，格·伊万诺夫断绝与“自我未来主义”者的关系，成为阿克梅派的成员。古米廖夫去第一次世界大战前线后，格·伊万诺夫承担起《阿波罗》的诗歌评论工作。“诗人行会”解散，1916至1917年间，他又与格·阿达莫维奇一起，把一些年轻诗人组织起来，建立第二“诗人行会”。诗集《正房》（1914）和《帚石南》（1916）是格·伊万诺夫作为阿克梅诗人的主要作品。这两本诗集中忧郁牧女的形象、暮色中的苏格兰城堡、动人的艳情场面和神奇勇敢的绿林好汉等，都显示出诗人的艺术表现力。格·伊万诺夫在这期间发表的短篇小说《孟买之行历险记》（1916），则显示出对传奇故事、异域情调的兴趣和迎合某些读者口味的倾向。

自1918年起到1922年离开俄罗斯前，格·伊万诺夫曾积极从事世界文学出版社的翻译工作，并成为第三“诗人行会”的活动分子。他的两本新诗集《花园》（1921）和《神灯》（1922）也相继出版。诗人似乎没有注意到正处于激变中的时代氛围，忘却了战争、饥荒和灾难，还在写着他的东方田园诗。然而透过表面的平静，却可以感受到诗人在历史变迁面前紧张不安的心境，可以看到他事实上捕捉到了俄罗斯文化断裂时期的某些特定场景。《彼得堡的冬天》（1926；1952）是格·伊万诺夫在国外出版的第一部作品。书中展现了白银时代俄罗斯文化生活的各个层面，提供了关于各个文学流派及其相互关系的生动描述，再现了维·伊万诺夫家的“塔楼”等众多文化沙龙、小组、协会活动的历史场景，创造了包括勃洛克、古米廖夫、叶赛宁、谢维里亚宁、赫列勃尼科夫等在内的艺术家形象画廊。与其在题材上相接近的则有《涅瓦大街》（1928）、《“野狗”：摘自彼得堡回忆录》（1931）、《普希金的继承者》（1933）、《书屋》（1938）和《彼得堡上空的晚霞》（1953）等一系列随笔。后来，他还发表了长篇小说《第三罗马》（1929—1930）、诗集《蔷薇》（1931）等。格·伊万诺夫的最后两本诗集《失真的肖像画》（1950）和《1943—1958年诗抄》（1958），不仅诗化了诗人晚年的悲凉心绪，似乎是他个人命运的日记，而且成为俄罗斯域外文化界精神生活的一份独特录影。

叶莲娜·古罗（1877—1913）是唯一一位未来主义女诗人兼画家。其夫米·瓦·马丘申则是一位同未来主义诗人接近的音乐家和画家。他们的住所曾经是一批年轻画家和诗人聚会的场所。她的第一本文集《手摇风琴》（1909），内含短篇小说、诗歌和剧本，被大卫·

布尔柳克称为“未来主义者的第一本书”，同时受到勃洛克、维·伊万诺夫、列米佐夫等人的注意。此后，她成为“立体未来主义者”一系列文集的主要撰稿人之一。在她的剧本《秋天的梦》（1912）的主人公维·封·克兰茨身上，可以看到堂吉诃德精神的一种新体现；维·伊万诺夫则发现了这一形象与梅什金公爵及基督之间的联系。她去世后不久，即有一本《三人集》（叶·古罗、克鲁乔内赫、赫列勃尼科夫）出版，是未来主义诗友对她的纪念。她最有价值的文集《天空的小骆驼》（1914）也是在她死后问世的。同她以前的几本文集一样，这里面也有诗歌、散文和“抒情断片”这一独特的体裁样式。作者似乎不在意各种文学体裁，以及诗、音乐、绘画之间的区别，而是以信手拈来的艺术形式“混合地”理解生活，传达出自然界的生命与人类心灵彼此渗透的“自由韵律”。她的抒情的基本内容可以称之为“母性神话学”——作者似乎是一切对象的母亲，并以一种母性的、高尚的感情爱着这些对象。叶·古罗的创作兼有印象主义、象征主义和未来主义特色。可是，普鲁茨科夫《俄国文学史》在第四卷中仅有一两次提到格·伊万诺夫、叶·古罗的名字，完全没有对他们的创作展开任何评述。

同样被忽略或被遗忘的，还有聚集在讽刺杂志《萨蒂里孔》（Сатирикон，1908—1913）及后来的《新萨蒂里孔》（Новый Сатирикон，1913—1918）周围的一批作家，如阿维尔琴科、苔菲、萨沙—乔尔内等。**阿·季·阿维尔琴科**（1880—1925）曾任《萨蒂里孔》和《新萨蒂里孔》的主编，写有《幽默小说集》（1910）、《白纸黑字》（1913）、《杂草》（1914）、《陷阱》（1915）、《鲫鱼和狗鱼》（1917）等讽刺作品，被称为“俄罗斯马克·吐温”。诗人**萨沙·乔尔内依**（1880—1932），原名亚历山大·米哈伊洛维奇·格里克别尔克，自1904年起发表作品，为彼得堡的《观察家》《先声》等刊物撰稿。他在自己的第一本诗集《多种旋律》（1906）被书刊检查机关查禁后，随即去了国外，到海德堡大学听课。1908年回到俄罗斯，编辑杂志《萨蒂里孔》，一时很有影响。此后陆续有《讽刺诗》（1910）、《讽刺与抒情》（1911）等诗集问世。诗人鞭挞俄国小市民的庸俗、警察的专横，抨击社会黑暗势力，在抒情之中常流露出悲观的音调。1920年出国后，还写有《童年的岛》（1921）、《渴望》（1923）等诗集，前者反映了诗人对美好单纯的童年世界的热爱与怀念，后者表达了诗人对祖国的忧思，均呈露出俄罗斯域外文学共同的题材特色。

女作家**苔菲**（1872—1952）本名为娜杰日达·亚历山德罗夫娜·洛赫维茨卡娅，以诗歌创作开始文学生涯，1901年在《北方》杂志发表第一篇诗作，从那时起便成为《市场通报》和《俄罗斯言论》的经常性作者。她写短篇幽默小说、小品文、独幕剧。白银时代的读者喜爱她这些作品中的笑。这种笑常常是一种有力的讽刺，并具有社会心理学内容。1905年，在时代气氛的感召下，苔菲创作了一批革命诗歌，呼吁推翻沙皇君主专制，歌唱“自由的红日”。她流传颇广的《小蜜蜂》一诗，曾被人带到在日内瓦的列宁那里。该诗后来在布尔什维克杂志上转载。苔菲与列宁也因此有过一段信函往来。她还参加过1905年革命期间《新生活报》的编辑工作。

在创作独幕剧《妇女问题》（1907年上演）时，作者首次使用“苔菲”的笔名。然而苔菲这个名字更经常出现于各家杂志上。她的文路颇宽，讽刺诗、小品、幽默故事、短喜剧等形式并用，开始广为读书界所注目。1908年，幽默杂志《蜻蜓》为摆脱沙皇书刊检查机关的严密监视，更名为《萨蒂里孔》。苔菲成为这份讽刺刊物的主要撰稿人。她与阿维尔琴科、萨沙·乔尔内依等出色的讽刺作家一起，为这家杂志赢得了广大的读者。1910年，苔菲的第一本诗集《七堆火》问世，她的两卷本《幽默故事》也得以发表。由此到十月革命前，她陆续有《变成这样了……》（1912）、《游艺场》（1913）、《八幅小型画》

（1913）、《无火之烟》（1914）、《画像与独白》（1915）、《死兽》（1916）和《生活》（1916）等书出版。作家对1905年革命失败后颓唐苟安的社会风气作出漫画式的勾勒，嘲笑碌碌无为的庸人。她的作品以讽刺尖锐辛辣而著称，同时又回响着怀疑的音调。

同绝大部分怀抱自由理想的知识分子一样，苔菲热烈地欢迎二月革命。但是，她的欢欣很快就为失望所替代。1917年3月，她发表《他们在等待着》一文，以讽刺的语调表现了自己对俄罗斯命运的担心，并作出令人悲伤的预言。她也不能理解和接受十月革命。1919年发表了《在赫尔盖辛悬崖上》一文，以寓意的方式表达了自己对当时局势的看法。同年，她离开俄罗斯，辗转抵达巴黎，在那里定居，直至去世。从1920年起，苔菲陆续有《东方》《黑色牛奶糖》《伊斯坦布尔与太阳》《大地的宝藏》《静静的小河湾》（1921）、《小城》（1927）、《六月的书》（1931）、《女巫》（1936）、《温情的故事》（1938）和《冬天的虹》（1952）等小说故事集问世。这些作品或表现流亡者的心理，或幻想未来，或回忆往昔，或离开现实进入“游戏”世界，或描写儿童生活，题材广泛，不拘一格，但大都表达了作家对俄罗斯的怀念。她写有关于巴尔蒙特、索洛古勃、库普林、济・吉皮乌斯、丘尔科夫、梅耶荷德等同时代人的文学回忆录。

遗憾的是，这些曾汇集于讽刺杂志《萨蒂里孔》和《新萨蒂里孔》，影响颇大的作家，和前述霍达谢维奇、茨维塔耶娃、格・伊万诺夫、叶・古罗等诗人一样，几乎全部淡出普鲁茨科夫《俄国文学史》编著者的视野，这就使该书第四卷关于19世纪末—20世纪初俄国文学的描述显得很不完整。

除了以上这些诗人和作家被普鲁茨科夫《俄国文学史》忽略或遗忘之外，还有同时代的一些重要批评家也遭遇到同样的冷淡。问题不在于《俄国文学史》第四卷未列专章对这些批评家做专门评述，因为

第一至三卷也一概不设关于批评家的专章。编著者有言在先："这套《俄国文学史》中未设专门论述俄国文学经典批评家的章节。这不仅是由于受到这套著作篇幅（例如，和1941—1956年出版的10卷本《俄国文学史》相比）的制约。这类专章通常存在于现行的一些文学史教程中，这类教程往往不顾及文学进程，不问艺术家们的思想与艺术探索，而经典批评家们对于文学的出色组织和引导作用则以极为弱化的方式呈现出来。本书的作者们希望消除文学批评与艺术实践之间的这种脱节，借助于哪怕是最能引以为戒的例证来具体地展示批评在文学进程中的作用，在分析艺术创作的过程中注目于文学批评遗产。"① 对于一些重要的批评家，普鲁茨科夫《俄国文学史》确实是这样做的。例如，在这套文学史著作的第二、三卷中，著者就紧密结合文学发展进程，具体展示出别林斯基、车尔尼雪夫斯基、杜勃罗留波夫、皮萨列夫等经典批评家们，以及兼及文学批评的赫尔岑、涅克拉索夫谢德林等诗人和作家对于文学的组织和引导作用，在评述文学创作过程中注目于文学批评遗产。同时，对于亚·瓦·德鲁日宁、瓦·彼·鲍特金、巴·瓦·安年科夫、阿·亚·格里戈里耶夫等各流派批评家，著者也没有忽视，而是在描述文学进程时，总能论及其作用与影响。然而，《俄国文学史》第四卷在评述19世纪末—20世纪初的文学时，却只是联系俄国早期马克思主义批评家和部分现实主义批评家，其他流派和倾向的批评家几乎没有论及，仅仅偶尔把他们的个别言论作为"反面意见"的例证予以引用。

这些被忽略的批评家，主要有宗教文化批评家和专业批评家两大类。

在20世纪初的俄国文坛，存在着一批长于从宗教、哲学、文化的视角，从思想史和文化史的宏观背景上检视文学现象的批评家，他们

---

① *Пруцков Н. И.* История русской литературы: В 4 т. Т. 1. 1980. С.8. (汪介之译)

自身也往往是思想家、宗教哲学家、文化史家兼批评家。这一批知识渊博、思维开阔、见解深刻的批评家的存在，构成白银时代文学生活中的一种独特景观；他们的批评实践，也给当时和后来的文学进程不容忽视的影响。弗·索洛维约夫（1853—1900）是宗教文化批评先驱者，他对俄国象征派批评有决定性的影响。自19世纪晚期逐渐形成的文化哲学氛围中，在弗·索洛维约夫之后，宗教哲学领域的一批代表人物，以超越具体文学流派的批评眼光，以强烈的宗教哲学意识和开阔的思想文化视野，对当代文学现象和以往的文学遗产进行高屋建瓴的评述，从各个不同侧面探讨俄罗斯文学与俄罗斯精神文化、俄罗斯灵魂的深刻内在联系，且涉及人类精神生活的某些根本问题。罗赞诺夫、舍斯托夫、谢·布尔加科夫和别尔嘉耶夫等人，就是这批宗教文化批评家中的杰出代表。

其中，**瓦·瓦·罗赞诺夫**（1856—1919）曾是彼得堡《新时代报》经常的撰稿人。20世纪最初10年间，每逢星期日，别尔嘉耶夫、梅列日科夫斯基夫妇、佳吉列夫、维·伊万诺夫、索洛古勃、别雷、列米佐夫及艺术家、宗教界名流，都集中于罗赞诺夫的寓所，讨论宗教哲学、文化和文学艺术方面的问题，后被称为“罗赞诺夫家的星期天”。他还接近《艺术世界》杂志，在《新路》一刊开辟个人专栏，参加宗教哲学聚会，并对聚会议论的议题具有重要影响。《新路》停刊后，他又参与由谢·布尔加科夫和别尔嘉耶夫主持的《生活问题》杂志的工作，并曾加入宗教哲学协会。从1886年出版《论理解》一书到1918年完成《当代启示录》（1917—1918），罗赞诺夫曾发表过大量著作和论文，内容涉及哲学、宗教、文学、艺术、教育、社会政治和婚姻家庭等各个领域。去世前，他曾将自己的著作整理为九大系列，共50卷的文集，可惜一直未能出版。直至1989年，这些著作才在尘封多年后开始重见天日。在文学批评方面，《费·米·陀思妥耶夫斯基的宗教大法官传说》（1894）是罗赞诺夫最早的一部批评界普遍关注的著作。1899年，他的批评文章结为《文学随笔》一书出版。《在艺术家中间》（1914）一书则主要由他的艺术评论文章构成。除上述三本书以外，罗赞诺夫自1892年至1918年发表于各种报刊上的大量批评文章，作者本人曾设想把它们收入以《创作与作家论》为总标题的文集中，但这本700多页的批评文集，直到1995年才在莫斯科出版。罗赞诺夫的文学思想和批评见解也同样显示于《离群索居》（Уединённое，1912）、《落叶》（Опавшие листья，1913—1915）和《转瞬即逝》（Мимолётное，1915）等著作中。他既论及普希金、果戈理、陀思妥耶夫斯基和托尔斯泰等经典作家，也写过关于安德列耶夫、巴尔蒙特、高尔基、勃洛克、梅列日科夫斯基、阿尔志跋绥夫等同时代作家的专论；在外国作家中，他曾对歌德、卢梭、狄更斯、左拉、莫泊桑和梅特林克等做过评说，也考察过易卜生、王尔德的戏剧成就。他的率真、坦然和嬉笑怒骂、冷嘲热讽的文风，使他成为20世纪俄国文学批评中一个独具特色的人物。

宗教文化批评的另一重要代表**列夫·舍斯托夫**（1866—1938）也是存在主义哲学家。1898年发表的第一部论著《莎士比亚及其批评者勃兰兑斯》，是他在文学和哲学的结合中进行独立思想探索的起点。十月革命前，舍斯托夫的主要著作有《托尔斯泰伯爵和弗·尼采学说中的善：哲学与说教》（1900）、《陀思妥耶夫斯基与尼采：悲剧的哲学》（1903）、《毫无根据的颂扬》（1905）和《开端与终结》（1908）。1920年出国后，他又有《在约伯的天平上：灵魂中漫游》（1929）、《克尔凯郭尔与存在主义》（1935）和《雅典与耶路撒冷》（1938）等著作先后问世。这些著作大多同时涉及哲学和文学两大领域，但舍斯托夫既无意于构筑一个庞大严谨的哲学体系，也不热衷于从美学层面、艺术层面揭示作家作品的意义和价值，而往往是从哲学、宗教和文化的视角审视作家作品，从作家具体的主张和作品中拈出其哲学、宗教和文化观点予以评述。因此，舍斯托夫的批评论著带有明显的哲学文化随笔和宗教文化述评的特色。这一切都是由他的基本哲学思想决定的。对传统思辨哲学的怀疑，对信仰的寻求，对人类精神苦难的关注，使舍斯托夫把一批敢于向理性、向必然性和永恒真理发出挑战和冲击的思想家、文学家视为自己的先师和知音。这就是马丁·路德、莎士比亚、帕斯卡尔、尼采、克尔凯郭尔、果戈理、陀思妥耶夫斯基、列夫·托尔斯泰、契诃夫、海涅、易卜生和别尔嘉耶夫等人。舍斯托夫的大量著述，似乎就是同这些思想家、文学家们的对话。在对这些人物的思想见解的探讨与分析中，舍斯托夫肯定了他们在思想史上的意义，也不回避他们各自的局限，并在对他们的一一评述中表明自己的观点。舍斯托夫作为思想家的面貌，他的宗教文化追求，他在理性与信仰之间的抉择，均显示于一篇篇给人以诸多启示的批评文字中。

宗教文化批评方面还有一位代表**谢·尼·布尔加科夫**（1871—1944）。这是一位兼哲学家、神学家、经济学家、政论家和文学家于一身的人物。1901年，布尔加科夫以莫斯科大学编外副教授的身份前往基辅。在那里实现了从马克思主义向“批判哲学”、向“道德唯心主义”的转变，并结识舍斯托夫和别尔嘉耶夫，1904—1905年先后成为《新路》和《生活问题》两刊的编辑。1906年秋，布尔加科夫返回莫斯科，开始投身于莫斯科宗教哲学协会和《俄罗斯思想》期刊的工作，此后不断有宗教哲学、文学和文化研究方面的著述问世。他的文学批评论文，大都成为作者表现自己宗教哲学思想的载体，如《赫尔岑的精神悲剧》（1902）、《荆冠：纪念陀思妥耶夫斯基》（1906）、《关于列夫·托尔斯泰的宗教》（1912）等。他的《作为哲学典型的伊万·卡拉玛佐夫》（1902）、《俄罗斯的悲剧》（1914）两篇论文，分别论及陀思妥耶夫斯基的《卡拉玛佐夫兄弟》和《群魔》，表达了对这位大作家的崇敬，对他所刻画的众多形象的独特理解，对他在作品中涉及的基督教、社会和文化领域内的各种问题的倾心，同时也试图在关于这些作品的解读中阐明作者本人的宗教哲学思想和社会观念。在讲演录《作为思想家的契诃夫》（1904）中，布尔加科夫将契诃夫描绘成一位人道主义和民主主义歌手，认为在作家的那些反映“世界性悲痛”的作品中，包含着向读者发出为了民族的未来而斗争的呼唤。在白银时代俄国文坛出现的多次论争中，布尔加科夫采取了一种超越具体流派的立场，既反对围绕在知识出版社周围的现实主义作家们的“自然主义”和社会学取向，也指责“颓废派”作家的“甜腻的美学”，逐渐形成了和“年轻一代”象征主义者相接近的美学思想。

20世纪初的俄国文学和整个思想文化运动，是和**尼·亚·别尔嘉耶夫**（1874—1948）的名字紧密联系在一起的。这是一位百科全书式的人物，被称为“20世纪的黑格尔”。他的著述涉及哲学、宗教、文学、史学、政治、人类学和伦理学等各个领域。但是在长达半个世纪的学术活动中，他没有像黑格尔那样在纯思辨的领域中遨游，没有回避自己的时代在思想文化方面所提出的重要问题，而是依据丰富广博的知识和非凡出众的才华对这些问题做出富有特色的阐释。作为批评家，他的内涵丰富、极具哲理性和诗意的文字，更成为20世纪俄罗斯文学批评遗产中最有价值的一部分。

别尔嘉耶夫始终关切俄罗斯民族的命运和知识分子的命运。他的宗教哲学思想为这种关切提供了一个必要的理论支点和独特视角。他对俄罗斯民族精神、民族性格特征，及其与民族历史、民族命运的关系十分关注，在《俄罗斯灵魂》（1915）、《俄罗斯的命运》（1918）和1922年被驱逐出境后发表的《新的中世纪：关于俄罗斯与欧洲命运的沉思》（1924）、《俄国共产主义的起源与意义》（1935）和《俄罗斯思想：19世纪与20世纪初俄罗斯思想的基本问题》（1946）等重要著作中，都表达了自己对于俄罗斯民族精神性格的独特性的深刻见解。他对文学和文化的把握，对文学创造者及一般知识分子人格与命运的认识，是同他对于俄罗斯精神、俄罗斯民族性格的理解紧密相关的。他对普希金、果戈理等经典作家都做过富有特色的评说，还写有《斯塔夫罗金》（1914）、《陀思妥耶夫斯基创作中对人的发现》（1918）、《陀思妥耶夫斯基的世界观》（1923）等多篇论著。对于20世纪初“俄罗斯文艺复兴”一代中有代表性的人物，别尔嘉耶夫也以专文对他们的学术贡献和思想特点一一作了认真评述。他研究过梅列日科夫斯基的“新宗教意识”，写过《基督与世界——答瓦·罗赞诺夫》（1908）、《论俄罗斯灵魂中“永恒的村妇”》（1915）等文章评论罗赞诺夫的思想和著作。对于舍斯托夫，别尔嘉耶夫也能以精练的形式概括出他的基本思想。白银时代各个流派的诸多作家和诗人，别尔嘉耶夫情有独钟的似乎只是象征派，但并非所有的象征主义者都进入了他的视野。他几乎从未对巴尔蒙特、勃留索夫、索洛古勃等象征主义名流作过评论，只注重评论梅列日科夫斯基夫妇、维·伊万诺夫、别雷与勃洛克等。不难看出，他所关注的其实是弗·索洛维约夫的宗教哲学思想在20世纪的传承。

作为批评家，别尔嘉耶夫的显著特点是具有开阔的视野和强烈的历史感。他总是紧密联系特定时代的哲学、宗教、文化和社会思潮来考察作家、诗人和思想家，力求显示出每一批评对象在思想史、民族精神演进史上的意义。他善于运用简洁的语言勾勒出特定时代人们精神生活的基本特点，恰到好处地传达出特定时代的思想文化氛围；对具体个性的评价，也往往言简意赅，一语中的。在这两种情况下，他的批评文字都显示出一种箴言式的风格。他深厚的文化修养、扎实的文字功底和对于精神文化现象的诗意感受，又使他的著作避免了枯燥和艰涩，形成一种哲理—抒情色彩。

20世纪初的俄国文坛，还存在着一批专业批评家，如格尔申宗、艾亨瓦尔德、伊万诺夫—拉祖姆尼克、楚科夫斯基等，他们均以富有特色的批评观和批评实践对同时代的文学生活发生过影响。其中，

米·奥·格尔申宗（1869— 1925）是著名的俄国文学史家和社会思想史家。《亚·伊·赫尔岑的社会政治观》（1906）、《彼·雅·恰达耶夫：生平与思想》（1908）和《青年俄罗斯史》（1908）等著作，直接体现了他关于社会思想史研究的方法论见解。他的《创作的自我意识》（1909）、《历史札记：关于俄国社会》（1910）、《格利鲍耶陀夫的莫斯科》（1914），以及十月革命后发表的《普希金的智慧》（1919）、《伊·谢·屠格涅夫的幻想与思考》（1919）等论著，则显示出把社会思想史研究与文学史研究紧密联系起来的特点。这既使他的思想史研究有了丰富的形象化材料，又决定他的文学研究能够达到一定的思想深度。

尤·伊·艾亨瓦尔德（1872—1928）是白银时代颇具影响力的一位专业文学批评家。19世纪90年代至20世纪第一个十年中，他就在多家期刊上发表文章，参与编辑《哲学与心理学问题》《新话语》和《教育导报》等杂志，参加格拉纳特主编的《百科词典》和奥夫相尼科—库里科夫斯基主编的《俄国文学史》的撰写。这期间他的部分文章，后来收入两卷本文集《独立的篇页》（1910）中。文学随笔式的评论著作《普希金》（1908），鲜明地表现出他看待诗人的独特眼光。为艾亨瓦尔德带来文学批评家极大声誉的是三卷本《俄罗斯作家剪影》（1906至1910）。该书第一、二卷以19世纪俄国诗人与作家为评说对象，第三卷则对白银时代几乎所有重要诗人和作家一一予以评价。艾亨瓦尔德的批评具有印象主义风格，他提倡“内在的批评”（имманентная критика）；然而他在同时代文坛引人注目的根本原因，却在于他敏锐的艺术嗅觉，对当时重大文学现象与问题的迅速反应，以及他鲜明而尖锐、有时甚至离奇的见解。

伊万诺夫—拉祖姆尼克（1878—1946）原名拉祖姆尼克·瓦西里耶维奇·伊万诺夫，是20世纪初期俄罗斯一位活跃的批评家、文学史家和社会思想史家。早在大学期间，他就发表过论文《马·高尔基在现代俄罗斯文学中的意义》（1900）、《论现代俄罗斯艺术中的“颓废派”》（1900）。他的第一部学术专著《俄国社会思想史——19世纪俄国文学和生活中的个性主义与市侩习气》初版于1906年，以后多次修订重版，1923年在柏林出版第6版时更名为《从70年代至当前的俄国文学》。这是一部以文学创作与文学批评的发展为基本材料来考察俄国知识分子“思想体验”之历史的著作，曾产生过很大影响。在《论生活的意义——费多尔·索洛古勃、列昂尼德·安德列耶夫、列夫·舍斯托夫》（1908）一书中，著者提出了“卡拉玛佐夫式的”哲学问题，论证了自己独特的世界观体系，显示出与实证主义、神秘主义理论的双重对立。他的文学观和批评观也在《文学与社会性》（1910）、《创作与批评》（1912）两本文集中得到集中反映。

伊万诺夫—拉祖姆尼克的文学批评，既有19世纪40年代别林斯基式的文学年度评论，如《1908年的俄国文学》（1909）、《1912年的俄国文学》（1913）等；又有对具体作家作品的深入分析，主要涉及“新现实主义”和象征主义流派，如《伟大的牧神》（1911）和《应当无愧于生活》（1913）对普里什文、谢尔盖耶夫—岑斯基作品的分别评价，《布尔科夫院落：论阿列克谢·列米佐夫的新小说〈背着十字架的姐妹〉》（1910）、《在“神圣的罗斯”与丑陋者之间：阿列克谢·列米佐夫的创作》（1910）、《黑暗的俄罗斯》（1912）对阿·米·列米佐夫作品的阐释。当批评界的某些人宣称高尔基已经“完结”的时候，伊万诺夫—拉祖姆尼克曾发表《“人民”与“知识分子”》（1911）一文，对高尔基作品的艺术成就与特有价值予以充分肯定。他的《大地与铁》（1916）一文，则论及高尔基的自传体三部曲的前两部、克留耶夫的诗集《尘世随想曲》和扎米亚京的中篇小说《灵石》，表明批评家一向侧重关注有着深刻社会内容的作品。勃洛克和安德烈·别雷也是伊万诺夫—拉祖姆尼克一直较为注意的对象。《玫瑰花与十字架：亚历山大·勃洛克的诗歌》（1913）是他评论勃洛克作品的第一篇论文。1918年，勃洛克的《十二个》和《西徐亚人》发表时，批评家随即发表《雷雨风暴的体验》（1918）一文，认为这两部长诗是作为对于正在来临的新世界的预言而出现的。他还为谢·阿·文格罗夫主编的多卷本《20世纪俄国文学》（1916）写了《安德烈·别雷》专章，成为最早系统研究别雷的批评家之一；他的《东方还是西方？》（1916）一文则阐发了别雷的长篇小说《彼得堡》中隐含的对于俄罗斯独特的民族传统、文化特性与历史命运的思考。伊万诺夫—拉祖姆尼克认为，勃洛克和别雷的创作，是20世纪初俄罗斯精神和文化—历史问题最敏锐、最鲜明的反映；他对别雷评价尤高，称其为“20世纪最伟大的作家之一”。他论及勃洛克和别雷的文章，后来收集在《巅峰：亚·勃洛克与安·别雷》（1923）一书中。

柯尔涅伊·伊万诺维奇·楚科夫斯基（1882—1969）原名尼古拉·瓦西里耶维奇·柯尔涅伊楚科夫，是一位多产的文学批评家、文学理论家、翻译理论家和儿童文学作家。《从契诃夫至当前——文学肖像与述评》（1908）、《批评的叙述》（1911）、《面貌与面具》（1914）和《现代作家论集》（1914）四本文集，成为楚科夫斯基在白银时代文学批评的主要成果。楚科夫斯基认为，真正的现代批评应该融合各类批评，批评活动应是科学分析和艺术综合的统一，批评家应兼学者和作家于一身，甚至应同时是社会学家、美学家、印象主义者、心理学家等。他所提倡是一种多侧面的、包罗万象的批评。

上述专业批评家的文学批评在19世纪末—20世纪初文学进程中的作用与影响，无疑都应当得到充分的关注和评价。但普鲁茨科夫《俄国文学史》第四卷却把他们和一批卓有成就的宗教文化批评家、一批优秀的诗人和作家一起忽略遗忘了，其中只有少数人被偶然提及，这不仅对于这些批评家个人而言是不公正的，也因此未能呈现出那个时代俄国文学批评的完整图像，有意无意地遮蔽了一大批有价值的文学批评遗产。

八 《俄国文学史》的启示意义

普鲁茨科夫主编的四卷本《俄国文学史》的编写与出版，到今天已达40年光阴，且正在越来越远地拉开和我们当下的距离。这样一套形成于苏联历史中的“停滞时代”、难免打上那个时代印痕的文学史著作，是否在文学史理念、建构原则、论述内容和话语表达等各方面都已显得过于陈旧？现在，由俄罗斯科学院世界文学研究所五位资深学者组成编委会、弗·亚·克尔德什主编的两卷本《世纪之交的俄罗斯文学（1890至1920年代初）》（2000—2001）早已问世，计划中的多卷本俄罗斯文学通史呼之欲出，而《剑桥俄国文学史》（1992，2008）、新编《牛津俄国文学史》（2018）也先后出版，这个问题也许就更突出了。然而，通过对普鲁茨科夫四卷本《俄国文学史》逐篇逐页地细读，我们发现这套文学史著作的主导精神和学术成就、研究方法和治学经验，对于中国学界的俄国文学研究、一般文学史著述和研究，以及人文社会科学话语体系建构，还是具有多方面的启示意义；它本身客观存在的局限性本书在前一章已经逐一指出，也将成为我们编写与研究文学史的借鉴。

作为普鲁茨科夫《俄国文学史》的中文译者，我们感到国内学界可以从这套著作中吸收不少有益的养分，推动俄罗斯文学史、外国文学史著述与研究的进一步优化。

1. 使命意识

普鲁茨科夫四卷本《俄国文学史》给我们留下的，首先是一种厚重的印象。这种印象是由于编著者们胸怀自觉的使命意识和高度的责任感投入结撰工作而造成的。这套文学史著作由苏联科学院（今为俄罗斯科学院）俄罗斯文学研究所专家主编并亲自撰写，由科学院下属的科学出版社列宁格勒分社出版，出手不凡，这本身就决定了它具有一种高品位，一种权威性。编著者显然能够意识到，自己所承担的建构文学史的重任，不是一般的著述工作，而是一种使命与担当。对于编著者而言，文学史著作编撰的重要意义在于，它不仅制约、影响一代人的文学史观念，为他们提供关于文学发展进程的基本知识和理解，而且具有对民族文化进行历史审视、民族精神回溯与自我认识的价值。编写这样事关重大、影响广远的文学史著作，不能只是出于一种经院式的兴趣，不能仅仅以为读者和学生提供教科书为目的，而是应认识到它具有民族精神建构与重塑的意义。

从学术层面看，普鲁茨科夫主编的四卷本《俄国文学史》在总结前人研究成果的基础上，把文学史编写带到一个新的价值高度。在俄罗斯学界，18世纪中期，瓦·基·特列季阿科夫斯基就推出了第一部俄国文学史研究方面的著作《论俄国古代、中古和新近的诗歌作品》（1755）；而尼·伊·格列奇在编出四卷本《俄国文学教科书》（1819—1822）的基础上完成的《俄国文学简史试作》（1822），则可以说是第一部真正的俄国文学史著述。19世纪末，俄罗斯科学院院士亚·尼·佩平的四卷本《俄国文学史》（1898—1899）成为那个时代俄国文学史编写的一项总结性成果。进入20世纪以后，更有多种文学史著作先后问世。仅在苏联时期，就有苏联科学院院士米·帕·阿列克谢耶夫、通讯院士尼·费·别里奇科夫主编的十卷本《俄国文学史》（1941—1956），作为20世纪50年代中期以前苏联学界文学史编写集大成之作而雄霸一时；“解冻”思潮兴起之后，又有苏联科学院通讯院士德·德·勃拉戈伊（1893—1984）主编的三卷本《俄国文学史》（1958—1964）出现。在这两套多卷本文学史著作中，十卷本《俄国文学史》规模宏大，且具有官方认定的色彩，而三卷本《俄国文学史》则已开始带有20世纪50年代中期以后新思潮影响的某些痕迹。尽管如此，以普鲁茨科夫、德·谢·利哈乔夫等为代表的一批学者，还是立志要重新编写一套新的文学史著作，表达自己在新的历史条件下、在新的文学语境中对本民族文学发展进程的新认识，把俄国文学史研究带入一个新阶段。这一批学者当初的构思，应当说最后都得到了较为完满的实现。普鲁茨科夫主编的四卷本《俄国文学史》，无疑已成为解体之前苏联学界俄国文学史著述的代表作，体现了那个时代苏联学者俄国文学史研究的最高水平。

除了学术层面的总结与创新价值之外，普鲁茨科夫《俄国文学史》还显示出对以往俄国文学史研究传统的继承，把文学史的编写提到了系统回溯民族精神生活史的高度。本书前面已经述及，在19世纪，别林斯基、亚·瓦·尼基坚科、亚·尼·佩平、亚·尼·维谢洛夫斯基等批评家和文学史家都曾强调文学史对于民族精神的表现与建构、民族自我认识的意义。这一传统在普鲁茨科夫《俄国文学史》中得到了卓越承续和发扬光大。从德·谢·利哈乔夫等学者主编的第一卷开始，这套著作就突出了不同历史阶段的文学中关于民族精神的艺术表现，深入开掘，细致爬梳，从而在总体上勾画出绵延千余年的俄国文学史作为民族精神生活史的发展脉络。编著者独具匠心地从纷繁的文学现象中提炼出一系列关涉俄罗斯民族性格特征、民族发展道路的选择、民族精神文化心理的独特性与复杂性的重要问题，如怎样对待古希腊罗马文化遗产的问题，“中世纪历史主义”的问题，“前文艺复兴时代”的问题，“延宕的文艺复兴”的问题，如何看待与接受欧洲启蒙学说、包括“开明君主制”理想的问题，以及19世纪日益突出的知识分子与民众关系的问题，民粹派思潮的问题，20世纪初宗教探寻的问题等，把对于这些问题的阐释同文学现象的评说结合起来，呈现出民族精神演进与文学发展彼此交叠、相互影响的情状。这样，文学史的描述和评论，就切实获得了民族精神回溯与民族自我认识的思想史、文化史价值。

这样一套有分量的俄国文学史著作，使笔者不禁联想到美国学者萨克文·伯科维奇就他本人主编的八卷本《剑桥美国文学史》所说的话。伯科维奇曾把这套《剑桥美国文学史》和19世纪以来美国出版的另外两部大型文学史著作（分别出版于1917年、1948年）作了对比，并这样写道：“这部多卷本的《剑桥美国文学史》标志着美国文学研究的一个新起点。”“这是至今撰述得最为全面的美国文学史。它也是最具有挑战性的著作。”① 至少，普鲁茨科夫四卷本《俄国文学史》面世之初，编著者也完全可以充满自信地说：这是截至问世之日，撰述得最为全面的俄国文学史，它既是对以往俄国文学史研究的总结性成果，又标志着俄罗斯学界俄国文学研究的一个新起点。

文学史著作的编写，如果没有这种在总结前人成果的基础上着意创新的意识，没有这种承前启后的使命感，没有这种在同类著述中建造一座新的里程碑的自觉，没有从回溯、检视与探明民族精神生活的高度认识文学史的视野，就不可能书写出真正有价值的新著。这是普鲁茨科夫主编的四卷本《俄国文学史》给予我们的重要启示之一。

---

① ［美］萨克文·伯科维奇主编：《剑桥美国文学史》第一卷，蔡坚等译，北京：中央编译出版社，2008 年，序言第 XI 页，中文版序第 III 页。

2. 著者阵容

普鲁茨科夫主编的《俄国文学史》对我们编写文学史的又一启示是编写者队伍的构成。完成像这样有分量、有价值的多卷本文学史著作，很自然地对它的著者阵容提出了相当高的要求。描述一千余年俄国文学的发展进程，并对其做出有新意的阐述，必然要求著者应当是在俄国文学史领域中确有深入研究的专家，他们应当对相关时段的文学现象、思潮流派、文坛论争、体裁品种和作家作品进行过系统的研究，熟悉学术史，有较高的思想水平、认识能力和艺术鉴赏力，有相当的积累，拥有一定的发言权。只有这样的著作者组成的强大学术阵容，才能担当撰写高质量文学史的任务。我国学者朱光潜先生当年在编写《西方美学史》时曾这样写道："严格地说，本编只是一部略见美学思想发展的论文集或读书笔记，不配叫做《西方美学史》。任何一部比较完备的思想史都只有在一些分期专题论文的基础上才写得出来，而且这也不是由某个人或几个人单干所能完成的。"[①] 显然，在朱光潜先生看来，没有经过系统深入研究而形成的前期成果，史的建构就缺乏必要的基础；没有对一系列问题做过专门研究的一批专家，就无法写出完备的美学史、思想史和文学史类的著作。

由各个具体领域确有研究的专家联手写史，已成为各国学者的共识。伯科维奇也曾写道："我们之所以选择书中的诸位学者来撰写这部《剑桥美国文学史》，首先因为他们在各自领域具有极高的文学水平，同时也考虑到评论界对其著作的高度评价。可以说，八卷书的作者们集中展示了近三十年来美国文学批评所取得的成就。他们为我们贡献的这部文学史，体现了几代学者在这一领域里的不懈努力……"[②]

---

① 朱光潜：《西方美学史》（上卷），北京：人民文学出版社，1982 年，第 2 页。

② [美] 萨克文 · 伯科维奇主编：《剑桥美国文学史》第一卷，蔡坚等译，北京：中央编译出版社，2008 年，序言第 XIV 页。

在这里，编写者的前期积累和学术水平决定了这部大型文学史著述的总体水平。由法国学者乔治·尼瓦等主编、西方多国学者联合编著的六卷本《俄罗斯文学史》，仅从其中已译成俄文的第4卷来看，可知在参与编写的20多位学者中，除了乔治·尼瓦本人曾兼任日内瓦大学教授外，其余编撰者分别来自巴黎索邦神学院、巴黎第三大学、巴黎第十大学、巴黎东方语言学院、里昂大学、威尼斯大学、慕尼黑大学、斯德哥尔摩大学、美国加利福尼亚大学、耶鲁大学、波士顿大学、俄亥俄州奥伯林学院、加利福尼亚斯拉夫研究中心、英国利兹大学等著名高校。[①] 更为重要的是，他们都是对白银时代俄国文学深有研究的学者，在参与撰写这部文学史之前，已有一系列和这部文学史写作分工相对应的学术著作和专题论文发表。这样的著者队伍，显然保证了这部文学史著作的高质量。

普鲁茨科夫主编的四卷本《俄国文学史》作为隶属于苏联科学院的俄罗斯文学研究所（普希金之家）的一部集体著述，参与编写者均为该所俄国文学史研究各个领域的专家。其中，普鲁茨科夫本人即为该研究所所长，他个人的研究方向为19世纪下半叶的俄国文学，因此他在担任全书总主编的同时，还兼任第三卷（论述1856—1880年间的文学）的主编。第一卷的主编德·谢·利哈乔夫和格·潘·马科戈年科，分别为古代俄国文学史与古代文化研究、18世纪俄国文学研究的专家，由他们俩分别主持第一卷第一编“10世纪至18世纪前25年文学”、第二编“18世纪俄国文学”的撰写，无疑是最恰当的选择。出任第二卷（关于1800—1855年间的文学）主编的伊·尼·库普列亚诺娃，则一直侧重于19世纪俄国文学研究，曾写有一系列专题论著。与普鲁茨科夫共同作为第三卷主编的费·雅·普里马（1909—1993），也对19世纪俄国文学深有研究，在赫尔岑、涅克拉索夫、丘特切夫、

① *Жорж Нива и т. д.* История русской литературы: XX век: Серебряный век. Москва: Издательская группа «Прогресс». 1995. С.669-671.（汪介之译）

列夫·托尔斯泰等作家研究方面积累了丰富的成果。第四卷主编由长期从事19世纪末、20世纪初俄国文学研究的克·德·穆拉托娃担任，更是顺理成章。此外，编委会成员之一阿·谢·布什明，各章执笔者如格·米·弗里德连杰尔、格·阿·比亚雷、扎·格·敏茨、莉·米·洛特曼、亚·瓦·拉夫罗夫等，也都是对俄国文学发展各个不同阶段有专门研究的学者。由这样一批实力雄厚的专家组成的著者群体，使这套《俄国文学史》的学术水平有了可靠的保证。全书的内容已雄辩地表明，编写者既具有良好的学术素养、丰富的文学感性积累、纤敏的审美眼光和严谨的治学态度，又掌握了丰富而可靠的第一手资料，因此这套文学史著作不仅生动地勾画出千年俄国文学的历史进程，更深刻而准确地揭示出这一文学的灵魂、精神和风格特征。

相比而言，目前我们国内已有的一些外国文学史著作的编写，并非都拥有一支高水平、整齐的作者队伍。毋宁说，有的著作，特别是一些作为高等院校教材使用的文学史著作，往往只是由少数有名望的学者牵头，担任主编，组织一批学术准备不足的青年教师或研究生参加编写，甚至还有勇于跨越所学外语语种的作者进行编写的现象，如不懂古希腊语的作者可以执笔编写古希腊文学部分，不懂德语的作者能够评述德国文学等。这样编写出来的文学史，常常难免抄来抄去，错谬甚多，误人子弟。这些现象的出现，与缺少对于文学史著述的“敬畏”态度密切相关。国内曾有学者写过一本《文学史的权力》（北京大学出版社，2002），如果文学史著述确实存在一种隐性的“权力”，或曰“话语权”，并且希望得到读者“敬畏”的话，那么，有志于参与这种“话语权”制作的学者们，首先应当拥有对这种“话语”的“敬畏”的态度和心情。与普鲁茨科夫主编的四卷本《俄国文学史》的学术水平相比，国内已出版的某些外国文学史著作总体水平明显偏低，其根本原因之一就在于编写者的研究水平参差不齐。

3. 求真精神

标志着某一时代文学研究水平权威性的文学史著作，无论是其实际价值还是它在读者心目中的地位，都相当于一种“文学大典”。研究者和一般读者往往都希望在这种权威文学史著述中寻求关于各种术语概念的确切定义，各种文学问题的清晰解答，各种文学现象的正确理解与阐释。普鲁茨科夫四卷本《俄国文学史》的编著者们，深知大型文学史著作的这种功能与作用，因此从全书的行文可以看出，这套著作概念清楚，观点明确，文字表述没有含糊其词、模棱两可之处；对于学界的认识尚未统一、文学史发展进程中有争议的问题，编著者也都尽量阐明自己的观点，没有采取不负责任的“悬置”（悬而不论）的处理方式。例如，关于古代俄国文学和近代“新文学”之间分界的问题，关于通常所谓“19世纪末、20世纪初俄国文学”的起点究竟在哪里的问题，关于20世纪初期的俄国文学中是否出现了传统现实主义的“危机”与衰落的问题等，苏联—俄罗斯学界一直存在着不同观点。对于这些问题，普鲁茨科夫《俄国文学史》都旗帜鲜明地提出了自己的见解，并根据文学史实展开论证，从而既形成了与以往文学史研究成果之间的学术对话，又把对相关问题的研究向前推进了一步。又如，关于十二月党诗人与“普希金流派”之间的关系、关于两者的浪漫主义之异同，关于是否存在“颓废主义”和俄国“颓废派”以及后者的范畴问题，学界的看法也一直不尽相同；对此，普鲁茨科夫《俄国文学史》同样给出了自己明晰的解释。当时、今天和以后的《俄国文学史》读者未必完全接受和赞同这套著作中的所有观点和结论，但是编著者们的这种求真精神却无疑是我们在编写文学史时所应当借鉴的。

毋庸讳言，这种求真精神并不是所有文学史编写者一样拥有的。国内前些年出版的一本“文学史话”类编著，在谈到俄国文学的白银时代时，认为“大家对‘白银时代’的理解千差万别，大相径庭，被列入的作家也不很相同”[①]。然后，编者既没有说明究竟有哪些不同观点存在，也更没有明确自己认同哪一种意见。这不仅是求真精神的缺乏，而且是学术责任感的丢失。读者通过这一类貌似公允、宽容的文字和“求同存异”的主张，完全不能形成和深化关于“白银时代”的认识。

如果说，对于有争议的问题，文学史著作的编写者应当明确表达自己的看法，这是对文学史编著的高要求，那么，追求概念术语的使用、提法和论述的准确性，就应当说是最起码的要求了。但是国内的某些外国文学史著作，在这方面却有值得商榷之处。如在概述19世纪欧洲浪漫主义文学时，有一部文学史教材这样写道：“亚里士多德总结出‘诗人的职责不在于描述已发生的事，而在于描述可能发生的事，即按照可然律或必然律可能发生的事’，就是对古代文学中浪漫手法的概括。”[②]这是对《诗学》的一种误读，对亚里士多德原意的一种曲解。其实，亚里士多德在这里所谈的是“诗”与“历史”的区别，即作为艺术的文学作品和历史叙事的区别。他所说的“描述可能发生的事，即按照可然律或必然律可能发生的事”，是“诗”的共同特征，即艺术作品的普遍特征，而不是浪漫主义的特征，也不是“对古代文学中浪漫手法的概括”。同样，“描述已发生的事”，也不是现实主义的特征，不是对文学中现实主义手法的概括，而是“历史”、历史著述的一般特征。这样的误释，不应当出现在使用范围广泛的外国文学史教材中。如果我们的外国文学史著作编写者都具有普鲁茨科夫《俄国文学史》编写者那样的求真精神和严谨态度，类似的有误人子弟之患的问题就可以完全避免。

---

① 参见徐葆耕：《西方文学十五讲》，北京：北京大学出版社，2012年，第226页。

② 郑真鲁主编：《外国文学史》(上卷)，北京：高等教育出版社，2001年，第152页。

4. 写出“文学的”历史与文学的“历史”

翻阅厚达三千余页的四卷本《俄国文学史》，读者会明显地感到这是一部“文学的”历史与文学的“历史”。文学是一种语言艺术。从本质上说，文学不追求任何实用的目的，只有那些美感作用占主导地位、以审美为目标的作品，才是文学作品。文学的基本体裁样式是抒情诗、史诗（叙事性作品）和戏剧，其突出特征是虚构性、创造性和想象性。结撰外国文学史的任务，和一般文学史一样，主要在于描述作为语言艺术的文学的发生、演变与衰亡的历史；提供关于作品文本的分析和审美评价，确立这些作品在文学传统中的地位；理清作家之间相互影响的关系、作家作品与传统的关系；联系文学的整体经验来探索艺术形式的发展演变，从而系统地把握和展示作为语言艺术的文学的进化过程。上述观点，是从温克尔曼、别林斯基、勃兰兑斯、T.S.艾略特到韦勒克等艺术史家、文学史家和批评家所反复强调的。韦勒克则更进一步明确指出：有意于文学史的著述，就应当描述依据体裁类型、作者类型、风格类型和语言传统等分成各种“组合”的作品的发展过程并予以评说，进而探索在整个文学的内在结构中，作品的发展过程及其所显示的规律性。普鲁茨科夫主编的《俄国文学史》中关于俄国文学的产生和民族独特性形成的考察，关于诗歌、散文（小说）和戏剧等各类体裁样式发展演变的勾画，关于不同阶段各种文学思潮、流派和运动及其相互关系的梳理，关于作家之间相互影响的探讨。关于作家作品的分析和审美评价，关于作家在文学史上的地位与意义的论证等，都表明编著者致力于写出“文学的”历史这一意向。

“文学的”历史书写，不仅应当始终以文学为研究对象和关注的中心，以文学为出发点与归宿，其书写本身也应当运用文学话语，应当始终是一种呈现“文学性”的诗性语言。普鲁茨科夫《俄国文学史》十分自然地做到了这一点。国内见到的一些文学史著作，却常常是语言生硬，表述方式呆板，枯燥乏味，令人难以卒读，如同文字水平偏低的社会学、政治学、法学或经济学著作，文学性在其中消失殆尽。因此，在话语形式方面，普鲁茨科夫《俄国文学史》同样是值得我们的文学编写者借鉴的。

普鲁茨科夫《俄国文学史》同时又是一部文学的“历史”。这套著作显示出鲜明的“史”的意识，全书清晰而全面地描述了从10世纪至1917年俄国文学的发展历程，对这一漫长进程中出现的重要作家、作品、文学团体、思潮、流派和运动等给予科学的评价，既始终坚持在与社会运动和时代思潮及其流变的紧密联系中考察与审视文学现象，又十分注意在“史”的链条中考察文学体裁种类、艺术形式、结构模式、叙事方式、表现手法、修辞手段、语言风格的发展演变，探索作为艺术的文学的进化过程及其规律性。从宏观视角而言，编著者致力于在整个文学的发展进程中探讨各种思潮、流派、运动之间的来龙去脉，揭示它们和以往及以后的思潮、流派、运动之间的相互关系；从微观角度来说，编著者注重考察作品的渊源和彼此之间的相互影响，注意梳理作家之间的传承、勾连、借鉴、超越和影响等各种关系，还常常通过比较和对照，确立作家作品在文学进程中的地位。

这种贯穿于全书始终的“史”的意识，恰恰是国内的某些外国文学史著作所缺少的。这些著作往往以一章的篇幅论述某一时代、某一阶段的文学，习惯性地在其第一节“概述”中述及某一时代的总体状况，勾画出这一阶段的文学概貌，再简论诸多“次要”作家的创作；“概述”之后则是一系列“作家论”专节的堆砌。这样的论述方式，使得读者和学生在读完最后一个“作家论”时，已经没有任何文学“史”的概念和印象了。为了避免这种沿用至今的把文学史写成按照一定次序排列的、彼此独立的作家论的现象，就必须在文学史编写中强化“史”的意识，像普鲁茨科夫《俄国文学史》那样，写出真正的文学的“历史”。

结　语

英美新批评派承上启下的关键人物约翰·克罗·兰色姆（John Crowe Ransom，1888—1974）在考察文学作品时，曾提出所谓“构架—肌质”说，认为一首诗可分为构架（structure）与肌质（texture）两部分，构架是使作品的意义得以连贯的逻辑线索，是能够用散文加以转述的东西，它给予一系列感性资料以秩序和方向；肌质则是诗中无法用散文转述的、非逻辑的部分，包括作品中的丰富情感和深刻内涵，是诗的本质与精华。诗的结构—肌质是一个不可分割的有机整体，正如人的肉体和精神不可分离一样。我们在系统研读普鲁茨科夫主编的四卷本《俄国文学史》之后，感到兰色姆的这一观点不仅适用于诗和一般文学作品，也同样适用于文学史著作。

本书经由对原著的逐节阅读和认真梳理，试图揭示这套文学史著作在结构布局、思想文化内涵、方法论原则和书写方式上的基本特色，致力于把握与呈现它的成功之处和精华所在，其间往往为编著者的一些出色表述而惊叹，乃至情不自禁地拍案叫绝，出声诵读，但仍然感到在评价文字中远未能全面触及其深刻、睿智与精湛。作为一部“书评之书”，本书所努力勾画的，也许只是原著的“构架”，因为其“肌质”是无法转述的。书中时时出现的那些引自原著各卷的引文（均为译文的形式），虽然也可以让人管中窥豹，略见一斑，领略原著“肌质”之一二，但要体会其全部“肌质”，还是必须走进这套文学史著作文本本身。这就如同欣赏任何评论文章，不能替代作品阅读一样。

当我们把普鲁茨科夫四卷本《俄国文学史》通读完毕时，不但全方位地亲近了它的“肌质”，还可以领悟到文学史研究确实是文学研究的最高境界。权威性的文学史著作往往凝结着一代学者文学研究的精华，体现了这一研究领域已经达到的学术水准。它一旦构成之后，不仅能够提供对于以往文学的基本评价，确认作家作品在文学进程中的地位，并由此培育一代人甚至几代人的文学观念，具有一种“先在”的话语权，而且具有影响人们的文化素养、审美水平、鉴赏能力、价值观念和精神心理的巨大作用。正因为如此，文学史的书写就获得了特别重要的意义。普鲁茨科夫《俄国文学史》的编著者对此心领神会，于是殚精竭虑，通力合作，精心耕耘，终于完成了这套高质量的著作，构建了一部俄罗斯民族精神回溯与自我认识的史书。

然而，总是处于持续进行中的文学研究的创新，对作家作品和文学现象的深入解读和重新认识，往往会突破既有文学史著作的阐释框架和相关结论，积少成多，便引发重写文学史的冲动，呼唤新的文学史著作。新的文学史著作出现后，又将面临具有作品阅读新感受的新一代读者的检验。当许多新理解、新认识获得学术上的有力论证并得到广泛认同之后，就可能引发下一轮再写文学史的学术冲动。这可以说是一个绵延不断的历史过程。所以，一代人必然有一代人的文学史，任何一部文学史著作，都不可能是一锤定音、一劳永逸的，只是永无止境的漫长“修史”链条中的一个承前启后的环节。普鲁茨科夫主编的四卷本《俄国文学史》的问世，迄今已有40年，我们站在21世纪初期学界认识的新水平上，不难发现其中的某些观点和结论（如本书第七章所提到的），显然已经较为陈旧。但是这套文学史著作将不仅作为俄国文学史研究中不可忽视的一份学术遗产继续存在，而且已为后来学者编撰新的文学史、如弗·亚·克尔德什主编的《世纪之交的俄罗斯文学》（作为新的大型多卷本《俄国文学史》的一部分）等新著的出现，提供了必不可少的铺垫。可以预言，它还将持续发挥自己在俄国文学史编写与研究方面的影响。因此毫无疑问，应当历史地看待普鲁茨科夫《俄国文学史》的学术价值。

在当前强调弘扬中华民族文化传统、大力倡导中国文化“走出去”的时代背景和学术氛围中，孜孜不倦于这类外国文学史著作的翻译与研究，我们有时也不免有一丝担心，就像当年丹麦学者勃兰兑斯在自己“放下”丹麦文学而去研究西欧文学时往往有些“灰心”那样。不过，他很快就为自己找回了事业上的信心。勃兰兑斯写道：

> 整个说来，我间或偶然地提到丹麦文学。……这倒不是我忘却了或者忽略了丹麦文学。相反，它一直在我的心目中。既然我试图陈述外国文学的内在历史，我就在每一点上都对丹麦文学做出了间接的贡献。我将画出必要的背景，以便我国的文学有朝一日能带着自己的特征在这上面显现出来。我将打好基础，相信现代丹麦文学的历史一定会在这上面建立起来。如果这个方法是个间接的方法，它也因此是个更坚实的方法。①

这位敢于以自己独立完成的六卷本《十九世纪文学主流》挑战英、法、德各国批评家的北欧人，多么懂得“他山之石，可以攻玉”

① ［丹麦］勃兰兑斯：《十九世纪文学主流·第二分册：德国的浪漫派》，刘半九译，北京：人民文学出版社，1997 年，第 3 页。

之理！看到勃兰兑斯写下的这些话，本书写作过程中的某种担心也就渐渐打消了。与这位丹麦批评家的想法相似，虽然我们评论的只是苏联学者编写的一套文学史著作，仅仅在梳理中国学界的俄国文学史编写与研究成果时提到国内学者的若干同类著作，但这并不意味着我们遗忘了更重要的是应当有中国学者自己编写的大型俄国文学史著作。相反，关于这一编写的思考始终在我们的意识中占有重要位置。如果本书已较为清晰地揭示了普鲁茨科夫四卷本《俄国文学史》的价值与特色，也指出了它难免的局限与不足，那么，这一研究和评说也就为国内学者建构中国特色的俄国文学史及外国文学史做出了间接的贡献。

如果上述说法可以成立，并将体现于中国学者联手编撰的多卷本《俄国文学通史》中，那么，这也就又一次有力地说明了普鲁茨科夫主编的四卷本《俄国文学史》的意义与影响。同时可以预见，随着这套著作中译本的正式出版问世，它还必将持续发挥自己的影响。

参考文献

Аверин Б.В. От Толстого до Набокова: Из истории русской литературы. Санкт—Петербург:Издательство имени Н.И. Новикова — Издательский дом «Галина скрипсит», 2014.

Аверин Б., Нитраур Э. (ред.) Русская литература XX века: Исследования американских учёных. Санкт—Петербург: Издательство «Петро—РИФ», 1993.

Айхенвальд Ю. Силуэты русских писателей. Москва: Издательство «Республика», 1994.

Аксаков И. С. Славянский вопрос. Санкт—Петербург: ООО «Издательство Росток», 2015.

Алексеев М.П., Бельчиков М.Н. (глав. ред.) и *др*. История русской литературы: В 10 т. АН СССР. Москва —Ленинград:Издательство АН СССР, 1941—1956.

Анисимов И. И. Литературное наследство, Т. 70. Горький и советские писатели. Неизданная переписка. Москва: Издательство АН СССР, 1963.

Анисимов И.И. Литературное наследство.Т. 72. Горький и Леонид Андреев : Неизданная переписка. Москва: Издательство «Наука»,1965.

Анненкова Е.И., Евдокимова О.В. История русской литературы XIX века. Москва: Издательский центр «Академия», 2012.

Аношкина В.Н., Громова Л.Д. История русской литературы. Кн. I. 1800–1830—е гг.; Кн. II. 1840 –1860—е гг.; Кн. III. 1870–1890—е гг. Москва: Издательство «Владос», 2001.

Бавен С. П., Семибратова И. В. Судьбы поэтов серебряного века. Москва: Издательство «Книжная палата», 1993.

Банников Н. В. Серебряный век русской поэзии. Москва: Издательство «Просвещение», 1993.

Баранников А.В. Русская литература XX века. Хрестоматия: В 2 ч. Москва: Издательство «Просвещение», 1993.

Баранов В. И. Огонь и пепел костра. М. Горький: творческие искания и судьба. Горький: Волго—Вятское книжное издательство, 1990.

Бек Т. А. Серебряный век. Поэзия. Москва: Издательство «АСТ Олимп», 1996.

Белый А. Критика.Эстетика.Теория символизма: В 2—х томах. Москва: Издательство «Искусство», 1994.

Белый А. На рубеже двух столетий. Москва: Издательство «Художественная литература», 1989.

Белый А. Начало века. Москва: Издательство «Художественная литература», 1990.

Белый А. Между двух революций. Москва: Издательство

«Художественная литература», 1990.

*Белый А.*Символизм как миропонимание. Москва: Издательство «Республика», 1994.

Бердяев Н. А. Философия творчества, культуры, искусства. В 2—х томах. Москва: Издательство «Искусство», 1994.

Бердяев Н. А. Истоки и смысл русского коммунизма. Москва: Издательство «Наука», 1990.

Бердяев Н. А. Русская идея: Основные проблемы русской мысли XIX века и начала XX века. Москва: ООО «Издательство АСТ», 2000.

Бердяев Н. А. Самопознание: Опыт философской автобиографии. Москва: Издательство «Книга», 1991.

Благой Д. Д. (глав. ред.) История русской литературы: В 3 т. АН СССР, Москва —Ленинград: Издательство «Наука», 1958—1964.

Богомолов Н. А. Русская литература начала XX века и оккультизм : исследования и материалы. Москва: Новое литературное обозрение, 2000.

Бочкарев В.А. Русская историческая драматургия XVII—XVIII веков. Москва: Издательство «Просвещение», 1988.

Бунин И. Несрочная весна: Стихотворения. Избранная проза. Москва: Издательство «Школа—Пресс», 1994.

Бунин И.А. Полное собрание сочинений в 13 томах. М., Воскресенье. 2005-2007.

Бялик Б. А., Тагер Е. Б., Келдыш В. А., Петрова М. Г. Русская литература конца XIX — начала XX в. : Девяностые годы. Москва: Издательство «Наука», 1968.

Бялик Б. А., Михайловский Б. В., Келдыш В. А., Максимова В. А. Русская литература конца XIX — начала XX в. : 1901—1907. Москва:

Издательство «Наука» , 1971.

Бялик Б. А., Келдыш В. А., Полях Л. М. и др. Русская литература конца XIX — начала XX в. : 1908—1917. Москва: Издательство «Наука», 1972.

Вагеманс Э. Русская литература от Петра Великого до наших дней. Москва: Издательство РГГУ, 2002.

Волков А. Очерки русской литературы конца XIX и начала XX веков. Москва: Государственное издательство художественной литературы, 1952.

Воронский А. К. Избранные статьи о литературе. Москва: Издательство «Художественная литература», 1982.

Глушаков Е.Б. Великие судьбы русской поэзии : начало — середина XX века. Москва: Издательство «Флинта», Издательство «Наука», 2016.

Груздев И. Современный Запад о Горьком. Ленинград: Издательство «Прибой», 1936.

Ерогов Б.Ф. (глав.ред.) Русские писатели. 1800—1917: Биографический словарь. Т.6. Москва: Научное издательство «Большая Российская энциклопедия». 2019.

Елизаветина Г. Г., Курилов А. С. Революционные демократы и русская литература XIX века. АН СССР. Институт мировой литература. Москва: Издательство «Наука», 1986.

Еремин И. П. Литература Древней Руси: этюды и характеристики. АН СССР, Отделение лит. и яз. Москва, Ленинград: Издательство «Наука» , Ленинградское отделение, 1966.

Зорин А. Кормя двуглавого орла...Литература и государственная идеология в России в последней трети XVIII–первой трети XIX века. Москва: Новое литературное обозрение, 2001.

Иванов—Разумник. Писательские судьбы. Тюрьмы и ссылки. Москва: Новое литературное обозрение, 2000.

Ильин И. А. Одинокий художник: Статьи, речи, лекции. Москва: Издательство «Искусство», 1993.

Келдыш В.А. Русский реализм начала XX века. Москва: Издательство «Наука», 1975.

Келдыш В.А. (глав.ред.) Русская литература рубежа веков(1890—е – начало 1920—х годов), ИМЛИ РАН. Москва: Издательство «Наследие», 2000—2001.

Козьмин Б. П. Литература и история. 2—е изд. Москва: Издательство «Художественная литература», 1982.

Кочеткова Н. Д. Литература русского сентиментализма: эстетические и художественные искания. Санкт—Петербург: Издательство «Наука», 1994.

Крейд В. Воспоминания о серебряном веке. Москва: Издательство «Республика», 1993.

Крылов В.Н. Критика и критики в зеркале серебряного века. Москва: Издательство «Флинта», Издательство «Наука», 2014.

Крылов В.Н. Русская литературная критика конца XIX –начала XX века. Москва: Издательство «Флинта», Издательство «Наука», 2015.

Крылов В.Н. Русская литературная критика: проблемы теории, истории и методики изучения. Москва: Издательство «Флинта», Издательство «Наука», 2016.

Кулешов В.И. История русской литературы XIX века. Москва: Издательство московского университета, 1997.

Курилов А. С., Ломунов К. Н., Щербина В. Р. История русской литературы XI–XX веков : краткий очерк. Москва: Издательство

«Наука», 1983.

Лавров А.В. Летопись литературных событий в России конца XIX – начала XX века (1891 — октябрь 1917). Выпуск 1—3. Москва: ИМЛИ РАН, 2002, 2005, 2009.

Лавров А.Символисты и другие: Статьи. Разыскания. Публикации. Москва: Новое литературное обозрение, 2015.

Лебедева О.Б. История русской литературы XVIII века. Москва: Издательство «Высшая школа», Издательский центр «Академия», 2000—2003.

Лихачёв Д. С., Дмитриев Л. А. Литература Древней Руси : хрестоматия. Санкт—Петербург: Академический Проект, 1997.

Маковский С. На Парнасе Серебряного века. Москва: Издательство «Наш дом—L，Age d，Homme» , 2000.

Мережковский Д. С. О причнах упадка и о новых течениях современной русской литературы //Л. Толстой и Достоевский. Вечные спутники. Москва: Издательство «Республика», 1993.

Мещерякова Л.А. Литературные связи России и Западной Евроры XII —— XXI веков. Москва: Издательство «Флинта», Издательство «Наука», 2016.

Мочульский К. Андрей Белый. Томск: Издательство «Водолей», 1997.

Мочульский К. В. Великие русские писатели XIX века. Санкт—Петербург: Издательство «Алетейя», 2001.

Мочульский К. В. А. Блок, А. Белый, В. Брюсов. Москва: Издательство «Республика», 1997.

Мочульский К. В. Духовный путь Гоголя. Москва: Наш дом — L，Age d，Homme, 2004.

Мочульский К. В. Гоголь, Соловьёв, Достоевский. Москва: Издательство

«Республика», 1995.

Набоков В. В. Лекции по русской литературе: Чехов, Достоевский, Гоголь, Горький, Толстой, Тургенев. Санкт—Петербург: Издательская Группа «АЗБУКА—КЛАССИКА», 2010.

Надъярных Н. С. Литературная классика в диалоге культур.Вып.1. РАН, Институт мировой литературы им. А. М. Горького. Москва: ИМЛИ РАН, 2008.

Нива Ж. и т. д. История русской литературы: XX век: Серебряный век. Москва: Издательская группа «Прогресс» — «Литера», 1995.

Николаев П.А. История русского литературоведения. Москва: Издательство «Высшая школа», 1980.

Николаев П. А. (глав.ред.) Русские писатсли. 1800—1917: Биографический словарь. Т.1. Москва: Издательство «Советская энциклопедия», 1989.

Николаев П. А. (глав.ред.) Русские писатели. 1800—1917: Биографический словарь. Т.2—5. Москва: Научное издательство «Большая Российская энциклопедия», 1992—2007.

Овчаренко А.И. М. Горький и литературные искания XX столетия. Москва: Издательство «Художественная литература», 1982.

Петелин В.В. История русской литературы XX века. Том I. 1890—е годы – 1953 год. Москва: Издательство «Центрполиграф», 2012.

Пруцков Н. И. (главный редактор). История русской литературы: В 4 т. АН СССР. Институт русской литературы (Пушкинский Дом); Ленинград: Издательство «Наука», Ленинградское отделение, 1980—1983.

Пьяных М. Ф. Александр Блок, Андрей Белый: Диалог поэтов о России и революции. Москва: Издательство «Высшая школа», 1990.

Рассадин С. Б. Русская литература: от Фонвизина до Бродского. Москва: Издательство «Слово», 2001.

Розанов В.В. О писательстве и писателях. Москва: Издательство «Республика». 1995.

Русская классика: pro et contra. Золотой век. Антология/ Сост. Л.В. Богатыревой и т.д. СПб.:РХГА.2017.

Русская классика: Pro et contra. Серебряный век. Антология/ Сост., вступ.ст. Л.Богатыревой, К.Исупова. СПб.:РХГА.2018.

Русская классика: pro et contra. Железный век. Антология/ Сост. И.А.Есаулов, Т.Г.Петрова. СПб.:РХГА.2018.

Сахаров В. И. Русская проза XVIII–XIX веков: Проблемы истории и поэтики : очерки. РАН Институт мировой литературы. Москва: Издательство ИМЛИ РАН, 2002.

Святополк—Мирский Д. П. История русской литературы с древнейших времен по 1925 год. Новосибирск: Издательство «Свиньин и сыновья», 2007.

Скатов Н. Н. История русской литературы XIX века. Вторая половина. Москва: Издательство «Просвещение», 1992.

Сколов А.Г. История русской литературы конца XIX – начала XX века. Москва: Издательство «Высшая школа», 1988.

Смирнова Л. А. Иван Алексеевич Бунин: Жизнь и творчество. Москва: Издательство «Просвещение», 1991.

Смирнова Л.А.,Чалмаев В.Г. и др. Русская литература XX века. Очерки. Портреты. Эссе. В 2 ч. Москва: Издательство «Просвещение», 1994.

Сурков А.А. (глав.ред.) Краткая литературная энциклопедия, Т.1—9. Москва: Издательство «Советская энциклопедия», 1962—1978.

Сухих И.Н. Русская литература для всех.Классное чтение! Санкт—

Петербург: Издательская группа «Лениздат», ООО «Команда А», 2013.

Терехина В. Серебряный век. В поэзии, документах, воспоминаниях. Москва: Издательство «Логид», 2000.

Щеблыкин И.П. История русской литературы XI–XIX вв. Москва: Издательство «Высшая школа», 2000.

Щербина В. Р. Литературное наследство. Т. 95. Горький и русская журналистика начала XX века. Неизданная переписка. Москва: Издательство «Наука», 1988.

Andrew Kahn, Mark Lipovetsky, Irina Reyfman, and Stephanie Sandler：*A History of Russian Literature.* Oxford University Press， 2018.

Charles A. Moser: *The Cambridge History of Russian Literature*, Cambridge University Press, 1989, 1992, 2008.

Georges Nivat, Ilya Serman et Vittorio Strada, *Histoire de la littérature russe, t. 1* : *De*s *origine*s *au*x *lumières*, Paris, Fayard, 1992.

Georges Nivat, Ilya Serman et Vittorio Strada, *Histoire de la littérature russe, t. 2 : Le XIXe siècle. L'époque de Pouchkine et de Gogol*, Paris, Fayard, 1996.

Georges Nivat, Ilya Serman et Vittorio Strada, *Histoire de la littérature russe, t. 3 : Le XIXe siècle. Le temps du roman*, Paris, Fayard, 2005.

Georges Nivat, Ilya Serman et Vittorio Strada, *Histoire de la littérature russe, t. 4 : Le XXe siècle. L'Âge d'argent,* Paris, Fayard, 1987.

Georges Nivat, Ilya Serman et Vittorio Strada, *Histoire de la littérature russe, t. 5 : Le XXe siècle. La Révolution et les années vingt*, Paris, Fayard, 1988.

Georges Nivat, Ilya Serman et Vittorio Strada, *Histoire de la littérature russe, t. 6 : Le XXe siècle. Gels et dégels*, Paris, Fayard, 1990.

［俄］符·维·阿格诺索夫主编：《20世纪俄罗斯文学》，凌建侯等译，北京：中国人民大学出版社，2001年。
［苏］布罗茨基主编：《俄国文学史》（上、中、下），蒋路、孙玮、刘辽逸译，北京：作家出版社，1954、1957、1962年。
曹靖华主编：《俄国文学史》，北京：人民文学出版社，1989年。
曹靖华主编：《俄国文学史》（上卷），北京：北京大学出版社，2007年。
曹靖华主编：《俄苏文学史》（1—3卷），郑州：河南教育出版社，1992—1993年。
［苏］高尔基：《俄国文学史》，缪灵珠译，上海：上海译文出版社，1979年。
［苏］高尔基：《论文学》，孟昌等译，北京：人民文学出版社，1978年。
［苏］高尔基：《论文学》（续集），冰夷等译，北京：人民文学出版社，1979年。
李兆林、徐玉琴编著：《简明俄国文学史》，北京：北京师范大学出版社，1993年。
［苏］列宁：《论文学与艺术》，中国社会科学院文学研究所文艺理论研究室编，北京：人民文学出版社，1983年。
刘宁主编：《俄国文学批评史》，上海：上海译文出版社，1999年。
刘宁、程正民：《俄苏文学批评史》，北京：北京师范大学出版社，1992年。
刘文飞：《插图本俄国文学史》，北京：北京大学出版社，2010年。
刘文飞：《二十世纪俄语诗史》，北京：社会科学文献出版社，1996年。
刘亚丁：《十九世纪俄国文学史纲》，成都：四川大学出版社，1989年。

［苏］卢那察尔斯基：《论文学》，蒋路译，北京：人民文学出版社，1978年。

［德］马克思、［德］恩格斯：《论艺术》（第1—4卷），米·里夫希茨编，程代熙重编，北京：中国社会科学出版社，1982—1985年。

［苏］鲍·索·梅拉赫：《列宁和俄国文学问题》，臧仲伦等译，北京：中国社会科学出版社，1982年。

［俄］德·斯·米尔斯基：《俄国文学史》（上、下），刘文飞译，北京：人民出版社，2013年。

［美］纳博科夫：《俄罗斯文学讲稿》，丁俊、王建开译，上海：上海三联书店，2015年。

［苏］彼·阿·尼古拉耶夫等：《俄国文艺学史》，刘保端译，北京：生活·读书·新知三联书店，1987年。

［俄］普列汉诺夫：《普列汉诺夫美学论文集》（Ⅰ，Ⅱ），曹葆华译，北京：人民出版社，1983年。

［美］马克·斯洛宁：《现代俄国文学史》，汤新楣译，北京：人民文学出版社，2001年。

瞿秋白：《俄国文学史》，见《瞿秋白文集》（文学编），第二卷，北京：人民文学出版社，1986年。

任光宣、张建华、余一中：《俄罗斯文学史》（俄文版），北京：北京大学出版社，2003年。

任光宣主编：《俄罗斯文学简史》，北京：北京大学出版社，2006年。

任子峰：《俄国小说史》，北京：北京大学出版社，2010年。

苏玲、刘文飞《俄罗斯—苏联文学简史》（上、下），海口：海南出版社，1993年。

［苏］鲍·苏奇科夫：《现实主义的历史命运——创作方法探讨》，

傅钟选等译，北京：外国文学出版社，1988年。
［苏］托洛茨基：《文学与革命》，刘文飞等译，北京：外国文学出版社，1992年。
汪倜然：《俄国文学ABC》，上海：世界书局，1929年。
汪介之：《俄罗斯现代文学史》，北京：中国社会科学出版社，2013年。
汪介之：《俄罗斯现代文学批评史》，北京：中国社会科学出版社，2015年。
王爱民、任何：《俄国戏剧史概要》，北京：中国戏剧出版社，1984年。
［苏］沃罗夫斯基：《论文学》，程代熙、陈燊等译，北京：人民文学出版社，1981年。
吴元迈：《苏联文学思潮》，杭州：浙江文艺出版社，1985年。
吴元迈：《俄苏文学及文论研究》，北京：中国社会科学出版社，2014年。
徐稚芳：《俄罗斯诗歌史》，北京：北京大学出版社，2002年。
薛君智主编：《欧美学者论苏俄文学》，北京：社会科学文献出版社，1996年。
叶水夫主编：《苏联文学史》（1—3卷），北京：中国社会科学出版社，1994年。
易漱泉、雷成德、王远泽编：《俄国文学史》，长沙：湖南文艺出版社，1986年。
翟厚隆、张捷编选：《十月革命前后苏联文学流派》（上、下），上海：上海译文出版社，1998年。
张建华、王宗琥、吴泽霖编：《20世纪俄罗斯文学:思潮与流派》（宣言篇），北京：外语教学与研究出版社，2015年。
张建华、王宗琥、吴泽霖编：《20世纪俄罗斯文学：思潮与流派》

（理论篇），北京：外语教学与研究出版社，2012年。

郑体武：《俄罗斯文学简史》，上海：上海外语教育出版社，2006年。

郑体武：《俄罗斯文学史》（上、下）（俄文版），上海：上海外语教育出版社，2008年。

郑振铎：《俄国文学史略》，上海：商务印书馆，1924年。

智量：《19世纪俄国文学史讲稿》，上海：华东师范大学出版社，2013年。

周敏显编著：《俄罗斯文学史》（俄文版），上海外语教育出版社，1990年。

附　录

俄罗斯文学与现代化转型之关系的历史回望

俄罗斯文学作为民族现代化进程的重要组成部分，以其特有的方式见证和参与了这一进程，致力于对现代化所面临或遭逢的一系列根本问题做出探讨与回应，如东西方之间道路的选择，知识阶层价值与作用的认定和发挥，以及同关于现代化的过程、方式和后果的思考相关的忧患意识与乡土情结的体认和疏泄等。俄罗斯文学对这些问题的探索、呈现和表达显示出它在现代化进程中不可替代的作用，文学也因此不仅成为现代化运动的生动艺术录影，而且构成了总结现代化历史经验的思想资源。

一、东西方文化之间的徘徊

俄罗斯民族独特的地理位置、历史沿革和文化传统，决定了它在东西方文化之间的选择和徘徊，贯穿于整个现代化进程，至今仍悬而未决。俄罗斯文学从其开始勃兴之际起，便以特有的方式参与了这一讨论。1836年恰达耶夫发表的《哲学书简》，作为俄罗斯现代意识觉醒的理论标志，率先提出了本民族的发展道路和取向问题，开启了19世纪40年代斯拉夫派与西欧派之间的争论。这场争论的结果既没有胜负之分，也没有形成任何获得广泛认可的结论，但它毕竟经由社会舆论而推动了1861年农奴制改革。面对改革后资本主义的迅速发展，知识界仍然不能回避在东西方之间的选择问题。在宗法制秩序面临解体，工商业阶层不断壮大，城市文化日益发达的背景下，一度信奉西欧派观点的陀思妥耶夫斯基在流放期间逐渐形成了承接斯拉夫主义的“土壤派”理论，而作为“东方制度、亚洲制度的思想体系”[①]的托尔斯泰主义也随后形成。这就使得19世纪后期俄国思想界、文学界在东西方之间进行选择的这一天平上，明显地偏向东方一侧。

19世纪末、20世纪初，由于民粹派运动失败，晚期封建制弊端日益暴露，同西方先进国家的经济文化落差益发明显，“世纪末”危机感的蔓延，使得俄罗斯知识界再度展开了关于东西方问题的讨论。和先前的斯拉夫派、西欧派不同，作为俄国象征主义先驱的诗人兼宗教哲学家弗·索洛维约夫及受其影响的一代作家，都强调俄罗斯负有“综合”东西方的使命，其观点中有着传统的“弥赛亚”意识的明显渗透。索洛维约夫曾在《三种力量》一文中指出：世界历史中的两种彼此对抗的力量——穆斯林的东方和西方基督教文明——各自运作的结果，都将给人类带来有害影响；只有以俄罗斯为代表的第三种力量，才能成为这两种力量之间的调和因素。索洛维约夫对东方和西方都同样抱有警惕，并认为只有俄罗斯能够把这两种力量“综合”起来，实现它的救世使命。

索洛维约夫的上述思想被俄国“年轻一代”象征主义者直接承

① ［苏］列宁：《论文学与艺术》，中国社会科学院文学研究所文艺理论研究室编，北京：人民文学出版社，1983 年，第 235 页。

续下来，并由于他们的发挥而一度风靡俄罗斯。作家别雷曾经说过：“俄罗斯是一片处女地，她既不是东方，也不是西方，……她既不应成为东方，也不应成为西方，但东西方在她身上交汇，在她身上、在她独特的命运中有着整个人类命运的象征。……这个民族负有调和东方与西方、为各民族间真正的兄弟情谊创造条件的使命。”[①] 在别雷的三部曲《东方或西方》第2部《彼得堡》中，俄罗斯就被理解为东西方文化冲突的场所。这座都城是俄罗斯的象征，也即东西方两个世界交接点的象征。作品直观地显示出两种文化的矛盾：西方的唯理主义、实证主义和东方的因循守旧、破坏性本能发生碰撞，演化成一种神秘的危害力量。小说从多方面暗示：彼得一世创建彼得堡，成了俄国历史进程中遭遇一种“劫运”的起点；他机械地接受了西方的原则和方法，却不能在东西方融合中建立一种新的统一和谐，造成了俄罗斯无法走出的困境；1905年革命标志着彼得一世以来俄罗斯荒谬历史的终结，而其后俄罗斯的“劫运”将是对于历史的启示录式的飞跃。

俄罗斯与东西方关系的问题，在历史剧烈变动的时代，激励着许多思想家和文学家。在别尔嘉耶夫和高尔基之间就曾发生过一场绵延多年的争论。1915年，别尔嘉耶夫发表《俄罗斯灵魂》一文，描述了俄罗斯民族性格的矛盾，强调俄罗斯不能像东方那样限制自己并与西方对立，应当成为两个世界的连接器。同年，高尔基也推出《两种灵魂》一文，认为在俄罗斯灵魂中，东西方两种精神并存且彼此冲突，造成了它的内在矛盾和不稳定性。他呼吁俄罗斯人同自身的“亚细亚心理积淀”进行斗争，承认西欧文化的优势并向其学习。针对高尔基的《两种灵魂》，别尔嘉耶夫发表了一篇评论《亚细亚的和欧罗巴的灵魂》。他强调：东方是一切伟大宗教和文化的摇篮，而欧洲的理性和科学却有着内在的悲剧性和深刻的危机，因而不能简单地对欧洲文

① *Белый. А.* Критика. Эстетика. Теория символизма: в 2-томах.Т.2.Москва: Издательство Искусство,1994.С. 491.（汪介之译）

化顶礼膜拜，蔑视东方文化。他还指出：不应把俄罗斯的独特性和落后性相混淆，这种落后应该通过激发创造新文化的积极性来克服。

十月革命期间，高尔基在《不合时宜的思想》中，把革命过程中出现的种种负面现象和民族劣根性联系起来，继续强调必须根除民族文化心理中落后愚昧的亚细亚因素。别尔嘉耶夫出国后则出版了《不平等的哲学》，从宗教哲学视角对十月革命进行批判性反思，认为俄罗斯是一个以农民为主体的国度，其居民不是欧洲人，而是东方人、亚细亚人，具有游牧民族的本能，其愚昧落后难以避免。但他不像高尔基那样认为这样的社会心理条件决定了革命的时机不成熟，而是指出：在这样的国度发生的剧烈历史变革，其形式和结果都不可能是个性的自由解放。别尔嘉耶夫后来还在《俄国共产主义的起源与意义》一书中，认定俄罗斯负有"解放各民族"的特殊使命，把"第三国际"在莫斯科的建立视为对"第三罗马"的取代，认为"第三罗马的许多特点转移到了第三国际"，并断言"这是俄罗斯弥赛亚意识的一种转换"①。别尔嘉耶夫与弗·索洛维约夫的思想联系，于此可见一斑。

在这场断断续续的争论中所表达的不同见解，对于革命后俄罗斯现实的影响是完全不同的。别尔嘉耶夫是从他的宗教哲学观念出发来谈论东西方问题的，因此，即便他关于俄罗斯负有拯救世界使命的思想，与苏联官方宣传的世界革命理论有着某种契合，也不可能被纳入官方意识形态体系中。高尔基虽然被苏联官方宣布为无产阶级作家，但他所守护的实际上是启蒙主义和民主理想。他反复强调向西方先进文化学习的主张，不仅和主流意识形态相冲突，也因掌权者的沙文主义心态而一再遭遇排拒。直到苏联解体前夕人们再度思索俄罗斯的命运时，才重新提起上述争论。

① *Бердяев Н.* Истоки и смысл русского коммунизма.Москва: Издательство Наука, 1993. С.118.（汪介之译）

在苏联时期，俄罗斯的现代化进程呈现为一种特殊的形式，那一时段的政治格局和社会氛围，使得对于东西方问题的考量几乎完全从文学界、思想界淡出。只有被称为“氢弹之父”的核物理学家安德烈·萨哈罗夫自20世纪70年代初期起涉足社会政治生活领域以后，曾大力主张过苏联应当走西方的民主化道路。1989年，萨哈罗夫成为民主改革势力的领导者之一。这是俄罗斯现代化进程发生巨变的征兆之一。随后，当关于俄罗斯民族命运和道路的追问又一次无可回避地提到人们面前时，知识界再度回到这一老问题上来。在索尔仁尼琴、利哈乔夫等人形成论争态势的表述中，可以看到他们对于东西方问题的重新思索。但他们的观点决不是对以往斯拉夫派或西欧派思想的重复，而是就一个老问题提出了新见解，并或隐或显地影响着苏联解体后俄罗斯的自我定位和道路选择。

索尔仁尼琴在1974年出国前，就曾提出俄罗斯应当在西方资本主义和苏联社会主义两种模式之外寻找第三条道路。苏联解体前后，在表达自己关于民族命运与前途的看法时，他再次论及俄罗斯与西方之间的关系问题。20世纪90年代，他先后推出《我们如何安排俄罗斯》等三部政论，对历代沙皇一一予以评说，揭示了当今俄罗斯存在的种种弊端，试图为俄罗斯走出危机与困境指明路径。索尔仁尼琴对于彼得一世及其改革进行了猛烈抨击，认为他脱离成熟的社会心理条件而盲目引进西方文明的个别成果，其结果是贻害无穷。索尔仁尼琴号召人们警惕西方资本把俄罗斯变成其殖民地，主张恢复1861年农奴制改革后在俄国出现的“地方自治”管理体制。他的观点显然和19世纪斯拉夫派、陀思妥耶夫斯基的“土壤派”理论较为接近，故被称为“新斯拉夫派”。但索尔仁尼琴既不否认西方世界的先进、发达和富有，也不讳言本民族的落后和弊病；只是他不赞成俄罗斯向西方学习，而是主张它应坚持自己独特的发展道路。

1999年，文学史家、文化学家德·利哈乔夫出版《关于俄罗斯的沉思》一书，就俄罗斯究竟是东方还是西方的问题，发表了自己新颖独到的见解。利哈乔夫从民族起源、国家制度、民主传统、宗教信仰、经济来往和艺术成就等方面，指出古代俄罗斯和东方的文化联系极为有限，从而说明了俄罗斯的“非东方性”。他突破了俄罗斯究竟是东方还是西方这一旧有框架，认为在俄罗斯文化的形成中具有决定意义的，“是南方和北方，而不是东方和西方；是拜占庭和斯堪的纳维亚，而不是亚洲和欧洲。”[①]他强调俄罗斯文化主要是斯拉夫文化、斯堪的纳维亚（北方）文化和拜占庭（南方）文化的融合，而不是东方与西方、亚洲和欧洲文化的融合。这样一来，困扰几代思想家、文学家的东西方问题便被南方和北方问题所置换。显然，利哈乔夫有意把对于俄罗斯及其文化的归属问题限定在欧洲本身的范围内予以讨论。在认定俄罗斯及其文化的欧洲根源与欧洲属性时，他还论证了俄罗斯文化的独特性，强调现代化的关键在于保持和发扬本民族文化的价值与特色。他拒绝关于俄罗斯负有拯救世界的使命的“弥赛亚说”，把莫斯科是“第三罗马”的理论称为“莫斯科帝国主义”，断言俄罗斯过去和现在都不肩负任何特殊的世界历史使命。这一观点无疑是与弗·索洛维约夫、多位象征主义者和别尔嘉耶夫等人的思想针锋相对的。

在冷战结束、苏联解体、加强和西方世界的联系成为俄罗斯当务之急的背景下，如果说知识界又出现了新一轮斯拉夫派和西欧派之争，那么索尔仁尼琴和利哈乔夫正是这两种倾向的主要代表。历史已经表明，索尔仁尼琴的新斯拉夫主义，响应者无几，不过他关于俄罗斯应当坚持自己独特发展道路的主张，却受到人们的重视；利哈乔夫的思想影响，则可以在当今俄罗斯的经济、政治体制改革和对外政策中发现不少痕迹。当然，文学家、思想家们的见解对于现实社会的影

① ［俄］德·谢·利哈乔夫：《解读俄罗斯》，吴晓都等译，北京：北京大学出版社，2003 年，第 21 页。

响总是隐性的而非显性的，几代俄罗斯学者对于东西方问题的继续考量也是如此。但是，他们的不倦探索及其成果，却不仅映照出俄罗斯现代化进程的一个侧面，而且也将作为一种宝贵的精神资源，继续为俄罗斯民族在自我身份定位、发展道路选择和国际关系处理等方面提供参照与启示。

二、知识阶层使命与命运的寻思

知识阶层作为现代化的行为主体，承担着唤醒民众、传承文化、抵御各种社会弊端的使命，知识者群体本身也经历着动荡与分化。俄罗斯文学卓越地表现了知识阶层的历史使命、社会责任与文化担当，书写着一代代知识者在现代化激流中的命运，显示出文化转折的历史印痕和现代化行程的运行轨迹。

现代化转型的主体是人，领航人则是知识分子。俄罗斯现代化进程中知识分子的历史作用不言而喻。现代化转型中出现的各种思潮，无一不是知识分子所提出，知识分子也是这些思潮的载体。爱德华·W.萨义德曾在《知识分子论》中强调知识分子必须肩负起“这些极为重要的任务——代表自己民族的集体苦难，见证其艰辛，重新肯定其持久的存在，强化其记忆”，此外还应当“明确地把危机普遍化，从更宽广的人类范围来理解特定的种族或民族所蒙受的苦难，把那个经验连接上其他人的苦难”[①]。俄罗斯知识分子在民族现代化转型中的角色，十分符合萨义德的上述定位。

伴随着民族现代化转型的历史行程，俄罗斯文学出色地描写了各个时期、各种类型的知识分子形象。透过这类形象，作家们探讨了知识分子同人民的关系，知识分子的历史地位与作用，知识分子的命运

① [美]爱德华·W. 萨义德：《知识分子论》，单德兴译，北京：生活·读书·新知三联书店，2013 年，第 41 页。

和出路等问题。因此高尔基说：在俄国文学里，知识分子“内心生活的全部历史，是特别详尽、深刻、而且忠实地被描画出来”[①]。文学成为知识分子心灵历程、精神历程的形象描述，其中有不少作品带有自传性，往往是作家生活史、心灵史的艺术写照。这一特点使俄罗斯文学具有特殊的魅力。

普希金笔下的叶甫盖尼·奥涅金是俄国文学中第一个被称为“多余的人”的贵族知识分子。这一形象表现了19世纪初期俄国青年的苦闷、彷徨和追求，反映了那些厌恶了贵族生活圈子、但又找不到出路的青年知识者的悲剧命运。莱蒙托夫的小说《当代英雄》中的毕巧林，则是一个对上流社会不满的贵族青年，但他无法摆脱贵族生活，没有理想，玩世不恭，感到苦闷绝望；他既否定现存的社会，也蔑视自己，同样成为一个“多余的人”。赫尔岑的小说《谁之罪？》中的别尔托夫，也是一个“多余的人”形象。作品通过他和另外两个正直、善良的青年都陷于“灾祸和不幸”的命运，指出封建农奴制是扼杀青年的罪魁祸首。冈察洛夫的长篇小说《奥勃洛摩夫》的同名主人公是俄国文学中最后一个“多余的人”形象，标志着贵族知识分子先进性的终结。取代贵族知识分子走上俄国历史舞台的平民知识分子，在文学作品中以“新人”的形象出现。车尔尼雪夫斯基在长篇小说《怎么办？》中，塑造了一系列“新人”形象，他们都具有理想化的“新人”品格。

知识分子的使命与命运在屠格涅夫的系列小说中得到了循序渐进的展现。19世纪50年代，他以《罗亭》和《贵族之家》塑造了“言辞多于行动”的贵族知识分子罗亭和无力反抗传统道德的拉夫列茨基两个“多余的人”形象，60年代则在《前夜》中第一次塑造了“新人”——英沙罗夫和叶琳娜的形象，及时反映出平民知识分子取代贵

① [苏]高尔基：《俄国文学史》，缪灵珠译，上海：上海译文出版社，1979年，第108—109页。

族知识分子的历史真实。在《父与子》中，他又通过大学生巴扎罗夫和贵族基尔沙诺夫兄弟的纠葛，揭示出新旧两代知识分子之间的冲突。《烟》的主人公李特维诺夫是作家的理想人物，但事业上、爱情上的失败，却使他感到浮生若梦，一切都是过眼云烟。这一形象表现了1861年农奴制改革后知识分子的思想低潮。《处女地》则反映了70年代民粹派"到民间去"的活动及其失败，在改良主义者沙罗明身上寄托了作者的渐进主义理想。屠格涅夫的6部长篇小说就这样构成了19世纪40—70年代俄国知识分子精神生活的艺术编年史。

在契诃夫的作品中，有着各种类型的知识分子形象，如《第六病室》中的拉京，《姚尼奇》中的同名主人公，《文学教师》中的尼基京，《没意思的故事》中的斯捷潘诺维奇，《樱桃园》中的特罗菲莫夫等。作家同情他们思想受到禁锢、人身遭到迫害、理想不能实现的命运，也揭示了他们难以抵制庸俗风气或种种有害流行思潮影响的局限——这些形象常常是作为民族文化心态的体现者而存在。《樱桃园》中的特罗菲莫夫发出的"你好，新生活"的呼喊，则表达出20世纪初知识分子对于社会生活变动的预感，对于未来的祝愿。

从奥涅金到特罗菲莫夫，不仅映照出19世纪俄国知识分子精神生活变化的轮廓，而且显示出现代化进程中思想文化转型的迹象。20世纪俄罗斯的现代化转型，呈现出更为复杂的历史情状，文学也以独特的方式表现了新的历史语境中知识分子的命运，艺术地呈现出知识分子与现代化转型的复杂联系。在这一领域中具有披荆斩棘之功的当推高尔基和帕斯捷尔纳克。

关于俄国知识分子的文化使命、历史作用、精神特征和命运道路的思考，一直在高尔基的全部思想中占有重要位置。他在不同时期写过许多以知识分子为主人公的作品。在社会批判时期的创作中，他的这类作品大都是抨击知识分子缺乏社会改造的热情，忘却使命感，安于现状，无所追求，在平庸无聊的生活中打发光阴。在民族文化批判时期，他笔下的知识分子，则有很多是超越庸俗环境和陈腐观念之上的有识之士。作家在这类知识分子形象身上，寄托了唤起民众意识觉醒、传播先进思想文化、提高民族精神心理素质的愿望。他的最后一部长篇小说《克里姆·萨姆金的一生》，描写的是19世纪70年代出身于俄国外省某城市一个“中等”家庭的知识分子的人生道路。萨姆金的性格特征、思维方式、文化心理和命运归宿，在很大程度上具有可据以认识俄罗斯、了解俄罗斯人灵魂的意义。他的精神文化性格，既从一个侧面体现了民族文化心理的消极特征，又是这一民族文化环境的必然产物。他空虚无为的一生，既表现出横跨两个世纪40年间知识分子的沉浮起落，又勾画出他们无可回避的命运轨迹。借助这一形象，高尔基艺术地揭示了部分知识分子市侩化的真实历史，对民族文化心理的弱点进行了痛切的批判。从作品中还可以品味出作家关于提高民族文化心理素质、创造良好的社会文化环境和知识分子历史作用的发挥等几个方面互为条件、互为因果的思考，聆听到一代忧国忧民的真诚知识分子的心声。

帕斯捷尔纳克的长篇小说《日瓦戈医生》，可以说是20世纪上半叶俄国知识分子命运的一部艺术编年史，又堪称一部通过个人命运表现出来的特定时代的社会精神生活史。它是作家在战后岁月里对20世纪前期历史所作的一种诗的回望，也是他与时代的一部艺术性对话。作品着重表现了日瓦戈的人道主义观念与那个血与火的时代之间的悲剧性精神冲突。在历史发生深刻变动的年代，他一直把个性的自由发展、保持思想的独立视为自己最主要的生活目标。他以人道主义的眼光看待一切人和事，区分善与恶。他那种童稚般单纯的心灵，超凡脱俗的胸怀，使他无法接受一切形式的暴力。他在人类思想水平、道德水平和价值标准还没有达到认可他的精神追求高度的时代“过早地”出现了，他超越了那个时代，结果反而好像落后于时代。这是他的悲剧。作家同情、肯定主人公的精神追求和道德理想，经由他的遭遇反映了十月革命前后一代知识分子的思想情怀和共同命运。

不难看出，俄罗斯文学实际上构成了俄国“知识分子的思想体系”，成为知识分子精神历程、心灵历程的形象描述；作为心灵创造物的作品，往往是创造者心灵运动的形象记录。诸多描写知识分子的作家本人，在精神上和他们笔下的主人公有一种天然的血统联系。很多作家描写知识分子的作品都是自传性的，或带有一定的自传性成分。奥涅金之于普希金，毕巧林之于莱蒙托夫，罗亭和拉夫列茨基之于屠格涅夫，直到日瓦戈医生之于帕斯捷尔纳克等，莫不如此。契诃夫和高尔基在各自作品中的知识分子形象身上，凝铸了自己以及世纪之交整整一代知识分子的热情与痛苦、困惑与忧虑。每一位作家笔下的知识分子形象，都不只是作家自我心灵与生活的艺术写照，也不只是作家思想的载体，而是特定时代知识分子的性格、心理和命运的艺术概括。这些作品连缀起来，便构成一整部知识分子心灵历程的形象化历史，并映现出俄罗斯现代化转型的全部艰难历程。

三、苦难体验、忧患意识和沉郁苍凉的底色

由俄罗斯的天然条件和宗教情怀所构筑的苦难体验、忧患意识和乡土情结，在现代化转型中具有更丰富的内涵。民族现代化转型及其所引发的一系列问题，使得这种感受与体验在俄罗斯文学中有了更具体、更鲜明的表现。文学映射出千百万民众面对时代巨变的复杂情怀，既涵纳着对当下处境的忧虑、对历史的反省和对未来的瞩望，也表现出回归生命原点和重建精神家园的渴求。俄罗斯文学不仅由此形成了其特有的精神文化价值，彰显出深刻的伦理意义，也锻造出它特有的厚重感和经久不衰的独特魅力。

别林斯基在谈到俄罗斯诗歌的基本情调时说过，这个民族的诗章往往散发着一种“销魂而广漠的哀愁”，打上了长期苦难生活的印

痕。这种根植于民族精神性格中的忧郁音调，渗透于作家的灵魂中，内在地制约着他们的气质与作品的风格，决定了俄罗斯文学的底色和总体美感特征。别林斯基指出：普希金诗歌创作的基本风格特色是“明朗的忧郁”，“忧郁和惆怅”是普希金诗歌和声中主要的音响之一，它赋予这位诗人的歌行以恳挚、亲切、柔和与润湿的特色。在论及普希金“过渡时期”的诗作时，别林斯基曾写道：“普希金所特有的因素是主宰这些诗的一种哀歌式的忧郁。”[①] 当诗人更多地关注俄罗斯现实、关注俄罗斯命运时，在他的灵魂深处，更产生出英国诗人拜伦式的痛苦的沉思，并像赫尔岑所说的那样，“逐渐成为庄重、忧郁、严厉、悲剧的诗人”[②]。诗人书写自己“郁郁的思念”“迷惘的徘徊”，表现“别离的痛苦”“沉郁的吐诉”，以及“预感、思虑、深沉的忧愁”，感叹“凄凉的命运”和“一去不复返的往日的记忆”。然而，普希金的忧郁决不是“温柔脆弱的心灵的甜蜜的哀愁”，它“消释灵魂的痛苦，治疗内心的创伤”[③]。这种忧郁是一种纯粹俄罗斯精神和情感的表现，也就是俄罗斯民歌中那种抓住我们灵魂的东西。

普希金的后继者莱蒙托夫的“注满了悲痛和憎恨的铁的诗句”，集中反映了十二月党人起义失败后俄罗斯人所共有的痛苦和忧郁。别林斯基发现：莱蒙托夫的长诗《沙皇伊凡·瓦西里耶维奇、年轻的禁卫兵和勇敢的商人卡拉希尼科夫之歌》中禁卫兵的语言，充满一种“深刻的哀愁”，“这种哀愁构成我们民族诗歌的基本因素，亲如血肉的力量，主要的调子！”他的《邻居》一诗，则是“像泪珠一般一

---

① [俄]别林斯基：《别林斯基选集》（第四卷），满涛、辛未艾译，上海：上海译文出版社，1991年，第309页。

② [俄]赫尔岑：《论文学》，辛未艾译，上海：上海文艺出版社，1962年，第61页。

③ [俄]别林斯基：《别林斯基选集》（第四卷），满涛、辛未艾译，上海：上海译文出版社，1991年，第376页。

声声流出的忧郁的、优美的歌声”，这是一种“发自强大、坚实的灵魂的安详而温顺的惆怅”[①]。赫尔岑也认为，莱蒙托夫的沉思“就是他的诗歌，他的痛苦，他的力量”[②]。和普希金的忧郁有所不同，莱蒙托夫的忧郁更多地和痛苦与悲愤相联系，但同样参与了俄罗斯文学基本情调的构成。

忧郁与苍凉不仅是俄罗斯诗歌的基调，也是俄罗斯散文的底色。果戈理的作品虽然充满喜剧性情节、幽默感和十足可笑的人物，但其实是一种“含泪的喜剧”，即运用了“以喜剧的形式写悲剧”的手法。作家善于发掘生活中和人们的灵魂中可笑的东西，又能让读者的笑迅速消融在悲哀之中，令读者在笑之后忧郁地叹息。正是从这个意义上，赫尔岑才把他的讽刺杰作《死魂灵》称为“充满一种深沉痛苦的史诗”。

在俄罗斯文学中，屠格涅夫也许是最有忧郁气质的作家。美国诗人惠特曼称他为“高尚而又伤感的”作家，法国作家福楼拜则说他有着一种“迷人忧郁”。屠格涅夫善于以温情脉脉的笔调描写男女主人公的悲剧命运，牵动着一代代读者的心弦。他作品中的景色描写，也总是同人物的悲切、哀婉、缠绵的情绪交融在一起，带上一种怅惘、柔弱的色调。他的作品往往都散发着浓郁的抒情气息，糅合着淡淡的哀愁，具有一种不可思议的艺术魅力。与屠格涅夫相似，19世纪末20世纪初的俄罗斯作家契诃夫，也被同时代作家称为“‘阴暗的’现实的行吟诗人”，“歌唱‘寂寞的’人们的悲哀与苦难的忧郁的歌手”[③]。

---

① [俄] 别林斯基：《别林斯基选集》（第二卷），满涛译，上海：上海译文出版社，1979 年，第 .485、526 页。

② [俄] 赫尔岑：《论文学》，辛未艾译，上海：上海文艺出版社，1962 年，第 86 页。

③ [苏] 高尔基：《论文学》（续集），冰夷等译，北京：人民文学出版社，1979 年，第 48 页。

这种忧郁与苍凉在20世纪俄罗斯文学中获得自然延伸，并具有更为鲜明的体现。“俄罗斯诗歌的月亮”阿赫玛托娃以她那些隽永含蓄的爱情诗步入白银时代诗坛，但是当她把全部激情从咏叹个人遭遇转向沉思国家民族的命运，写出《安魂曲》（1935—1940）这样的杰作时，便成为20世纪俄国诗坛上最伟大的诗人之一。《安魂曲》的书写与诗人个人的悲剧性遭遇密切相关。在“一切都永远紊乱了”的特殊历史年代，诗人遭受了难以承受的沉重打击，经历了漫长的精神折磨之苦，但是她没有停留于咀嚼个人与家庭的不幸，而是经由自身的痛苦体验到了民族的苦难，并将个人的悲剧性倾诉升华到为民族与人民呐喊：“亿万人民通过我呐喊呼叫，/ 假若有人堵住我苦难的声音，/ 但愿在我被埋葬的前夜，/ 他们仍然会把我怀念。”① 深切的个人不幸与民族的灾难融合为一体，使这部长诗获得了惊人的艺术力量，成为一个特殊历史时代中俄罗斯命运的一份艺术备忘录。

对于这些诗人和作家而言，俄罗斯究竟意味着什么？他们对俄罗斯究竟怀着怎样深沉的感情？流亡女诗人季·沙霍夫斯卡娅在远离祖国的之后写下的诗句对此做出了卓越的表达：“俄罗斯是痛苦，是漂泊的忧愁，/是怎么也无法消解的渴求，/是被每个人抓住不放的/一把温暖的骨灰，一抔沙土。”② 诗人以真诚的歌哭，喊出了一代流亡者的心声，也无可争辩地表明忧郁与苍凉、冷峻凝重的风格特色渗透于整个俄罗斯文学。

俄罗斯文学的这种以冷峻凝重、沉郁苍凉为总体特色的主导风格，其形成既和俄罗斯特殊的自然地理条件相联系，又是这个民族在其漫长的历史行程中积淀而成的文化心理结构的必然显现。但是，俄

---

① *Баранников А.В.* Русская литература XX века. Хрестоматия: В 2 ч..Москва: Издательство Просвещение, 1993. С.158.（汪介之译）

② *Агеносов В. В.* Литература русского зарубежья.Москва: Терра. Спорт. 1998. С.9.（汪介之译）

罗斯人没有在这种苦难面前自怨自艾，自暴自弃，而是培养了一种“对苦难的坚忍耐力，对彼岸世界、对终极的追求”[①]。于是，民族的苦难便化为一种精神财富。这种独特的苦难体验和俄罗斯人的宗教意识互为表里，彼此交融，造就了该民族精神心理方面的一个重要特点，而文学正是这种精神心理特点的形象表达。正如别尔嘉耶夫所说：“俄罗斯文学不是产生于令人愉悦的创造力的丰盈，而是产生于个人和人民的痛苦和多灾多难的命运，产生于对拯救全人类的探索。而这就意味着，俄国文学的基本主题是宗教的。”[②]宗教、形而上学问题和社会问题折磨着俄罗斯文学。关于生活的意义、关于从罪恶与苦难中拯救人、人民和人类的问题在艺术创作中一直占据优势地位。别尔嘉耶夫无疑是准确地把握到了俄罗斯文学与民族精神的内在联系。

俄罗斯文学沉郁苍凉的底色表现出的另一精神文化内涵，是这个民族的乡土情结，即对故乡、土地和家园的依恋。俄罗斯人迷恋漂泊，但流浪不是他们的归宿，只是使他们得以从另一个角度体验苦难，从远处回望家园，其乡土情结在回望与比照中得到升华。处于流亡状态的俄罗斯人，在回首往昔、怀念故土时，特别能够体验到文学和民族命运、民族灵魂的血肉联系。20世纪30年代，流亡诗人和批评家伊万·伊里因曾做过题为《俄罗斯诗歌中的俄罗斯》的演讲。他指出：对祖国的眷恋、牵挂以及由此产生的忧郁，是俄罗斯诗歌的基本主题。它不是表现为对俄罗斯大自然与日常生活的渴望，而是表现为对她的一种斩不断的精神联系。“俄罗斯诗歌像是祈祷，像是歌唱”，它歌唱的是自己的心曲。世界上未必有哪一个民族的诗人，能

---

① *Бердяев Н.* Русская идея: Основные проблемы русской мысли XIX века и начала XX века. Москва: ООО Издательство АСТ, 2000. С.18. (汪介之译)

② *Бердяев Н.* Истоки и смысл русского коммунизма.Москва: Издательство Наука, 1993. С.63. (汪介之译)

够像俄罗斯诗人一样，同时又是“民族的先知和智者，民族的歌手和乐师”[①]。俄罗斯诗歌融入大自然和俄罗斯人的灵魂中，参与俄罗斯人的精神生活和宗教生活。诗歌以自己特有的方式感受、叙说着俄罗斯，体验着她的历史和命运，她的痛苦与欢乐，爱与恨，悲伤与热情。俄罗斯诗歌即是俄罗斯心灵的产物，俄罗斯心事的流露，全体俄罗斯人民的心声。伊里因以诗一般的语言表达了自己对于俄罗斯诗歌的理解和热爱，同时把净化心灵的希望寄托于诗歌。

20世纪60—70年代，随着经济的发展，苏联社会日益城市化，千百万农民离乡进城，传统的“农民俄罗斯”渐渐走向消亡。在这一背景下，农村散文的创作出现了繁荣，舒克申、拉斯普京等，是这一领域最有成就的作家。舒克申在他的小说《红莓》（1973）中，以抒情性和哲理性水乳交融的笔调，描写了主人公叶戈尔复杂而充满矛盾的性格和悲剧性结局，让读者品味到人生道路的艰难。作品中关于俄罗斯土地和乡村的描写，不仅体现了作者对乡土的热爱，而且构成善良的俄罗斯母亲和淳朴的道德风尚的象征性意象；对待俄罗斯土地和乡村的态度，成为检验主人公心灵与道德水准的标尺。拉斯普京则在他的《最后的期限》（1970）和《告别马焦拉》（1976）等小说中，描写了西伯利亚人的伦理关系和道德面貌，严峻审视民族文化心理的基本特点及其在当代的演变。作家谴责那种忘恩负义、忘本忘根、对故土家园没有感情的道德蜕化现象，表达了对那些保留着民族传统美德的老一代农民的深深敬意，对故乡一草一木的无限眷恋。这类农村散文生动地表现了俄罗斯人在现代化转型中的乡土情结，并同样呈露出沉郁与苍凉的艺术风格。

由此可见，俄罗斯现代化转型历史步履的艰难与沉重，是和这个民族在东西方文化之间的长期徘徊和选择相联系的，并始终渗透着

---

① *Ильин И. А.* Одинокий художник: Статьи, речи, лекции. Москва: Издательство Искусство, 1993. С. 171,173-174.（汪介之译）

知识分子对民族命运的忧虑以及他们自身的困厄与痛苦思考，引发出千百万民众面对时代巨变的复杂情怀，以及回归生命原点和重建精神家园的渴求。这也就决定了一代代俄罗斯作家所吟唱的，大都是一种忧郁而悲壮的旋律。俄罗斯文学沉郁苍凉、冷峻凝重的总体特色，不仅使它拥有了独特的艺术魅力和特有的厚重感，而且成为俄罗斯民族别具一格的精神文化印记，也为总结和反思现代化行程的历史经验提供了有价值的参照。

（原载《南京师大学报》2018年第1期）

《俄罗斯现代文学史》编撰中的若干思考

外国国别文学史的建构，在我国已取得了很大的进展。目前国内已有多种内容丰富的国别文学史著作纷纷问世，如李赋宁、王佐良等主编的5卷本《英国文学史》，范大灿主编的5卷本《德国文学史》，柳鸣九主编的3卷本《法国文学史》，刘海平、王守仁主编的4卷本《新编美国文学史》，叶渭渠、唐月梅合著的4卷6册《日本文学史》等。相比而言，我们还缺少多卷本的《俄罗斯文学通史》。因此，建构这种可以称之为"学术版"或"科学院版"大型《俄罗斯文学史》的话题，就被顺理成章地提了出来。从20世纪90年代后期起，国内研究者就多次讨论过编写多卷本俄罗斯文学史、或多卷本20世纪俄罗斯文学史的问题，但由于种种原因，这项工作一直未能落实。在这一背景下，笔者选取了俄罗斯文学史进程中自己较为熟悉的一段，即从19世纪末到20世纪前半期这一阶段，尝试结撰了一本《俄罗斯现代文学史》（2013），希望它能成为多卷本俄罗斯文学通史的引玉之砖。这就是这本书的缘起。这里我想谈一谈在这本书写作过程中所考虑过的一些问题，和各位学者交流。

一、关于“现代”与“当代”的提法

《俄罗斯现代文学史》（Современная русская литература）书名中的“现代（的）”这一提法，笔者曾权衡再三。在俄语表述中，современный一词，其实既指是“现代的”，又是指“当代的”。但是在汉语表述中，“现代（的）”和“当代（的）”却是有区别的。如在20世纪中国文学史研究中，国内学术界通常把从五四运动前后至共和国建立这一段文学称为“中国现代文学”，而新中国成立以来的文学则被称为“中国当代文学”。与此相似，国内俄罗斯文学研究界通常也把50年代初爱伦堡（И.Эренбург）的《解冻》（*Оттепель*，1954）发表、“解冻文学”出现视为“俄罗斯当代文学”的起点。笔者正是由此联想到，20世纪初至50年代初的俄罗斯文学，可以称为“俄罗斯现代文学”（современная русская литература），而50年代初期之后的文学，则还是叫作“俄罗斯当代文学”（русская литература нашего времени）。

不过，“俄罗斯现代文学”的起点，却并不是作为20世纪起始的年份1900年，而是1890年。因为从19世纪90年代起，俄罗斯民族的现代意识即开始觉醒，一批具有现代特色的作品也是从那时开始出现的。20世纪90年代既是俄罗斯文学“白银时代”的起点，也是整个20世纪俄罗斯文学史的开端。这种划分法，可与俄罗斯学者维·彼捷林（*Виктор Петелин*）的《20世纪俄罗斯文学史》（第一卷，20世纪90年代至1953年）（История русской литературы XX века. Том I. 1890-е годы – 1953 год）一书彼此参照。顺便说说，彼捷林的这本文学史是2012年在莫斯科出版的，拙著《俄罗斯现代文学史》则是于2012年12

月底完稿交出版社的，但笔者第一次读到彼捷林的大著，已是2013年3月。一看到封面，笔者便为拙著的划分与俄罗斯学者相同而欣慰。

二、关于白银时代的终结

在编写《俄罗斯现代文学史》的过程中，笔者还对几个具体问题进行过认真思考和推敲。首先是关于白银时代文学终结于何时的问题。

“白银时代”是20世纪俄罗斯文学史的伟大开端。这一文学与文化时代起始于19世纪90年代，这一点基本上已成为国内外学术界的共识。但是关于“白银时代”的终结，学界的看法却远不是一致的，有的认为它结束于20世纪20年代中期，有的认为它终止于20年代末，我国出版的一套“白银时代文学丛书”甚至收入了十月革命前就已步入文坛的俄罗斯作家30—40年代在国内外发表的作品。如果这一观点成立，那么，20—40年代俄罗斯作家在苏联境内发表的作品，是否也属于“白银时代”呢？对于这一问题，显然不能给出令人觉得可以接受的答案。

美国斯拉夫学者、衣阿华大学（Айовский университет США）教授瓦季姆·克莱德（*Вадим Крейд*）指出：白银时代的起点不一定有具体的时间，但它的曙光无疑是出现于19世纪90年代初；而它的终结则是有明确的年限，即1917年。他的理由是：既然白银时代即俄罗斯的文艺复兴时代，而“文艺复兴需要民族的土壤和自由的空气”，那么，在侨民艺术家失去前者、国内艺术家失去后者的条件下，俄罗斯的文艺复兴——白银时代也就不可能再延续下去了。瓦季姆·克莱德把那种认为白银时代延伸到20年代甚至30年代的看法，叫作“下意识的或潜意识的黑色幽默”。他还特别指出：虽然1917年以后，原先白银时代的作家、艺术家、批评家和哲学家们还在写作，“但时代本身已然结束”。这里不妨把他的原话引用如下：

> Ранняя заря серебряного века занялась в начале девяностых годов...Все кончилось после 1917 года, с началом гражданской войны. Никакого серебряного века после этого не было, как бы нас ни хотели уверить. В двадцатые годы ещё продолжалась инерция... но сама эпоха кончилась.
>
> Ренессанс нуждается в национальной почве и в воздухе свободы. Художники-эмигранты лишились родной почвы, оставшиеся в России лишились воздуха свободы.
>
> ... Поэтому включение в серебряный век двадцатых и тридцатых годов, как это всё делается,-- невольный или подневольный чёрный юмор. ①

当代俄罗斯的文学史专家们认同这种观点。高尔基世界文学研究所的研究人员们合编、1995年出版的《20世纪俄罗斯文学》（参考资料）的卷首，有一篇由柳·斯米尔诺娃执笔的文章《白银时代文学中的艺术发现》。文中写道：“‘白银时代文学’的概念，近年来得到广泛传播。从时间上说，这一时期甚至还不满30年：从1890年至1917年。”② 在这里，白银时代的时限被十分清楚地划出来了。

由尼·瓦·班尼科夫（*Н.В.Банников*）编选、莫斯科教育出版社1993年出版的诗歌选集《俄罗斯诗歌的白银时代》（Серебряный век русской поэзии）一书，共选入60位诗人的诗作。入选的全部诗作除少

---

① *Крейд В.* Воспоминания о Серебряном веке. Москва: Издательство «Республика», 1993. С..6-7.

② *Смирнова Л. А.* Русская литература: XX век. Москва: Изд-во «Просвещение»,1995. С.3.（汪介之译）

数几首系写于19世纪80年代之外，其余均写于1890—1917年之间。编选者心目中关于白银时代的时限同样是十分清晰的。

西方学术界在进行俄罗斯文学史研究时，大都沿用别尔嘉耶夫及其后俄国学者的观点，把世纪之交至十月革命前的文学称为“白银时代”文学。对于这一时代的上限，西方学者的看法不尽相同；而对于这一时代的下限，意见却几乎完全一致，即大都认为它结束于1917年。例如，英国学者哈里·穆尔和艾伯特·帕里在他们合著的、在西方各国流传甚广的《20世纪俄国文学》一书中写道：“俄国文学19世纪是黄金时代，20世纪（1917年前）是白银时代。”[①] 上文已提到的、由乔治·尼瓦等主编的7卷本《俄罗斯文学史》，更显示出西方学术界关于“白银时代”的较为一致的看法。这套文学史由法国法伊雅尔出版社出版，其中第四卷专门论述白银时代文学。这一卷的俄译本已于1995年在莫斯科出版，书名为《俄罗斯文学史·20世纪：白银时代》。该书计12章，论述自1890至1917年的文学。[②] 从其内容看，西方研究者对于俄国文学白银时代的时限的看法，是十分明确的。

因此，“白银时代”（1890—1917），就是俄罗斯文学史、文化史上的一个时代、一个阶段；白银时代的俄罗斯文学，就是19世纪90年代至1917年之间的俄罗斯文学。拙著《俄罗斯现代文学史》正是基于这样的认识，来论述白银时代的俄罗斯文学。

三、关于“俄罗斯域外文学”与“俄罗斯侨民文学”

众所周知，十月革命后，原先活跃于白银时代的知名作家，约有

---

① 转引自薛君智主编:《欧美学者论苏俄文学》,北京: 社会科学文献出版社,1996年,第309页。

② *Нива Ж. и т. д.* История русской литературы: XX век: Серебряный век. Москва: Издательская группа «Прогресс», 1995.（汪介之译）

一半陆续迁往国外，使得向来作为一个整体的俄罗斯文学由此被分成两大板块。移居境外的俄罗斯作家在异邦的土地上热心于创作和其他文学活动的展开，在本土文学之外开辟了一片蔚为大观的文学天地，取得了举世瞩目的艺术成就。第二次世界大战爆发之后和20世纪70年代，又先后出现过两次类似的文学现象。这一存在和发展于俄罗斯疆域之外的文学，无疑是20世纪俄罗斯文学不可分割的组成部分。

对于这一文学，俄罗斯学术界一般称之为“俄罗斯域外文学”（литература русского зарубежья）；相应地，从事这一文学创作的作家，也被称为“俄罗斯域外作家”（писатель русского зарубежья）。我国研究者则习惯称这一文学为“俄罗斯侨民文学”（русская литература эмиграции），并相应地使用“俄罗斯侨民作家”（русский писатель эмиграции）的概念。在西方评论家和文学史家的著述中，还常常可以见到“俄罗斯流亡文学”（русская литература в изгнании）的提法。由于在特定的历史语境中，“俄罗斯侨民”的称谓往往带有某种政治意味，通常是指那些由于不拥护苏联政权而迁居国外的俄罗斯人；而十月革命后流落域外的俄罗斯作家，并非都对苏联政权抱有激烈的政治对立情绪，并不都是由于政治原因而离境，有的在国外从未发表过反苏言论，有的则一直保留着苏联护照，因此，尽管“俄罗斯侨民作家”是存在的，但“俄罗斯侨民文学”的概念却不能用以指称整个“俄罗斯域外文学”，前者的范围明显小于后者。当今俄罗斯研究者娜·普里莫奇金娜曾就此写道：

> Русское литературное зарубежье – явнение более широкое, чем литературная эмиграция. Оно включает в себе всех российских литераторов, оказавшихся в силу разных причин после октябрьской революции за границей. Эмиграция в её классическом определении – это осуществление вполне

> сознадельного намерения покинуть родину и жить в изгнании из-за своих политических разногласий с новой властью. Таких «настоящих» , идейных эмигрантов среди русских литераторов было не так много... Для нас предпочтительнее менее идеологизированный термин «зарубежье», нежели «эмиграция».
>
> 俄罗斯域外文学是一个比俄罗斯侨民文学更为宽泛的现象，前者包括在十月革命后由于各种不同原因流落到国外的所有俄罗斯作家。侨民，在其标准意义上，指的是那些由于和新政权的政治分歧而完全有意识地离开祖国、生活于流亡状态的人们。这种“真正的”、思想上的侨民在俄罗斯作家中并不是那么多。……对于我们来说，较少意识形态化的“域外”的概念，要比“侨民”的概念更合适些。[①]

笔者赞同这一见解，认为对于在20世纪不同阶段由于各种原因流落到本国疆域之外的俄罗斯作家以俄语创作的作品，都应依照俄罗斯学术界的一般用法，称为“俄罗斯域外文学”。因此拙著《俄罗斯现代文学史》没有沿用“俄罗斯侨民文学”这一旧有概念，但确认“俄罗斯侨民作家”的存在，同时对“俄罗斯流亡文学”的提法表示认同。笔者同时认为，“俄罗斯域外文学”和“俄罗斯本土文学”是20世纪俄罗斯文学的两大板块，彼此之间并没有高低、主次之分；俄罗斯本土文学和俄罗斯域外文学这两大板块构成了俄罗斯文学的整体，俄罗斯域外文学决不是整个俄罗斯文学的一个可有可无的附加物。这种认识，已体现在《俄罗斯现代文学史》的结构体例之中。

① *Примочкина Н. Н.* Горький и писатели русского зарубежья. Москва: ИМЛИ им. М. ГорькогоРАН. 2003. С.9. (汪介之译)

四、几个具体问题

另外，在《俄罗斯现代文学史》的编撰过程中，笔者还思考过以下几个具体问题。其一是文学史著作中应当有文学批评史的内容。20世纪俄罗斯文学史，既可以分别编写俄罗斯诗歌史、小说史、戏剧史、批评史等，也可以把这些体裁史整合在一起。文学批评方面的内容，关于批评家们的重要著作的描述和评价，文学批评和文学创作、文学思潮与流派、文学运动等之间的关系，应当出现在完整的文学史著作中。既然国内外学界的多种19世纪俄罗斯文学史著作中都含有包括别林斯基、车尔尼雪夫斯基和杜勃罗留波夫等批评家在内的文学批评论述，那么，20世纪俄罗斯文学史著作中，也就应当有关于这一世纪中俄罗斯文学批评的发展进程和实际成果的内容。这一点，笔者在编写《俄罗斯现代文学史》时曾有过考虑，但后来由于种种原因，还是没有纳入文学批评方面的内容。这也是笔者在写这本书时留下的一点遗憾。所以后来我又撰写了一本《俄罗斯现代文学批评史》（История современной русской литературной критики，2015），试图做一些补偿性工作。

其二是拙著《俄罗斯现代文学史》中设专章予以重点论述的作家，依次为：安德烈·别雷、马克西姆·高尔基、伊万·布宁、安娜·阿赫玛托娃、米哈伊尔·肖洛霍夫、鲍里斯·帕斯捷尔纳克，共6位。笔者的这一选择，是在大量阅读20世纪俄罗斯文学作品的基础上反复思考的结果。笔者的基本观点，其实已反映在陆续发表于国内报刊上的《非人工所能奠造的纪念碑——我心目中的20世纪俄罗斯文学经典》（2000）、《20世纪俄罗斯文学“经典重读”的若干问题》（2005）、《关于20世纪俄罗斯文学经典的再认识》（2009）、《诺贝尔文学奖与俄罗斯文学》（2013）等文章中。这种选择可能会有争议，如《文汇读书周报》（2014年2月28日）关于索契冬奥会开幕式的报道，就显示出另一种选择。这一问题关系到对于20世纪俄罗斯文学的成就与高峰的认识，可以而且应当继续讨论。

其三是翻译方面，有一些细节问题需要注意。如诗人安娜·阿赫玛托娃的一本诗集«Anno Domini MCMXXI»（1922），曾被我国一位诗歌译者译为《耶稣纪元》，于是，后来很多提到这本诗集的文章、教材等出版物，也都随之把它叫作《耶稣纪元》。实际上，阿赫玛托娃的这本诗集是以拉丁文命名的，书名中的Anno Domini，意为“（在）耶稣纪元”或“（在）公元”，而MCMXXI则是罗马数字 1921的表示法。所以，«Anno Domini MCMXXI» 应译为《（在）公元1921年》。“公元”即“耶稣纪元”，在表示年份时可以略去，但“XX年”却是万万不能略去的。又如在俄罗斯域外文学“第一浪潮”中出版于巴黎的大型期刊《现代纪事》（Современные записки，1920—1940），其刊名取自19世纪俄罗斯的两大名刊：《现代人》（Современник）和《祖国纪事》（Отечественные записки）。由于这两个译名早已固定下来，所以Современные записки应译为《现代纪事》，而不应译为《当代札记》《当代纪事》或《现代论丛》等。拙著《俄罗斯现代文学史》在涉及类似的细节问题时，都尽量予以充分注意，努力降低差错率，兹不一一赘述。

（原载《外国文学动态》2014年第4期）

20世纪俄罗斯文学史编撰的基本思路

进入21世纪之后，关于20世纪外国文学史（国别文学史）的编撰，已成为我国外国文学研究界的热门话题之一，其中自然也包括20世纪俄罗斯文学史的编撰问题。相对而言，这一建构具有更为重要的学术意义，也更具有某种迫切性。解决这一问题，不仅需要认清“20世纪俄罗斯文学”与“苏联文学”之间的复杂关系，明确“20世纪俄罗斯文学”的有机构成，更涉及文学史编写的观念与方法的更新。只有厘清编撰20世纪俄罗斯文学史的基本思路，才能使这一研究工作有条不紊地顺利展开。

“20世纪俄罗斯文学”概念提出与使用的必然性

“20世纪俄罗斯文学”这一概念，是20世纪90年代才开始在我国学术界出现的，它和苏联解体密切相关。过去我们通常按照苏联学界的做法，以1917年为界，把这以前的文学称为“俄罗斯文学”或“俄国文学”，十月革命之后的文学则被叫作“苏联文学”。以往的俄罗斯—苏联学者也使用过“20世纪俄罗斯文学”（即“20世纪俄国文学”）概念，但那是指19世纪末期至1917年间的文学，如谢·阿·文格罗夫（1855—1920）、拉·瓦·伊万诺夫—拉祖姆尼克（1878—1946）、鲍·瓦·米哈依洛夫斯基（1899—1965）等学者，都编写过关于这一时段文学的著作。苏联解体后，俄罗斯学界开始以“20世纪俄罗斯文学”的概念指称这个世纪中的整个俄罗斯文学，我国学界也随之广泛使用。

“苏联文学”和“20世纪俄罗斯文学”，是两个在内涵上虽然有某些交叉，却又完全不同、不能彼此替代的概念。“苏联文学”首先是一个具有特定时空限定的区域文学概念和断代文学史概念，它包括十月革命后、特别是1922年“苏联”（苏维埃社会主义共和国联盟）正式成立后苏联各民族、各加盟共和国的文学，其主要部分是苏联时期的俄罗斯文学，即海外学者所说的“苏俄文学”。这一意义上的“苏联文学”的俄语表述是Литература СССР。它当然不包括19世纪末至十月革命绵延近30年的白银时代文学，以及苏联解体以后的俄罗斯文学。

其次，“苏联文学”还是一个带有浓厚意识形态色彩的概念。以往的苏联文学史家们认为，十月革命导致一种“新质”文学的出现，即“苏维埃文学”（Советская литература）。它从诞生之日起就带有鲜明的政治倾向性。并非所有在苏联时期生活于各加盟共和国的作家所写的作品，都有幸进入这一文学范畴。在苏联存在的70余年时间内，凡是没有得到苏联官方认可的作家和作品，都不能进入“苏联文学”范畴。作家是否拥护苏联政权，是否被承认为“苏联作家”，是其作品能否被纳入“苏联文学”的先决条件。由于极左政治和个人崇拜的影响，公式化、概念化的作品大量出现。以往的多种苏联文学史著作所讲述的也主要是这一类作品。显而易见，这个意义上的“苏联文学”，即“苏维埃文学”，是一个政治色彩浓厚的概念。所以人们习惯于把“苏联文学”视为或等同为“苏联革命文学”，认为所谓“红色经典”大都产生于这一文学之中。

到20世纪50年代中期“解冻文学”出现后，“苏联文学”的覆盖面才得以扩大，其意识形态色彩在一定程度上被淡化，但并没有完全消失。从80年代中期开始，随着苏联社会政治生活的变化，过去被埋没的大量文学作品、文学档案纷纷破土而出，文学史图像被整个刷新。这样一来，“苏联文学”的概念就显得狭小了，因为它既不能包括从20年代起先后兴起的俄罗斯域外文学的三次浪潮，也不能涵盖苏联时期受批判、遭查禁、被搁置的本土作家的作品。

概而言之，“苏联文学”不仅不能指代“20世纪俄罗斯文学”，也不等同于“苏联时期的俄罗斯文学”。作为一个断代文学史概念，它小于“20世纪俄罗斯文学”；作为一个区域文学概念，则大于“苏联时期的俄罗斯文学”；作为一个意识形态色彩浓厚的概念，它既小于“20世纪俄罗斯文学”，也小于“苏联时期的俄罗斯文学”。于是，从80年代中期起，在“苏联文学”的原有图像刚刚开始被刷新时，“20世纪俄罗斯文学”的概念就呼之欲出，顺理成章地被提了出来。没过多久，这一概念就被广泛采用。它几乎无须作任何界定。这一概念的提出，无论是从文学进程本身的变化，还是文学史构建的学术层面和技术层面的要求来看，都具有无可置疑的必然性和必要性。重新认识、重新描述“20世纪俄罗斯文学”的艺术成就和发展进程的课题，无可回避地摆到学术界面前。

“苏联文学”和“苏联文学史”仍有其独特价值

对“苏联文学”和“20世纪俄罗斯文学”这两个概念作出辨析，

并不意味着否定“苏联文学”。事实上，无论是作为具有特定时空限定的区域文学概念和断代文学史概念，还是作为带有浓厚意识形态色彩的概念，“苏联文学”以及对于“苏联文学史”的研究，其价值依然是客观存在的。尽管关于“苏联文学”的界定存在许多困难，它的边缘也始终较为模糊，但是它的内涵却是丰富的。不仅“解冻”以后的当代苏联文学、80年代中期以后“回归”的文学，其价值不容忽视，即便是早期“苏维埃文学”，50年代中期以前的苏联文学，也具有某种不可取代的历史价值、认识价值、审美价值或文献价值。毋庸讳言，“苏联文学”中的许多作品，如今已经被人们淡忘了，但这是世界各国文学阅读和接受过程中都不可避免的现象，而不是任何外力作用的结果。时间是严格而又贤明的评判者，任何一部文学作品都要经受它的考验，经受一代又一代读者长时期的集体检视。人为的吹捧和压制只能在短期内起到极为有限的作用。世界各国文学、包括全部“苏联文学”，经过历史的筛选，其中那些如今仍然有人阅读、能够获得人们喜爱的作品，就是“苏联文学”的精华所在。这些作品将继续拥有自己的生命力。

近几年来，往往听到一种说法：有人要全盘否定、猛烈批判或彻底清算“苏联文学”，这样做似乎已成为一种时髦，但这是绝对错误的，也是完全行不通的！持这种说法的人其实是给自己树立了一个假想的论敌。因为迄今为止，并没有谁要全盘否定、猛烈批判或彻底清算全部“苏联文学”，也完全没有必要耍这种时髦；而且，如果真的有人试图这样做，那也一定完全做不到。当然，对“苏联文学”中的某些作品作出不同的解读和阐释，这种现象是存在的，正如人们对待其他各国文学一样。冷静地思考一番，就可以发现：如果说不同观点的提出者们确实要“否定”“批判”或“清算”什么的话，那么他们所针对的并不是全部“苏联文学”，而只是以往的某些文学史家、文学评论家们对“苏联文学”的某些阐释。这些不同见解能够发表出来，正是思想深入、文学进步的表现，我们大可不必过于紧张、反感，甚至愤怒。对于“苏联文学”的反思，并不是否定“苏联文学”，而是对它的重新评价。《苏联文学史》是帮助人们系统了解苏联存在的70余年间的文学成就与特点的基本指南和资料，同样具有认真建构的必要性，当然它本身也需要重写。不过这属于另外一个问题，这里主要讨论的是关于“20世纪俄罗斯文学史”的建构和编写。

“20世纪俄罗斯文学史”的构成

“20世纪俄罗斯文学史”的建构，理所当然地应当依据20世纪俄罗斯文学本身的发展历程。纵观这一进程，可以发现它呈现出鲜明的阶段性特征，即一个大三段，两个小三段。所谓“大三段”，是指十月革命前白银时代的文学、苏联存在时期的文学、解体后的文学这三段；所谓两个“小三段”，是指苏联存在的70余年时间内，俄罗斯文学分为苏联本土文学和俄罗斯域外文学两大板块，其发展各自都经历了三个阶段。试分述如下：

一、白银时代文学（1890—1917）

20世纪俄罗斯文学的历史起点并不是1900年，而是在19世纪90年代，这是前文提及的文格罗夫、伊万诺夫—拉祖姆尼克和米哈依洛夫斯基等文学史家先后认定，随后被俄罗斯学界广泛接受。正是从那时起，俄罗斯民族的现代意识开始觉醒，文坛连续出现了一系列引人注目的新现象。知识界开始大量引入以“重估一切价值”为特点的现代西方社会哲学思潮，以及象征主义、唯美主义、自然主义、未来主义等新的文艺思潮，同时重新解读与发现本民族的古典作家，重新审视民族历史与文化，在思想文化和文学艺术领域大胆探索、积极创造，推出了一批具有开拓意义的成果。人文科学和艺术各领域，都出现了一批成果卓著、极有影响的人物。文学是这一密集型文化高涨时代的成就突出的领域，又同哲学、宗教、艺术等彼此渗透、互相影响。俄国象征主义、“阿克梅派”、未来主义及其变体，具有自然主义倾向的作家先后出现，一批不属于任何流派的诗人和作家坚持独立的艺术探索，同变化发展了的现实主义一起，构成一个多种思潮和流派并存发展、争妍斗艳的文坛新格局。联翩出现在文坛上的这些现象，标志着一个崭新的文学时代——“白银时代”的到来，宣告了俄罗斯文学历史新纪元的开始。这是一个诗歌与理论批评繁荣，小说成就显著，散文和戏剧获得长足发展的文学时代。这个时代活跃于文坛的一批优秀作家，给整个20世纪俄罗斯文学的发展以深远的影响。

二、苏联存在时期的俄罗斯文学（1917—1991）

20世纪第二个十年末，白银时代作为一个文学时代走向终结，完整的俄罗斯文学开始分成两大板块：俄罗斯域外文学与苏联俄罗斯文学（本土文学）。这一分裂状态一直延续到1991年苏联解体，前后共70余年，几乎横贯整个20世纪。在这一大阶段中，两大文学板块分别经过了三个小阶段，显示出不同的走向，也具有不同的特色和成就。

（一）国内板块（苏联时期的俄罗斯本土文学）

1. 苏联早期文学（1917—1929）。这一时期的文学生活打上了这个纷繁驳杂的变迁时代所特有的以交叠、繁复、过渡为特点的印记。文学团体林立，各种新口号层出不穷。文学的创作主体，既包括那些在白银时代登上文坛、赞同十月革命的作家，也包括在革命后成长起来的新一代作家；还有一些留在国内的白银时代作家，他们对新政权多少持保留态度；最后是一些起步于革命前后的年轻作家，他们不能认同流行的文学观念，与“主流文学”有所隔膜。但就总体情况而言，这一时期国内作家还有幸置身于相对宽松的文化氛围中。思想倾向不同的文学团体的存在，允许作家出国并在国外逗留、发表作品的事实等，都是苏联政府一度实行开明文艺政策的表现。因此在当时，理论批评方面的多种文学流派还能够并存；在创作领域，作家们在艺术上的探索和试验，在创作方法的选择上还有一定的自由度，苏联文学在这一特殊的时空中获得了进展。然而，极左思潮在这一时期已现端倪，对文学的行政干涉也已开始。“无产阶级文化派”思潮和庸俗社会学的盛行，“拉普”以文学总管身份对作家进行监控的做法，对众多作家的批判，都表明苏联文学的上空正在聚集起把阶级斗争引入文学的浓重乌云。

2. 30—50年代初的苏联文学（1930—1953）。进入30年代后，随着个人崇拜的形成与泛滥，文艺指导思想的急剧“左”倾化，俄罗斯本土文学进入了一个从总体上看是暗淡的时期。从思想上、组织上对作家和文学创作实行一统化控制的结果，是使各种文学团体思潮、运动和流派荡然无存。作家们有的遭到迫害和清洗，有的受到批判与谴责，不得不避开文学领域，转向翻译或其他研究；有的强行改变自己的艺术风格，被迫收敛讽刺和批判的锋芒；有的加入或试图加入屈从和遵奉的时潮中去，有的事实上失去了进行艺术创作的可能性。这一切导致文学的大面积滑坡，而一批为极左政治路线和个人崇拜唱赞歌的低劣作品却充斥于文苑。卫国战争爆发后，在民族危亡的特殊历史年代，对文学的行政干预有所收敛，文坛氛围稍显宽松。在爱国主义的主题下，作家们在题材范围、体裁样式和表现手法等方面，曾被允许有某种选择的自由。30年代被迫搁笔的一些作家，也能够发表他们的新作了。一时间，人们透过弥漫的硝烟，似乎看到了文学复兴的希望。然而，极左文艺思想并未因战争而得以根除。战后，个人崇拜达到高潮，日丹诺夫主义猖獗，文艺指导思想达到“左”的顶峰，以扣帽子、打棍子、政治宣判为特点的讨伐性批判在理论批评领域横行，一大批作家、艺术家横遭批判和迫害。幸存的作家们或委曲求全，或检讨认错，或被迫沉默。日丹诺夫主义还直接导致伪现实主义和伪浪漫主义的流行，回避矛盾，粉饰生活，为个人迷信和极左政策唱赞歌的作品充斥于文坛。只有那些突破日丹诺夫主义制约的作品（其中大部分在当时未能发表，或遭到猛烈批判），成为这一时期俄罗斯本土文学的真正成就。

3. 苏联当代文学（1954—1991）。50年代初兴起的“解冻文学”把苏联国内文学带入一个新阶段，也即“苏联当代文学”时期。这期间，“社会主义现实主义”定义因一些作家的质疑而得到修改。文学开始突破日丹诺夫主义的钳制，现实主义传统得以回归。但这一时期文学的发展并不是平静无波的。从1957年初开始，文艺主管部门号召开展“反对修正主义”的斗争，于是又有许多作家作品受到批判，或被打入冷宫。在随后而来的“停滞时代”，连篇累牍的关于文艺问题的中央决议和报纸社论，反复批判“非英雄化”倾向，号召作家对资产阶级思想发动进攻，“歌颂今天的现实”。文学理论上则提出了“社会主义现实主义的开放体系”。与此同时，还对文学界的“持不同政见者”进行严厉惩处。被批判、被禁止发表的作品较前一个时期大有增加。直到80年代中期，文学生活才发生了具有根本意义的变化。新的文艺政策支持文学领域的“公开性”和“透明度”，强调文学创作“无禁区”，号召作家“填补空白”。对文学行政干涉的停止，使创作自由真正得到了实现。一大批过去受到不公正处理的作家获得平反，流亡作家则得到请他们回国的呼吁。在上述背景下，出现了“回归文学”。从1986年起，苏联各主要文学报刊、各出版社除了重新发表、重新出版白银时代的作品、三代流亡作家的作品之外，还不断推出自20年代至80年代的漫长岁月中由于种种原因被禁止在苏联国内发表、被“搁置”或在遭到批判后被封存的作品，以及一批当代作家反思本民族20世纪历史生活的新作品。这些作品构成了70余年间苏联国内文学中最有价值的一部分成果。

（二）国外板块：俄罗斯域外文学

在苏联存在的70余年内，与俄罗斯本土文学同时存在的俄罗斯域外文学，即与国内板块对应的国外板块，从十月革命后开始形成，先后经历了以下三次浪潮。

1. 域外文学的“第一浪潮”（1920—1940）。“第一浪潮”与1917年的历史变动密切相关。二月革命后，知识界曾普遍欢呼俄罗斯“与自由联姻”，将这一历史变动视为民族振兴的契机。但是对于从二月革命到十月革命的迅速转换，一些知识分子却缺乏精神心理准备，且难以接受革命中出现的一系列现象，于是陷入困惑、怀疑和忧虑中。从1918年起，陆续有许多在白银时代已蜚声文坛的作家离开故土，构成第一代流亡作家队伍的主体。这一代流亡作家分布于俄罗斯周边国家的广大地区，柏林、巴黎先后成为他们的活动中心。他们迁居国外后继续进行创作活动，造成俄罗斯域外文学的“第一浪潮”。一些较为年轻的作家，则更多地吸收了西方现代主义的新鲜经验，投身于欧美文学的新潮流之中。第二次世界大战爆发后，这一代流亡作家开始向大西洋彼岸迁移，在那里继续展开文学活动。但是，作为域外俄罗斯文学的“第一浪潮”，已随着第二次世界大战的开始而走向终结。

2. 域外文学的“第二浪潮”（20世纪40年代）。“第二浪潮”形成于第二次世界大战期间。这一代流亡作家大都对战前的苏联现实、特别是30年代的大清洗有着深刻的印象。战争使他们获得了脱离这种环境、并从一个新的视角反顾这种现实的可能性。由于这一代流亡者中知识分子的比例偏低，具有一定稳定性的文化活动圈并未形成，因此第二代流亡作家的创作成就远低于第一代。不过他们却比后者更了解国内新近的真实情况，在新创作素材的占有上具有一定优势。“第二浪潮”的兴起，给域外俄罗斯文学注入了新鲜的细流，拓宽了它的表现领域，并架设起连接“第一浪潮”和“第三浪潮”的桥梁。

3. 域外文学的“第三浪潮”（20世纪60—80年代末）。“第三浪潮”，开始形成于20世纪60年代末。早在50年代末，由于一些作家的作品在苏联国内不能公开发表，“地下出版物”便应运而生。从60

年代后期起，一些作家设法将他们的作品寄往国外发表。这类行为激起苏联政府的强烈反应。作家们或受到猛烈批判，或被开除出作家协会，乃至被逮捕、判刑和驱逐出境。70年代初，苏联政府开始放松对公民出国的限制，于是许多作家便离开本土。他们与被驱逐出境的作家一起，形成域外文学的“第三浪潮”。80年代中期以后，苏联社会政治生活再度发生变化，这一代流亡作家的旧作陆续回归祖国，新作也有了在国内发表的可能性，于是，“第三浪潮”也走向平息。

1991年苏联解体后，对作家出入境的种种限制不复存在，俄罗斯域外文学和苏联本土文学之间的界线最终被打破，两大文学板块在分离70余年后重新合而为一。20世纪俄罗斯文学也由此进入它的第三阶段，也即最后一个阶段。

三、苏联解体后的俄罗斯文学（1991—2000）

解体后的俄罗斯文学，即20世纪90年代文学的基本特点是创作倾向和艺术方法上的多元化。首先，一些老作家依旧没有放弃对历史的思考和对现实的关注，在艺术方法上也大致继续沿着传统现实主义的道路前进，但又程度不同地借鉴了现代主义文学的艺术经验，推出了一批具有思想深度和创新意识的作品。这些作品往往显示出一种反思历史和社会批判的激情。其次，自80年代后半期出现的“另一种文学”，在进入90年代后进一步演化为后现代主义思潮。后现代主义作品以其新颖的表现形式、对传统模式的大胆背弃、和西方文学观念及叙述方式的接近等特点，在全部90年代文学中占有重要地位。再次，宗教对文学的广泛渗透，也成为一种引人注目的文学和文化现象。俄罗斯的东正教传统在这方面起了很大的作用。在宗教书籍大量出现的同时，以宣扬宗教教义或宗教哲学为主旨的文学作品，渗透着浓厚的宗教意识的文学作品，也在图书市场上占有自己的地盘。在旧有的信仰破灭、人们的价值尺度发生重大变化之际，这类作品显示出一种特殊的优势。最后，通俗文学作品，包括渲染个人隐私和各种“秘闻”、宣扬暴力和色情、煽动狭隘的民族主义情绪的作品，也有其量的优势，并拥有自己的读者群。这些文学现象纷然并存，一起改变着20世纪末俄罗斯文学的基本格局，使得这一时期俄罗斯文学的总体图像变得斑驳陆离。

以上对20世纪俄罗斯文学的构成所进行的宏观描述，初步勾画出百年文学发展的基本脉络，也同时呈现出20世纪俄罗斯文学史的编撰思路。

构建文学史的观念与方法的更新

关于20世纪俄罗斯文学史的构建，国内外学者已陆续推出一些有影响的著作。在俄罗斯，1993年莫斯科大学语文系便拟定了一份“20世纪俄罗斯文学史”教学大纲，作为对通行多年的《苏联文学史大纲》（最后一版为1990年）的一种取代；此后，多种“20世纪俄罗斯文学”教科书也陆续出版。2000—2001年，作为俄罗斯科学院世界文学研究所的集体研究成果、多卷本《20世纪俄罗斯文学史》的一部分，弗·克尔德什主编的《世纪之交的俄罗斯文学（1890—20世纪20年代初）》（Ⅰ，Ⅱ）出版，后面的几卷估计也将陆续问世。其中，克尔德什本人撰写的长篇引论“作为复杂整体的‘白银时代’俄罗斯文学”[①]，对白银时代文学做了系统的概括性描述，给人以诸多有益的启示。

在西方，由瑞士日内瓦大学教授乔治·尼瓦等主编、西方十五国学者合作编写的6卷本《俄罗斯文学史》，从1987年开始陆续出版，其中的第4—6卷为论述20世纪俄罗斯文学的。专门论述白银时代文学

① *Келдыш В.А.* Русская литература рубежа веков（1890-е – начало 1920-х годов）. Книга 1. ИМЛИ РАН. Москва: «Наследие», 2000. С.13-59.

的第四卷，同样把1890年作为20世纪俄罗斯文学的起点。①更值得注意的是，该书在体例编排上甚为灵活。书中既有对19世纪最后十年的文学、第一次世界大战时期的文学的综论，也有对两世纪之交诗歌、散文、戏剧、文学批评的分别描述；既有对俄国象征主义、阿克梅主义、未来主义等文学流派的专门论述，也有对这个时期俄国知识界在宗教—哲学、美术、音乐等领域的建树所作的介绍与评价。本书可以说是提供了一幅白银时代——俄罗斯的“文艺复兴”时代的文化图景，不是一部普通的文学史，而是一部“大文学史”，甚至文化史。从中可见西方研究者的取舍目光。

在我国，除已翻译出版了俄罗斯学者阿格诺索夫主编的《20世纪俄罗斯文学》之外，还有李辉凡、张捷合著的和李毓榛主编的两种《20世纪俄罗斯文学史》先后面世。通过对上述著作的比较阅读，我们在此拟就更新构建“20世纪俄罗斯文学史”的观念与方法提出几点看法。

文学史重构的关键是文学史观念的更新。长期以来，我们所遵循的思路可以叫作“三股潮流”说。它的最初来源是苏联学者列·伊·季莫菲耶夫初编于20世纪40年代的《苏联文学史》。编者认为，从19世纪末期开始，俄罗斯文学中存在三股潮流：一是传统的批判现实主义，二是颓废派文学，三是无产阶级文学。其中，传统的现实主义发展到这个时期，已经开始衰落，不能够适应新的时代要求，必然要退出文学舞台；颓废派文学则反映了贵族资产阶级的“恐惧、颓唐的心理和对革命的仇视”，自然不可能有任何前途；惟有新兴的无产阶级文学正在成长壮大。到十月革命以后，前两种文学都不可避免地走向衰亡，而无产阶级文学则发展为“社会主义现实主义”文学，它是苏

① *Нива Ж. и т. д.* История русской литературы: XX век: Серебряный век. Москва: Издательская группа «Прогресс»-«Литера», 1995.C.11.

联文学的主体、主潮，甚至是唯一的文学品种。[①] 上述观点被我国的文学史研究者几乎全盘接受，一度成为我国学界认识和描述文学史的基本框架。然而，文学发展的实际进程，却突破了这一框架。显然，“三股潮流”说无法概括20世纪俄罗斯文学的发展。

与“三股潮流”说相近的观点是把20世纪俄罗斯文学划分为“主潮”文学与“非主潮”文学。这种二元对立的文学史模式，其实质是关于符合主流意识形态要求的文学和不符合这一要求的文学两者的划分。从文学发展史的角度、从艺术成就和影响的深广度来看，“主潮”文学未必真的可以视为“主潮”，实际情况有时可能恰恰相反。放弃上述观点，就必须清除庸俗社会学的影响，不再把阶级冲突及其演变作为考察文学史进程的内在认识线索，不再做无产阶级文学和资产阶级文学、社会主义文学和颓废派文学、革命文学和“国内侨民文学”及“同路人”文学、苏维埃文学和白俄文学等政治上的划分。

文学史作为文学的历史描述，应当遵循根据文学自身的变化来划分文学史的分期原则。韦勒克认为：文学史上的一个时期，“就是一个由文学的规范、标准和惯例的体系所支配的时间的横断面”[②]。他所提倡的是一种历时性的分期原则，依据这一原则而划分出来的文学史上的每一时期，都是为某种特定的“文学的规范、标准和惯例的体系”所支配的。韦勒克不主张根据社会政治斗争的发展阶段来划分文学史，或按照文学思潮和流派、按照文学体裁来划分文学史。这一观点，可成为我们构建文学史时的一种参照。

另外，20世纪俄罗斯文学的编写，也同一般文学史的结撰一样，

---

① *Тимофеев Л.И.* Русская советская литература. Москва: Государственное учебно-педагогическое издательство министерства просвещения РСФСР, 1954. С. 121-123, 126-129.

② [美] 韦勒克、沃伦：《文学理论》，刘象愚等译，南京：江苏教育出版社，2005 年，第 318 页。

应当摒弃单一的作家论体例，强化“史”的意识，加强对于艺术形式及其演变的研究，重视艺术分析和审美评价。文学史的任务不在于提供按照一定次序排列的作家论，而在于：

（1）描述作为艺术的文学的发生、演变与衰亡，考察不同时代、不同作家的多样艺术风格（温克尔曼）；

（2）理清作家之间相互影响的关系、作家作品与传统的关系（勃兰兑斯、T.S.艾略特）；

（3）确立每一部作品在文学传统中的地位（别林斯基、韦勒克）；

（4）描述不同时代的读者、批评家和艺术家对作品的解释、批评和鉴赏的过程（接受美学），从而系统地“探索作为艺术的文学的进化过程”（韦勒克）。

韦勒克曾经感叹：“编写一部总的文学艺术史仍然是十分遥远的理想。”[①] 编写一部20世纪俄罗斯文学的艺术史也是如此，即这不是指日可待的事情。但是，只要我们树立了这样的理想，不放弃学术追求，这一目标就一定能够实现。

（原载《南京师范大学文学院学报》2017年第4期）

① [美]韦勒克、沃伦：《文学理论》，刘象愚等译，南京：江苏教育出版社，2005年，第322页。

《俄国文学史》目录*①

第一卷　启蒙运动的源头

* 目录摘自 Efim Etkind, Georges Nivat, Ilya Serman et Vittorio Strada: *Histoire de la littérature russe*, Librairie Arthème Fayard, 1987—2005。

① 法国斯拉夫学者埃菲姆·伊特金等主编、西方 15 国学者合写的六卷本《俄国文学史》（1987—2005），美国学者查尔斯·亚瑟·莫泽主编的《剑桥俄国文学史》（1989，1992，2008），安德鲁·卡恩等英美学者合作编撰的《牛津俄国文学史》（2018），都是在西方学界影响较大的俄国文学史著作。我们译出这三种文学史著作的目录（第一种只译出前四卷目录），作为本书"附录"在这里列出，目的是为国内学界和读者提供参照，在相互比较中了解俄国文学史编写的不同思路和结构体例。

第三卷　19世纪：小说的时代

第四卷　20世纪：白银时代

作者信息

人名索引

著作索引

（第1—3卷目录，刘阳译；第4卷目录，汪介之译）

《剑桥俄国文学史》目录*

前言

一　古代俄国文学（988—1730）

二　18世纪：新古典主义及启蒙运动（1730—1790）

三　向现代过渡：感伤主义与前浪漫主义（1790—1820）

四　19世纪：浪漫主义（1820—1840）

五　19世纪：自然派及其余波（1840—1855）

六　19世纪：现实主义时代（1855—1880）

七　19世纪：现实主义与现代主义之间（1880—1895）

八　世纪之交：现代主义（1895—1925）

九　20世纪：社会主义现实主义时代（1925—1953）

十　20世纪：寻求新方法（1953—1980）

* 目录摘自 Charles Arthur Moser: *The Cambridge History of Russia Literature*, Cambridge University Press, 1992。

（本书目录由夏玉玲译）

《牛津俄国文学史》目录*

---

* 目录摘自Andrew Kahn, Mark Lipovetsky, Irina Reyfman, and Stephanie Sandler: *A History of Russian Literature*, Oxford University Press，2018。

第五章　帝国时期的文学身份与社会结构

文化空间

关键词：区域文学

受过教育的精英

个案研究：知识分子

农民

个案研究： 民族/人民

商人

神职人员

官员

平民知识分子向何处去?

关键词：虚无主义

各阶级在哪里交会

个案研究：体罚

第六章　类型：英雄和反英雄

浪漫主义的弃儿，“多余的人”

天才

狂人

“小人物”

外省人

第七章　女主人公与解放

女性的地位

“不可或缺的女性”

母亲

妻子和情妇

堕落的女人与诱惑者

女革命者

第五编　20—21世纪

（本书目录由秦宏译）

西方文学史、文化史名人译名表

A

Абеляр	阿伯拉尔
Август	奥古斯都
Св. Августин	圣·奥古斯丁
(Августин Блаженеый)	
Аддисон Дж	艾迪生
Акций Луций	卢基乌斯·阿克基乌斯
Анакреонт	阿那克瑞翁
Анаксагор	阿那克萨戈拉
Андерсен	安徒生
Андерсен—Нексё М.	尼克索
Андерсон	安德森
Аполлинер	阿波利奈尔
Апулей	阿普列尤斯
Арагон	阿拉贡

Ариосто	阿里奥斯托
Аристотель	亚里士多德
Аристофан	阿里斯托芬
Арним	阿尔尼姆
Архимет	阿基米德
Ауэрбах Б.	奥尔巴赫

Б

Байрон	拜伦
Бальзак	巴尔扎克
Баньян Джон	约翰・班扬
Барбюс	巴比塞
Беккт	贝克特
Беллоу Сол	索尔・贝娄
Беннетт Арнольд	阿诺德・贝内特
Беранже	贝朗瑞
Бергсон	柏格森
Беркли	贝克莱
Берше Дж.	乔万尼・白尔谢
Бетховен	贝多芬
Бёлль Генрих	亨利希・伯尔
Бёрнс	彭斯
Бёрне Людвиг	伯尔纳
Бизе	比才
Бичер — Стоу Гарриет	斯托夫人
Блейк	布莱克
Бодлер	波德莱尔
Боккаччо	薄伽丘

Бокль	博克尔
Бомарше	博马舍
Босуэлл Дж.	鲍斯威尔重大
Брандес	勃兰兑斯
Браунинг Р.	罗伯特·勃朗宁
Браунинг Э. Б	勃朗宁夫人
Брентано	布伦塔诺
Брехт	布莱希特
Бронте Ш.	夏洛蒂·勃朗特
Бронте Э.	艾米莉·勃朗特
Бруно	布鲁诺
Буало	布瓦洛
Бурже	布尔热
Бьёрнсон Б.М.	比昂逊
Бэкон	培根

B

Вагнер	瓦格纳
Вазов	伐佐夫
Валери	瓦雷里
Ватт Д.	瓦特
Веерт	维尔特
Верга Дж.	维尔加
Вергилий	维吉尔
Верлен	魏尔伦
Верхарн	维尔哈伦
Вийон	维庸
Вильсон Дж.	威尔逊

Винкельман	温克尔曼
Винчи Леонардо да	莱昂纳多·达·芬奇
Виньи	维尼
Вольтер	伏尔泰
Войнич Э. Л.	伏尼契，艾捷尔·丽莲间
Вордсворт	华兹华斯
Вулф В.	弗吉尼亚·伍尔夫
Вундт	冯特

Г

Галилей	伽利略
Гамсун	汉姆生
Ганнибал	汉尼拔
Гарибальди Д.	加里波第
Гароди	加罗迪
Гартман М.	哈特曼
Гаскелл Элизабет	盖斯凯尔夫人
Гассенди П.	伽桑狄
Гауптман	霍普特曼
Гашек	哈谢克
Гегель	黑格尔
Гейне	海涅
Гельвеций	爱尔维修
Гельдерлин	荷尔德林
Гераклит	赫拉克利特
Гервег Г.	赫尔韦格
Гердер	赫尔德
Гессе Герман	海尔曼·黑塞

О. Генри	欧·亨利
Геродот	希罗多德
Гесиод	赫西奥德
Гёте	歌德
Гильом	吉洛姆
Гоббс Томас	托马斯·霍布士
Голсуорси	高尔斯华绥
Гольбах	霍尔巴赫
Гольдони	哥尔多尼
Гольдсмит	哥尔德斯密斯
Гомер	荷马
Гонгора	贡哥拉
Гонкур Ж.	茹尔·龚古尔
Гонкур Э.	爱德蒙·龚古尔
Гораций	贺拉斯
Готшед	高特舍特
Готье	戈蒂耶
Гофман	霍夫曼
Грей	格雷
Гриммельскаузен	格里美尔斯豪森
Гримм Вильгельм	威廉·格林
Гримм Якоб	雅各布·格林
Грин Роберт	罗伯特·格林
Гутенберг И.	古登堡
Гуттен У. фон	乌利希·封·胡登
Гуцков К.	卡尔·古茨科夫
Гюго	雨果

Гюнсманс	于斯曼

Д

Данте	但丁
Дарвин	达尔文
Декарт	笛卡尔
Делакруа Э.	欧仁·德拉克罗瓦
Демокрит	德谟克利特
Демосфен	狄摩西尼
Дефо	笛福
Джемс В.	威廉·詹姆斯
Джеймс Г.	亨利·詹姆斯
Джованьоли	乔万尼奥里
Джойс Дж.	詹姆斯·乔伊斯
Джонсон Б.	本·琼生
Джонсон Сэмюэл	塞缪尔·约翰逊
Дидро	狄德罗
Дикинсон Эмили	艾米莉·狄金森
Диккенс	狄更斯
Дильтей	狄尔泰
Доде	都德
Дойл, К.	柯南·道尔
Донн Джон	约翰·多恩
Дора Ж.	若望·多拉
Драйден	德莱顿
Драйзер	德莱塞
Дю Белле	杜·贝雷
Дюма А.	亚历山大·仲马（大仲马，1803—1870）

Дюма А.	亚历山大·仲马（小仲马，1824—1895）
Е	
Еврипид	欧里庇得斯
Ж	
Жид	纪德
З	
Заратустра	查拉图斯特拉
Зевксис	宙克西斯
Зенон Китийский	芝诺
Золя	左拉
И	
Ибсен	易卜生
Ионеско Эжен	欧仁·尤奈斯库
Ирвинг Вашингтон (Уошингтон)	华盛顿·欧文
Исократ	伊苏格拉底
Й	
Йетс （Йитс） Уильям Батлер	威廉·巴特勒·叶芝
К	
Кайзер	凯泽
Кальдерон	卡尔德隆
Каммпанелла	康帕内拉
Камю	加缪
Кант	康德
Карлейль Т.	卡莱尔
Катулл	卡图卢斯
Кафка	卡夫卡

Келлер	凯勒
Кид Томас	托马斯·基德
Киплинг	吉卜林
Китс	济慈
Кладель Л.	克拉代尔
Клейст Г.	克莱斯特
Клингер Ф.	克林格尔
Клопшток Ф.	克罗卜史托克
Коген Герман	赫尔曼·柯亨
Коллингвуд	柯林武德
Колридж	柯尔律治
Колумб Х.	哥伦布
Конрад	康拉德
Коперник	哥白尼
Корнель	高乃依
Кребийон	克雷毕庸
Кроче	克罗奇
Ксенофонт	色诺芬
Купер	库珀
Кьеркегор	克尔凯郭尔
Кюи	居伊

Л

Лабрюйер	拉布吕耶尔
Ламартин	拉马丁
Лансон	朗松
Лафарг П.	拉法格
Лафонтен	拉封丹

Левис (Льюис)	刘易斯
Лейбуниц	莱布尼茨
Ленглент	兰格伦
Леопарди	莱奥帕尔迪
Лесаж	勒萨日
Лессинг	莱辛
Лили Джон	约翰·李利
Лициний	李锡尼
Локк Дж.	洛克
(Псевдо—) Лонгин	朗吉努斯
Лонгфелло Г.	朗费罗
Лондон Дж.	杰克·伦敦
Лоренс	劳伦斯
Лоти	洛蒂
Лукач	卢卡契
Лукреций	卢克莱修
Луцилий	卢奇安（琉善）
Льюис Синклер	辛克莱·路易斯
Люксембург Р.	罗莎·卢森堡
Лютер Мартин	马丁·路德
Люце Де Вега К.Ф.	洛佩·德·维加

M

Магомет	穆罕默德
Мадзини Д.	马志尼
Макиавелли	马基雅维里
Малерб Ф.	马雷伯
Малларме	马拉美

Мальро	马尔罗
Мандзони	曼佐尼
Манн, Генрих	亨利希·曼
Манн, Томас	托马斯·曼
Марвел	马维尔
Маринетти	马里内蒂
Марино	马里诺
Марло Кристофер	克里斯托弗·马洛
Мартин дю Гар. Р.	马丁·杜·伽尔
Марциал	马希尔
Мекферсон	麦克菲逊
Мелвил	麦尔维尔
Менандр	米南德
Мендельсон	门德尔松
Менцель В.	门策尔
Мередит Дж.	梅瑞狄斯
Мериме	梅里美
Меринг	梅林
Метерлинк	梅特林克
Микеланджело	米开朗琪罗
Мильтон	弥尔顿
Мицкевич	密茨凯维奇
Мольер	莫里哀
Моммсен	蒙森
Монтень	蒙田
Мопассан	莫泊桑
Мореас Ж.	莫瑞亚斯

Мориак Франсуа	弗朗索瓦·莫里亚克
Моруа Андре	安德烈·莫洛亚
Мотескье	孟德斯鸠
Моррис	莫里斯
Моцарт	莫扎特
Мур Томас	托马斯·莫尔
Мюнцер Т.	托马斯·闵采尔
Мюссе	缪塞

Н

Немцова Б.	聂姆曹娃
Нерон К.	尼禄
Неруда	聂鲁达
Ницше	尼采
Новалис	诺瓦利斯

О

Овидий	奥维德
О’Нил	奥尼尔
Оруэлл Джордж	乔治·奥威尔
Оссиан (Ойсин)	莪相

П

Паскаль	帕斯卡尔
Пейн Т.	潘恩
Перси Т.	波西
Петефи	裴多菲
Петрарка	彼特拉克
Петроний	彼特隆纽斯（彼特罗尼乌斯）
Пиндар	品达

Пинтер Гарольд	哈罗德 · 品特
Пиранделло	皮兰德娄
Пифагор	毕达哥拉斯
Платон	柏拉图
По Эдгар Аллан	爱伦 · 坡
Поло Марко	马可 · 波罗
Потье	鲍狄埃
Плавт	普劳图斯
Плотин	普罗提斯（普洛丁）
Плутарх	普鲁塔克
Поп А.	蒲伯
Прудон	蒲鲁东
Прус	普鲁斯
Пруст	普鲁斯特

Р

Рабле	拉伯雷
Радклиф А.	拉德克力夫夫人
Раймунд Ф.	莱蒙特
Расин	拉辛
Рассел Б.	罗素
Рафаэль	拉斐尔
Рейхлин И.	赖依希林
Ремарк	雷马克
Рембо	兰波
Рембрандт	伦勃朗
Ренье	雷尼耶
Рескин	罗斯金

Рид	里德
Рикардо	李嘉图
Риккерт	李凯尔特
Рильке	里尔克
Ричардсон	理查逊
Роб—Грийе	罗布—格里耶
Ромен Роллан	罗曼·罗兰
Ронсар Пьер де	彼埃尔·德·龙萨
Россетти	罗赛蒂
Рубенс П.—П.	鲁本斯
Руссо	卢梭
Рэнд	伦德
Рютбёф	吕特勃夫

С

Савонарола Д.	萨伏那洛拉
Санд Жорж	乔治·桑
Сартр	萨特
Сапфо (Сафо)	萨福
Сакс Ганс	汉斯·萨克斯
Саути	骚塞
Светоний	苏维托尼乌斯
Свифт	斯威夫特
Сезани	塞尚
Сен—Симон К.А.	圣西门
Сенека	塞内加
Сенкевич	显克维奇
Сент—Бёв	圣佩甫（圣伯夫）

Сент—Экзюпери	圣埃克苏佩里
Сервандес	塞万提斯
Сидни Ф.	锡德尼
Симонид	西摩尼德斯
Синклер Аптон	厄普顿・辛克莱
Скотт	司各特
Смоллетт	斯摩莱特
Сократ	苏格拉底
Солон	梭伦
Сорель Ж.	索列尔，乔治
Софокл	索福克勒斯
Спендер	斯彭德
Спенсер	埃德蒙・斯宾塞
Спиноза	斯宾诺莎
Сталь Анна Луиза Жермен де	德・斯塔尔夫人
Стейнбек	斯坦贝克
Стендаль	斯丹达尔
Стерн Л.	劳伦斯・斯特恩
Стивенсон Р.Л.	斯蒂文森
Стил Р.	斯蒂尔
Стринберг	斯特林堡
Суинбёрн	斯温伯恩（史文朋）
Сэлинджер Джером Дэвид	杰罗姆・大卫・塞林格
Сю Э	欧仁・苏

Т

Тассо	塔索
Тацит	塔西陀

Твен Марк	马克·吐温
Теккерей	萨克雷
Телль В.	威廉·退尔
Теннисон А.	丁尼生
Теренций	泰伦斯
Тик	蒂克
Токвиль А.	托克维尔
Томсон Дж.	汤姆逊
Торо Г.	亨利·梭罗
Труайя (Тройя) А.	特洛亚
Тэн И.	泰纳

У

Уайльд	王尔德
Уитмен	惠特曼
Уолпол Х.	霍勒斯·沃波尔
Уэллс	威尔斯

Ф

Федр	费德鲁斯
Фейербах	费尔巴哈
Фенелон	费纳隆
Феогнид	忒俄格尼斯
Феокрит	忒奥克里托斯
Фильдинг	菲尔丁
Фихте	费希特
Фицджеральд Фрэнсис Скотт	弗朗西斯·司各特·菲茨杰拉德
Фишер	费舍尔
Флобер	福楼拜

Фолкенр	福克纳
Фома Аквинский	托马斯·阿奎那
Фонтане Т.	冯达诺
Франс	法朗士
Фрейд	弗洛伊德
Фриборн	弗里伯恩
Фуке	福柯
Фукидид	修昔底德
Фурье	傅里叶
	Х
Хаксли	赫胥黎
Харди	哈代
Хейдеггер	海德格尔
Хеллер Джозеф	约瑟夫·海勒
Хемингуэй	海明威
Хоторн	霍桑
	Ц
Цвейг С.	斯台芬·茨威格
Цеткин	蔡特金
Цицерон	西塞罗
	Ч
Чосер	乔叟
	Ш
Шамиссо	沙米索
Шатобриан	夏多布里昂
Шекспир	莎士比亚
Шелли	雪莱

Шеллинг	谢林
Шеридан	谢立丹
Шиллер	席勒
Шлегель, Ф.	弗里德里希·施莱格尔
Шлегель, А.	奥古斯特·施莱格尔
Шопенгауэр	叔本华
Шоу Б.	萧伯纳
Шпенглер	施本格勒

Э

Эзоп	伊索
Эйхендорф	艾兴多尔夫
Эйнштейн А.	爱因斯坦
Эккерман	埃克曼
Элиот Т.С.	托·斯·艾略特
Элиот Дж.	乔治·艾略特
Элюар	艾吕雅
Эпикур	伊壁鸠鲁
Эразмус (Эразм)	埃拉斯慕斯（伊拉斯谟）
Эсхил	埃斯库罗斯

Ю

Ювинал	尤维纳利斯（朱文纳尔）
Юлий Цезарь	恺撒
Юнг К.	荣格
Юнг Э.	扬格
Юм	休谟

Я

Ясперс	雅斯贝尔斯

后　记

呈现于读者面前的四卷本《俄国文学史》（中译本）和一部研究著作最后定稿时，南京已进入初冬时节。伫望窗外白云黄叶，前尘后事齐涌心头。此时距离这一项目正式获批立项的日子，已有6年光阴。2016年秋天的那些时日，曾被同行师友们笑称为“随园金秋”。也是在那个季节，拙作《诗人的散文：帕斯捷尔纳克小说研究》有幸入选本年度国家哲学社会科学成果文库（当年入选的唯一一部外国文学研究著作）；另一拙著《俄罗斯现代文学史》也荣获江苏省哲学社会科学优秀成果奖一等奖。至今还清楚地记得，在那片宜人的秋景中，在接受同行师友、同事和同学们的热情祝贺时，更多地浮现于我脑海的，却是整整50年前的情境——

1966年夏秋之交，大革命风暴席卷江淮之间的故乡小城后，本应开始读高中的我，久久注视着衣物和书籍都被红卫兵同学当成“四旧”横扫一空的家，不敢想象未来是否还有可能重新坐到平静的书桌旁，心无旁骛地再捧起书本。时光流逝，斗转星移。历史让我和我的同时代人一起经历了难忘的不幸岁月，也终于为我们这一代人提供了改变命运的机遇。于是，所有的苦难与屈辱才渐渐化为一种精神养分，化为一种具有反衬意义的背景，也才有了2016年随园的秋。

本课题翻译和研究的对象是普鲁茨科夫主编的4卷本《俄国文学史》。作为苏联时期的俄国文学史专家，普鲁茨科夫生前一直担任苏联科学院俄罗斯文学研究所（“普希金之家”）所长。编写工作完成后，这套著作由苏联科学院下属的科学出版社列宁格勒分社于1980—1983年陆续出版，因此通常被称为“苏联科学院《俄国文学史》”。课题组决定选择这套文学史著作进行翻译与研究，当初主要是出于一种学术紧迫感。因为自20世纪70年代末期以来，国内已陆续有多种由我国学者自己编写的国别文学史著作问世，而俄国文学史方面却还缺少同等容量与价值的成果。鉴于这种局面，国内俄国文学研究界1995年秋冬之交在南京大学外文系俄语专业（余一中教授主持），1997年春夏之交在北京大学俄语系（任光宣教授主持），1998年春在上海外国语大学比较文学研究所（谢天振教授主持），1999年秋在北京外国语大学俄语学院（张建华教授主持），2011年冬在黑龙江大学俄语语言文学研究基地（金亚娜教授主持），2015年底在首都师范大学北京斯拉夫研究中心（刘文飞教授主持），都认真讨论过这一话题。但是直到2016年，编写工作仍未落实。因此，我们决定先把普鲁茨科夫主编的这套《俄国文学史》翻译过来，并进行系统研究，以期全面呈现从10世纪至十月革命前俄国文学的发展进程，致力于揭示这套著作所体现的文学史观念、编撰原则、结构布局和方法论特点，既为我国广大读者进一步认识俄国文学，也为我国学界联手编写文学史提供必要的参照。

普鲁茨科夫《俄国文学史》酝酿构思与实际编写的20世纪70年代后期，正值苏联社会“停滞时代”的末期，也即社会改革处于经长期酝酿而面临突破的前夕。文化与文学的变革之风此时已悄然而起。

那个时代独特的社会文化语境，文学界在理论批评和文学史研究领域所进行的持续探索，构成四卷本《俄国文学史》较快组织实施和最终完成的外部条件。这套文学史作为俄罗斯文学研究所（ИРЛИ）的集体著述，依托这家研究机构长时期的学术积累，凝聚着几代学者关于俄国文学发展进程的深入思考，呈现了编撰者们对本国文学史进行潜心探讨与科学评价的厚重成果，从而成为他们的研究水平的一种群体展示。毋庸讳言，旧有的文学观念和思维定式仍在发生着一种惯性作用，这也就难免给这套著作打上那个时代的某些旧痕。这一切决定了普鲁茨科夫《俄国文学史》既是集中体现苏联解体前夕俄罗斯一代学者文学史观念与方法的一部代表性著述，又成为苏联解体之后新一代学者重建俄国文学史的必要铺垫。

这一项目从当初的申报、正式立项、开题论证、翻译与研究的展开到课题研究的最后完成，始终受到智量先生、吴元迈先生、李明滨先生、蓝英年先生等老一代俄苏文学研究者的关心和支持。参与课题申报和具体翻译与研究工作的，则有北京大学、南京大学、浙江大学、南开大学、东南大学、华东师范大学、南京师范大学和两所部队院校的近20位老师。为期6年的工作过程中有许多感人的故事。如90高龄的北京大学古俄语、古代俄国文学专家左少兴（1930—2020）教授，因不使用电脑，是一笔一画地写出《俄国文学史》第1卷第1编的译文的，初译稿经修改后再誊抄一遍；译完正文后正准备接着译出第1编所引古俄语诗歌和注释时，不幸于家中病逝。因此可以说，左老先生把自己生命的最后时光献给了这套《俄国文学史》的翻译，而四卷本《俄国文学史》中译本的正式出版，则是对左少兴教授的真诚感激与隆重纪念。南京大学俄语系石国雄教授因腰部不适，几乎是站立在电脑前完成了他所承担的最后几章的翻译。王志耕、王加兴、王永、董晓、管海莹五位教授，在分担自己的翻译与研究任务时，还积极发挥子课题负责人的作用，做了许多至关重要的组织、联络和协调工作。部队院校的冯玉芝、余献勤两位教授的参与，则为本课题研究始终遵循正确的方向提供了可靠保障。其他各位师友，也都在肩负多层次教学和科研工作的同时完成了各自承担的任务，都为本项目的最终完成做出了贡献。《俄国文学史》初译稿完成后，北京外国语大学张建华教授慷慨无私地牺牲自己的休息时间，精心校阅了第2卷大部分章节的内容，使课题组成员深受感动，受益良多。我个人在校对各篇初译稿的过程中遇到疑难问题时，也常常向同行专家请教，包括向曾在南京大学、浙江大学任俄语外教的俄罗斯国立圣彼得堡大学尤莉娅·亚历山德罗夫娜·阿列伊尼科娃（Юлия Александровна Алейникова）老师多次咨询，还曾请在莫斯科访学的潘小冬博士查对俄文文献。左少兴老先生的手写译稿，长达40万字，全部由安徽师大张磊博士输入电脑。至于翻译与研究过程中的各位师友之间经常性的彼此交流、磋商和提醒等，更是不胜枚举。在此，我谨向所有关心、参与、帮助和支持本课题研究的前辈学者、同行师友和同学们致以由衷的感谢！

课题结项会议在翻译和研究工作全部完成后四个多月的2022年11月12日，依然于南京师大随园校区举行。这是在深秋时节召开的线下线上相结合的一次盛会。北京外国语大学张建华教授，首都师范大学刘文飞教授，北京大学俄罗斯文化研究所张冰研究员，华东师范大学陈建华教授，浙江大学吴笛教授，四川大学刘亚丁教授，上海外国语大学郑体武教授7位专家组成的项目鉴定组，对作为本项目最终研究成果的四部译著、一部研究专著作出充分肯定的评价，也以高度负责的精神，提出了一些宝贵的修改建议。课题组成员在认真听取各位鉴定专家意见的基础上，全面修订与完善五部书稿后，再提交给北京大学出版社。课题组成员衷心感谢各位鉴定专家的辛勤工作！北大出版社张冰老师在本课题申报、原著版权问题的解决等方面，都曾给予我们多方面的支持；现在，张冰老师及其麾下的那些出色的编辑先生/女士们，又为我们这套五卷400余万字的著作按期出版投入了大量精力和时间。课题组全体成员特别感谢北大出版社的诸位老师和编辑，感谢他们在编辑过程中所付出的全部辛劳！

于我个人而言，在刚刚过去的6年时光中，无论是前两年半的翻译和研究书稿撰写，还是后三年的各章译稿校对，以及最后阶段的扫尾和结项工作，虽也难免时有一种疲倦感，但是一想到这套文学史中译本对于国内相关专业教学和科研的价值，就能迅即恢复到毫不懈怠、惜时如金的工作状态。这一工作也是我再学习的过程。随着对四卷本《俄国文学史》俄文原文逐句逐页、逐节逐章的阅读，我不断有惊喜的新发现。作为课题研究最终成果之五的本书，在概括这套文学史书写特点的同时，也试图对这些新认识做出扼要的表述。但是，这两方面虽都已根据鉴定专家的意见做过修改补充，仍可能有欠精当与全面。因此，我真诚地希望前辈学者、同行专家、各位师友和同学不吝赐教，并在此预先表达热烈的谢忱！

再见了，我无忧的往日！再见了，渐渐远逝的途程！进入心仪已久的“闲读中的停留”，或许是向历史谢幕的最好选择。

汪介之

2022年11月30日 于秦淮、扬子之间

四卷本《俄国文学史》（中译本）和这部研究著作定稿并提交北京大学出版社后，我们请俄罗斯科学院俄罗斯文学研究所（普希金之家）学术负责人、中国俄罗斯文学研究会理事会外籍理事弗谢沃洛德·叶甫盖尼耶维奇·巴格诺（Всеволод Евгеньевич Багно）先生为这套文学史中译本作序。先生欣然应允，很快就写出了序文《时代、文化与传统的联系》（见《俄国文学史》中译本第一卷）。本项目课题组成员在此向巴格诺先生表示真诚的感谢！

2023年12月30日补记